品读诗人毛泽东

PINDU SHIREN MAO ZE DONG

汪建新◎著

中国工人出版社

博大精深，魅力永恒

子在川上曰："逝者如斯夫。"

《毛泽东诗传》于2013年1月正式出版，和读者见面。几年来，这本书受到读者的欢迎和好评，多次重印。承蒙中国工人出版社领导和编辑宋杨女士的重视，本书在充实了一些内容之后，得以和读者再次见面。作为作者，我深感欣慰。

2011年5月16日，我为此写的前言《读不尽的毛泽东诗词》这样结尾："我对毛泽东诗词的研究刚刚起步，但毛泽东诗词的无穷魅力将引领我继续地走下去，努力让更多的人喜欢毛泽东诗词，解读毛泽东诗词，感悟毛泽东诗词。我将其视为一种乐趣，更视为一种责任。路漫漫其修远兮，吾将上下而求索！"从2005年8月第一次讲授毛泽东诗词专题课程，开始逐渐陶醉于毛泽东诗词，到写上面这段话时，是6年时间。现在回看这段话，又过去了8年，离2005年，已经是14年，说长不长，说短不短，心中充满无限感慨。

我在井冈山工作，远离大中城市，有得天独厚的生态环境，也有偏僻山区难以避免的冷清寂寞。这么些年来，毛泽东诗词陪伴着我一路走来。每天一早醒来，做的第一件事，是在自己的微信朋友圈里发送几篇有关毛泽东和毛泽东诗词的学习材料。闲暇时间，我看的书是毛泽东诗词或研究毛泽东的论著。晚上睡觉前，我的枕边书全是有关毛泽东的读物。我到书店，买的书籍也是有关毛泽东诗词或毛泽东的。和别人聊天，绕来绕去，自觉或不自觉地会转到毛泽东诗词的话题。我在报纸杂志上发表的文章，几乎也都是有关毛泽东诗词的研究心得。甚至朋友们提到我的时候，首先谈到的不是我的职务或职称，有意无意地会把我和毛泽东诗词研究联系在一起。

特别值得庆幸的是，从事管理岗位之后我始终没有离开讲台。我从事的是干部培训，侧重的是党性教育，我把毛泽东诗词纳入党性修养的话语体系来解读和诠释，重点剖析毛泽东诗词的思想内涵和人格精神的时代价值，努力加深学员对毛泽东的奋斗足迹和心路历程的理解，加深对中国共产党的伟大实践和光辉历程的认识。我讲授毛泽东诗词的角度不断拓宽，诸如《从诗词感悟毛泽东崇高的人生境界》《从毛泽东诗词感悟长征》《从诗词感悟毛泽东的伟人家风》《从诗词感悟毛泽东的文化自信》《诗人毛泽东文化自信的底蕴和底色》《从毛泽东诗词感悟中国共产党人的初心》《毛泽东修改诗词的艺术和境界》《诗人毛泽东的江西情缘》，等等。万变不离其宗，我始终致力于传播真理力量，弘扬人格光辉。

2017 年 11 月 8 日，人民网为我开设了“汪建新专栏”，里面汇集的文字已经有 20 万左右。在人民网开设的诸多个人专栏中，我的专栏更新最频繁，主题也特别聚焦，几乎全部都是有关毛泽东诗词的，是对《毛泽东诗传》一书的补充、拓展和深化。

从事毛泽东诗词的研究与教学，是我工作的一部分，也是我生活的一部分。它让我的生活变得忙碌而充实，让我的心态变得平和而宁静，让我的人生变得积极而精彩。这其中寄寓着我对毛泽东诗词手不释卷、常读常新的不变初心，也蕴涵着我不断致力于传播毛泽东诗词正能量的神圣使命。

毛泽东诗词曾经伴随几代人的成长，提起毛泽东诗词，很多人仍然抑制不住激荡心潮，能脱口背诵出不少毛泽东诗词作品。随着时间的推移，有些人逐渐淡忘了，有些人觉得很陌生。这样的现象相互交织在一起，让我欢喜让我忧。我曾经先后去过五次韶山，很多地方人头攒动，可毛泽东诗词碑林却总是游人稀少，这是本不该有的现象。有一次讲课后，毛主席纪念堂的一位负责人对我说：“冲你如此真情投入地讲解毛泽东诗词，回去后我寄些资料给你。”在课堂互动环节，有很多学员会提出关于毛泽东诗词的种种疑问。下课后，不少学员买来我写的《毛泽东诗传》要我签字，令我或多或少有了一种明星签名的奇妙感觉。这样的体验别有一番滋味，我给毛泽东诗词爱好者带去重温经典的兴奋，让不熟悉毛泽东诗词的年轻人有相识恨晚的喜悦。这一切，让我体会到人们对毛泽东和毛泽东诗词的真挚情感，让我领悟到解读和传播毛泽东诗词艺术魅力的巨大价值。

无巧不成书。我正写到这里，负责收发的同事给我送来一封信，是河南漯河项城市的郑全智先生写的。他在信中抒发了阅读《毛泽东诗传》的体会："选题独到，文笔精致，绰约佳度，才华清逸！品读数遍，圈点无数。含英咀华，受益匪浅。"他还随信附上了"天下为公"四个字的墨宝。我很清醒，我的书远不及他所说的那么完美。我很欣慰，时下还有几人会提笔写信？他如此郑重其事，让我真正感受到了读者的认可与勉励，这是我潜心研究的力量之源，也是毛泽东诗词的价值所在。

泱泱中华是诗歌的国度，中国人都有浓郁的诗歌情结。人们的诗词修养大体上可以分为四个层次，即能吟诵，能品味，能运用，能创作。在当今社会，人们的知识背景和能力结构已经发生了重大变化，能达到前两个层次已然不易，能灵活运用的人越来越少，能写诗的更属凤毛麟角。我不会写诗填词，还处在前面两个层次，偶尔到了第三个层次，但特别钟情于第二个层次。严格意义上说，诗词不是用来背诵的，是用来品读、品味的。我一直致力于用心品味毛泽东诗词的感情意味、思想蕴含、语言特色和时代价值，常读常新，常悟常新。

我深深体悟到毛泽东诗词意境高远、思想丰富，充满雄心、意志和勇气，既是应对奋斗人生的心路历程，又是化解现实危机的韬略智库。作为诗词艺术的瑰宝，毛泽东诗词蕴含着他对于前人诗词歌赋的深刻理解，更蕴含着丰富而又深邃的中国智慧。比如，《七律·长征》只有区区五十六个字，字字珠玑，高度浓缩，堪称典范。它不仅生动表达了毛泽东的浪漫情怀与磅礴气势，而且充分体现了长征的波澜壮阔与精神价值。《七律·长征》显示了中国文字表情达意的神奇曼妙，表现了毛泽东写诗填词的深厚功力，更体现出高瞻远瞩、审时度势、攻坚克难、绝处逢生的中国智慧。

美国人谢伟思在1971年的一篇文章中写道：在延安时，我常常向中国共产党的朋友们询问为什么毛泽东能够成为公认的领袖。得到的回答是“他目光远大”。毛泽东目光如炬，善于从时间和空间的宏观全局上审时度势，具有谋划大局、创造大局、驾驭大局的过人胆略。最能反映毛泽东大时空观的当属《沁园春·雪》了。毛泽东大笔写意，他眼中的空间场景是无垠的宇宙。千里冰封，万里雪飘，长城内外，大河上下，这是多么寥廓的世界。而他眼里的时间流转则是由秦皇汉武、唐宗宋祖这些英雄人物贯穿起来的，这是何等雄奇的历史。

我深深体悟到中国精神是毛泽东诗词的精髓，如一根红线贯穿其中。毛泽东有一句名言：“人是要有一点精神的。”一个国家要有精神，它是国本；一个民族要有精神，它是脊梁。什么是中国精神？在第十二届全国人民代表大会第一次会议闭幕会上，习近平总书记高度概括了中国精神的本质内涵：“实现中国梦必须弘扬中国精神。这就是以爱国主义为核心的民族精神，以改革创新为核心的时代精神。这种精神是凝心聚力的兴国之魂、强国之魄。”毛泽东诗词蕴含着深厚的爱国情怀，深沉的忧患意识，执着的革命精神，积极的乐观心态。毛泽东诗词字里行间所洋溢的中国精神，扣人心弦、催人奋进。

我深深体悟到毛泽东诗词形象地寄寓了中国共产党领导全国各族人民救亡图存和励精图治的价值取向与使命担当。毛泽东诗词具有永恒的魅力，字里行间洋溢着浩然之气，既有惊心动魄的震撼力，又有扣人心弦的穿透力；既有催人奋进的感召力，又有朴实无华的亲和力。毛泽东诗词凝结着无穷的中国力量。这种力量包括真情的力量，人民的力量，正义的力量，真理的力量，道路的力量。

毛泽东诗词是中国革命艰辛历程的宏伟史诗，也是毛泽东探索救国救民真理心路历程的真实写照。习近平总书记曾经用三句诗描绘中国的沧桑巨变：中华民族的昨天可以说是“雄关漫道真如铁”，中华民族的今天正可谓“人间正道是沧桑”，中华民族的明天可以说是“长风破浪会有时”。习近平总书记所说的“人间正道”，指的是中国特色社会主义道路。我们也可以用毛泽东的三句诗，来勾勒中国革命道路探索的历史进程，揭示中国革命取得胜利的深层原因。第一句诗出自《沁园春·长沙》:"问苍茫大地，谁主沉浮?"中国革命的路究竟应该怎么走?中国的命运应该由谁来主宰?那时的毛泽东仍在进行苦苦的思考与探索。第二句诗出自《菩萨蛮·黄鹤楼》:"把酒酹滔滔，心潮逐浪高。"毛泽东后来在解释"心潮"时写道:"心情苍凉，一时不知如何是好，这是那年的春季。夏季，八月七日，党的紧急会议，决定武装反抗，从此找到了出路。"面对大革命失败的危局，毛泽东毅然发动秋收起义，引兵井冈，建立井冈山革命根据地，走工农武装割据的道路。第三句诗出自《七律·人民解放军占领南京》:"人间正道是沧桑。"毛泽东对中国革命进行了既浪漫又贴切的诗化总结。

井冈山道路是一条人间正道，是中国革命的制胜法宝，闪耀着毛泽东思想的真理光辉。毛泽东对井冈山情有独钟，有着深厚绵长的"井冈情结"，创作了《西江月·井冈山》《水调歌头·重上井冈山》和《念奴娇·井冈山》。三首词又都提到了"黄洋界":"黄洋界上炮声隆""过了黄洋界，险处不须看""黄洋界上，车子飞如跃"。这一现象在毛泽东诗词中绝无仅有。这就是中国共产党人的道路自信，它是推动中国革命和建设事业不断取得胜利的磅礴力量。

我深深体悟到了毛泽东诗词传播中国故事的巨大作用。20世纪30年代中期以前，有关中国共产党和红军的报道与传闻充斥着诬蔑和谎言。1936年7月，埃德加·斯诺冲破重重封锁，在陕北苏区进行了为期4个月的考察采访。毛泽东与斯诺进行了数十次彻夜长谈，破例对斯诺详细讲述了自己的成长经历，还把《七律·长征》抄赠给斯诺。《红星照耀中国》一问世便风靡全球，毛泽东通过谈话和诗作，向世界讲述了中国革命故事，开启了中国共产党"公共外交"的大门。此后，外国记者纷至沓来。艾格尼斯·史沫特莱1937年访问延安，她的《中国的战歌》一书记录了她领略到的毛泽东的诗词才华，"他的诗具有古代诗家的风格，但诗中流露出他个人探索社会变革的一股清流"。1946年8月，安娜·路易斯·斯特朗见了毛泽东之后，也认为"毛泽东是一位很有才华的诗人"。毛泽东豪迈地对她说:"谁说我们这儿没有创造性的诗人?"他指着自己的鼻子，声音提高了一倍:"这儿就有一个!"

新中国成立后，毛泽东在吟咏唱和之间讲述中国故事，传播中国声音，阐明中国立场，不仅让外国人了解了他的诗人才华和情感世界，而且向国际社会宣传了中国革命和中国精神，塑造了新中国反对霸权、维护和平的大国形象。

1954 年 10 月，印度总理尼赫鲁访华，这是非社会主义国家政府首脑第一次来华访问。毛泽东与他进行了三次会谈。临别时，毛泽东吟诵了屈原的一句诗："悲莫悲兮生别离，乐莫乐兮新相知。"尼赫鲁赞赏说："主席刚才引用的两句诗，不仅适用于个人，而且适用于国与国之间，第二句诗特别适用。"

1972 年 9 月，日本首相田中角荣首次访华。在欢迎宴会的致辞中，田中用日语"迷惑"一词来表述日本侵略中国，其中文含义是轻描淡写的"添了麻烦"。第二天会谈时，周恩来进行了严正交涉。9 月 27 日，毛泽东会见田中首相时说："年轻人坚持说'添了麻烦'这样的话不够分量。因为在中国，只有像出现不留意把水溅到妇女的裙子上，表示道歉时才用这个词。"毛泽东特意把《楚辞集注》赠送给他，因为在《楚辞·九辩》中有"慷慨绝兮不得，中瞀乱兮迷惑"，这是"迷惑"一词的源头。后来日方将表述改成："日本方面痛感日本过去由于战争给中国人民造成的重大损害的责任，表示深刻的反省。"

毛泽东诗词反映了特定时期中华民族的理性、情感、思维、行为和价值取向，已经转化为赋有价值形式的文化符号，汇入到中华民族的精神长河。毛泽东诗词是对中国传统文化的学习、继承、批判与创新的产物。毛泽东是土生土长的湖南人，湖湘文化在塑造毛泽东思想与人格的同时，也造就了精美绝伦、独领风骚的毛泽东诗词。

毛泽东继承了湖湘文化的优秀传统，毛泽东诗词中所表现的心忧天下的爱国主义情操、激情澎湃的浪漫主义格调以及经世致用的现实主义情怀，都从不同角度折射出湖湘文化的精神风貌与价值追求。毛泽东诗词极为深刻地拓展了湖湘文化的丰富蕴涵，成为弘扬湖湘文化的精彩华章。

习近平总书记在庆祝中国共产党成立 95 周年大会上的讲话中指出："在 5000 多年文明发展中孕育的中华优秀传统文化，在党和人民伟大斗争中孕育的革命文化和社会主义先进文化，积淀着中华民族最深层的精神追求，代表着中华民族独特的精神标识。”毛泽东诗词是中国革命的艺术成果，真实反映了毛泽东的革命生涯，是中国革命史的壮丽画卷，也是解读革命文化的独特文本。

《庄子·知北游》云：“天地有大美而不言，四时有明法而不议，万物有成理而不说。”在毛泽东诗词中几乎找不到“美”字，但它气魄宏大、寓意深刻、意境壮阔，给人以强烈的审美感受和深邃的思想启迪，不容置疑是一座艺术美的宝库。毛泽东诗词继承中国传统审美文化，以美铸诗、以诗证史，蕴含着巨大的艺术感染力和审美价值，不仅反映了他个人的美学思想和审美趣味，也体现了中国人的审美追求，弘扬了中华民族的美学精神。

纵观20世纪中国诗坛，毛泽东诗词广为流传，感染和熏陶了几代中国人。首先是因为它具有感人肺腑、雅俗共赏的文化魅力。而宣传规模空前、媒介形式多样、传播时间持久，对其推广普及也功不可没。这本身就是耐人寻味、值得研究的独特文化现象。毛泽东诗词以无与伦比的方式走近大众、贴近生活、与大众文化水乳交融，最终也变成了一种蔚为壮观的大众文化。

今天，呈现在读者面前的《品读诗人毛泽东》一书，加入了我对《毛泽东诗传》出版后，一些新的理解与感悟，与《毛泽东诗传》一样，这本书不过是诸多毛泽东诗词研究著作中的一本，如果能受到读者的欢迎，根本原因也来自于毛泽东的人格魅力，来自于毛泽东诗词的艺术价值，来自于人们对一代伟人的无限敬仰。希望这本书能让更多的读者加深对毛泽东的理解和认识，加深对毛泽东诗词的赏析与感悟。

永远的毛泽东！永远的毛泽东诗词！

汪建新

2019年5月6日于井冈山

前言

读不尽的毛泽东诗词

我出生于“文化大革命”之前的1964年，童年和少年时期是在毛泽东时代度过的。上学后，学会的第一句话是“毛主席万岁”，会唱的第一首歌是《我爱北京天安门》。我最早接触的毛泽东诗词是1976年元旦公开发表的《念奴娇·鸟儿问答》和《水调歌头·重上井冈山》。在那个年代，这算得上是“中国人民政治生活中的一件大事”。当时，我已经是五年级的“红小兵”。老师在课堂上认认真真组织了学习，我也能把两首诗词背得滚瓜烂熟。那时我对伟大领袖毛主席无比崇敬，但是对于两首作品的深意却懵懵懂懂，不甚了了。

进入中学、大学特别是攻读美学硕士研究生之后，我学到的东西逐渐增多，知识面不断拓宽，读到的毛泽东诗词也有所增加，一些人们耳熟能详的毛泽东诗词作品也会读、会背了，如《七绝·为女民兵题照》《七绝·为李进同志题所摄庐山仙人洞照》《七律·长征》《沁园春·长沙》《沁园春·雪》《七律·人民解放军占领南京》《七律二首·送瘟神》《蝶恋花·答李淑一》等。但是，我的手头没有一本《毛泽东诗词选》或《毛泽东诗词鉴赏》之类的专门书籍，对于毛泽东诗词的兴趣只是局限于单一的作品，碰到什么作品就读什么作品，既不全面系统，也谈不上深入研究。

促使我真正认真研读毛泽东诗词的，其实是一个很偶然的机会。2004年，我有幸成为中国井冈山干部学院的一名工作人员。2005年上半年时，有一次参加学员座谈会，专门听取学员对培训的意见和建议。有一位学员不经意间提出了希望学院开设“毛泽东诗词鉴赏”讲座的建议，对此我也没有太在意。没过多久，有一期培训班明确提出了想听“毛泽东诗词鉴赏”的要求。当时，学院没有人开设这门课程。于是，我抱着试试看的想法，着手备课。主动承担这样一门课，与其说是我有基础，不如说是自己胆大。好在从教多年，加上有关毛泽东诗词的书籍、文献并不难获得，经过一段时间的准备，2005 年 8 月，我第一次讲授毛泽东诗词鉴赏。自己的感触和见解不多，基本是照搬别人的成果和观点，仅简单介绍了部分毛泽东诗词的创作背景和字面含义，充其量是就事论事。然而，课后学员的反映居然还不错，这给我很大的激励。我自己也不曾料到，从此我对毛泽东诗词的阅读、欣赏、品味、研究的兴趣越来越浓，可谓是一发而不可收。为了教学的需要，我不断购买有关毛泽东诗词的各类书籍和资料，几乎见到新的版本就会购买。几年下来，我手头已有毛泽东诗词五六十个版本，音像光盘近四十张。研读毛泽东诗词成为我学习生活的重要内容。

从 2005 年 8 月至今，我已陆陆续续给不同班次、不同层次、不同类型的学员讲授了毛泽东诗词专题。因为我从事的是干部教育，而不是学历教育，我没有把教学的重点放在诗词的韵调辞采和艺术思想上，而是努力感悟毛泽东作为政治家诗人、诗人政治家的抱负与追求、思想与实践、人格与个性。讲课的角度和内容也在不断调整，不断充实，由最初笼统地赏析毛泽东诗词变成结合学院的功能定位和培训特点来解读毛泽东诗词，由侧重分析毛泽东诗词的文学含义变成重点剖析毛泽东诗词内在的思想内涵和人格魅力，试图加深对毛泽东的奋斗足迹和心路历程的感悟，加深对中国共产党的探索过程和前进道路的把握，加深对共和国的成长阶段和曲折发展的理解。

随着对毛泽东诗词的接触越多，品读越久，研读越深，我越觉得毛泽东诗词博大精深、蕴含丰富、回味无穷、魅力无限，是一个说不尽的话题。也就是在这样一个过程中，我对毛泽东诗词逐渐有了一些自己的理解和感悟，对毛泽东诗词的研究领域也有了一些自己的判断和见解。尽管从 20 世纪六七十年代以来，特别是最近一二十年以来，毛泽东诗词爱好者和研究者对其进行了持续、深入、广泛的研究，并且已经取得了丰硕的理论成果，但研究的深度与广度似乎并未穷尽，依然有广阔的拓展空间。

迄今为止的毛泽东诗词研究，主要是这样一些内容：诗词写作背景的分析，诗词含义的解读，诗词用典的考证，创作风格的定位，诗词格律的解析，美学特征的把握，发表经过的追溯，修改过程的探寻，诗词版本的梳理，诗词理论的阐述，诗词地位的评价，等等。归结起来，毛泽东诗词的研究角度，侧重于诗词学、社会学、语言学、政治学、美学、历史学、训诂学等。

于是，我萌生了一个想法，围绕“诗人毛泽东的壮丽情怀”这一主题展开研究。这个选题虽然不是毛泽东诗词研究中的空白领域，但目前研究成果所涉猎的范围和深度仍显不足。一些学者的著作探索了毛泽东在各个人生阶段的诗词创作活动，比如，胡为雄的《毛泽东诗赋人生》，龚国基的《诗家毛泽东》，龙剑宇、胡国强的《毛泽东的诗词人生》，陈晋的《独领风骚——诗人毛泽东》，王灿楣的《毛泽东诗词与时代风云》，等等。这些著作是按照毛泽东人生经历以及诗词创作的时间顺序展开的。

刘勰《文心雕龙·情采》曰：“昔诗人什篇，为情而造文。”又曰：“盖《风》《雅》之兴，志思蓄愤，而吟咏性情，以讽其上：此为情而造文也。”“为情而造文”是因为内心积聚感情，因而写诗抒发；“志思蓄愤”指内心之思想、情感及怨愤之情。换言之，“情”在“诗”之前，诗不过是用来抒发感情的形式而已，此为“诗缘情”是也。

毛泽东是内心感情极其丰富的一代伟人，诗词无疑是承载和表露毛泽东情感的一个重要载体。毛泽东读诗、学诗、解诗、论诗、赋诗、赠诗，个中必有一个“情”字。他和同学、老师、恋人、战友、诗友、亲友、民主人士、身边工作人员、国际友人等的诗词交往，也必定包含丰富的情感因素。毛泽东作为一代伟人，以天下为己任，他的情感不是一般文人的那种“小我”之情，而是为阶级、为民族、为人类不懈奋斗的“大我”之情。

毛泽东对不同的人或不同的事所流露的感情不一样，而同样的情感因素又可能出现在不同的诗词作品中。我的研究试图把毛泽东诗词作为解读毛泽东心灵和人格的钥匙，重点把握毛泽东诗词与毛泽东情感的内在关系，将毛泽东在诗词作品当中所倾注的丰富情感梳理出来，进行分类、比较和剖析。本书改变了以往研究成果习惯于以作品的创作时间和历史事件的先后顺序进行阐释的做法，尽力全面、理性、深刻地理解毛泽东诗词，走进毛泽东的内心世界，感悟一个思想深刻的毛泽东，一个情感丰富的毛泽东。

我从2010年5月动手写这本书，经过为期一年的笔耕，总算完成书稿，心中不免有几分欣慰，有几分成就感。我也深知，毛泽东诗词的研究毕竟已经走过几十年的发展历程，研究成果汗牛充栋，要在研究上寻求突破十分不易。再者，正如董仲舒《春秋繁露》卷三《精华》中所云："诗无达诂。"诗词不像散文那样直白，诗词表达情感含蓄隐晦，往往是"兴发于此，而义归于彼"（白居易《与元九书》），仁者见仁、智者见智。这种特点使得理解毛泽东诗词出现诸多不确定性，也给通过诗词来研究毛泽东的情感世界带来很大的挑战。加之，我对毛泽东诗词的研究时间尚短，对古典诗词的研究更加欠缺，因而本书的诸多观点仍很肤浅，甚至牵强。竭诚希望得到读者、特别是毛泽东诗词研究大家的批评与赐教。

我对毛泽东诗词的研究刚刚起步，但毛泽东诗词的无穷魅力将引领我继续走下去，努力让更多的人喜欢毛泽东诗词，解读毛泽东诗词，感悟毛泽东诗词。我将其视为一种乐趣，更视为一种责任。路漫漫其修远兮，吾将上下而求索！

汪建新

2011年5月16日于井冈山

目　　录

第二章　人间知己吾和汝

第三章　血浓于水两依依

史事件的《西江月·秋收起义》是毛泽东的第一首军旅词，开毛泽东一系列描写革命战争的史诗名篇之先河。

英国学者巴特曼在《东方的失败》一书中指出："毛泽东的战争哲学，如同他以前的战争胜利者的战争哲学一样，也是来源于对战争的分析。毛泽东的寻根究底、洞察一切的头脑很容易习惯于马克思主义辩证的方法，毛泽东的战争理论就是来自他那具有上述两种特征的头脑和他在战场上获得的经验。"

毛泽东把历史上的战争分成两大类型：一类是正义的，一类是非正义的。同时，毛泽东还把战争的阶级本质作为区分战争本质的标准之一。他阐述道："古人说：'春秋无义战'。于今帝国主义则更加无义战。只有被压迫民族和被压迫阶级有义战。全世界一切由人民起来反抗压迫者的战争，都是义战。"

毛泽东被中外军事家誉为"人民战争之王"。毛泽东认为，人是战争胜负的决定因素。而他所说的战争中的人，主要不是指个人，而是指军队的整体和整个阶级的人民。

毛泽东深深眷恋着马背上的生活，马背上的颠簸往往使他诗兴勃发。直到晚年，他回忆起马背上的生活，仍然怀着难以抑制的激动。毛泽东说："我的确曾经写诗，那时我过着戎马生活，骑在马背上，有了时间，就可以思索，推敲诗的押韵。在马背上的生活，真有意思。有时我回想那些日子，还觉得留恋。"

波澜壮阔的中国革命战争孕育了毛泽东的指挥艺术。他说："做一个真正能干的高级指挥员，不是初出茅庐或仅仅善于在纸上谈兵的角色所能办到的，必须在战争中学习才能办得到。"

第一章　别梦依稀咒逝川

对远离家乡的游子而言，故乡是魂牵梦萦的地方，是精神得以寄托的一方家园。那个遥远的小山村，尽管曾经带来无穷的乐趣，但是为追求人生的梦想，人们毅然决然地选择离开家乡而奔向外面的世界。人生就是这样不可思议，没有故乡就没有你的存在，只有离开故乡才可能有了你新的存在，而离开故乡越远，离开的时间越长，对故乡的眷恋就会越绵长、越凝重。自古以来，乡情乡恋、乡愁乡思是人们的恒久情怀与惯常心态，是诗词吟咏不绝的重要主题。

诗人毛泽东也不例外。他自幼胸怀高远，心系天下，为了求学，他立志出乡关而离开韶山；为了革命，他踏上漫漫征程而离开湖南。然而，生于斯，长于斯，热爱于斯。毛泽东的人生虽波澜壮阔，足迹遍及神州大地，但一种浓浓的故园情怀伴随他一生，他始终满怀对韶山父老乡亲的深情眷恋，始终保持对韶山青山绿水的无限依恋。

孩儿立志出乡关

1893 年 12 月 26 日（清光绪十九年十一月十九日），韶山冲农民毛贻昌家里出生了一个男孩，取名泽东，字咏芝（后改润之）。毛家的头两胎都在襁褓中夭折了，母亲生怕这个孩子也不能长大成人，便抱他到娘家那边的一座石观音小庙，叩拜一块巨石，认做干娘，还取了小名，叫石三伢子。

韶山毛氏原籍江西。明朝开国时，始祖毛太华随军远征南澜沧（今云南省澜沧拉祜自治县内），在当地娶妻生子。明朝洪武十三年（1380 年），毛太华年老移居湖南湘乡县。十年后，他的两个儿子又迁到邻近的湘潭县韶山冲。这里位于湘潭、宁乡、湘乡三县的交界处，地处湘江中游西岸四十公里，群山环抱，居民以从事农业生产为主。从此，毛氏宗族在这里垦荒务农。到毛泽东这一辈，已传二十代，大约五百年了。

英国学者迪克·威尔逊这样描述毛泽东的家乡和他的童年生活：

韶山坐落在狭长的谷地里，地势蜿蜒起伏，住着300来户人家，许多人也姓毛，毛姓是当地最大的姓。该村的全名叫“韶山冲”，“美丽和平之山冲”，当地流传着这么一首歌谣：

韶山冲来冲连冲，十户人家九户穷；
有女莫嫁韶山冲，红薯柴棍度一生。
农民头上三把刀，税多租重利息高；
农民眼前三条路，逃荒讨米坐监牢。

韶山冲坐落在群山之中，树木葱茏，翠竹青青，离市镇湘潭约有100里路，但毛在童年时代从未去过湘潭。毛在韶山冲度过的童年生活是平静、贫穷而闭塞的，他所知道的只有他家族和邻居的人情琐事。[①]

然而，迪克·威尔逊所不知道的是，曾经有一个美丽的传说：五千年前，舜帝南下巡视，来到湘江流域。在一座山上，他让人演奏起“韶乐”，竟引来凤凰起舞，后人就把这座山叫作韶山，被它环抱的一块狭长的谷地便是湖南省湘潭县的韶山冲。韶乐是孔夫子与颜渊谈论治国方略津津乐道的乐曲。《论语·卫灵公》云：“行夏之时，乘殷之辂，服周之冕，乐则《韶》《舞》。”孔子把韶乐提到了可以治国平天下的高度。《论语·述而》中说，孔子在齐国跟乐师谈起乐曲，第一次听到韶乐，“三月不知肉味”，还说：“不图为乐之至于斯也。”韶山的顶峰，即著名的韶峰，又称仙女峰，海拔500多米，山高陡峭，气势雄伟。有诗云：“绝面才宽三五尺，此身如在九重天。”韶峰是南岳衡山七十二峰之第七十一峰。有诗赞曰：“绕岫岚光濒欲滴，长风轻袅云烟侧。山涵五月六月寒，地拥千山万山碧。”

毛泽东的母亲文七妹是一个普通的农家妇女，她的娘家在湘乡县唐家圫，与韶山隔着一座云盘大山，相距二十余华里。文家以务农为主，家境

① 《毛泽东》，迪克·威尔逊著，中央文献出版社2003年3月第1版，第4—5页。

小康。文七妹性格温顺，心地善良，时常接济别人，尤其热心帮助穷苦的人。每逢荒年旱月，过年过节，她常常背着丈夫送些粮米给穷苦乡亲，她的贤良在韶山远近闻名，深得邻里喜爱。她在毛家伺候老人，抚育孩子，还要操持繁重家务，但她把一切都安排得井然有序，教育孩子们也常常是耐心说服，循循善诱。毛泽东自幼深受母亲美德的感染和影响。

毛泽东的父亲毛贻昌，字顺生，号良弼，十七岁开始当家理事，因为负债被迫外出在湘军里当了几年兵，长了不少见识，也积蓄了一些银钱。回乡后，他置办了一些田产，一边种田，一边做点小生意和别的营生。由于他精明能干，且克勤克俭，日子逐渐殷实起来，终于成为一个在乡间有资格发行小额钱票的“小财东”。后来由于在一次诉讼中失败，使他萌生一个念头，即让儿子念一点书，以便能帮助他打赢官司。就这样，时年8岁的毛泽东被送进私塾。

1902年，毛泽东进入紧邻上屋场的南岸私塾就读，启蒙老师叫邹春培。他先读《三字经》《百家姓》，接着读《论语》《孟子》等儒家经典。1904年，毛泽东转到关公桥私塾，塾师是毛润生；1905年，他又转到桥头湾，塾师是周少希。在这两处私塾里，读的仍然是四书五经等儒家经典，所以少年毛泽东深受儒家学说的影响，并崇拜过孔夫子。

1906年秋，毛泽东转入井湾里私塾读书，老师是他的堂兄毛宇居。他在这里开始读到《春秋左传》，但他最喜欢看的是《精忠传》《水浒》《隋唐演义》《三国演义》和《西游记》等。按当时私塾的规矩，小说被认为是杂书，不准学生看。因此，他总是偷偷看。“我继续读中国旧小说和故事。有一天我忽然想到，这些小说有一些事情很特别，就是里面没有种地的农民。人物都是武将、文官、书生，没有农民当主角。对于这件事，我纳闷了两年之久，后来我就分析小说的内容。我发现它们颂扬的全是武将，人民的统治者，而这些人是不必种田的，因为土地归他们所有和显然让农民替他们种田。”① 少年毛泽东很为农民鸣不平，他曾对小朋友们说：我们长大了也要写书，要写农民的书，要写劳苦人的书。

毛泽东在井湾里私塾就读期间，因不满毛宇居的旧式教学方法，常常脱离课堂，独自活动，既得罪了先生，又激怒了父亲，因而他父亲不久即停了他的学。辍学期间，毛泽东参加劳动，白天和家中雇的长工一同干

---

① 《西行漫记》，埃德加·斯诺著，三联书店1979年12月第1版，第109页。

活，晚上还要替父亲记账。在这段时间里，毛泽东对父亲的严厉感受很深，他后来回忆说：“他是一个严格的监工，看不得我闲着，如果没有账要记，就叫我去做农活。他性格暴躁，常常打我和两个弟弟。……他的严厉态度大概对我也有好处，这使我干活非常勤快，使我仔细记账，免得他有把柄来批评我。”①

在家里，毛泽东不满于父亲的专制，他从不愿受拘束，好自行其是，有过很多“忤逆不孝”的抗争，用他后来风趣的说法：“我家分成两‘党’。一党是我父亲，是执政党。反对党由我、母亲、弟弟组成，有时连雇工也包括在内。可是在反对党的‘统一战线’内部，存在着意见分歧。我母亲主张间接打击的政策。凡是明显的感情流露或者公开反抗执政党的企图，她都批评，说这不是中国人的做法。”② 毛泽东的母亲是一个善良、谦和、公正和乐于助人的农家妇女，她对神佛的信仰很虔诚，经常向儿子灌输宗教信仰，因此少年毛泽东也曾经信过佛教。

但不管怎样，毛泽东读书学习的兴趣没有丝毫改变，他想尽方法抽空读书。那时候，凡是在韶山一带能借到的书，他都设法借来阅读。因此，十六岁的毛泽东在韶山已经被人们视为一个很有学问的人了。韶山的书借完了，毛泽东就翻山越岭到外婆家去借，足见他求知的愿望是多么强烈。

大约在1908年前后，毛泽东于外祖父家附近的保安寺，看到院内有一种凤仙花，韶山称指甲花，五彩斑斓，赏心悦目。那花成熟时，果实迸裂，种子弹出，不择地肥地瘦，随处生根，尤在盛夏，花叶繁茂，笑傲骄阳，毛泽东诗思泉涌，吟成一诗：

百花皆竞春，指甲皆静眠。
春季叶始生，炎夏花正鲜。
叶小枝又弱，种类多且妍。
万草破日出，惟婢傲火天。
渊明爱逸菊，敦颐好青莲。
我独爱指甲，取其志更坚。③

---

① 《西行漫记》，埃德加·斯诺著，三联书店1979年12月第1版，第106—108页。
② 同上书，第107页。
③ 《诗人毛泽东》，易孟醇、易维著，人民出版社2003年11月第1版，第7页。

这首诗以浅近、明快的语言，描写了指甲花的生长特征和笑傲炎夏的坚韧性格，结尾点明题旨，寄托了少年毛泽东高尚的理想和情操，在写作技巧上已颇具功力，表明少年毛泽东的诗词创作已具有较深厚的文字功底。

辍学两年多的时间里，毛泽东一边劳动，一边读书学习。犁、耙、栽、割，全套农活，他样样都在行，有时还和长工争胜，抢着活干，养成了吃苦耐劳的农家子弟本色。1908 年，他的一首诗反映了他的耕读生活状况与心态：

杂言诗

耕田乐，天天有事做。
近冲一墩田，近水再墩望，
多年副产积满仓。
农事毕，读书甚馨香，
坐待时机自主张。①

全诗颇具歌谣风味，写得朴素、自然，一任纯真，看似不经意，却见一定功力，结尾一句已经暗示出少年毛泽东不安于一隅，正待跃跃欲试，相机投身到韶山之外的世界去拼搏、创业。

1909 年，毛泽东不顾父亲的反对，又先后到乌龟井和东茅塘私塾读书，塾师分别是毛岱钟和毛麓钟。在他们的指导下，毛泽东读了很多书，尤其是司马迁的《史记》、明朝王世贞的《纲鉴》、顾炎武的《日知录》。

在韶山冲下端的清溪，住着一位“过激派”教师，名叫李漱清。他清末毕业于湖南法政专科学校，后来还办过学校。他眼界开阔，充满爱国热情。1909 年，李漱清回到故乡以后，积极主张废庙宇、办学校、破除迷信、传播文化知识。这些维新主张自然遭到了当地封建豪绅们的强烈反对，但毛泽东却很佩服李漱清的学识，拥护他的行动，并经常到他家里去请教，听他讲述维新救国的道理和爱国人士的动人事迹。毛泽东自述：“这里还有一件事对我很有影响，就是本地的一所小学来了一个‘激进派’

---

① 《毛泽东诗词全集赏读》，麓山子编著，太白文艺出版社 2007 年 10 月第 1 版，第 9 页。

教师。说他是‘激进派’，是因为他反对佛教，想要去除神佛。他劝人把庙宇改成学堂。大家对他议论纷纷。我钦佩他，赞成他的主张。”[①] 大约在这位老师的影响下，毛泽东放弃了佛教信仰，并将目光投向韶山冲之外，他脱离了一般乡间孩子的思维方式，思想也转向“激进”。而发生在毛泽东与父亲之间的冲突，特别是关于就学还是辍学，读各种书还是专读经书之争中，李漱清多次扮演调解角色，且明显倾向于支持毛泽东。

正是在李漱清的影响之下，毛泽东读到了《盛世危言》，这是毛泽东当时非常爱读的一本书，也是他接触到的第一本讨论社会政治问题的著作。这本书是中国早期的改良主义思想家、广东人郑观应花了三十年心血写成的。书中指出，中国的富国强兵之道，在于开矿山、筑铁路、发展商业、办报馆、兴学校、设立图书馆，实行“君民共主”，革新政治。《盛世危言》所宣扬的一套改良主义主张，让生活在偏僻山村的毛泽东感到非常新鲜。这本书开阔了他的视野，对他的思想发展产生了重大影响。

也是在这个时期，毛泽东还读了其他一些呼吁救亡图存的书籍，特别是在阅读了《论中国有瓜分之危险》的小册子之后，少年毛泽东的心情就再也无法平静，他深深为内忧外患的中国忧虑，开始意识到救国是每一个国民应尽的天职。

在私塾又读了一年之后，毛泽东16岁了。父亲决定送他到湘潭一家米店去做学徒，以培养经商的本领，日后好继承家业。但是这时毛泽东所想的已经不是一个家庭的前途，而是更加宏大的志向了。因此，他决心违抗父命，外出求学。恰好在这个时候，毛泽东的表兄文运昌告诉他：离韶山五十里的湘乡县立东山高等小学堂是一所新式学校，在讲授新学，到那里可以学到许多新鲜知识。毛泽东听了很动心，于是决定去投考。可要说服固执的父亲改变主张，绝非易事。于是，他请了八舅文玉清、塾师毛麓钟和表哥王季范等许多亲戚朋友和老师来说情。大家众口一词，都说润之聪明好学，前途远大，如果进入洋学堂，可以学到比在米店赚更多钱的本领。他父亲终于妥协了，觉得儿子进洋学堂也许是件有利的好事，同意了大家的意见。

1910年秋天，毛泽东离开闭塞的韶山，走向外面更广阔的世界。这是他人生历程的第一个重要转折。临行前，毛泽东心潮翻滚，思绪万千，心

---

① 《西行漫记》，埃德加·斯诺，三联书店1979年版，第111页。

情十分复杂。一方面，他独立不羁的品质使他急迫地想要冲出束缚身心的家庭和风气闭塞的山村；另一方面，想着就要离开抚育自己长大成人的父母，就要离开生于斯、长于斯的韶山冲，他多少有些不舍。

这一天，“天刚蒙蒙亮，……当父亲像以往一样默默下田去的时候，毛泽东把他的那几件随身衣物打成包裹，……一顶蓝布蚊帐，……两条很有年头、已经洗得发灰的白床单子和几件旧的、褪了色的长衫。他把这些杂物卷成一捆，扎到扁担的一头，另一头系着一个篮子，里面装着他的那两本宝书：《三国演义》和《水浒》。……当他准备出门的时候，母亲问：‘你不打算跟你爹道别吗?’‘不。’毛泽东答。‘要不要再带点东西?’儿子说：‘不用。够了。’”① 毛顺生收工回家后，发现儿子已经走了，自己常常翻阅和记录的账本中却夹着一张纸条，上面是儿子留下的一首诗：

七绝·呈父亲

孩儿立志出乡关，学不成名誓不还。
埋骨何须桑梓地，人生无处不青山。

关于这首诗的情况，《诗人毛泽东》这样记述：“毛顺生不久便把这件事告诉了丈人家。毛泽东的亲笔作因而一直由其表兄文润泉和表弟文东仙珍藏，湖南解放后始呈送文物部门保管。《湖南师范学院学报》一九八一年第一期刘仁荣在《毛泽东从新民主主义者到马克思主义者的转变》一文中，第一次公开刊登了这首诗。其后，引用者很多，李湘文编著的《毛泽东家世》，中央文献研究室编的《毛泽东年谱》以及《毛泽东传》，都加以引用。”②

1992 年 6 月 27 日《周末》载《毛泽东离乡别父诗溯源》一文，称原诗“作者其实是江户时代末期的名僧月性，诗题为《题壁》”。并介绍说“月性和尚号清狂，在周妨妙元寺出家，曾因忧国而周游四方，广交名士。他擅诗，有《清狂吟稿》。《题壁》是其 27 岁时离开故乡时所作，抒发了自己发愤图强的壮志和四海为家的胸怀。此诗对日本后世影响很大。传至中国后，影响也较广”。该文引述了《题壁》诗全文：

---

① 《西行漫记》，埃德加·斯诺著，三联书店 1979 年 12 月第 1 版，第 107 页。
② 《诗人毛泽东》，易孟醇、易维著，人民出版社 2003 年 11 月第 1 版，第 9 页。

男儿立志出乡关，学若无成不复还。

埋骨何期坟墓地，人间到处有青山。

毛新宇编著的《爷爷毛泽东》和江歌编著的《少年毛泽东》都采信了《周末》文章的说法，即认为这首诗是毛泽东修改僧人月性所作《题壁》。

但是，也有不少学者提出了不同看法。

有足够的资料证明，这首诗不是毛泽东的创作。但谁是它的作者，颇有异议。一般认为是日本人西乡隆盛。西乡隆盛（1828～1877年），是明治维新时期的政治活动家和军事家，他不到四十岁就在京都统领萨摩军。1860年元月，他发动政变，推翻了从1603年开始的德川幕府的统治，开始了明治维新运动。他与大久保利通、木户孝允一起，被誉为“维新三杰”。

《毛泽东年谱》第八页引用了毛泽东的这首改诗后，注云：“这首诗曾载《新青年》第一卷第五期，原文是‘男儿立志出乡关，学不成名死不还。埋骨何须桑梓地，人生无处不青山’。署名西乡隆盛。”毛泽东的改诗，与西乡隆盛的诗，只两个字不同，即“孩儿”与“男儿”，“誓不还”与“死不还”。但毛泽东的改诗，并非来源于《新青年》（初名《青年杂志》），因为毛泽东改诗在1910年，而《新青年》于1915年9月15日始在上海创刊。①

而季世昌编著的《毛泽东诗词鉴赏大全》则又提供了另外两种说法：第二说是“董学文《毛泽东和中国文学》一书说，这首诗，原是日本明治维新时倒幕志士村松文三（1828～1874年）的作品”。第三说是“据向真《毛泽东改诗赠父亲》（1984年9月29日南京《周末》报）说，广西有一位比毛泽东大两岁的革命烈士黄治峰也在青年时代改写此诗。他是这样改的：‘男儿立志出乡关，报答国家哪肯还。埋骨岂须桑梓地，人生到处有青山。’由此可见，毛泽东所据以改写的原作是一首当时比较流行的诗，其原作者尚待进一步查考”。②

这首诗究竟属于毛泽东的原创还是他的改诗？如果不是出自毛泽东的手笔，其原作者究竟是月性、西乡隆盛或是另有其人？答案恐怕已经很难

① 《诗人毛泽东》，易孟醇、易维著，人民出版社2003年11月第1版，第9—10页。

② 《毛泽东诗词鉴赏大全》，季世昌编著，南京出版社2001年8月第2版，第483页。

查考。但是，有一点不容置疑，毛泽东的的确确在临行前给他父亲留下了这样一首诗，而借助留下的诗句，毛泽东表达了外出求学、四海为家、胸怀远大的人生志向和坚强决心。

毛泽东走出乡关求学期间，曾多次回到韶山。例如，1915 年 2 月，他回乡过春节；1916 年6 月26 日至7 月9 日，他回乡探望患病的母亲；1919 年 10 月，毛泽东在忙于“驱张运动”中，得知母亲病逝，第三次回乡，悲情撰写《祭母文》和两副挽联，即匆匆赶回长沙。自 1921 年以后，也就是从筹建中国共产党组织和领导中国革命开始之后，他仅回过五次韶山。但每次回乡的意义都非同一般。

革命不成不返乡

风华正茂的毛泽东走出韶山求学，从此如鱼得水，他如饥似渴地学习，求知识、寻真理、干革命。他在湘乡县东山高等小学堂只读了半年书便前往省城长沙。到长沙后，他先后在驻省湘乡中学、省立第一中学、湖南省立第四师范、湖南省立第一师范等学校读书。1918 年毛泽东从第一师范毕业，结束了他的学生生涯。在这期间，特别是随后经过五四爱国运动的锻炼，毛泽东的学识得到极大丰富，各方面才华开始得到展现，政治思想日渐成熟，组织领导才能不断提高，他逐步成为一个职业革命家。

1920 年 1 月 23 日，毛泽东的父亲毛顺生病逝。当时，毛泽东因“驱张运动”正在北京活动，未能赶回奔丧，弟弟毛泽民独自料理了父亲的丧事，将父母合葬。1920 年 4 月，毛泽东离开北京到了上海，待了近三个月。在此期间，他多次与陈独秀会晤，共同讨论如何在湖南开展革命实践活动的问题。7 月，毛泽东回到长沙，立即投入宣传马克思主义，介绍十月革命，积极筹备在湖南建党的活动。

1921 年春节过后，毛泽东带着小弟毛泽覃，与表兄文南松、表弟文东仙一道，回到了生他养他的韶山冲。他这次回来，一是为父母祭坟，二是说服全家跟他出去干革命。走出韶山冲见过大世面的毛泽东，一直就想把两个弟弟都带出家乡，干一番大事业。但父母健在时需要有人养老送终，所以他只能先将小弟泽覃带到长沙读书。如今，二老均已故去。毛泽东所想的并非家中琐事，而是如何把毛泽民夫妇也带出韶山冲，到外面去读书、做事。事实上，毛泽东回乡之前，已经给毛泽民找好了工作，即在他主事的长沙一师附小做主理庶务。

毛泽东把一家人聚在一起，给大家讲外面正在发生的事情，讲到人们怎样反对军阀、反对帝国主义和殖民主义的欺压等。这些都是封闭在韶山冲的毛泽民和王淑兰前所未闻的新鲜事。毛泽东讲得最多的是个人与国家、“小家”与“大家”的关系，特别强调要“舍小家，为大家”这个道理。他说：“我的意思是，田，我们不作了。这个家我们也不要了，把屋里收拾一下。依我看，东西该送的送，该丢的丢，统统处理掉。我们都走！”这时的毛泽东和毛泽民，一个是心怀天下苍生、不惜抛家舍业矢志救国的共产主义者；一个是操持家务农活、普普通通的乡间农民。兄弟二人的心发生了激烈的碰撞。但是，在毛泽东的反复劝说之下，毛泽民夫妇懂得了“国乱民不安生”，终于下定了决心，不惜舍弃父母留下的家业，决心跟着毛泽东走出韶山冲！

而这次被说动心的还有一个人，就是菊妹子，其父毛蔚生，是毛泽东的堂叔，她是毛泽东的堂妹，过继给毛泽东母亲做女儿。她来上屋场已经多年，毛泽东一直把她当亲妹妹看待。毛泽东父母去世后，刚满14岁的菊妹子只好回到东茅塘那个破败的家，并被送到韶山杨林乡肖家去做童养媳。她在肖家吃苦受累，还经常遭受婆母的责骂。毛泽东这次回来听说了菊妹子的遭遇后，非常气愤，硬是派人把她接回上屋场来，并帮她解除了婚约。听说要离开韶山出去闯世界、干革命，菊妹子自然是十分情愿。毛泽东还为菊妹子取了一个名字：毛泽建。

毛泽东这次在韶山只住了四天。离开韶山前，毛泽东特意请毛家的一些长辈和德高望重的一些挚交来家里吃饭，以表感谢之意。正月初十，毛泽东带着小弟毛泽覃、妹妹毛泽建离开了韶山。几天之后，毛泽民也带着妻子恋恋不舍地别离了生活了25年的祖屋，走出了韶山冲。就这样，毛泽民、毛泽覃、毛泽建踏上了新的人生征程，日后都成为中国革命的坚强战士，成为流芳百世的人民英雄。

1924年1月，毛泽东出席了国民党在广州召开的第一次全国代表大会，并当选国民党中央候补执行委员。会后，毛泽东受中共中央的委派回上海参加国民党上海执行部的工作，协助国民党进行改组事宜。在国共两党组成统一战线的日子里，毛泽东格外忙碌。但是，国民党上海执行部的右派国民党人，视共产党人为异己，尤其是对毛泽东最为排斥。由于内外交困，心力交瘁，他病倒了。经中共中央同意，是年年底毛泽东回湖南养病。1925年2月6日，毛泽东携杨开慧以及毛岸英、毛岸青再一次回到故乡韶山，住了两百余天，8月28日离开韶山去广州。在此期间，毛泽东在韶山组织和领导了一系列革命活动，如创办了20多家农民夜校，组织了洗国耻报民仇的“雪耻会”，成立了中国农村最早的党支部——韶山党支部等。

在建党初期，毛泽东首先关心的是工人运动，对于农民问题在整个中国民主革命中的重要地位，他和其他许多早期共产党人一样，经历了一个逐步认识的过程。中共三大虽然通过了毛泽东和谭平山起草的《农民问题解决议案》，但实质上并没有去组织实施。正如周恩来在《学习毛泽东》一文中指出的那样：“五四运动以后，毛主席参加了革命运动，就先在城市专心致志地搞工人运动。那时陶行知先生提倡搞乡村运动。恽代英给毛主席写信说，我们也可以学习陶行知到乡村搞一搞。毛主席说，现在城市工作还忙不过来，怎么能再去搞乡村呢？这就说明毛主席当时没有顾到另一面。但后来毛主席很快就转到乡村，又把农民运动搞通了，使城市和乡村的革命运动结合起来。”① 半年多的韶山生活，毛泽东得以直接接触农民，他的思想受到了极大的影响，他日渐认识到农民问题是中国革命的根本问题。一场伟大的革命风暴，正在毛泽东的心里酝酿着。

1926年7月，国民革命军八个军正式出师北伐，拉开了第一次国共合作的帷幕。随着北伐战争的胜利进军，以湖南为中心的全国农民运动蓬勃兴起。到1926年11月，湖南农民协会会员发展到70多万。于是，地主豪绅、国民党中的右派分子以及北伐军中的反动军官等迅速聚集起来，攻击农民运动“糟得很”，是“痞子运动”“惰农运动”，叫嚣要“取缔农民运动”。党内不少人也怀疑农民运动的意义，甚至主张限制农民运动的发展。为了回答党内外对农民运动的种种攻击、怀疑和指责，1927年1月4日至2月5日，毛泽东以中共中央农民运动委员会书记和国民党中央候补执行委员的身份，在湖南农村风尘仆仆地考察了32天，之后写下了《湖南农民运动考察报告》这一不朽篇章。

1927年1月7日，毛泽东在“韶山五杰”之一的毛福轩的陪同下直奔韶山。这一次，毛泽东不但在上屋场自己的家中召开会议，请农运干部和

---

①《学习毛泽东》是周恩来1949年5月7日在中华全国青年第一次代表大会上的报告第三部分的节录，1978年10月8日曾在《人民日报》发表。

群众一百多人吃饭，还深入银田寺白庙、韶山冲毛鉴公祠、毛震公祠、坝子、杨林瓦子坪、大坪唐家托等地进行了走访调查。在几次演讲和座谈会当中，毛泽东广泛宣传革命道理，大力赞扬家乡农民的革命热情，充分肯定了韶山的农民运动。他说："有人讲农民运动'糟得很'，我看是'好得很'。农民打的是土豪劣绅、不法地主，把几千年封建地主的特权打个落花流水，有哪点不好呢？我前年离开韶山，至今只有一年多的时间，家乡就发生了翻天覆地的变化，我要感谢农民协会，感谢父老乡亲。"

家乡的父老乡亲们听了毛泽东的讲话，感到句句都说到农民心坎儿上了。但是毛泽东离开韶山前讲的一番话，更是让韶山人民永远铭记心中。那是在毛震公祠，几百名群众聚集一堂，他们一边听毛泽东讲话，一边在思考：毛润之搞革命是为我们穷人，但是革命最终能成功吗？他走了以后，我们怎么办？面对家乡父老，毛泽东也动了感情，他推心置腹地告诉乡亲们："我搞革命不是为了自己，是为了无产阶级的革命事业！我所爱的和我所交的朋友是穿草鞋的没有钱的穷人。我们的革命事业才开始，打了几个土豪、几个劣绅，好比在指甲缝里排污泥，还只挑去一点点。要彻底消灭封建地主和土豪劣绅，打倒军阀，赶走帝国主义，还得要二三十年的时间。"最后，毛泽东铿锵有力地立下誓言："二三十年革命不成功，我毛润之就不回韶山了！"① 此后，毛泽东为了人民的解放事业，领导了著名的秋收起义，随后引兵井冈山，建立革命根据地。从此，他开始了以军事斗争为主要形式的推翻国民党反动统治的斗争，再也没有回过韶山。

少年毛泽东走出乡关时的《七绝·呈父亲》中："学不成名誓不还"，尽管也慷慨激昂，但那只是一种个人"功成名就"的奋斗目标，而且这一目标很笼统、很模糊。而"二三十年革命不成功，我毛润之就不回韶山了"是毛泽东向乡亲们发出的革命誓言，这是一个革命家以天下为己任的宏伟誓言。

何须衣锦归故乡

中华人民共和国成立后，毛泽东日理万机，国务非常繁忙。1927 年毛泽东向乡亲们立下"二三十年革命不成功，我毛润之就不回韶山了"的誓言，如今已经实现，革命已经成功，他可以回故乡见父老乡亲了。随着岁

① 《1959 毛泽东回韶山》，王华、车广永著，中央文献出版社 2008 年 1 月第 1 版，第 18 页。

月的流逝和年龄的增长，他对韶山的思念日益浓郁。他通过邀请父老乡亲到北京做客或写信等方式关心着家乡的变化，惦念着乡亲们的生活。

1952 年春节，第一个被邀到北京做客的是他的表兄王季范，他还是毛泽东在湖南一师时的老师。此后，陆续被邀请或主动到北京的家乡人还有：韶山冲的毛家人，如毛泽东的族兄毛宇居、堂弟毛泽连；唐家托的文家人，如毛泽东的表兄弟文涧泉、文运昌；等等。

毛泽东思乡心切，但又抽不出身来，只好先派毛岸英回乡探亲。临行前，毛泽东嘱咐毛岸英必办的几件事：一是去板仓为母亲扫墓；二是回韶山毛家、唐家托曾外祖家看乡亲，并一再叮嘱儿子："要多到亲友、农民家走走，多了解些实际情况，多向他们宣传党的政策，好好向他们学习。"1950 年 5 月，毛岸英按照父亲的叮嘱回到故乡。谁知，这次回韶山是他的第一次也是最后一次。1950 年 11 月 25 日，毛岸英在抗美援朝战场英勇牺牲，时年 28 岁，英年早逝的毛岸英从此长眠在邻国的土地上。

1954 年仲夏，第一次全国供销社工作会议在北京召开期间，三个韶山人邹祖培、庞柱中和毛继生联名给毛泽东写了一封求见信。会议结束时，毛泽东派车把他们三人接到北戴河的住处。毛泽东见到久别的家乡人格外高兴。三个人也激动地对毛泽东说："主席已有二十六七年没有回去了，家乡人民都念着您老人家，希望您回去看看呢！"毛泽东也深情地说："难为家乡人的好意啊！请你们捎个信给乡亲们，过几年我一定回去看望他们的。"

1959 年 6 月，全国人民都在紧锣密鼓地筹备庆祝中华人民共和国成立十周年。6 月 24 日，毛泽东从武汉来到长沙，就是这次湖南之行，毛泽东提出回韶山看一看。他一到长沙就对负责安全工作的公安部部长罗瑞卿约法三章：一不要派干部去韶山，特别是不要派公安人员去；二在行动上给予自由；三到了韶山要让我广泛接见群众。他是要轻车简从回故园，平平常常地与乡亲们重聚。

6 月 25 日，毛泽东从湘潭乘一辆灰白色的吉普轿车向韶山行进。湘潭距韶山只有 40 多公里路程，道路是碎石铺的，不好走。早在 1950 年，湘潭县委和长沙地委就决定从湘潭修一条通往韶山的公路，同时还决定修复毛泽东旧居，另外再建一栋接待来宾的房子。本来修路、建房是方便群众的好事情，但是毛泽东也有他的考虑，他不赞成这样做。1950 年 9 月 20 日，毛泽东为此事专门给湖南省委书记黄克诚、省人民政府王首道和中南局负责人邓子恢去信。信云：

克诚、首道并告子恢同志：

据说长沙地委和湘潭县委现正进行在我的家乡为我建筑一所房屋并修一条公路通我的家乡。如果属实，请令他们立即停止，一概不要修建，以免在人民中引起不良影响，是为至要。

毛泽东

九月二十日①

经过一路颠簸，毛泽东一行于下午5时44分抵达韶山。毛泽东下车时满面笑容，与前来欢迎的湖南省委、韶山公社党委、韶山招待所负责同志及服务员一一握手。毛泽东一行当晚就在招待所卢湾一号楼下榻。招待所坐落在毛泽东旧居西北面不到一公里处的山坡上。

毛泽东刚住下，立即让人把韶山公社书记毛继生找来，毛继生就是1954年写信求见毛泽东的三个韶山人之一。按辈分排，毛泽东要比毛继生小一辈，因而毛泽东一见毛继生，就称呼"叔老子"，倒是毛继生显得很局促。他搓着双手，说着表示欢迎的话："这次回来了，希望您能多住一些日子，对冲里的工作多作指示！"毛泽东正色地说："你这么说，就把我当外客啦。我这次回来，是来看看家乡，会会乡亲。我想请几桌客。"韶山冲里有个约定俗成的规矩，远方的游子归来，乡亲们要请他去吃一顿饭。毛继生想，毛泽东出门几十年，回到乡里来，怎么还要他请客呢？毛泽东看出了他的心思，说："我离家几十年了，欠了太多的人情债，明天晚上请大家吃一顿便饭，叙一叙，团聚一番，请人要你去办，钱归我出。"毛泽东随即点了一长串名单，请毛继生去办。

当天晚上，夜深了，随行的领导都休息了，他一点睡意也没有，来到走廊上乘凉小憩并和值班卫士杨明拉家常。谈毕，毛泽东又回到房间，阔别归来的激动心情还是很难平静，夜已很深了，他还提笔写了几封信，到次日凌晨四点多钟，他才去睡觉。

毛泽东有晚睡晚起的习惯，一般在上午10点左右才起床吃早饭。可26日天边刚刚露出晨曦，四周尚寂寥无声，毛泽东已经起床出门了，这被早起在院里打扫卫生的服务员马保荣看见，她赶紧喊卫士们和其他人起床。大家冲出门，一路小跑，在韶河的石桥上追上了毛泽东。过了韶河，

① 《1959毛泽东回韶山》，王华、车广永著，中央文献出版社2008年1月第1版，第45页。

上了公路，毛泽东朝南岸上屋场方向走去。走了一会儿，毛泽东说：“今天我要到父母坟上看看。”

毛泽东沿着崎岖的山道来到父母墓前。手疾眼快的随行警卫沈同赶紧折些鲜花和松枝递给他。毛泽东把鲜花和松枝放在坟头上，恭恭敬敬地行了三个鞠躬礼，并深情地说：“前人辛苦，后人幸福。”墓地四周长满了柴草，墓中央还塌了一个洞眼，他面对坟墓肃立良久，毛继生问：“主席，要不要把坟墓修一下呢?”毛泽东说：“不要，把它填一下就行，每年清明节请你们代劳培培土!”下山途中，毛泽东对大家说：“我们共产党是彻底的唯物主义者，不信什么鬼神。但生我者父母，教我者党、人民、师长、同志和朋友，还得承认。”

毛泽东从父母坟地回来，下山正好就是李文贵家。他父亲李南华是毛泽东家的近邻，毛泽东去长沙求学时曾帮毛泽东挑过行李。毛泽东到土地冲屋场的坪里坐了一会儿。随后，毛泽东来到谢家屋场，这个家的主人叫毛霞生。他正在田里干活，见贵人到，他扔下锄头就往屋里跑，赤着双脚，腿上还留着泥巴，就这般模样来到毛泽东身边。毛泽东却特别喜欢这样纯朴的农民，招呼他在自己身边坐下，随即递给他一支“珞珈山”牌香烟。这烟很便宜，每盒一毛二分钱。毛泽东特地买了几条自己抽。回到家乡，为的是自己更能随便地接近群众而不显得很特殊。当他得知毛霞生是毛福村的儿子时，毛泽东大声一笑：“啊！小时候我还抱过你哩!”这句话一下子拉近了毛泽东与乡亲们的距离，毛霞生的紧张情绪也顿时消失。毛泽东很关切地询问毛霞生一家的生产、生活情况，随后又问起当年和他一起劳动读书的一些老人的情况。得知这些老人都已过世，毛泽东感慨万端。

从毛霞生家里出来，走过门前的池塘，便来到阔别已久的旧居——上屋场。这时韶山冲里的众乡亲已不约而同地聚集在这里，毛泽东微笑着向人群招手致意。他在陪同人员簇拥下走进旧居，走进自己当年的卧室。卧室里挂着毛泽东三兄弟与母亲的合影。毛泽东深情地说：“这是我母亲有病时，1919 年在长沙照的。”望着照片中已故的两个弟弟泽民、泽覃，毛泽东思绪万千。毛泽东缓缓走进毛泽民的卧室，墙上挂着毛泽民头戴红军帽，身穿军服的半身遗像。毛泽东看了一阵，对身边人员说：“泽民这个像很像。”在毛泽覃遗像前，他轻声叹息道：“这是我的泽覃六弟，他很聪明，胆子也比我大!”毛泽东卧室上方有一个小阁楼，儿时他常在上面看书，还开过一次极其重要的会议。那是 1925 年 6 月的一天，他和毛福轩在这里发展毛新枚、庞叔侃、钟志申和李耿侯入党并成立韶山党支部。如今五位党员都已为革命而献身。楼梯口下边的墙上挂着一块牌子，说明毛泽东当年曾在此建立党的组织。当看到上面写着“党小组”几个字时，他纠正说：“不对，不是党小组，是党支部，我们有5名党员，毛福轩是第一任韶山党支部书记。”毛泽东之所以这样严肃地予以纠正，是对历史的尊重，也是对革命烈士的尊敬。

毛泽东离开旧居准备回招待所吃早饭。路过韶山学校门口时，师生们和不少村民已在路旁恭候多时。这时韶山学校的学生向毛泽东献花，他微笑着挽着学生的手走上校门口的台阶，信步走进学校，师生们欣喜若狂。围拢的人很多，毛泽东照顾大家的愿望，便站在操场上同师生们见面、交谈、说笑。记者抓拍了一张笑容满面的毛泽东同小学师生们在一起的珍贵照片。给毛泽东献花并戴上红领巾的两位少先队员，一个叫蒋含宇，另一个叫彭淑清。照片上，他们一左一右站在毛泽东身边，笑得最开心，最灿烂。正是这张照片，还成全了一桩美好姻缘。1963年蒋含宇考上中国人民大学国际政治专业，彭淑清考入北京石油学院炼油机械专业。1968年两人毕业后均分配到辽宁省工作，1971年两人结为伉俪。

回韶山的第二天下午，毛泽东去韶山水库游泳时途经毛氏宗祠，他下车后与欢迎的群众握手致意，并顺便进祠拜祖。韶山毛氏祠堂有三：一是毛姓总祠，叫毛氏宗祠；二是毛氏震房祠堂，叫毛震公祠；三是毛氏鉴房祠堂，叫毛鉴公祠。毛泽东属震房。祠堂是族人经常聚会的地方，也是祭祀祖先的地方，毛氏祠堂也是如此。但是，到了毛泽东这一代，毛氏祠堂还成为开展革命活动的地方。1925年毛泽东回韶山开展农民运动，创办农民夜校，杨开慧就曾在毛氏宗祠给农民讲课，宣传革命道理。这次到了毛氏宗祠门口，毛泽东想要进去看看，毛继生说：“您不要进去看了，里面没有什子东西看。”但是毛泽东已经踏进了门槛。他走进祠堂，发现祖先的牌位不见了，不解其惑，便追问：“那些栗木牌子哪里去了?”“已经烧了。”陪同人员回答得理直气壮，以为做了一件破除迷信的好事。毛泽东一听就火了：“咯样冇得柴烧？菩萨是迷信，应该打倒，但是烈士墓和祖宗牌子都是纪念，要不信，要50年以后，老年人死了，青年人就不信了，你要压迫群众不信，你自己就是迷信者。”毛泽东对着原先摆放祖宗牌位的空墙壁行了三个鞠躬礼，自言自语地说：“管他三七二十一，行三个鞠躬礼再说。”对于这一细节，人们一直讳莫如深。后来，曾担任过韶山管理局局长的龚国忠率先将真实情况见诸报端，一个感情充沛、人情味很浓的毛泽东呈现在了人们的面前。①

韶山没有大江大河，酷爱游泳的毛泽东只好去韶山水库里“拱一拱”。离开祠堂后，毛泽东前往韶山水库，途中还专门看望了韶山党支部第一任书记毛福轩的遗孀“五阿婆”贺菊英，并叮嘱地方负责人要照顾好烈士遗属。之后，毛泽东到水库下水畅游了一番。水库两边山坡上围观的群众很多，毛泽东游兴很浓，尽管水温较低，他还是游了一个多小时。

因为晚上要请乡亲们吃饭，毛泽东从水库上岸后径直回到招待所。宴会设在松山一号楼的餐厅，摆了八张方桌。客人们陆续来了，客人主要是四个方面的：是韶山的老党员和大革命时期的革命群众；二是烈士家属和老贫农；三是文家亲戚；四是旧友和地方干部。他们见到毛泽东，这个叫“三哥”，那个叫“大伯”，还有的称“润之先生”，毛泽东与客人握手并笑哈哈地答应，屋里洋溢着亲人团聚的热烈气氛。一开始，大家有点拘谨，站在桌旁不入座，相互推辞着。毛泽东首先请毛宇居入主宾席，接着又请韶山党支部第一任书记毛福轩的遗孀贺菊英、韶山第一批党员毛新枚的妻子沈绍华入席，大家也不好意思让他挨个请，都相继找地方落座入席。酒席上的菜都是地道的韶山风味。毛泽东开席道：“今天要请的客人，绝大多数都请到了，但有一位贵客没请到，不是我不请，而是请了也不会来。”原来他指的是小时候拜认的干娘——韶峰后山的那块巨石。知道底细的人哄堂大笑，宴会气氛活跃起来了。

接着，毛泽东举杯发表祝酒词：“我石三伢子毛泽东离开韶山 32 年了，这次回乡，我没有别的表示，就请各位长辈、亲朋、革命老同志一起吃顿便饭。”开始大家都很拘束，不敢大胆夹菜。于是，他又给大家讲了一个典故：古代有个皇帝很威严，老百姓都怕他。他有一个朋友当县官，过去和他关系很密切。后来，县官和一个老百姓去京城见皇帝，见了皇帝就胆战心惊，吃饭的时候不敢端碗，手抖得很厉害。毛泽东问这个皇帝是谁，那个县官和老百姓是谁，是哪个朝代的，没有人回答得出来，他自己也没有作答。大家只是把这个典故默默地记在心里，谁也没有去探究、考

---

① 《1959 毛泽东回韶山》，王华、车广永著，中央文献出版社 2008 年 1 月第 1 版，第 93—102 页。

证。毛泽东讲这个故事的目的，无非是想让大家打消顾虑，放开心思吃饭。①

说着，他从座位上站立起来，“现在我向大家敬一杯酒，请干杯！”第一位接受毛泽东敬酒的是他的堂兄和塾师毛宇居。毛宇居说：“主席敬酒，岂敢！岂敢！”毛泽东笑道：“尊老敬贤。应该！应该！”随后，毛泽东逐桌敬酒，但毛泽东端酒来到时，桌上的菜都吃光了，局面有些尴尬，毛泽东还是向诸位乡亲敬酒，并说：“不要急，慢点吃，后面还有几个菜！”饭后，大家提议要和毛泽东合影，他痛快地答应了。但是，照相的时候，他表情严肃，几乎一言不发，刚才乡亲们狼吞虎咽的场面和桌上杯盘狼藉、残羹不剩的情景挥之不去，家乡父老“公社食堂填不饱肚皮”之类的埋怨依然在他耳边萦绕。

客人们走后，毛泽东带着沉思步入卧室。他劳累了一天也该休息了，可 66 岁的毛泽东却没有一点睡意。他一会儿在房间踱步，一会儿躺下沉思，一会儿隔窗凝望，整个晚上他没有上床入睡。两天来，他接见了群众 3000 多人，韶山在家的男女老少几乎都受到了毛泽东的接见，80% 的人与毛泽东握了手，他的手几乎被握红了，握肿了。这些热闹的场面浮现在他眼前，几十年的往事一齐涌上心头……

6 月 27 日下午 4 时，毛泽东结束了三天两夜的故园之行，离开韶山返回长沙，然后上庐山主持召开了中央政治局扩大会议。

1966 年 6 月 17 日，毛泽东再一次回到韶山。这次没有住韶山招待所，而是住在滴水洞，一直住到 28 日。在一般场合下毛泽东对穿着很不讲究，这次回乡更是如此，而且只带了两套衣服：一套灰色中山装，一套豆沙色中山装。他办公时总是穿睡衣或棉毛衫裤，上面都有许多补丁，只在会客时才穿那套灰色中山装，他的生活也很简朴，饭菜都是很普通的，没有高档名菜，更没有山珍海味。唯一不同的是，毛泽东这次是秘密返乡，行动是不“自由”的。他没有公开露面，没有像 1959 年那样走家串户，了解民情。韶山群众不知道他回来，只有韶山公社的个别干部知道一些情况。12 天里，毛泽东生活、学习、工作都在滴水洞，几乎与外界隔绝。此间，他最自由的一次活动就是 6 月 21 日到韶山水库游泳，但是也已经没有了群众的围观和热闹的场面。

---

① 《毛泽东五回韶山》，张药、张德兵著，陕西人民出版社 2009 年 5 月第 1 版，第 260 页。

1966年毛泽东秘密回韶山后，一直到1976年他与世长辞，就再也没有回过韶山。

1976年8月，毛泽东身体极度虚弱，病情急剧恶化。8月23日，躺在病床上的毛泽东向身边的工作人员表达了他的一个心愿："如有可能，我还是想回韶山……"工作人员立刻将毛泽东的这一愿望报告给了中央政治局。中央政治局通过讨论决定：由中央军委指派飞机试飞长沙，一旦条件合适立刻送毛泽东回长沙，然后再想办法送毛泽东去韶山滴水洞进行疗养和继续治疗。中央军委立刻通知了北京西郊机场，由指定的专机飞行人员驾机试飞长沙。一周内通过三次试飞，专机机组人员报告：可以起飞。很快，中央政治局作出决定：如果毛泽东的身体状况和气候条件许可，9月15日送毛泽东回长沙。然而，毛泽东没有等到9月15日，9月9日凌晨，毛泽东的心脏停止了跳动，他临终前"想回韶山"的最后一个心愿未能实现。①

斗转星移，1993年12月20日，时任中共中央总书记、中央军委主席、国家主席的江泽民同志在韶山为毛泽东铜像揭幕。毛泽东在开国大典上的庄严而亲切的光辉形象，展现在世人面前：身躯魁梧，体态稳健，着中山装，双手紧握书卷置于胸前，神采奕奕，流露出发自肺腑的欣慰与笑容。毛泽东铜像坐落韶山，意味着百岁毛泽东魂归故里。毛泽东终于回到了故乡，毛泽东不走了，他将永远活在韶山人民的心中，永远活在中国人民的心中。

情意浓浓故园吟

唐天宝三年（744年）贺知章辞官归乡时，已86岁高龄，他赋诗一首：

回乡偶书

少小离家老大回，乡音无改鬓毛衰。
儿童相见不相识，笑问客从何处来。

---

①《历史的遗憾——毛泽东的未竟心愿》，邸延生著，新华出版社2010年4月第1版，第153页。

这首诗写久别归来的游子对故乡的陌生感，包含很多的人世沧桑。贺知章告老还乡时，离开越中（浙江）故乡足有五十余年。“少小离家老大回”，人走得再远，总有叶落归根的夙愿。“乡音无改鬓毛衰”，漂泊在外，始终不改的岂止是口音？人在外地说着乡音，不免时时有异乡为异客之孤独感，而今尽管年老体衰，总算又可以听到熟悉亲切的家乡话了，又可以见到故乡亲友了。然而，“儿童相见不相识”，由于离开太久，顽皮孩童自然不认得。“笑问客从何处来”，问自己来自何处竟然是诗人听到的第一句乡音，口音熟悉，可内容却十分生分！说者无心，听者有意，试想一想：一个在异乡为客的耄耋之年的老人，回到家乡发现自己被当作客人，该是何等伤感！

据有关资料记载，毛泽东曾为贺子珍解读贺知章的《回乡偶书》一诗。井冈山斗争时期，闲暇的时候，毛泽东会抽出时间来教贺子珍欣赏古典诗词。一天，毛泽东教贺子珍读贺知章的《回乡偶书》。毛泽东开玩笑说：这可是贺家的老祖宗唐朝诗人贺知章的名作。贺子珍听说与诗人是一家子，背得也用心，一会儿就背熟了，也和毛泽东开玩笑，说怕自己将来回老家时，“儿童相见不相识，笑问客从何处来”。她怕自己无从回答，所以央求毛泽东教她写诗。①

1958 年初，刘少奇在一次谈话中，曾以贺知章《回乡偶书》为古代官吏禁带家眷的例证。他以为诗中“儿童相见不相识”的“儿童”，指的就是贺自己的儿女。毛泽东听了，觉得其说不甚妥当，特意给刘少奇致信谈了自己的见解：

少奇同志：

前读笔记小说或别的诗话，有说贺知章事者。今日偶翻《全唐诗话》，说贺事较详，可供一阅。他从长安辞归会稽（绍兴），年已八十六岁，可能妻已早死。其子被命为会稽司马，也可能六七十了。“儿童相见不相识”，此儿童我认为不是他自己的儿女，而是他的孙儿女或曾孙儿女，或第四代儿女，也当有别户人家的小孩子。贺知章在长安做了数十年太子宾客等官，同明皇有君臣而兼友好之遇。他曾推荐李白于明皇，可见彼此惬

① 《毛泽东诗话词话书话集观》，刘汉民、舒新编著，长江文艺出版社 2002 年 10 月版，第 25 页。

洽。在长安几十年，不会没有眷属。这是我的看法。他的夫人中年逝世，他就变成独处，也未可知。他是信道教的，也有可能摈弃眷属。但一个九十多岁像齐白石这样高龄的人，没有亲属共处，是不可想象的。他是诗人，又是书家（他的草书《孝经》，至今犹存）。他是一个胸襟洒脱的人，不是一个清教徒式的人物。唐朝未闻官吏禁带眷属事，整个历史也未闻此事。所以不可以“少小离家”一诗便作为断定古代官吏禁带眷属的充分证明。自从听了你那次谈到此事以后，总觉不甚妥当。请你再考一考，可能你是对的，我的想法不对。睡不着觉，偶触及此事，故写了这些，以供参考。

毛泽东

一九五八年二月十日上午十时①

在信后，毛泽东还补充说：复寻《唐书·文苑·贺知章传》（《旧唐书·列传一百四十》，页二十四），亦无不带家属之记载。近年文学选本注家，有说“儿童”是贺之儿女者，纯是臆测，毫无确据。

经毛泽东这么详细解释，对贺知章其人其诗其事，人们已经更能理解把握了。但毛泽东回乡的感觉完全不同于贺知章。毛泽东五次回韶山，除最后一次属于秘密回乡之外，总是和乡亲们密切接触，与乡亲们亲密无间，特别是新中国成立后家家户户张贴他的画像，即便是孩童也认得他，自然不会产生贺知章那种回到家乡还被当作客人的孤寂感。

在乡亲们面前，毛泽东满口的家乡话，态度和蔼，平易近人，丝毫没有“君临天下”“俯视众生”的威严和架势。他也不是衣锦还乡，而是回乡看望自己的父老乡亲。1959 年 6 月毛泽东回韶山时，时任湖北省委第一书记的王任重全程陪同，感慨颇深，他曾在招待所的留言簿上写下一首诗以抒怀纪事：

韶山风光依旧，人世几经沧桑。
壮志已成大业，何须衣锦还乡。

① 《毛泽东书信选集》，中央文献研究室编，中央文献出版社 2003 年 11 月第 1 版，第 493 页。

衣锦还乡，是多少人的梦想。不过，“衣锦还乡”这个词褒贬两义兼具，《史记·项羽本纪》中记载，项羽当年，初歼秦师，威震华夏。项羽灭秦后，有说者进言，关中地势险要物产富庶，劝西楚霸王虎踞中原，独霸天下。项羽却说：“富贵不归故乡，如衣绣夜行，谁知之者!”项羽心里念念不忘衣锦还乡，只想锦衣高马在江东父老面前显露自己的成功。但他这一去，给了刘邦喘息的机会，进而得以立足两川檄定三秦，积累了和项羽抗衡的人力资源和物质基础。项羽虽然避免了锦衣夜行，但失掉了锦绣江山，不得不兵败自刎乌江。尽管李清照也曾发出“生当作人杰，死亦为鬼雄。至今思项羽，不肯过江东”的慨叹，但机不可失，时不再来。

其实，项羽的死对头刘邦也衣锦还乡了一把，闹腾的劲儿比项羽厉害得多。公元前195年，刘邦平叛途中，大军路过家乡沛县，遂下令召集父老子弟，置酒高会。酒酣兴起，刘邦击筑而唱《大风歌》：

大风起兮云飞扬，
威加海内兮归故乡，
安得猛士兮守四方！

刘邦且歌且舞，乃至慷慨伤怀，泪洒胸襟。刘邦对家乡父老感叹道：“游子悲故乡。吾虽都关中，万岁之后，吾魂魄犹乐思沛。”

刘邦所谓的衣锦还乡并不是在初建汉朝登上宝座的那一年，而是在灭项羽建立汉朝12年之后。汉代以后的作家，经常以此史实入诗，极力颂扬刘邦回故乡时“大风起兮云飞扬”的煊赫及“威加海内兮归故乡”的荣耀，强调其天子之威不忘故土的孝子之心。把刘邦归故里这件事写得非常体面。至于故人父老如何反应，史传没有记载。

刘邦衣锦还乡，留下一曲风光的《大风歌》，但被后人演绎，终究成了小人的得意。特别是元代元曲作家睢景臣的《般涉调·哨遍·高祖还乡》，从一沛县乡民的眼光进行描述，角度别致，极尽讽刺揶揄之能事：

【哨遍】社长排门告示，但有的差使无推故。这差使不寻俗，一壁厢纳草也根，一边又要差夫。索应付，又是言车驾，都说是銮舆，今日还乡故。王乡老执定瓦台盘，赵忙郎抱着酒胡芦。新刷来的头巾，恰糨来的绸衫，畅好是妆么大户。

【耍孩儿】瞎王留引定火乔男妇，胡踢蹬吹笛擂鼓。见一飚人马到庄门，匹头里几面旗舒。一面旗白胡阑套住个迎霜兔，一面旗红曲连打着个毕月乌，一面旗鸡学舞，一面旗狗生双翅，一面旗蛇缠葫芦。

【五煞】红漆了叉，银铮了斧，甜瓜苦瓜黄金镀。明晃晃马镫枪尖上挑，白雪雪鹅毛扇上铺。这些个乔人物，拿着些不曾见的器仗，穿着些大作怪的衣服。

【四煞】辕条上都是马，套顶上不见驴，黄罗伞柄天生曲，车前八个天曹判，车后若干递送夫。更几个多娇女，一般穿着，一样妆梳。

【三煞】那大汉下的车，众人施礼数，那大汉觑得人如无物。众乡老展脚舒腰拜，那大汉挪身着手扶。猛可里抬头觑，觑多时认得，险气破我胸脯。

【二煞】你身须姓刘，你妻须姓吕，把你两家儿根脚从头数：你本身做亭长耽几杯酒，你丈人教村学读几卷书。曾在俺庄东住，也曾与我喂牛切草，拽坝扶锄。

【一煞】春采了桑，冬借了俺粟，零支了米麦无重数。换田契强秤了麻三秆，还酒债偷量了豆几斛。有甚胡突处，明标着册历，见放着文书。

【尾声】少我的钱差发内旋拨还，欠我的粟税粮中私准除。只道刘三谁肯把你揪捽住，白甚么改了姓更了名唤做汉高祖。

这个套曲，通过一个过去与刘邦有些瓜葛、现在被拉去迎驾的乡民的观察和回忆，从另一个角度再现了刘邦衣锦荣归的“盛典”，并述说刘邦发迹前的丑恶行径。睢景臣以奇特的构思，辛辣的讽刺，诙谐的笔调，无情地撕下了流氓皇帝刘邦“天生圣人”的伪装，变史载的歌颂为文学作品的暴露，表现了农民对最高统治者的蔑视和憎恶，导演了一出绝妙的政治讽刺剧。

刘邦回乡时的《大风歌》或多或少表露出张狂和得意，难免遭后人诟病。伟大诗人毛泽东在要离开韶山的前夜，即 1959 年 6 月 26 日夜，思绪也如江海的浪涛在翻滚。写写改改，一直到黎明，吟成诗一首：

七律·到韶山

一九五九年六月二十五日到韶山，离别这个地方已有三十二周年了。

别梦依稀咒逝川，故园三十二年前。
红旗卷起农奴戟，黑手高悬霸主鞭。
为有牺牲多壮志，敢教日月换新天。
喜看稻菽千重浪，遍地英雄下夕烟。

该诗1963年12月收入《毛主席诗词》公开发表，其间，毛泽东多次征求有关人士的意见，并进行了多次修改。最先得到该诗稿的要算周小舟和胡乔木。后来又分别征求湖北省委副秘书长梅白，《诗刊》主编臧克家、副主编徐迟，著名诗人郭沫若等人的意见。如前联原是“梦里依稀别经年”，后改为“别梦依稀哭逝川”，最后采纳了梅白的建议，将“哭”字改为“咒”字，毛泽东因而笑称梅白为“半字之师”。之所以作这样的修改，大约是因为“哭”字虽然表达了深情，但力度不够，与全诗表达的豪壮感情不完全相称，改为“咒”字后，感情强化了，同时也与诗人的审美心性和艺术趣味有关。毛泽东曾经说过：“杜甫、白居易哭哭啼啼，我不愿意看。”① 此外，在温庭筠《苏武庙》一诗中已有“空向秋波哭逝川”，作者从艺术创新角度来考虑，当然也要弃“哭”改“咒”了。

毛泽东在序文中说“离别这个地方已有三十二周年了”，短短两句28个字，以历史的高度，用如椽的大笔，为32年间沧桑巨变揭开了史诗的序幕。此语貌似平淡，其实蕴含着诗人对故乡深厚的情感。32年在历史长河中不过是“弹指一挥间”，但在个人的生命中却是漫长的历程。1927年毛泽东立下的誓言如今已经实现，个人的志向得以实现，中国的革命已然成功，韶山也发生了翻天覆地的变化。毛泽东所抒发的诗情，不是个人得志的“小我”之情，而是一个革命者重温革命征程，缅怀革命先烈，喜看家乡巨变的“舍小家为大家，舍自己为人民”的“大我”之情。

首联“别梦依稀咒逝川，故园三十二年前”的“别梦依稀”，深沉地抒写了诗人对故乡魂牵梦萦的思念。在古典诗词中，“别梦依稀”一类词语常与伤感情绪相连，如李商隐《春雨》“残宵犹得梦依稀”，张泌《寄人》“别梦依依到谢家”，鲁迅《无题》“梦里依稀慈母泪”，都带有这种

---

① 《毛泽东与文艺传统》，陈晋，中央文献出版社1992年版，第207页。

感情色彩。“逝川”典出《论语》：“子在川上，曰：‘逝者如斯夫！不舍昼夜。’”孔子的原意是把时事的变化比作河水不停地流逝，后人将其与岁月流逝等同起来。一个“咒”字，不仅仅表达出作者对时光飞逝的慨叹，更强烈地抒发了作者对旧中国黑暗社会及其反动统治者的无比憎恨。作者回忆“长夜难明”的昔日，怎能不充满愤懑、激动之情呢?!

颔联“红旗卷起农奴戟，黑手高悬霸主鞭”，形象生动地描绘了中国共产党领导下轰轰烈烈的农民革命运动图景，也无情地揭露了以蒋介石为首的国民党反动派对革命力量所进行的疯狂镇压。“红旗”与“黑手”的对立，“农奴戟”与“霸主鞭”的抗争，是光明与黑暗，革命与反革命，解放与压迫的斗争，是不可调和的阶级矛盾。哪里有压迫，哪里就有反抗。这里的农民革命运动，已不局限于指韶山的革命斗争了，而是整个中国革命斗争的缩影。对此处“黑手”一词的解释曾有过争议，有人引用毛泽东的话，认为它当指“农民”。毛泽东在《湖南农民运动考察报告》中说：“他们（指农民，引者）举起他们那粗黑的手，加在绅士们头上了。”在《在延安文艺座谈会上的讲话》中，毛泽东说：“最干净的还是工人农民，尽管他们手是黑的。”但这不足以证明毛泽东在这首诗所说的“黑手”就是“农民”，显然这里的“黑”不完全是一个颜色词，而应理解为是在虚写黑心肠的国民党反动派。况且，如果“黑手”指“农民”的话，从诗词创作的角度讲，也不符合对仗、对比的基本要求，诗坛高手毛泽东显然不会不明白这一词法要领。

颈联“为有牺牲多壮志，敢教日月换新天”，是对韶山、湖南乃至全国各族人民英勇斗争而为国捐躯的革命烈士的赞颂。中国革命的目的是要彻底推翻压在中国人民头上的“三座大山”，这是改天换地、扭转乾坤的伟业，而要奋斗就势必会有牺牲，无数革命先烈胸怀救国救民之志，不懈奋斗，不惜牺牲。仅韶山地区，在革命斗争中就有144位革命烈士，其中当然也包括毛泽东的6位亲人：杨开慧、毛泽民、毛泽覃、毛泽建、毛岸英、毛楚雄，还包括韶山第一届党支部的5位党员：毛福轩、庞叔侃、李耿侯、毛新枚、钟志申。回归故里时，毛泽东想到的不是自己的功成名就，不是自己的光宗耀祖。更不是如何享受胜利果实，而是深情缅怀为革命抛头颅、洒热血的无数先烈的英雄业绩。

尾联“喜看稻菽千重浪，遍地英雄下夕烟”以现实情景作结。一个“喜”字与开头一个“咒”字形成强烈对比，新旧社会两重天，真是天壤之别啊！面对一去不复返的可咒逝川，诗人以轻捷的笔触描绘家乡新貌：农业生产一派金浪滚滚的丰收景象，炊烟袅袅的时候农民们带着劳动的喜悦收工回家享受天伦之乐。这真是诗中有画，诗画统一，呈现出一幅当代社会主义新农村的和谐、恬淡、兴旺的风俗画。无数革命先烈前仆后继不断追求的不就是这样一种“换了人间”的现实效果吗？不就是希望人民群众能够在祥和、充实、幸福的氛围中劳动和生活吗？不就是期盼推翻吃人的旧制度，建立社会主义的新家园吗？

特别值得注意的是，作者把议论的内容写得形象逼真，既有感染力，又有说服力。颔联两句把在中国共产党领导下掀起的农民武装斗争与反动派地主武装镇压、屠杀革命群众写得形象生动。颈联两句也属议论内容，但选用形象思维的词语来表达，凸显革命者视死如归和革命到底的浩然正气，这种雄浑豪迈的诗句，反映了诗人乐观的性格和宏大磅礴的胸襟气魄。这样的情怀，岂是一个封建君王衣锦还乡的得意心态所能相提并论？

第二章　人间知己吾和汝

毛泽东的婚姻生活曲折坎坷，既有幸福，也有苦涩。但是在毛泽东所创造的诗词艺术世界中，世人所能感受到的，只有他对杨开慧所倾注的无限深情。他的第一任妻子罗氏是包办婚姻的牺牲品，两人不曾在一起共同生活，自然不会在毛泽东诗词中留下任何印迹。毛泽东与贺子珍曾经患难与共、情深意笃，但是毛泽东对贺子珍的眷恋也没有在他的诗词作品中流露。1961 年 9 月 9 日，毛泽东虽为江青拍摄的照片题诗：

七绝·为李进同志题所摄庐山仙人洞照

暮色苍茫看劲松，乱云飞渡仍从容。
天生一个仙人洞，无限风光在险峰。

但这首诗算不上爱情诗，不涉及两人之间的感情问题。唯有杨开慧在毛泽东的诗性世界中占有显赫地位，成为不断吟咏的对象。这种浓浓的夫妻情在《虞美人·枕上》《贺新郎·别友》《蝶恋花·答李淑一》当中表现得淋漓尽致。

相识相知更相爱

毛泽东在与埃德加·斯诺谈自己的人生经历时，没有多谈杨开慧，只是寥寥数语谈到他们之间认识、结婚和杨开慧牺牲的情况。1918 年到北京的时候，“我遇见而且爱上了杨开慧。她是我以前的伦理学教员杨昌济的女儿。在我的青年时代杨昌济对我有很深的影响，后来在北京成了我的一位知心朋友”。1920 年，“我和杨开慧结了婚”。1930 年红军第二次攻打长沙之后，“我的妻子和我的妹妹，还有我的兄弟毛泽民、毛泽覃两个人的妻子和我自己的儿子，都被何键逮捕。我的妻子和妹妹，都被何键杀害。其余的后来得到释放”①。而事实上，毛泽东与杨开慧之间的情感历程远比这种叙述丰富得多，也感人得多。杨开慧与毛泽东相爱，是在五四运动新思潮的影响下，壮怀激烈的热血青年自由选择和自由恋爱的结果。毛泽东与杨开慧的夫妻生活只有几年时间，但毛泽东对杨开慧的爱意与追思终生不变。毛泽东与杨开慧的爱情故事有口皆碑，感天动地。他们之间的情爱至深，情感无限。

说起两人的相恋，与其说是毛泽东对杨开慧先生爱慕，倒不如说是毛泽东先仰慕其父亲杨昌济；与其说是杨开慧先倾慕毛泽东的才华横溢，倒不如说是杨昌济先赏识毛泽东这个得意学生的孜孜好学和天下之志。

1913 年春，将近 20 岁的毛泽东以第一名的优异成绩考入湖南省立第四师范学校。翌年春，第四师范合并到湖南省立第一师范学校，毛泽东随之转入一师，自此，直到 1918 年夏季毕业，毛泽东在这所当时赫赫有名的学府学习了五年半。在这里，他遇到了恩师杨昌济。

杨昌济（1871～1920 年），号怀中，长沙县板仓人，其家世代书香。杨昌济幼年时，受父亲影响，潜心修学，持之以恒，19 岁考取秀才。1903 年至 1913 年，先后留学于日本、英国、德国，曾获爱丁堡大学的中国哲学博士学位。虽然杨昌济的思想体系是儒家思想，但他毕竟在国外留学 10 年，接触到了西方近代思想和西方哲学，能联系欧洲学术思想来重新解释孔孟学说。他归国时，辛亥革命的胜利果实已为袁世凯所篡夺，湖南的政权也为立宪派政客谭延闿所窃据。谭延闿企图多方网罗人才，想拉他做湖南省教育司长，杨昌济托辞谢绝，决心培育英才，开启民智，探求教育救国之路。据说他第一次上课时，就在黑板上板书：“自闭桃源称太古，欲载大木柱长天”②，足见其人生旨趣和教育理想。

美国作家罗斯·特里尔在评价杨昌济时说：“这位具有过激精神的绅士因为提倡寡妇再嫁而震动了整个长沙……他是一根往旧中国的躯体中输

① 《西行漫记》，埃德加·斯诺著，生活·读书·新知三联书店 1979 年 12 月第 1 版，第 127—131 页。

② 《家世家书家风：毛泽东的亲情世界》，丁晓平著，中国青年出版社 2009 年 1 月第 1 版，第 40 页。一说为“自辟桃源称太古”，见《毛泽东读书记》，第 20 页；另一说为“强避桃源称太古”，见《学生时代的毛泽东》，唐振南、周仁秀，第 160 页。

入新鲜血液的导管。”“杨昌济的生活方式是传统的——人们称他‘老夫子’……但是他在渴求生命意义的一代人的心灵中播下了会结出激进果子的种子。”①

此时的毛泽东正处于世界观逐步形成的阶段，而杨昌济的言论和行为，对他起了潜移默化的作用。杨昌济是《新青年》在湖南的最早的读者和宣传者。他在《新青年》上发表了《治生篇》和《结婚论》等论著和译文，并积极推荐毛泽东写的《体育之研究》在该刊发表。毛泽东十分敬慕杨昌济，他在1915年7月致黎锦熙的信中说：“弟近年来有所寸进，于书本得者少，于质疑问难得者多。”并说“弟观杨先生之涵宏盛大，以为不可及”。②“他是从英国回来的留学生，后来我同他的生活有密切的关系，他教授伦理学，是一个唯心主义者。他对自己的伦理学有强烈信仰，努力鼓励学生立志做有益于社会的正大光明的人。”③

毛泽东以勤于学习而闻名全校。“毛每天都起得很早，漱洗完毕就去教室读书。下课后一般都在读报室看报，或去图书馆借书。别人都上床睡觉了，他还在茶炉室、读报室看一会儿书，有时就在走廊里通宵不灭的灯光下看书。他的朋友说，毛手里总是拿着一本书，他从来不开玩笑，也不闲聊。他还常常独自一个人或邀几个朋友到校后的山上读书。难得几次上街时，他一般也都要去玉泉街或府正街逛逛，因为这两条街上有些旧书摊和新书店，毛常掏光了身上羞涩的腰包买些他喜欢的书。”④

对如此好学深思的毛泽东，杨昌济自然格外器重，褒奖有加。在《达化斋日记》中，杨昌济这样评价毛泽东：

毛生泽东，言其所居之地为湘潭与湘乡连接之地，仅隔一山，而两地之语言各异。其地在高山之中，聚族而居，人多务农，易于致富。富则往湘乡买田。风俗纯朴，烟赌甚稀。渠之先父亦务农，现在转贩，其弟亦务农，其外家为湘乡人，亦农家也，而资质俊秀若此，殊为难得。余因以农家多出异材，引曾涤生、梁任公之例以勉之。毛生曾务农二年，民国反正

---

① 《毛泽东传》，罗斯·特里尔，中国人民大学出版社2007年9月第1版，第26页。

② 《毛泽东早期文稿》，湖南出版社1990年7月第1版，第13—14页。

③ 《西行漫记》，埃德加·斯诺，生活·读书·新知三联书店1979年12月第1版，第121—122页。

④ 《毛泽东》，迪克·威尔逊，中央文献出版社2003年3月第1版，第26页。

时又曾当兵半年，亦有趣味之履历也。①

这是有关毛泽东身世最早的记载。这则日记不仅涉及毛泽东的出身、经历和家庭，还尤其称赞毛泽东的资质，并以涤生曾国藩、任公梁启超这两位农家异材激勉之。这在《达化斋日记》中绝无仅有。1920 年，杨昌济致信章士钊，称述毛泽东和蔡和森二人的学行："吾郑重语君，二子海内人才，前程远大，君不言救国则已，救国先重二子。"② 足见杨昌济对毛泽东厚爱有加，期望尤重。

杨开慧，是杨昌济的女儿，又名霞，字云锦，1901 年 11 月 6 日出生于长沙县清郡下的板仓杨家。1903 年，杨开慧不满 3 岁的时候，父亲远涉重洋，出国留学，小开慧跟妈妈在板仓度过了童年时代。1908 年，杨开慧上学读书，当时板仓冲乡下还没有女孩子上学，杨开慧开了风气之先。后来，杨开慧转到离板仓五里路的储能学校。再后来，杨昌济从国外写信给她，要她动员目不识丁的妈妈也进学校读书，她便和妈妈一道转到离家 20 多里的衡粹女校。母女同校读书，一时传为美谈。

杨昌济回国执教于第四师范后，全家从板仓乡下迁至长沙城，住第一师范附近的天鹅塘。为了便于识别，杨先生在寓所门口挂一块用隶书篆刻着"板仓杨"三个字的牌子。杨开慧随父母来到长沙，转入长沙稻田女子师范附小读书时，已是 13 岁的少女了，聪敏秀慧，人见人爱。

毛泽东进入第一师范学校后，和一些同学组织了一个哲学小组，请杨昌济担任指导。"一到星期天，毛泽东和其他几位得宠的学生就带着敬畏的心情到杨家拜访，并在那里吃午饭。"③ "一开始，当杨昌济与学生交谈时，杨开慧只是伫立一旁，一言不发，默默地听着。后来她逐渐加入其中的讨论。杨昌济也赞赏女儿参加讨论，增加知识。在到杨家的学生中，毛泽东的年龄最大，思想也比较激进、深刻，因此给杨开慧的印象也最深。"④ "杨开慧除了向他学习一些思想方法外，也不断接受他的一些生活

---

① 《毛泽东和他的老师们》，刘思齐、李国强主编，中国方正出版社 1998 年 6 月第 1 版，第 130—131 页。

② 《毛泽东与杨开慧》，王华、李林著，中央文献出版社 2007 年 1 月第 1 版，第 11—12 页。

③ 《毛泽东传》，罗斯·特里尔，中国人民大学出版社 2007 年 9 月第 1 版，第 27 页。

④ 《毛泽东谈毛泽东》，胡哲峰、孙彦编著，中共中央党校出版社 2008 年 10 月第 1 版，第 294 页。

方式。如她坚持洗冷水浴，进行深呼吸，常吃硬食等体育锻炼的方法。她还在作文中写道：‘要救国就要锻炼强健的身体。’这句话正是毛泽东在《新青年》发表的《体育之研究》一文所阐述的中心思想。

“于是，客厅里的感情交流便逐渐升华，日趋成熟。严肃的杨先生终于发现那种借眉目交流的感情。他没有责难任何一方。他珍爱女儿，也喜欢这位激进、睿智、不修边幅而抱负非凡的学生。不过，他未提婚嫁之事，毛泽东也不曾提。毛泽东还不具备婚娶的物质条件。这一点，他们心里都有数。何况，杨先生深知他学生所富有的强烈的自尊心，在吃饭问题上没有解决好的时候，毛泽东是决不会谈婚嫁之事的。

“但是，杨先生是喜欢看到毛泽东与杨开慧的日渐接近的。有时候与学生讨论问题，女儿悄悄走进来，默默坐在一角的藤椅里倾听。对此杨先生并不反对。而毛泽东这时便会表现出格外的精神振奋，思想敏锐，讨论也显出异常的热烈和深刻。”①

其实，此时毛泽东与杨开慧之间的感情没有挑明，仍然处于朦朦胧胧的好感阶段。之所以如此，除了毛泽东可能尚不具备相应的物质基础之外，还有一个更为重要的因素，那就是意气风发的毛泽东志在高远，并不想过早地坠入情网。

学生时代的毛泽东就是一位风云人物。1915 年 4 月，毛泽东参与并领导了驱逐校长张干的学潮；1915 年 9 月，毛泽东印发反对袁世凯称帝的小册子；1915 年秋，毛泽东开始任学友会文牍；1917 年暑假，毛泽东和萧子升游学湖南五县，广泛接触各阶层；1917 年 10 月，他当选为学友会总务兼教育研究部部长；1917 年 11 月，毛泽东用疑兵之计缴了护法战争中溃败的北方军阀的枪械，护卫了长沙，尽显“一身都是胆”；1917 年 11 月，他主办工人夜学；1918 年 4 月，他发起创办新民学会，立志“革新学术，砥砺品行，改良人心风俗”。

毛泽东身边聚集了一批志同道合的好朋友。他们在一起纵论天下大事，探求救国救民的真理，或谈治学做人之道，不会醉心于日常小事。正如毛泽东自己所说：“我的同伴连日常生活中的琐事都不谈的。记得有一次在一个青年的家里，他和我谈起‘买肉’的事情，并且当面叫用人来和

---

① 《毛泽东生活档案》（上），韶山毛泽东纪念馆编著，中共党史出版社 2006 年 9 月第 1 版，第 81—82 页。

他商量，叫他去买。我动怒了，以后就不和他来往。我和朋友只谈大事，只谈修身齐家治国平天下的事！”① “这是一群严肃的青年，他们没有时间去讨论琐细的事情。他们所说的和所做的每一件事都得有一个宗旨。他们没有时间谈恋爱或‘罗曼史’。他们以为在国家如此危急、如此急迫需要知识的时候，是不能讨论女人或私事的。我对于女人本无兴趣。”②

1918年夏天，杨昌济应蔡元培之邀，到北京大学任伦理学教授，杨开慧随全家到了北京。同年8月，毛泽东为筹备赴法勤工俭学活动也来到北京，并经杨昌济推荐，到李大钊主持的北大图书馆担任助理员。此间，师生之间一直保持着亲密的关系。

毛泽东与杨开慧又有机会相见了。他们在故宫、在西山漫步，在吉祥剧院看戏，热烈讨论着他们共同感兴趣的话题，共同编织着理想之梦。毛泽东经常把《进步快报》和自己写的日记、学习笔记给她阅读。在这些交往中，两人的心理距离更加拉近。加之身处异地，同乡知己，自然情愫暗生。“一个是年少英发，潇洒旷达；一个是豆蔻年华，光艳风华；一个是胸怀天下，探求救国救民真理；一个是聪明好学，钦佩倾慕他乡遇知音。在短暂而又心照不宣的思想情感交流中，两颗年轻火热的心灵碰撞出了爱的火花，他们热烈又真诚地相爱了，你把我作知己，我视你为知音。”③

1919年3月，因母亲病重，毛泽东不得不赶回服侍。不久，回到长沙的毛泽东就收到了杨开慧的来信，抬头称呼只有一个字：润。毛泽东立即回信，抬头称呼也只有一个字：霞。

毛泽东回湖南后，经在修业小学任教的同窗周世钊推荐担任该校历史教员。此时，五四运动爆发，毛泽东推动成立了湖南学生联合会，主编《湘江评论》并将其寄给杨开慧。

毛泽东积极领导了湖南人民驱逐北洋军阀张敬尧的运动。1919年12月中旬，他率驱张代表团第二次来到北京。他一边积极开展驱张请愿活动，一边时常探望生病的杨昌济老师。1920年1月17日，杨昌济不幸病逝。毛泽东以半生半婿的身份，全力协助杨家料理后事。杨母与杨开智、

---

① 《毛泽东自传》，埃德加·斯诺笔录，国际文化出版公司2009年8月第1版，第32—33页。

② 同上书，第32页。

③ 《家世家书家风：毛泽东的亲情世界》，丁晓平著，中国青年出版社2009年1月第1版，第46页。

杨开慧兄妹等人扶柩南下，毛泽东一路护送到武昌，然后回北京继续开展驱张运动。

杨开慧将父亲归葬板仓之后回到长沙，在杨昌济生前好友李肖聃（李淑一之父）的关照下，进入由美国人创办的教会学校福湘女中。杨开慧被编入选修班，与李淑一同住一间寝室。从此，杨开慧与李淑一结下深厚的同学友谊。

那时候，封建王朝虽说已被推翻，但社会仍保留着妇女蓄长发、缠小脚的封建习俗。受毛泽东影响颇深的杨开慧已变得十分“过激”，她毅然剪掉了辫子，成为学校唯一剪短发的学生。

在福湘女中期间，周南女校的一个英语教员逼死了出身贫寒的妻子，而学校当局却置若罔闻，不采取任何措施。杨开慧义愤填膺，在《湖南通信日报》和福湘、周南的校刊上发表《向不平等的根源进攻》《呈蔡世伯的一封信》，揭露事件真相，猛烈抨击封建道德和礼教。

离开福湘女中后，杨开慧串联福湘、周南的五名女同学，冲破重重阻力，毅然进入岳云男子中学第十四班学习，成为湖南男子中学中的第一批女生。①

1920 年 7 月，毛泽东领导驱张运动胜利后由上海返回长沙。为把湖南的反帝爱国运动引向深入，毛泽东倡导成立了湖南学生联合会。这时毛泽东已不是学生，不是学联的成员，但他经常与学联负责人研究工作，商讨对策，成为学联的实际领导者。因形势发展很快，毛泽东让杨开慧来学联会帮忙，担任了学联会的宣传工作。杨开慧日夜奔走于各学校之间，开展宣传鼓动工作。

毛泽东逐步由激进民主主义者转变为马克思主义者，他把传播新思想、新文化、宣传马克思主义看作当务之急。他联络何叔衡、易礼容、彭璜等新民学会会员和教育界人士方维夏、湘雅医学校职员赵运文等人，共同做发起人，打算创办文化书社。此时，毛泽东已担任第一师范附小主事，相当于校长一职，有了比较宽裕稳定的收入，但是创办书社的经费依然不足。得知此事后，杨开慧说服母亲把父亲逝世时剩下的奠仪费交给了毛泽东。钱虽不多，但在最困难的时候，她们的帮助显得特别珍贵。9 月 9

---

① 《激扬文字——告诉你一个诗人的毛泽东》（第 8 页）说杨开慧进入岳山中学；《毛泽东与杨开慧》（第 68 页）则说杨开慧进入的是岳云中学。前说有误，当为岳云中学。

日，文化书社正式开始营业，这是长沙市第一家公开发行马克思主义书刊的书社。随后，毛泽东又成立了俄罗斯研究会，还组织了马克思主义研究会，吸收新民学会以外的进步青年参加，杨开慧自然也是其中的一员。

共同的志向，共同的爱好，频繁的接触，使毛泽东与杨开慧的关系更加亲密，结合变成了水到渠成的事情，两个人都确信找到了志同道合的伴侣。

1929 年，杨开慧曾笔述她与毛泽东相爱的心路历程：

我大约十七八岁的时候，对于结婚有了我自己的见解，我反对一切旧仪式的结婚，并且我以为用心去求爱，是容易而且必然的要失掉真挚神圣的不可思议的最高级最美丽无上的爱的！我也知道这不是普通人能够做到的事，而且普通人是懂不到这一层来的。然而我好像如此，不能改变，用一句恰好的话可以表现我的态度出来："不完全则宁死。"不料我也有这样的幸运，得到一个爱人！我是十分的爱他，自从听到他许多的事，看见了他许多的文章、日记，我就爱了他。不过我没有希望会同他结婚，因为我不要人家的被动爱，我虽然爱他，但决不表示，我认定爱的权柄操在自己的手里。我决不妄大希求。我也知道都像我这样，爱不都埋没尽了吗？然而我的性格，非如此不行，我早已决定独身一世的。①

我们彼此都有一个骄傲脾气，那时我更唯恐他看见了我的内心（爱他的心）。他因此怀了鬼胎，以为我是不爱他。但他的骄傲脾气使他瞒着我一点都没有表现。②

两个年轻人之间的矜持，在爱情的强大力量面前显得不堪一击，一旦双双坠入爱河，那种不愿意表露的骄傲脾气也无影无踪了。双方都心甘情愿地把自己的一生相互托付，愿意和对方同甘共苦、生死相依，正如杨开慧所表白的那样：

自从我完全了解他对我的真意，从此我有一个新意识，我觉得我为母亲而生之外，是为他而生的。我想象着，假如有一天他死去了，我的母亲

---

① 《红色第一家族》，马社香，湖北人民出版社 2004 年 2 月第 1 版，第 22 页。

② 《毛泽东与杨开慧》，王华、李林著，中央文献出版社 2007 年 1 月第 1 版，第 54 页。

也不在了，我一定要跟着他死！假如他被人捉着去杀了，我一定要同他去共着一个命运。①

令人叹惋的是，杨开慧的爱情自述直到 1983 年才在板仓杨家住所的墙缝里被发现，此时斯人已去。

纯真而炽热的爱情改变了杨开慧，也同样改变了毛泽东。“与杨开慧相恋前，毛泽东曾与蔡和森、蔡畅兄妹立下‘三人盟约’：发誓永不结婚。但他们三人后来都‘违背’了自己的誓言，但‘这不能说明他们的誓言就是戏言’，而是因为他们‘当时没有时间谈情说爱’，但爱情的悄然而入，无疑为他们的革命事业增添了无限光彩。”②

1920 年冬，毛泽东与杨开慧这对从新文化、新思想中熏陶出来的自由恋爱的新青年结婚了。不坐花轿，不置嫁妆，不用媒妁之言，不举行婚礼，不做“俗人之举”，杨开慧只带着简单的行李住进了第一师范附小的教师宿舍。而后仅花了六块银圆办了一桌酒席，宴请了长沙的几位亲友。如此简朴而新式的婚礼，在当时的社会礼俗背景下，本身就是毛杨二人对封建礼教的一次宣战。至今谁也说不清他们究竟哪天结的婚，就连毛泽东本人也记不清楚了。

新婚别离思悠悠

经过毛泽东的艰苦努力，湖南的建党活动搞得很有起色。1921 年 6 月底，毛泽东与何叔衡经武汉转赴上海参加中国共产党第一次全国代表大会。一个多月后，毛泽东回到长沙，积极开展党的各项工作。为了集中精力，毛泽东辞掉了一师附小的主事职务，只任一师国文教员。1921 年 8 月，在船山学社董事会总理仇鳌和社长贺民范的支持下，毛泽东利用船山学社的社址创办了湖南自修大学。杨开慧参加了该校的筹建工作，并利用自己担任学联干事的身份筹集经费。自修大学为早期共产党起到了培养干部的作用。何叔衡、毛泽民、罗学瓒、夏明翰等人，当年都曾在这里学习和工作过。1921 年 10 月 10 日，中国共产党湖南支部成立，毛泽东任书

① 《毛泽东与杨开慧》，王华、李林著，中央文献出版社 2007 年 1 月第 1 版，第 53—54 页。

② 《家世家书家风：毛泽东的亲情世界》，丁晓平著，中国青年出版社 2009 年 1 月第 1 版，第 45—46 页。

记。毛泽东着手党员发展工作，杨开慧加入了中国共产党，成为中共最早的女党员之一。

这段时间，毛泽东与杨开慧的婚姻生活可谓情真意切又温馨浪漫。婚后，杨开慧继续在校学习，每逢假日，便从学校出来与毛泽东住在一起。但是，立志救国救民的毛泽东没有沉湎于温柔乡中。这时的毛泽东已经是一个社会活动家，一个青年马克思主义者，他要做的事情很多。四处奔波是他的生活状态，聚少离多是他的必然付出。恰恰是这种时常有的分别，使对杨开慧情深意笃的毛泽东不免也会产生离愁别绪，写下了情意绵绵的《虞美人·枕上》。

虞美人·枕上

堆来枕上愁何状，江海翻波浪。夜长天色总难明，寂寞披衣起坐数寒星。

晓来百念都灰烬，剩有离人影。一钩残月向西流，对此不抛眼泪也无由。

关于这首词的写作时间，一直颇具争议。据杨开慧的好友李淑一回忆："一九二〇年……开慧和毛泽东正在谈恋爱，共同的革命志向、共同的斗争生活使他们之间产生了真挚的爱情。开慧经常向我谈起毛泽东的为人品质，连恋爱中的'秘密'也告诉我。有一天，我们在流芳岭下散步。开慧告诉我她收到毛泽东赠给她的一首词。我问什么内容，她毫无保留地念给我听，并让我看了词稿。"

1994 年 12 月 26 日，为纪念毛泽东诞辰 101 周年，《人民日报》特正式发表由中央文献研究室编辑校定的毛泽东诗词《虞美人·枕上》并于此后附注："根据作者审定的抄件刊印，手迹是未经修改的原稿，有几处与发表的文字不同。"关于这首词的写作时间，作者亲笔署为 1921 年。①

相比较于李淑一的回忆，毛泽东"审定的抄件"应该更为可信。从词句"剩有离人影"来判断，认定写于毛杨婚后的 1921 年，或许更符合生活的逻辑。之所以要弄清楚这首作品的写作时间，是因为"热恋期间"和"新婚之后"，二者的情感特征势必会有所区别，这对于准确理解这首作品

① 《毛泽东诗词辨析》，郭思敏主编，中央文献出版社 2006 年 10 月第 1 版，第 344 页。

至关重要。

但是，这首词究竟写于1921年的具体什么时间，学者们仍有分歧。一说为“1920年冬，毛泽东和杨开慧结婚，1921年春夏间，毛泽东离别新婚的爱妻，到沿洞庭湖的岳阳、华容、南县、常德、湘阴等地进行社会调查，据初步考证，《虞美人·枕上》正是写于此时”①。另一说为“1921年，毛泽东赴上海参加党的一大。新婚即别，毛泽东油然而生离愁别绪，怆然赋词《虞美人·枕上》”②。

不管这首词是写于1921年的春夏间的社会调查期间还是赴上海参加党的一大期间，抑或是其他什么时间，有一点可以肯定，它写于毛泽东新婚不久的分别期间。把握到这一点，再来品读这首作品，我们就不难从中感受到一代伟人毛泽东真实平凡的另一面：夫妻恩爱、情深意长、缠绵悱恻。毛泽东是人不是神，他和普普通通的芸芸众生一样，有七情六欲，有儿女情长。正如鲁迅酷爱他的儿子海婴，有人因此讥笑，鲁迅特意赋诗《答客诮》：“无情未必真豪杰，怜子如何不丈夫。知否兴风狂啸者，回眸时看小於菟。”青年毛泽东的夫妻之情，也应作如是观。

1957年8月1日，毛泽东在《读范仲淹两首词的批语》当中写道：“词有婉约、豪放两派，各有兴会，应当兼读。……我的兴趣偏于豪放，不废婉约。婉约派中有许多意境苍凉而又优美的词。”③ 作为读者的毛泽东偏向于豪放风格的作品，而事实上读者们也可以用“偏于豪放，不废婉约”来评价毛泽东的作品。毛泽东诗词偏于豪放，但也有婉约之作。这首《虞美人·枕上》就是毛泽东明显带有婉约格调的作品，它继承了我国词史上婉约词风的流韵，呈现出阴柔之美的艺术特色。

词的上阕，写作者新婚别后夜不能寐的愁苦和寂寞。“堆来枕上愁何状，江海翻波浪”，孤枕难眠，离愁重重堆压而积，犹如江海波浪翻滚，使人胸中无法平静。“夜长天色总难明，寂寞披衣起坐数寒星”，伴随愁苦而来的是无比难耐的寂寞，披衣起坐，翘望长空，指数星星，而星星居然也是一样凄凉，形单影只。

词的下阕作者触景生情，是上阕内容的深化，交代主人公何以那样

---

① 《纯真炽热的恋歌——读〈虞美人·枕上〉》，何火任，《语文月刊》1996年第3期。

② 《几多挚爱几多忧——毛泽东和他的四任妻子》，巴志鹏，《党史纵横》2003年第12期。

③ 《毛泽东诗词大观》，蔡清富、黄辉映编著，四川人民出版社2007年4月第4版，第540页。

愁苦与寂寞。"晓来百念都灰烬，剩有离人影"，彻夜难眠的煎熬，已使人满脑子空空如也，别的一切都置之度外，什么都不愿再想，可是爱人的袅袅倩影却挥之不去，在心目中的地位与分量是那么厚重，这是作者之所以辗转反侧、长夜难熬的原因所在。"一钩残月向西流，对此不抛眼泪也无由"，到黎明时分，望见向西流去的晓月，想到生活不能像期望中的那样花好月圆，只有像"一钩残月"那样的离散与凄凉，积压在心头的相思之苦和满腔的离愁别绪，再也无法扼制而喷薄宣泄，顿时化作热泪夺眶而出，从而把作者的感情表达推到了极致。

词的上阕以一"愁"字入手，极写思念之深切；下阕以一"泪"字收笔，甚言思念之苦涩。夫妻爱侣之间的离情别绪自古以来就是诗词永恒主题之一。爱之深，思之切，即便为中国革命日夜忙碌、四处奔波的毛泽东静下来，也不免殷殷思念，辗转反侧，无法入眠。这与古诗中的情愫并无二致。这何尝不是"一日不见兮，思之如狂"。当愁越积越浓时，情感的闸门再也无法阻挡，到最后只有"泪千行"。

爱而相思，相思而愁，因愁而泪，《虞美人·枕上》循着这样的时间顺序表露作者的情感历程。这是生活的逻辑，这是感情的轨迹，步步推进，层层深入，一浪高过一浪，直抒胸臆，没有虚掩，没有造作，动人心魄，感人肺腑，真可谓"情深而文明，气盛而化神"。

毛泽东的这首词与一般的爱情诗所不同的是，其中所蕴含的强烈情感不是才子佳人的那种缠绵悱恻，更不是无聊文人所追求的那种风花雪月。毛泽东不是一位普通的青年，他也不是在向一位普通的女子倾诉。他们是搏击时代风潮的弄潮儿，是叱咤风云振翅双飞的比翼鸟。

汽笛一声肠已断

长沙小吴门外的清水塘，是一个离城很近而又幽静的地方。1921 年冬，毛泽东租了清水塘 22 号，作为党的秘密机关。1922 年 5 月，在中共湖南支部的基础上，建立了中共湘区委员会，毛泽东仍担任书记。毛泽东终日忙于工作，杨开慧已经停止学业，在毛泽东身边工作，身兼秘书、机要、文印、联络、总务等多种职务，成了职业革命者。为了掩护毛泽东的活动，也为了便于照顾，杨开慧把母亲向振熙接来清水塘同住。

以毛泽东为首的中共湘区委员会和劳动组合书记部湖南分部，根据中共中央的部署，在1922年下半年，先后发动和领导了粤汉铁路武长段、安源路矿、长沙铅印、长沙泥木等十多处四万余工人参加的大罢工，形成第一次工人运动高潮。其中毛泽东亲自领导和参与了长沙泥木工人罢工活动。

长沙泥木工人工作艰苦，工资微薄，1922年湖南全省又遭天灾，粮荒严重，泥木工人的生活难以维持。泥木工行会鲁班会由社会痞子把持，欺压工人。毛泽东帮助泥木工人组织工会，并组织了轰动长沙城的泥木工人大罢工。1922年10月24日，毛泽东率领任树德等泥木工人代表同湖南省政务厅厅长吴景鸿进行说理斗争，要求增加工资、营业自由。当谈判进行到晚8点时，官方被迫接受了罢工条件，持续19天的罢工斗争终于取得胜利。毛泽东当场将谈判内容记录下来，整理成文呈送省长赵恒惕。

也就是在这一天，杨开慧在湘雅医院顺利地产下一个男孩，他就是毛岸英。对毛泽东和杨开慧来说，这一天可谓双喜临门。以事业为重的毛泽东没能像一般的丈夫那样在家照料产后的妻子，第二天，他继续带领工人代表到政务厅催批呈文，并将《呈省长文》在长沙《大公报》发表。

一门心思干革命的毛泽东终日奔波在外，为了支持丈夫，杨开慧默默地承受着生活的重担。但杨开慧毕竟是一个感情细腻的女人，渴望得到丈夫的关爱与温存，而毛泽东则认为儿女情长，英雄气短，会削弱革命意志，甚至误以为杨开慧对他过于依赖。为鼓励杨开慧增强独立能力，毛泽东抄写了元稹的《菟丝》赠杨开慧：

人生莫依倚，依倚事不成。
君看菟丝蔓，依倚榛与荆。
下有狐兔穴，奔走亦纵横。
樵童砍将击，柔蔓与之并。

见到毛泽东抄赠的诗，杨开慧感到十分委屈，自尊心受到严重伤害，觉得毛泽东把她比作“菟丝”，是轻视她，瞧不起她。她耿耿于怀，久久不想与毛泽东和解。毛泽东自己也觉得此举不妥，几番解释，两人才重归于好。

在杨开慧的协助下，毛泽东积极扩大党的组织，壮大革命队伍；同时领导开展了轰轰烈烈的工农革命运动，从而加快了湖南的革命形势的发展，得到了党中央的充分肯定。1923年4月，毛泽东调中央工作，告别长沙前往上海。6月，毛泽东去广州参加中共第三次全国代表大会，当选为中央执行委员会委员、中央局委员、中央局秘书。大会决定进行国共合作，建立革命统一战线。会后，毛泽东回到上海。9月，他经武汉返回长沙。11月13日，杨开慧生下次子岸青。

1923年12月25日，中共中央发出《中央通告第十三号》，要求全体共产党员积极参加国民党改组工作，并部署了参加改组工作的具体步骤。毛泽东奉中央通知，由长沙到上海再转广州，准备参加国民党第一次全国代表大会。几个月的时间，毛泽东与杨开慧两次大离别，杨开慧上奉老母，下养幼子，里里外外操心，沉重的家庭负担压在她一个人肩上，毛泽东实在于心不忍。临行前，他饱含深情地给杨开慧写下了第二首革命激情与儿女柔情有机结合的真挚爱情诗《贺新郎·别友》：

贺新郎·别友

挥手从兹去。更那堪凄然相向，苦情重诉。眼角眉梢都似恨，热泪欲零还住。知误会前番书语。过眼滔滔云共雾，算人间知己吾和汝。人有病，天知否？

今朝霜重东门路，照横塘半天残月，凄清如许。汽笛一声肠已断，从此天涯孤旅。凭割断愁丝恨缕。要似昆仑崩绝壁，又恰像台风扫寰宇。重比翼，和云翥。

抒写离别，歌咏爱情，在毛泽东诗词中，此词和《虞美人·枕上》是仅见的两首。因时代召唤，使命使然，生活奔波，迄无宁日，聚少离多，不得厮守，只得深情埋藏心底。共产党人决然不是铁石心肠，他们也有悲欢离合，哀怨愁苦，凄情感伤。他们同样渴望生命中多一些圆满，少一些缺憾。每逢远行别离，自亦黯然神伤。不过更真挚、更炽热、更纯粹，又不会被凄凄惨惨戚戚所陷溺。因而，这首惜别词不同于一般的惜别词，它既有儿女柔情，更有革命激情，融夫妻之爱和战友深情于一体。

词的上阕写诗人与杨开慧即将离别之际无限依恋的惜别之情。“挥手从兹去”，首先化用李白《送友人》“挥手自兹去，萧萧班马鸣”和宋张孝祥《水调歌头·金山观月》“挥手从此去，翳风更骖鸾”。“挥手”是人们离别时表示依依不舍的举动，《孔雀东南飞》就用“举手长劳劳，二情同依依”来描写刘兰芝和焦仲卿分离时的情景。“更那堪凄然相向，苦情重诉”，在一起相濡以沫的夫妻如今又要分别，此时怦怦对跳着的两颗心相互惦念，留在家里的娇妻爱子需要呵护，远行的人又有谁关照。双方该有多少苦衷要对爱人诉说，该有多少倾吐不尽的情思。“眼角眉梢都似恨，热泪欲零还住”，是特写杨开慧的神情，“眼角眉梢”四字刻画入微，这只能用心才能感受到。情感的潮水汹涌激荡，眼看着就要冲破理智的堤防。可杨开慧毕竟不是一般柔弱女子，“热泪欲零还住”，寥寥六字使一个有血有肉、感情丰富又无比刚强的女战士形象跃然纸上。一个“住”字，显示出杨开慧用最大的力量抑制自己的情感，以免爱人别后牵挂自己。这同唐代陆龟蒙《别离》诗所言“丈夫非无泪，不洒离别间”异曲同工。诗人用白描的手法，极其传神地刻画了杨开慧依依惜别、含情脉脉的神态，把她热烈而深厚的感情、离别时的复杂心绪、温柔而理智的性格描写得惟妙惟肖。

“知误会前番书语”，所谓“误会前番书语”，当指毛泽东抄赠元稹的《菟丝》一事。夫妻之间产生误会，原本是一件很平常的事情，即便像他们这般恩爱的夫妻也在所难免，但是一旦解释清楚之后，自然也就如同洪水一样流逝了，像过眼云烟一样消散了。苏轼《宝绘堂记》：“见可喜者，犹时复蓄之，然为人取去，亦不复惜也。譬之烟云之过眼，百鸟之感耳，岂不欣然接之，去而不复念也。”“算人间知己吾和汝”，数一数人间知己不过是你我二人。这极感人肺腑之言，充分表达了对杨开慧的理解和信任，也是诗人发自内心地对杨开慧的真情赞许。这既是对妻子爱情上的海誓山盟，也是对妻子崇高的赞美和深深的安慰。“人有病，天知否?”这包括夫妻离别的苦衷，也是诗人对人民疾苦的忧患，《史记·屈原贾生列传》云：“人穷则反本，故劳苦倦极，未尝不呼天也。”自屈原以后的诗人，往往一有“苦情”便有仰首问苍天的诗句。这同诗人后来《沁园春·长沙》中“问苍茫大地，谁主沉浮”一样，表达了“心忧天下”的崇高情怀。

词的下阕写离别途中的所见所感，分别时彼此间的眷恋之情，对杨开慧的激励以及投身伟大革命的豪情壮志。“今朝霜重东门路”，“东门路”既实指当时长沙东门之一小吴门外通往火车站的道路，又借用古诗中的典故。《诗经》中有《东门之墠》《出其东门》《东门之枌》《东门之池》《东门之杨》五首诗，全是写男女爱情的，故事地点都在东门之外，故后人有借东门之行表示夫妻间的离愁别绪。“照横塘半天残月”，“横塘”除指清水塘外，又用了典故，古诗中“横塘”多指妇女居住的地方，也常指送别之地。崔颢《长干曲四首》有“君家何处住？妾住在横塘”；吴文英《莺啼序·横塘棹穿艳锦》有“横塘棹穿艳锦，引鸳鸯弄水”；范成大《横塘》有“年年送客横塘路，细雨垂杨系画船”。

“汽笛一声肠已断，从此天涯孤旅”，“肠已断”喻极度伤心，但是作者身负国家兴亡的历史重担，不允许他在感情方面有更多的考虑，独自远行天涯异地。至此作者已把夫妻难舍难分的情意和内心极度的凄苦写尽，而后又决然从个人的苦痛中挣脱出来。于是，“凭割断愁丝恨缕”，暂时把个人感情上的牵挂抛开，以百倍的决心投身到改天换地的革命斗争洪流中去。这是一种“充满理性的激情”和“充满激情的理性”的高度融合与统一。最后诗人用比兴象征表达了革命的豪情壮志和对未来的预想与期盼。“要似昆仑崩绝壁，又恰像台风扫寰宇”，很有“让暴风雨来得更猛烈些吧”的呐喊意味，以昆仑山绝壁崩塌，台风席卷天下的气势，把旧世界打个天翻地覆。

这首词用精细婉转的笔墨表达作者与杨开慧依依惜别的深情厚谊。全词围绕一个“别”字来铺写，从话别、送别写到别后，脉络分明。特别值得注意的是，词的上下阕重复使用了一个“恨”字，“爱并恨着”，这是人类情感的一种复杂现象，爱之深，恨之切。如白居易《长相思》“思悠悠，恨悠悠，恨到归时方始休，月明人倚楼”。毛泽东的《贺新郎·别友》情真意切，具有很强的艺术感染力，堪称是爱情词的千古绝唱。全词始发于情，而终归于理，落笔于别情，收笔于革命。这不是革命加恋爱，也不是恋爱加革命，而是彻彻底底的革命的恋爱。刚健中含柔情，婉约中寓豪放，使词的境界大为开放，使儿女情长得以升华。

百身莫赎开慧死

1924年1月20日，国民党第一次全国代表大会在广州召开，毛泽东以湖南地方组织代表的身份出席。在会上，毛泽东多次发言，就《组织国民政府》《出版及宣言》《设立研究会》等议案发表意见申明自己的主张。毛泽东的表现显示出了其积极的参政意识和敏锐的政治洞察力，颇得孙中山和一些国民党人士的赏识和注意。最后，毛泽东被选为中央候补委员。

大会结束后，毛泽东被派往上海参加国民党上海执行部工作，担任代理文书科主任及组织部秘书等职。他同蔡和森、向警予、罗章龙等住在闸北香山路三曾里中共中央机关内。是年5月，毛泽东担任中共中央组织部部长职务。至此，毛泽东离开妻儿已达半年之久。在上海工作之后，有了一个相对稳定的环境，于是毛泽东决定接岳母、开慧和孩子到上海居住。初到上海时，杨开慧带着岸英、岸青照了一张相。这就是杨开慧右手抱着岸青，左边依着岸英的那张母子三人照。这是现在保存下来的杨开慧的极其珍贵的历史记录。杨开慧不仅悉心照料毛泽东的生活，她还抽空到上海小沙渡纱厂的工人夜校上课，宣传革命道理。

毛泽东在国共两党内部都担负着十分繁重的工作任务，积劳成疾，加上毛泽东与陈独秀在国共合作的策略上、在农民问题上有分歧意见，尤其在农民问题上双方分歧更大。于是，1925年2月6日（农历正月十四），毛泽东、杨开慧带着两个孩子回到了家乡韶山。

在韶山期间，他们做了几件事情。一是办农民夜校，组织失学青年学习文化，韶山地区的农民夜校很快发展到二十来所。二是建立雪耻会。上海五卅惨案的消息传到湖南后，激起各界群众义愤，6月2日，长沙成立了"青沪惨案"湖南雪耻会，接着韶山等地也成立了雪耻分会。毛泽东以秘密农民协会为中心，在各乡已建立的20多个雪耻会的基础上，发动成立了湘潭二区上七都雪耻会，这是一个公开的反帝爱国斗争的组织。三是成立了韶山支部。毛泽东亲自培养毛福轩、毛新枚、庞叔侃、李耿侯、钟志申等韶山农民运动骨干，发展五人入党并成立了中共韶山支部。四是开展平粜阻禁斗争。这年，韶山一带旱情严重，出现饥荒，而土豪劣绅囤积粮食，偷运出去卖高价。毛泽东领导当地农民开展平粜阻禁斗争。毛泽东在韶山开展的农民运动，引起了反动派的惊恐，8月，湖南军阀省长赵恒惕下令湘潭团防局捉拿毛泽东。在群众的掩护下，毛泽东经长沙去了广州，正好国民革命政府几次来信邀毛泽东去主持农民运动讲习所工作。1925年12月16日，杨开慧也带着孩子离开韶山，经长沙去了广州。

1925年9月，毛泽东到达广州，此时的广州已成为大革命的中心。孙中山改组了国民党，宣布了联俄、联共、扶助农工的三大政策，建立了统一战线，整编了国民革命军。10月，毛泽东经汪精卫推荐，担任了国民党代理宣传部长，并创办了《政治周报》，他既是主编又是主要撰稿人。但是，随着革命运动的发展，统一战线内部的阶级斗争日益激烈，代表地主买办阶级和民族资产阶级右翼利益的国民党右派极力进行篡夺革命领导权的活动。1926 年 3 月，蒋介石密谋策划了“中山舰事件”，从而控制了国民革命军第一军和黄埔军校的领导权。1926 年 5 月，蒋介石又在国民党二届二中全会上抛出了所谓《整理党务案》，企图限制和削弱中国共产党在统一战线中的领导地位、阴谋篡夺国民党党权。于是，担任国民党中央部长的共产党员被迫全部辞职，毛泽东也离开了国民党中央宣传部。毛泽东在林伯渠主办的中国国民党政治讲习班担任理事，讲授农民运动。其间，杨开慧和母亲携两个孩子也来到广州，住广州东山庙前街38 号。杨开慧主要担任秘书一职，协助毛泽东工作。毛泽东的《中国社会各阶级的分析》一文就是在杨开慧的协助下完成的。1926 年 10 月，北伐军进入武汉，国民政府也准备从广州搬到汉口去。毛泽东调任中共中央农民运动委员会书记，去了上海，杨开慧结束了在广州的生活，同母亲一起带着孩子回到长沙。

1926 年 11 月上旬，毛泽东到达上海，在他的主持下，中央农委拟定的《目前农运计划》提出首先在湘、鄂、赣、豫四省发展农民运动，在武昌开办农民运动讲习所。11 月底，毛泽东经南昌来到武汉，在汉口建立中共中央农委办事处，同国民党湖北省党部筹商举办农民运动讲习所事宜。12 月 3 日，湖南全省第一次农民代表大会电请毛泽东到会进行指导。在这种情况下，毛泽东回到长沙与杨开慧再一次团聚。

1927 年元月，国民政府由广州迁至武汉。2 月 12 日，毛泽东从长沙到武汉，主办中央农民运动讲习所。2 月底，杨开慧和母亲带着孩子们来到武昌，住在督府堤41 号。这是杨开慧第三次随毛泽东迁居外地。毛泽东为了中国革命东奔西走，家眷也只好随之四处漂泊。在讲习所开学前，毛泽东著名的《湖南农民运动考察报告》发表了，这篇文章的发表同样凝聚着杨开慧的汗水，其文稿是杨开慧挑灯帮他抄写的。4 月 4 日，中央农民运动讲习所开学典礼正式举行，就在这一天，杨开慧住进武昌医院生了第三个孩子，这就是后来不知所终的毛岸龙。事隔三天，毛泽东才抽空到医院看望。然而，就在北伐革命取得节节胜利之际，蒋介石 4 月 12 日在上海发动反革命政变，屠杀工农革命群众，武昌形势陡然紧张。4 月 27 日至 5 月 9 日，中共第五次全国代表大会在武汉召开，陈独秀仍坚持右倾错误，拒绝讨论毛泽东提出的“迅速开展农民土地革命，大力武装广大农民，建立农村革命政权”的提案。革命形势急转直下，4 月 15 日，广州发生反革命政变；4 月 28 日，李大钊在北平惨遭杀害；5 月 21 日，许克祥在长沙也发动了反革命政变；7 月 15 日，汪精卫撕下国民党左派伪装，在武汉开始大屠杀。由于到处白色恐怖，毛泽东便安排杨开慧、岳母、孩子先离开武汉回到长沙板仓。毛杨一家人结束了在武汉的生活。

杨开慧等离开武汉后，毛泽东留下来参加了一些会议，其中最重要的是八七会议。八七会议撤销了陈独秀的领导职务，确定了实行土地革命和武装反抗国民党反动派屠杀政策的总方针，决定了在有革命基础的湘、鄂、赣、粤四省发动农民举行秋收暴动。毛泽东被选为中央政治局候补委员，以特派员身份回湖南负责改组湖南省委，并组织领导秋收起义。8 月 18 日，毛泽东在长沙市郊的沈家大屋内主持了改组后的湖南省委第一次会议，具体部署秋收起义的行动计划。会议一结束，毛泽东便迅速回到板仓与家人话别。毛泽东深知秋收起义胜负难定，对杨开慧千叮咛万嘱咐，这一夜夫妻二人有说不完的知心话语。可毛泽东重任在肩，天一亮，他就告别了妻儿，投身于秋收起义的组织领导工作。临行前，他们互道珍重，但是，谁也没有想到，这一别竟然成为他们夫妻之间的生死诀别。

1927 年 9 月 9 日，秋收起义爆发。因敌强我弱，起义军受到重创。9 月 14 日，毛泽东决定改变原定攻打长沙的计划，命令起义各部迅速到浏阳文家市集中。19 日晚，在文家市召开了前敌委员会会议，决定起义军及时从进攻大城市转到向农村进军，它是中国共产党人把战略退却和战略进攻相结合的创举。9 月 29 日，毛泽东率秋收起义队伍到达江西永新县的三湾村，进行了著名的“三湾改编”。10 月 27 日，毛泽东率部到达茨坪，开始建立井冈山革命根据地。从此，中国革命在毛泽东的“枪杆子里面出政权”和“以农村包围城市，武装夺取政权”的理论指导下，揭开了新的篇章。然而，不管工作多么繁重，斗争多么艰苦，毛泽东时常挂念着远方的亲人。队伍在井冈山安顿下来后，毛泽东给杨开慧写了一封语义含蓄的信：“我来药店，开始生意不好，蚀了本，现在生意好了，兴旺起来了。”①这封信经过不少周折，直到 1928 年初才辗转到杨开慧手里。当时斗争环境艰苦，敌人层层封锁，毛泽东久不见杨开慧来信，担心地下交通站出问题，为了安全起见，毛泽东与杨开慧断了联系。毛泽东得不到杨开慧的消

---

① 《毛泽东与杨开慧》，王华、李林著，中央文献出版社 2007 年 1 月第 1 版，第 176 页。

息，心中总是惴惴不安。直到1929年下半年，毛泽东通过陈毅得知李立三担任了中共中央秘书长，并且得知毛泽民也在上海时，便给李立三去信，打听杨开慧母子的下落。信云：

立三兄：

多久不和你通信了。陈毅同志来才知道你的情况。我大病三个月，现在好了。但精神未全复原。开慧和岸英等我时常念及他们，想和他们通信，不知通信处，闻说泽民在上海，请兄替我通知泽民，要他把开慧的通信处告诉我并要他写信给我。

毛泽东①

毛泽东牵挂杨开慧母子，而杨开慧更是思念远方的毛泽东。1927年12月26日深夜，杨开慧提笔写下《寄爱一》：

今天是他的生日，我格外地不能忘记他。我暗中行事，使家人摆了一点菜，晚上又下了几碗面。妈妈也记着这个日子。晚上睡在被里又伤感了一回。听说他病了，并且是积劳的缘故，这真不是一个小问题。没有我在旁边，他不会注意的，一定累死方休。②

在无限的凄楚与不尽的思念中，杨开慧牵挂着丈夫的战斗生活，记挂着他受了伤的脚，担心他的衣被能否御寒，她真想插上翅膀飞到毛泽东身边悉心照料他，思念丈夫的一腔悲苦化作热泪任凭满腮流淌。她写了一首哀婉缠绵的《偶感》长诗：

天阴起朔风，浓寒入肌骨。
念兹远行人，平波突起伏。
足疾已否痊，寒衣是否足？
孤眠谁爱护，是否亦凄苦？
书信不可通，欲问无人语。

---

① 《毛泽东书信赏析》，王村山等，山东人民出版社1997年11月第1版，第215页。
② 《骄杨泪》，邓燕著，华艺出版社2001年5月第1版，第360页。

恨无双飞翅，飞去见兹人。

兹人不可见，惘怅无已时。①

杨开慧多么期盼能收到毛泽东的来信，哪怕是只言片语，也是莫大的欣慰。她在《散记》中记载了收到毛泽东来信之后的喜悦心情：

太难过了，太寂寞了，太伤心了。这个日子我检（简）直想逃避它。但为着这几个小宝我终于不能去逃避。他终于有了来信了。我接着欢喜得眼泪滚流下来了。②

然而，战争环境之下，毛泽东的来信何其难得，杨开慧在感情上更是寂寞难熬，她在《散记》中这样表白：

无论怎样都睡不着，虽然倒在床上，一连几晚都是这样，合起来还睡不到一个晚上的时辰。十多天了，一个月了，总不见来信。我检（简）直要疯了，我设一些遐想，脑子像戏台一样，还睡什么觉？人越见枯瘦了。③

杨开慧时刻关注着时局的变化。毛泽东引兵井冈山之后，国民党反动派进行了疯狂的报复，一大批革命志士惨遭杀害。从报刊上，杨开慧已经知道井冈山的“朱毛”早已是国民党反动派恨之入骨的“共匪”首领，朱德的妻子伍若兰1929年为掩护朱德脱险，将敌人引向自己而惨遭杀害，敌人甚至惨无人道地把她的头挂城示众。杨开慧也感觉到了危险的存在。她深知自己作为革命者死不足惜，然而三个年幼的儿子由谁来抚养？她想到自己的一弟杨开明尚未成家孑然一身，遂产生把孩子托付给他的想法，于是便提笔给杨开明写信：

一弟：

亲爱的一弟，我是一个弱者，仍然是一个弱者！好像永远都不能强悍

---

① 《毛泽东与杨开慧》，王华、李林著，中央文献出版社2007年1月第1版，第184页。

② 《告诉你一个鲜为人知的杨开慧》（下），陈冠任、冯光宏著，中共党史出版社2004年10月第4版，第553页。

③ 同上书，第541页。

起来。我蜷伏在世界的一个角落里，我战栗而且寂寞！在这个情景中，我无时无刻不在寻找我的依傍，你如（于）是乎我的心田里就占了一个地位。此外同居在一起的仁、秀，也和你一样——你们一排站在我的心田里！我常常默祷着：但愿这几个人莫再失散了呵！我好像已经看见了死神——唉，它那冷酷严肃的面孔！我对死，本来，我并不惧怕，而且可以说是我喜欢的事。只有我的母亲和我的小孩呵，我有点可怜他们！而且这个情绪，缠绕得我非常利（厉）害——前晚竟使我半睡半醒地闹了一晚！我决定把他们——小孩们——托付你们，经济上只要他们的叔父长存，是不至于不管他们的，而且他的叔父，是有很深的爱对于他们的。倘若真的失掉一个母亲，或者再加上一个父亲，那不是一个叔父的爱，可以抵得住的，必须得你们各方面的爱护，方能在温暖的春天自然地成长，而不至于受到那狂风骤雨的侵袭！这一个遗嘱样的信，你见了一定会怪我是发了神筋（经）病，不知何解，我总觉得我的颈项上，好像自死神那里飞起一根毒蛇样的绳索把我缠着，所以不能不早作准备！杞忧堪嘘，书不尽意，祝你一切顺利！①

然而，杨开慧的信还没有来得及发出去，一个更大的噩耗袭来——杨开明被逮捕，不久惨遭杀害。

杨开明的壮烈牺牲，对杨开慧的打击太大了，她也在做最坏的打算。她把自己从6岁到28岁的经历都写了下来。写完后，她把自己平时写的《寄爱》等材料连同这个类似“自传”的东西用油光纸包好，分几处藏在屋里墙壁的砖缝之中。她是多么希望毛泽东有朝一日能读到这些倾吐肺腑的文字啊！然而，毛泽东至终都没有看到爱妻对他的真情表白。直到1983年，当地政府在修缮板仓旧宅时才发现了十分珍贵的杨开慧的遗书。见到这些文字，谁能不为之动容？

在毛泽东的正确领导下，井冈山革命根据地有了很大发展。继朱毛会师之后，1928年12月，彭德怀也率部来到井冈山。几万红军集聚井冈山，蒋介石调集湘赣两省6个旅18个团，分五路向井冈山根据地实施第一次“会剿”。为解井冈山之危，毛泽东与朱德率红四军主力出击赣南，经过几

---

① 《毛泽东与杨开慧》，王华、李林著，中央文献出版社2007年1月第1版，第191—192页。

个月的艰苦斗争，到1930年上半年，以赣南、闽西为主要组成部分的中央苏区逐渐形成。恰在这时，以李立三为代表的党中央犯了“左”倾冒险主义，要求红军进攻大城市，并提出“饮马长江，会师武汉”的口号。1930年7月27日，彭德怀率红三军团攻入长沙，国民党疯狂反扑，红三军团在长沙待了十几天便被迫撤出。彭德怀退出长沙后，在浏阳东北的水和市与毛泽东、朱德会师成立了红军第一方面军。中央又命红一方面军再攻长沙。由于敌强我弱，工事坚固，虽然红军英勇作战，围攻长沙半个月仍无法破城，最后只好撤出战斗。红军两度攻打长沙，使湖南省主席何键丢尽脸面。红军一撤，何键便开始了疯狂报复。他把报复的矛头直接指向红军总头领毛泽东：一是挖毛泽东的祖坟；二是捉拿毛泽东的妻子杨开慧。

由于韶山人民的机智和勇敢，何键挖祖坟的图谋未能实现，但是杨开慧却未能逃脱他的魔爪。1930年10月的一天夜晚，板仓的一个叫范觐溪的地痞发现了杨开慧的藏身之地。第二天，杨开慧和儿子毛岸英及保姆陈玉英一同被敌人逮捕。10月24日，也就是岸英8岁生日这天，三人被关进长沙协操坪监狱。被何键控制的《大公报》于10月29日刊登了杨开慧被捕的消息：

共首毛泽东之妻杨氏，系长沙清泰乡板仓地方杨怀中之女。生有三男，自毛倡乱后，杨氏率子女匿居娘家。最近清泰乡成立农民铲共义勇队，清查户口，异常严紧。日前经人密告该义勇队，该队团派队前往将杨氏及其长子及女工一名一并拿获。解送警备司令部。前日已经军法官详加审讯。①

杨开慧被捕，使得国民党湖南省政界政客们高兴了一阵子，以为这下子可以一举破获共产党的组织机关，还可以进一步掌握毛泽东的行踪。然而，任凭敌人用尽酷刑，杨开慧始终坚贞不屈，昂首怒视着拷打她的刽子手。硬的不行，敌人又使出软的一手，“你一不用交出共产党的名单；二不用写悔过书，只要你在报上申明与毛泽东脱离关系，就可以马上恢复自由！”杨开慧大义凛然：“死不足惜，但愿润之革命早日成功！”

① 《骄杨泪》，邓燕著，华艺出版社2001年5月第1版，第397页。

敌人再也无计可施。1930 年 11 月 14 日，杨开慧在长沙浏阳门外识字岭英勇就义。

杨开慧被捕的时候，毛泽东正在中央苏区指挥红军进行第一次反“围剿”。他是在江西吉水县木口村翻阅缴来的国民党报纸时看到这一消息的。民国十九年十一月十五日《湖南民国日报》在第七版刊登了清乡司令部的《毛泽东之妻昨日枪决莫不称快》的报道：

共匪毛泽东之妻杨氏（名开慧），前次自率女匪赤卫队由西入平浏一带，希图逞乱，经我军击溃。该匪妻杨氏，逃遁未及，化装潜伏在长沙清泰乡，经警备部拿获到省，转至清乡部讯办，业志前报。

兹经该部讯据该匪妻杨氏，努力共党工作，煽惑妇女，扩大红军女赤卫队，扰害湘鄂各省地方不宁。已于昨日十四日下午监提女共匪毛杨氏一名，绑至识字岭刑场执行枪决，全省民众莫不称快云。①

看到这则消息，真如同晴天霹雳，毛泽东悲恸万分，一连数晚彻夜难眠。毛泽东强忍悲痛，挥笔给杨开智写了一封信：“开慧之死，百身莫赎。”并捎去 30 块大洋为杨开慧修墓立碑，上刻“毛母杨开慧之墓。男岸英、岸青、岸龙刻。民国十九年冬立”等字。②

我失骄杨君失柳

中华人民共和国成立后，毛泽东对杨开慧念念不忘，刻骨铭心。他在接见杨开慧的堂妹时说：“你霞姐是有小孩在身边牺牲的，很难的！”“你霞姐是积极主张武装斗争的。”在接见保姆陈玉英时，毛泽东详细询问了杨开慧被捕的经过和狱中情况后，感慨地说：“开慧是个好人哩！岸英是个好伢子哩！革命胜利来之不易，我家就牺牲了六个，有的全家

---

①《毛泽东与杨开慧》，王华、李林著，中央文献出版社 2007 年 1 月第 1 版，第 227 页。原书中民国十九年十月十五日当为十一月十五日之误，笔者作了更正。

②《毛泽东生活档案》（上），韶山毛泽东纪念馆编著，中共党史出版社 2006 年 9 月第 1 版，第 89 页。

牺牲了。”[1]

1957年《诗刊》杂志创刊，创刊号上第一次集中公开发表了毛泽东的18首诗词作品。毛泽东早年革命战友柳直荀的夫人李淑一，时任长沙第十中学语文教员。她捧读毛泽东的诗词作品，爱不释手，但是18首作品中居然没有她记忆中的《虞美人·枕上》，可惜她只记得“堆来枕上愁何状，江海翻波浪”开头这两句。2月7日，正值春节期间，李淑一写信给毛泽东问好，谈了她读毛泽东诗词的感受，请求毛泽东把《虞美人·枕上》抄赠给她，还写道：“一九三三年夏，道路传言直荀牺牲，我结想成梦，大哭而醒，和泪填《菩萨蛮》一首。”

菩萨蛮·惊梦

兰闺索寞翻身早，夜来触动离愁了。底事太难堪，惊侬晓梦残。征人何处觅？六载无消息。醒忆别伊时，满衫清泪滋。

毛泽东收到李淑一的信后，心潮跌宕起伏，几十年来的新思旧念，一齐涌上心头。1957年5月11日，毛泽东回信给李淑一：

淑一同志：

惠书收到，过于谦让了。我们是一辈的人，不是前辈后辈的关系，你所取的态度不适当，要改。已指出“巫峡”，读者已知所指何处，似不必再出现“巫峡”。大作读毕，感慨系之。开慧所述那一首不好，不要写了吧。有《游仙》一首为赠。这种游仙，作者自己不在内，别于古之游仙诗。但词里有之，如咏七夕之类。（下为词的全文，此处从略——引者）

暑假或寒假你如有可能，请到板仓代我看一看开慧的墓。此外，你如去看直荀的墓的时候，请为我代致悼意。你如见到柳午亭先生时，请为我代致问候。午亭先生和你有何困难，请告。

为国珍摄！

毛泽东

一九五七年五月十一日[2]

---

① 《家世家书家风：毛泽东的亲情世界》，丁晓平著，中国青年出版社2009年1月第1版，第60页。

② 《致李淑一》，引自《毛泽东书信选集》，中共中央文献研究室，第486页。

李淑一接到信和词，自然十分惊喜，十分珍重。她给学生们讲解了这首词。当时在长沙十中实习的湖南师院中文系的学生张明霞等人，深为感动。想在学生们办的油印刊物《鹰之歌》上刊登。5 月 28 日，张明霞写信征求毛泽东的意见。过了半年，她意外地接到毛泽东的回信：

张明霞同志：

来信早收到，迟复为歉！

《蝶恋花》一词，可以在你们的刊物上发表，“游仙”改“赠李淑一”。

祝你们好！

毛泽东

一九五七年十一月二十五日[①]

遗憾的是，不久，《鹰之歌》的几个编辑被打成右派，刊物也被迫停刊。1958 年元旦，湖南师范学院院刊《湖南师院》最先发表了这首词，这是毛泽东诗词中唯一首先在地方刊物上发表的词。而后，《文汇报》《人民日报》《诗刊》等陆续刊出。1959 年 6 月 27 日，毛泽东在长沙亲切接见了李淑一，并当着湖南省委的领导同志说：“她就是李淑一，是开慧的好朋友。前年，她把悼念柳直荀的词寄给我，我就写了《蝶恋花・答李淑一》这首词和她，完全是照她的意思和的。”[②] 李淑一在《菩萨蛮》中写道：“征人何处觅？六载无消息”，毛泽东回答了“征人”的去处：“杨柳轻飏直上重霄九”。1963 年，这首词被收入《毛主席诗词》，其中的“赠李淑一”改为“答李淑一”。

蝶恋花・答李淑一

我失骄杨君失柳，杨柳轻飏直上重霄九。问讯吴刚何所有，吴刚捧出桂花酒。

寂寞嫦娥舒广袖，万里长空且为忠魂舞。忽报人间曾伏虎，泪飞顿作倾盆雨。

---

① 《诗人毛泽东》，易孟醇、易维，人民出版社 2003 年 11 月第 1 版，第 72 页。

② 《激扬文字——告诉你一个诗人的毛泽东》，史一帆编著，解放军出版社 2007 年 1 月第 1 版，第 54 页。

毛泽东说“开慧所述那一首不好”，并不是说《虞美人·枕上》真的写得不好，他肯定不会忘记那是他一生中最早写下的一首情诗。但是，经过三十余年的洗练，毛泽东的感情已经更加深刻含蓄，何况他此时已是全党的领袖，他或许不愿意披露他当年的儿女之情。

毛泽东说这首词“别于古之游仙诗”。游仙之诗，古已有之。《昭明文选》中晋人何劭、郭璞的《游仙诗》，是这类作品较早的代表。它们或写山林之士的得道成仙，或描述仙人们逍遥无虑的生活，表达的是嫌恶浊世、藐视权贵、厌弃功名利禄、一心向往仙界的幻想，游仙的主人公是作者自己。词中也有写游仙的，毛泽东所指的《咏七夕》，大多是借歌咏牛郎织女故事表达对其的同情，作者本人一般不在内。当然，也有作者在内的游仙词，如柳永《巫山一段云》、李调元《雨村词话》等。显然，毛泽东的《蝶恋花·答李淑一》只是借用了古人游仙诗词的形式，借以丰富诗境，升华情思，而彻底扬弃了他们企图逃避现实的思想倾向。

这首词是一首悼亡诗。但是毛泽东的词作与古悼亡诗有所不同，他追念的不仅是亡妻杨开慧一人，还有李淑一的亡夫柳直荀，尤为重要的是二人不但是毛泽东的亲人和挚友，更是革命队伍中的同志。这就决定了毛泽东的追思必然超越了个人私情，而升华到了一个更高更广更宏伟的境界。整首词格调美好而又悲壮，凄凉而又高蹈。

词的上阕写杨、柳两烈士牺牲后，他们的忠魂上天受到月宫中的吴刚欢迎的情景。一个“失”字表明了亲人的损失，爱情的损失，友谊的损失，革命的损失，饱含着深切的怀念和痛悼的深情。一个“骄”字，寓意着坚贞不屈，刚毅伟岸，人民则因为革命事业有了他们而感到骄傲和自豪。“杨柳”堪称天造地设，奇妙异常，而且天然产生了双关意味——杨、柳烈士的忠魂和杨花柳絮轻盈飘飞的样子。而“重霄九”既有烈士浩气长存之感，又有雄姿英发的特征。接下来作者展示了一个神奇而幽凉的神话世界，仙人吴刚为二忠魂“捧”出桂花酒，这本是仙人自己独享的佳酿，见到忠魂飘来也肃然起敬，虔诚地以美酒款待。一个“捧”字，较之“取”“拿”“递”“送”“端”“提”等字迥然有异，不难想见两位烈士受到何等的尊重和敬仰。

词的下阕描写月宫嫦娥给烈士忠魂献舞及人间传来革命胜利消息时的情景。无私无畏的人间英雄唤起了嫦娥的极大热情，给他们献上最优美最出色的舞姿。革命胜利的消息从人间传来，两位忠魂和神仙们都激动万分，欢欣鼓舞，喜极而泣。一个“忽”字，既反映出革命胜利的迅猛之势，也形象地表达出胜利捷报传递之快。一个“飞”字惟妙惟肖地写出人们激动到极点时泪如泉涌，霎时间变成了倾盆大雨。这既有烈士忠魂因为反动派被彻底推翻而欢喜的热泪，有仙人们为烈士飞洒的同情之泪和喜闻人间天翻地覆的庆贺之泪，也有人民群众欢呼解放的幸福之泪。

综观全词，天上与人间交织，现实与想象混成，悼念与赞颂融合，悼念没有悲哀情绪，赞颂则不落俗套。作者通过想象两位烈士进入仙境的情景，又把他们同人间联系在一起，使天上人间感情相通，从而说明烈士的精神永垂不朽。这首词意境开阔、豪迈、乐观、豁达，正如郭沫若所言：“不用说这里丝毫也没有旧式词人的那种靡靡之音，而使苏东坡、辛弃疾的豪气也望尘却步。这里使用着浪漫主义的极夸大的手法把现实主义的主题衬托得非常自然生动、深刻动人。这真可以说是古今的绝唱。”①

1963 年 3 月，章士钊在所撰《杨怀中别传》中说：“越二十余年，毛公填词，有我失骄杨句。吾乃请益毛公，何谓骄？公曰：女子革命而丧其元，焉得不骄？”②“骄杨”的确饱含着毛泽东对杨开慧的高度礼赞和不尽思念。

1963 年 9 月 1 日，毛岸青和邵华请求毛泽东书赠《蝶恋花 · 答李淑一》，毛泽东将“骄杨”写成“杨花”，两人唯恐笔下有误，提醒毛泽东：“不是‘骄杨’吗？”毛泽东沉思片刻，答道：“称‘杨花’也很贴切。”毛岸青、邵华写道：“称‘骄杨’表达了爸爸对妈妈的赞美。称‘杨花’，又表达出爸爸对妈妈的亲近之情。”③

对这首词，周恩来曾经这样评论：“对于我们的革命先烈寄予如此崇高的怀念之情，没有比这首词更深切、更激昂慷慨，因此也就更动人心弦的了。‘泪飞顿作倾盆雨’，是嫦娥之泪？是吴刚之泪？还是作者之泪？是普天下革命人民洒下的倾盆热泪。只有革命的现实主义和革命的浪漫主义相结合，文学艺术才能达到这样高的境界。”④ 这是迄今为止对该词主题思想阐述得最准确而深刻的评论。

---

① 《浪漫主义和现实主义》，郭沫若，《红旗》杂志 1958 年第 3 期。

② 《毛泽东诗词新解》，费枝美、季世昌，中央文献出版社 2003 年 12 月第 1 版，第 221 页。

③ 《滚烫的回忆》，毛岸青、邵华，载《难忘的回忆》第 252 页。

④ 《诗人毛泽东》，易孟醇、易维，人民出版社 2003 年 11 月第 1 版，第 77—78 页。

第三章　血浓于水两依依

司马迁《史记·孔子世家》里称赞孔子说："高山仰止，景行行止。虽不能至，然心向往之。"毛泽东的一生波澜壮阔，功勋卓著，充满了传奇色彩。他是中国共产党、中国人民军队和中华人民共和国的缔造者之一。在公众面前，他是伟大的领袖、伟大的导师。作为中国20世纪的第一伟人，他更关注的是国事、天下事，家事在他心目中的位置始终是次要的。但是，毛泽东不是神，也是一个吃中国饭、喝中国水、穿中国衣、读中国书、写中国字、讲中国话、在中国黄土地上长大的中国人。在日常生活中，他和我们平常人一样，有血有肉、有情有义、有爱有恨。父母、兄弟、儿女之情，人皆有之，毛泽东也不例外。他感念严父慈母的养育之恩，他重视兄弟之间的手足之情，他渴求夫妻之间的相濡以沫，他对子女关怀备至又严格要求，不搞特殊。他也重亲情，珍爱亲情。他爱不避亲，公不庇私。他不只讲亲情，他的爱既像普通人，又不像普通人。情义并重，这是他与亲属交往的最鲜明的特色。

严父慈母恩难忘

自从埃德加·斯诺的《西行漫记》问世以来，描述毛泽东童年生活的文字材料不断涌现，其中有很多故事反映毛泽东如何与父亲"抗争"，如何效仿母亲善待别人。关于毛泽东与父母亲之间的关系，几乎形成了一个定论：毛泽东与父亲之间充满了无休止的矛盾与冲突，似乎父子之间互不相容；而他又受母亲善良贤惠的影响，对母亲也特别敬爱。的确，在毛泽东情感的天平上，更加偏重于母亲一方，但不能据此认为毛泽东对父亲就只有反叛没有敬重。

1959年6月25日，毛泽东回到了阔别32年的故乡韶山。在旧居里，他在父母的照片前凝望着，伫立了好一会儿，然后对随行的同志说："这是我的父亲、母亲。我父亲得的伤寒病，我母亲颈上生了一个包，穿了一个眼。只因为是那个时候……如果是现在，他们都不会死的。"第二天清晨，毛泽东默默地爬上故居对面的一座叫南竹坨的小岗，去瞻仰父母的坟墓。随行人员并不知道毛泽东是来悼念父母的，没有准备，只得赶紧摘来一些鲜花和松枝递给毛泽东。毛泽东把鲜花和松枝放在坟头上，然后向合葬墓恭恭敬敬地行了三个鞠躬礼，随后又伫立良久，并深情地说："前人辛苦，后人幸福。"

毛泽东的父亲毛顺生只读过两年私塾，勤劳节俭，精明能干，因为负债被迫外出，在湘军里当了几年兵，长了不少见识，也积累了一些银钱。还乡后，赎回祖上典当出去的土地，不久又买进一些。毛顺生善于经营，后来又集中精力去做稻谷和猪牛生意，还自制了一种叫"毛义顺堂"的流通纸票，资本逐渐滚动增加，在小小的韶山冲，可算是个财东了。

不过，他又是一个性格刚烈，脾气暴躁的人，在家里尤为专制。为继续扩大家业，他带领全家起早贪黑，勤奋劳动，省吃俭用。

毛泽东这样回忆他的父亲：

他雇了一个长工，还叫孩子们和妻子都到地里干活。我六岁就开始干农活了。我父亲做生意并没有开铺子，他只是从贫苦农民那里把谷子买下来，然后运到城里卖给商人，在那里得到个高一点的价钱。在冬天碾谷的时候，他便多雇一个短工干活，那时我家就有七口人吃饭。我家吃得很俭省，不过总是够吃的。

我刚识了几个字，父亲就让我开始给家里记账。他要我学珠算。既然我父亲坚持，我就在晚上记起账来。他是一个严格的监工，看不得我闲着；如果没有账要记，就叫我去做农活。他性情暴躁，常常打我和两个弟弟。他一文钱也不给我们。他每月十五对雇工们特别开恩，给他们鸡蛋下饭吃，可是从来没有肉。对于我，他不给蛋也不给肉。

我家分成两"党"。一党是我父亲，是执政党。反对党由我、母亲、弟弟组成，有时连雇工也包括在内。

我到了十三岁的时候，发现了同我父亲辩论的一个有效的方法，那就是用他自己的办法，引经据典地来驳他。父亲喜欢责备我不孝和懒惰。我就引用经书上长者必须仁慈的话来回敬。他指摘我懒惰，我就反驳说，年纪大的应该比年纪小的多干活，我父亲年纪比我大两倍多，所以应该多干活。我还宣称：等我到了他这样年纪的时候，我会比他勤快得多。

回想起来，我认为我父亲的严厉态度是自招失败。我学会了恨他，我们对他建立了真正的统一战线。同时，他的严厉态度大概对我也有好处。这使我干活非常勤快，使我仔细记账，免得他有把柄来批评我。

我十三岁时，终于离开小学堂，开始整天在地里帮长工干活，白天做一个全劳力的活，晚上替父亲记账。尽管如此，我还是继续读书，如饥似渴地阅读凡是我能够找到的一切书籍，经书除外。这叫我父亲很生气，他希望我熟读经书，尤其是在一次打官司时，由于对方在法庭上很恰当地引经据典，使他败诉之后，更是这样了。……我读了一本叫《盛世危言》的书，这本书我非常喜欢。……我父亲认为读这些书是浪费时间，他要我读一些像经书那样实用的东西，可以帮助他打赢官司。

我父亲毛顺生早年和中年都不信神，可是我母亲信佛却很虔诚。……然而，对于我越来越不信佛，老头儿却不加干涉。他只有处境不顺当的时候，才求神拜佛。

《盛世危言》激起我想要恢复学业的愿望，我也逐渐讨厌田间劳动了。不消说，我父亲是反对这件事的。为此我们发生了争吵，最后我从家里跑了。

我父亲决定送我到湘潭一家他有来往的米店去当学徒。起初我并不反对，觉得这也许是有意思的事。可是差不多就在这个时候，我听说有一个非常新式的学堂，于是决定不顾父亲反对，要到那里去就学。①

“勤劳本业”是毛顺生遵循的家训。他身上有许多优点，如吃苦耐劳、勤俭持家、性格刚强、爱憎分明等，这些都给了毛泽东积极的影响。按照传统观念来理解，毛顺生是一个地地道道的农民，有一点小生意人的精明，他的想法并不为过，他无非是希望毛泽东本分做人，希望毛泽东子承父业。毛泽东进私塾读书尤其是外出求学，尽管毛顺生不是十分乐意，但是没有他的最终支持，毛泽东是走不出韶山冲的。再说，

---

① 《西行漫记》，埃德加·斯诺著，生活·读书·新知三联书店 1979 年 12 月第 1 版，第 106—112页。

父亲的严厉何尝不是一种深沉的爱呢？毛泽东虽然对父亲的自私、刻薄、专制不满，但从内心来说，他一直是热爱自己父亲的。正是父亲的严厉，使他从小就很勤劳、能吃苦；正是父亲送他走进学堂，给他的人生道路铺上了第一块石头……这些都是毛泽东难以忘怀的。他不赞同父亲在致富道路上的做法以及在家中的专制，甚至多次公开违背父亲的意愿，力图冲破父亲为他设计好的生活框架，义无反顾地顺着自己选择的人生之路走下去，但这与他对父亲的尊敬、挚爱之情并不矛盾。这是一种特殊历史时期的特殊情感。追求进步、充满激情的青年与充斥父辈脑中的旧礼教、旧思想必定格格不入，背道而驰。毛泽东反对的是整个腐朽没落的社会，并不是特别针对父亲本人。虽然两人同样倔强执拗，矛盾不可避免，但父亲的妥协是深沉的，所以毛泽东对父亲始终满怀深情。

1910 年秋天，毛泽东离开闭塞的韶山，走向外面更广阔的世界。这是他人生历程的第一个重要转折。

毛泽东在东山学校毕业后，又希望继续到长沙求学，但仍然受到父亲的阻挠。他请求舅父及以前的老师劝说父亲再让他读书，父亲终于同意了。1911 年春，毛泽东挑着行李走到湘潭城乘船到达长沙，进入湘乡驻省中学，继而进入省立第一中学、湖南第一师范求学。从此，毛泽东离父亲越来越远，怀着“改造中国和世界”的抱负，走上了“书生意气，挥斥方遒”的求学道路和革命生涯。

但在长沙读书的日子里，毛泽东仍经常与父亲和家里通信联系。毛顺生在毛泽东到长沙上学后，不再干涉他的选择，对这一点，毛泽东是很感激的。1919 年冬，毛泽东的母亲文氏去世后，他便把父亲接到长沙居住，特地和父亲合了一个影。随同到长沙的还有他的堂伯父毛福生及弟弟毛泽覃，也一起参加了合影。这帧珍贵的照片，至今仍悬挂在韶山毛泽东同志故居纪念馆陈列室里。

1920 年 1 月 23 日，毛顺生因患急性伤寒病医治无效，与世长辞，终年 50 岁。毛泽东此时正在组织湖南“驱张（敬尧）代表团”到达北京，他未能回家奔丧，只好把对父亲的哀悼和丧父的悲痛埋在心底，化作革命的动力。

当然，同父亲比较起来，给少年毛泽东影响更大更深的是他的母亲。她生于 1867 年，在文家排行第七，家庭和邻里都昵称她为“七妹”“文七妹”。她没有读过书，娘家在湘乡四都棠家阁，13 岁到毛家，18 岁与毛顺生成亲。她宅心仁厚，温良谦和。在家中勤俭持家，相夫教子；对乡邻，慷慨厚道，乐善好施。

毛泽东这样回忆他的母亲：

我母亲是个心地善良的妇女，为人慷慨厚道，随时愿意接济别人。她可怜穷人，他们在荒年前来讨饭的时候，她常常给他们饭吃。但是，如果我父亲在场，她就不能这样做了。我父亲是不赞成施舍的。我家为了这事多次发生过争吵。

在反对党的“统一战线”内部，存在着意见分歧。我母亲主张间接打击的政策。凡是明显的感情流露或者公开反抗执政党的企图，她都批评，说这不是中国人的做法。

父亲当众骂我懒而无用。这激怒了我。我骂了他，就离开了家。母亲追上前来，竭力劝我回去。

我父亲早年和中年都不信神，可是我母亲信佛却很虔诚。她向自己的孩子们灌输宗教信仰。

可是，我看的书逐渐对我产生了影响，我自己也越来越怀疑了。我母亲开始为我担忧，责备我不热心拜佛，可是我父亲却不置可否。①

毛泽东很爱他的母亲。1918 年，他母亲得了淋巴腺炎，这年 8 月初，他十分挂念在外婆家养病的母亲，匆匆回乡探望了病中的母亲，很快又回到长沙做前往北京的准备工作。临行前，大概在上中旬，毛泽东在长沙给自己的两个亲舅舅文玉瑞和文玉钦写了一封家书：

七、八二位舅父大人座下：

前在府上拜别，到省忽又数日。定于初七日开始赴京，同行有十二三人。此行专以游历为目的，非有他意。家母在府上久住，并承照料疾病，感激不尽。乡中良医少，恐久病难治，故前有接同下省之议。今特请人开来一方，如法诊治，谅可收功。如尚不愈之时，到秋收之后，拟由润连护

① 《西行漫记》，埃德加·斯诺著，生活·读书·新知三联书店 1979 年 12 月第 1 版，第 107—109页。

送之来省，望二位大人助其成行也。

甥 叩①

毛泽东这封家书没有具体落款时间，或许是因为过于匆忙。而且毛泽东隐瞒了前往北京是张罗新民学会会员赴法国勤工俭学的真实目的，只说“此行专以游历为目的，非有他意也”，或许是为了安慰母亲，恐她担心记挂。毛泽东因自己没能在母亲跟前服侍尽孝，靠两个舅舅照料，对舅父感激不尽。又因要前往北京，接母亲来长沙治病的动议暂时难以安排，于是专门请人开了药方。但毛泽东对药方是否奏效并无十分把握，于是最后又提出让弟弟毛泽民陪同母亲来长沙治病的建议。短短几行字的家书，把儿子对母亲的爱和牵挂表现得淋漓尽致。

1919 年初，所有赴法勤工俭学的湖南青年的出国手续都已经办好。3 月 20 日，因为母亲病重，毛泽东决定回湖南，并顺便到上海去为赴法留学的学生送行。他于 4 月 6 日回到了长沙。他一到长沙，就开始主持新民学会会务，同时为解决生活问题，经同班同学周世钊的推荐，到修业小学任历史教员。这时，母亲在弟弟泽民和泽覃的护送下来到长沙诊治。毛泽东一方面忙于工作和各种社会事务，另一方面尽力抽时间陪同母亲看病，四处求医问药，竭尽人子之责，孝敬可亲可敬的母亲。

毛泽东又有近一年时间没有回家了，他感到有必要向一直照料母亲的舅舅们表达感激之情，并将母亲来长沙诊治以及自己北京之行的情况略作汇报，于是他在 1919 年 4 月 28 日致信七、八两位舅父：

七、八两位舅父大人暨舅母大人尊鉴：

甥自去夏拜别，匆忽经年，中间曾有一信问安，知蒙洞鉴。辰维兴居万福，履嘱多亨，为颂为慰。家母久寓尊府，备蒙照拂，至深感激。病状现已有转机，喉蛾十愈七八，疡子尚未见效，来源本甚深远，固非多日不能奏效也。甥在京中北京大学担任职员一席，闻家母病势危重，不得不赶回服侍，于阳（历）三月十二号动身，十四号到上海，因事句留二十天，四月六号始由沪到省。亲侍汤药，未尝废离，足纡〈纾〉廑念。肃颂

① 《家世家书家风：毛泽东的亲情世界》，丁晓平著，中国青年出版社 2009 年 1 月第 1 版，第 25 页。

福安！

各位表兄表嫂同此问候。

四、五、十舅父大人同此问安，未另。

愚甥　毛泽东　禀

四月二十八日①

毛泽东知道，母亲从遥远的韶山来到省城，机会难得。这是文七妹第一次到长沙，于是他特意带母亲和两位弟弟一起到照相馆合了一张影。这是文七妹第一次照相，也是唯一的一次。母亲坐在椅子上，慈眉善目，安详和蔼，端庄大方，看上去并不像是一个体弱多病的人。三个儿子分立母亲的两侧，这个时候，毛泽东 26 岁，毛泽民 23 岁，毛泽覃 14 岁。这张照片是毛泽东家人最早的一张照片，也是毛泽东兄弟三人唯一的一张合影。

母亲在长沙小住了一段时日，便由弟弟泽民护送回家。然而，令毛泽东万万没有想到的是，这竟然成为他和母亲的最后一次相聚和相别。就在毛泽东将“大部分时间都用在学生政治运动上”的时候，1919 年 10 月 5 日，母亲病逝。噩耗传来，如同晴天霹雳，毛泽东立即带着在修业小学读书的弟弟泽覃回家奔丧。

等毛泽东回到韶山冲，母亲已经入殓两天，他没能见上母亲最后一面。泽民告诉他，母亲临终时还在呼喊着他的名字。毛泽东闻言，心如刀绞，热泪长流，悲痛至极。毛泽东跪守慈母灵前，母亲的音容笑貌恍然眼前，依稀可见。毛泽东百感交集，思绪万千，含泪挥笔写下了他一生中最长的一首诗作：

四言诗·祭母文

鸣呼吾母，遽然而死。寿五十三，生有七子。
七子余三，即东民覃。其他不育，二女二男。
育吾兄弟，艰辛备历。摧折作磨，因此遘疾。
中间万万，皆伤心史。不忍卒书，待徐温吐。

---

① 《毛泽东早期文稿》，中共中央文献研究室、中共湖南省委《毛泽东早期文稿》编辑组编，湖南出版社 1990 年 7 月第 1 版，第 290 页。

今则欲言，只有两端：一则盛德，一则恨偏。
吾母高风，首推博爱。远近亲疏，一皆覆载。
恺恻慈祥，感动庶汇。爱力所及，原本真诚。
不作诳言，不存欺心。整饬成性，一丝不诡。
手泽所经，皆有条理。头脑精密，劈理分情。
事无遗算，物无遁形。洁净之风，传遍戚里。
不染一尘，身心表里。五德荦荦，乃其大端。
合其人格，如在上焉。恨偏所在，三纲之末。
有志未伸，有求不获。精神痛苦，以此为卓。
天乎人欤，倾地一角。次则儿辈，育之成行。
如果未熟，介在青黄。病时揽手，酸心结肠。
但呼儿辈，各务为良。又次所怀，好亲至爱。
或属素恩，或多劳瘁。大小亲疏，均待报赍。
总兹所述，盛德所辉。以秉悃忱，则效不违。
致于所恨，必补遗缺。念兹在兹，此心不越。
养育深恩，春晖朝霭。报之何时？精禽大海。
呜呼吾母！母终未死。躯壳虽隳，灵则万古。
有生一日，皆报恩时。有生一日，皆伴亲时。
今也言长，时则苦短。惟挈大端，置其粗浅。
此时家奠，尽此一觞。后有言陈，与日俱长。
尚飨！①

这篇《祭母文》是一篇念颂母亲的绝唱！这是一篇感天动地的美文！每一个词，每一个字都值得咀嚼，值得回味，唯此才读得懂儿子对母亲那种深沉的眷恋和失去母爱的痛惜。毛泽东将自己的痛苦、悲伤、思念、惆怅、悔恨、感恩之情表达得淋漓尽致。毫无疑问，母亲的病逝是毛泽东二十六岁生命的年轮里最为痛心疾首的事件！毛泽东曾在写给新民学会老同学的信中说：“这是人生一个痛苦之关，像吾等长日在外未能略尽奉养之力的人，尤其生发‘欲报之德，昊天罔极’之痛！”

---

① 《毛泽东早期文稿》，中共中央文献研究室、中共湖南省委《毛泽东早期文稿》编辑组编，湖南出版社 1990 年 7 月第 1 版，第 410－411 页。

祭文是“文”，而不是“诗”。但这篇祭文全用四言，又大体押韵，具有古风的一些特点，且意深情深，恳切哀婉，很具感染力。整篇诗文大体上可分为三个部分：从开头“呜呼吾母”到“待徐温吐”十六句，可算作一部分。诗篇起句如呼天似的哭喊，表现出内心的极度悲痛。“遽然而死”，蕴含了无限的悲哀与痛惜。接着写母亲丧子丧女的悲伤，写母亲抚育三子的辛劳，写母亲终因操劳而一病不起，抒发了诗人对母亲去世的深切的哀痛之情。

从“今则欲言”到“精禽大海”，计六十四句，可算第二部分。这部分集中叙述了母亲的“盛德”和“恨偏”。关于母亲的盛德，诗中高度概括为博爱、真诚、整饬、明事、纯正及温、良、恭、俭、让。母亲的恨偏——遗憾有三：受封建礼教压迫甚深；儿子们未完全成才；应予报偿的未来得及回报。在母亲身上，集中体现了中华民族劳动妇女的传统美德，无论是相夫教子，还是持家待人，都堪称典范。母亲是平凡的、普通的，但又是伟大的、崇高的。诗人向母亲表白心愿：继承母亲光辉品德，补救母亲的遗恨，并以此为对母亲恩情的报答。这就使得这首长诗具有了深邃的历史内容与时代精神。

从“呜呼吾母，母终未死”到“尚飨”，是结尾部分，母亲虽然告别人世，但光辉品德、伟大精神将万古流传。

儿子之情至深，儿子之意至深。毛泽东的《祭母文》已收入《毛泽东早期文稿》，是毛泽东的表兄文运昌在中华人民共和国成立初年向档案部门提供的，是抄件，题目是《毛泽东祭母文》。题下有一段说明性文字：“民国八年八月十五日，他在灵前执笔成之，我代录正的，稿存我家。”原稿在文运昌家保存多年，后遗失。毛泽东的塾师、族兄毛宇居同时也向档案部门提供了一个抄件，并附言：“此文脱尽凡俗，语句沉着，笔力矫健，皆至情流露，故为之留存，以为吾宗后辈法。”

1919 年 10 月 8 日深夜，毛泽东在写好《祭母文》后，意犹未尽，又含泪写下挽联两副：

第一副挽联为：

春风南岸留晖远；
秋雨韶山洒泪多。

第二副挽联为：

疾革尚呼儿，无限关怀，万端遗恨皆须补；
长生新学佛，不能住世，一掬慈容何处寻？

第一副挽联化用孟郊“谁言寸草心，报得三春晖”之句，毛泽东以其大手笔将对伟大母亲的怀念之情浓缩于短短的14个字之中。用温暖的“春风”和肃杀的“秋雨”相对比，将母爱的温馨和失去母亲的悲痛呼应，鲜明地反映出诗人当时的心情。

第二副挽联的上联，说母亲在病危之时还在呼唤着孩子们的名字，体现了她一生对孩子们的关怀与呵护，而儿子们刚刚长大就离家而去，还没有来得及回报母亲，只有将母亲平生希望而没有实现的事情，竭尽全力去弥补。下联是回顾母亲的一生，心地善良，助人为乐，而且人到中年为了能够一生平安，还开始信奉佛教，但是仍然没能实现其良好愿望，那慈祥的面容到哪里去寻找呢？

后来，仍然沉浸在失去慈母之痛中的毛泽东给好友邹蕴真写信，对母亲的高尚品德仍念念不忘。他说：世界上共有三种人：损人利己的人，利己不损人的人，可以损己而利人的人。而他的母亲就是这最后一种人。

1947年，毛泽东问卫士李银桥在家喜欢父亲还是母亲，李银桥说：“喜欢母亲。”毛泽东说：“我也喜欢母亲。她也信佛，心地善良，小时候我还跟她一起去庙里烧过香呢。后来我不信了。”以后，毛泽东和身边工作人员谈话时，多次强调要孝敬父母。“儿行千里母担忧呵。这回你们该懂了吧？所以说，不孝敬父母，天理难容。”“连父母都不肯孝敬的人，还肯为人民服务吗？当然不会。”

母亲已经去了，“万端遗恨皆需补”，怎么补呢？毛泽东把对母亲的爱升华为对人民的爱，对民族的爱，对祖国的爱。作为中国人民的伟大儿子，他把无限的爱都献给了他最伟大的母亲——祖国。

舐犊未必不豪杰

毛泽东自投身革命以后，大部分时间都处于动荡不定的生活之中，常常是居无定所，无暇顾家。毛泽东共有十个孩子，其中杨开慧生了三个男孩，贺子珍生了三男三女，江青生了一个女儿，但最后长大成人的只有毛岸英、毛岸青、李敏、李讷。作为父亲，毛泽东曾一次又一次地承受失去子女的打击与痛苦，他也难免对子女们心存亏欠的心理，想方设法给予他们更多的父爱。从毛泽东和子女们之间的书信往来、日常谈话和生活琐事中，可以看出毛泽东对子女的爱是博大而深沉的，绝不是一般意义上的溺爱或宠爱。他关心子女们的健康和生活，关心他们的学习与工作，更关心他们的成长与进步。毛泽东在教育子女方面留下了诸多准则，其中"吃苦、求知、进步、向上"就是毛泽东教育后代的一条最基本的准则。毛泽东关心教育子女的故事很多，这里只列举作为"诗人"的毛泽东和子女交往的一些事例，来反映一代伟人的舐犊情深。

1. 丧子低吟枯树赋

毛岸英，这是一个英雄的名字。

作为毛泽东的大儿子，这位童年时代就随母亲入狱坐牢，少年时代流浪街头，青年时期又在异国参加反法西斯战斗，回国后在保家卫国、抗美援朝战争中光荣牺牲的男子汉，毫无疑问是中国共产党第一代领导人的红色后代中的第一人！

毛岸英，又名远仁，1922 年 10 月出生于长沙清水塘。1930 年，年仅 8 岁的毛岸英和弟弟毛岸青同母亲杨开慧被反动军阀何键投进监狱。1930 年 11 月 14 日，杨开慧被反动派杀害，毛岸英兄弟在乡亲们的解救下回到家乡板仓。1931 年，外婆和舅妈李崇德将毛岸英、毛岸青、毛岸龙送到上海毛泽民夫妇身边。毛泽民夫妇因为工作的需要，将岸英兄弟三人交给中国互济会办的大同幼稚园抚养。1931 年 5 月，小岸龙因患严重痢疾，不幸夭折。1932 年由于上海地下党组织遭到破坏，大同幼稚园被迫解散，岸英兄弟开始流浪在上海街头，饱尝了人生的酸甜苦辣。中华人民共和国成立后，有一次岸英看电影《三毛流浪记》，感同身受，泪流满面："那时我和岸青在上海的流浪生活和三毛相比，除了偷和给资本家做儿子外，其他几乎都经历过。"毛泽东也感慨万千："为了革命事业，这些孩子从小就吃百家饭，走万里路啊。"

1935 年秋，远在中央苏区任中央工农民主政府国民经济部部长的毛泽民，托钱之光找当时中央特科的潘汉年，帮助寻找岸英、岸青兄弟。直到 1936 年夏天，董健吾才从一座破庙的一帮流浪儿中间找到兄弟俩，这才与地下党接上关系。随后又托张学良东北军的部下、义勇军总司令李杜，利用他出国到西班牙考察的机会，带岸英兄弟俩到了法国巴黎。半年后，由时任中共中央驻共产国际代表团副团长的康生将他俩送到苏联莫斯科，并将他们送进了莫斯科市郊的莫尼诺第二国际儿童院，后又转到共产国际第一儿童院学习。岸英化名杨永福，岸青化名杨永寿。1940 年，贺子珍从莫斯科东方大学毕业，分到第一儿童院教中文。她常把岸英兄弟接到身边，同刚到苏联的女儿娇娇一起，在异国他乡组成了一个临时家庭。也是在这里，岸英加入了苏联列宁主义青年团。

转眼到了 1938 年，毛岸英托人将兄弟俩的照片带给父亲。看到照片上结结实实的两个小伙子，毛泽东喜出望外，久久凝视，热泪盈眶。父子离别已经十年！而此时杨开慧已经是“十年生死两茫茫”了。但看到饱经苦难的儿子在逆境中成长起来，毛泽东又多少感到欣慰。1938 年 3 月，因有人要去苏联，毛泽东立即提笔给岸英兄弟写信：

亲爱的岸英、岸青：

时常想念你们，知你们情形尚好，有进步，并接你们的照片，十分喜欢。现因有便，托致此信，也希望你们写信给我，我是企盼你们来信啊！我的情形还好。以后有机会再写信给你们。

祝你们健康，愉快，进步！

毛泽东

三月四日①

毛泽东对儿子的眷顾之情跃然纸上，他的幸福感觉就像三月里开冻的河流，虽不闻涛声，但滚滚奔涌，势不可当。以后，岸英、岸青也经常给父亲写信，汇报自己在苏联的学习情况。毛泽东时常对他们的学习给予鼓励和指导。孩子们的每一点进步，都给远方的父亲带来欢乐和慰藉。

1941 年 1 月 31 日，毛泽东给岸英兄弟写了一封很长的信，对他们的学习与发展方向提出了殷切的希望：

---

① 《毛泽东与他的亲友》，宋三旦、田烨主编，山西人民出版社 2003 年 11 月第 1 版，第 91 页。

岸英、岸青二儿：

很早以前接到岸英的信、岸青的信、岸英寄来的相片本、单张相片，而且是几次的信与照片，我都未复，很对你们不起，知你们悬念。

你们长进了，很欢喜的。岸英文理通顺，字也写得不坏。有进取的志气，是很好的。唯有一事向你们建议，趁着年纪尚轻，多向自然科学学习，少谈些政治。政治是要谈的，但目前以潜心学习自然科学为宜，社会科学辅之。将来可倒置过来，以社会科学为主，自然科学为辅。总之注意科学，只有科学是真学问，将来用处无穷。人家恭维你抬举你，这有一样好处，就是鼓励你上进；但有一样坏处，就是易长自满之气，得意忘形，有不知脚踏实地、实事求是的危险。你们有你们的前程，或好或坏，决定于你们自己及你们的环境，我不想来干涉你们。我的意见，只当做建议，由你们自己考虑决定。总之，我欢喜你们，望你们更好。

岸英要我写诗，我一点诗兴也没有，因此写不出。关于寄书，前年我托西安林伯渠老同志寄了一大堆给你们少年集团，听说没有收到，真是可惜。我再酌检一点寄上，大批的待后。

我的身体今年差些。自己不满意自己；读书也少，因为颇忙。你们情形如何？甚以为念。

毛泽东

一九四一年一月三十一日①

这封信是毛泽东写给儿子的家书中最长的一封。从信中的用词、语气、态度和字里行间所散发出来的爱意，我们可以看到，毛泽东既是父亲，又是师长，还是朋友，和蔼可亲、坦诚相待，而且充满着平等民主的气氛。他不干涉孩子们对自己前程的选择，自己的话“只当作建议”。话语平平常常却表达了一个父亲深沉的爱和期望。“我欢喜你们”，表达父爱的方式如此直白，不加任何掩饰，足以说明毛泽东对岸英兄弟的爱是何等深厚和强烈。

这封家书出自作为政治家的毛泽东之手，也令我们感受到了作为父亲的毛泽东对政治的一种难以言说的情怀。热爱政治，关注民生的毛泽东，

① 《家世家书家风：毛泽东的亲情世界》，丁晓平著，中国青年出版社 2009 年 1 月第 1 版，第 128 页。

从少年时代开始就把自己的热诚与热血投入汹涌澎湃的新文化运动和中国革命的洪流之中，并奋勇“到中流击水，浪遏飞舟”。但给儿子的建议却是“趁着年纪尚轻，多向自然科学学习，少谈些政治。政治是要谈的，但目前以潜心学习自然科学为宜，社会科学辅之。将来可倒置过来，以社会科学为主，自然科学为辅。总之注意科学，只有科学是真学问，将来用处无穷”。要儿子“少谈政治”，这在毛泽东的文稿中是实属罕见的。临近知天命之年的毛泽东或许从自己的成长经历中得出了某种感悟，觉得自己在自然科学方面显得贫乏，特意要提醒孩子们引以为戒。但同时毛泽东也告诉孩子们“政治是要谈的”，但必须等到自己有了真才实学和真本领之后。这样再谈政治也就有了夯实的基础和条件。毛泽东的这种建议，真可谓金玉良言。

岸英在来信中要求父亲写诗，毛泽东却没有满足儿子的愿望，“我一点诗兴也没有，因此写不出”。作为诗人，毛泽东在长征胜利，贺子珍离开他去苏联之后，的确诗作很少。个中原因，可能是延安时期毛泽东的生活相对安逸，心态相对平和。要知道，此前的井冈山斗争时期、中央苏区和长征时期，毛泽东身处腥风血雨之中，斗争环境极其险恶，而且个人又屡遭排挤，身处逆境，心境往往波澜起伏。这恰恰激荡了毛泽东的诗兴，这些时期成为毛泽东诗词创作的高峰期。而延安时期，尽管仍然处在战争环境，但是生活相对稳定，更主要的是毛泽东已经告别人生的逆境，在党内军内的个人威望和领导地位都已经确立。这就不难解释，为什么在延安时期毛泽东的诗作不多，而且作品的艺术成就也明显赶不上此前的几个时期了。此外，“一点诗兴也没有”，或许还与毛泽东的个人情感生活中的恩恩怨怨有关。

与此同时，毛泽东没有给岸英写诗，书信往来中也没有涉及诗词修养问题，这或许还可以作进一步的猜测。毛岸英童年四处漂泊流浪，没有机会进学堂接受中国传统文化的启蒙和熏陶，随后又生活在异国他乡，汉语水平都明显欠缺，更别说对古典诗词的鉴赏力了。从随后毛泽东寄给岸英他们的书籍目录中，似乎也可以推断出毛泽东的这种顾虑。

毛泽东挑选的 21 种 60 册图书分别是：《精忠岳传》二册，《官场现形记》四册，《子不语正续》三册，《三国志》四册，《高中外国史》三册，《高中本国史》二册，《中国经济地理》一册，《大众哲学》一册，《中国历史教程》一册，《兰花梦奇传》一册，《峨眉剑侠传》四册，《小五义》

六册，《续小五义》六册，《聊斋志异》四册，《水浒传》四册，《薛刚反唐》一册，《儒林外史》二册，《何典》一册，《清史演义》二册，《洪秀全》二册，《侠义江湖》六册。①

毛泽东选的这些书，不仅包括哲学、经学、史学、文学，还包括武侠小说和经济地理，既有知识性，又有趣味性。而当时正是国民党反动派背信弃义悍然发动“皖南事变”的时候，斗争形式十分严峻复杂，毛泽东忙里偷闲，给儿子写信寄书，足见伟人对下一代成长进步的殷切期望和良苦用心。

1941年6月22日，德国法西斯向苏联发动闪电战，苏德战争爆发。这一时期，毛岸英担任国际儿童院共青团支部书记和伊万诺夫市列宁区团区委委员，为配合战争这个中心任务而开展工作。1941年冬末，鉴于卫国战争的严峻形势，联共（布）中央建议十六岁以上的外国公民加入苏联国籍。当老师动员岸英加入苏联国籍时，十九岁的岸英却说：“我是中国人，我爱我的祖国。只要祖国一声令下，我就要回到祖国去。”但他不是一个狭隘的民族主义者，他愿意为苏联人民的自由与独立献身，积极要求赴前线参战。

1942年5月，毛岸英进入伊万诺夫苏雅士官学校快速班学习军事指挥。之后又进入莫斯科列宁军政学校和伏龙芝军事学校学习。1943年1月他加入联共（布）党。军校毕业后，毛岸英获中尉军衔，被任命为坦克连的党代表，参加苏军的大反攻。千里长驱，英勇杀敌，穿越了波兰等好几个东欧国家，他晋升为上尉。1945年，他奉命回到莫斯科，为了表彰他的战功，也因为他是毛泽东的儿子，斯大林亲自接见了他，并赠他一支手枪，作为他参加苏联卫国战争的最高奖赏。战后，他进入莫斯科东方语言学院学习。

1946年1月，毛岸英回到延安。这是父子离别19年后的第一次重逢。当岸英从飞机上走下来时，一眼看到站在舷梯脚下的毛泽东时，他几乎是从飞机上飞下来一般，站到了毛泽东面前。毛泽东见英俊潇洒的毛岸英走下来，快步迎了上去，紧紧地抱住岸英，深情地凝视着比自己个头还高的儿子。岸英也以苏联式的奔放热情拥抱着多年来朝思暮想的父亲。两个人的眼睛湿润了，声音哽咽了。

---

① 《家世家书家风：毛泽东的亲情世界》，丁晓平著，中国青年出版社2009年1月第1版，第132页。

阔别已久的儿子回到了自己身边，但是毛泽东没有让岸英在身边待很久，就把他送到边区一位特等劳模吴满有那里，让他住到村里，学习种地等农活。用毛泽东的话来说，就是读了苏联的洋学堂之后，还必须让他上中国的“农业大学、劳动大学”。50 多天后，毛岸英回到父亲身边时，俨然一个陕北农民后生，毛泽东摸了摸儿子长满老茧的手，说：“这就是你在劳动大学的毕业证书!”次年，岸英在中宣部工作时，毛泽东嘱咐儿子要系统地学习哲学、历史。1947 年 3 月，岸英随中央机关到达西柏坡，参加中央土改工作团。

这年，毛岸英与烈士刘谦初的女儿刘思齐在接触中逐渐萌生感情，后经邓颖超和康克清撮合，他们于 1948 年确定恋爱关系。1949 年 10 月 15 日，两人的婚礼在中南海举行。毛泽东将自己在重庆谈判时穿的一件黑色夹大衣送给儿子、儿媳作为礼物。他风趣地说：“我没有什么贵重礼品送给你们，就这么一件大衣，白天让岸英穿，晚上盖在被上，你们俩都有份。”听了这一席话，在场的人都哈哈大笑起来。

中华人民共和国成立后，毛岸英主动要求到基层锻炼，来到北京机械总厂，担任党总支副书记。1950 年，朝鲜战争爆发，岸英毅然报名参加志愿军。当时，中央一些领导同志劝毛泽东别让岸英去朝鲜了，毛泽东断然拒绝：“谁叫他是毛泽东的儿子！他不去谁去?”岸英到朝鲜后，被安排在志愿军总部任俄语翻译兼作战机要室秘书。1950 年 11 月 25 日，志愿军总部遭美军飞机轰炸，岸英壮烈牺牲，年仅 28 岁。

毛泽东得知这一不幸的消息时，先是一愣，手中拿着的香烟一下子掉在了地上。良久，他眨了眨眼睛，目光开始慢慢地移动，眼眶渐渐地湿润了。他哆嗦着几次想从烟盒里抽出烟来，都没有成功，卫士李银桥帮他抽出一支烟，点燃。又静穆了很久，他把烟头狠狠地压熄在烟缸里，沙哑地发出一声长叹：“唉，谁叫他是毛泽东的儿子呢?”他强忍悲痛，凝望着窗外已萧条的树枝，低吟起庾信的《枯树赋》：

> 昔年种柳，依依汉南，
> 今看摇落，凄怆江潭。
> 树犹如此，人何以堪。

吟诵如泣如诉，萧瑟苍凉，听者无不凄然动容，失声痛哭。人生有三大不幸："早年丧父，中年丧妻，老年丧子"，而其中之最大不幸又是老年丧子。白发人悼黑发人，其悲痛可想而知。更何况毛泽东已有五位亲人先后为中国革命献出了生命。多少亲情、多少希望都寄托在这英姿勃发的长子毛岸英身上！

1960 年 11 月 25 日下午，毛泽东走出中南海丰泽园的菊香书屋，先是在院落中慢慢地散步，然后在一株高高的大松树下，以极其低沉的声音突然唱出了京剧《李陵碑》中杨继业的几句唱词：

金乌坠玉兔升黄昏时候，
盼娇儿不由人珠泪双流；
七郎儿回雁门搬兵求救，
为什么此一去不见回头？
……

只唱了这么几句，毛泽东发出的声音便开始哽咽起来而不再继续往下唱了。侍卫在旁的李银桥知道，这一天是岸英牺牲 10 周年的纪念日。[①]

2. 视如己出慰思齐

毛岸英的牺牲，对毛泽东而言不啻晴天霹雳。这位叱咤风云的伟人，这位感情丰富的父亲，他把命运强加给他的所有巨大悲痛都深深地埋藏在心底，默默地独自承受。死去的不能复生，活着的更应该好好活着。处于极度痛苦中的毛泽东，想到的却是新婚仅一年的儿媳刘思齐将如何承受这残酷现实的打击？

按照岸英出征前的嘱托，只要父亲在北京，刘思齐每周都会来看望毛泽东。毛泽东不知该如何面对只有二十岁的儿媳。思齐每次来，都要问岸英是否有信来，岸英几个月为何不来信。毛泽东总是装出若无其事的样子，支支吾吾找一些冠冕堂皇的理由搪塞着来安慰她。或者说简直就是在骗她！有什么办法呢？每周一次这样的见面，对毛泽东而言，无疑是一种折磨，一个党和国家的最高领导人，竟然在家里总是隐瞒着真相，说着一

① 《历史的情怀：毛泽东生活记事》，邸延生著，新华出版社 2008 年 11 月第 1 版，第 380—381 页。

个谎言，编织着一个已经破碎的梦，而且一“骗”就是三年整！

悲哉毛泽东！伟哉毛泽东！

转眼到了1953年，岸英还是没有回来。毛泽东不能也不愿意再扮演这个人世间最难演的角色了。为了使儿媳能够经受住这生命中无法承受的痛，他把思齐找来，颇费苦心地和她谈起自家为革命牺牲了一个个亲人，她也似乎预感到了什么，但又不敢说出来。一周以后，思齐又来中南海看望毛泽东，这次周恩来也在场。毛泽东终于把岸英牺牲的消息如实告诉了她。尽管思齐早就有了某种不祥的预感，尽管她早就有了某种最坏的打算，尽管她似乎也已经做好了某种心理准备，但当痛苦的盖子一旦被揭开，她仍然感到天旋地转，所有的悲伤、痛苦、无奈，甚至绝望，都一下子化作了“倾盆雨”。毛泽东怔怔地坐在那里，已经没有了任何表情。一旁的周恩来一边安慰思齐，一边照料毛泽东。当他触摸到毛泽东冰凉的手时，不禁心里一惊，赶紧对思齐耳语：“思齐，你要节哀，爸爸的手都冰凉啦！”痛苦的思齐清醒过来，又赶紧去劝慰爸爸……这是怎样的人生磨难？这是怎样的人间悲情？

岸英牺牲对思齐的打击实在太大，但为了不再勾起父亲的伤感，她只能一个人躲着独自流泪，但这一切又怎么能瞒得过父亲的眼睛呢？他深情地对她说：“今后，你就是我的大女儿。”从此，毛泽东格外疼爱刘思齐，常常亲自过问她的衣食住行，而在以后的通信中总是称她为“思齐儿”，如同己出。

为了让刘思齐尽快走出生活的阴影，减轻心灵的痛苦，毛泽东想给她换一换环境，于是在1954年刘思齐高中毕业后，便送她去苏联莫斯科大学数力系深造。1955年9月到1957年9月，刘思齐在苏联学了两年时间。毛泽东非常体谅儿媳在国外的孤独与寂寞，常常写信关心她的学习和生活情况。在异国独处的刘思齐经常生病，真正的“心病”并没有因环境的改变而改变。加上由文科改学理科，她感到学业上非常吃力和困难。1957年暑假期间，刘思齐写信给毛泽东，提出了要求转学国内的想法。毛泽东当即回信一封：

思齐儿：

信收到。回来了，很高兴。

转学事是好的，自己做主，向组织申请，得允即可。如不得允，仍去苏联，改学文科，时间长一点也不要紧。不论怎样，都要自己做主，不要用家长的名义去申请，注意为盼。

祝你进步！

父亲

八月四日①

思齐提出转学情有可原，可偏偏有人跟她过不去，挖苦她、嘲讽她，就连江青也对她冷嘲热讽，并且派人收走了她出入中南海的特别通行证，还放出话来："刘思齐不是我们家的人！"毛泽东知道后，又给思齐写了一封信，这是五天之内的第二封信：

思齐儿：

信收到。我在此间有事，又病，不要来。你应当遵照医生、党支部、大使馆的意见，下决心在国内转学文科。一切浮言讥笑，不要管它。全部精力，应当集中在转学后几年的功课上，学成为国服务。此嘱。

父亲

八月九日②

在毛泽东的鼓励下，刘思齐很快办理了转学手续，于1957年10月转入北京大学俄语系学习。转眼到了1959年，刘思齐得了一场大病。毛泽东正在庐山开会，得知后马上写信安慰思齐，表达思念之情。在信中，毛泽东还抄录了诗仙李白的《庐山谣寄卢侍御虚舟》中的诗句赠给思齐：

登高壮观天地间，
大江茫茫去不还。
黄云万里动风色，
白波九道流雪山。

这首诗是李白因永王李璘事件遭贬遇赦后由江夏来庐山时所作，诗很

① 《毛泽东当"红娘"的故事》，杜忠明编著，中央文献出版社2010年1月第1版，第207页。

② 同上。

长。毛泽东非常喜欢李白的诗，认为李白的诗“文采奇异，气势磅礴，有脱俗之气”。毛泽东只选取了李白诗作中间的四句送给思齐，这几句诗看似壮写庐山景色，实抒高蹈出世不满现实的心情，但意境浩阔雄浑，大度超凡。“笔下殊有仙气”，读来确实能开阔心胸，“可起消愁破闷的作用”。

在毛泽东的关心下，刘思齐变得坚强起来，她战胜疾病，顺利完成了学业。1961 年秋天，刘思齐被分配到解放军工程兵的科研部门从事翻译工作。转眼间，毛岸英牺牲已经十年，刘思齐也步入了而立之年。她对岸英的感情依然难以释怀，毛泽东对此非常焦急，多次劝她找个合适的男友、成个家。1961 年 6 月 13 日，毛泽东又提笔给思齐写了一封家书：

女儿：

你好！哪有忘的道理？隔久了，疑心就生了，是不是？脑痛要注意。是学习太多的原因。还有总是要结婚，你为什么老劝不听呢？下决心结婚吧，是时候了。五心不定，输得干干净净。高不成低不就是你们这一类女孩子的通病。是不是呢？信到，回信给我为盼！问好！

父亲

六月十三日[①]

“五心不定，输得干干净净”，这是毛泽东在战争年代经常讲的一句话，告诫军事指挥员应当当机立断，不能优柔寡断，错过战机。毛泽东以前就曾多次开导刘思齐，方式比较委婉，但这次却直截了当，“你为什么老劝不听呢?”看似不无责怪之意，实则情真意切。一个公公劝自己的儿媳改嫁，并将其作为自己的一大心愿，这不仅增添了毛泽东个人人格魅力，也给我们的社会伦理道德提供了诸多启示。

在毛泽东的不断劝说下，刘思齐终于从失去毛岸英的阴影中走了出来。经时任空军副司令员兼空军学院院长刘震介绍，她认识了从苏联留学回来的空军学院强击机教研室教员杨茂之。经过一段时间的相处，他们于 1962 年 2 月结婚。刘思齐改名刘松林。终于了却了心愿的毛泽东，欣喜之余手书自己的新作《卜算子·咏梅》，作为对他们新婚的贺礼，并给了 300

---

① 《家世家书家风：毛泽东的亲情世界》，丁晓平著，中国青年出版社 2009 年 1 月第 1 版，第 171 页。

元钱叫思齐自己购买礼品。

《卜算子·咏梅》这首词是在国内和国际形势都非常严峻的情况下写的，反映了词人在斗争中不畏艰险的革命豪情，清醒的革命头脑，乐观的革命精神。但是以此词赠给刘松林夫妇又别有一番意义。他告诫他们，生活中同样充满艰辛坎坷，要像梅花那样有不畏严寒的品格，要始终保持乐观向上的精神状态，任何困难和痛苦都会过去。冬天来了，春天还会远吗?

毛岸英牺牲后，毛泽东把儿媳视为自己的女儿，书信中经常使用“亲爱的思齐儿”“思齐儿”“女儿”“娃”这样亲切的称呼。他是这么说的，也是这么做的。毛泽东和刘思齐这种特殊的父女关系，堪称历史佳话。

3. 岸青惊梦掀波澜

毛岸青，又名远义，曾用名杨永寿，1923 年 11 月 23 日出生于长沙东乡板仓。孩提时代的毛岸青和毛岸英一样，颠沛流离，生活艰辛。岸青七岁时，母亲杨开慧被反动派杀害，岸青与岸英、岸龙一同到了上海，过了几年流浪生活。此间，他因遭特务巡捕的毒打，两耳失聪，留下了脑震荡的毛病，这病根好像一团阴云一直笼罩着毛岸青的人生，影响和干扰着他正常的思维和生活。1936 年 6 月，毛岸青离开上海到法国巴黎，1937 年赴苏联学习。

毛岸英回到延安之后，毛泽东得知岸青幼年被敌人毒打留下了后遗症，身体不好，更加惦念远在异国他乡的岸青，他当即给岸青写了一封信：

岸青，我的亲爱的儿：

岸英回国，收到你的信，知道你的情形，很是欢喜。看见哥哥，好像看见你一样。希望你在那里继续学习，将来学成回国，好为人民服务。你妹妹（李讷）问你好，她现已五岁半。她的剪纸，寄你两张。

祝你进步、愉快、成长！

毛泽东

一九四六年一月七日①

---

①《毛泽东与他的亲友》，宋三旦、田烨主编，山西人民出版社 2003 年 11 月第 1 版，第 96 页。

1947 年，毛岸青同贺子珍一道回到哈尔滨，不久，毛泽东把岸青接到了自己身边。中华人民共和国成立初期，毛岸青被分配在中宣部马列主义著作编译所从事翻译工作，曾参加过斯大林的《马克思主义和语言学问题》等著作的翻译。1950 年，毛岸英牺牲的消息传来，岸青不能承受这一打击，旧病复发，并且日益严重，再也无法坚持正常的工作。毛泽东将他送到苏联治疗，可是岸青孤身一人，始终郁郁不乐。1955 年，刘思齐来到苏联莫斯科大学学习，抽空去看望了岸青。岸青和嫂子谈心，提出希望回国，并通过思齐带给父亲一封信。毛泽东看信后，同意他回国，于是毛岸青回国并在大连疗养。

1957 年夏，毛泽东去大连，见岸青的病情大有好转，很是高兴。谈话中毛岸青忽然讲起他做的一个梦。岸青对父亲说："爸爸，你说怪不怪，几十年没有梦见妈妈了，昨夜她来了，笑眯眯地跟我说：'孩子，我不能给你爸爸抄文章了，你要好好练字啊！'"说着，毛岸青泪流满面。坐在一旁的毛泽东神情凄然，房间里一时陷入沉默，只能听见毛岸青轻轻的抽泣声。不知过了多长时间，毛泽东递给岸青一张信笺，说："岸青，这是我不久前写的一首词，你看看。"这首词就是后来发表的《蝶恋花·答李淑一》。看着那熟悉的、如行云流水一般的字体，读着父亲那饱含深情的诗句，长久以来积压于胸中的郁闷，还有那蓄积多年的思念，以及一个人独处的寂寞与伤感，一下子都释放了出来。岸青念着念着，哇的一声哭了起来。毛泽东也被岸青的哭声震动了，他强忍泪水，一根接一根地吸着烟，默默无语，陷入欢乐和痛苦交织着的无限回忆之中。

岸青一夜惊梦，引起毛泽东的无限思绪。从 1927 年分别到 1957 年，已经整整过去了三十年，毛泽东与杨开慧这段千古爱恋，如今只剩下毛岸青这一块亲骨肉。沧海横流，又岂是河东与河西的阻隔？看着病中的儿子，想起逝去的亲人，毛泽东怎能不怅然，内心怎能不疼痛？

也就是在这次谈话中，毛岸青告诉父亲自己想找个女朋友，并说大连医院里有一个女护士对他不错。毛泽东通过侧面了解，认为不合适，劝慰他说："这个姑娘别谈了，另找个合适的吧。"

此后，毛岸青的病情又出现了波动，毛泽东对儿子更加牵挂，尤其是岸青的终身大事更令他操心。在毛泽东的支持下，1960 年，毛岸青与邵华结婚。邵华和刘思齐是同母异父的姐妹。就像贺子珍和贺怡姐妹嫁给毛泽东和毛泽覃兄弟俩一样，刘思齐和邵华姐妹嫁给了毛岸英和毛岸青兄弟俩。

4. 推荐情诗励邵华

1959 年邵华考进了北京大学中文系，因为读的是文史，博览群书的毛泽东便时常与她一起谈史论诗，他们在文学上成了“论友”。在谈到曹操父子时，毛泽东问邵华：“你喜欢曹操，还是曹丕、曹植?”邵华爽快地说：“我喜欢曹植的诗，尤其喜欢他的七步诗。你看他哥哥曹丕逼得他没有办法了，七步之内要作不出诗来就要杀他，但他作出来了，而且这么才华横溢。”毛泽东听后笑着说：“我和你不一样，我喜欢曹操的诗。曹操的诗词，直抒胸臆，豁达潇洒，应当学习。比如他的《龟虽寿》《短歌行》《观沧海》等篇章，更是脍炙人口。”说着，毛泽东还把其中的一些词句写出来。

有一次，邵华告诉毛泽东，期末考试《中国通史》得了好成绩，毛泽东便让她谈谈刘邦、项羽兴衰的原因。邵华按教科书谈了一遍。毛泽东笑着说：这是死记硬背，算是知道点皮毛。他告诉邵华要多读史料，多想想，能将为什么都讲清楚，这一课才算学好了。

最令邵华难忘的是一次在中南海听毛泽东谈唐代诗人。谈到初唐四杰之一的王勃时，毛泽东对他评价很高，说他年轻有为，二十几岁就写下了 16 卷诗文，可惜死得太早。他还说他喜欢王勃的《送杜少府之任蜀川》，对其中的“海内存知己，天涯若比邻”两句很欣赏。在谈话中，当毛泽东发现邵华也十分喜欢王勃的《滕王阁序》时，非常高兴，他一边背诵佳句，一边评论。在谈兴正浓时，毛泽东坐到桌前，挥笔写下了“落霞与孤鹜齐飞，秋水共长天一色”这一千古名句。邵华双手接过来，喜不自胜，这成为邵华最为珍爱的一幅墨宝。如今，毛泽东手书的这副摘句联被镌刻在重新修缮的滕王阁的立柱上。

岸青与邵华是 1960 年在大连结的婚，1962 年他们一同回到北京生活，但生活毕竟不同于谈恋爱，不可能天天都是花前月下卿卿我我的浪漫，更多的则是锅碗瓢盆进行曲和柴米油盐酱醋茶。并不想当一名纯粹家庭主妇的邵华，还想回到北京大学读书，毛泽东给予了积极支持，可是由于缺课时间太久，邵华感到学习已经非常吃力，她的情绪十分低落。再加上岸青身体不好，神经不能经受一点刺激，而小夫妻之间又难免产生摩擦和矛盾。作为过来人的毛泽东觉察到了邵华的烦恼，对她十分理解。1962 年 6 月 3 日，毛泽东给邵华写了一封信：

你好！有信。拿来，想看。要好生养病，立志奔前程，女儿气要少些，加一点男儿气，为社会做一番事业。企予望之。《上邪》一篇，要多读。余不尽。

父亲

六月三日上午七时[1]

这封家书毛泽东没有写抬头，这也是毛泽东家书中唯一没有抬头的信件。毛泽东语重心长地劝慰儿媳“要好生养病，立志奔前程”，而且“女儿气要少些，加一点男儿气”，希望她能勇敢地面对生活、学习上的种种困难和挫折，只有这样才能“为社会做一番事业”。他希望儿媳能够独当一面，勇挑家庭生活重担。当得知小两口的关系出现不愉快时，毛泽东没有责备，也没有进行空洞的说教，只是意味深长地建议她认真读一读汉乐府民歌《饶歌》中的一首情歌《上邪》：

我欲与君相知，长命无绝衰。山无陵，江水为竭，冬雷震震，夏雨雪，天地合，乃敢与君绝！

《上邪》是以誓言形式出现的情歌。其感情之强烈、口气之决绝、意念之坚定，让人能深深感受到主人公爱情心理的律动。一连排列出五件现实中根本不可能发生的事情来表明自己对爱情的坚贞不渝：只有高山夷为平地，江水枯竭，冬天雷声阵阵，夏季雨雪纷纷，天地合二为一，那时才敢与你断绝爱情。在一连五句排比中，作者或用三言，或用四言，读起来章节短促，语句跌宕，语气显得十分连贯而紧迫，使女子的感情如狂风暴雨迸发而出，极好地突出了女子的坚定性格与热烈心情。

邵华读懂了毛泽东推荐这一作品的用心良苦。此后，邵华的性格慢慢变得开朗了，豁达了，对岸青也更加关心和体贴。经过和岸青商量，她又

---

① 《家世家书家风：毛泽东的亲情世界》，丁晓平著，中国青年出版社 2009 年 1 月第 1 版，第 192 页。

回到北大继续学习，最终完成了学业。两人患难与共，携手同心，赢得了美满的爱情与人生。1970 年，他们喜得一子，这是毛泽东唯一的孙子。这一年，毛岸青与邵华结婚整整十年。毛岸青四十七岁，毛泽东七十七岁。毛泽东亲自为孙儿取名“毛新宇”。新宇，新的宇宙新的天地也！毛泽东对孙儿寄予厚望。

5. 李敏穿梭搭心桥

1936 年冬，红军长征到达陕北保安县。贺子珍生下了她与毛泽东的第五个孩子。邓颖超、康克清、刘英、钟月林等闻讯赶到窑洞探望。孩子呱呱落地后，邓颖超忙抱起这个又瘦又小的孩子，边看边说：“真是个小娇娇啊！主席，快给孩子起个名字吧！”毛泽东听后风趣地说：“颖超啊，孩子的名字，你已经给取了。《西京杂记》中不是有这样的话：‘文君娇好，眉色如望远山，脸际常如芙蓉’，‘娇娇’是个好字眼，就叫你刚才叫的‘娇娇’吧！”

1937 年 10 月，贺子珍由于执意要去苏联治病，远离了延安，远离了毛泽东。1940 年，毛泽东托人把 4 岁的娇娇送到贺子珍身边，以慰藉她心灵上的创伤。母女二人在苏联卫国战争期间相依为命，过着十分艰苦的生活。1947 年夏天，娇娇与母亲一起回到了哈尔滨。一回国，11 岁的娇娇就给毛泽东用俄文写了一封信：

毛主席：

大家都说您是我的亲生爸爸，我是您的亲生女儿，但是，我在苏联没有见过您，也不清楚这是怎么一回事。到底您是不是我的亲爸爸，我是不是您的亲女儿？请赶快来信告诉我，这样，我才好回到您的身边。

娇娇①

毛泽东接到爱女娇娇的信，十分高兴，立即提笔给女儿回信：

① 《毛泽东与他的亲友》，宋三旦、田烨主编，山西人民出版社 2003 年 11 月第 1 版，第 268 页。

娇娇：

看了你的来信很高兴。

你是我亲生女儿，我是你的亲生父亲。你去苏联十多年来一直未见面，你一定长大长高了吧？爸爸想念你，也很喜欢你。希望你快快回到爸爸身边来。爸爸已请贺怡同志专程去东北接你了，爸爸欢迎你来。①

据说，毛泽东刚刚把信写好，正准备寄出的时候，他又突然改变主意，吩咐身边的工作人员用加急电报发出。“你是我亲生女儿”，“我是你的亲生父亲”，“爸爸想念你”，“也很喜欢你”，“爸爸欢迎你来”，这一声声的呼唤，一缕缕的思念，那么热切，那么真诚，那么温暖，那么甜蜜。毛泽东的温情是如此荡气回肠，又是如此酣畅淋漓。

1949 年北平解放后，娇娇回到了毛泽东身边，这给他带来了极大的快乐。毛泽东非常关心女儿的学习，他教她读古文诗，又亲自写字帖让她练字。在父亲的帮助下，娇娇的进步很大。

不久，娇娇要到北京师范大学附属中学念书了，毛泽东决定给她取个学名。他以《论语·里仁》篇里的一句话“君子欲讷于言，而敏于行”中“敏”字给娇娇取名。1947 年，毛泽东转战陕北期间，曾化名“李德胜”，谐音“离得胜”，于是他给娇娇取名叫“李敏”。

转眼到了 1954 年的暑假，毛泽东让江青带李敏、李讷去北戴河度假。李敏这样回忆这次度假的经历：

1954 年夏天，江青带我和妹妹李讷去北戴河。我们在那里尽情地玩儿，倾听着大海的波涛，同时也想到了爸爸。我们想，也应该让爸爸到这里来放松一下，休息休息。爸爸日理万机，为国家大事而操劳，他实在是太累太累了。爸爸也早就说过他要来，但至今还迟迟没来。我们一是想爸爸，二是心疼爸爸，也想让爸爸分享我们的快乐，所以就给爸爸写了信，希望他快来这里。很快，我们就收到了爸爸的回信。

---

① 《毛泽东与他的亲友》，宋三旦、田烨主编，山西人民出版社 2003 年 11 月第 1 版，第 268 页。

李敏、李讷，我的亲爱的女儿：

你们的来信都收到了，很喜欢。北戴河、秦皇岛、山海关一带是曹孟德（操）到过的地方。他不仅是政治家，也是诗人。他的碣石诗是有名的，妈妈那里有古诗选本，可请妈妈教你们读。我好，勿念。

亲你们！

爸爸

一九五四年七月二十三日

信中，透着爸爸对我们的爱，更透着爸爸对我们学业上的关心。我将曹操诗全文抄下：

观沧海

东临碣石，以观沧海。水何澹澹，山岛竦峙。

树木丛生，百草丰茂。秋风萧瑟，洪波涌起。

日月之行，若出其中；星汉灿烂，若出其里。

幸甚至哉，歌以咏志。

不久，爸爸来到北戴河，带着我们下海游泳，与我们共享这亲近大自然的快乐。畅游之余，爸爸喜欢曹操那豁达洒脱，直抒胸臆的诗句，就借古人幽思，抒今人情怀，写下了那气势雄壮的《浪淘沙·北戴河》的名篇：

大雨落幽燕，白浪滔天，秦皇岛外打鱼船。一片汪洋都不见，知向谁边？

往事越千年，魏武挥鞭，东临碣石有遗篇。萧瑟秋风今又是，换了人间。

尽管我对古文诗尚未熟读，不能理解全诗的内容，但我亲临其境地体会到：曹操登山观海，看到的是气象万千的变化，心里肯定是非常激动。借以抒发自己那种伟大襟怀，才写出了这不朽的名篇。

爸爸提及曹操，提及《观沧海》，除了想提高我的中文水平外，还是希望我能从诗中受到启发，受到熏陶，受到教益。①

---

① 《我的父亲毛泽东》，李敏著，人民出版社 2009 年 9 月第 1 版，第 68—70 页。

长期以来，人们普遍对曹操存有偏见，戏剧里的曹操是大白脸的奸雄，老百姓也普遍认为曹操是历史上的坏人。而毛泽东却不这么看，他对曹操推崇备至。他写过这样的书法手迹："天下英雄，惟使君与操耳。"毛泽东很喜欢曹操的诗，尤其对《龟虽寿》《观沧海》《短歌行》等特别喜爱，他还手书过曹操的《龟虽寿》。他说："曹操的文章、诗，极为本色，直抒胸臆，豁达通脱，应当学习。"[①] "我还是喜欢曹操的诗，气魄雄伟，慷慨悲凉，是真男子，大手笔。"[②]

1954年夏，毛泽东来到北戴河。据他的保健医生徐涛回忆，有一天，毛泽东在海岸沙滩漫步，嘴里总是念念有词地背诵《观沧海》；毛泽东在夜里疲劳后，稍作休息，出门观海，有时也是这样低声吟诵。一次，他对身边的工作人员说："曹操是了不起的政治家、军事家，也是个了不起的诗人。"他写《浪淘沙·北戴河》，提到"魏武挥鞭，东临碣石有遗篇"。"萧瑟秋风今又是"就是从《观沧海》"秋风萧瑟"点化而来。

毛泽东如此欣赏曹操，自然也就不难理解，他要向李敏她们推荐曹操作品，还说"可请妈妈教你们读"，好东西总是希望与人分享，何况是自己的至亲骨肉？当然，这次毛泽东特意让江青带李敏、李讷去北戴河，并希望她们跟江青学诗词，应该还另有用意，就是希望李敏与江青这个"妈妈"多多接触，融洽关系，和睦相处。

上学期间，几乎每年寒暑假，李敏都按照毛泽东的吩咐去上海看望母亲，背上大包小包的东西，还要带去爸爸对妈妈的问候。李敏又同样是拎着大包小包的东西从妈妈身边回到北京，其中有毛泽东爱吃的蔬菜和食品。毛泽东从女儿那里了解贺子珍的情况，贺子珍也从女儿这里知悉毛泽东的心情。贺子珍病了，有时还拒绝服药治疗，但只要毛泽东的信到了，她就立即配合治疗，病也很快康复。李敏就是这样担负着父亲和母亲之间特殊情感的纽带和心灵上的鹊桥。这使毛泽东感慨万千，他从李敏身上看到了当年贺子珍的影子。

1959年，李敏考取了北京师范大学化学系，与北京航空学院的孔令华相爱。孔令华是李敏中学时的同学，两人相识已久，彼此情投意合。孔令华的父亲孔从洲原是杨虎城将军部下的炮兵旅长，在西安事变中有过贡

---

① 《回忆爸爸勤奋读书和练书法》，毛岸青、邵华著，见《瞭望》1983年第12期。

② 《毛泽东谈作家与作品》，白金华主编，吉林人民出版社1993年12月第1版，第8页。

献，中华人民共和国成立后任中国人民解放军炮兵副司令员。

1959 年 8 月 29 日，毛泽东亲自在中南海家里为女儿主持婚礼。婚后，李敏夫妇都住在中南海丰泽园，继续读书。1960 年，李敏生了一个儿子。可是，江青对李敏不是太好，常常发一些无名火。为了不影响父亲的工作和生活，1961 年，李敏一家搬出了中南海，这令毛泽东感到非常沮丧。

李敏离开中南海后，江青就派人收走了她们一家出入中南海的证件。从此，李敏要去看望父亲，就没有先前那么容易了，后来更是艰难。特别是随着“文革”的不断发展，李敏夫妇对江青的不满日甚。李敏多想见见父亲，说说自己的苦恼。但是，父女俩近在咫尺，却不能轻易相见。李敏每次想见父亲被拒，总是回家与孔令华抱头痛哭。从 1969 年到 1976 年 9 月毛泽东逝世，李敏仅见过三次父亲。父亲去世后，李敏要求为爸爸守灵，江青竟然不答应，还轻蔑地说：“让你守一次，就够照顾了。”她只能随着首都人民一道瞻仰毛泽东的遗容，一天又一天，她排队进入父亲的灵堂，肃立在那里，向爸爸致意告别。

6. 李讷书信论婉约

李讷，1940 年 8 月 3 日生于延安，是江青唯一的女儿。其名和李敏一样，取自孔子《论语·里仁》篇的一句话：“君子欲讷于言，而敏于行。”李讷性格沉稳而内向，从小只爱读书，话语不多，倒是应验了其名字的内涵。在毛泽东的儿女中，李讷在父亲身边的时间最长，父亲对李讷寄予厚望，对她一直无比关心，又严格要求。

李讷出生时，毛泽东已年近半百。1940 年，毛泽东将李敏送到苏联陪伴母亲贺子珍，身边就只有李讷一人。战争年代的毛泽东日理万机，工作繁忙。但是，他一有时间，总会带女儿散步，教她识字，给她讲故事，称她“大娃娃”，天资聪颖的李讷叫毛泽东“小爸爸”。一老一少，时常玩得不亦乐乎。1947 年 3 月，胡宗南大举进攻延安，父女俩不得不暂时分开，李讷随中央机关东渡黄河进入山西。分别半年后，毛泽东与李讷在黄河边相聚。随后，毛泽东带着女儿转移到杨家沟，从此，再也没有分开过。

1948 年，党中央转移到西柏坡，李讷开始了她的小学教育。1949 年，进了北京，李讷插班进入育英小学读书，随后她就读于北京师范大学附属女子中学。

1957 年 8 月 1 日，毛泽东签发文件之后，睡不着觉，吟哦起范仲淹的两首词来，一是《苏幕遮》，一是《渔家傲》，读着，竟然进入了词人的诗情画意中，有感而发，给家人写下了一段关于婉约与豪放的高论：

词有婉约、豪放两派，应当兼读。读婉约派久了，厌倦了，要改读豪放派。豪放派久了，又厌倦了，应当改读婉约派。我的兴趣偏于豪放，不废婉约。婉约派中有许多意境苍凉而又优美的词。范仲淹的上两首，介于婉约与豪放之间，可算中间派吧；但基本上仍属婉约，既苍凉又优美，使人不厌读。婉约派中的一味儿女情长，豪放派的一味铜琶铁板，读久了，都令人厌倦的。人的心情是复杂的，有所偏袒仍是复杂的。所谓复杂，就是对立统一。人的心情，经常有对立的成分，不是单一的，是可以分析的。词的婉约、豪放两派，在一个人读起来，有时喜欢前者，有时喜欢后者，就是一例。睡不着觉，哼范词，写了这些。江青看后，给李讷看一看。①

毛泽东临睡前的这段诗论，谈论了豪放与婉约两派作品的特点，也点明了他“偏于豪放，不废婉约”的欣赏习惯。作为一个诗词爱好者，他阅读了不计其数的诗词作品，但是他更喜欢豪放风格的作品，当然也不拒绝婉约格调的诗词。作为一代伟大的诗人，他自己的创作风格也是“偏于豪放，不废婉约”。毛泽东在书信的最后，特别提示“江青看后，给李讷看一看”，这时的李讷还是一个中学生，诗词功底不可能很深，还在打基础的阶段。他或许是想让初学诗词的李讷能够总体把握诗词的风格特点，在两种风格流派之间可以侧重，但不可以偏废。此外，他也许还想通过词的论述，来告诉自己的女儿，在“儿女情长”的婉约之外，是不是还要有一点“铜琶铁板”的豪放呢？是不是告诫女儿，在处理生活之中的问题时，也要像欣赏诗词那样，个性鲜明但不偏执，要“偏于豪放，不废婉约”呢？

李讷自幼体质较弱，经常疾病缠身，始终是毛泽东的一块心病。1958年1月下旬，李讷突发急性阑尾炎。又因她小时候打针时有一截针头断在肉里，一直没有取出。于是决定两个手术同时做。而不巧的是，此时江青不在北京。那几天，毛泽东既要忙工作，又要关心李讷的手术。阑尾炎手

---

① 《毛泽东诗词集》，中央文献研究室编，中央文献出版社1996年9月第1版，第230—231页。

术进行得非常顺利，但是取出断针的手术却很费周折。由于时间太久，断针在肉里的位置发生了变化，后来在 X 光下一边照一边找，才把那截针头找出来。由于手术是在无菌室外做的，术后伤口发生感染，李讷连续高烧。毛泽东十分着急，而工作又使他无法脱身，只好于 2 月 3 日这天给李讷写了一封信，让人送给她，鼓励她要以坚强的意志和顽强的毅力战胜病魔。在信中，毛泽东还抄录了唐代诗人王昌龄《从军行》的诗句来勉励李讷：

青海长云暗雪山，
孤城遥望玉门关。
黄沙百战穿金甲，
不破楼兰誓不还。

一辈子喜欢读书的毛泽东不仅对女儿呵护备至，而且还利用自己的渊博知识，并针对孩子自身的特点，亲自为孩子们选择必读书目。1959 年，李讷考入北京大学历史系，这与毛泽东的影响有直接关系。在她上大学之前，毛泽东还自编了一本“教材”。李讷回忆说：“父亲先让我们读《水浒传》，因为《水浒传》好读，故事也比较引人入胜。然后读《红楼梦》《三国演义》和诗词。”毛泽东还将这些自己亲自选编的诗词打印成册，装订了好几本，每个孩子一本。

李讷上大学后，她和普通人家的孩子一样，住八个人一间的宿舍，吃一样的伙食，和大家一样上课，一样下乡参加劳动，一样挤公共汽车。李讷每周末都要回家。一次，李银桥派车去接她，毛泽东知道后，严厉地训了他一次。三年困难时期，她在学校食堂吃不饱，一回到家总是狼吞虎咽。毛泽东看到这一切，尽管心里很难过，但是他没有也不允许给予女儿任何特殊照顾。

1963 年新春伊始，李讷给父亲写了一封信，详细剖析了自己的一些缺点和思想变化。在信中，她还谈到自己在大学课程中学《庄子·秋水》后的感想。庄子在《秋水》篇中叙述了一个妄自尊大的河伯的故事：河伯满以为百川归己，十分自负，发洪水时，两岸看不到边，觉得自己是世界上最大的水神了。等他顺流东行，见大海无涯，方知道自己是这样渺小，只能望洋兴叹。李讷读后思想触动很大，感觉自己有些地方像鼠目寸光的河伯，意识到自己存在着狭隘和浅薄。接到女儿的来信，毛泽东“喜慰无极”，立即给她回信：

李讷娃：

刚发一信，就接了你的信。喜慰无极。你痛苦、忧伤，是极好事，从此你就有希望了。痛苦、忧伤，表示你认真想事，争上游、鼓干劲，一定可以转到翘尾巴、自以为是、孤僻、看不起人的反面去，主动权就到了你的手里了。没人管你了，靠你自己管自己，这就好了，这是大学比中学的好处。中学也有两种人，有社会经验的孩子；有娇生惯养的所谓干部子弟，你就是吃了这个亏。现在好了，干部子弟（翘尾巴的）吃不开了，尾巴翘不成了，痛苦来了，改变态度也就来了，这就好了。读了秋水篇……，好，你不会再做河伯了，为你祝贺！

爸爸

一月四日①

作为毛泽东和江青唯一的孩子，在红墙中成长起来的李讷自然与她的哥哥姐姐们有所不同，与她的大学同学这些平民百姓的孩子更是不同。更何况在那样一个把领袖当作神供奉的年代，“红色公主”李讷在北京大学自然是个极其特殊的角色。而在这个环境下成长起来的李讷，难免有清高、自负、孤傲、不合群、极大的优越感这些坏毛病。作为父亲，毛泽东深知女儿的弱点。也正因为如此，毛泽东看到女儿思想意识的觉醒和进步，感到由衷的欣慰。

1965 年，李讷大学毕业后，分配在《解放军报》当编辑。“文化大革命”开始后，她一度担任《解放军报》的总编辑。1967 年，李讷担任了毛泽东的联络员，负责向毛泽东反映北京各大学“文化大革命”运动进展情况。1974 年至 1975 年，先后任中共平谷县委书记和北京市委书记（书记之一）。

20 世纪 70 年代初，李讷被下放到江西井冈山下的中央办公厅“五七”干校。此间，她看上了北戴河管理处的小徐，但婚后没几个月，由于江青的干涉，再加上两人的确有许多地方不合，两人便离了婚。当时李讷已有身孕。毛泽东对李讷的婚姻总是牵肠挂肚，他多次说：“讷娃结婚太草率了。”

---

①《毛泽东家书解读》，季世昌主编，商务印书馆国际有限公司 2019 年 1 月第 1 版，第 319 页。

20 世纪 70 年代末，李银桥夫妇热心关怀和帮助孤苦的李讷。他们介绍昆明军区某军分区师职干部王景清给李讷认识。经过长时间接触，两人终于喜结良缘。婚后，王景清给予李讷母子无微不至的照顾，一家人生活得幸福美满。此后，李讷开始了普通人的生活。

第四章　峥嵘岁月肩并肩

“嘤其鸣矣，求其友声。”求学时代的毛泽东发过一份《征友启事》，引用了《诗经》上的这句话，意在寻求、联合以“天下为己任”的同窗、同志和朋友，共同寻求真理，追求进步。毛泽东的人际世界由此展开了一幅波澜壮阔、绚丽多彩的画卷：从组建进步团体新民学会，到参与创建中国共产党；从韶山冲的农民运动，到秋收时节的霹雳暴动；从引兵井冈的星火燎原，到漫漫长征的峰回路转；从风起云涌的抗日战争，到摧枯拉朽的三大战役……沧海横流，大浪淘沙，潮起潮落的历史最终选择了毛泽东。在毛泽东思想的旗帜下，在毛泽东人格魅力的感召下，无数优秀中华儿女、英雄豪杰、仁人志士，像激流归大海一样追随而来。毛泽东和他的战友在20世纪的中国舞台上，共同上演了一幕幕惊心动魄、气壮山河的历史活剧。他们不懈的奋斗成就了辉煌伟业，他们默契的配合凝结了战友情怀。毛泽东诗词没有全部展露他对战友们的丰富情感，进入毛泽东诗词艺术世界的有名有姓的战友也只有寥寥数人，但为数不多的涉及战友的诗作，仍然能使读者们从中体悟出毛泽东对革命战友的倚重、赞赏、欣羡、信任和追思。

三番诗赞黄公略

黄公略，原名黄汉魂，生于1898年，湖南湘乡人。黄汉魂少年时性情刚烈，一言不合，拔拳相向，经常惹出事端。为此其父特地抄录了苏轼的《留侯论》让黄汉魂背诵：“……天下有大勇者，猝然临之而不惊，无故加之而不怒，此其所挟持者甚大，而其志甚远也。”父亲为他讲起张良路遇黄石老人、折节奉师的故事。父亲的教诲令黄汉魂羞愧难当。此后，他改名黄石，字公略，发誓以精通韬略的张良为楷模。黄公略从小爱读兵书，17岁离开湘乡到长沙投奔湘军，当过排长、连长。在湘军中，他遇到了一生中最好的朋友彭德怀。1926年夏，随部编入国民革命第八军第一师第三团，并参加北伐战争。在攻占武昌城战斗中，黄公略身先士卒，率部首先攻上宾阳门城头，受到上级的通令嘉奖。

1927年春节过后，黄公略考取黄埔军校高级班。黄公略和彭德怀都是坚定的革命者，他们在革命处于低潮时毅然加入了中国共产党。黄公略还参加了广州起义。1928年2月，黄公略从黄埔军校毕业，由已升任团长的彭德怀推荐担任随营学校副校长。

1928年7月，黄公略与彭德怀等领导平江起义，后任红五军第二纵队纵队长等职。同年冬，红五军主力开赴井冈山，他留在湘鄂赣边地区坚持游击战争，担负起保卫和发展湘鄂赣根据地的任务。黄公略成为湘鄂赣根据地的最高军事首长。在实践中，他创造和总结了“绕南进北、昼伏夜出、彼合我散、彼集我合、彼驻我扰、彼追我圈”等游击战术，还将这些心得写成一本《游击战术》的小册子，在军中广为印发。这是红军历史上第一部研究和阐述游击战术的军事著作。

黄公略与毛泽东首次见面是在1930年春。这年年初，活动于赣西南地区的红二团和红四团扩编为红六军。中共中央指示红四军和红五军派人帮助加强领导力量。红五军答应赣西南特委的请求，派黄公略带领李聚奎、王如痴、陈振亚等军事干部和训练大队前往赣西南中心区——东固。与此同时，朱、毛领导的红四军也派出陈毅、粟裕前去协助黄公略工作。黄公略立即展开整训部队的工作。他从思想建军和军事整训两个方面入手，很快将一支地方武装提升为正规红军，并在战斗中完成了由游击战向运动战的转变。

毛泽东对黄公略的赏识由来已久。他们既是同乡，更是同志。毛泽东早就听说黄公略在赣西南创造了一套游击战术，而这套游击战法同朱、毛在井冈山创造的“敌进我退、敌退我追、敌疲我打、敌驻我扰”十六字诀，可谓“英雄所见略同”。黄公略对毛泽东这位同乡兄长、党内上级也心仪已久。还在黄埔军校高级班时，就得悉毛泽东领导湘赣边秋收起义，上了井冈山，开始了“以农村包围城市，武装夺取政权”的土地革命实践，他认定毛泽东了不起。而当毛泽东在领导井冈山斗争和向赣南、闽西进军过程中，采取分兵游击以发动群众等斗争方式，开创了一个又一个革命根据地时，他对毛泽东更为钦佩。

在1930年2月上旬在吉安陂头举行的“二七”联席会议上，他第一次见到了毛泽东。在这次会议上，毛泽东提出了著名的“傍着发展的工作路线”。他解释说，所谓“傍着发展”，就是红军部队依靠原来根据地波浪式向外发展。会议结束后，朱、毛率红四军再度进入闽西，黄公略则按照总前委“以三个月为期分路进行游击战争”的决定，以东固山为依托，傍着原来根据地，不断开辟新的红色区域，有力地捍卫了以赣南、闽西为中心的中央苏区。仅仅三个月，黄公略就以其一流的战绩得到毛泽东的赞赏。

1930年6月，中央军委统一战略区域的红军编制，红六军改编为红三军，与红四军、红十二军一起组成红一军团。当时担任这三个军军长的分别是黄公略、林彪和伍中豪。这三个人都有就读黄埔军校的经历，都非常年轻，而且才华横溢。党内称他们为朱毛手下的“军中三骁将”。

1930年5月，蒋介石、冯玉祥、阎锡山三个大军阀爆发了“中原大战”，血战半年。在此期间，蒋介石分身无术，红军利用这个间隙，发展了队伍，扩大了根据地。当时以李立三为首的党中央片面夸大了客观形势有利于革命的一面，在1930年6月错误地通过了《新的革命高潮与一省或几省首先胜利》的决议案，强令红军攻打南昌、九江、长沙等大城市，要求各路红军“会师武汉”，“饮马长江”。党中央的命令使毛泽东处于两难境地，既不能公开对抗，又要避免“左”倾盲动给革命造成重大损失。6月底，毛泽东率领红一军团主力从福建汀州向江西进军。他一路行军，一路做说服工作，最终改变了中共中央夺取大城市的冒险计划，避免了失败。部队进军途中，红军虽顶着烈日骄阳，但士气高昂，工农群众踊跃参加革命，场景十分动人。于是，1930年7月，毛泽东以十分复杂的心情写下了《蝶恋花·从汀州向长沙》，反映了这段时间闽赣湘鄂的工农红军进行武装斗争，发动工农群众建立和扩大革命根据地的大好形势，说明了“农村包围城市”道路的正确性。

蝶恋花·从汀州向长沙

六月天兵征腐恶，万丈长缨要把鲲鹏缚。赣水那边红一角，偏师借重黄公略。

百万工农齐踊跃，席卷江西直捣湘和鄂。国际悲歌歌一曲，狂飙为我从天落。

词的上阕，毛泽东高度赞扬了向江西进军的广大红军指战员团结一致，誓把反动派彻底消灭的战斗决心和必胜信念。但是，要取得革命胜利，最根本的要靠正确的路线。黄公略同志已经开辟了赣西南革命根据地，为红军这次进军江西提供了有利条件。

词的下阕，写的是当时江西等地的一派大好革命形势，并预示着革命必将在广大农村获得更大发展。革命斗争烈火不仅燃遍了江西全省，而且正以锐不可当之势向湖南、湖北发展。《国际歌》是无产阶级革命的象征，这歌声震天撼地，犹如从天而降的风暴，掀起了滚滚革命浪潮。

“偏师借重黄公略”，在毛泽东的数十首诗词作品中，黄公略是第一个被直接入诗的著名将领。

1930 年 10 月，蒋介石纠集十万大军向中央革命根据地发起第一次“围剿”。当时，红一方面军只有 4 万余人，力量处于绝对的劣势。黄公略向红一方面军总前委提出自己的想法：“我认为在强敌进攻面前，不是要分散，而是要集中；不是先向敌进攻，而是先退却，待机反攻。”这一独特见解与毛泽东的想法不谋而合。之后红一方面军指挥部采用诱敌深入的方针，先往根据地腹部撤退，并将敌军主力张辉瓒、谭道源两师诱至隐蔽条件好的龙冈、源头一带，集中力量加以歼灭。龙冈一役，就是黄公略指挥的红三军打的，全歼敌军 9 千人，缴获了大批武器，连号称“铁军师”师长的张辉瓒也乖乖束手被擒。敌人的第一次“围剿”就被打破了。

有感于第一次反“围剿”的辉煌战果，毛泽东欣然赋词，描写了黄公略指挥阻击战的精彩情景，只是没有直接出现黄公略的名字：

渔家傲·反第一次大“围剿”

万木霜天红烂漫，天兵怒气冲霄汉。雾满龙冈千嶂暗，齐声唤，前头捉了张辉瓒。

二十万军重入赣，风烟滚滚来天半。唤起工农千百万，同心干，不周山下红旗乱。

1931 年 4 月，蒋介石不甘心失败，又集中二十万兵力向中央根据地发起第二次“围剿”，红军仍然采用毛泽东提出的“诱敌深入，集中兵力，各个攻破”的战略方针。这次敌人采取了“步步为营，稳扎稳打，分进合击，重重包围”的战术。敌军分路推进到江西中部，从江西吉安向东延伸到福建建宁，在长达400公里的战线上修筑了坚固的碉堡，号称“八百里防线”。敌人缩在碉堡里，想引诱红军脱离根据地去硬攻他们的“乌龟壳”。当时根据地红军只剩下3万多人，敌强我弱。毛泽东指挥红军主力进发到富田东南东固附近的白云山区红军总部周围，隐蔽了20多天。与此同时，在根据地外围的游击队不断出击以牵制敌人。5月15日，敌王金钰部终于耐不住“乌龟壳”中的寂寞，分三路窜向东固，正好钻进红军布下的“口袋”。5月16日，黄公略指挥红三军突然从白云山头上猛压下来，枪炮声、喊杀声震天撼地。先后把敌人王金钰和公秉藩两个师歼灭，首战告捷。随后，红军乘胜追击，向东横扫，走了350公里，15天中打了5个大胜仗，歼敌3万多人，彻底粉碎了敌人的第二次“围剿”。

黄公略及其领导的红三军英勇善战，给在白云山头观敌料阵的毛泽东留下了深刻印象。事后他又赋词一首：

渔家傲·反第二次大“围剿”

白云山头云欲立，白云山下呼声急，枯木朽株齐努力。枪林逼，飞将军自重霄入。

七百里驱十五日，赣水苍茫闽山碧，横扫千军如卷席。有人泣，为营步步嗟何及！

词的上阕描写在反第二次大“围剿”中具有全局决胜意义的首战白云山伏击战，致力于描写埋伏、呐喊、冲杀的战斗场面，记录出乎敌军意料的伏击战的胜利情景，赞扬了红军上下同仇敌忾、奋勇杀敌的精神，表现了红军高昂的士气、顽强的意志、英雄的气概和强大的威力。下阕概括描写整个反第二次大“围剿”战役全过程的伟大胜利和敌人惨败的那副可怜相。毛泽东以山清水秀之景烘托出胜利后的内心喜悦，仿佛在大战中得闲暇品评妖娆江山，以日月天地之精气贯通诗人心灵。该词采用了高度的艺术概括和拟人化的修辞手法，以藐视敌人的豪迈感情，刻画了红军勇猛、神速的战斗精神和十五日长驱七百里横扫千军如卷席的威势。

“飞将军”典故出自司马迁《史记·李将军列传》：“广居右北平，匈奴闻之，号曰‘汉之飞将军’，避之数岁，不敢入右北平。”匈奴把英勇善战的汉代名将李广称为“飞将军”，喻其矫健勇猛，行动神速。唐代王昌龄《出塞》："但使龙城飞将在，不教胡马度阴山。"在此，毛泽东用来称赞黄公略及其所率红军。他借古代名将来歌颂红军的机智、勇敢、善战，不仅恰当，而且还收到了言简意赅的效果。于是黄公略赢得了"飞将军"的美誉。

1931 年 9 月初，在第三次反"围剿"作战中，黄公略率红三军参加方石岭追击战，在友邻部队的配合下，歼国民党军第五十二师韩得勤部，共俘敌 5000 多人，缴获了几百匹战马和大量枪支弹药。方石岭战斗胜利后，9 月 15 日，黄公略率红三军奉命转移到东固六渡坳一带。部队在行军途中，突然天空出现国民党三架飞机，它们俯冲下来，发出尖锐的啸声，向地面上的红军战士疯狂投弹扫射。由于很多战士没有防空经验，在地面上四处奔跑却不知趴下躲避，不少战士纷纷倒在血泊中。看到这个情景，黄公略不顾个人安危，从隐蔽所跑到山坡上，一面大声喊叫，让战士们都趴下，不要乱跑；一面组织战士们用机枪向敌机还击。就在这时，一架敌机向他俯冲过来，射出一串罪恶的子弹，黄公略同志不幸胸口连中三弹，壮烈牺牲，时年 33 岁。

黄公略之死来得非常突然，他一生经历数百场大小战役，从来没有带伤挂彩。而今这员虎将遭到敌机袭击却突然牺牲，一颗耀眼的将星，就这样过早地陨落了。

从第一次见面到黄公略英勇牺牲，毛泽东与黄公略相处仅 19 个月，其间还是分多合少，但他们相互支持，相得益彰，以至熟悉他们的红军将士都说黄公略"像老毛"。黄公略的确在很多方面"像老毛"。比如，说一口地道的湘乡话，喜欢吃辣椒，喜欢读书、思考，还喜欢吟诗填词。他二人谁有了辣椒，有了好书、好文章、有了新诗、新见解，都不忘对方，总要拿来共同分享。诚然，黄公略与毛泽东相像的地方，更在于他们对中国革命的战略策略，对革命战争规律的共同认识与把握，正所谓志同道合。

然而，出师未捷身先死，长使英雄泪满襟。毛泽东痛失爱将，十分悲楚。1931 年 9 月 16 日下午，他赶到兴国县莲塘村，亲自主持了黄公略的追悼会。朱德等军委首长和红三军全体指战员、当地赤卫队员以及老乡们参加了追悼大会。在会上，毛泽东强抑心中的悲痛，挥毫疾书，写了一副挽联。

为了纪念这位功勋卓著的红军优秀指挥员，后来在吉安东固六渡坳和瑞金叶坪修建了"公略亭"，红军步兵学校亦命名为"公略步兵学校"。

1931 年 11 月，中央苏区江西省委根据全苏一大决定，在吉安与吉水县东南境苏区设立公略县。11 月 27 日县苏维埃政府在吉水县南松山尊德堂召开成立大会，追悼会和成立会同时举行。那天，大会主席台两侧也挂了毛泽东写的挽联。挽联对黄公略的一生作出了很高的评价：

广州暴动不死，平江暴动不死，而今竟牺牲，堪恨大祸从天降；
革命战争有功，游击战争有功，毕生何奋勇，好教后世继君来。

上联，毛泽东高度概括了黄公略参加广州起义、平江起义的伟大功绩。环境异常艰险的两次暴动，黄公略机智勇敢，虽险而不死，竟然在转移途中被流弹炸死，令人好生痛惜。因黄公略被飞机扫射而亡，所以“堪恨大祸从天落”有一语双关之妙，极言黄公略牺牲之突然，令人无法接受。

下联，对黄公略将军参加北伐战争和在湘鄂赣边区坚持游击战争，英勇善战的功绩予以了总结。“好教后世继君来”，是鼓励后来者向先烈学习，将革命进行到底。

全联语言洗练，采用排比手法，节奏感强，读起来掷地有声，悲壮之感、催人奋进之感油然而生。联中在运用排比的同时，还应用了词语同位的方法，上联的“广州暴动不死，平江暴动不死”与下联的“革命战争有功，游击战争有功”两个重复句式，将黄公略轰轰烈烈的一生恰如其分地表达出来，从中可以看出毛泽东痛失战友的惋惜和悲痛之情。

留却重任谁承受

毛泽东 1944 年 9 月 8 日在中央警备团战士张思德的追悼会上指出：“我们都是来自五湖四海，为着一个共同的革命目标，走到一起来了。我们还要和全国大多数人民走这一条路。……中国人民正在受难，我们有责任解救他们，我们要努力奋斗。要奋斗就会有牺牲，死人的事是经常发生的。但是我们想到人民的利益，想到大多数人民的痛苦，我们为人民而死，就是死得其所。”①

“为了一个共同的革命目标”，即为了解救受苦受难的中国人民，毛泽东和来自五湖四海的革命同志走到了一起，共同奋斗，成为同志和战友。毛泽东很清楚地知道，“要奋斗就会有牺牲，死人的事是经常发生的”。但是，毛泽东每当看到与自己风雨同舟的战友牺牲，总是难以抑制心中的悲痛，总要表达对战友的怀念之情。尽管毛泽东写的悼念战友的诗词并不多，但带有诗词形式的对联却为数不少，这也是他怀念战友的一种特殊方式。这里特辑录毛泽东为战友写的几副挽联，借此来感悟诗人毛泽东的战友情怀。

第一副挽联是为红军参谋长王尔琢写的。

王尔琢，1903 年生，湖南省石门县人。1920 年考入长沙省立甲种工业学校，参加过进步学生运动。1924 年考入黄埔军校第一期，同年秋加入中国共产党。1926 年参加北伐战争，1927 年 8 月参加南昌起义。1928 年 1 月参加领导湘南起义，任工农革命军第一师参谋长。

1928 年 4 月，朱德与毛泽东部队井冈山会师后，王尔琢任中国工农红军第四军参谋长兼第二十八团团长。协助毛泽东、朱德指挥五斗江、草市坳和龙源口等战斗，率团英勇作战，粉碎湘赣两省国民党军的“会剿”，成为纵横井冈山的一员骁将，为保卫和发展井冈山革命根据地做出了重大贡献，赢得了“飞兵二十八团”的美誉。

1928 年 8 月中旬，王尔琢率第 28 团由湘南地区回师井冈山。25 日，担任前卫第二营营长的袁崇全，胁迫、欺骗一个步兵连和一个迫击炮连叛逃。王尔琢闻讯后立即率警卫排追赶。当追至江西崇义思顺圩时，王尔琢努力做叛逃官兵的工作，两个连的官兵又回到了革命队伍中。而王尔琢却遭袁崇全开枪射击，英勇牺牲，年仅 25 岁。

毛泽东得到这个消息后，悲痛至极。10 月上旬，红军在宁冈召开王尔琢烈士追悼会，悼门上写了四个大字：赤潮澎湃。会前由毛泽东亲笔拟就，由陈毅手书了一副挽联。由于真迹已经遗失，挽联是通过人们回忆记录下来的，所以各种版本存在微小的差异。

其一为：

---

① 《为人民服务》，引自《毛泽东选集》第 3 卷，人民出版社 1991 年 6 月第 2 版，第 1005 页。

一哭尔琢，二哭尔琢，尔琢今已矣！留却重任谁承受？
生为阶级，死为阶级，阶级后如何？得到胜利方始休！①

其二为：

一哭同胞，再哭同胞，同胞今已矣，留却工农难承受；
生为阶级，死为阶级，阶级念如何？得到解放方始休。②

尽管文字略有不同，但是“一哭”“再哭”，充分表达了毛泽东痛失爱将的悲情。然而悲痛之后，揩干眼泪，立刻向人们提出了非常严肃的问题：战友为无产阶级而牺牲，无产阶级革命将向何处去？作者化悲痛为力量，给人们一个响亮的回答：“得到胜利方始休！”既悼念战友，又鼓舞红军斗志，体现了毛泽东对革命必胜的坚定信心。

第二副挽联是为张浩同志题写的。

张浩，1897 年 2 月生，湖北黄冈人，原名林育英，又名林仲丹，是林彪的堂兄。他 1922 年 2 月加入中国共产党，1927 年初任中共汉口市委书记。党的八七会议后，他领导大冶、阳新和鄂城三县秋收起义。1933 年春张浩赴莫斯科任中共驻共产国际的成员和中华全国总工会驻赤色职工国际代表。1935 年 12 月他回国抵达陕北后将共产国际的指示带给中央，而且带回了密电码，恢复了中国共产党和共产国际的联系。接着，他以共产国际代表的身份做张国焘的工作，坚决反对张国焘另立中央。同年 12 月，张浩任白军工作委员会副书记，负责国民党军队中的统战工作。1937 年 7 月，张浩被选为中央军委委员，不久，任八路军一二九师政治委员。由于他脑病时常发作，需要带健脑器工作，1938 年初，中央将张浩调回延安治疗。他在陕北创办职工大队。在党的六届六中全会上，张浩被增补为中央委员，并任中共中央职工委员会副书记，主持并创办了《中国工人》月刊。1941 年 8 月 4 日，日寇飞机飞到延安狂轰滥炸，张浩的大脑受到严重刺激，病情恶化，一病不起，于 1942 年 3 月 6 日逝世。

1942 年 3 月 8 日，延安各界人士万余人向张浩的遗体告别，毛泽东为

---

① 《毛泽东诗词鉴赏大全》，季世昌编著，南京出版社 2001 年 8 月第 2 版，第 711 页。

② 《井冈山革命根据地全史》，余伯流、陈钢著，江西人民出版社 1998 年 1 月第 1 版，第 297 页。

张浩题写挽联，高度概括了张浩光辉的一生，对他给予了高度评价：

忠心为国，
虽死犹生。

安葬那一天，毛泽东、朱德、任弼时、徐特立等中央负责同志，亲自为张浩执绋、抬棺、奠土入穴，将张浩葬于桃花岭山顶。这是毛泽东唯一一次给人抬棺，足见毛泽东对张浩的感情之深。

第三副挽联是为刘志丹题写的。

刘志丹，1903 年 10 月生，陕西省宝安县金汤镇人，名景桂，字志丹，陕甘革命根据地的创建人之一，1925 年春加入中国共产党。1928 年 4 月，他与谢子长等领导渭华起义。1935 年 2 月任西北革命军事委员会主席，5 月又任前敌总指挥。同年 9 月任红十五军团副军团长兼参谋长。1936 年 2 月，刘志丹与宋任穷率领红二十八军北渡黄河，插入晋西，配合中央红军东征。4 月 14 日午后，他在前线阵地观察敌情、指挥战士向敌人冲锋时，不幸左胸中弹，壮烈牺牲。

刘志丹在陕甘一带的威信非常高，1936 年，应当地群众的要求，党中央将他的家乡宝安县改名为志丹县。1943 年，志丹县在城北门外为刘志丹修建了“志丹陵”。1943 年 5 月 2 日，毛泽东怀着崇敬和怀念之情，撰联一副，对刘志丹烈士给予了高度评价：

群众领袖，
民族英雄。

第四副挽联是为彭雪枫题写的。

彭雪枫，1907 年生，河南省镇平县七里庄人，原名彭修道，1926 年入党。大革命失败后，他辗转往来于天津、开封等地，卖文求生。1929 年党派他去山东做兵运和农运工作，以后他到了上海，在中央军委机关工作。1930 年，彭雪枫受中央红军派遣赴红五军工作。长沙战役后，他又先后调任红八军六师、二师政委。在第四次反“围剿”中，二师师长郭炳生企图带队叛变，彭雪枫机智勇敢地挫败了叛徒的阴谋，因此荣获了中央军委颁发的“红星奖章”。长征时期，彭雪枫任红五师师长，部队缩编后任十三团团长。他积极支持毛泽东的方针路线，响应毛泽东号召，率团逢山开路，遇水搭桥，渡赤水，攻占娄山关，所向披靡，为长征胜利立下卓越功勋。1936 年 10 月，党中央派他前往太原，争取阎锡山与红军联合抗日。由于他的工作，阎锡山在西安事变中保持中立，对保障事变的和平解决起到了一定作用。抗战爆发后，彭雪枫任八路军总部少将参谋长兼驻晋办事处主任，并兼中共中央北方局联络局书记。1939 年 8 月，他任豫皖苏边区党委书记。皖南事变后，八路军第四纵队改编为新四军第四师，彭雪枫任师长兼政委。

1944 年夏，日寇发动豫湘桂战役，彭雪枫率第四师主力西进，粉碎了 2000 余日伪的跟踪扫荡，迅速恢复了豫皖苏边区的抗战局面。9 月 11 日，彭雪枫攻打盘踞在夏邑八里庄的顽军李光明部队，就在战斗即将胜利的时候，正在指挥的彭雪枫被流弹击中，不幸牺牲，年仅 37 岁。

当时，全国抗战已接近胜利，噩耗传来，全党、全军无限悲痛。1945 年 2 月 7 日，延安各界为彭雪枫举行隆重的追悼会，毛泽东挥笔写下一副长联：

> 二十年艰难事业，即将彻底完成，忍看功绩辉煌，英名永在，一世忠贞，是共产党人好榜样；
>
> 千万里破碎河山，正待从头收拾，孰料血花飞溅，为国牺牲，满腔悲愤，为中华民族悼英雄。①

这是毛泽东一生所撰对联中最长的一副，洋洋洒洒 70 字。全联字字如千钧之重，对仗工整，平仄自如，是一副难得的长联。此联称颂了彭雪枫的功绩，同时为这位能征善战、大智大勇、文武兼备的良将的牺牲扼腕痛惜。全联弥散着惋惜、不忍、悲痛的心绪，读之令人含泪。

第五副挽联是为“四八”烈士题写的。

1946 年 4 月 8 日，在重庆和国民党谈判的中共代表、中央委员王若飞、秦邦宪，回延安向中共中央汇报请示，新四军军长叶挺、中共中央职工委员会书记邓发、进步教育家黄齐生等，同机飞返延安。机上还有黄齐生之孙黄晓庄，十八集团军参谋李绍华、彭踊左，随员魏万吉、赵登俊，

---

① 《毛泽东对联赏析》，杜思明编著，中央文献出版社 2005 年 1 月第 1 版，第 219 页。

叶挺夫人李秀文及其子女、女工高琼等人。因为飞机在山西兴县黑茶山失事，机上人员全部不幸殉难。

1946 年 4 月 18 日，“四八”烈士的遗体由晋绥边区的兴县运到延安。“四八”烈士中，王若飞、秦邦宪是中共中央的领导成员，叶挺是统率“铁军”的北伐名将和领导新四军的抗日名将，邓发是中国共产党的工人运动领导人之一。“四八”烈士的罹难是我党的重大损失。1946 年 4 月 19 日，延安各界三万余人举行隆重追悼大会，毛泽东和党中央无限悲痛，毛泽东以中共中央名义题写了一副挽联：

> 天下正多艰，赖斗争前线，坚持民主，驱除反动，不屈不挠，惊听凶音哀砥柱；
>
> 党中留永痛，念人民事业，惟将悲痛，化成力量，一心一德，誓争胜利慰英灵。①

上联，毛泽东用“天下正多艰”五个字高度概括了当时国内严峻、复杂和紧迫的斗争形势。随后的“赖”乃依赖之意，它引领“斗争前线，坚持民主，驱除反动，不屈不挠”，对王若飞、秦邦宪在同国民党谈判时不屈不挠的精神，叶挺、邓发为党为国奔波斗争，为人民解放，国家独立而不懈奋斗的英勇行为，给予了高度评价。他们的不幸殉难，山河同悲。

下联，毛泽东将全党、全国人民对他们不幸遇难的悲痛用“永痛”二字来概括，然后用极其简练的语言，对全党、全国人民发出了“惟将悲痛，化成力量”的强有力号召，希望人们继承烈士遗志，为争取民主、和平而继续奋斗，以夺取最后胜利来告慰烈士们的英灵。

特别值得一提的是，毛泽东心目中的“战友”不是仅仅指自己身边接触多、交往深、感情厚的同志或朋友，还有更宽泛的含义。当国共合作，共同抗击日本帝国主义的时候，毛泽东同样把国民党方面的抗日将士视为自己的“战友”。当国民党的抗日英雄为国捐躯时，毛泽东也为他们痛悼、伤悲、哀婉。毛泽东亦为国民党抗日将领王铭章、戴安澜题写挽联，体现了他的博大胸襟。

---

① 《毛泽东对联赏析》，杜思明编著，中央文献出版社 2005 年 1 月第 1 版，第 224 页。

王铭章，1893 年生，四川省新都县人。1930 年前后，王铭章被任命为国民党川陕边区左纵队司令，奉命进剿红军，被红军击败。七七事变之后，王铭章率部出川，开赴山西战场。1938 年，日军侵占上海、南京、济南之后，中方组织了御敌入侵中原的徐州会战。日军要占领徐州，首先必须摧毁台儿庄这个据点，而津浦线上的滕县，又是日军南下进攻徐州和台儿庄的必经之地。当时，滕县保卫战的前方总指挥就是国民党第二十集团军第四十一军一二二师师长王铭章。他率领四十一军一二二、一二四两个师以及第四十五军一二七师官兵，誓死坚守滕县县城，浴血奋战三昼夜，狠狠打击了日本侵略者，歼敌两千多人，为台儿庄大捷揭开了序幕。最后，以王铭章为首的守城官兵大部分壮烈牺牲。

1938 年 5 月初，王铭章的灵柩运抵武汉大智门火车站，武汉各界数万群众参加迎灵，并举行了为期一周的隆重追悼活动。毛泽东怀着对爱国志士的一腔敬重，送挽联一副：

奋战守孤城，视死如归，是革命军人本色；
决心歼强敌，以身殉国，为中华民族争光。

在此联中毛泽东高度评价了王铭章拼死抗敌、视死如归、以身殉国的壮举，“是革命军人本色”，“为中华民族争光”。这副挽联词语不多，但铿锵有力，言之凿凿，掷地有声。

戴安澜，1904 年 11 月生，安徽省无为县人，字衍功，号海鸥，黄埔军校第三期毕业生，曾参加北伐战争。他是杰出的国民党抗日爱国将领，在长城古北口抗战、台儿庄大战、武汉大会战、昆仑关争夺战等重大战役中，屡立战功。1942 年 3 月，他率二〇〇师出师缅甸，孤军深入，英勇奋战。他在给妻子的信中说：“现在孤军奋战，决心全部牺牲，以报国家养育！为国家战死，事极光荣。”在给日寇重创以后，他率师归国，途中遭日军伏击，身负重伤，于 5 月 26 日殉国。1943 年 4 月 1 日，国民政府在广西全州的香山寺为戴安澜将军举行国葬。当时国共两党的主要领导人都送了挽联或挽幛。中国共产党人给这位抗日名将很高的评价。周恩来称他为“黄埔之英，民族之雄”。朱德和彭德怀在挽联中说：“将略冠军门，日寇几回遭重创；英魂羁缅境，国人无处不哀思。”毛泽东从延安拍去电报，在“海鸥将军千古”六字后面，题写了一副诗一般的挽联，表达了热烈的赞许，崇高的敬意和深挚的哀悼：

五律·挽戴安澜将军

外侮需人御，将军赋采薇，
师称机械化，勇夺虎罴威；
浴血东瓜守，驱倭棠吉归，
沙场竟殒命，壮志也无违。

“外侮需人御”，首先揭示了日寇侵略、民族危亡、国难当头的历史背景。“将军赋采薇”则运用典故称颂戴安澜将军慷慨出征、勇赴国难的英勇气概和爱国精神。“赋”指兵，古时是按田赋出兵，所以称兵为兵赋。《论语·公冶长》：“千乘之国，可使治其赋也。”“采薇”是《诗经·小雅》的篇目，是戍边的士兵们所唱的歌曲，内容是说戍边的士兵采薇以食，而念归期之远。从写作看，内容雍容朴实，文辞高古典雅。

“师称机械化，勇夺虎罴威”，是说戴安澜所率部队为机械化师，装备精良，将士勇猛，大灭了日本侵略者的威风，大长了抗日军民的士气，写得气韵生动，神采飞扬。

“浴血东瓜守，驱倭棠吉归”，东瓜、棠吉都是缅甸的地名。东瓜之战发生在 1942 年 3 月 18 日，戴将军率部奋战 12 昼夜，歼灭日军 5000 余人，掩护了英军的撤退，迟滞了日军的北进。这一战役的胜利，震撼了世界。发生在 1942 年 4 月 23 日的棠吉之战，也是一个大胜仗。当时棠吉告急，戴部奉命驰援，激战两昼夜，击退日军，收复棠吉。这一句叙述戴师艰苦顽强的战斗历程，称赞戴安澜将军战功卓著，扬威国外。可谓笔酣墨绝，悲壮淋漓。

“沙场竟殒命，壮志也无违”，对戴安澜将军不幸牺牲深表震惊和痛惜，把英雄牺牲的意义提升到“壮志”这个人生的哲学高度，使挽联的整体内容显得十分饱满，构架十分平实坚固。称赞戴将军为抗战报国而死，死得重于泰山，是死得其所，虽死犹荣。同时勉励人们继承烈士壮志，坚持团结，一致抗日，同心同德，前仆后继，彻底打败日本侵略者。情真而意切，语短而心长。

毛泽东这首《五律·挽戴安澜将军》热烈赞颂国民党抗日名将抗战报国的义举，表现了中国共产党人鲜明的民族立场，表明共产党人以民族大义为重，支持一切爱国力量抗日救亡的正义行动，光明磊落，坦荡无私，也向世人表明共产党人是团结抗战的模范，是全民族最大利益的忠实代表者，与国民党反动派不顾民族利益和抗战大局，悍然制造“皖南事变”掀起反共浪潮，形成鲜明对比。

另外，这副挽联是毛泽东诗词中少有的几首五言律诗之一。毛泽东在1965年7月21日致陈毅的一封信中说：“我对五言律，从来没有学习过，也没有发表过一首五言律。”① 这首五言律诗的水准，并不像毛泽东所自谦的那样，与其他作品相比，它毫不逊色。从整体看，这首五言律诗内容饱满，情感激越，语言精练，形象鲜明，气势如虹。既有“赋采薇”那样的古典，又有“机械化”这样的新词，特别是诗人把当代外国的地名与中国的古典结合起来，使人产生非常丰富的联想，增强了诗的表现力，增加了诗的思想感情容量，丰富了诗的含义，充分体现了毛泽东的文才风范和文学造诣。

横刀立马大将军

彭德怀是杰出的无产阶级革命家、军事家、政治家，是中国人民解放军创建人之一。他在近半个世纪的革命斗争中，南征北战，为中国革命战争的胜利、中国人民解放军的成长壮大，为保卫和建设社会主义事业建立了不朽功勋。

彭德怀十分钦佩毛泽东，并注意学习井冈山土地革命和武装斗争的经验。正如他写给战友黄公略的诗中所言：“惟有润芝工农军，跃上井冈旗帜新。我欲以之为榜样，或依湖泊或山区。”彭德怀于1928年10月率领平江起义的红五军上井冈山，与毛泽东、朱德领导的红四军胜利会师。从此，在几十年的革命斗争岁月中，毛泽东与彭德怀一直保持帅与将的关系，两人之间建立了深厚的战斗友谊。从《彭德怀自述》看，彭德怀“真诚地、发自内心地”尊崇毛泽东的领袖地位。在彭德怀的眼里，毛泽东是大哥、先生、领袖。每当关键时刻，彭德怀总是站在毛泽东一边，坚决支持毛泽东的正确主张和英明领导。而毛泽东也十分欣赏彭德怀骁勇善战、顽强拼搏的牺牲精神和卓越的军事指挥才能。

---

① 《致陈毅》，引自《毛泽东书信选集》，中央文献出版社2003年11月第1版，第571页。

长征后期，中央红军主力进入陕甘。1935 年 9 月 12 日，在甘肃迭部县俄界召开中共中央政治局扩大会议，决定将红一军、红三军、军委纵队编为中国工农红军北上抗日先遣队，又称陕甘支队，彭德怀任司令员，毛泽东兼政委。1935 年 10 月 19 日，中央红军主力到达陕北保安的吴起镇。吴起镇是中央红军与陕北红军的会师地，是陕北苏区边防的门户之一。20 日，宁夏军阀马鸿逵、马鸿宾的骑兵尾随而来。为了不把敌人带进陕北根据地，毛泽东、周恩来、彭德怀、叶剑英、林彪等召开第一纵队团以上干部会，决定给马家骑兵一个致命的打击，并拟定一份电文，由毛泽东、彭德怀、林彪签署向一、二、三纵队发出战斗命令。彭德怀连夜返回前线指挥作战。电文提到陕甘地形有“山高路险沟深”的特点。10 月 21 日，由彭德怀指挥，在吴起镇附近的大峁梁打响了“切尾巴”的伏击战，歼灭敌军一个骑兵团，击溃了三个团，俘获敌军约 700 人，缴获战马约 100 匹，打胜了中央红军到达陕北后的第一仗，这也是结束二万五千里长征的最后一仗，使红军陕北会师和开辟新局面有了相对安全的条件和保证，因此这是具有独特的战史、军史、革命史价值的漂亮仗。

毛泽东那天上午亲自来到前线，进入阵地，观察敌情，直到敌人溃退，才离开前线回到驻地。毛泽东抑制不住喜悦心情，当即挥毫成诗：

六言诗·给彭德怀同志

山高路远坑深，
大军纵横驰奔。
谁敢横刀立马？
唯我彭大将军！

战斗结束后，彭德怀来到毛泽东住处，看到桌子上放着毛泽东写的这首诗。彭德怀当即拿起笔来，将最末一句的“彭大将军”改为“英勇红军”，然后将诗放回原处。彭德怀幼年家贫失学，仅读过两年私塾。他的这一改动，不仅文从字顺，更见出他的谦逊胸怀。可惜的是，这首诗的原始手稿，至今还没有在历史档案中找到。

由于这首诗没有找到原始手稿，写成后又没有立即见诸报刊，更没有准确的时间记载，就连第一次非正式发表也是在此诗写成之后的第 12 年了。1947 年 8 月 1 日，这首诗首次被刊登在冀鲁豫解放区部队的《战友报》上，但编者在注释中把这首诗误写为腊子口之战毛泽东发给彭德怀的一份电报。1954 年 8 月 1 日，这首诗又曾在一个大军区的报纸上刊出，在说明中也误写为这是腊子口之战毛给彭的电报。1957 年《解放军文艺》4 月号，以来信照登的形式刊载马雪魁《腊子口之战留下的一个电报》，使这首诗在社会上广为传诵。1978 年 12 月，彭德怀冤案获得平反。黄克诚 1979 年 1 月 3 日在《人民日报》发表文章《丹心照日月，刚正垂千秋——怀念我党我国和我军杰出的领导人彭德怀同志》。文中再次提到这首诗，但仍认为是长征路上毛泽东热情赞扬彭德怀的诗篇。

直到 1981 年 12 月《彭德怀自述》出版，才首次披露了毛泽东赠诗与彭德怀改诗的真实情况，也纠正了腊子口之战留下的电报之误传。其实，毛泽东本人也曾证实腊子口之战不是彭德怀打的。1957 年 2 月 6 日，杭州的《东海》文艺月刊编辑部写信给毛泽东，请他校阅并准予发表这首诗。信中说：诗是该刊读者抄录来的，还说这首诗是毛泽东在长征途中为庆贺彭德怀率兵攻打腊子口写的一份电报。不料毛泽东看到来信后，于 2 月 15 日复信给《东海》文艺月刊说："记不起了，似乎不像。腊子口是林彪同志指挥的，我亦在前线，不会用这种方式打电报的。那几句不宜发表。"①

1983 年 6 月 15 日，《彭德怀传记》编写组访问王震时，王震说：1947 年 8 月，彭德怀指挥西北野战军攻打沙家店歼灭国民党三十六师取得胜利后，在前东原召开旅以上干部会。毛泽东、周恩来、任弼时等中央领导人亲临会场向大家祝贺胜利。毛泽东在会上讲话，高度赞扬彭德怀的指挥才能。会议休息时，毛泽东再次即席挥毫书写了这首诗。据张爱萍回忆：1947 年 8 月中旬，彭德怀指挥沙家店战役。一个黄昏就歼灭胡宗南集团三大主力之一的整编第三十六师部及两个旅，获得歼敌 6000 余人的重大战果，彻底粉碎了敌军企图将我军歼灭于陕北或赶过黄河以东的计划，成为我西北野战军转入战略反攻的转折点。毛泽东得知这一胜利消息，当即又将这首诗写给彭德怀，最后一句依然是"唯我彭大将军"②。两次诗赞彭德怀，足见毛泽东对彭德怀的赏识。

---

① 《毛泽东没有留下手稿的一首诗——纪念〈我彭大将军〉写作六十周年》，王焰著，见《中华魂》1995 年第 6 期。

② 《毛泽东诗词新解》，费枝美、季世昌著，中央文献出版社 2003 年 12 月第 1 版，第 356 页。

彭德怀是毛泽东最真诚、最可靠、最倚重的战将之一，然而，令人痛心的是，由于革命斗争的曲折复杂，个人的主见以及性格上的差异，毛泽东在一系列历史事件中，对彭德怀产生过一些嫌隙和误会，以致1959年庐山会议于震怒之下翻出陈年旧账，不够冷静地说过："30年来，你是三分合作，七分不合作。"毛泽东错误地发动了对彭德怀的批判，并解除其国防部长职务。1962年6月，彭德怀给毛泽东和党中央写了八万言的申诉信。1965年9月，毛泽东派彭德怀任西南国防建设副总指挥，并亲自找彭德怀谈话。毛泽东说："也许真理在你那边。"又说："我过去反对彭德怀是积极的，现在支持他也是诚心诚意的。对老彭的看法应该是一分为二，我自己也是这样。"他还恳切地对彭德怀说："历史上，真正的同志绝不是什么争论都没有，不是从始到终，从生到死都是一致的！有争论、有分歧不要紧，要服从真理，顾全大局，大局面前要把个人的意见放一放。""你的事，看来是批评过了，错了，等几年再说吧。""我没有忘了你，这些年我一直在想你的事。你也不要记账，日久见人心，我们再一起往前走吧！"两个老战友又"说通"了，打开了各自的心结。

国有疑难可问谁

1963年12月16日，共和国元帅罗荣桓在北京不幸逝世。

这天，毛泽东在中南海颐年堂召集会议听取聂荣臻等汇报十年科学技术规划。当噩耗传来，毛泽东带头起立默哀。默哀后，他说："罗荣桓同志是1902年生的，这个同志有一个优点，很有原则性，对敌人狠，对同志有意见，背后少说，当面多说，不背地议论人，一生始终如一。一个人几十年如一日不容易，原则性强，对党忠诚，对党的团结起了很大的作用。"①

罗荣桓是湖南衡山人，五四时期在长沙参加过毛泽东、柳直荀领导的学生运动。他是毛泽东主编的《湘江评论》的热心读者，也参加过毛泽东领导的"驱张运动"。1926年6月，他从青岛大学结业后，即回到家乡积极参加农民运动。"马日事变"后，面对一片白色恐怖，他毅然加入中国共产党。八七会议以后，罗荣桓率领农民起义军举行暴动，智取了通城。

---

① 《罗荣桓元帅》，王伟编著，四川人民出版社2009年4月第1版，第242—243页。

随后，他率领的这支农民武装被编入工农革命军第一师，参加毛泽东领导的秋收起义，在浏阳的文家市，罗荣桓第一次见到毛泽东。

三湾改编时，毛泽东任命罗荣桓为工农革命军特务连党代表。毛泽东在《井冈山的斗争》一文中指出："事实证明，哪一个连的党代表较好，哪一个连就比较健全。"① 罗荣桓就是毛泽东所称道的这样一位党代表，也被誉为人民军队最早的七个连党代表之一。他担任党代表的连队，战斗力强，作风过硬，纪律严明。在一次经历连续恶战的战役后，整个连队没有一个逃兵，被打散的战士很快主动找到部队。

1929年古田会议召开前夕，毛泽东召集一批军队中的党代表分组召开多次座谈会，进行调查研究。罗荣桓积极反映部队的情况，他讲述了废止肉刑、反对打骂士兵的问题，说第九连有一位军官，打人凶狠，士兵给了他一个"铁匠"的外号。此事引起毛泽东的重视，后被写进了《古田会议决议》。古田会议后的一天，毛泽东和秘书冯文彬一起散步，罗荣桓从一旁走过，毛泽东望着这位沉稳踏实的红军干部的背影，对冯文彬说："这个同志是个人才，是一位很好的干部，对这个同志，我们发现晚了。"语气之中，大有相见恨晚之义。古田会议是毛泽东和罗荣桓相识相知的地方。

1930年6月，罗荣桓担任红四军政委，开始与林彪搭档。由于林彪这个人不易与人合作，毛泽东在考虑政委人选时，认为此人除具备立场坚定、观念正确、政工经验丰富等基本条件外，还需要有广阔的胸襟，既要有坚定的原则性，在非原则问题上又要有宽宏的度量，善于忍让、谅解。毛泽东认为这个政委非罗荣桓不可。在红四军时期，林、罗配合，领导红四军艰难奋战，二打长沙，四次反"围剿"、血战赣州，写下了辉煌的战史。

在中央苏区时期，毛泽东屡遭挫折，罗荣桓始终坚决拥护毛泽东的正确主张，因此也受到牵连，被说成是"宗派主义者"，被撤销了第一军团政治部主任的职务，直到遵义会议后才由毛泽东恢复了他的工作。毛泽东曾叹息说："我倒霉时，他也跟着我倒霉。"

毛泽东曾这样评价罗荣桓：罗荣桓是个老实人，而又有很强的原则性，能顾全大局，一向对己严，对人宽，做政治工作就需要这样的干部。

---

① 《毛泽东选集》第1卷，人民出版社1991年6月第2版，第64页。

如此高度的评价，罗荣桓当之无愧。在十大元帅之中，只有罗荣桓曾随毛泽东一起参加秋收暴动，一起进军井冈山，也只有他是唯一的政工出身的元帅。罗荣桓总是尽力领会贯彻毛泽东意图，关键时刻总是支持毛泽东，拥护毛泽东，罗荣桓辞世前的最后一句话是："我革命这么多年，选定了一条，就是要跟着毛主席走。"被毛泽东称为一辈子共事的人。

罗荣桓逝世后，毛泽东的悲痛绵绵不绝。他亲临医院向罗荣桓遗体告别。毛泽东几天内夜不能寐，满怀无限深情写下了《七律·吊罗荣桓同志》，充分肯定了罗荣桓一生的丰功伟绩，赞颂了罗荣桓崇高的革命品格，表达了对罗荣桓同志逝世的无限痛惜和哀思：

七律·吊罗荣桓同志

记得当年草上飞，红军队里每相违。
长征不是难堪日，战锦方为大问题。
斥鷃每闻欺大鸟，昆鸡长笑老鹰非。
君今不幸离人世，国有疑难可问谁？

毛泽东原护士长吴旭君1978年8月28日在写给当时中共中央副主席汪东兴的报告中，认真仔细地回忆了毛泽东写作《七律·吊罗荣桓同志》一诗的详细经过：

罗荣桓同志于1963年12月16日逝世，毛泽东到北京医院去向遗体告别。在这之后几天中，主席讲话很少，像若有所思。有一天，主席服用了大量的安眠药后仍睡不着，躺在床上写东西。当时已是半夜了，我怕他的安眠药过劲，让他先睡觉，起床后再写。他说现在正在劲头上，放不下。并叫我去休息一会儿，有事叫我。我当时并未上床睡，只靠在沙发上闭着眼休息。当我感到身上冷，惊醒时，才意识到自己已经睡着了（回想当时我身上穿着毛衣）。立刻我就跑去用手摸暖气片，又看了温度表，室温并未下降，正好。然后，我去看主席，他仍旧在写。我递给主席一条热毛巾，在他擦脸的时候，我问主席写什么，怎么还没写完？主席说："在作诗啰！"天亮以后，主席说："写完了，我不睡了，去游泳池。"

主席在游泳池办公。因为前一天没睡觉，第二天服安眠药的时间必须提前。在服过第二次安眠药时，主席感到舒服了，他靠在沙发上闭着眼睛不停地独自吟着诗句。开始几遍我听不清，只听得……草上飞……我问主席："草上飞，谁的诗句这么新鲜?"主席没回答，还在一遍又一遍反复地吟着。我又问主席："谁能在草上飞?"主席虽然没回答，但是叫我马上回老一组去取他的诗稿。诗稿取来后，他打开卷宗取出一首七律，叫我读给他听。当读到"国有疑难可问谁?"这一句时，我说："主席，您这么谦虚!"主席说："为人还是谦虚点好。"我又问主席："是谁能使阁下这般钦佩?"主席从我手中接过诗稿，在手稿上半截空白的地方写了个题目——吊罗荣桓同志。这时我才明白。

服第三次安眠药的时间到了，我从沙发站起身去取药，主席："不要急，坐下。"这时，主席谈起他的家事，谈到他的母亲、父亲的为人，谈到撤离延安时的事，谈到他自己死后的事，等等。这样的谈话，我还是第一次听到，感到很震动，受教育也很深。这一天主席睡着了，而我却激动得没睡。①

在所有毛泽东诗词中，这首诗是最令人不解其中真味的作品之一。特别是"红军队里每相违"，"战锦方为大问题"，"斥鷃每闻欺大鸟，昆鸡长笑老鹰非"，"国有疑难可问谁"等诗句颇为费解。对于这首诗的主题，至少存在这样几种观点：党内路线斗争的政治诗；对国事的关注和忧虑；对林彪能否成为接班人的犹豫；评价与怀念战友。而准确判定写作时间又是读懂它的关键。

迄今为止，关于这首诗的写作时间有三种说法：

第一种说法是《人民日报》发表这首诗所署的时间，即 1963 年 12 月。这已被《毛泽东诗词选》（人民文学出版社 1986 年 9 月版）和《毛泽东诗词集》（中共中央文献研究室编，中央文献出版社 1996 年 9 月版）等权威版本所采用。其依据就是吴旭君的回忆文章。

第二种说法是李树庭在 2003 年第 4 期《党的文献》上发表的《关于毛泽东写作〈吊罗荣桓同志〉一诗的经过》中提出的观点，认为创作时间是 1972 年 11 月罗荣桓 70 寿辰或者 1973 年 12 月罗荣桓逝世 10 周年。他把这首诗的内容理解成"怀念罗帅、抨击林彪的政治感怀诗"。李树庭的

① 《关于毛泽东写作〈吊罗荣桓同志〉一诗的经过》，吴旭君著，见《党的文献》1996 年第 1 期。

理由是这首诗的手迹完全不像 1963 年毛泽东书法那样行草交替，飞动流转，结字清晰，神气贯通，布局得法，活力无穷，而是“结字散乱，布局错位，上下相叠，点画残缺的龙钟之作，从手迹反映的情况，应当是毛泽东垂暮之年的手笔”。按照这样的判断，这首诗是林彪叛逃之后写的，批判林彪就顺理成章了。但是“君今不幸离人世”一句的存在似乎与常理不合。

第三种说法是吴正裕主编的《毛泽东诗词全编鉴赏》（中央文献出版社 2003 年 12 月版）一书提出的，认为作者是在 1973 年据原作的回忆而改写的。其理由也是根据笔迹来推断的，“此诗的手迹不仅笔力不济，字形也大变，基本上已看不出是毛的书法了”。于是认为“当时全党全国都在批林，诗内有批林的内容是正常的”。

对于上述三种说法，笔者更倾向于第一种说法，因为毛泽东身边工作人员吴旭君作为见证人，她的回忆更具有说服力，而第二种、第三种说法只是根据手迹字体和对内容的理解所作出的推断，毕竟缺乏强有力的证据支撑。把这首诗的写作时间确定为 1963 年 12 月，就等于排除了毛泽东在诗中批判林彪的可能性，因为林彪 1959 年取代彭德怀出任国防部长，1963 年时正受到毛泽东的器重和厚爱。1963 年后的几年，正是林彪被提为“党中央副主席”，成为毛泽东的“接班人”并被“写进九大党章”的时期。这符合毛泽东当时的心态，也符合历史逻辑。因而笔者倾向于认为这首诗就是毛泽东表达对战友罗荣桓的赞颂、评价和哀思。

“记得当年草上飞”，典出宋人陶谷《五代乱离记》，说唐末农民起义军首领黄巢在失败后，于洛阳落发为僧，并曾绘像题诗为：“记得当年草上飞，铁衣著尽著僧衣。天津桥上无人知，独倚栏干看落晖。”毛泽东用古诗成句来比喻红军行军打仗行动迅速。“草上飞”三字极其传神地突出了红军游击战争灵活机动、忽东忽西、出没无常的特点。

“红军队里每相违”，红军时期，特别是中央苏区时期，由于受“左”倾思想的影响，毛泽东的正确主张多次受到错误批判，毛泽东多次遭到排挤和打击，正确思想与错误思想之间的分歧与斗争非常激烈。当然，这不是说毛、罗之间有什么意见分歧，恰恰相反，罗荣桓总是坚定地支持毛泽东的正确路线和方针。这正是毛泽东所说的“我倒霉时，他也跟着我倒霉”的根本原因，也是他们两个人之间相互理解、心心相印的情感基础。

“长征不是难堪日”，红军长征是王明“左”倾错误造成的恶果，长征途中红军遇到了数不尽的艰难险阻。但是，比较起来，长征中经历的一切艰难困苦还不算令人难堪，再难以忍受也都挺过来了，“更喜岷山千里雪，三军过后尽开颜”。长征途中，毛泽东和罗荣桓的部队经常一起行军。在艰难困苦的日子里，罗荣桓这位军队政治工作的能手，为鼓舞战士战胜困难发挥了巨大作用。毛泽东常常能听见罗荣桓用沙哑的嗓音唱湖南花鼓戏给战士们鼓动情绪。

“战锦方为大问题”，1948 年攻打锦州之战能否取胜，是关乎中国革命进程的重大问题。解放战争进入第三年后，由于国民党在经济、政治和军事上处于更加不利的地位，被迫实行“重点防御”，企图撤退东北、巩固华北、确保华中、经营华南。正在敌人举棋未定之际，毛泽东从战争全局出发，权衡利弊，毅然决定首先在东北与敌实行战略决战。毛泽东通过分析比较，认为攻克锦州是东北战局带有决定性的一着，它不但可以关闭东北大门，切断敌人退回关内的退路，而且还可以实现攻锦打援，打前所未有的大歼灭战。因而毛泽东明确指示东北野战军必须把中心注意力放在锦州作战方面，务求尽快拿下锦州。而林彪顾虑打锦州会被锦西和沈阳之敌合围攻击，建议放弃攻打锦州而回师打长春。这让时任东北野战军政委的罗荣桓与之产生分歧，罗荣桓坚决支持毛泽东的战略部署，主张先打锦州。经过毛泽东前后几十份电报，以及罗荣桓的力劝，最终说服了林彪，南下北宁线，强攻锦州，以全歼东北之敌。锦州战役是关键之战，故被毛泽东称为“大问题”。罗荣桓在关键时刻起了重要作用，保证了毛泽东和党中央战略决策的贯彻和实施。

“斥鷃每闻欺大鸟，昆鸡长笑老鹰非”，这两句诗运用了两个寓言故事，一个中国的，一个外国的。斥鷃即鹌鹑，是蓬间雀，在蓬蒿中飞起来不过几丈高。典出《庄子·逍遥游》：“有鸟焉，其名为鹏，背若泰山，翼若垂天之云，抟扶摇羊角而上者九万里；绝云气，负青天，然后图南，且适南冥也。斥鷃笑之曰：‘彼且奚适也！我腾跃而上，不过数仞而下，翱翔蓬蒿之间，此亦飞之至也！而彼且奚适也？’”后者讲的是昆鸡和老鹰的故事，借用了俄国克雷洛夫寓言《鹰和鸡》，说本来跳得不高的昆鸡，居然也讥笑暂时飞得不高的老鹰，认为鹰和自己飞得一样低。鹰回答说：“鹰有时可能比鸡飞得低，但鸡永远不能飞得像鹰那么高。”诗人把罗荣桓比作鲲鹏和雄鹰，高度赞扬了罗荣桓为人谦逊，忠诚老实，做人低调，但是他目光远大，胸怀全局，襟怀坦荡，无私无畏，斥责了那些目光短浅、自鸣得意、叽叽喳喳、拨弄是非的小人。通过对比突出了罗荣桓同志高大的形象，高尚的品德和崇高的精神。至于斥鷃和昆鸡究竟具体指谁，仁者见仁，智者见智。

“君今不幸离人世，国有疑难可问谁？”毛泽东表达了对罗荣桓不幸逝世的巨大哀伤和痛惜。像罗荣桓这样可以定大事、决疑难的同志不可多得，他的逝世是党和国家的重大损失，毛泽东也失去了一位与自己共事一生的亲密战友。毛泽东十分信赖罗荣桓，他肯定经常与罗荣桓商讨国家大事。如今痛失高参，这是多么令人痛心的事情啊！

这首诗情深意切，直抒胸臆，感情深厚，对比鲜明，衬托有力，反映了毛泽东与罗荣桓之间深厚的战友之情。

据《叶永烈采访手记》记载：1963 年 12 月，罗荣桓逝世不久，毛泽东同《红旗》杂志编辑部的一位工作人员谈到罗荣桓时，念了一首三言韵语称赞罗荣桓同志：

无私利，不专断，
抓大事，取用人，
提得起，看得起，
算得起，做得完，
撇得开，放得下。①

这首诗对罗荣桓的品格、作风、才干、襟怀、办事等多个方面给予了高度评价，言简意赅，通俗易懂。如果把它和《七律 · 吊罗荣桓同志》结合起来阅读，更能看出毛泽东对罗荣桓的感情之深，评价之高。

群星璀璨诗情浓

中国是诗的国度，诗的太空，群星璀璨。老一辈革命家是中国无产阶级第一代革命家，是中华人民共和国的缔造者，他们是中国革命的巨人，

① 《毛泽东诗词书法赏析》，石赞、芦白放编著，延边大厦出版社 2006 年 1 月第 2 版，第 387 页。

每一个人的革命生涯都是一首惊风泣雨的史诗。在这一个群体中，除了毛泽东是诗词圣手之外，其他老一辈革命家因为具有深厚的传统文化修养，也大多对古典诗词形式得心应手，并屡有佳作问世。毛泽东对战友们的诗才也十分赞赏，1965 年 7 月 21 日，毛泽东在致陈毅的信中说："剑英善七律，董老善五律。"1975 年，毛泽东又说："董老的诗醇厚严谨，陈毅的诗豪放奔腾，有的地方像我，陈毅有侠气、爽直。叶副主席的诗酣醇劲爽，形象亲切，律对精严。他们都值得我学习。"① 尽管毛泽东没有把他的战友们都写入诗词，但与战友们之间赠联赠诗、诗词唱和、谈诗论词也是他们之间传递情谊、交流思想、表达情感的重要载体。

1. 词稿书赠周恩来

在北京中南海丰泽园菊香书屋内毛泽东办公桌的西侧，有一个玻璃柜，柜内陈列着一份毛泽东的诗词手迹：

满江红·和郭沫若

小小寰球，有几个苍蝇碰壁。嗡嗡叫，几声凄厉，几声抽泣。欲学鲲鹏无大翼，蚍蜉撼树谈何易。正西风落叶下长安，飞鸣镝。

千万事，从来急；天地转，光阴迫。一万年太久，只争朝夕。革命精神翻四海，工农踊跃抽长戟。要扫除一切害人虫，全无敌！

书赠恩来同志

一九六三年一月九日

1963 年元旦，《光明日报》的《东风》副刊上，发表了郭沫若的一首长调词作《满江红·一九六三年元旦抒怀》，充满了大无畏的革命豪情，是针对当时的国际形势有感而发的。词曰：

沧海横流，方显出英雄本色。人六亿，加强团结，坚持原则。天垮下来擎得起，世披靡矣扶之直。听雄鸡一唱遍寰中，东方白。

太阳出，冰山滴；真金在，岂销铄？有雄文四卷，为民立极。桀犬吠

① 《诗人兴会——毛泽东以诗会友记趣》，杜忠明编著，中央文献出版社 2006 年 1 月第 1 版，第 21 页。

尧堪笑止，泥牛入海无消息。迎东风革命展红旗，乾坤赤。

毛泽东读到郭沫若的词后，心潮激荡。郭沫若对指挥与参与反华大合唱的小丑们的嘲笑与蔑视引起了毛泽东的强烈共鸣，使他诗兴勃发，于是依调和了一首词。毛泽东的这首词，刻画了反华者的丑态，生动形象地概括了世界人民革命斗争的形势，是声讨国际反华势力的檄文，也是对反华势力进行反击的号角。

初稿写成之后，毛泽东并没有立即寄给郭沫若，而是首先想到了刚到杭州、准备治疗痔疮的周恩来。于是，他展纸挥毫，飞龙走蛇地书写了这首词的全文，特意题写上"书赠恩来同志"几个字，又细心地附笔告诉他"郭词见一月一日光明日报"。书写完以后，毛泽东用中式人信封将词稿装好，当晚即派人"送交周总理"①。

毛泽东留下的诗词手迹很多，但专门把一首尚未定稿的词"书赠"给某个人的现象并不多见。这份毛泽东书赠周恩来的词稿，是两位战友之间深厚友谊的象征。但是周恩来一贯谦虚谨慎，这么一件重要而又极其珍贵的毛泽东手迹，他生前从未向任何人展示过，而一直由邓颖超同志珍藏着，成为珍贵的革命文物。1976 年周恩来和毛泽东相继逝世后，邓颖超于 1977 年 1 月 12 日将其上交给了中央办公厅。手稿原件现由中央档案馆保存。

需要指出的是，上面抄录的是毛泽东手书《满江红·和郭沫若》的原文。1963 年 12 月，该词在收入《毛主席诗词》和《毛主席诗词三十七首》，由人民文学出版社和文物出版社分别出版之前，毛泽东又作了精心修改。将"欲学鲲鹏无大翼"改为"蚂蚁缘槐夸大国"；"千万事"改为"多少事"；"革命精神翻四海，工农踊跃抽长戟"改为"四海翻腾云水怒，五洲震荡风雷激"。

2. 深情称颂朱老总

1935 年 1 月，遵义会议召开时，中央红军面临的形势异常险恶。1 月 19 日，毛泽东指挥红军从遵义地区分三路向川南挺进，以寻求二渡赤水，在宜宾和泸州之间北渡长江。而装备精良的川军尾随而来，与红军发生激

---

① 《周恩来与毛泽东诗词》，孙向忠著，见《党史文汇》1998 年第 2 期。

战，红军三、五军团兵少弹缺，屡战不胜，伤亡惨重。而此时红军主力一军团又远在别处，情况万分危急。为了扭转战局，朱德决定亲临火线指挥作战。此时此刻，战场形势危急重重，久经考验的“朱毛”又一次面临生离死别。毛泽东集合军委纵队的同志，和朱德依依告别，口中深情地吟道：

桃花潭水深千尺，不及你我手足情。

唐代大诗人李白有一首《赠汪伦》，诗曰：“李白乘舟将欲行，忽闻岸上踏歌声。桃花潭水深千尺，不及汪伦送我情。”毛泽东化用李白的千古名句，将战友的情谊，革命同志亲如兄弟般的手足之情，描写得绘声绘色。

长征途中，张国焘私欲膨胀，企图分裂红军。面对张国焘的威逼利诱，朱德毫不退让，他明确地表示：“朱毛，朱毛，人家都把朱毛当作一个人，朱怎么能反对毛呢？你们可以把我劈成两半，但是割不断我与毛泽东的关系。”事后，毛泽东得知此事，深受感动，赠朱德对联一副，称赞朱德：

度量大如海；意志坚如钢。

1937 年 2 月，中国人民抗日军政大学第二期第二队学员举行开学典礼，朱德发表讲话，毛泽东为第二队学员题词，内容仍然是：“要学习朱总司令：度量大如海；意志坚如钢。”

毛泽东对朱老总的评价，准确、恰当、真挚感人。

3. 为叶帅赠联荐诗

叶剑英元帅从青年时代投身革命一直到老年，一生经历了许多次惊涛骇浪，而且每次他总是处在非常关键的风口浪尖上，但是叶剑英又总是能拨开迷雾，把握方向，力挽狂澜。

长征路上，张国焘电告陈昌浩“彻底开展党内斗争”，企图分裂党，另立中央。在关系党生死存亡的千钧一发之际，叶剑英把电报传给了毛泽东，使毛泽东和党中央争取了时间，争取了主动，及时采取了措施和行动，避免了党和军队一次大的灾难，挽救了红军，挽救了党。毛泽东高度赞扬叶剑英的机智、勇敢，并书赠叶剑英对联一副：

诸葛一生惟谨慎；吕端大事不糊涂。

1967 年，毛泽东南巡途中同随行人员谈起叶剑英，说：“叶剑英在关键时刻是立了大功的。如果没有他，就没有这个了！”毛泽东说到这里，幽默地摸摸脑壳。又说：“他挽救了党，挽救了红军，救了我们这些人。”毛泽东又一次赞扬叶剑英：“诸葛一生惟谨慎；吕端大事不糊涂。”

叶剑英的一生不愧为光辉的一生，他的雄才大略、大智大勇将永垂青史。毛泽东与叶剑英共事多年，一直非常信任叶剑英。这副对联堪称是毛泽东对叶剑英一生最形象的准确概括：在大是大非面前坚定果敢，临危不惧，无私无畏。

1976 年元旦，毛泽东发表了他在 1965 年 5 月填写的两首词，即《水调歌头·重上井冈山》和《念奴娇·鸟儿问答》。《念奴娇·鸟儿问答》词曰：

念奴娇·鸟儿问答

鲲鹏展翅，九万里，翻动扶摇羊角。背负青天朝下看，都是人间城郭。炮火连天，弹痕遍地，吓倒蓬间雀。怎么得了，哎呀我要飞跃。

借问君去何方，雀儿答道：有仙山琼阁。不见前年秋月朗，订了三家条约。还有吃的，土豆烧熟了，再加牛肉。不须放屁，试看天地翻覆。

1965 年 8 月，叶剑英在大连棒棰岛开会期间曾写过一首《七律·望远》。有鉴于当时国际上的反华浪潮，特别是苏联自斯大林逝世后，赫鲁晓夫上台和下台的一些变化，叶剑英有感而发，几乎和毛泽东在同样的背景、同样的时间里写就了这首诗作：

忧患元元忆逝翁，红旗飘渺没遥空。
昏鸦三匝迷枯树，回雁兼程溯旧踪。
赤道雕弓能射虎，椰林匕首敢屠龙。
景升父子皆豚犬，旋转还凭革命功。

这首诗的大意是：苏联人民在苦难之中忧心忡忡，他们在想念，回忆列宁时代。马列主义的红旗已经在苏联虚无缥缈，淹没在遥远的天空了。作者把赫鲁晓夫之流比喻为黄昏的乌鸦，围绕着枯树一圈又一圈，迷失了方向。“三匝”中的三，泛指多。匝，是“周”或者“圈”的意思。第四句把苏修比喻为落伍的大雁，星夜兼程，倒行逆施。作者还歌颂了当时亚非拉人民如火如荼的革命斗争，体现了毛泽东“帝国主义和一切反动派都是纸老虎”的伟大思想。蔑视了不可一世的美帝国主义。“赤道”是指非洲。“椰林”是指当时的东南亚印度支那三国。连贯起来解释，亚非人民尽管武器装备落后，但是革命热情高涨，敢于面对如虎似龙的强敌美帝国主义。“景升父子”，即《三国演义》中的刘景升父子，小说里面出名的庸人。借以喻苏联领导人赫鲁晓夫和勃列日涅夫都是庸俗无能之辈，不堪一击。诗的最后，把扭转乾坤的希望寄托在中国人民和世界革命人民身上。

叶剑英将诗作送给毛泽东，请他斧正。由于这首诗同毛泽东的《念奴娇·鸟儿问答》在格调、意境上有异曲同工之妙，毛泽东阅后大为赞赏，他挥笔将题目由《望远》改为《远望》，其他一字未动并推荐到《光明日报》的副刊发表。

1965 年，毛泽东 72 岁寿辰之际，毛岸青和邵华去祝寿，毛泽东非常高兴，挥毫泼墨，一字不差地为他们书写了叶剑英的这首《远望》。后来他们将毛泽东的手迹转送给叶剑英，附信说：“父亲对伯伯是很尊敬的，对伯伯的诗也是十分喜爱的。1966 年元旦前，我们去看望父亲，父亲挥笔写了《远望》诗一首，以教育、鼓励我们……”叶剑英得了毛泽东的手迹后非常激动。他请专人加工制版，以作为永久留念。后来叶剑英将此诗收入自己的诗集时，即以《远望》为名，并将诗集命名为《远望集》，封面书名用的是毛泽东的手迹。

4. 毛董唱和兴致高

董必武是我们党和国家中唯一和毛泽东共同参加“一大”的领导人。他们在艰苦卓绝的革命岁月里，不仅建立了深厚的革命友谊，而且谱写了很多浪漫的革命诗篇，成为后人宝贵的精神食粮。1965 年 5 月 14 日，毛泽东对来自日本、巴西、古巴、阿根廷几个国家的代表们自谦地说：“我是少产作家，不是多产作家。”董必武和毛泽东正好相反，他是一个多产的诗人，诗作总计千余首，五律、七律、长律、绝句、古风、四言、五言、七言都有。

1961年9月，时任中共中央政治局委员、中华人民共和国副主席的董必武赴银川祝贺宁夏回族自治区成立5周年。他启程之前，致信毛泽东，反映宁夏同志渴望获得《清平乐·六盘山》墨迹的心愿。1961年9月8日，毛泽东致信董必武："遵嘱写了六盘山一词，如以为可用，请转付宁夏同志。如不可用，可以再写。"① 毛泽东随信将自己的手书一同附上。这幅手书是我们至今见到的毛泽东手书《清平乐·六盘山》五幅墨迹中最精彩的一幅。当年10月，《人民日报》在头版显著位置刊登了毛泽东的手书墨迹。

长于书法的董必武也多次手书过毛泽东诗词。酷爱杜诗的董必武，应成都杜甫草堂的请求，于1964年和1965年先后书写了三帧以毛泽东诗为内容的条幅，其中既有一笔不苟以正楷书写的《沁园春·雪》《七律·和柳亚子先生》，也有用行书写的《菩萨蛮·黄鹤楼》。

当然，最能显示两位革命家诗人心灵交应的，还是一而再、再而三的唱和。

20世纪50年代末60年代初，国际上的反华浪潮甚嚣尘上。1959年11月毛泽东赋七律一首《读报有感》：

七律·读报有感

反苏昔忆闹群蛙，近日重看大反华。
恶煞腐心兴鼓吹，凶神张口吐烟霞。
神州岂止千重恶，赤县原藏万种邪。
遍找全球侵略者，惟余中国一孤家。

董必武于1959年12月10日，写成了《奉和毛主席〈读报有感〉七律一首》：

垂危阶级乱鸣蛙，既反列斯又反华。
覆辙欲寻希特勒，来车曾遇卡秋霞。

① 《毛泽东书信选集》，中央文献出版社2003年11月第1版，第542页。

恶风纵使推千浪，正气终能慑百邪。
可鄙叛徒多助虐，觍颜求宠作专家。

1959年12月，毛泽东又写了《读报有感》续作：

七律·读报有感

托洛茨基到远东，不和不战逞英雄。
列宁竟撇头颅后，叶督该拘大鹫峰。
敢向邻居试螳臂，只缘自己是狂蜂。
人人尽说西方好，独惜神州出蠢虫。

董必武于1960年1月13日，又写成和诗二首：

其一

阵营思想判鸿沟，一入迷途未肯休。
越陷越深难拔足，胡天胡地怎回头。
缓和局势宜争取，迁就西方大可忧。
革命红旗要擎紧，责无旁贷是神州。

其二

倒绷儿臂事非鲜，吞却糖衣锭欲仙。
投鼠必须思忌器，得鱼切莫喜忘筌。
自居右首嫌人左，身立中间蔽已偏。
如此逆流须抗拒，坚持原则党能肩。

1960年6月13日，毛泽东再作《读报有感》一首：

七律·读报有感

托洛茨基返故居，不战不和欲何如。
青云飘落能言鸟，黑海翻腾愤怒鱼。
爱丽舍宫唇发黑，戴维营里面施朱。

新闻岁岁寻常出，独有今年出得殊。

1960 年 6 月 14 日，董必武作《奉和毛主席 1960 年 6 月 13 日〈读报有感〉韵》一首：

岁月徒令叹不居，徘徊歧路愿难如。
总思铸戟为农器，无怪临渊羡庶鱼。
幻术使青能变白，色盲看碧亦成朱。
列宁遗教谁违背，阿 Q 精神又岂殊。

不久，董必武再作《8 月 2 日夜大风雨仍次居韵》：

风狂雨骤逼爰居，黑夜涛声汹汹如。
吠影反华惊百犬，投机似柏喜双鱼。
天下是非将大白，面前醒醉现微朱。
谁持马列维真理？群众心中判别殊。

毛泽东的诗兴一发而不可收，董必武的诗情也是一泻千里。姑且不去讨论分析这些作品的具体内容与含义。两位诗人如此一来二去地进行唱和，实属中国诗坛一景，也足见两人心灵默契之深，诗交情谊之厚。

1975 年 4 月 2 日，董必武在京逝世。毛泽东十分难过，不怎么吃东西，也不说话，整整听了一天谱曲唱片宋代词人张元戟《贺新郎·送胡邦衡待制赴新州》。毛泽东时而躺着听，时而用手拍床，神情严肃悲痛。他在沉痛悼念战友。过了不久，毛泽东把原词的最后两句“举大白，听《金缕》”改成“君且去，休回顾”：

梦绕神州路。怅秋风，连营画角，故宫离黍。底事昆仑倾砥柱，九地黄流乱注？聚万落千村孤兔。天意从来高难问，况人情易老悲难诉，更难浦，送君去。

凉生岸柳催残暑。耿河斜，疏星淡月，断云微度。万里江山知何处？回首对床夜语。雁不到，书成谁与？目尽青天怀今古，肯儿曹恩怨相尔汝！君且去，休回顾。

“底事昆仑倾砥柱”，董必武是中共一大代表，党的创始人之一，他的逝世的确如砥柱倾折，毛泽东无限伤感。“天意从来高难问，况人情易老悲难诉”，世界上的确有很多事情很难弄清楚，何况当时毛泽东已经十分衰老了，双眼患老年性白内障，一只眼已失明，另一只眼也只有微弱的光感。平日手不释卷的他，只能靠工作人员读书给他听，内心悲苦确实“难诉”。“万里江山知何处？回首对床夜语”，从客观上看，董必武的逝世与张元戟这首词的具体内容无任何联系，毛泽东借用这首词仅取张元戟这首词的“送别”的意蕴和情调，以抒发对董老的怀念之情。他们是几十年生死与共的亲密战友啊！毛泽东把最后两句“举大白，听《金缕》”改成“君且去，休回顾”，正是用改后的两句话表达他要告慰董老的英灵于九泉，使董老放心于国事，放心于党的事业。

5. 大气磅礴赞陈毅

1972年1月6日，陈毅因病去世，他是在北京最寒冷的日子里逝世的。毛泽东在审阅陈毅的悼词时，圈掉了“有功有过”四个字，并不顾年迈的身体突然决定要参加陈毅的追悼会。失去这位肝胆相照、同甘共苦、生死不渝的井冈山战友，毛泽东非常悲痛。陈毅夫人张茜一见毛泽东，悲慰交加，失声痛哭：“主席，您怎么也来了！”毛泽东握着张茜的手，一字一句地说：“我也来悼念陈毅同志嘛！陈毅同志是一个好人，是一个好同志。”毛泽东在陈毅的遗像和用党旗覆盖着的骨灰盒前，深深地三鞠躬，以寄托对陈毅的无限哀思。这是毛泽东最后一次参加他的同志、战友和朋友的追悼会。此番行动对陈毅是莫大的光荣，对生者也是极大的安慰。

从1928年4月毛泽东和陈毅在井冈山相见开始，长达几十年的峥嵘岁月中，他们不仅结下了深厚的战斗友谊，而且谈诗论文，彼此唱和，抒发着浪漫情怀。他们的诗有很多共同特点，他们的很多诗句都是艰苦斗争和革命生涯的写照，是革命者乐观精神的一种反映，是革命浪漫主义和革命现实主义的伟大结晶，是中国革命和建设的光辉史诗。

从井冈山斗争时期开始，毛泽东每有新诗，第一个读者常常是陈毅。自1928年秋天，毛泽东写下的《西江月·井冈山》，还有后来的《如梦令·元旦》等作品，陈毅都是最早的读者之一。据后来陈毅亲属回忆说，陈毅曾经把毛泽东当时书赠的手稿珍藏了多年，后来由于南方三年游击战争的艰苦环境，颠沛流离，这些珍贵的史料十分可惜地散失了。所幸的是，毛泽东后来那首《沁园春·雪》的书赠手稿，陈毅一直珍藏在身边，进城后将其装裱起来挂在家里。

赣南三年游击战争时期是陈毅诗词创作的辉煌时期。战斗岁月里，陈毅一手拿枪，一手握笔，写下了大量反映艰苦斗争和豪迈气概的壮丽诗篇，郭沫若曾评价他“一柱南天百战身，元帅本色是诗人”。陈毅的《赣南游击词》《梅岭三章》等可谓脍炙人口。

毛泽东也关注陈毅的诗作。1929 年 5 月下旬，毛泽东率领红军第二次入闽，很快便攻下汀州、龙岩。陈毅为此写了一首小诗，题为《反攻下汀州龙岩》：

闽赣路千里，春花笑吐红。
败军气犹壮，一鼓下汀龙。

毛泽东在陈毅的笔记本上发现了这首诗，陈毅借机请毛泽东斧正，毛泽东略微沉吟了片刻，拿起铅笔，在“败”字上画了一个圆圈。后来，陈毅根据毛泽东的圈改意见，将“败军气犹壮”改为“铁军真是铁”①。

“皖南事变”后，陈毅任新四军代军长。1942 年，由饶漱石接替刘少奇代理政委，两人开始共事。饶漱石善于玩弄权术，陈毅对此毫无防范，再加上性情耿直，两人之间产生了不小的矛盾。饶漱石利用陈毅在红四军“七大”时选掉毛泽东前委书记这一历史，诬陷陈毅，并挑拨毛泽东、刘少奇和陈毅的关系。1944 年，陈毅去延安，他原本是准备到延安“请罪”的，见到毛泽东时毕恭毕敬，公事公办似的谈话。毛泽东发了脾气，他说，你这个陈毅呀，我们十年未见面了，老战友、老朋友，你怎么这个样子啊！有人说了什么，大家交心嘛！你这个样子我还敢跟你说话吗？经毛泽东这么一说，陈毅很感动，放下了包袱。1944 年 12 月 1 日，毛泽东在致陈毅的信中写道：“你的思想一通百通，无挂无碍，从此到处是坦途了。随时准备坚持真理，又随时准备修正错误，没有什么行不通了。”②

1945 年 7 月，时任国民党参议员的黄炎培到延安访问。第二天毛泽东

① 《毛泽东诗话词话书话集观》，刘汉民、舒新编著，长江文艺出版社 2002 年 10 月第 1 版，第 24 页。

② 《毛泽东书信选集》，中央文献出版社 2003 年 11 月第 1 版，第 223 页。

宴请黄炎培，周恩来、陈毅作陪。宾主谈笑风生，陈毅一时兴起，提议联句助兴，大家赞同。毛泽东起首句：

延安重逢喝茅台

周恩来接句：

为有嘉宾陕北来

黄炎培念了自己过去诗中的一句：

是假是真我不管

陈毅接着也念了黄炎培过去诗中的句子：

天寒且饮两三杯

原来这里面有个故事：红军长征四渡赤水时，曾经路过茅台镇，国民党大肆造谣，说红军在茅台酒厂的酿酒池中洗脚。黄炎培特意写了一首《七绝·茅台》，用调侃的语调耻笑国民党，为红军辟谣：

喧传有客过茅台，酿酒池中洗脚来。
是真是假我不管，天寒且饮两三杯。

这首诗曾流传到了延安，广为人知。因此，毛泽东听了黄炎培、陈毅的联句后，连说："不算！不算！从头再来。"他又起首句：

赤水河畔清泉水

周恩来续句：

琼浆玉液酒之最

黄炎培接着吟咏：

天涯此时共举杯

陈毅结尾：

惟有茅台喜相随①

吟罢，大家相视而笑，气氛浓浓，一时在延安传为佳话。

重庆谈判期间，毛泽东的光辉诗篇《沁园春·雪》公开发表，在重庆引起巨大轰动，引发一场“雪仗”。爱国的文人雅士纷纷唱和，国民党的御用文人也纷纷填词诋毁毛泽东的咏雪词。当时在山东前线的陈毅也时刻关注着重庆的这场文化论战，于1946年2月奋笔疾书，赋词三首，为这场精彩论战增添新的光彩。他激情满怀，称颂此诗是“豪情盖世”的“绝代风骚”，赞扬毛泽东领导的人民革命战争是扭转乾坤的“回天身手”。

1948年1月初，陈毅来到陕北米脂县的杨家沟，毛泽东热情迎接陈毅。两人握着手，分别说着陕北和山东的情况。当陈毅说到孟良崮、莱芜战役时，毛泽东插话说：“又写诗了吧？你打了胜仗总是要写诗的。”“写了，孟良崮、莱芜战役都写了。”陈毅接着朗诵起他写的《莱芜大捷》诗：

淄博莱芜战血红，我军又猎泰山东。
百千万众擒群虎，七十二崮志伟功。
鲁中霁雪明飞帜，渤海洪波唱大风。
堪笑顽酋成面缚，叩头请罪詈元凶。

毛泽东听罢，连说：好诗，好诗！

1957年1月，《诗刊》杂志创刊号首次集中公开发表毛泽东诗词18

① 《毛泽东诗话词话书话集观》，刘汉民、舒新编著，长江文艺出版社2002年10月第1版，第59页。

首。陈毅也把一些旧作发表出来。同时，他还带病写了一些新诗。这年国庆节，在天安门城楼上，毛泽东和陈毅就诗歌进行交谈。回到家里，陈毅兴奋地告诉家人，毛主席读了他最近发表的那些诗，认为“有些诗味”。

1964年，陈毅出国访问写了不少诗作，回国后正值全国三届人大会议召开。会间，毛泽东与陈毅畅谈诗词创作问题。毛泽东关切地问：“最近怎么看不到你写的诗发表呢?”陈毅答道：“写了一些，但尚未定稿，想请主席大笔斧正，不知行不行?”毛泽东微笑答应了。不久，陈毅将自己的几首新诗呈送给毛泽东，诗的总题是《六国之行》。1965年7月21日，毛泽东致信陈毅，和陈毅就诗的创作进行交流，信中附上了毛泽东修改后的一首诗，并加了一个题目《西行》：

陈毅同志：

你叫我改诗，我不能改。因我对五律从来没有学习过，也没有发表过一首五言律。你的大作，大气磅礴，只是在字面上（形式上）感觉于律诗稍有未合。因律诗要讲平仄，不讲平仄，即非律诗。我看你于此道，同我一样，还未入门。我偶尔写过几首七律，没有一首是我自己满意的。如你会写自由诗一样，我则对于长短句的词学稍懂一点。剑英善七律，董老善五律，你要学诗，可向他们请教。

西行

万里西行急，乘风御太空。
不因鹏翼展，哪得鸟途通。
海酿千钟酒，山栽万仞葱。
风雷驱大地，是处有亲朋。

只给你改了一首，还很不满意，其余不能改了。

又诗要用形象思维，不能如散文那样直说，所以比、兴两法是不能不用的。赋也可以用，如杜甫之《北征》，可谓“敷陈其事而直言之也”，然其中亦有比、兴。“比者，以彼物比此物也”，“兴者，先言他物以引起所咏之词也”。韩愈以文为诗；有些人说他完全不知诗，则未免太过，如《山石》《衡岳》《八月十五酬张功曹》之类，还是可以的。据此可以知为诗之不易。宋人多数不懂诗是要用形象思维的，一反唐人规律，所以味同嚼蜡。以上随便谈来，都是一些古典。要作今诗，则要用形象思维方法，反映阶级斗争与生产斗争，古典绝不能要。但用白话写诗，几十年来，迄无成功。民歌中倒是有一些好的。将来趋势，很可能从民歌中吸引养料和形式，发展成为一套吸引广大读者的新体诗歌。又李白只有很少几首律诗，李贺除有很少几首五言律外，七言律他一首也不写。李贺诗很值得一读，不知你有兴趣否？

祝好！

毛泽东

一九六五年七月二十一日

如此洋洋洒洒的书信，系统、全面、深刻、坦率地专门谈诗论词，在毛泽东的书信中并不多见。而在其诸多战友之中，毛泽东专门信函谈论诗词，也不多见。这是自 1957 年 1 月 12 日毛泽东以书信形式和臧克家等交流对诗歌创作的意见以来，和陈毅之间的一次“诗人对话”，足见毛泽东把陈毅视为诗学知己。《西行》是经毛泽东改过的一首诗，因未见陈毅的原诗，何处作了改动，现在无从知晓。可以说，《西行》这首诗是毛泽东和陈毅的共同创作，是他们联袂合作的结晶。

第五章　尊师重道垂风范

尊师是中华民族的传统美德。“一日为师，终生为父”和“天地君亲师”的古训，都说明了对“师”的尊重与崇敬程度。毛泽东之所以能成为一代伟人，除了他赶上了一个呼唤英雄并且造就英雄的时代，加上本人的天资与后天的勤奋之外，还与老师的培养教育分不开。毛泽东曾戏称他的学历是“六年孔夫子，七年洋学堂”。在他的求学之路上，他得到了数十位老师的器重与栽培，为他后来成为一个中国和世界的伟人储才蓄能，奠定了知识、才能、品行乃至思想等诸方面的牢固基础。在中国大地上成长起来，并深受中国传统文化影响的毛泽东，无论是作为一名渴求知识的学生，还是作为亿万中国人民的领袖，他都始终如一地敬重、关心、照顾那些教育和引导过自己的师长。1937 年 1 月，他的老师徐特立 60 寿辰时，毛泽东亲笔致信祝贺，深情地说：“你是我 20 年前的先生，你现在仍是我的先生，你将来必定还是我的先生。”毛泽东对待恩师徐特立如此，对待其他老师如此，甚至对待曾经不喜欢自己的老师亦是如此。可以说，他为世人树立了一代尊师重教之风范。诗人毛泽东敬重师长的感人事例不胜枚举，这里只略述一二。

师生兄弟手足情

毛宇居，又名蕊珠、禹居，1881 年出生，韶山韶源村人。他既是毛泽东的堂兄，又是他的私塾老师。毛宇居精通四书五经和诗书词赋，写得一手好字，作得一手好文章，被人们称为“韶山一支笔”，也有人称他为最有学问的“纯”儒。他安于淡泊，不慕仕禄，以教书课徒、造福桑梓为乐，甘愿在乡间过着贫寒清苦的生活。他曾写有一联：“带耕且读原家教；

温故知新作士风”，表白自己的心迹。还作有“自画像”诗以言志。诗曰：

牛马生活我生忙，漫走川滇觅稻粱。
鹤守残梅撑傲骨，雁飞中泽馨中囊。
关怀群侪多摩擦，话到和平费考量。
世事沧桑从变化，只愁书味不留香。

1906年秋，毛泽东开始在井湾里私塾读书，私塾老师一个是郭伯勋，另一个便是毛宇居。由于毛泽东和毛宇居的特殊关系，所以他对毛泽东的要求也格外严格。

毛宇居严禁他的学生在课堂上看教课书以外的“闲书”“杂书”。可是毛泽东天生就是一个无拘无束的人，根本不惧怕毛宇居，甚至不叫毛宇居“先生”，总是称他为“宇居大哥”。虽然毛宇居多次严肃纠正毛泽东这种随随便便的态度，但是毛泽东就是无动于衷，还是叫他大哥。一向最爱看《西游记》《三国演义》等课外“闲书”的毛泽东，对于这位“大哥”严禁看“闲书”的“禁令”，自然也就不太十分“从命”了。他的顽皮淘气，使老师深感头疼。

一次毛宇居外出，临行前规定学生要在屋里背书。先生刚走，毛泽东就背着书包爬到屋后山上去了，一面背书，一面摘毛栗子，书背熟了，毛栗子也摘了一书包。回到私塾，他给每个同学送上几颗，也分给了毛宇居一份。毛宇居自然不会领毛泽东这份情。他严厉地责问他：“谁叫你到处乱跑?”毛泽东答：“闷在屋里头昏脑涨，死背硬读也是空的。我出去透透气。”“放肆!”毛宇居气得涨红了脸，毛泽东不仅没有认错，还要强词狡辩。他也知道毛泽东天资聪颖，背书、对对子这样的惩罚不一定难得住毛泽东。于是，他指着天井说：“你给我作一首赞井的诗!作不出来先打屁股，再告诉你爹!”毛泽东围着天井转了两圈，看着天井中央的那口水井里的小鱼，似乎有了灵感，他在井边站定。抑扬顿挫地开口吟哦他的《井赞》：

天井四四方，周围是高墙。
清清见卵石，小鱼囿中央。
只喝井里水，永远养不长。

这首诗借题发挥，颇有寓意。小小的毛泽东借物言志，借诗明志，特别是最后两句更是令人回味。该诗暗喻尚处在成长时期的孩子们，被困在狭窄的“天井”里，只能“喝井里水”，营养有限，得不到适当的锻炼，那样是永远也不能真正长大的。尽管毛宇居对毛泽东敢于冒犯他的尊严而余怒未消，但他还是很佩服毛泽东是个奇才，暗自慨叹：“蛟龙得云雨，终非池中物。”自此以后对他更是尽心尽力地培养。

1919 年 10 月 5 日，毛泽东母亲不幸病逝，毛泽东从长沙星夜兼程赶回韶山奔丧。毛泽东扶着母亲的棺木，心如刀绞，泪如泉涌。他饱含浓情，和泪写下了悲恸的《祭母文》和两副挽联。丧事办完之后，毛宇居慧眼识珠，将毛泽东写的《祭母文》和两副挽联珍藏起来。后来由于风声日紧，怕被国民党搜查到，毛宇居将其藏在了墙缝之中，直到中华人民共和国成立后上交人民政府档案部门，使这份珍贵的文献得以流传。今刊刻于毛泽东父母合葬墓右侧的汉白玉石上。

1921 年和 1925 年，毛泽东两次回到韶山，均亲自到东茅塘去拜访毛宇居，与他商量国民革命和农民协会等问题。1926 年，毛宇居加入中国共产党。1927 年 1 月，毛泽东再次回到韶山，毛宇居率家乡父老在毛氏宗祠召开了热烈的欢迎会。会上，他热情洋溢地祝词：“毛君泽东，年少英雄，到处奔走，今日到此，大家欢迎。”毛泽东也发表了慷慨激昂的演讲，盛赞“农民运动好得很”。

“马日事变”后不久，因为一念之差，毛宇居脱党，在组织上和毛泽东不再是同事，但他们还是同宗的子孙，他们之间仍然有着很深的亲属关系和师生情谊。毛宇居认为毛泽东在乡间的一切事情，他都有责任去办理。1930 年，何键、许克祥派人到韶山去挖毛泽东的祖坟，就是毛宇居领人与敌人斗智斗勇，巧妙地保护了毛家祖坟。毛泽东似乎也没有为毛宇居脱党一事而过多地责备他，还是一如既往地委托他办一些事情。

1938 年秋，毛宇居在韶山冲上屋场毛泽东的家门口，张贴了一副对仗工整、寓意深厚的大红对联：“泽沛苍生，东来紫气。”用这种形式，歌颂毛泽东领导人民抗击日寇，拯救民族危亡的功绩。

1941 年，毛宇居与毛国翘等编成《韶山毛氏四修族谱》，对毛泽东三兄弟颇多褒扬。在毛泽东的条目下，他写了“闳中肆外国尔忘家”八个字，意为文章内容丰富，文笔淋漓尽致；舍小家为大家，舍自己为人民。这是毛宇居对堂弟美好品德的高度评价。

1949 年 10 月，中华人民共和国诞生，毛宇居异常激动，夜不能寐，文思泉涌，欣然写下七律《颂导师》十首。其中二首为：

其一

一领青衫运远谋，手无寸铁敌王侯。
拔山立海翻天浪，斩草除根解逆流。
饥溺为心能得众，黔黎请命矢同仇。
最难主义坚金石，百折不回气愈遒。

其二

思想行为自得师，开诚领导广推为。
成军百万皆精炼，立法三章更剑奇。
人道信心遵马列，谁知济众媲牟尼。
一腔铁血关天下，国尔忘家志不移。

接着，他还怀着无比喜悦的心情，给毛泽东写了一封热情洋溢的书信，并将诗稿一并寄给毛泽东。接到毛宇居的来信，得知家乡的一些情况，毛泽东也无比高兴。尽管中华人民共和国成立初期，百废待兴，毛泽东仍然没有耽搁回信：

禹居家兄：

惠示并诗敬悉，极为感谢。此间情形，泽连当可面达。顺问阖族各前辈、同辈、后辈人们的安好，贵宅各兄弟子侄的健康。

毛泽东

一九四九年十一月二十八日[①]

其实，毛泽东和毛宇居的书信往来一直没有间断过。1938 年 5 月 10 日，毛宇居给远在延安的毛泽东写信，告知家乡的一些情况。1949 年 11 月通信之后，他们的通信更加频繁。中华人民共和国成立后，故乡的亲人

---

① 《诗人兴会——毛泽东以诗会友记趣》，杜忠明编著，中央文献出版社 2006 年 1 月第 1 版，第 181 页。

纷纷致信毛泽东，陈述或请求解决各种问题，毛泽东对有些情况也不是十分了解，于是就向毛宇居求助，而毛宇居每次都能圆满完成毛泽东交付的事情。不仅如此，毛宇居还经常把家乡的见闻、家乡父老乡亲的生活情况写信告诉毛泽东。

1951 年 9 月，毛泽东盛邀毛宇居进京游览。这次来京，令毛宇居终生难忘的是毛泽东陪他看了一部与苏联合拍的彩色电影，其中有不少韶山的镜头。里面有他白发银须的镜头，还有大特写。他这位相片都拍得少的乡下老人，居然在屏幕上看见自己的形象，那高兴的情形简直无法形容。

1952 年冬天，原韶山乡第三学校改名为韶山小学。学校和当地政府委托毛宇居进京请毛泽东题写校名。得知家乡要新建学校，规模比原来大，校舍也将建得更加美观大方，毛泽东兴致很高，他没有按毛宇居的要求题“湘潭县韶山小学”，而是题写了“韶山学校”。他说：“十年树木，百年树人嘛！不过，办好教育需要人出力，需要一批教育工作者。你是教书出身的，有经验，要多出力，还要教育人家多出力。还是题‘韶山学校’吧。现在办小学，以后学校还要发展，还可以办中学、大学，反正都是学校，这一次不就全写好了吗?”毛泽东题了几张“韶山学校”，供毛宇居选择。毛宇居将几张题字都小心地收藏起来，带回了家乡。韶山学校于 1953 年 5 月竣工，被列为湖南省省属重点学校。

1958 年，湘潭县委决定创办湘潭大学，想请毛宇居老人再次赴京请毛泽东题写校名。已是 77 岁高龄的毛宇居，为了家乡人民的期望，欣然从命，于 9 月份专程赴京。毛泽东在寓所再次接见了毛宇居。毛宇居向他汇报了湘潭大学的筹备情况，毛泽东表示赞同。当毛宇居提出题写校名的请求时，毛泽东有点为难地说：“近年来，许多人来找我写字，我都未写，我的字写得并不好。我小时候读书的那个东山学校，几次来信要我写校牌，我也未写。假如我给你们写了，那他们不会有意见?”毛宇居紧接着说：“这个问题好办，你写两张，一张由我带给湘潭大学，另一张给湘乡东山学校，我替你送去。这样两县人民不就都满意了吗?”毛泽东怎么能拒绝一位七旬老人的要求呢？更何况他是在为家乡的教育事业奔走。几天后，他各题写了两张校名并派人送给毛宇居。毛宇居看着毛泽东的题字，感激之情溢于言表。毛宇居带回的不仅仅是毛泽东的墨宝，更有毛泽东对家乡人民和教育事业的挚爱与厚望。此后，湘潭大学把毛泽东题字的日子，即 9 月 10 日确定为校庆纪念日，“湘潭大学”的校牌除中间停办的几年外，一直沿用至今。

1959 年 6 月 25 日，毛泽东回到他阔别 32 年的韶山冲。他一到住所“松山一号”，就迫不及待地要工作人员把毛宇居接来。这时的毛宇居已是一位拄着拐杖、精神矍铄、银须飘逸的老者。他们一见面，毛泽东便关切地嘘寒问暖，畅谈往昔的兄弟和师生情谊。毛泽东还把他留在“松山一号”，共同度过了三天的幸福时光。

6 月 26 日晚，毛泽东宴请众父老乡亲，毛泽东亲切地招呼毛宇居在自己身边坐下。席间，毛泽东特地向毛宇居敬酒，毛宇居老人颤颤巍巍站起来说：

“主席敬酒，岂敢岂敢?”

毛泽东边扶老人坐下，边说：“敬老尊贤，应该应该!”

毛泽东还贴到毛宇居的耳边说道：“我过去是个调皮学生，还造过你的反哩。你还记得吗?”毛宇居笑着说：“记得记得，你也是个高才生，那时你很爱看杂书，我还故意给你点《左传》，你都能应付裕如哩!”短短数语，道出了两人间的深情厚谊。这段师生交往的插曲，经新闻媒介传播，一时成为佳话。

1964 年 9 月 29 日，毛宇居在韶山逝世，享年 83 岁。

寸草之心报春晖

民国初年，湖南省政府在省会长沙先后创办了几所师范学校。其中，较著名的有省立第一师范学校和第四师范学校。1913 年春，毛泽东结束自由自在的自修读书生活，投考第四师范，以第一名的成绩被录取了。1914 年春天，湖南省公署教育厅根据当时师范教育的需要，将第四师范与第一师范合并，合并后的学校就叫作“湖南省立第一师范学校”。于是，毛泽东和四师的 300 多名同学，还有一批优秀的任课先生，都一起并入省立第一师范学校。毛泽东进入第一师范时，正值张干担任校长职务。

辛亥革命后，中国的教育事业曾有所发展，特别是蔡元培担任南京临时政府教育总长时，颁布了一些具有革新意义的教育章程，对教育事业的发展产生了积极的影响。张干担任一师校长后，按照南京临时政府教育部颁布的《教育宗旨令》，在“校章”中规定了较为进步的教育方针，还提出了以“诚”字为中心的“公诚勤俭”的校训，并将注重人格教育与生活教育作为教育“要旨”。在张干的主持下，一师完善了一套严格的招考新生与毕业分配制度。

张干还重视选聘思想进步、学识渊博的教职员。他上任伊始，就聘用了留学“东西洋”、学贯中西的伦理教师杨昌济先生；曾任长沙师范校长、有“长沙小学教育之王”之誉的徐特立先生；语言学家黎锦熙先生和有前清举人“功名”的袁仲谦先生等。这些“彪炳冠一时”的学者前来就任教职，使一师声震三湘。

不仅如此，张干还对礼仪、风纪、服务、时间、场所、赏罚六个方面作了具体规定，这些烦琐的“规定”，有许多的确是夹杂着封建色彩的条条框框，但还是与那个时期的社会政治、经济和教育状况相吻合的，对维护学校正常的教学活动也起过积极作用。张干的这一系列改革措施，使第一师范的面貌发生了很大变化。

然而，湖南第一师范的有些规章制度与毛泽东的个性解放要求相抵触，与他自学要求相矛盾。由于毛泽东的求学欲望很强，更因他善于独立思考，能提出许多问题，因而难倒了不少老师。有些老师，特别是年龄大、思想古旧的老师对毛泽东的提问很恼怒，常以“旷课”、“不尊重老师”、违背了师道尊严为借口，主张开除他出校。

1915 年 4 月，湖南第一师范发生了一件学生反对校长张干的风波。事情的直接导火线是，学期末校长张干宣布了省教育厅颁布的一项新规定：从当年秋季开始，师范学生每人要缴纳十元学杂费。原来师范学校是不收费的，而四师、一师学制不统一，合并后按一师学制秋季始业，原四师春季始业的预科学生要重读半年预科。这一收费决定立即引起了全校学生，特别是四师合并过来的预科学生的反对。学生们议论纷纷，认为这是张干为讨好当局而主动建议的。于是，驱逐张干的学潮就一触即发了。学生们散发了许多反对校长的传单，但多是一些说张干不忠、不孝、不仁、不悌之类的不着边际的话。

在同学们的要求下，毛泽东就在学校后面的妙高峰君子亭写了一张“驱张宣言”，措辞严厉，指责张干“办学无能”，“擅自增收学费，延长学制，讨好教育厅”。他们把这份“驱张宣言”张贴在校园内。这好似一颗重磅炸弹，整个学校立时炸了锅。

校长张干恼怒万分，声称要严厉查办。有位同学告密说，这份宣言是毛泽东起草的。校长以此为据，决定挂牌开除以毛泽东为首的 17 名学生。

杨昌济、徐特立、方维夏、袁吉六、黎锦熙等老师闻讯后，向校长再三劝说，同时也找毛泽东谈话，指出散发传单的方式以及传单的内容，都有欠妥之处。由于这些老师对学校“挂牌开除”决定的抵制，张干被迫取消成命，改为记大过处分。

为此事，张干也于当年下学期被免去校长职务，离开了湖南第一师范。继任校长武绍程尊重全校师生的意见，撤销了张干对毛泽东的处分。

中华人民共和国成立之初，对毛泽东领导的革命事业取得成功，暮年的张干也感到由衷高兴，但他内心矛盾重重，毛泽东对当年自己要开除他的事会不会还记恨呢？特别是还有一桩别人不知晓的事。1945 年 8 月 21 日，毛泽东赴重庆谈判前夕，张干曾给在延安的毛泽东发过一封电报：“抗日获胜，建国弥坚，万恳应召赴渝，赞襄国政，幸勿固执，致失人望。”这样的电文，岂不是为蒋介石张目？加上中华人民共和国成立后他又被划为“地主”成分，张干心想自己的末日来到，惶惶不可终日，最后竟病倒了。

然而，事实证明，张干是过于多虑了！

1950 年国庆期间，毛泽东邀请老师徐特立、王季范和昔日同窗好友周世钊赴京观礼。交谈中，毛泽东十分关心早年的老师，其中问到了张干。周世钊回答说：“张干还在，一直在教书，现在妙高峰中学担任数学教员。”毛泽东听后，很有感慨，说：“张干这个人，很有能力，三十几岁就当第一师范校长，不简单。原先我不高兴他，估计他一定会向上爬的。他要爬上去是容易的。结果他没有向上爬，算他有操守。他坚持以教书为生，解放前吃粉笔灰，解放后还吃粉笔灰，难能可贵。”当王季范提起当年的“驱张”学潮时，毛泽东不无自责地说：“现在看来，那时赶走张干没有多大必要，每个师范生缴 10 元学杂费的事，也不能归罪于他。至于多读半年书，有什么不好呢？”接着，周世钊又将张干六口之家的生活窘况和愁苦心境，一一向毛泽东作了汇报。毛泽东听后，连连说：“那怎么不早说呢？对张干这样的老教育家，应该照顾，应该照顾。”这次谈话，实际上是为张干平了反。

听到周世钊等汇报后的第六天，毛泽东又接到了罗元鲲先生的信。于是，他写信给湖南省政府主席王首道：

张次仑、罗元鲲两先生，湖南教育界老人，现年均七十多岁。一生教书未做坏事。我在湖南第一师范读书时张为校长，罗为历史教员。现闻两先生家口甚多，生活极苦，拟请湖南省政府每月每人酌给津贴米若干，借资养老。又据罗元鲲先生来函说：曾任我的国文教员之袁仲谦先生已死，其妻七十岁饿饭等语，亦请省政府酌予接济。以上张、罗、戴三人事，请予酌办见复，并请派人向张、罗二先生予以慰问。①

王首道接信后，曾先后两次给张干一家送去1200斤救济米和人民币50万元（旧币）。

对于毛泽东不念旧怨，关心、照顾自己，张干激动异常，连忙伏案给毛泽东写了一封信，叙说自己生活情形并衷心表示谢意。一个来月后，毛泽东又回了一封信，说："生活困难情形，极为系念，已告省府有所协助。"

1951年秋，张干应毛泽东的邀请，来到了首都北京。毛泽东还请了师友罗元鲲、李漱清、邹普勋到中南海游览，并在丰泽园吃饭。毛泽东恭谨谦和，定要张干坐上席，自己坐下席。席间，毛泽东叫来女儿李敏、李讷，向她们介绍自己的老校长和师友，"你们平时讲，你们的老师怎么好，怎么好。这是我的老师，我的老师也很好"。他接着诙谐地说："我的老师，你们要喊太老师。"毛泽东又说："次仑和元鲲先生，都没有加入蒋匪帮，是好的。没有听人讲你们的坏话。"张干内疚不安，自责地说道："一师闹学潮那阵，我主张开除你，真是对不住呀……"毛泽东缓缓摆手，不让老校长再说下去："我那时年轻，虎气太盛，看问题片面。要是现在这样学了点猴气，就不会发动那场'驱张运动'了。过去的事，不要再提它了！"张干心里的石头终于落了地，他听了毛泽东发自肺腑的话，眼里充满了泪水，说："总之，还是我不对。身为教师，我深感愧疚！"毛泽东马上接过话来："老校长，您老言之过重了！"毛泽东引用了唐朝孟郊的《游子吟》说："'谁言寸草心，报得三春晖'。我这颗'寸草心'，是怎么也难以报答自己老师'三春晖'的啊！"毛泽东接着对张干说："你年纪大了，就不要教书了。学校应该优待，照送薪水。"

张干在京住了近两个月，国庆节登上了观礼台，游览了京津名胜古迹；还第一次乘坐飞机鸟瞰长城和首都风光。卫生部副部长傅连暲受毛泽

① 《握手风云：毛泽东交往实录》，张秀娟主编，山东人民出版社2001年1月第1版，第396页。

东之托，亲自为张干等师友检查身体。毛泽东叫人给张干他们送来零花钱。张干南返之际，毛泽东又派人送来用稿费购赠的药品和被服等物。张干感慨系之，给毛泽东写信，信中说："愧受之余，感佩无报。"

张干从北京归来后，先受聘为省军政委员会参事室参议，后受聘为省人民政府参事室顾问。他积极参议国家大事，应邀作报告，深为人们所敬重。

1963 年，张干曾在病中两次写信给毛泽东，请他设法帮助其女儿返湘工作，"以便侍养"。接信后，毛泽东一面积极为老校长张干分忧解难，一面给湖南省副省长周世钊写信，说："此事我正在办，未知能办得到否？如办不到，可否另想办法。请你暇时找张先生一叙，看其生活上是否有困难，是否需要协助。叙谈结果，见告为荷。"不久，毛泽东接到周世钊的复信后，又亲笔给张干写了一封回信，说"寄上薄物若干，以为医药之助"。信中提到的"薄物若干"是毛泽东托湖南省委书记张平化捎来的 2000 元钱。张干万分感动，这哪里是"薄物"，这是厚馈；这岂止是"药物之助"，而是恩情并重啊！张干唯怨年届八旬，耄耋老矣，无以报答毛泽东的恩情。他谆谆教育儿女，要好好学习毛泽东的博大胸襟，处世待人要正直，要有一技之长，以此报效国家。

1966 年 9 月，"文化大革命"甚嚣尘上。当时有人又翻起张干当过"反动校长"的历史旧账，张干的家被抄，书籍、资料、外带 500 元存款均被抄走。此时，张干瘫痪在床，起坐困难，气得全身颤抖。老人凄楚异常，病体难支。他日夜思念毛泽东。张干之子张六如悄然火速赴京。折腾了十多天，总算见到了中共中央办公厅的负责人，带回一封加盖了中央办公厅大印的函件和 500 元生活补贴费。

张六如赶回家时，一群造反派小将正在他家胡搅蛮缠，见到函件时，亢奋的红卫兵立即傻住了。信是这样写的：

老教育家张干先生系毛泽东主席一师学习时期的老校长，张先生一生从事教育事业，未参加过任何反动组织，运动中应该给予保护，凡从其家非法抄去的钱物，一律应予以追回。①

---

① 《握手风云：毛泽东交往实录》，张秀娟主编，山东人民出版社 2001 年 1 月第 1 版，第 400 页。

第二天，从张干家抄去的书籍、资料和500元现金，都给送回来了。从此，再也没有人上门高叫“造反有理”了。

1967年1月21日，张干，这位被毛泽东誉为“湖南教育界老人”的教育家，在长沙的家中溘然辞世，享年83岁。时任湖南省副省长兼湖南省第一师范校长的周世钊，主持了追悼会。他满怀深情地讲述了毛泽东对老校长的重新评价和亲切关怀，使人油然而生敬意。

能者为师当请教

中国的书法艺术在中华文明史上独具魅力。中国的书法艺术源于汉字横、竖、点、勾、撇、捺相连，浑然一体的结构，是一门独特的艺术，也是一门学问。汉字可谓字中有心，字外有意，能从书法中窥见书者之志、之气、之性格。“字如其人”就说明了此理。

毛泽东堪称近现代书坛书圣，他在继承古代各家书法艺术风格的同时，又跳出樊篱，形成了包容时代精神的独特风格。毛氏书法有“二王”的秀逸，孙过庭的峻拔，张旭的狂韵，怀素的放肆，苏黄的深厚，董其昌的洒脱，融于笔下，极尽法度，又化为我用，自成一体。毛泽东的字体一如其人，豪迈洒脱，超凡脱俗，潇洒不羁，笔力遒劲，气势雄浑，又如行云流水，龙起蛇伏，有一泻千里之势。

毛泽东在书法方面的造诣，既得益于他的刻苦学习，勤奋磨炼，也得益于书法高人的指点迷津，及时点拨。毛泽东在长沙一师认识的孙俍工老师就是这样一位书法高手。严格意义上说，毛泽东和孙俍工并不是师生关系，而是毛泽东在湖南第一师范附小任主事时的同事。但毛泽东素来谦虚好学，“能者为师”，经常向这位同事请教书法，从而结成一种特殊的“师生”情谊。

1920年秋，毛泽东被聘为第一师范附小主事，后又被聘为该校师范部国文教员，兼学友会会长。当时，学友会设有“书法部”，聘任一师国文教员孙俍工先生为导师。孙俍工，1894年出生，原名孙光策，又名孙僚光，湖南隆回人，是教育家、作家和语言学家。早年在北京高师国文部读书，毕业后在长沙第一师范学校任教。按年龄，毛泽东比孙俍工还大一岁。毛泽东从小就喜好书法，他听说孙老师的书法课讲得好，就去听课，果然名不虚传。

课后，毛泽东找到孙俍工，说：“孙先生，你的课讲得真好。”“毛先生，过奖了。”孙俍工早就听说毛泽东在一师读书时的声名，特别是领导湖南各界发起的“驱张运动”，给他留下了深刻印象。毛泽东谦逊地说：“你上课板书厚重雄放，本身就是书法精品，为了学习你的书法，今后你的每堂课我都要争取来听，请收下我这个学生吧！”孙俍工被毛泽东这种虚心好学的精神所感动，“毛先生，我们还是互相学习吧！”“这就是说，你收下我这个学生了，以后你就叫我毛润之吧！”他们相视而笑，两人由此结缘。

一天，毛泽东来到孙俍工寓所讨教书法问题。但见靠窗的墙上贴着孙俍工自己临的王羲之的《兰亭序》全文，另一边是两首论书法艺术的绝句：

其一

从来书画本相通，
首在精神次在功。
悟得梅兰腕下趣，
指上自然有清风。

其二

独能画我胸中开，
岂能随人脚后尘。
既学古人又变古，
天机流露出精神。①

毛泽东一面看一面点头，高兴地问道：“原来孙先生习的也是行书？”“是啊！”孙俍工回答：“我看你写的也是行书？”“正是。”毛泽东又说：“我觉得行书连笔带草，容易入门，就习行书了。我还想习草书呢。”孙俍工听了毛泽东的话，认真地纠正毛泽东的看法说：“其实，行书比草书、隶书都难。你想想，变化那么多，写起来却不能停顿，是在行笔中完成那

---

① 《毛泽东与著名作家》，孙琴安、李师贞著，人民文学出版社 2003 年 11 月第 1 版，第 83 页。

么多笔锋的变化，不容易啊!”毛泽东谦逊地点头，对孙俍工的说法表示赞同，问道：“这行书变化如此之多，但不知可有章法可循?”“当然有啊!”孙俍工兴之所至，当即拿起笔来，挥动狼毫，笔走龙蛇，在纸上写道：疏密、大小、长短、粗细、浓淡、干湿、远近、虚实、顾盼、错落、肥瘦、俯仰、起伏。写毕，他将这张纸递给毛泽东，说：“这就是了，二十八个字啊!”毛泽东毕恭毕敬地接过这“二十八字诀”，临别的时候说：“与君一席话，胜读十年书。”孙俍工接着说：“依我看，你现在的字是才气有余，但功力不足啊！润之，还是要从练好楷书开始。楷书是基础，基础打不牢，怎能写好行书呢？打个比方：楷如站，行如走，草如跑。你站不稳，怎么能走和跑呢?”

孙俍工的一席话，改变了毛泽东书法艺术的方向，对毛泽东书法艺术的迅速提高起到了很好的作用。后来，毛泽东果然采纳了孙俍工的建议，刻苦练习楷书了。写好后，过一段时间就请孙俍工点评指教。孙俍工一张一张仔细点评，对其中之优缺点逐一指出，毛泽东则根据这些意见认真修改。他平日批改学生作业和给朋友写信，都有意使用楷书，读书所做的笔记和书页眉端所批的评语也以蝇头小楷为多。

当然，当时的毛泽东不仅仅是一个教员，也不仅仅是一个书法爱好者，他还是一个热血革命青年，立志于推翻旧制度，改造旧中国。而孙俍工则提倡“平民教育”，不太认同毛泽东的革命主张。他认为，只有大力发展平民教育，“才能提高国人之文化，武装国人之头脑，富强我自有之中华”。他曾给毛泽东写过一封信，是一首词，内容是对毛泽东革命行动进行劝解，词的最后写道：“急回手，莫待明天。”尽管他们的思想主张存在分歧，但这并未影响两人之间的情谊。

一天，毛泽东拿着自己的练习书法请孙俍工指点。孙俍工评点后，要毛泽东给他写一幅字，毛泽东有点诧异。孙俍工有些不舍地说：“我要到日本留学去了，给我写幅字留作纪念吧。身边留着你的字，见字如见人。”毛泽东十分惋惜：“这样，我就少一位书法老师了。”毛泽东不无伤感，拿起纸笔，工工整整地写下了唐代王勃的《送杜少府之任蜀州》：

城阙辅三秦，风烟望五津。
与君离别意，同是宦游人。
海内存知己，天涯若比邻。

无为在歧路，儿女共沾巾。

两人一别就是二十多年。1945 年 8 月 28 日，毛泽东赴重庆与蒋介石进行谈判。当时，孙俍工已经成为国内著名书法家，在重庆大学任教。当毛泽东听说孙俍工也在重庆时，9 月 6 日便在周恩来、王若飞的陪同下，专程前往孙俍工寓所拜访。谈话之间，又涉及书法问题。孙俍工问："这些年来，不知你是否还坚持练习书法?"毛泽东说："在第一师范时孙先生教我的书法要领，特别是行书'二十八字诀'，我一直铭记在心。就是在恶战之余，也常照先生指教，练上几笔。"接着，他将自己的《沁园春·雪》手迹送给孙俍工。

孙俍工打开纸卷，但见毛泽东字体大气磅礴，酣畅淋漓，而词作更是气吞山河，前无古人，书和词相得益彰，孙俍工赞叹不已："你戎马倥偬，日理万机，还能忙里偷闲，不忘书法艺术，真是难能可贵啊！仿古而不泥于古，尽得古人神髓，而又能以己意出之，非基础厚实者不能如此。况你由行而草，竟能卓然自创一格，真不简单！你笔底自由了。"毛泽东微微一摆手，谦和地一笑："孙先生又过奖了，即使我这二十年来书法上有所进步，主要也得力于孙先生的教导。"

几天之后，毛泽东在红岩村举行酒会，特邀孙俍工参加。孙俍工欣然赴会，并赋《喜毛润之兄过访》一首：

毛公天下奇，风流儒雅见容仪；
毛公天下秀，奋剑挥戈能御寇；
毛公天下雄，麾兵百万何从容！
生成豪侠骨，更具男儿血！
为国不恤七尺躯，为义更觉肝胆热。
政治协商再电招，延安道上走华骠；
翩然命驾来渝市，弥天烟尘一旦消。
九月之六日草堂午睡足，
倏临故人来，跫然喜空谷。
相逢各问年，殷勤话衷曲，
畴昔老知遍咨询，予为一一陈所夙；
存者星散死木拱，廿五年来变迁酷。

君家五桂亭亭立，愧我七儿尚鹿鹿；
生逢险巇几沧桑，犹幸此身老穷蹴。
穷蹴此身可奈何，遽然更觉宇宙促。
辗转话偏多，爱国心犹切；
和平民主救中国，君志如山意如铁；
多君此志若云天，民族光辉天下杰！
吁嗟乎民族光辉天下杰，望君永保此令节，
手挽乾坤成大业，千古青史垂鸿烈！①

孙俍工1950年回湖南，任湖南大学中文系教授。1956年，中国科学院语言研究所聘孙俍工为兼职研究员。受聘后，他主动提出要编辑一部《毛泽东语言辞典》。他说："毛泽东算得一位奇人。他的语言文字异常丰富，我要把多年来的研究心得编出书来。这是一部有价值的书！"遗憾的是，他的健康状况很差，不久就病倒了。《毛泽东语言辞典》终未如他所愿面世。他一生的著述颇丰，主要有《东方美术史》《中国语法要义》《中国古代文艺论史》《文学概论》《中华词选》《中华诗选》《诗的原理》《中国经学史》等。

1962年3月，孙俍工先生不幸逝世，一段师生交往的精彩佳话随着老人的去世而垂下了帷幕。

① 《〈沁园春·雪〉传奇》，杜忠明著，中央文献出版社2007年4月第1版，第19页。

第六章　高山流水觅知音

常言道："百年修得同船渡，千年修得共枕眠"，有人又加上了一句："五世修得同窗读。"同窗共读，朝夕相处，共沐学海，共同成长。同学情至纯至真。像玉壶冰心，似银色月光，没有名利的杂质，没有物欲的浊流，只有共同走过的一段黄金岁月。

毛泽东的学历是"六年孔夫子，七年洋学堂"。在这十三年的求学生涯中，尤其是在湖南第一师范学校读书期间，学生时代的毛泽东"有如许有险、有趣、出情、出奇的故事"（引自鲁迅《为了忘却的记念》）。他有"孩儿立志出乡关，学不成名誓不还"的远大志向，有"同学少年，风华正茂"的勃勃朝气，有"指点江山，激扬文字"的满腔热情，有"何以报仇，在我学子"的革命斗志，有"到中流击水，浪遏飞舟"的壮怀激烈。毛泽东卓尔不凡，是校园内的风云人物。他的独特魅力使他身边聚集了一批志同道合的好朋友。他们在一起纵论天下大事，探求救国救民的真理，或谈治学做人之道。这批好同学好朋友，有的和毛泽东一起走上了革命道路，有的不幸英年早逝，有的潜心治学投身教育事业，有的因政见不同而分道扬镳。尽管人生归宿不同，当年乃至以后的毛泽东却与他们彼此之间有着深厚的感情交往。

游学伙伴终分手

在湖南第一师范学校的学生中，杨昌济老师有三位品学兼优、志趣相投的得意弟子：萧子升、蔡和森与毛泽东，人称"湘江三友"。

萧子升，1894 年 8 月 22 日生于湖南省湘乡县萧家冲，又名旭东，后来改名萧瑜。萧子升比毛泽东小一岁，但入学较早，为第一师范第三班学生，比第八班的毛泽东要高三个年级，是学校里有名的高才生，不但长于作文，而且写得一手好字。由于他的学识和才华出众，是杨昌济第一个得意门生，老师还曾经有意将爱女许之，由于他早已成婚未果。在校时，毛泽东常常看到萧子升被展出的作文。两人都有才华，互相倾慕。因此他们二人交往很多。

吟诗应对是毛泽东和萧子升学习生活中愉快的插曲，而且成为增进他们友谊的桥梁。一天傍晚，两人在湘江边散步。湘江在落日的余晖里缓缓东流，妙高峰和岳麓山遥相对应，月明星稀，人影婆娑。面对如此美景，两人诗兴大发，站在江边联句吟诗：

萧：晚霭峰间起，归人江上行；云流千里远，

毛：人对一帆轻。落日荒林暗，

萧：寒钟古寺生。深林归倦鸟，

毛：高阁倚佳人。

1915 年秋，萧子升从一师毕业，应聘去长沙修业学校教书，后转楚怡学校任教。原先的校友不能朝夕相见了，于是书信往来成为重要方式。在《毛泽东早期文稿》收录的信件中可见，1915 年和 1916 年两年，毛泽东写给萧子升的信就达十二封之多。这些书信多讨论读书求学自省的事。有论述古今中外学术思想的长信，也有畅谈时局和国家大事的长信。毛泽东生活中遇到困难，萧子升热情相助。萧子升遇到学习、工作上的问题，也常邀毛泽东去商量解决。当然，他们更多的是讨论问题，有时为一个问题争得面红耳赤，有时又为找到共同的观点而感到欣喜万分。不难判断，萧子升可说是毛泽东在第一师范早期最接近的好友。

1917 年，萧子升请毛泽东为他的名曰《一切入一》的自订学习杂记本题词，并请其作序。毛泽东欣然命笔。在序中，毛泽东系统地阐述了自己的学习方法和经验。他写道："今夫百丈之台，其始则一石耳！由是而二石焉，由是而三石、四石，以至于万石焉。学问亦然。今日记一事，明日悟一理，积久而成学。高以至基，洪由纤起，在手人之求之而已……庇千山之材而为一台，汇百家之说而成一学，取精用宏，根茂实盛，此与夫执一先生之言而妹妹自悦者，区以别矣。虽然，台积而高，学积而博，可以为至矣，而未矣。有台而不坚，有学而不精，无以异乎无台与学也。学如

何精，视乎积之道而已矣。积之之道，在有条理。”① 对毛泽东在序中所谈到的这些学问之道，萧子升心悦诚服。

学生时代的毛泽东勤奋刻苦，博览群书。他不但认真学书本，还特别注重读“无字之书”，就是深入社会，深入实际，关注民生。他在《讲堂录》中曾写道：“闭门求学，其学无用。欲从国家天下万事万物而学之，则汗漫九垓，遍游四宇尚已。游之为益大矣哉！登祝融之峰，一览众山小；泛黄渤之海，启瞬江湖失。马迁览潇湘，泛西湖，历昆仑，周览名山大川，而其襟怀乃益广。……游者岂徒观览山水而已哉，当识得其名人巨子贤士大夫，所谓友天下之善士也。”②

1917 年上学期的一天，毛泽东从一份旧《民报》上看到一条消息，说的是两个中学生徒步旅游全国的事，他们一直走到了挨近西藏的打箭炉。这件事，对毛泽东的触动很大，决心效法，可是又没钱。想来想去，终于想出了一个办法，决定采用“游学”的方式，先在湖南省内徒步游历一番。“游学”，在湖南俗称“打秋风”，指穷知识分子出外时靠帮人作点诗、给人家书对联、为店铺写匾额来换几个钱糊口度日。他把自己的想法告诉了萧子升，萧子升欣然应允。

于是，1917 年暑假，毛泽东、萧子升一起开始游学，还邀了准备回安化度暑假的同学萧蔚然。他们身无分文，只带了雨伞、挎包、简单的换洗衣服和文房四宝，从小西门渡湘江，踏上了游学之路。

走出长沙第一天，他们直到下午还没有吃饭。在向路边小店的女老板讨了两碗茶后，毛泽东建议开始行乞。他们了解到一里外有个姓刘的老绅士，是告老还乡的翰林，于是决定把他作为第一个“打秋风”的对象。为了见到这位翰林，他们合写了一首七绝：

翻山渡水之名郡（毛），
竹杖草履谒学尊（萧）。
途见白云如晶海（萧），
沾衣晨露饿浸身（毛）。

---

① 《〈一切入一〉序》，引自《毛泽东早期文稿》，中共中央文献研究室、中共湖南省委编辑组编，湖南出版社 1990 年 7 月第 1 版，第 82 页。

② 《讲堂录》，引自《毛泽东早期文稿》，中共中央文献研究室、中共湖南省委编辑组编，湖南出版社 1990 年 7 月第 1 版，第 587 页。

诗的旨意扎扎实实落在“饿”“身”二字上，目的昭然若揭。但诗又的的确确反映了两个年轻人“翻山渡水”的艰苦行程，“竹杖草履”“沾衣晨露”的形貌以及“途见白云如晶海”的乐趣。据萧子升解释说：诗中第三句的“白云”，暗指刘氏能摆脱俗事的纠缠，在山中别墅过隐居生活。

这位老翰林很赏识他们的诗和字，从谈话中也发觉他们很有学问。在问答中，毛泽东说我们读过《十三经》，也读过《老子》和《庄子》，还回答了老翰林的谁对两本书的评注最好的问题：“最好的《老子》注是王弼作的，最好的《庄子》注是郭象作的。”问到萧子升是曾国藩的同乡，萧子升说道，高曾祖在曾国藩家当过教师。刘翰林对他们的回答很满意，从宽大的衣袖里拿出一个红纸包给他们，里面竟包着40个铜圆。他们顿时富有起来了，连忙回到那小店狼吞虎咽地吃了一顿饭，每人才花了四个铜板。

他们继续往前走，到了宁乡县城，找到了同班同学王熙，在他家住了两晚。与王熙道别时，毛泽东留赠了一副对联：

> 爱君东阁能延客；
> 别后西湖赋予谁。

东阁，典出《汉书·公孙弘传》：“起客馆，开东阁以延贤人。”

毛泽东的上联正取此意。“爱君”，体现二人的亲密关系。下联出自苏轼的《和晁同年九日见寄》：“仰看鸾鹄刺天飞，富贵功名老不思。病马已无千里志，骚人长负一秋悲。古来重九皆如此，别后西湖赋予谁？遣子穷愁天有意，吴中山水要清诗。”毛泽东在对联中用一典一成句，既切主人热情延客之情，又切客人依依离别之绪，借用苏诗，却无苏轼诗句中那种消沉穷愁之意。

他们的好友何叔衡是宁乡人，三人辗转找到了何叔衡家，受到热情款待。在何家住了两晚后，萧蔚然独自先回家了，毛泽东和萧子升又继续踏上了“游学”的行程。他们不但拒绝了何家赠送的盘缠，而且决定沿途不再拜访同学和朋友，以免打破他们不带一文而“游学”的目的。游学当中，毛泽东和萧子升克服了重重困难。口渴了，就在路旁溪水边捧起凉水喝；走累了，就跳到池塘里洗洗澡；走到前不着村、后不着店的地方时，就露宿野外。

游学路上，他们每到一地，就给一些学校、商店、大户或农户写对联、写信，接受一点馈赠作为路费。萧子升有点拿不下面子，只写不送。毛泽东则放下书生架子，利用送对联的机会，广泛接触社会各阶层人士，调查当地历史、地理、风俗、民情，从中了解社会世态，熟悉风土习尚，获取新的知识。

一天黄昏时分，他们到了沩山，茂密的树林映衬着千年古刹沩山密印寺。入得寺来，两人向老方丈求教一些有关佛学的事，同时谈了他们决心徒步旅行湖南各地，考察社会民情的目的。老方丈很佩服两位年轻人的志向，问道："两位施主为何要轻装呢?"萧子升说："我们有心不花一文钱。"毛泽东则向老方丈表白心迹："大降大任于斯人也！孔子曰：'一箪食，一瓢饮，在陋巷，人不堪其忧'，乐趣也就在其中了。我坚信安贫者能成事，嚼得菜根，百事可做！"老方丈见毛泽东气宇轩昂，说话充满了激情，不由得为之赞叹。稍后，老方丈独对萧子升一个人大讲佛门的美德，委婉地表达要他皈依佛门，萧子升连忙摇头，说自己还要研究学问。老方丈的脸上露出遗憾的神情："只怕萧施主今日不留沩山，以后也断难留在中国。萧施主若能听老衲一言，可免去日后的诸多劫难。"随后，老方丈合掌向毛泽东问道："佛教何以在中国千年不衰？中国宗教何以能和谐相处?"毛泽东说："中国没有像其他国家那样的宗教战争，一打就是几百年；几种宗教能和谐共存，对中国来说不是坏事。""阿弥陀佛！"老方丈望着毛泽东，加重了语气说："只望毛施主这句话，日后不要忘记。"又说道："毛施主日后如能到得山、陕二省，可去五台山和白云山；五台山乃我佛家圣地，白云山上有贫僧的一个小师弟在那里住持，还望毛施主善视之！"毛泽东说："我记住大师这句话了。"当夜，毛泽东和萧子升留宿沩山。临入睡，萧子升发牢骚说："不晓得这老和尚怎么想的，为什么非要劝我留在这里?""可能是这里缺少有文化的人，想留你在这里抄写经书也未可知。"毛泽东这样分析着。"夜长梦多……"萧子升说，"明天我们还是快走吧！"毛泽东笑了笑，没再说什么。①

从沩山下来，他们向安化县走去。两人或观赏路旁的种种自然美景，

---

① 《历史的遗憾——毛泽东的未竟心愿》，邸延生著，新华出版社2010年4月第1版，第3—4页。

或热烈讨论着种种共同感兴趣的话题。这天，他们在一户农家讨得一份非常满意的晚餐，然后沿着一条小河继续走路。河床很宽，却只有一线涓涓细流。他们在沙滩上漫步，明亮的月光和清晰的影子形成了奇妙的世界，使他们流连不已。夜晚，他们便在这里露宿。毛泽东说："这水岸不是很舒适的床吗?"萧子升说："就让蓝天作为我们的帐幔吧。"毛泽东顺手把包袱雨伞往树枝上一挂，说："老树就是我们的衣柜。"萧子升接着说："月亮不就是一盏大灯吗?"他们找来石头当枕头，舒舒服服地躺下了。他们仰视月亮，豪放而又风趣地凑成了一首民歌风格的诗：

沙滩为床，石头当枕。
蓝天作帐，明月为灯。

在安化县城梅城，毛泽东和萧子升查阅了安化县志，了解了清代农民黄国旭领导农民起义的情况，并到东华山看了农民起义烈士墓，接着在一户贫苦的夏婆婆家谈了很久，得知安化县羊角塘有所县劝学所，所长夏默庵是位名儒，便去拜访。夏默庵毕业于两湖书院，为饱学之士，著有《中华六族同胞考说》《默庵诗存》《安化诗抄》等。但老先生性格孤傲，见毛泽东、萧子升他们是两个游学的穷书生，两次求见都拒绝了。毛泽东并不灰心，复而第三次登门。夏默庵无奈，只得开门相见。他出了个上联，想考考这两位游学书生：

绿杨枝上鸟声声，春到也？春去也？

上联依景发问，勾画了消闲者百无聊赖的心态。毛泽东沉思片刻，对出下联：

清水池中蛙句句，为公乎？为私乎？

下联也因景起笔，正切游学的夏日景致，更暗用《晋书・惠帝纪》中的典故：有次惠帝司马衷至洛阳城东的华林园游览，"闻虾蟆声，谓左右曰：'此鸣者为官乎？私乎?'或对曰：'在官地，为官；在私地，为私。'及天下荒乱，百姓饿死，帝曰：'何不食肉糜?'其蒙蔽皆此类也"。古义，蒙蔽即愚昧不知世事。毛泽东借愚昧的晋惠帝的这个故事，对上了夏默庵的出联。夏默庵见下联远胜上联，对仗工切，用典妥当，以问对问，内蕴丰富，还带有火辣辣的批评味，自感有愧，连声赞赏，并以礼相待。临别，还送他们八块铜圆，权作旅费。毛泽东对这次会见的印象特别深，以至1953年5月他记起这件事时，还写信给湖南安化县的领导说："与默庵先生在安化会过一次。请寄《中华六族同胞考说》。"①

安化城郊有座宝塔，自然也是毛泽东他们登临的好处所。塔侧的紫云山上，有巨石如镜，阳光可反射到县城。塔下，洢水如带，雨后碧绿似蓝。他们还到过孔圣庙，庙内有计时的滴漏铜壶。梅子岭下，有股泉水。毛泽东登上宝塔，举目四望，美不胜收，于是挥毫在塔壁上题写道：

紫云反照，洢水拖蓝；
铜钟滴水，梅岭寒泉。

离开梅城后，他们经仙溪、山口、长塘、马迹塘、桃花江，到达益阳县城，游览了市容，走访了一些学校和人士，其中包括当时的县长张冈夙（原一师教员）。三天之后，他们又前往沅江。到沅江县城时，正值涨水，街道被淹，行走不便，于是两人乘船返回长沙。

这次游学活动，毛泽东和萧子升到过长沙、宁乡、安化、益阳、沅江五个县，步行近千里，历时月余。他们居然还有两块多钱的剩余。为了纪念这次活动，两人还特意穿着旅行时的衣服和草鞋照相留念。师生们传阅了毛泽东的游学笔记后，纷纷赞誉他是"身无分文，心忧天下"！

这次出游，给两人都留下了深刻印象。萧子升后来专门就此事写了《我和毛泽东的一段曲折经历》的回忆录。毛泽东在1936年同斯诺的交谈中也回忆说："我们开始在湖南徒步旅行，游历了五个县。一个名叫萧瑜的学生与我同行。我们走遍了五个县，没有花一个铜板。农民们给我们吃的，给我们地方睡觉；所到之处，都受到款待和欢迎。"②

辛苦而有趣的游学经历更加增进了毛泽东与萧子升的友谊。1917年冬，他们和蔡和森等发起创建新民学会。在1918年4月的成立会上，萧子

① 《诗人毛泽东》，易孟醇、易维著，人民出版社2003年11月第1版，第25—26页。
② 《西行漫记》，埃德加·斯诺著，生活·读书·新知三联书店1979年12月第1版，第122页。

升被推选为总干事，毛泽东被推选为干事。其后，毛泽东、萧子升等人积极组织湖南学生赴法勤工俭学，萧子升和其他会员一起从上海出发赴法国。萧子升留法后，毛泽东与他彼此保持着通信联系，介绍各自的思想、学习、工作与生活情况。

遗憾的是，萧子升留法后的这段时日，两位老友在思想上的距离越拉越大。萧子升日益主张温和的革命，以教育为工具，倾向于无政府、无强权的所谓蒲鲁东式革命，而逐步转变为马克思主义者的毛泽东显然不可能认同萧子升的那些主张。到1921年时，两人的思想分歧发展到不可调和的程度。萧子升对此间两人的关系回忆道：

我们的谈话弄得两人都很伤心，甚至潸然泪下，因为我们无法找到相互协调的基础。我无法接受毛泽东的观点，而我的答复也不能使他满意。几个月来，我们被这种无结果的讨论所折磨，但双方都以友情为重，谁也没有口出恶言。因为我们不能弄出一个共同的行动计划，双方都感到真正的遗憾和伤心。①

1924年以前，两人还有书信来往，但毕竟道不同不相为谋。1924年，萧子升回国后，走上了与毛泽东完全不同的人生道路。他曾先后担任国民党北平市党务指导委员、《民报》总编辑、中法大学教授、国立北平大学校务委员兼农学院长、华北大学校长、河北省政府委员兼农矿厅厅长、南京政府农矿部政务次长等职。毛泽东1936年对斯诺说："和我一同旅行的萧瑜这个家伙，后来在南京在易培基手下当国民党的官。易培基原来是湖南师范的校长，后来成了南京的大官，他给萧瑜谋到北京故宫博物院管理的职位。萧瑜盗卖了博物院里一些最珍贵的文物，于1934年卷款潜逃。"②后萧子升再度赴法，曾任巴黎大学中国学院副主席、里昂中法大学协会副会长、华法教育会副会长。1952年，萧瑜定居乌拉圭，长期从事教育事业。1976年11月21日，萧子升在乌拉圭去世。耐人寻味的是，当年毛泽东和萧子升一起游沩山密印寺时，老方丈对萧子升说的"今日不留沩山，

---

① 《我和毛泽东的一段曲折经历》，萧子升著，转引自《毛泽东教我们学交往》，莫志斌、陈特水编著，中共党史出版社2003年6月第1版，第95页。

② 《西行漫记》，埃德加·斯诺著，生活·读书·新知三联书店1979年12月第1版，第122页。

以后也断难留在中国”的那句话，竟然应验了。

毛泽东与萧子升从交友到分手，是一段曲折离奇的人生经历，之中有朋友推心置腹的快慰，也有朋友分道扬镳的忧伤。毛泽东是个有情有义的人，尽管思想政见上两人存在严重分歧，但他仍然念旧，惦记友人。从两人交友的故事中，我们能感悟到古人所谓的“人生贵知心，定交无暮早”。他们分手的根本原因是志不同道不合，因此，相交甚久，最终也难免分手。

长歌痛悼思君深

在“六年孔夫子，七年洋学堂”的读书生涯中，毛泽东的同窗好友很多，但怀念同学的作品却很少。毛泽东的诗词多遒劲伟美，但为同窗好友所作的《五古·挽易昌陶》却令人哀婉凄切、苍凉彻骨。

1915 年，日本向中国政府提出二十一条的非法要求，引起中国人民的强烈反对。湖南一师师生集资编写了揭露日本侵华和袁世凯卖国罪行的《明耻篇》一书。该书刊印后，毛泽东奋笔疾书四言诗一首：

《明耻篇》题志

五月七日，
民国奇耻。
何以报仇？
在我学子。

而就在这被定为国耻日的 5 月间，毛泽东在感到国家命途多舛，青年学子责任重大的同时，还在为同窗挚友易昌陶的不幸病逝而悲痛万分。

易昌陶，字咏畦，衡阳县曲兰镇东亮村益乐堂人，湖南省立第一师范学校第八班学生。易昌陶和毛泽东在一师是同学又在同一个宿舍。易昌陶很会读书，才华横溢，诗词书画俱佳，记忆力很好。毛泽东和易昌陶志同道合，经常在一起散步谈心，探讨诗词与书画、关心个人前途与国家命运，还有一起远游的计划。1915 年 3 月，易昌陶在家中病故。据说易昌陶死于肺结核。当时肺结核是威胁人们生命的主要疾病之一，而且肺结核通过呼吸道传播很容易感染。又值当时湖南政局不稳，学校当局为学生安全着想，不敢充分开展一些课外锻炼活动，所以影响了部分学生的体质。另外，一师校外南边当时有几家污染严重的冶炼、造币等工厂，终日黄烟升腾，因此一师校园空气质量很差，这对师生健康危害很大。

因为易昌陶英年早逝，几乎没有留下多少生平资料，毛泽东与他交往的史料更是罕见。在电视连续剧《恰同学少年》里，易昌陶因为反袁而被打成内伤，不久便吐血而死。这些剧情很大程度上是根据艺术需要而虚构的。

易昌陶逝世后，校长张干、学监王季范、教员杨昌济为其发起悼念活动，学校于 5 月 23 日召开追悼会，学校师生深刻怀念这位少年英才，这一方面说明一师人本教育做得很到位，另一方面说明易昌陶的人品、才学在当时的一师是出类拔萃的。师生为易昌陶作挽联、祭文共 256 篇，内容多含“悼念学友，勿忘国耻”之意，收在《易君咏畦追悼录》里。易昌陶是一位品学兼优、具有远大理想和抱负的青年，毛泽东为失去好友而扼腕痛惜，为易昌陶写有一副挽联：

胡虏多反复，千里度龙山，腥秽待湔，独令我来何济世；
生死安足论，百年会有役，奇花初茁，特因君去尚非时。

毛泽东的这副挽联，借悼亡以消心中块垒，强烈地抒发了一个热血男儿忧国忧民之志。上联是说日本人出尔反尔，不惜海路遥远，觊觎我锦绣河山，竟然企图蚕食鲸吞我东北三省。现在社会极为黑暗肮脏，正期待我们去彻底洗涤，你却一死了之，叫我一人如何济世救民？下联是说一个人的生死本是自然法则，不值得议论。人活百年，值此国遇大难，战争风云弥漫，好比一朵奇花含苞初放的你，还没有来得及血染沙场，报效国家，却撒手西去，死得真不是时候！

上下联每一个对应词句的选择，是如此精确、恰当、严整，的确是一副绝好的挽联。毛泽东集悼亡友、忧国事于一联，给传统的“莺花坠泪、烟雨伤神”的挽联形式注入了崭新的生命力。对联写得哀婉、真挚而又气势恢宏。表达了毛泽东对同学英年早逝，不能与自己一道担负起济世救民的重任而痛惜万分的真挚情感。那种置生死于度外的超然之情，那种以小见大的伟人风范，在年仅 21 岁的青年毛泽东身上，已经显露出非凡的锋芒。

悲愤交织的毛泽东，还写了一首悼念亡友的五言古诗。1915 年 6 月 25

日，毛泽东在《致湘生信》中说："同学易昌陶君病死，君工书善文，与弟甚厚，死殊可惜。校中追悼，吾挽以诗，乞为斧正。"① 信中，附上了毛泽东写的悼亡诗：

五古·挽易昌陶

去去思君深，思君君不来；
愁杀芳年友，悲叹有余哀。
衡阳雁声彻，湘滨春溜回；
感物念所欢，踯躅南城隈。
城隈草萋萋，涔泪侵双题；
采采余孤景，日落衡云西。
方期沆瀣游，零落匪所思；
永诀从今始，午夜惊鸣鸡。
鸣鸡一声唱，汗漫东皋上；
冉冉望君来，握手珠眶涨。
关山蹇骥足，飞飙拂灵帐；
我怀郁如焚，放歌倚列嶂。
列嶂青且茜，愿言试长剑；
东海有岛夷，北山尽仇怨。
荡涤谁氏子，安得辞浮贱；
子期竟早亡，牙琴从此绝。
琴绝最伤情，朱华春不荣；
后来有千日，谁与共平生？
望灵荐杯酒，惨淡看铭旌；
惆怅中何寄，江天水一泓。

这是一首五言古风，古风不像律诗那样讲究平仄、对仗、押韵、句法，它不拘句数，较为自由。全诗共分五节，每节八句，句句催人泪下，感情真挚动人。

① 《致湘生信》，引自《毛泽东早期文稿》，中共中央文献研究室、中共湖南省委编辑组编，湖南出版社 1990 年 7 月第 1 版，第 8 页。

第一节写思念亡友的极度愁苦。“去去思君深，思君君不来”，落笔叠用三个“君”字，中国自春秋末都以“君子”称谓有才德的贤良者，这是对易昌陶的尊称。“去去”即越走越远，若柳永《雨霖铃》词曰：“念去去千里烟波，暮霭沉沉楚天阔。”易君病故只能随着岁月越离越远，越思越深了。“愁杀芳年友，悲叹有余哀”，风华正茂的易君英年早逝，所有的同窗校友都悲痛难尽。“衡阳雁声彻，湘滨春溜回；感物念所欢，踯躅南城隈。”四句感物思人，念友寻踪。易君为衡山人，衡雁高飞远去指友人春日病逝。湘水春回，喻春季开学自己回到长沙，思念好友而不可见，于是到昔日相聚同游的南城隈徘徊流连。既写春日景物，感物思友又喻友人与自己的生死相隔。

第二节写与友人永诀的复杂心情。“城隈草萋萋，涔泪侵双题”，“萋萋”与“凄凄”和“悽悽”同音，给人以冷清凄惨之感。城南隈的春草长得再茂盛，再也不能和易君携手同游了，一念及此不禁令人潸然泪下。“采采余孤景，日落衡云西”，众多芳年好友均不在，只有我孤身一人。日夕时分，岳麓山一带的云烟已经弥漫，眺望云烟，向晚哀伤。这种特定景色与主体心境十分吻合。接着又想到云游四方之约未能实现：“方期沆瀣游，零落匪所思”，正当期望着为实现理想而云游四海的时候，不料君却突然被病魔夺去年轻的生命，因而只得永别了！“永诀从今始，午夜惊鸣鸡”，如今灵帐在前，不能不接受与友人永诀的无情现实，可是却又被夜半的鸡鸣惊醒，可是这正是我们可以像刘琨与祖逖一样闻鸡起舞之时啊！

第三节写对友人生前死后境遇的极度悲愤。“鸣鸡一声唱，汗漫东皋上”，午夜一听见雄鸡啼声，即在野外宽阔的高地上走来踱去。“东皋”很可能是一师校园里的一块野地，或许正是“芳年友”们当年经常漫步的地方，因而思念难尽，恍惚绵绵。“冉冉望君来，握手珠眶涨”，午夜时分，朦胧的野地上，似乎还能像往日那样隐隐约约望见易君慢慢走来，彼此握手时还不禁热泪盈眶。“关山蹇骥足，飞飙拂灵帐”，“骥足”代指千里马。“蹇”，跛也。以“骥足”喻赞易昌陶为杰出人才，以骥足之跛喻指易君正当勇赴前程之际而顿倒。突然而起的疾风，拂拂吹动着祭祀用的仪物。“我怀郁如焚，放歌倚列嶂”，夜深人静，我忧心如焚，尽情放怀而靠着层峦叠嶂歌唱。这种反常的奇特举动，既是长歌当哭的表现，也是誓化悲痛为救国救民力量的表现。

第四节写失去济世报国的知音而痛惜。“列嶂青且茜，愿言试长剑”，“茜”是一种草本植物，其根可作红色染料，指红色。这里的“青”“茜”实为红土山峦及绿色草本所显出的状貌。这里似乎依然是在幻觉中与易君对话，畅谈倚天抽剑的志愿。“东海有岛夷，北山尽仇怨”，对近代中国的外患形势作了概括。东部海域有日本虎视眈眈和侵略行径，北部疆域有沙皇俄国得寸进尺和累累暴行。“荡涤谁氏子，安得辞浮贱”，荡平国难，洗雪国耻，不分男女贵贱与学问高低，匹夫有责。“子期竟早亡，牙琴从此绝”，“子期”乃伯牙的知音，但他不幸先逝于伯牙。而易君的早逝也使毛泽东痛失志同道合、共赴国难的知音好友。言救国救民之志是第四节的核心，也是整首挽诗的风骨所在。

第五节写祭奠亡友和伤时忧国的无限惆怅。“琴绝最伤情，朱华春不荣”，伯牙因为失去知音而凄然碎琴，好友英年早逝令人痛心疾首，就像红花未能在春天怒放。“后来有千日，谁与共平生”，在未来的漫长岁月中，还有谁能与我一起共同奋斗去实现人生的理想呢？“望灵荐杯酒，惨淡看铭旌”，“铭旌”，或作明旌，即竖在灵前上书死者姓名的旗幡。为好友守灵，恭敬地向灵位献酹一杯酒，同时长时间地驻足凝视竖在易君灵位前的旗幡，倍感黯淡凄凉。“惆怅中何寄，江天水一泓”，生死两茫茫，如何寄托心中的无限惆怅呢？只有那浩浩茫茫的长天江水，真可谓是此悲绵绵无绝期，正像杜甫《自京赴奉先县咏怀五百字》中所说的“忧端齐终南，澒洞不可掇”，也像鲁迅《无题》中所说的“心事浩茫连广宇”一样。此末二句不仅与开头的“思君深”相照应，而且带有总结全诗的意味。全诗所写即由白天至傍晚至午夜后的挽悼行止及心态、心志，也可以说是多角度地反复渲染失去知音好友的悲痛心情。

诗心贵真诚，诗情贵深挚。毛泽东用伯牙与钟子期的故事表达与易昌陶亲密无间、志同道合的深刻情谊。又把真挚的友情与爱国之情结合到诗中，读后令人垂泪，使人上进。诗中大量化用古诗的意境和词句，将毛泽东当时的心境表达得淋漓尽致，且又达到了踏雪无痕的程度。

该诗在构思上别具一格。从全诗来看，是从“去去思君深”，即挚友病故写起，一直写到“惆怅中何寄，江天水一泓”的追悼活动，总体上是以时间先后为序。但是，从每一部分来看，诗人又打破时间顺序，采取地点或事件为抒情线索，巧妙运用倒叙或插叙描述挚友生前刻苦攻读，练就满腔热血报效祖国的本领，成为相对独立的横向板块。同时，诗人又巧妙地运用联珠手法，就是将前一段最末一句最末一个词语，作为下一段第一句的开头。在诗的内容上，分别成为所在部分的抒情叙事的线索。在结构上就像电焊一样，将各段横向板块，紧紧地焊接成为天衣无缝的整体，足见匠心独具，功力深厚。

这首五言诗，诗情沉痛悲哀，但不是惨惨戚戚，而是透发着一股阳刚之气，报国豪情，气贯长虹。诗中主人公倚群山，试长剑，形象伟岸，意志刚毅；报国之志，献身之气，豪纵崇高，是那一代先进青年的代表，有着激励人们奋发图强的精神力量。意蕴上的哀悼亡友与誓雪国耻，风格上的低徊沉郁与昂扬豪放的高度统一，使得这首诗成为具有崇高审美品位的优秀诗篇。这首诗是《毛泽东诗词集》中写作年代最早的一首，也是第一首留有作者手迹的诗作，与毛泽东后来的诗词格调颇为不同，在毛泽东诗词中别具一格，对研究青年毛泽东有极大的参考价值。

君行吾为发浩歌

青年时期的毛泽东潇洒自如，风华正茂，在第一师范学校仅几个月的时间就结交了蔡和森、何叔衡、张昆弟、陈昌、陈绍休等一些才华横溢的同学。但是，由于受到新文化运动的影响，毛泽东深深感到要拯救自己的国家，改造社会，做一番大事业，不能单靠个人或少数几个人奋斗，必须到广阔的社会中结交更多志同道合的朋友，大家一起共同努力。

毛泽东迫切求友之心情最后化为了实际行动。1915 年 9 月，湖南第一师范学校二年级的学生毛泽东，做了一件很特别的事情。他根据“毛泽东”三个字的繁体笔画数，用“二十八画生”的名字，在报纸刊登广告，还用蜡板油印了一份三百字的《征友启事》，在长沙一些学校张贴。《征友启事》最后两句取用了《诗经》“嘤其鸣矣，求其友声”这两句诗，通信处是“第一师范附属学校陈章甫（附小教员）转交”。《征友启事》散发到长沙各个学校后，一些头脑守旧的校长认为这个“二十八画生”是个“怪人”，不怀好意，于是他们把这些启事没收，或者将墙上的启事撕下来，不准张贴。湖南省立第一女子师范学校有一个姓马的校长，竟然认为“二十八画生”征友是为了找女同学谈恋爱。马校长按照启事上的通信地址亲自去一师附小找到了陈章甫，他又亲自到湖南第一师范，找到校长，才打听清楚，原来这个“二十八画生”，就是品学兼优的毛泽东，马校长心中疑虑尽消。他们所不知道的是，毛泽东当时的人生志愿是“立奇志、交奇友、读奇书、创奇事，做一个奇男子”。

1915年9月27日，毛泽东在写给萧子升的信中，谈到了他的热心求友之举：

仆自克之力甚薄，欲借外界以为策励，故求友之心甚热。如足下，诚能策励我者也。仆无他长处，惟守“善与人同”“取人为善”二语。故己有得，未尝敢不告于人；人有善，虽千里吾求之。前望足下上希古人，乃本心也。近以友不博则见不广，少年学问寡成，壮岁事功难立，乃发内宣，所以效嘤鸣而求友声，至今数日，应者尚寡。兹附上一纸，贵校有贤者，可为介绍。①

毛泽东在与斯诺谈话时，回忆了他在报纸上打广告求友之事及其效果：

我这时感到心情舒畅，需要结交一些亲密的同伴。有一天我就在长沙一张报纸上登了一个广告，邀请有志于爱国工作的青年和我联系。我指明要结交能刻苦耐劳、意志坚定、随时准备为国捐躯的青年。我从这个广告得到的回答一共有三个半人。一个回答来自罗章龙，他后来参加了共产党，接着又转向了。两个回答来自后来变成极端反动的青年。“半”个回答来自一个没有明白表示意见的青年，名叫李立三。李立三听了我说的话之后，没有提出任何具体建议就走了。我们的友谊始终没有发展起来。②

尽管应者不算多，但毛泽东仍兴奋不已。1915年11月9日致黎锦熙信中，毛泽东也谈到这件事：

两年以来，求友之心甚炽，夏假后，乃作一启事，张之各校。应者亦

---

① 《致萧子升信》，引自《毛泽东早期文稿》，中共中央文献研究室、中共湖南省委编辑组编，湖南出版社1990年7月第1版，第28页。

② 《西行漫记》，埃德加·斯诺著，生活·读书·新知三联书店1979年12月第1版，第122—123页。

五六人。近日心事稍快唯此尔。①

第一个响应毛泽东的人，是当时在长沙长郡联立中学读书的罗章龙。罗章龙，湖南省浏阳县人，1896年8月出生在一个工人家庭，他给自己起了一个气概不凡的名字，叫“纵宇一郎”。他幼年就读于浏阳广学书塾，毕业后考入县城南台高小。南小是当时浏阳进步师生集中的地方，校长刘人熙原是爱国志士谭嗣同、唐才常的老师，他对谭、唐在湖南开展维新变法很是赞赏和支持。罗章龙在这里受到了一些维新思想的教育和影响。1912年夏，罗章龙升入长沙长郡中学。当时长郡中学虽也有不少管束学生的陈规戒律，但辛亥革命给这里带来的生机正在萌发，校园里不时有新的气息扑面。罗章龙爱社交，热心浏阳学友会的活动，结识了不少朋友，因而也渐渐地被很多老师和同学所熟悉。

罗章龙在《椿园载记》回忆说，他到第一中学访友，见到墙上贴有这份“启事”：

启事是用八裁湘纸油印的，古典文体，书法挺秀。引句为《诗经》语：“愿莺鸣以求友，敢步将伯之声。”内容为求志同道合的朋友，其文情真挚，辞复典丽可诵，看后颇为感动。返校后，我立即作一书应之，署名纵宇一郎。逾三日而复书至，略云：接大示，空谷足音，跫然色喜，愿趋前晤教云云。旋双方订于次星期日至定王台湖南省立图书馆见面。

我们就坐在一条长石上，直谈到图书馆中午休息时止，足约二三小时始别。谈话内容涉及很广，包括国内外政治、经济以至宇宙人生等。而对于治学方针与方法，新旧文学与史学的评价等，谈论尤多。谈到音乐改革问题，主张以曲韵代诗韵，以新的文学艺术代替“高文典册”与宫廷文学。在旧文学著作中，我们对于离骚颇感兴趣，曾主张对离骚赋予新评价。关于治学问题，润之认为，对于宇宙，对于人生，对于国家，对于教育，均属茫然！因此主张在学问方面用全副力量向宇宙、国家、社会作穷源竟委的探讨，研究有得，便可解释一切。关于生活方面所涉及较少。临别，润之表示“愿结管鲍之谊”，并嘱以后常见面。②

---

① 《致黎锦熙信》，引自《毛泽东早期文稿》，中共中央文献研究室、中共湖南省委编辑组编，湖南出版社1990年7月第1版，第31页。

② 《椿园载记》，罗章龙著，生活·读书·新知三联书店1984年版，第1—4页。

"二十八画生"和"纵宇一郎"在湖南省图书馆见面后，兴奋不已的罗章龙当天晚上写了一首诗：

定王台晤二十八画生

白日东城路，嫏嬛丽且清。
风尘交北海，空谷见庄生。
策喜长沙赋，骚怀楚屈平。
风流期共赏，同证此时情。

"长沙赋"说的是汉代贾谊在当长沙王太傅时写的《治安策》，楚屈平就是创作出《离骚》这部千古绝唱的屈原。两个青年学生，以风流自期，所谈不是屈原，就是贾谊，好一派书生意气。

之后，罗章龙与毛泽东过从甚密，每当黄昏来临，二人就相会于天心阁。他们一边散步，一边讨论救国救民、改造社会的方法和思想。周末时，常漫步市郊各名胜处，也到板仓杨寓晤谈。两人都能诗，有过唱和，留下了许多吟诗论政的佳话。

罗章龙的《亢斋汗漫游诗话（三）》中载有他和毛泽东云麓宫踏雪联韵的回忆。1915 年冬的一天，毛泽东冒雪邀罗章龙游岳麓山，罗章龙欣然答应。两个人冒着严寒来到朱张渡。他们走进一个茶亭，谈话间议论起朱熹和张栻在湖南留下的思想和影响。最后，两个人一起来到云麓宫的最高处，傍晚下山时路过赫曦台，见到了朱熹和张栻的联句：

泛舟长沙渚，振策湘山岑。
烟云渺变化，宇宙穷高深。
怀古壮士志，忧时君子心。
寄言尘中客，莽苍谁能寻？

在返回的路上，两人又重新乘舟渡湘江。感慨之下，他们模仿起朱熹和张栻，联句共成一首五律：

共泛朱张渡，层冰涨橘汀。

鸟啼枫径寂，木落翠微冥。
攀险呼俦侣，盘空识健翎。
赫曦联韵在，千载德犹馨。

由于年代久远，罗章龙的回忆没有明确交代这首作品的具体创作情况，所以很难判断每一个句子的作者，但两位诗人的英姿勃发和豪气冲天却跃然纸上。

1918 年 4 月，毛泽东发起创建新民学会，罗章龙是新民学会的最早成员之一。为寻求救国救民的真理，罗章龙决定赴日本留学。他还特意给自己取了一个颇具日本味道的名字："纵宇一郎"。毛泽东和新民学会的其他成员，在长沙城外的平浪宫会餐，为罗饯行。大家情绪很高，不少人赋诗惜别。分别时，毛泽东又到码头送行，当面交给罗一个信封，说内有一首诗相赠，还说花了几个夜晚才改定脱稿。罗到上海后，正值五月七日"国耻日"，日本警察侮辱殴打中国爱国学生，迫使他们回国。罗因此没有去日本。毛泽东的赠诗，就是后来罗章龙在《回忆新民学会（由湖南到北京）》一文中提到的《七古·送纵宇一郎东行》：

七古·送纵宇一郎东行

云开衡岳积阴止，天马凤凰春树里。
年少峥嵘屈贾才，山川奇气曾钟此。
君行吾为发浩歌，鲲鹏击浪从兹始。
洞庭湘水涨连天，艨艟巨舰直东指。
无端散出一天愁，幸被东风吹万里。
丈夫何事足萦怀，要将宇宙看稊米。
沧海横流安足虑，世事纷纭从君理。
管却自家身与心，胸中日月常新美。
名世于今五百年，诸公碌碌皆余子。
平浪宫前友谊多，崇明对马衣带水。
东瀛濯剑有书还，我返自崖君去矣。

"嘉会寄诗以亲，离群托诗以怨。"（钟嵘《诗品·序》），作为人类生命历程中共有的情感体验，别离是古今诗词歌咏的一个重要主题。就中国而言，送别诗自《诗经》中的《邶风·燕燕》便已初具雏形，其后的佳作不胜枚举。这些诗歌有的着眼于写离别的感伤和对远行人前途的关切，如柳永《雨霖铃》、王维《送元二使安西》等；有的则借送别剖示心怀，吐胸中块垒，如李白《宣州谢朓楼饯别校书叔云》、柳宗元《别舍弟宗一》等；还有一些诗歌，主要抒发诗人远大抱负和对远行人的激励劝勉，如王勃《送杜少府之任蜀州》。毛泽东《七古·送纵宇一郎东行》，即属于励志送别诗。

这首七言古诗通过对送朋友东去日本求学的叙写，真挚地表现了惜别之情和做一番事业的祝愿。洗尽一般送别诗的悲酸之态，充满豁达乐观、积极向上的情感。意境开阔，音调爽朗。全诗的内容可以分成四个层次来赏读。

第一层为开头四句，点明送行的时间、地点、气候及地理环境。“云开衡岳积阴止，天马凤凰春树里”，衡岳云开，积阴截止。这一“开”一“止”，使人既想到“积阴”时的沉郁，又得到“云开”日出时的兴奋。“天马凤凰”，指岳麓山东南、湘江之西的天马峰、凤凰峰。天马凤凰，既是山名，又赋予山形峰影在“春树里”昂首腾空、展翅欲飞之势。先点出天气由阴变晴，天公作美，出行很吉利。然后通过“春树”点出送行的时间。

“年少峥嵘屈贾才，山川奇气曾钟此”，岳麓山书院门联云：“惟楚有才；于斯为盛。”在湖南长沙这个钟灵毓秀之地，古代的伟大爱国诗人屈原和年轻而才能非凡的贾谊曾来到这里。如今这里又聚集了一批忧国忧民、胸怀天下、意气风发、才华横溢的时代精英。今日我新民学会诸君，亦当不负湘楚之秀，争当卓尔超群人物。诗篇起首不凡，它洗尽一般送别诗的悲凄之态，充满乐观、豪壮之气，如登高临深，有俯视一切的气概。虽未涉及送别主题，但已蕴足送别之情，为下文做好铺垫。

第二层为接下来的六句，是送别赠行之语，想象着友人乘风东行的情景，寄托了作者的殷切期望，同时表现了诗人的壮阔胸怀。“君行吾为发浩歌，鲲鹏击浪从兹始”，您要远去日本，我唱着雄壮的歌子为你送行，颇有“李白乘舟将欲行，忽闻岸上踏歌声”之意。《庄子·逍遥游》说，鲲鱼所化的大鹏鸟，从北溟飞到南溟时，“水击三千里，抟扶摇而上者九万里”。作者没有缠绵悱恻，凄苦悲愤，而是语挚情深激励远行者像鲲鹏展翅，乘风破浪。

“洞庭湘水涨连天，艨艟巨舰直东指”，洞庭湖和湘江涨起了与天相连的大水，你乘船由湘江进入洞庭，再驶入长江，然后乘巨轮一直往东航去。远行的航程风急浪高，困难很多，没有“鲲鹏击水”的气魄和“直东指”的决心，是很难成就一种伟业的。

“无端散出一天愁，幸被东风吹万里”，不知怎的，你散发出一天愁云，幸亏已被友谊的春风吹得无影无踪。新民学会决定派罗章龙赴日本留学。罗章龙很乐意去，但因为家境贫寒，又不好意思对大家说，只私下和毛泽东谈了谈。毛泽东说，这不是你个人的事，有困难大家想办法。经过共同筹措，决定动身时，他们一起去拜访曾到过日本的一个老同盟会员周频卿。周说日本搞革命的人很多，他去那里深受影响。周是湖南派去炸袁世凯的几个人当中的一个，只是由于他们投弹技术不熟练，没有得手。毛泽东听了这些很受感动。毛泽东对罗章龙说，相信前面会有困难，但如果有充分准备会好一些。

第三层从“丈夫何事足萦怀”到“诸公碌碌皆余子”八句，为全诗的主要内容，纵论世界形势、身心锻炼和对革命事业的信念，抒发豪情壮志，是对友人的勉励，也表达自己坦荡而博大的情怀。“丈夫何事足萦怀，要将宇宙看稊米”，“稊米”，稊，草名，结的子如小米。《庄子·秋水》：“中国之在海内，不似稊米之在太仓乎?”男子汉大丈夫有什么事值得牵挂于心，要把宇宙之大看成像稊米那么渺小。诗人勉励友人要胸怀宽广，无所牵挂，安心出国留学。

“沧海横流安足虑，世事纷纭从君理”，沧海横流哪值得顾虑，世事纷乱，我们一起应对。“管却自家身与心，胸中日月常新美”，要管住自己的身体和心灵，胸中像怀着日月那样，经常保持清新和美丽。《礼记·大学》云：“古之欲明明德于天下者，先治其国；欲治其国者，先齐其家；欲齐其家者，先修其身；欲修其身者，先正其心……”

“名世于今五百年，诸公碌碌皆余子”，著名的人物五百年出现一次，现在正好是五百年了，那些当权的人物都是平庸无能的凡夫俗子，表明毛泽东敢于藐视权贵，“粪土当年万户侯”。《孟子·公孙丑下》：“五百年必有王者兴，其间必有名世者。”诗人借用孟子的话，说明当今正是需要也是产生主宰人间沉浮国家兴亡的风云人物的时代，勉励友人共同担负起改造中国与世界的重任。

第四层为最后四句，写送别的情景，以豪笔写柔情，“平浪宫前友谊多，崇明对马衣带水”，平浪宫的饯行会上高朋满座，情谊浓浓。崇明，岛名，在长江入海口；对马，日本岛名。中日之间一衣带水隔不断同志间的友情，同道者的心是连在一起的，这正是“海内存知己，天涯若比邻”。“东瀛濯剑有书还，我返自崖君去矣”，诗人希望友人到日本后能写信回来通报情况。《庄子·山木》中说：“送君者皆自崖而反，君自此远矣。”把你送走之后，我就要返回了。我送到岸边就返回了，我们从此就要远别。

这首诗表面看是送别诗，实际上则是送别与直抒胸臆相结合。读这首诗令人感到在山川奇气所钟的湘楚之地，有一群生气勃勃、壮志凌云的热血青年。他们胸怀宽广，关心天下大事，努力砥砺自己的品行，勇于承担历史责任，这不正是新民学会英雄集体的群像吗？诗人立足高，取境深，挺拔纵横，时空观极为强烈。将叙事、写景、抒情、说理融为一体，既避免了空泛的抒情，又超越了抽象的说理，情中见理，理中寓情，起伏跌宕，富于变化。这首诗是毛泽东诗词中仅见的一首完整的七言古诗，全篇一韵到底，一气呵成，雄奇奔放，雄浑之中又潇洒，奔放之中见真情。

这首诗多处成功地运用了典故，广泛取自《庄子》《孟子》《礼记》《南史》等。作者在驰骋想象时，把一些典故信手拈来，融入其中，集思古、议今、用典、言志于一体，从而构成一个寄情壮彩的艺术世界。他用典又不泥于典，而是古为今用，推陈出新。用典灵活巧妙，自然贴切，不露痕迹，含蓄洗练，出神入化，启人遐想，从而增强了语言的艺术表现力和感染力。

罗章龙没有去成日本，却因此得到了一首流传千古的佳作。在临别之际，毛泽东和罗章龙站在一起，望着遥远的山峦，毛泽东还深情地为罗章龙留下了一首四言短句：

若金发砺，
若陶在钧，
进德修业，
光辉日新！①

---

① 《毛泽东的诗词人生》，龙剑宇、胡国强著，中央文献出版社 2003 年 1 月第 1 版，第 82—83 页。

1918年，毛泽东在湖南一师毕业后，与蔡和森等新民学会会员一起，致力于赴法勤工俭学的组织工作。8月15日，毛泽东率李维汉、周世钊等二十余人离开长沙赴北京。由于罗章龙没有去成日本，因此他也一同前往。时值秋汛，火车抵达河南郾城县的漯河车站时，碰上沙河水涨，铁路被冲断，无法继续前进。罗章龙在《回忆新民学会》中说："我们在漯河车站宿了一夜。第二天，毛润之、我、陈绍休（赞周）坐临时车子到了许昌，在那里停留一两天。润之对许昌很感兴趣。许昌是三国的魏都，但旧城已荒凉。他建议去看看，我们就向当地一些农民了解了魏都的情况，知道魏都在郊外，乃步行前往凭吊魏都旧墟，并作诗纪行。"① 抚今追昔，萧条异代，慷慨激昂，不能自已，毛泽东和罗章龙不禁发出思古之幽情，联成七绝一首：

魏都怀古

横槊赋诗意气扬，（罗）
自明本志好文章。（毛）
萧条异代西畴墓，（毛）
铜雀荒伧落夕阳。（罗）

"横槊赋诗"，是说汉建安十二年十月，曹操率大军攻吴，号称八十万众，且拥有巨舰千艘。苏轼在《前赤壁赋》中形容道："方其破荆州，下江陵，顺流而东也，舳舻千里，旌旗蔽空，酾酒临江，横槊赋诗，固一世之雄也。""自明本志"，指曹操于建安十五年十二月下发的《让县自明本志令》。当时汉献帝加封他阳夏、柘等三县两万户。他上表退回三个封县，并下了一道文笔苍劲、气势雄伟的首令，以表其态："江湖未静，不可让位。至于邑土，可得而辞。"他下这道首令的目的，是减少别人的谤议。毛泽东的联句直接称曹操的《让县自明本志令》是"好文章"。对于这位叱咤风云的一代枭雄曹操，苏轼曾在《前赤壁赋》中发问："而今安在哉？"对于这个问题，毛泽东的回答是"萧条异代西畴墓"，"西畴墓"指曹操墓，如今已成荒冢。因而罗章龙说"铜雀荒伧落夕阳"，曹操于建安

① 转引自《毛泽东诗词全集赏读》，麓山子编著，太白文艺出版社2007年10月第1版，第50页。

十五年冬修筑的铜雀台，如今在夕阳中更显得分外荒凉。苏轼在《前赤壁赋》中慨叹："哀吾生之须臾，羡长江之无穷。"毛泽东和罗章龙这两位凭吊魏都的青年学子，思接千载，纵贯古今，此时已与苏轼产生了心灵上的共鸣。

1918年，罗章龙考入北京大学，成为北大学生会成员，参与组织北京大学马克思学说研究会。在五四运动中他冲锋在前，翻墙闯入曹汝霖的赵家楼。1920年5月，他在与李大钊、张国焘等会见共产国际代表后，成立共产主义小组，成为中共最早的党员之一。1920年11月，中国共产党北京支部成立。罗章龙是该支部三名负责人之一，主要负责宣传。

毛泽东回到长沙后，罗章龙经常与他通信，纵论天下大事。1920年11月25日，毛泽东在给罗章龙的一封信中认为：在中国要取得革命的胜利，"固然要有一班刻苦励志的人，尤其要有一种为大家共同信守的'主义'，没有主义，是造不成空气的"。"主义譬如一面旗子，旗子立起了，大家才有所指望，才知所趋赴，兄以为何如？"① 当月底，毛泽东把湖南新民学会会员之间的往来通信编辑成两册印制出版，其中有多封是他与罗章龙的来往信件。

1921年7月中国共产党召开第一次代表大会时，全国仅有53名党员，罗章龙名列其中。这一时期，罗章龙主办了《劳动者周刊》，并经常到长辛店工人补习学校为工人上课。他是中国早期劳工运动的领导，参与组织北方地区的工会，1921年11月他领导陇海铁路大罢工取得胜利。1922年秋，他参与领导开滦五矿罢工取得胜利，也是1923年"二·七"大罢工的主要领导人之一。至中共"六大"，罗章龙一直是中央领导人，曾与陈独秀、毛泽东等共同主持中共中央的工作。1927年4月，党的"五大"在武汉召开，毛泽东和罗章龙一同出席了会议，并再次当选为中央委员。6月，党中央决定组建新的湖南省委，派毛泽东为书记，罗章龙等为委员，他们又一同回到了湘水边。八七会议之后，毛泽东领导发动秋收起义，罗章龙留在长沙，参加了以易礼容为书记的省委行动委员会，亦为起义做了大量工作。毛泽东率秋收起义部队上了井冈山后，罗章龙一直在白区工作，从此两人就没有再谋面了。

---

① 《致罗璈阶信》，引自《毛泽东早期文稿》，中共中央文献研究室、中共湖南省委编辑组编，湖南出版社1990年7月第1版，第554页。

1930年中共六届四中全会上，共产国际代表米夫确立了王明的中共中央领导地位。为反对危害中国革命的米夫、王明篡权，三十余名中共中央委员发起成立了“中共中央非常委员会”，罗章龙被选为书记。“非委”发表了拒绝承认中共六届四中全会合法性的声明、《告全党同志书》和《致共产国际信》。罗章龙等因此被开除中共党籍。

罗章龙退出政治舞台后，从1934年开始先后在河南大学、西北大学、华西大学、湖南大学、湖北大学等校任教。1978年，他调任中国革命博物馆顾问，并连任第五、六、七、八届全国政协委员。此时他虽然已届耄耋之年，仍笔耕不辍，出版了回忆录《椿园载记》等著作，先后发表了《回忆新民学会》《国际代表马林》《中国劳动组合书记部北方分部》《陇海路大罢工》《第一次国共合作的风雨历程》等一批弥足珍贵的文章，为抢救和收集整理党的历史资料工作做出了巨大努力。1995年2月3日，罗章龙因病医治无效在北京逝世，享年99岁。他的骨灰安放在八宝山革命公墓。

借书应对成知己

在毛泽东的诸多学友中，萧三是颇为特殊的一位。一来毛泽东和萧三两兄弟都是过往甚密的学友，二来萧三是毛泽东学友中以亲近者身份直接为毛泽东立传的人。

萧三，1896年10月10日生，湖南省湘乡县萧家冲人，号子璋，又名萧植蕃。他是毛泽东游学伴侣萧子升的弟弟。萧三自幼聪颖好学，不满4岁就入私塾学习。1907年，他念完8年私塾后，与二兄萧子升一同考入了父亲萧岳英任教的湘乡县东山高等小学堂。两年后的秋天，毛泽东从韶山也考入该校读书。那年萧三仅13岁，而毛泽东则已16岁。

萧三的家庭较为富裕，又是本籍人，他虽然与毛泽东有些来往，但对毛泽东不甚了解，因此也和其他同学一样，不是很瞧得起毛泽东这位外乡来的“乡巴佬”。

有一次，毛泽东得知萧三有一本专写华盛顿、林肯、拿破仑、彼得大帝等世界名人的《世界英雄豪杰传》，想向他借来一阅。萧三没有直接答应，而是说：“我的书有三种人不能借：无真才实学者不借；庸庸小人者不借；我出联而不能答者不借。”毛泽东微微一笑说：“小弟不敢自命才高博学，但阅书心切，请仁兄出一联如何？”萧三见毛泽东这么心切，便说出一联：

目旁是贵，瞶目不会识贵人。

这是对联中的析字对，从平仄上来判断，萧三的出对是下联。毛泽东听过之后，略一沉吟，从容地应对出上联：

门内有才，闭门岂能纳才子？

毛泽东的对句对得极妙，在技巧方面与出对完全呼应，而内容则远优于出句，尤其是出句的前半部分，明显有牵强附会之嫌，而且立意不高。对句却技高一筹，不仅语出自然，毫无斧凿之痕，而且立意高雅。此情此景，还有一定的针对性，对萧三借书设卡进行了很有分寸的责怪。萧三听罢，既佩服毛泽东的才思敏捷，又为自己的言行而羞愧，他满脸通红地说：“请恕小弟无礼，贤兄大才，愿为知己，地久天长！”说完，立即拿出《世界英雄豪杰传》，双手捧给毛泽东。毛泽东双手接过书，连声道谢，二人握手大笑。

1936 年，毛泽东在与斯诺回忆起在湘乡东山高等小学堂读书的往事时说：

我以前没有见过这么多孩子聚在一起。他们大多数是地主子弟，穿着讲究；很少农民供得起子弟上这样的学堂。我的穿着比别人都寒酸。我只有一套像样的短衫裤。学生是不穿大褂的，只有教员才穿，而“洋服”只有洋鬼子才穿。我平常总是穿一身破旧的衫裤，许多阔学生因此看不起我。可是在他们当中我也有朋友，特别有两个是我的好同志。其中一个现在是作家，住在苏联。

人家不喜欢我也因为我不是湘乡人。在这个学堂，是不是湘乡本地人是非常重要的，而且还要看是湘乡哪一乡来的。湘乡有上、中、下三里，而上下两里，纯粹出于地域观念而殴斗不休，彼此势不两立。我在这场斗争中采取中立的态度，因为我根本不是本地人。结果三派都看不起我。我精神上感到很压抑。[1]

毛泽东所提到的那位后来住在苏联的作家就是萧三。自从毛泽东借书应对之后，他们两人成为知心朋友，经常在一起散步、游玩，交谈学习心得，评论诗文，畅谈天下时事，结下了深厚的同窗之谊。

那本《世界英雄豪杰传》令毛泽东爱不释手，他看得十分仔细，在书上圈圈点点，写了许多评语。还书时，他向萧三抱歉地说："很对不起，把你的书弄脏了！"萧三接过书，打开一看，里面圈画得密密麻麻，空白处也写满了评语。萧三感叹道："润之兄，但愿将来能望君之项背。"毛泽东慷慨激昂地说："我们中国也要有这样的人物，我们应该研究富国强兵之道，才不致蹈越南、朝鲜、印度的覆辙。中国积弱不振，要使他富强起来需要很长的时间。但是，时间长不要紧。你看，华盛顿不是经过八年的艰苦战争之后，终于取得了胜利，建立了美国吗？我们也要准备长期奋斗！"不久，毛泽东给自己取了一个名字，叫"子任"，意思是要以天下为己任。这就是早年毛泽东刻苦学习的不竭动力。

1911年春，毛泽东离开东山学校，转入湘乡驻省中学读书。1913年考入湖南第四师范，1914年春四师并入一师，毛泽东被编入一师预科三班，后编入本科八班。不久，萧三也从湘乡来一师读书，两个老同学又在一起了。

毛泽东勤奋好学，常常向别人虚心求教。凡属长沙城内比较有学问的人，或有时外面来的知名学者，他们总是结伴前去讨教。1917年春，曾经帮助和支持过辛亥革命的日本友人宫崎寅藏（又名白浪滔天）来到长沙，参加黄兴墓改葬的葬礼。毛泽东和萧三得知后，非常高兴，由毛泽东执笔，两人联名给这位日本知名人士写了一封信，高度赞扬他对中国人民的友谊，表达"愿一望见"的强烈愿望：

白浪滔天先生阁下：

久钦高谊，觌面无缘，远道闻风，令人兴起。先生之于黄公，生以精神助之，死以涕泪吊之，今将葬矣，波涛万里，又复临穴送棺。高谊贯于

---

① 《西行漫记》，埃德加·斯诺著，生活·读书·新知三联书店1979年12月第1版，第112—113页。

日月，精诚动乎鬼神，此天下所希闻，古今所未有也。植蕃、泽东，湘之学生，尝读诗书，颇立志气。今者愿一望见丰采，聆取宏教。惟先生实赐容接，幸甚，幸甚！

湖南省立第一师范学校学生　　萧植蕃　　毛泽东上

1918 年春，毛泽东、蔡和森、萧子升、萧三等在长沙创建新民学会。1919 年 7 月，毛泽东在长沙创办了《湘江评论》，萧三为该刊撰稿，发表自己的激进观点。萧三公开发表的第一首白话散文诗《节孝坊》就发表在创刊号上。

1919 年，萧三参加了五四运动。1920 年，他从一师毕业，赴法勤工俭学。1922 年，他经胡志明介绍加入法国共产党，同年转入中国共产党。1923 年暑假，萧三与陈乔年一道把《国际歌》翻译成中文。1924 年 1 月，萧三与任弼时等代表中共莫斯科支部参加了列宁的葬礼及护灵活动。回国后，萧三曾任共青团湖南区委书记、中共湖南区委委员、共青团北方区书记、共青团中央组织部长和代理书记等职。1930 年，他在苏联出席了国际革命作家会议，并主编该会刊物《世界革命文学》的中文版。1934 年，他出席了苏联作家第一次代表会议，会见了高尔基，经中共党组批准，参加过苏联共产党，连任过两届苏联作家协会党委委员。同年，38 岁的萧三与苏联姑娘叶华结了婚。在苏联期间，他通过文艺作品向全世界介绍了中国工农红军、中国土地革命以及毛泽东等领袖人物。

1939 年春，萧三经共产国际的批准，从莫斯科秘密回到延安。当天晚上，毛泽东设宴款待老友萧三。他们侃侃而谈，古今中外，欢声笑语，热闹非凡。

1939 年 5 月 5 日傍晚，毛泽东到"鲁艺"看望萧三。他跨进鲁艺的大门，边走边笑着对迎来的萧三说："特来专程拜谒。"谈话中，萧三说自己在国外搞文学是"卖独行市"，在那边的中国人只有他一人搞文学。他还说自己写东西很迟缓，难下笔千言。毛泽东莞尔一笑："下笔千言的，有时离题万里。"

萧三在苏联时，为了向苏联人民介绍中国人民的伟大导师毛泽东，他曾撰写了《毛泽东传略》，如今来到了毛泽东身边，条件更便利了。于是又萌发了写毛泽东传的念头。他说："我在苏联写过你的传记，想再继续增补、修改。假如主席不反对'翻古'（谈故事），请在方便时详细谈谈。”毛泽东微笑了一下说：“无事时‘翻翻古’也有趣味哩。我可以在政治上帮你。”他抽了一口烟，若有所思地接着说，“不过你要研究些历史事实写出一部小说来，拿一个人作引线，那是很有味的。不过斯诺花了我四个夜晚，以后我再不愿意谈自己的什么了”。毛泽东最后还是答应待他休息时，可以和萧三谈谈。写毛泽东的传记这个历史性的话题就这样被提出了。

从这以后，为写好毛泽东传，萧三经常到毛泽东住处征求意见，核对事实。毛泽东也很配合，每当散步时，都让警卫员叫上萧三一起散步，趁闲聊的时候，回忆一下过去的时光，也回答萧三提出的一些问题。与毛泽东无拘无束的交谈，使萧三获取了许多关于毛泽东的重要史料。萧三还向毛泽东提出想要一匹马用以出去采访，毛泽东便将自己的马借了给他。

萧三原拟将他在苏联发表的俄文版《毛泽东传略》加以修改补充，写出一部较完整的毛泽东传。后来，任弼时、胡乔木考虑会跟党史混合起来，便建议萧三先发表《毛泽东同志的青少年时代》。1941 年 2 月初完稿后，萧三曾将稿子寄给胡乔木，并致信说：“删减很难，可否作两次刊载。”

1943 年秋，任弼时郑重地嘱咐萧三：“写一本《毛主席传》，以庆祝他的 50 大寿。”胡乔木也极力赞成此事。萧三为此拜访了许多了解毛泽东情况的老同志和在毛泽东身边工作过的同志，“或作长谈，或作短叙，或连续多次，或仅片言只语”，他们提供了大量珍贵的历史资料。毛泽东却坚决不肯做寿，那本传记也未能如期出版。

最初发表的是《毛泽东同志的初期革命活动》，刊登在 1944 年 7 月 1 日和 2 日的《解放日报》上。一经发表，便受到读者的热烈欢迎。可是，毛泽东却几次让萧三停止写他个人，要求他多写群众。萧三分辩说：“我这是自己补课，并且写你和写党的斗争，二者密不可分，有重大教育意义。”毛泽东便不作声了。

1945 年在延安枣园春节联欢午餐之前，朱德向毛泽东提议，让当时在延安学习的许多高级将领、干部写出各个解放区的缘起、略史，毛泽东极为赞成，这时在一旁的萧三插话说：“那就好了！省得我一个人跳来跳去。”毛泽东听了，当即转过身来，盯着萧三说道：“那你还是有心人喏！”停了一会儿又说：“那你就搞下去吧！”

1945 年 2 月 22 日，毛泽东看了萧三采写的有关他的传记文章《第一步》后，感到很满意，给萧三写了一封信：“你的《第一步》，写得很好。

你的态度，大不同于初到延安那几年了，文章诚实、恳切，生动有力。当然，从前你的文章也是好的，但是现在更好了，我读这些文章，很得益处。”①

从此，萧三便以中共内部研究毛泽东生平第一位专家的身份出现在新闻出版界。1946 年张家口出版的《北方文化》月刊第一号上发表了萧三写的《毛泽东同志传略》。后来延安新华书店出版了许之桢编的《毛泽东印象记》，也把萧三写的《毛泽东同志传略》作为第一篇收入。1946 年 7 月 1 日，张家口《晋察冀日报》刊发了萧三写的《大革命时代的毛泽东同志》。1946 年、1947 年华北解放区出版的《时代青年》发表了萧三写的《毛泽东同志的儿童时代》《毛泽东同志的青年时代》。1949 年春，萧三把这两篇文章合写成《毛泽东同志的青少年时代》，经当时中宣部部长陆定一同志审查批准，是年 8 月由北京人民出版社出版发行。那个时候远没有那么多个人迷信，没有那么多禁忌，诗人还能自由地写作，因此这部天然无雕饰的作品，成了诗人的名作，具有很高的文学价值和历史文献价值。由于这是中共方面写出的第一本毛泽东传记，又是官方正式出版，立即在国内外产生了巨大影响，很快有英、德、日、法、印地、捷克、匈牙利等文的译本。1954 年萧三进一步编写出《毛泽东同志青少年时代和初期革命活动》一书，由中国青年出版社出版。可惜，该书当时因故未能普遍发行。

萧三在苏联期间，以“埃米·萧”的名字写下了不少反映中国人民革命斗争的诗歌，出版了《埃米·萧诗集》《拥护苏维埃中国》《湘笛集》等诗集，许多作品先后被译成俄、英、德、法、西、保等世界多种文字，在国际上产生了广泛的影响。到了延安以后，萧三经常有新诗问世，毛泽东总是认真阅读，有时也提出一些修改建议。萧三曾经将自己在苏联写的诗稿送给毛泽东，毛泽东略读之后，说萧三的《梅花》一诗写得好。萧三的《梅花》是这样写的：

过年时节看梅花，折下一枝带回家。
梅花插在花瓶里，不怕冰雪再冻它。
热酒一壶客满座，对梅痛饮作诗歌。
梅花心里暗满足，冷笑姊妹无幸福。

---

① 《致萧三》，引自《毛泽东书信选集》，中央文献出版社 2003 年 11 月第 1 版，第 234 页。

春天过后雪尽消，颗颗青梅挂树梢。
回头来看花瓶里，那枝梅花全枯了。

1939年6月17日，毛泽东寄还萧三的手抄诗本时，附一信，信中说："大作看了，感觉在战斗，现在需要战斗的作品，现在的生活也全部是战斗，盼望你更多作些。"①

1938年8月7日，延安战歌社的柯仲平、林山等和西北战地服务团战地社的田间、邵子南等联合发表《街头诗歌运动宣言》，在延安发动兴起了街头诗歌运动。所谓街头诗，就是抄写在村庄的门楼、墙壁、树干上或印成传单散发的通俗的群众性的政治鼓动诗，也叫墙头诗或诗传单。当时延安的大街小巷都留下了诗人们的笔迹，《新中华报》专门刊登了"街头诗选"。街头诗多以抗战为内容，短小精悍、战斗性强，对宣传鼓舞群众的斗志发挥了很大作用。萧三到延安后，积极投身于延安的街头诗运动，并组成"延安诗社"，出版了《新诗歌》。1941年初，萧三因几首诗未能在报纸上发表，于是给毛泽东写了一封信，并将诗歌附上。1月29日毛泽东给萧三写了一封信，信中说，"诗读过了，很有意思。报纸既不登，就在街头发表好了。有暇望来谈"。可见毛泽东是热情支持街头诗运动的。

1945年8月28日，毛泽东飞赴重庆与蒋介石谈判，萧三前往机场送行。他深深敬佩毛泽东为了民族大义，不顾个人安危，深入虎穴的大无畏精神和革命家的气魄，写下了激情奔放的《送毛主席飞重庆》：

毛主席坐车一进飞机场，千百个人立即大鼓掌。千百双眼睛从此都目不转睛，一直送他到飞机上。

毛主席站在飞机的门口，慈祥地望着众人一挥手。众人鼓掌然后手齐飞，场中顿时长出千株柳。

人民感谢他救民于水火的精诚，人民信任他的大智、大勇、大仁。人民衷心地祝福他康健，人民用自己的力量维护他的安全。

毛主席飞去了，脸上含着几分忧色。他一贯忧国忧民，今天更加显得深刻。

---

① 《致萧三》，引自《毛泽东书信选集》，中央文献出版社2003年11月第1版，第139页。

毛泽东和萧三是小学同窗，师范学校又是同学，他们一起创建新民学会，一道在北京投身新文化运动，后来又在延安共事，中华人民共和国建立后又保持了二十多年的友谊。1949 年至 1966 年这十余年间，萧三多次受到毛泽东的亲切接见。“文化大革命”中，萧三遭到林彪、江青、康生一伙的诬陷和迫害，被关押了七年。粉碎“四人帮”后，他恢复自由，此时他已 80 高龄，仍然顽强地工作。他重新握笔，再次修改了 1954 年写出的《毛泽东同志青少年时代和初期革命活动》一书，表达对毛泽东的怀念之情。1980 年，该书由中国青年出版社再次出版。1983 年 2 月 4 日，萧三在北京逝世，享年 87 岁。

知音知心恒久远

从现存文献考证，毛泽东交往最多、通信最多、唱和最多的老同学是周世钊。两人既是经常作诗填词应对唱和的诗友，又是相处融洽无话不谈的知己。这位曾被毛泽东称为“贤者与能者可以兼的人”，与毛泽东有着许多共同的观点、思想和经历，但是他也从不掩饰自己与毛泽东的不同观点与思想，是毛泽东的同学、诤友、畏友。透过毛泽东寄给他的几十封书信以及周世钊的部分遗稿，我们能更加真实地感知到毛泽东的伟人气魄。体会到那种同学、朋友、同志之间的拳拳情谊。

周世钊，1897 年 3 月 12 日生，字惇元，别号敦元、东园，湖南省宁乡县人，九岁入学。1913 年春考入湖南省立第四师范，后并入湖南省立第一师范，1918 年秋毕业，与毛泽东同窗五载，情谊甚笃。

当年在一师求学，毛泽东有远大抱负，治学严谨，学识广博，注意积极储才；同时他又重视体育，有非凡的胆识与才干，被师生称为“伟器”“智囊”。而周世钊也有炽热的学习精神，有深厚的文学素养，好老庄哲学，诗词上颇具造诣。他为人敦厚诚恳，谦和礼让，亦深得师生器重与爱戴。毛泽东这时与周世钊既是同桌又是诗友。毛泽东在校时，赠给周世钊的诗竟有 50 首之多，可惜后来都失传了。现在记得起来的，只有残句“自信人生二百年，会当水击三千里”。这是毛泽东当时游泳活动的真实写照和诗词写作的生动记录。当时在一师有一个总务学友会，毛泽东任会长，周世钊任文学部部长。由于毛、周二人表现出众，在 1917 年 6 月一师开展的“人物互选”活动中，按德智体三方面六个项目的得分，毛、周同登金榜，分列第一、第二名。

1917 年冬，毛泽东、蔡和森发起成立新民学会，周世钊是第一批加入学会的基本会员。1918 年，毛泽东、周世钊从一师毕业后，毛泽东到北京、上海筹办赴法勤工俭学事宜，而周世钊则蒙王季范的介绍到长沙修业小学教国文。

1919 年 4 月 6 日，毛泽东从北京经上海回到长沙，他找到周世钊，说："北京、上海等地的学生正在因外交失败的消息引起悲痛和愤怒，正酝酿开展爱国运动，湖南也应该搞起来。我想在这方面做些工作。"周世钊听说毛泽东还没有落实住处，便邀毛到修业小学居住，并帮他谋到了到修业小学担任历史教员的差事。在修业小学，毛泽东创办了《湘江评论》。应毛泽东之邀，周世钊担任毛创办的《湘江评论》顾问。他们还共同指导小学生合办《小学生》。1919 年春天，周世钊帮助高小二年级的学生成立图书馆，指导他们购买了一些白话书刊。

在修业小学，毛泽东和周世钊的收入微薄，生活清苦。他们的住房只隔一层木壁。长沙的冬天寒冷难熬，当时毛泽东的被子比较单薄，每到寒冷难以忍受时，他就卷着被子到周世钊床上共睡。同床共睡，他们在一师时有过，但还没有如此亲密过。这一时期，周世钊参加了毛泽东领导的长沙五四运动。40 年后的 1959 年，周世钊重游旧址时，感怀之情不禁油然而生，于是赋诗一首：

浪淘沙·访修业学校

爱雨喜重游，重上高楼。卅年前事到心头。五四风云筹策地，胜迹长留。

破碎叹金瓯，烟瘴谁收？独将大任正沉浮。要挽湘江千丈水，荡涤神州。

词句对过去的峥嵘岁月进行了回忆，并对毛泽东的远见卓识进行了高度赞扬。

1920 年 3 月 14 日，毛泽东在致周世钊的信中这样写道："接张君文亮的信，惊悉兄的母亲病故！这是人生一个痛苦之关。像吾等长日在外未能略尽奉孝之力的人，尤其发生'欲报之德，昊天罔极'之痛！这一点我和你境遇，算是一个样的!”①“欲报之德，昊天罔极”出自《诗经·小雅·蓼莪》中的第三段：

父兮生我，母兮鞠我。
拊我畜我，长我育我。
顾我复我，出入腹我。
欲报之德，昊天罔极。

两位同窗的友谊，体现了我国古书《易·乾卦》中的“同声相应，同气相求”的精神。

在1921年初新民学会召开的新年大会上，围绕以什么思想、理论为指导来救国的问题，会员之间存在分歧。毛泽东等人主张走俄国十月革命和劳农专政的道路。而周世钊与其他几个会员主张教育救国，促进社会进化。自1921年新年会议之后，毛泽东、周世钊同怀救国理想，走着不同的救国道路，但他们之间的友谊却从未中断。周世钊赴南京考入国立东南大学教育学院教育系研究教育，1922年转入该校文学院研究中国文学。1922年，毛泽东到上海参加中共“二大”，未找到会址，就专程去南京看望周世钊，劝他休学，回湘从事社会主义青年团的工作，周抱定“教育救国”的宗旨，仍然埋首学业，1925年春应徐特立聘，在湖南省立第一女子师范执教国文，翌年，返东南大学复学。

由于参加和领导革命斗争，毛泽东于1927年上了井冈山。而周世钊从东南大学毕业后，信守诺言，几十年躬行实践，从事小学、中学教育，培育了许多品学兼优的学生。两人一别就是23年。在此期间，周世钊时常挂念自己的友人，曾经冒险向延安、重庆传递书信，和毛泽东联系，信中将自己的诗稿《七律·感愤》寄给毛泽东：

人世纷纷粉墨场，独惊岁月去堂堂。
沐猴加冕终贻笑，载鬼同车亦自伤。
卅载青毡凋骏骨，九州明月系离肠。
烟尘满眼天如晦，我欲高歌学楚狂。

① 《毛泽东读古书实录》，黄丽镛编著，上海人民出版社1994年6月版，第59页。

1949年，长沙解放后，任湖南第一师范校长的周世钊，联合一些老新民学会会员和教师联名向毛泽东致贺电贺信。1949年10月15日，毛泽东亲笔给周世钊写信，表达他对周世钊常年教书育人的充分肯定。毛泽东在信中说："兄过去虽未参加革命斗争，教书就是有益于人民的。""兄为一师校长，深庆得人，可见骏骨未凋，尚有生气。倘有可能，尊著旧诗尚祈抄寄若干，多多益善。"①

中华人民共和国成立初期的一段时间里，毛泽东经常委托周世钊关心、照顾他们昔日的师长、朋友。也正是在周世钊的帮助下，毛泽东了解了当年一师老校长张干的境况，并及时给张干以很多照顾，极大地改善了张干的生活和工作状况，使他得以安度晚年。

1950年国庆前夕，毛泽东的一位亲戚回湘省亲，毛泽东嘱她邀请周世钊到北京参加国庆观礼。9月28日恰是中秋佳节，周世钊和毛的亲戚在长沙登车。中秋之夜，月光如水，桂蕊飘香，周世钊对景感怀，口吟《七律·中秋北上》：

露重香浓桂正花，中秋奉命发长沙。
歌盈江市人难静，梦醒湖乡月欲斜。
三十年前亲矩范，数千里外向京华。
鲰生垂老逢嘉庆，喜见车书共一家。

9月29日清晨，车到许昌。毛泽东的那位亲戚因为要在许昌看她的爱人，周世钊便和她一同下车。周世钊想寻曹操在许昌的遗迹，渺无可得。当时正是烟厂收购烟叶时，肩挑车送，络绎不绝，而郊区则遍地豆苗，已届黄落。周世钊又口吟《五律·过许昌》一首：

野史闻曹操，秋风过许昌。
荒城临旷野，断碣卧斜阳。
满市烟香溢，连畦豆叶长。
人民新世纪，谁识邺中王！

---

① 《致周世钊》，引自《毛泽东书信选集》，中央文献出版社2003年11月第1版，第318页。

不久，周世钊便把此诗赠给了毛泽东。

10月5日，毛泽东在丰泽园宴请周世钊，还有毛泽东青年时代的师长徐特立、谢觉哉和熊瑾玎等。毛泽东与自己的老师、同学共叙别情，开怀畅饮。临分别时，周世钊依依不舍，他给毛泽东写了一封信，回长沙后又写了一封。他见毛泽东日理万机，长期熬夜，工作辛苦，而对父老乡亲的来信几乎每信必复，有问必答，便在信中建议毛泽东多运动、多休息，一些无关决策的事可以不管，回信之类的事可让秘书代劳。另外，他还要求毛泽东为湖南省立第一师范学校书写校牌和题词。毛泽东对老朋友的关怀、建议心存感激。他专门为一师书写了校牌"第一师范"和题词"要做人民的先生，先做人民的学生"。1950年12月29日，毛泽东致信周世钊，信中说："临行一信，长沙一信，都收到，很感谢！所说各事都同意，可以做（有些事要逐步地做）。""晏睡的毛病正在改，实行了半个月，按照太阳办事，不按月亮办事了。但近日又翻过来，新年后当再改正。多休息和注意吃东西，也正在做。总之如你所论，将这看做大事，不看做小事，就有希望改正了。"①

1955年6月，毛泽东回湖南视察工作，与周世钊相聚。周世钊陪同毛泽东游览了岳麓山，登临岳麓山书院前的赫曦台。周世钊激情涌动，诗兴勃发，写下《从毛主席登岳麓山至云麓宫》一首：

滚滚江声走白沙，飘飘旗影卷红霞。
直登云麓三千丈，来看长沙百万家。
故国几年空兕虎，东风遍地绿桑麻。
南巡喜见升平乐，何用书生颂物华。

毛泽东回京后，周世钊致信毛泽东，其中附有自吟诗词多首。毛泽东接到信和诗后，于10月4日回信，信中附了一首和诗：

七律·和周世钊同志

春江浩荡暂徘徊，

---

①《致周世钊》，引自《毛泽东书信选集》，中央文献出版社2003年11月第1版，第366页。

又踏层峰望眼开。
风起绿洲吹浪去，
雨从青野上山来。
尊前谈笑人依旧，
域外鸡虫事可哀。
莫叹韶华容易逝，
卅年仍到赫曦台。

周世钊所作的诗借纪游而颂盛世，抒发随从毛泽东登高的豪情，描述长沙解放后繁荣兴旺的新景象，记述毛泽东南巡长沙，赞美革命的胜利和大好形势，歌颂毛泽东对长沙人民的关怀。而毛泽东的和诗则借纪游来抒豪情而畅叙友情。从结构上看，四联八句，对仗工整。

首联“春江浩荡暂徘徊，又踏层峰望眼开”，从游踪写起。诗人旧地重游，先畅游湘江，又健步登峰，可见游兴之浓。“春江”使人想起“春江水暖鸭先知”和“春来江水绿如蓝”。这里的“春”不是季节的纪实，而是作者的主观感受，因为游览是在六月份，而作诗是在十月份。“徘徊”显示出作者活动的从容自在，作者在江水中时而侧泳，时而仰泳，恰似安卧在微波软浪之上，乐趣无穷。“又踏层峰”与周世钊原诗中“直上云麓”相应和，但毛泽东的眼界不限于周诗所说的“长沙百万家”，而是把目光投向农村那个更为广阔的天地。

颔联“风起绿洲吹浪去，雨从青野上山来”，接着写极目远望的景色，把读者带进一个无限深远，而又十分亲切、生机勃勃、充满希望的绿色世界。“绿洲”，指湘江中的水陆洲，是一个美丽狭长的小岛。“青野”，泛指诗人眼底所收之碧绿青翠的田野，使人联想到神州大地风调雨顺，春意盎然，蒸蒸日上。

颈联“尊前谈笑人依旧，域外鸡虫事可哀”，描写友人欢聚的情景，触景生情，导入于浮想。“尊前谈笑”生动地描绘了老朋友相聚亲切融洽，畅所欲言的热烈气氛。而“域外鸡虫事可哀”，老同学叙旧不免会谈起漂泊海外的另一个老同学萧子升。他后来与毛泽东分道扬镳，孤居乌拉圭。据《毛泽东和他的父老乡亲》一书记载，中华人民共和国成立后萧子升在国外发表过一些攻击毛泽东的言论和文章，但毛泽东宽宏大量，仍念旧情。毛泽东曾嘱新民学会老同学写信要萧子升回国，遭萧子升回绝。1955

年我国一个文艺代表团到乌拉圭演出，毛泽东特意让代表团团长向萧致意，请萧回来看看，但萧拒绝会见团长。毛泽东认为国外的某些事像鸡虫得失一样渺小，纠缠这些小事的人十分可悲。

尾联“莫叹韶华容易逝，卅年仍到赫曦台”，作者在抒发人生咏叹。唐代白居易《香山居士写真》诗有“勿叹韶华子，俄成皤叟仙”之句，宋代秦观《江城子》词有“韶华不为少年留，恨悠悠，几时休?”在作者看来，不必慨叹时光无情，人生易老。这既是对友人的劝勉，也是对自己的激励。赫曦台在岳麓山顶，毛泽东青年时代经常登临岳麓山，此番是故地重游，“卅年”当属虚写，既表达对长沙的深深眷恋，也体现出作者“踏遍青山人未老”的豪壮情怀和老当益壮奋斗不息的精神。

周世钊的原诗写得有声有色有气势，是一首不可多得的佳作，但偏于写实。而毛泽东的和诗，思维更开阔活跃，意境更悠长灵动，风格也更飘逸洒脱，更为含蓄精练，耐人寻味。全诗充满了青春的气息，青春的活力，青春的豪情。这是大自然的青春之歌，是真挚动人的友谊之歌，也是永葆青春的人生之歌。

毛泽东对诗词唱和是颇为积极热情的，比较讲究有来有往，每有赠诗都要酬答。但是他对诗词创作又是极为慎重的，不会为写诗而写诗，而是要求有感而发，并且情景交融，自己认为满意的诗作才可以。否则，要么不动笔，或者不拿出去示人。周世钊 1950 年写的《五律·过许昌》，几年之后才得到毛泽东的应答，便很能说明问题。直到 1956 年 12 月 5 日，毛泽东才拿出和诗。毛泽东在写给周世钊的信中热情洋溢地写道：“两次惠书均已收到，情意拳拳，极为高兴。告知我省察情形，尤为有益。……时常记得秋风过许昌之句，无以为答。今日游长江，填了一首水调歌头，录陈审正。”① 信中附上了《水调歌头·长江》，该词正式发表时标题改为《水调歌头·游泳》。

1961 年，毛泽东的三位朋友周世钊、乐天宇、李达在长沙相聚。乐天宇（1901—1984 年），是湖南省宁远县人，1919 年，就读于长沙第一中学的乐天宇成了毛泽东的密友，积极参与了毛泽东领导的驱汤（乡铭）驱张（敬尧）运动。1924 年他加入中国共产党，在湖南组织农民运动，曾在安

① 《致周世钊》，引自《毛泽东书信选集》，中央文献出版社 2003 年 11 月第 1 版，第 476 页。

源将宁远农军交与毛泽东，以后因被捕，一度与中共失去联系。1939 年在延安任林业局局长，与毛泽东经常见面。因为他的家乡有一座九嶷山，毛泽东常称他为“九嶷山人”。中华人民共和国成立后，他出任北京农业大学第一任校长。李达是湖南醴陵人，1921 年他和毛泽东一起参加了中共一大。后因复杂原因，他在国统区担任大学教授，宣讲马克思主义哲学，两人天各一方。中华人民共和国成立后，李达又成为毛泽东的座上宾，两人经常在一起促膝长谈。

1961 年秋天，乐天宇带一个科研小组在家乡的九嶷山区考察。后与周世钊以及亦在湖南作社会调查的李达相遇了。老友相聚，免不了想起他们共同的友人毛泽东。三人商定送几件九嶷山的纪念品给毛泽东。周世钊送了一幅内有东汉文学家蔡邕文章的墨刻；李达送一支斑竹毛笔，又写了一首咏九嶷山的诗词；乐天宇送了一幅元代剧作家高明《琵琶记》中主人公蔡伯喈的《九嶷山铭》的复制品，以及自己写的《七律·九嶷山颂》，落款是“九嶷老人”。三人还共同送了一根九嶷山的斑竹。

毛泽东收到三位好朋友的信和纪念品后，非常高兴。睹物见诗，如遇故人，遂引发毛泽东对故乡和故人的无限遐思，诗意盎然，赋诗一首：

九嶷山上白云飞，
帝子乘风下翠微。
斑竹一枝千滴泪，
红霞万朵百重衣。
洞庭波涌连天雪，
长岛人歌动地诗。
我欲因之梦寥廓，
芙蓉国里尽朝晖。

该诗发表时的标题是《七律·答友人》，关于这首诗所答的“友人”究竟是谁，历来颇有争议。有的说最初标题为《七律·答周世钊、李达、乐天宇同志》，郭沫若编辑毛泽东诗词时改为《七律·答友人》。有的说该诗手迹原标题为《七律·答周世钊同学》，后改为《七律·答友人》。一种意见认为“友人”是指“周世钊、乐天宇、李达”三人。另一种意见认为

“友人”是指周世钊一个人，各有各的揣度，各有各的依据，各有各的道理。两种观点的赞同者都不乏其人，在毛泽东诗词的研究论著中都有呈现。笔者在此不打算就“友人”是谁进行考辨。笔者倾向于认为“三人说”或者“一人说”都无关宏旨，似乎不影响对这首词的解读。不管持哪种观点，有一点不容置疑，周世钊肯定是“友人”。

《七律·答友人》在毛泽东的全部诗词作品中，是别具风采与情韵的一首，它是友谊之歌、怀乡之曲，也是现实与理想的双重变奏。诗的前半借用与九嶷山有关的神话故事，写湖南解放后的美好景象和湖南人民投身社会主义建设的热情，并对比地写出家乡人民今昔生活的巨大变化，表达了对故乡亲人的缅怀。诗的后半写湖南波澜壮阔的社会主义建设热潮，湖南人民高昂的革命斗志和湖南友人高度的政治热情，以及由此而联想到的湖南和全国光辉灿烂的美好未来。

“九嶷山上白云飞，帝子乘风下翠微”，高耸入云的九嶷山上朵朵白云飘过，轻盈美丽的女神从青翠的山峰乘风而下。“九嶷山”，也作九疑山，据说山有九峰，形状相似，故而得名。如今九嶷山上还有舜庙。“帝子”，指舜的两个妃子娥皇、女英。《楚辞》中有：“帝子降兮北渚”。王逸注：“帝子谓尧女也。尧二女娥皇女英，随舜不反，堕于湘水之渚，因为湘夫人。”相传舜死于苍梧，二妃追至，投湘水而死，成为湘水女神。这里的“帝子”是湖南人民的象征，精神焕发，朝气蓬勃。

“斑竹一枝千滴泪，红霞万朵百重衣”，帝子手里的竹枝染有千滴泪痕，身上穿的是万朵红霞化成的百重彩衣。诗人通过对帝子形象的描绘，暗喻在旧社会反动统治下百姓生活的痛苦，一枝斑竹，千滴泪痕，也是对像杨开慧那样的革命烈士的热情赞颂和深切怀念。毛泽东在对此诗作解时说：“人对自己的童年，自己的故乡，过去的伴侣，感情总是很深的，很难忘的，到老年就更容易回忆、怀念这些。……‘斑竹一枝千滴泪，红霞万朵百重衣’就是怀念杨开慧的。杨开慧就是霞姑嘛！可是现在有的解释却不是这样，不符合我的思想。”①

“洞庭波涌连天雪，长岛人歌动地诗”，八百里洞庭波涛浩渺，白浪滔天，湖南人民正高歌猛进，大干快上，再也不必像帝子那样用排箫吹奏幽怨的曲子了。“长岛”，即橘子洲，长岛人，指湖南人民，亦指湖南友人。

---

① 《在毛泽东身边读书》，杨建业著，《光明日报》1978 年 12 月 2 日。

“动地诗”原指李商隐的《瑶池》，诗云：“瑶池阿母绮窗开，黄竹歌声动地哀。八骏日行三万里，穆王何事不重来。”此处所说动地诗化用了李商隐的诗句，但取意相反，这歌声无半点哀色，乃解放之歌，胜利之歌，欢乐之歌。

“我欲因之梦寥廓，芙蓉国里尽朝晖”，来自家乡的喜人消息，令诗人心花怒放，浮想联翩。李白《梦游天姥吟留别》诗云：“我欲因之梦吴越，一夜飞渡镜湖月。”作者化用了李白诗句。毛泽东诗词中曾三次使用“寥廓”一词，另两次是“怅寥廓，问苍茫大地，谁主沉浮”和“寥廓江天万里霜”，只是这次在“梦”中，作者由此向更广阔的宇宙驰骋想象。“芙蓉国”是湖南的代称，是诗人表达对家乡充满了赞美和美好的希冀。1961 年 12 月 26 日，毛泽东生日这天，他致信周世钊，写道：“‘秋风万里芙蓉国，暮雨千家薜荔村’。‘西南云气开衡岳，日夜江声下洞庭’。同志，你处在这样的环境中，岂不妙哉？”①

毛泽东的这首诗以神话起，以梦想结，诗中全部运用湖南的风物、传说、文化，将远古的浪漫神话、湖南的山光水色、当前的盛世光景和未来的美好前景，紧密地联系在一起，构成一幅浑然天成的绚丽图画。作品神思飘逸，奇幻多彩，意境高华绝俗，语言精纯凝练。既蕴含诗人对故土的热恋和故人的追思，又充满诗人对未来的憧憬和希望。既有浓厚的浪漫主义气息，又有丰富的现实主义色彩，堪称革命的浪漫主义与革命的现实主义相结合的典范。

毛泽东对周世钊从事教育工作十分重视，对周世钊也非常关心，从工作到社会活动都予以密切关注，精心安排。1951 年 2 月，周世钊加入民盟。毛泽东建议周世钊最好不要加入中国共产党，作为民主人士，身在党外，可以更方便地做好知识分子工作，做好民主党派的工作。于是，周世钊立志于“做一名共产党的好朋友”。

1958 年 7 月，周世钊当选湖南省副省长，并被选为民盟湖南省委主委。受任新职，重担在肩，不免有些惶恐。他于 10 月 17 日致函毛泽东，申述此种担心。不料只隔七天，毛泽东就提笔回信，给予鼓励，信中还详细解释了《送瘟神》二首中关于“坐地日行八万里，巡天遥看一千河”的一些疑难问题。他在信中这样劝勉周世钊：

---

① 《致周世钊》，引自《毛泽东书信选集》，中央文献出版社 2003 年 11 月第 11 版，第 545 页。

赐书收到。10月17日的，读了高兴。受任新职，不要拈轻怕重，而要拈重鄙轻。古人有云：贤者在位，能者在职，二者不可得而兼。我看你这个人是可以兼的，年年月月日日时时感觉自己能力不行，实则是因为一不甚认识自己；二不甚理解客观事物——那些留学生们，大教授们，人事纠纷，复杂心理，看不起你，口中不说，目笑存之，如此等类，这些社会常态，几乎人人要经历的。此外，自己缺乏从政经验，临事而惧，陈力而后就列，这是好的。这些都是实事，可以理解的。我认为聪明、老实二字，足以解决一切困难问题。这些似乎同你谈过。聪谓多问多思；实谓实事求是。持之以恒，行之有素，总是比较能够做好事情的。你的勇气，看来比过去大有增加。士别三日，应当刮目相看了。我又讲了这一大篇，无非加一点油，添一点醋而已。①

周世钊为人襟怀坦荡，正直无私，实事求是，反映下情民意，言人之不敢言。主持科教界工作期间，亲自为一些受冤屈的知识分子奔波平反。对于“左”倾错误，他多次在人大、政协会议上发言，并上书毛泽东主席，坦陈己见。1967年赴京期间，进见了毛泽东，向毛泽东反映了“文化大革命”中的种种问题。并进言：“今天这个局面，民主党派还起什么作用……连个庙都没有了。”1972年10月2日，周世钊面见毛泽东时，两人畅谈三个多小时，他面交了一封近4000字的信，痛斥林彪、陈伯达的倒行逆施，还向毛泽东进谏八点意见，涉及“解放老干部”“为知识分子正名”“恢复共青团、少先队组织”“制止开后门不正之风”“消除派性”等诸多方面。在当时的政治气候中，能写出如此内容的信件，是多么难能可贵！他的这种认识与胆略，来自对祖国、对人民、对领袖、对诗友的赤诚之心，可谓毛泽东的挚友、畏友、诤友，其耿介气节令人钦敬。

毛泽东和周世钊，从青少年同窗的壮怀激烈，到最高领导与地方官员之间的深交情谊，到党的领袖与民主人士的肝胆相照，到诗友之间的吟诵唱和，时间长达63年之久。据统计，到1973年为止，周世钊有五律31首、七律23首、词80首，七绝10余首，其中多数赠给了毛泽东，仅1964年1月就赠送10首。毛泽东也常以诗词唱和，现存的致周世钊的19封信中，即附有诗词3首。毛泽东与周世钊之间可谓知心、知音，有如管鲍

① 《致周世钊》，引自《毛泽东书信选集》，中央文献出版社2003年11月第1版，第505页。

再世,始终不渝，源远流长。

“人生易老天难老”，时光易逝诗难逝。1976 年 4 月 20 日和 9 月 9 日，周世钊和毛泽东先后离开自己所挚爱的世界。或许，他们在那另一个世界里又在促膝长谈，又在酬唱奉和，谈笑风生，追忆往事，共叙友情，在天国里续写两心相印的友谊诗篇……

第七章 千里来寻故地

罗霄山脉中段的井冈山，20 世纪 20 年代以前名不见经传，可自从毛泽东引领秋收起义队伍在此建立农村革命根据地之后，井冈山声名鹊起，成为革命的山，英雄的山，胜利的山，独具风韵，凸显出一种特有的庄严、崇高、伟岸。没有井冈山斗争的探索实践，就没有马克思主义中国化的伟大开篇，就没有中国革命的崭新局面；没有井冈山斗争的烽火连天，就没有中国共产党武装夺取政权之路的峰回路转；没有井冈山革命武装的“激流归大海”，就没有人民军队的由小到大，由弱到强。

1959 年 3 月 5 日，谢觉哉初到井冈山时，诗赞井冈山：“祝贺你以前是中国的第一山，今后永远是中国的第一山。”[①] 1962 年 3 月 5 日，朱德重访井冈山时，为井冈山挥毫题写了“天下第一山”[②]。毛泽东对井冈山更是情有独钟，有三首诗专为井冈山而作，分别是 1928 年秋所作的《西江月·井冈山》和 1965 年 5 月重上井冈山时所作的《水调歌头·重上井冈山》《念奴娇·井冈山》。三首诗均以“井冈山”为题，又都提到了“黄洋界”：“黄洋界上炮声隆”；“过了黄洋界，险处不须看”；“黄洋界上，车子飞如跃”。这一现象在毛泽东诗词作品中绝无仅有。毛泽东一而再，再而三地吟咏井冈山，足见井冈山在毛泽东心目中的分量之重、感悟之深、情结之浓。

---

① 《前奏——毛泽东 1965 年重上井冈山》，马社香，当代中国出版社 2006 年 10 月第 1 版，第 122 页。

② 同上，第 130 页。

黄洋界上炮声隆

1927年轰轰烈烈的大革命失败后，全国笼罩在一片白色恐怖之中。大批共产党人和进步人士遭到国民党反动派的血腥屠杀，中国共产党面临着生死存亡的严峻考验。1927年8月7日，中共中央在汉口召开紧急会议，彻底批判了陈独秀的右倾投降错误，确立了武装斗争和土地革命的方针。会后，毛泽东回湖南亲自发动和领导了具有伟大历史意义的秋收起义。当年10月，又亲自率领这支队伍来到井冈山，建立了第一个农村革命根据地。1928年4月，朱德、陈毅率南昌起义余部与毛泽东部会师，成立了中国工农革命军第四军，不久改称中国工农红军第四军。从此，井冈山革命根据地进入一个蓬勃兴旺的发展阶段。

井冈山革命根据地的建立、巩固和发展，引起了国民党反动派的仇视和恐惧，他们时刻企图扑灭井冈山的革命火种。蒋介石命令湘赣军阀以10个团的兵力对井冈山进行“会剿”，被红军挫败。7月中旬，湘赣敌军共18个团再一次进犯井冈山根据地。当时红四军军委及边界特委均主张在井冈山坚持斗争，但湖南省委代表杜修经等人，顽固推行湖南省委的“左”倾冒险路线，附和二十九团中一些人欲回家乡的情绪，指令二十八团、二十九团分兵向湖南冒进，冒险与敌硬拼，结果遭致“八月失败”，二十九团被这次错误决策所葬送。毛泽东当时正在永新附近指挥三十一团围攻敌人，闻讯后便命其第一营的两个连，迅速从永新撤回井冈山，和第三十二团留守井冈山，他自己亲率第三十一团第三营到湘南迎回第二十八团。

1928年8月下旬，就在朱德、陈毅率领的红四军主力第二十八团还在湘南，毛泽东率部前往桂东迎还红军大队之际，湘赣敌军对井冈山发动了第二次“会剿”。湘敌吴尚的第八军调集4个团的兵力从酃县直逼黄洋界，向井冈山猛扑而来。黄洋界海拔1343米，两山相夹，中间只有一条羊肠小道。虽然红军占据地利，但守军不足一营，毕竟敌众我寡。三十一团团长朱云卿、党代表何挺颖动员人民群众组成赤卫队、暴动队、妇女队、少先队等配合红军作战。8月30日8点左右，湘敌开始进攻黄洋界哨口。红军凭借山险，利用竹钉阵、滚木礌石、竹篱笆障碍、数尺深的壕沟和石头筑成的射击掩体，打退了敌人的多次进攻。下午4点左右，敌人又开始进攻。

红军战士将南昌起义部队在湘南缴获的一门迫击炮从茨坪军械所搬上了黄洋界。当时，只有三发炮弹，前两发因受潮没有打响，第三发正好落在敌人的指挥所。炮响之后，各个山头吹响了军号，隐蔽在各个山头背后的赤卫队员、暴动队员一齐向敌人开火，煤油桶里的鞭炮也噼啪作响，男女老少一起呐喊。敌人以为红军已经杀回山上，吓得魂飞魄散，连夜逃之夭夭。

黄洋界保卫战胜利后，有人仿照京剧《空城计》凑成一段戏文，反映了黄洋界保卫战的历史背景、红军的镇定情绪以及胜利后的兴奋心情：

毛泽东的空山计

我站在黄洋界上观山景，忽听得山下人马乱纷纷，举目抬头来观看，原来是湘赣发来的兵。一来是：农民斗争少经验；二来是：二十八团离了永新。你既得宁冈茅坪多侥幸，为何又来侵占我的五井？你既来就把山来进，为何山下扎大营？你莫左思右想心腹不定，我这里内无埋伏，外无救兵。你来、来、来！我准备着南瓜红米，红米南瓜，犒赏你的三军；你来、来、来！请你到井冈山上谈谈革命。

毛泽东从桂东迎还大队，9 月 26 日回到井冈山，详细了解黄洋界保卫战的胜利经过后，欣然赋诗：

西江月·井冈山

山下旌旗在望，山头鼓角相闻。
敌军围困万千重，我自岿然不动。
早已森严壁垒，更加众志成城。
黄洋界上炮声隆，报道敌军宵遁。

词的上阕描写黄洋界保卫战时敌我双方的态势。“山下旌旗在望，山头鼓角相闻”，单刀直入，立即展现了战火纷飞的现场。“山下”“山头”二词点明这是一场山地保卫战。过去有一种解释，认为“山下”指敌方，“山头”指我方。据臧克家回忆，1960 年前后听袁水拍传达毛泽东亲自回答所作的记录说：“‘山下旌旗在望，山头鼓角相闻’二句中，‘在望’与‘相闻’均指我方。”1964 年 1 月 27 日，毛泽东口头答复外国文书籍出版局《毛主席诗词》英译者说："'旌旗'和'鼓角'都是指我军。黄洋界很陡，阵地在山腰，指挥在山头，敌人仰攻。山下并没有都被敌人占领，没有严重到这个程度。'旌旗在望'，其实没有飘扬的旗子，都是卷起的。"①

词的下阕则进一步指出了黄洋界保卫战取得胜利的原因。"早已森严壁垒，更加众志成城"，也属纪实性描写，并非一般形容，更非虚构夸张。"壁垒"指严密牢固的工事。"森严壁垒""众志成城"与"岿然不动"前后照应，既显得庄重雄浑，又韵味深长。在建立井冈山革命根据地初期，毛泽东就指出："巩固此根据地方法：第一，修筑完备的工事；第二，储备充足的粮食；第三，建设较好的红军医院。"②"黄洋界上炮声隆，报道敌军宵遁"，渲染那门迫击炮退敌的戏剧性情节。"敌军宵遁"与"敌军围困万千重"形成鲜明对照。毛泽东没有过多描写黄洋界保卫战的具体经过，却以战斗的结局收尾，节省了许多笔墨，从而更发挥了小令的特点。

《西江月·井冈山》是毛泽东在第二次国内革命战争时期的艰苦岁月中，留下来的记录井冈山斗争的一系列史诗性的篇章之一。正是这首诗使黄洋界名扬天下，甚至使其成为井冈山的代名词，其地位之显赫，如同长城之于中国，故宫之于北京。

1960年春，陈毅跋《西江月·井冈山》云：

录毛主席所作井冈山词，调寄西江月。此词作于1928年夏。当时我军主力赴湘南，敌军企图袭取井冈山。毛主席亲率一个营将敌击退。此词表现我军以少胜众、不可震撼的英雄气概。是役，井冈山根据地赖以保全，有扭转战局的作用。读此词，令人增长志气，可视敌军如草芥。我认为中华人民共和国人民应有此气概。真可喜可贺。至于此词选调之当，遣词之工，描绘之切，乃其余事。例如，在战斗中尝有炮声雷鸣而敌已开始逃跑。此敌之起身炮也，此我之送行炮也，不可不知。③

---

① 《毛泽东诗词新解》，费枝美、季世昌，中央文献出版社2003年12月第1版，第31页。

② 《中国的红色政权为什么能够存在?》，见《毛泽东选集》第1卷，人民出版社1991年6月第2版，第53—54页。

③ 《诗人兴会——毛泽东以诗会友记趣》，杜忠明，中央文献出版社2006年1月第1版，第23页。

陈毅的跋文有两处错误，即“此词作于 1928 年夏”和“毛主席亲率一个营将敌击退”。但陈老总作为井冈山斗争时期红四军的主要领导人之一，他的分析对于读者准确把握这首词的主题极有裨益。特别是“是役，井冈山根据地赖以保全”既指出了黄洋界保卫战胜利的重大意义，也揭示了毛泽东挥毫赋诗的深层原因。

毛泽东这首词描写的是黄洋界保卫战，为什么不以“黄洋界”为题，而舍小取大，以“井冈山”为题呢？客观地说，黄洋界保卫战就其战役规模、持续时间、激烈程度、战略战术而言，都并不出类拔萃，一炮击中敌指挥所而致使敌方判断失误是个偶然因素，甚至采用了冷兵器时代的“土阵法”，但是毛泽东对其却格外高看一眼，“大”而化之。对照品读毛泽东在《井冈山的斗争》一文中对这次战斗的评价，一切疑问自然烟消云散：“八月三十日敌湘赣两军各一部趁我军欲归未归之际，攻击井冈山。我守军不足一营，凭险抵抗，将敌击溃，保存了这个根据地……八月三十日井冈山一战，湘敌始退往酃县。”黄洋界保卫战不是简单的退敌成功，而是保卫了井冈山，保卫了根据地，捍卫了毛泽东苦苦探索的中国革命道路。这样一条革命道路，是中国共产党人前仆后继、流血牺牲才寻求到的。

轰轰烈烈的大革命失败后，中国革命处在十分危急的关头，毛泽东将马克思主义普遍真理与中国革命具体实践相结合，吸取中国历代农民领袖和“山大王”割据的经验，提出了“上山”的思想。早在 1927 年 6 月，毛泽东针对“马日事变”后的形势，就提出：“在山的上山，靠湖的下湖，拿起枪杆子保卫革命。”[①] 7 月 4 日，在中共中央政治局常委举行的扩大会议上，毛泽东主张农军“上山”，认为“上山可造成军事势力的基础”[②]。8 月 9 日，毛泽东在中共临时中央政治局第一次会议上提出：“大家不应只看到一个广东，湖南也是很重要的……要在湖南形成一师的武装，占据五六个县，形成一政治基础，发展全省的土地革命。纵然失败也不应去广东而应上山。”[③]“八七会议”后，主持中央政治局工作的瞿秋白邀请毛泽东

---

① 《中国共产党历次重要会议集》，中央党校党史教研室编，上海人民出版社 1982 年版，第 80 页。

② 《关于建国以来党的若干历史问题决议注释本》，中央文献研究室编，人民出版社 1985 年版，第 143 页。

③ 《关于建国以来党的若干历史问题决议注释本》，中央文献研究室编，人民出版社 1985 年版，第 143 页。

到上海党中央机关工作，毛泽东婉言谢绝："我不愿意跟你们去住高楼大厦，我要上山结交绿林朋友。"① 正因为毛泽东的"上山"思想不断形成与完善，秋收起义失利后，毛泽东毅然决定放弃原定攻打长沙的计划，及时从进攻大城市转向农村进军，最终引兵井冈，实现他决意"上山"的宏图大略。

也正是因为有了毛泽东的"上山"思想与实践，中国革命的面貌才开始焕然一新。彭德怀正是被这一"上山"思想影响，于1928年12月和滕代远、黄公略等率平江起义部队投奔井冈山的。起义之前，彭德怀曾说："井冈山是满天乌云中的一颗明星，是湘鄂赣根据地和其他根据地的指路明灯。"他在写给黄公略的诗中这样写道：

求知心切去黄埔，夜梦依依我不然。
马日事变教训大，革命必须有武装。
秋收起义在农村，失败教训是盲动。
惟有润之工农军，跃上井冈旗帜新。
我欲以之为榜样，或依湖泊或山区。
利用周磐办随校，谨慎争取两年时。②

黄洋界保卫战保卫了毛泽东"上山"后建立的革命根据地，这是毛泽东诗赞此役的根本原因。井冈山革命根据地的武装斗争，曾引起当时文化革命的主将鲁迅的关注。1934年1月，冯雪峰到瑞金时，对毛泽东说：鲁迅读过他的《西江月·井冈山》等词，认为有"山大王"的气概，毛泽东听后开怀大笑。③ 看来鲁迅这句戏评，与毛泽东要到山上去做革命的"山大王"，可谓是心有灵犀一点通。

故地重来何所见

1976年6月，毛泽东在病重的时候，曾召见华国锋、王洪文、张春桥

① 《井冈山斗争的实践与毛泽东思想的发展》，谭震林，见《回忆井冈山斗争时期》，江西人民出版社1979年版，第20页。

② 《彭德怀自传》，解放军出版社2002年1月版，第78页。

③ 《毛泽东诗词与时代风云》，王灿楣，湖南人民出版社2006年12月第1版，第86页。

等人，作了一次重要谈话。他说：

人生七十古来稀，我八十多岁了，人老总想后事，中国有句古话叫盖棺定论，我虽未盖棺，也快了。总可以定论了吧！我一生干了两件事，一是跟蒋介石斗了那么几十年，把他赶到那么几个海岛上去了；抗战八年，把日本人请回了老家；打进北京，总算进了紫禁城。对这些事持异议的人不多，只有那么几个人，在我耳边叽叽喳喳，无非是让我及早收回那几个海岛罢了。另一件事你们都知道，就是发动了“文化大革命”。这事拥护的人不多，反对的人不少，这两件事没有完，这笔遗产得交给下一代。怎么交？和平交不成就动荡中交，搞得不好，后代怎么办？就得腥风血雨了。你们怎么办？只有天知道。[①]

梁启超先生在《少年中国说》中说过：“老年人常思既往，少年人常思未来。”此时的毛泽东已进入垂暮之年，健康状况每况愈下。从这个重要谈话中不难看出，毛泽东既思“既往”也思“未来”。回首往事，他百感交集；展望未来，他充满忧虑。个中滋味，只有他自己才能体味得到。毛泽东说自己“一生干了两件事”，这两件事都是惊天动地的“大事”，而且都和井冈山有着千丝万缕的联系。第一件事自不必说，这里是他求索中国革命道路的转折地，是培养他的军事天才的最初摇篮，也是他作为别具一格的马背诗人的难忘起点。至于第二件事和井冈山的联系，恐怕不如第一件事那么来得直接来得明显，但也不是无迹可循。据李银桥的回忆：在1959年的庐山会议上，毛泽东曾经批评彭德怀，加重语气道：“军队不跟我走的话，我可以重新到乡下去组织游击队，重新建军……”[②] 这段话的另一个版本是：“你解放军不跟我走，我就找红军去。我看解放军会跟我走。”[③]

但无论如何，毛泽东对井冈山的深厚情感却无可辩驳。否则，毛泽东怎么会在1965年重上井冈山“千里来寻故地”？又怎么会在重访井冈山期间浓情重墨地接连写下两首“井冈山词”？

---

① 《毛泽东谈毛泽东》，胡哲峰、孙彦，中共中央党校出版社2008年10月第1版，第335—336页。

② 《在毛泽东身边十五年》，李银桥，河北人民出版社1991年版，第262页。

③ 《毛泽东晚年的理论与实践》，许全兴，中国大百科全书出版社1995年版，第225页。

1965年5月，毛泽东巡视大江南北后，于5月21日从湖南长沙登车，沿着途经韶山、安源、三湾、宁冈和直达茨坪的公路上山，5月22日到达茨坪，入住井冈山宾馆115房间。巧合的是，朱德1962年偕夫人康克清重上井冈山时下榻井冈山宾馆时，住的也是115房间。[①] 毛泽东在井冈山一住就是七个晚上。他广泛地了解了井冈山地区水利、公路建设和人民生活等情况，分别亲切会见了当年的老红军、烈士家属，以及当地的机关干部和群众，回顾了当年根据地革命斗争波澜壮阔的历史。看到井冈山生机勃勃的新貌，毛泽东抚今追昔，豪情满怀，奋笔写下了《水调歌头·重上井冈山》和《念奴娇·井冈山》：

水调歌头·重上井冈山

久有凌云志，重上井冈山。千里来寻故地，旧貌变新颜。到处莺歌燕舞，更有潺潺流水，高路入云端。过了黄洋界，险处不须看。

风雷动，旌旗奋，是人寰。三十八年过去，弹指一挥间。可上九天揽月，可下五洋捉鳖，谈笑凯歌还。世上无难事，只要肯登攀。

念奴娇·井冈山

参天万木，千百里，飞上南天奇岳。故地重来何所见，多了楼台亭阁。五井碑前，黄洋界上，车子飞如跃。江山如画，古代曾云海绿。

弹指三十八年，人间变了，似天渊翻覆。犹记当时烽火里，九死一生如昨。独有豪情，天际悬明月，风雷磅礴。一声鸡唱，万怪烟消云落。

这两首作品是毛泽东重上井冈山时的感怀之作，本属同时、同地、同境、同题的作品，但究竟孰先孰后却颇多争议。第一种观点认为《水调歌头·重上井冈山》在先，《念奴娇·井冈山》在后。如龙剑宇、胡国强认为：《念奴娇·井冈山》与《水调歌头·重上井冈山》“堪称‘姊妹篇’，这样的‘双胞胎’在毛泽东诗词也是仅见的。……揣摩当时的创作情境，《水调歌头》当为毛泽东乘车由湖南方向重上井冈山，经过黄洋界时在车上所吟，而《念奴娇》则是下车之后，漫步茨坪故地时所吟，所以写得更

---

① 《前奏——毛泽东1965年重上井冈山》，马社香，当代中国出版社2006年10月第1版，第127页。

实一些和更细致些”①。第二种观点认为《念奴娇·井冈山》在先,《水调歌头·重上井冈山》在后。如陈晋认为:“《水调歌头·重上井冈山》写于到达井冈山的第三天。当时他还以‘念奴娇’词牌写了一首《井冈山》,构思和意境同《重上井冈山》大体相似,或许是先写的‘念奴娇’,觉得不太满意,便换成‘水调歌头’重写。”② 第三种观点认为两首作品同时产生。如吴嘉认为:“这首词(指《念奴娇·井冈山》)写于1965年5月……如果与早先发表的另一首写于同时、同一题材的词《水调歌头·重上井冈山》相比较,这首词较为平直,气势似亦稍逊。”③ 第四种观点则采取了更为含糊的说法,不分先后。如蔡清富、黄辉映认为:“这首词(指《念奴娇·井冈山》)作于1965年5月下旬,是在写《水调歌头·重上井冈山》前后吟哦成的。”④ 周振甫也认为:“作者在1965年5月25日在井冈山茨坪写了《重上井冈山》,在茨坪住了七天。在这七天中,又写了《井冈山》这首词。是不是作者先写了《井冈山》这首词,觉得余意未尽,再写了《重上井冈山》,无法知道。”⑤ 两首词作究竟孰先孰后,恐怕只有作者自己清楚了。

1965年夏,邓颖超在一次陪同毛泽东会见外宾后,问毛泽东是否作有新的诗词,并说:“很久没有读到主席的新作品,很希望能读到主席的新作品。”9月25日,毛泽东致信邓颖超:

邓大姐:

自从你压迫我写诗以后,没有办法,只得从命。花了两夜未睡,写了两首词。改了几次,还未改好。现在送上请教。如有不妥,请予痛改为盼!

毛泽东

九月二十五日⑥

① 《毛泽东的诗词人生》,龙剑宇、胡国强,中央文献出版社2003年1月第1版,第450页。

② 《文人毛泽东》,陈晋,上海人民出版社2005年9月第1版,第636—637页。

③ 《毛泽东诗词鉴赏》,臧克家主编,河北人民出版社1990年8月第1版,第319页。

④ 《毛泽东诗词大观》,蔡清富、黄辉映编著,四川人民出版社2007年4月第4版,第493页。

⑤ 《毛泽东诗词鉴赏》,周振甫,中华书局2010年4月第1版,第235页。

⑥ 《致邓颖超》,引自《毛泽东书信选集》,中央文献出版社2003年11月第1版,第576页。

信中所说的两首词就是指《水调歌头·重上井冈山》和《念奴娇·鸟儿问答》。如果按照这个说法，《水调歌头·重上井冈山》则是在 1965 年 9 月写的，这与该诗 1976 年公开发表时标注创作时间为“1965 年 5 月”显然不符，就像毛泽东信中所说此词系“压迫”之作乃为诙谐语言不足为信一样。

两首作品孰先孰后是个待解之谜，但是，有一点可以肯定，两首作品应当是在毛泽东重上井冈山期间酝酿而成的，都抒发了他对井冈山的一片深情，至于下山之后又反复修改则是另外一回事了。

就字面而言，两首作品出语平易，时间、地点、内容、意境、情感、格调、结构甚至词语均有许多贴近或类似之处。如“千里来寻故地”与“故地重来”；“旧貌换新颜”与“多了楼台亭阁”，“人间变了，似天渊地覆”；“高路入云端”与“飞上南天奇岳”；“风雷动”与“风雷磅礴”；“三十八年过去，弹指一挥间”与“弹指三十八年”；“可上九天揽月，可下五洋捉鳖”与“独有豪情”；“谈笑凯歌还”与“一声鸡唱，万怪烟消云落”。但二者比较起来，《水调歌头·重上井冈山》更有思想深度，更富有哲理旨趣。而从毛泽东同意将其公开发表来判断，他本人显然对这首词也更为中意。

我们可以从以下几个层面来解读这两首作品：

第一层诗意：表达对井冈山的思念深、归心切。“千里来寻故地”，“千百里，飞上南天奇岳”，虽生活在千里之外，却割舍不下魂牵梦萦的那份牵挂。纵然远隔千山万水，也阻挡不了故地重游的兴致。1965 年 5 月 25 日，诗人对陪同人员深情地说：“我离开井冈山已经三十八年了。这次旧地重游，回忆起三十八年前的这段历史，心情总是非常激动的。为了创建这块革命根据地，不少革命先烈牺牲了自己的生命。我早想回井冈山看看，一别就是三十八年啊！我的心情和你们一样高兴激动。”①

第二层诗意：为井冈山发生巨变而欢欣鼓舞。当年的井冈山斗争环境险恶，生活条件艰苦，而如今却是“旧貌换新颜”，“到处莺歌燕舞，更有潺潺流水，高路入云端”，“多了亭台楼阁”，“江山如画”。这一切都为我们艺术地呈现了社会主义建设取得成果的新山水画图。当年的流血牺牲，当年的不懈探索，已经换来了社会主义建设事业的蒸蒸日上，井冈山是中

① 《汪东兴日记》，中国社会科学出版社 1993 年 9 月第 1 版，第 222—223 页。

华人民共和国辉煌成就的一个缩影。恰恰是这种巨变，使“千里来寻故地”的“寻”字显得更具回味余地，使“旧貌换新颜”的“变”字更具有称心如意的意味。

第三层诗意：慨叹时间飞逝，往事如昨。从当年在井冈山创建革命根据地到故地重游，已经三十八个年头，对有限的人生而言何其漫长，而对无涯的历史而言又何其短暂。“风雷动，旌旗奋”，“犹记当时烽火里，九死一生如昨”。井冈山对毛泽东人生的意义、对中国革命的意义不会因为时间的飞逝而消逝，反而是犹在眼前，挥之不去。这就不难理解毛泽东为什么重上井冈山时在黄洋界会驻足四十五分钟之久。

在保存下来的一段电影资料中，有这样一个镜头：72 岁的毛泽东甩掉跟随的人群，大步走向峰峦崖边，神色凝重地伫立眺望——追忆从前的往事，已经没有了硝烟血腥，没有了刀光剑影，没有了强势对手，只剩下一望无际的鲜花和田野，一望无际的江山和阳光，一望无际的欢呼和拥戴，还有心灵世界一望无际的比较和缅怀。黄洋界上的战壕已逐渐被历史的风尘淹没，那春雷一样的炮声和殊死搏斗的喊杀声融进了群山。只有当事人才可以体会，战斗是多么惨烈，革命是何等艰难。据当时随同毛泽东回井冈山的中央办公厅副主任汪东兴 1965 年 5 月 22 日的日记记载：

由此不远即到达黄洋界。车子一停，主席就下车快步走向山顶。毛主席满怀豪情地指着黄洋界周围的山峦叠嶂对我们说：“这就是黄洋界！当年我们就是利用黄洋界的险要地形，经过和敌人的几次较量，把敌人赶下了山。那时为了减少伤亡，保存自己，我们在这里构筑了一些工事，给敌人很大打击。”接着主席说：“东兴同志，你去那边看看，还有没有当年工事的痕迹？”我按主席指示的方向去查看了附近的地形，回到主席身边向主席汇报说：“主席，有几个地方还依稀可以看出有当年构筑的壕沟式工事在。”①

第四层诗意：抒发壮心不已的凌云之志。毛泽东是“久有凌云志，重上井冈山”的。“过了黄洋界，险处不须看”，在毛泽东看来，当年那么险

① 《汪东兴日记》，中国社会科学出版社 1993 年 9 月版，第 216—217 页。

恶的环境都闯过来了，还有什么困难不能克服？纵然年事已高，依然满怀“可上九天揽月，可下五洋捉鳖，谈笑凯歌还”的豪情，自应是“世上无难事，只要肯登攀”。

毛泽东满怀雄心壮志，这一点几乎不容置疑。但是，毛泽东1965年胸怀的“凌云志”究竟是什么内容？究竟该如何理解呢？“过去的注释本对‘凌云志’大致有三种解释：一说是发动‘文革’之志；二说是不屈不挠地从事人民事业的斗争之志；三说是登高之志、登山之志、重登井冈山之志。细细体味，何说为是？”[①]

依笔者看来，第三说似不可信。毛泽东说过：“（我）好久就有登井冈山的愿望，今天如愿了，又登上了井冈山。”[②] 但据此来推断毛泽东的“凌云志”，似乎过于浅显。井冈山被誉为“天下第一山”，是从政治意义而言的，就山势本身的高耸险峻而言，井冈山并非首屈一指，无须立下“凌云志”来攀登井冈山之高。即便毛泽东国务繁忙，重访井冈山的想法不如常人那么易于实现，那也只能说明愿望迫切，不至于要立下“凌云志”方能成行。

第二说似乎过于笼统。臧克家曾指出：“毛主席的《水调歌头·重上井冈山》，是以‘久有凌云志’起首的”，“这‘凌云志’使我们联系到‘秋收暴动’、第一杆红旗插上这革命的山头；使人们联想到在三座大山压顶、黑夜如磐的反动统治之下，坚信‘星星之火，可以燎原’的革命壮志”[③]。这种解读当然不会错，但似乎还不够确切，因为这样的“凌云志”的确“久有”，但不独和井冈山关联，在《七律·到韶山》就已有充分的表达：“红旗卷起农奴戟，黑手高悬霸主鞭。为有牺牲多壮志，敢教日月换新天。”这不就是不屈不挠地从事人民事业的斗争之志吗？

那么接下来，能否按照第一说把“凌云志”理解成发动“文化大革命”之志呢？如果读者认真阅读《前奏——毛泽东1965年重上井冈山》一书，仔细回味毛泽东从北京到武汉、到长沙、到井冈山的完整过程，认真分析毛泽东重上井冈山前前后后的国内国际背景以及毛泽东的各种举措

---

① 《毛泽东诗词大观》，蔡清富、黄辉映编著，四川人民出版社2007年4月第4版，第490页。

② 《“凌云志”新解》，马世瑞，见《四平师院学报》1979年第3期。

③ 《井冈山高望世界——学习毛主席词二首的一点体会》，臧克家，见《光明日报》1976年1月3日。

和心路历程，或许不难得出一个结论，即“凌云志”的确和“文革”的发动不无关系。毛泽东决心发扬井冈山的革命首创精神，不畏艰险再攀高峰，开辟一条在新的历史条件下继续革命的道路。他隐然总结了自己一生做的第一件大事，表露了做一生中第二件大事的决心，发动史无前例的“文化大革命”的想法已见端倪。

正如张惠仁所指出的：“要准确地揭示《水调歌头·重上井冈山》的思想底蕴，必须把它置于20多年前那场‘文化大革命’风暴正式席卷神州大地之前‘山雨欲来风满楼’的‘政治气候’——亦即由于毛泽东用阶级斗争扩大化的理论错误地观察现实，从而又使现实的阶级斗争更加扩大化的恶性循环的政治形势之中。”① 张惠仁进而认为，在诗人的内心深处，“久有凌云志，重上井冈山”所要表达的是：

> 酝酿很久了，要搞一次堪与民主革命——这个革命的结果是把蒋介石赶到台湾岛——相提并论的无产阶级专政条件下的继续革命亦即“文化大革命”——这个革命的结果是要整党内走资本主义道路的当权派，揪出睡在我们身边的赫鲁晓夫。（目标明确、步骤复杂、道路曲折、会有阻力）如果弄不好，无非是使中国的革命一切重来，就像当年上井冈山打游击，重新开始。②

当然，对这样一种解读也不是没有批评。陈晋就提出过异议：毛泽东“是不是有将开展‘文化大革命’视为重上井冈山，重新开拓革命‘新局面’呢？是不是认为‘文化大革命’的发动将显示‘风雷动，旌旗奋’呢？是不是暗示‘过了黄洋界’的人，今天的‘险处不须看’了呢？是不是号召人们去上九天揽新月，下五洋捉新鳖呢？是不是鼓励人民藐视世上难事，肯去登攀，‘敢把皇帝拉下马’呢？毛泽东本人在填词时有没有这样寓意，后人不可臆测。但在那场‘史无前例’的大风暴中，那些御用文人和幼稚的‘革命小将’，却确确凿凿，实实在在是这样领会、宣传和应用这首词的‘教育意义’的。这实实在在是千古影射诗词的悲哀”。而何联华对张惠仁式的解读更是不屑一顾，“啊噻！真叫人毛骨悚然！……连

① 《毛泽东诗词全编鉴赏》，吴正裕主编，中央文献出版社2003年12月第1版，第393页。
② 《毛泽东诗词全编鉴赏》，吴正裕主编，中央文献出版社2003年12月第1版，第395页。

他的诗词也成了被‘揭秘’的‘靶子’！果真如此，那诗人在天之灵该是何等的‘担心’和‘苦涩’！”①

笔者自信自己不是“御用文人”，也不是当年的“革命小将”，更无意把毛泽东诗词作为“揭秘”的“靶子”。之所以也赞同关于“凌云志”的第一说，无非是试图通过分析毛泽东创作时的时代背景来把握他的创作意图和内在情感，仅此而已。事实上，关于毛泽东的历史贡献与历史地位，历史已有公论。认同“凌云志”与发动“文革”有关，决非要抹杀毛泽东诗词的艺术价值和审美魅力，就如同认为毛泽东发动“文化大革命”是一个错误并不等于全盘否定毛泽东一生的伟大功绩一样。正如鲁迅所说：“世间有所谓‘就事论事’的办法，现在就诗论诗，或者也可以说是无碍的罢。不过我总以为倘要论文，最好是顾及全篇，并且顾及作者本人，以及他所处的社会状况，这才较为确凿。要不然，是很容易近乎说梦的。”②

诗人不可能游离于特定的时代之外，作品也不可能不打上时代的烙印。但这不会减弱毛泽东对井冈山的特殊情结，不会妨碍读者们对其井冈山词作的反复诵读与品味，更不会影响今天的人们对毛泽东的敬仰与缅怀。人们不会忘记，毛泽东1965年重上井冈山，没有庞大的随行人员，也没有警车开道的威风。一切都是那么平常和从容。只是在毛泽东离开井冈山的那天，四面八方的群众闻讯赶来，想一睹领袖的风采，使井冈山空前热闹了一番。最后，毛泽东在井冈山人民热烈的欢呼声和经久不息的掌声中离开了井冈山。那激动人心的场面，至今仍让井冈山人民难以忘怀。而作为此次井冈山之行的感怀之作，《水调歌头·重上井冈山》和《念奴娇·井冈山》也将焕发着永恒的艺术魅力。

---

① 《毛泽东诗词辨析》，郭思敏主编，中央文献出版社2006年10月第1版，第302—303页。

② 《且介亭杂文二集·“题未定”草（七）》，见《鲁迅全集》第6卷，第344页。

第八章　犹记当时烽火里

在毛泽东身上有着两种迥然不同的情结：农民情结和战士情结。抓住了这两个情结，就找到了开启毛泽东一生心路历程的钥匙。在《毛泽东诗词集》的67首作品中，有18首是以军旅生活和战争风云为题材的。正如郭沫若所说："诗总是'哼'出来的。有的是从书斋中哼出来的，有的是从田园里哼出来的，有的是从工厂里哼出来的……而主席的诗词则是'在马背上哼'出来的。"①

毛泽东"在马背上哼成的"军旅诗词，从创作的缘起，描述的对象，到表达的思想内容，都生动地记录了从1927年的秋收起义到1949年的解放南京这22年中波澜壮阔的革命历程，真切地反映了中国共产党领导人民军队和人民群众创造崭新历史的斗争风貌，艺术地勾画了一幅波澜壮阔的中国革命军事斗争的历史长卷，反映了毛泽东积极探索的心路历程，记录了他九死一生的战斗生活，彰显了他坚毅豁达的人格魅力，展示了他用兵如神的军事才能。这些作品充分张扬个性，强调主体精神，凸显浪漫色彩，浓情饱逸，运思深沉，风格雄健奔放。

千秋暴动第一诗

毛泽东在描述《菩萨蛮·黄鹤楼》的创作背景时解释说："一九二七年，大革命失败的前夕，心情苍凉，一时不知如何是好。这是那年的春季。夏季，八月七号，党的紧急会议，决定武装反抗，从此找到了出

① 《喜读毛主席的〈词六首〉》，郭沫若著，《人民日报》1962年5月12日。

路。”[①] 这条出路被毛泽东总结为一个石破天惊的理论：“枪杆子里面出政权。”秋收起义就是实践这一理论的伟大起点，而叙写这一重大历史事件的《西江月·秋收起义》是毛泽东的第一首军旅词，开毛泽东一系列描写革命战争的史诗名篇之先河。

西江月·秋收起义

军叫工农革命，旗号镰刀斧头。匡庐一带不停留，要向潇湘直进。

地主重重压迫，农民个个同仇。秋收时节暮云愁，霹雳一声暴动。

1956年8月，《西江月·秋收起义》最早发表在《中学生》杂志上，是由谢觉哉在题为《关于红军的几首诗词和歌》的文章中提供的，词题是《秋收暴动》。随后，《解放军文艺》1957年7月在一篇评论毛泽东诗词的文章中也披露了这首词。直到1986年9月人民文学出版社出版的《毛泽东诗词选》，才正式发表了这首词，收入“副编”。1996年又收入中央文献出版社出版的《毛泽东诗词集》一书“副编”。换言之，毛泽东生前没有将其拿出来公开正式发表，这或许是因为毛泽东本人对这一作品并不满意。从纯粹诗词鉴赏的角度而言，这首词算不上毛泽东诗词当中的上乘之作。但是，纵观中国革命的整个进程，毛泽东的整个一生以及毛泽东的所有诗词作品，《西江月·秋收起义》具有划时代的不朽意义，其时代价值或许是任何其他毛泽东诗词作品都无法相提并论的，这种价值要远远超越作品的艺术价值本身。

首先，这是由秋收起义在中共党史上的特殊意义决定的。轰轰烈烈的大革命的失败，唤醒了中共中央，唤醒了处在水深火热的劳苦大众，也使毛泽东认清了陈独秀的右倾错误对革命的严重危害。在中国革命处于十字路口时，1927年8月7日，中共中央在汉口召开紧急会议，彻底清算了大革命时期陈独秀的右倾错误，确定了土地革命和武装反抗国民党的方针，并决定在湘鄂粤赣四省发动秋收起义。这次会议是由大革命失败到土地革命兴起的一个历史转折。毛泽东出席了这个重要会议，并当选为临时中央政治局候补委员。会后，毛泽东作为中央特派员前往长沙，积极筹备和策

---

① 《在〈毛主席诗词十九首〉上的批注》，引自《毛泽东诗词大观》，蔡清富、黄辉映编著，四川人民出版社2007年4月第4版，第547页。

划秋收起义，成立了工农革命军第一军第一师，于1927年9月9日发动了武装起义。“湘赣边界秋收起义，在开始时虽然也以攻占大城市为目标，但在遭遇挫折后，毛泽东适时地率领部队走上一条在农村建立革命根据地，以保存和发展革命力量的正确道路。这条道路，代表了1927年大革命失败后中国革命的发展方向。”①

其次，秋收起义是毛泽东人生经历的一个重大转折。尽管在此前毛泽东已经投身革命事业，已经成为一个马克思主义者，但他毕竟不是军事家，而是一个穿长衫的革命家、政治家和社会活动家。换言之，他还是一个“文人”。而“霹雳一声暴动”的秋收起义，使毛泽东的个人角色和人生道路发生了重大转变，穿长衫的他成为带兵打仗的军事指挥者，成为一名用枪杆子改写中国历史的叱咤风云的军事战略家。

1963年9月，毛泽东与新西兰共产党主席威廉斯谈话时说：“白色恐怖一来，工会、农会都被搞掉，我们毫无办法，只好拿起枪来同国民党打仗。事前没有准备，包括我在内，在那时以前也没想到过自己要去打仗。谁叫我去打仗的呢？是帝国主义和它的走狗蒋介石的白色恐怖逼着我们去打仗的。我以前的职业是小学教员，不是军官，所以根本没有想到打仗那回事。虽然那时我已做了六七年党员，做过各种工作，工会工作、农民工作，在国共合作时期也做过国民党工作，也搞过学生运动，就是没有准备要打仗。”② 国民党反动派不仅把毛泽东逼上了军旅生涯，而且教会了毛泽东统兵打仗之道，这一打就打了二十二年，并在二十多年间横扫六合，最终统一大陆河山。

最后，从作为诗人的毛泽东的诗词创作而言，《西江月·秋收起义》具有分水岭的意义和价值，从此他的诗词内容和创作风格也发生了重大变化。《西江月·秋收起义》之前的毛泽东诗词，有《五言·井赞》中“只喝井里水，永远养不长”这样对封建教育模式的不满；有《四言·〈明耻篇〉题志》中声讨窃国大盗袁世凯，“何以报仇？在我学子！”的呐喊；有《四言诗·奋斗》中与天、与地、与人奋斗，“其乐无穷！”的斗争誓言；有《贺新郎·别友》中“汽笛一声肠已断，从此天涯孤旅”的离愁别绪；

---

① 《中国共产党历史》第一卷上册，中共中央党史研究室著，中共党史出版社2002年9月第1版，第309页。

② 《毛泽东谈毛泽东》，胡哲峰、孙彦编著，中共中央党校出版社2008年10月第1版，第105页。

有《沁园春·长沙》中“指点江山，激扬文字，粪土当年万户侯”的火热青春；有《菩萨蛮·黄鹤楼》中“把酒酹滔滔，心潮逐浪高”的激荡心潮。但是，这些作品所抒发得更多的是一种“书生意气”，展示了一个有志青年和革命者的激进形象，寄寓了早年毛泽东对人生事业的坚定信念和光明前途的积极探索。需要说明的是，如今“书生意气”似乎成了一个贬义词，几乎与幼稚、不成熟甚至迂腐相提并论。而毛泽东抒发的“书生意气”绝非如此，那是一个热血男儿的宏图大志和壮怀激烈。但不管怎么说，它与毛泽东在秋收起义之后的“横槊赋诗”相比，无论在内容、题材和风格上都存在极大的差异。

毛泽东率领“霹雳一声暴动”的工农革命军挺进井冈山，创立了中国第一个农村革命根据地。继《西江月·秋收起义》之后，毛泽东今非昔比，他告别了纯粹的“书生意气”，他不再是单纯摹景抒情，他的诗风转入纪实，走向战争。战争，此时对于毛泽东，不再是想象中的场景画面，而是他的生存状态，“旌旗”“鼓角”“围困”“壁垒”“炮声”“敌军”“突变”“开战”“战地”“行军”“命令”“席卷”“风烟滚滚”“枪林”“横扫千军”“鏖战”“弹洞”等，这些用于描写战争、战役、战斗场面的词汇，开始在毛泽东诗词中频繁出现。诗词成为他领导的战争风云的真实写照。

1964 年 10 月，毛泽东和中央领导在人民大会堂观看大型音乐史诗《东方红》，当齐唱那首著名的《秋收起义歌》时，毛泽东右手托住下巴，神情凝重：

拿起武器闹革命，
工友农友真英雄，
秋收起义成了功，
一杆大旗满地红。
跟着领袖毛委员，
走上雄伟的井冈山，
革命要有立脚点，
地是根来枪是胆。
工友农友团结一条心哎，
红色政权扎下万年根，

咳，万年根，
咳！革命永远向前进！向前进！

显然《秋收起义歌》从《西江月·秋收起义》中汲取了珍贵的艺术养分，二者异曲同工，相得益彰，把毛泽东和中国人民心目中的秋收起义升华到一个崭新的境界。掌上千秋史，胸中百万兵。毛泽东全身心地投入秋收起义战场，开始战争生涯，禁不住诗情潮涌。一个人和一代人的心志情怀，纯正精粹，感人至深，影响久远，余韵无尽。

毛泽东诗词大多与毛泽东所经历的政治和军事斗争生涯密不可分。《西江月·秋收起义》概括地记载了秋收起义的情况，揭示了农民暴动的根本原因，表达了对暴动的无限赞美之情。毛泽东领导秋收暴动的壮举，是对中共“八七会议”决议的实践。毛泽东是从战略家的高度来从事这一伟大实践的，没有秋收暴动，就没有向井冈山进军的战略创举。自此毛泽东也从书生本色的马克思主义政治家、革命家进一步成为叱咤风云、指挥千军万马的马克思主义军事家，并最终成为全党、全军、全国人民的伟大领袖。

毛泽东在《念奴娇·井冈山》中所感慨的“犹记当时烽火里，九死一生如昨”是从秋收起义开始的。甚至他一生中唯一一次“被捕”的经历也是在秋收起义期间发生的。

1927 年 9 月 6 日，毛泽东在安源将军事部署筹划完毕后，化装成安源煤矿的采购员，在浏阳县委书记潘心源的护送下，由浏阳农军的刘建中、周克明做向导，离开安源前往铜鼓，去领导秋收起义的军事行动。三天后，他们被反动民团抓住，经历了一次死里逃生。毛泽东后来对美国记者埃德加·斯诺详尽地谈起这次平生最危险的经历：

当我正在组织军队、奔走于汉阳（应为安源，引者）矿工和农民赤卫队之间的时候，我被一些国民党勾结的民团抓到了。那时候，国民党的恐怖达到顶点，好几百共产党嫌疑分子被枪杀。那些民团奉命把我解到民团总部去处死。但是我从一个同志那里借了几十块钱，打算贿赂押送的人释放我。普通的士兵都是雇佣兵，我遭到枪决，于他们并没有特别的好处，他们同意释放我，可是负责的队长不允许。于是我决定逃跑。但是直到离民团总部大约二百码的地方，我才得到了机会。我在那地方挣脱出来，跑到田野里去。

我跑到一个高地，下面是一个水塘，周围长了很高的草，我在那里躲到太阳落山。士兵们追捕我，还强迫一些农民帮助他们搜寻。有好多次他们走得很近，有一两次我几乎可以碰到他们。虽然有五六次我已经放弃希望，觉得我一定会再被抓到，可是我还是没有被发现。最后，天黑了，他们放弃了搜寻。我马上翻山越岭，连夜赶路。我没有鞋，我的脚损伤得很厉害。路上我遇到一个农民，他同我交了朋友，给我地方住，又领我到了下一乡。我身边有七块钱，买了一双鞋、一把伞和一些吃的。当我最后安全地走到农民赤卫队那里的时候，我的口袋里只剩下两个铜板了。①

毛泽东有惊无险，历史真的是值得庆幸！否则，秋收起义计划无法实施，毛泽东的戎马生涯刚拉开序幕就要谢幕，毛泽东的军事才能也无法施展，中国革命的前途也无法料想，至少会像邓小平 1980 年 8 月 21 日会见意大利记者法拉奇时所说的那样：没有毛主席，至少我们中国人民还要在黑暗中摸索更长的时间。

战争风云凭掌握

从中国共产党独立领导武装斗争算起，到打败蒋介石，即从 1927 年到 1949 年，进行了 22 年的军事斗争。这当中，经历了土地革命战争、抗日战争、解放战争。每个大的阶段性战争，所面对的敌人、国内外形势、所处的环境、战争的特点和规律都不尽一致，但毛泽东以其驾驭战争形势的能力，深刻分析处于战争中各种矛盾之间的关系及其影响战争各种因素的变化，掌握战争规律和特点。

英国学者巴特曼在《东方的失败》一书中指出：“毛泽东的战争哲学，如同他以前的战争胜利者的战争哲学一样，也是来源于对战争的分析。毛泽东的寻根究底、洞察一切的头脑很容易习惯于马克思主义辩证的方法，毛泽东的战争理论就是来自他那具有上述两种特征的头脑和他在战场上获得的经验。”②

---

① 《西行漫记》，埃德加·斯诺著，生活·读书·新知三联书店 1979 年 12 月第 1 版，第 141—142 页。

② 转引自《毛泽东兵法十三篇》，漓江出版社 2004 年 5 月第 3 版，第 11 页。

《西江月·秋收起义》中的“地主重重压迫，农民个个同仇”，是毛泽东对国内阶级矛盾的分析和把握。在中国这样一个农民占人口大多数又在封建主义压迫下挣扎的农业大国，各类矛盾错综复杂，但是农民阶级和封建地主阶级之间的矛盾显然是主要矛盾之一。看懂了农民的问题，很大程度上就认识了中国的状况。应该说，在党内最早亲身致力于农民运动并取得重大成果的并不是毛泽东，而是彭湃。他在1922年党成立不久后开始在广东海丰活动，1923年1月领导成立了海丰县总农会，使海丰成为大革命时期农民运动发展得最好的地区。但是他没有把实践上升到理论层次，没有把农民运动看成中国革命的中心问题。而毛泽东则深刻地认识到，中国无产阶级的最广大和最忠实的同盟军就是农民，只有把农民发动起来，中国革命才有可能成功，中国共产党代表的人民才能真正成为历史的主宰。正如埃德加·斯诺所说：“他综合地表现了千百万中国人的急切的要求，特别是农民的。这些农民贫穷困苦，营养不足，被人剥削，目不识丁，可是他们却温柔和善，宽宏大量，勇猛惊人，而且是现在很有反抗精神的群体。他们在中国人民中占大多数。假如这些要求和推动他们前进的运动，是振兴中国的动力的话，那么在这种极富历史意义的时代背景下，毛泽东确有成为中国伟人的可能。”①

在《清平乐·蒋桂战争》中，毛泽东准确地把握到了当时的国内政治形势：“风云突变，军阀重开战，洒向人间都是怨，一枕黄粱再现。”“军阀”，指蒋介石、李宗仁等，还包括国民党新军阀冯玉祥、阎锡山及旧军阀张作霖等。“重”，不仅指出了当时中国各派军阀之间一而再、再而三地爆发战争的社会现象，还点明了当时中国的基本时代特征。正如毛泽东所指出的那样：“中国内部各派军阀的矛盾和斗争，反映着帝国主义各国的矛盾和斗争，故只要各帝国主义分裂中国的状况存在，各军阀就无论如何不能妥协，所有妥协都是暂时的，今天的妥协，即酝酿着明天的更大的战争。”② “洒向人间都是怨”一句指出，这种战争是反动的、非正义的，是当时中国人民多灾多难的根源。连年的军阀混战弄得民不聊生，民怨沸腾，中国是全国都布满了干柴，很快就会燃成烈火。“一枕黄粱再现”，典出唐朝的沈既济的传奇小说《枕中记》。流落邯郸客店的卢生，

---

① 《前西行漫记》，埃德加·斯诺等著，解放军文艺出版社2006年8月第1版，第144页。

② 《中国的红色政权为什么能够存在?》，引自《毛泽东在江西革命斗争时期著作选编》，中央文献出版社2010年8月第1版，第1页。

向道士吕翁诉说自己穷困不得志，当时店主正煮小米饭。吕翁给卢生一个枕头，卢生枕了在梦里封侯拜相，享尽荣华富贵。一觉醒来，小米饭还没有煮熟。毛泽东的寓意在于军阀们称王称霸的野心，必将在广大人民怨愤的烈火中破灭，像《枕中记》中的卢生那样可悲可笑。

白色政权的四分五裂，为革命力量的发展和壮大提供了条件。“军阀间的分裂和战争，削弱了白色政权的统治势力。因此，小块地方红色政权得以趁时产生出来。”[①] 这也就有《清平乐·蒋桂战争》的下阕：“红旗越过汀江，直下龙岩上杭。收拾金瓯一片，分田分地真忙。”毛泽东正是利用蒋桂战争，于1929年内三次入闽，转战闽赣两省，后来开辟了赣南闽西著名根据地。

《清平乐·蒋桂战争》的遣词造句极见功力，运用对比手法，反映了两种截然不同性质的战争所导致的截然不同的景象。一方面是反动派四分五裂，军阀争权夺利，战祸频频，民不聊生，怨声载道；另一方面是根据地不断拓展，切合广大人民根本意愿的土地革命热火朝天，人民群众兴高采烈、欢天喜地。它是1929年中国政局全景式的大写真，也是红军开辟闽西根据地的壮丽画卷，生动形象地诠释了“中国的红色政权为什么能够存在”的真理，对“红旗到底能打多久”的疑问进行了生动有力的回答，也是对那些对革命前途抱有悲观情绪的人最有说服力的深刻教育。

中国革命战争的一个重要特点，即敌强我弱，双方力量对比的悬殊程度，在世界战争史上堪称罕见。不仅敌我双方在兵力总量上长期敌众我寡，而且在武器装备方面也长期处于敌优我劣的状况。这种反差，在毛泽东诗词中也得到了形象的体现。《西江月·井冈山》中的“敌军围困万千重”；《渔家傲·反第一次大“围剿”》中的“二十万军重入赣，风烟滚滚来天半”。但貌似强大的敌人并不可怕，毛泽东始终“我自岿然不动”，“横扫千军如卷席”。

在毛泽东的军旅诗词中，很多诗句描写自然环境。《如梦令·元旦》中的“宁化、清流、归化，路隘林深苔滑”；《减字木兰花·广昌路上》的“赣江风雪迷漫处”；《忆秦娥·娄山关》的“西风烈，长空雁叫霜晨月”和“苍山如海，残阳如血”；《七律·长征》中的“五岭逶迤腾细浪，乌

---

① 《中国的红色政权为什么能够存在?》，引自《毛泽东在江西革命斗争时期著作选编》，中央文献出版社2010年8月第1版，第4页。

蒙磅礴走泥丸。金沙水拍云崖暖，大渡桥横铁索寒。更喜岷山千里雪”；《清平乐·六盘山》中的“天高云淡”；《六言诗·给彭德怀同志》中的“山高路远坑深”；《沁园春·雪》中的“千里冰封，万里雪飘”；《五律·张冠道中》中的“朝雾弥琼宇，征马嘶北风。露湿尘难染，霜笼鸦不惊”；《五律·喜闻捷报》中的“秋风度河上，大野入苍穹”；《七律·人民解放军占领南京》中的“虎踞龙盘今胜昔”等诗句，都是毛泽东对战场自然环境的具体描绘或分析。尽管从中也不难领悟出毛泽东对祖国壮美河山的欣赏以及征服险恶自然环境的豪迈，但是南征北战中的毛泽东不是徐霞客，他踏遍祖国山山水水，不是去探险览胜，更不是为了游山玩水。战场上的自然环境也并非在任何时候都对革命军队那么友善，它们有时是横在革命武装面前的道道险关，有时是摆在人民军队面前的重重阻力，甚至是难以逾越的天然屏障。毛泽东曾为《忆秦娥·娄山关》写过这样的批注：“万里长征，千回百折，顺利少于困难不知多少倍。”① 万里长征，整个中国革命过程又何尝不是如此？中国革命战争是在艰苦卓绝的状况下展开的，这种艰苦不仅因为敌强我弱的基本态势，要经历军事上的激战和政治上的复杂斗争；也因为人们要接受各种恶劣自然条件，诸如崇山峻岭、雄关险隘、狂风暴雨、冰天雪地、急流险滩、荒漠草地等的挑战和考验。毛泽东是非常理性的，对困难有清醒的认识和判断。当然，英勇的中国共产党人和人民军队是无所畏惧的，任凭自然环境多么险恶，都不能阻挠前进的步伐，正所谓“万水千山只等闲”，“三军过后尽开颜”，“大军纵横驰奔”，“天翻地覆慨而慷”。

无非一念救苍生

毛泽东把历史上的战争分成两大类型：一类是正义的，一类是非正义的。一切进步的战争都是正义的，一切阻碍进步的战争都是非正义的。毛泽东把战争的政治目的作为判断战争性质的主要标准。同时，毛泽东还把战争的阶级本质作为区分战争本质的标准之一。他阐述道：“古人说：‘春秋无义战’。于今帝国主义则更加无义战。只有被压迫民族和被

① 《在〈毛主席诗词十九首〉上的批注》，引自《毛泽东诗词大观》，蔡清富、黄辉映编著，四川人民出版社 2007 年 4 月第 4 版，第 547 页。

压迫阶级有义战。全世界一切由人民起来反抗压迫者的战争，都是义战。”①

中国革命战争的政治目的是什么呢？毛泽东在他的诗词中进行了富有诗意和哲理的解答。《清平乐·蒋桂战争》的“收拾金瓯一片，分田分地真忙”，十分形象地点明了第二次国内革命战争的政治目的。“收拾金瓯一片”，瓯，本是盆盂一类的器皿。用“金瓯”比喻疆域完整，典出《南史·金异传》，南北朝时的梁武帝说：“我国家犹若金瓯，无一伤缺。”红军进军闽西，又开辟了根据地。闽西那一小块根据地，不过是祖国辽阔疆土上的一小部分，因而算是“收拾金瓯一片”。为什么在当时红军不收拾整个“金瓯”呢？这是中国革命的阶段性特点所决定，在当时条件下的实力尚弱的红军还不具备“一统河山”的能力，只能先谋求“一国之内，在四围白色政权的包围中，有一小块或若干小块红色政权的区域长期地存在”。② 这种政治目的既是积极的也是稳妥的。“分田分地真忙”是孙中山为之奋斗几十年而未能实行的“耕者有其田”的伟业，这是多么伟大的正义战争啊！一个“忙”字，闽西农民群众参加土地革命的踊跃和热情便跃然纸上。没有亲身经历，没有和农民同呼吸共命运的感情是断然写不出的。同时，亦可见作者锤炼字句的功力。正如清代赵翼所说：“所谓炼者，不在乎句险语曲，惊人耳目；而在乎言简意深，一语胜人千百，此真炼也。”

《念奴娇·昆仑》中的“太平世界，环球同此凉热”，可以说是中国革命战争所追求的终极目标。天下太平和世界大同是中国共产党人的最高理想，也是古往今来仁人志士和广大被压迫人民、被压迫民族的共同心愿。但是，这样的理想在帝国主义存在、在反动阶级存在的情况下是无法实现的，必须通过战争消灭它们之后才有可能。列宁曾经指出：“无产阶级无论现在和将来都要始终不懈地反对战争，但它一分钟也没有忘记：只有完全消灭划分为阶级的现象，才可能消灭战争。”③ 毛泽东继承和发展了这个观点，明确指出，我们进行“战争的目的在于消灭战争”。④ 无产阶级不同

---

① 《毛泽东选集》第1卷，人民出版社1991年版，第161页。

② 《中国的红色政权为什么能够存在?》，引自《毛泽东在江西革命斗争时期著作选编》，中央文献出版社2010年8月第1版，第2页。

③ 《列宁军事文集》，战士出版社1981年版，第25页。

④ 《毛泽东选集》第1卷，人民出版社1991年版，第174页。

于其他一切剥削阶级，不是为了战争而战争，而是为了消灭一切战争，从根本上说，是为了实现消灭剥削、消灭压迫，实现永久和平，实现天下大同。这是无产阶级进行战争的最终目的。

1945年8月15日，日本帝国主义投降，八年抗日战争胜利结束。抗日战争结束后，中国又处于战争与和平的十字路口。蒋介石在加紧准备内战的同时，大肆玩弄“和平”阴谋，连续三次电邀毛泽东到重庆“和谈”。为了戳穿蒋介石假和平真内战的面目，1945年8月28日，毛泽东飞抵山城重庆，与蒋介石国民党进行和平谈判。这次谈判的时间长，涉及的问题尖锐，过程艰巨、曲折、复杂，在基本立场上争辩激烈，针锋相对。毛泽东在重庆谈判结束期间返回延安前，写下了一首诗，回忆了这场谈判斗争的情景：

七律·忆重庆谈判

一九四五年秋

有田有地吾为主，无法无天是为民。
重庆有官皆墨吏，延安无土不黄金。
炸桥挖路为团结，夺地争城是斗争。
遍地哀鸿满城血，无非一念救苍生。

这首词比较了国统区与解放区黑暗与光明两种完全不同的情况，语言明朗通达，看似平淡无奇，但每一句都有相互针对的双层意思，内容很丰富。它反映了1945年抗日战争胜利之后，解放战争的炮火大规模轰鸣之前的国内局势，以及中国共产党根据国内局势所采取的基本方针。特别是尾联“遍地哀鸿满城血，无非一念救苍生”明确表达了革命军队进行革命战争的目的所在。遍地都是悲苦哀号的百姓，满城流淌着人民的鲜血，共产党和人民军队进行抗争就是为了解救万民于水火。“救苍生”是作者自己的理想，也是共产党的使命。中国共产党从成立的那一天起，就是为了推翻导致“遍地哀鸿满城血”的反动统治，解放中国人民和全人类。为此神圣使命，中国共产党组建了武装力量，同各种反动势力进行了坚决的斗争。建立革命根据地，长征、抗日等，都是为了让广大人民翻身得解放。蒋介石为了包围和消灭共产党领导的人民武装，切断解放区与外部地区的联系，“炸桥挖路”，还美其名曰“为团结”。

而中国共产党人进行重庆和谈，“争地夺城”，针锋相对，寸土必争，就是为了反对独裁、拯救苍生，建立独立、自由、民主的国家，为人民争取光明的前途。

天兵怒气冲霄汉

毛泽东被中外军事家誉为“人民战争之王”。毛泽东认为，人是战争胜负的决定因素。而他所说的战争中的人，主要不是指个人，而是指军队的整体和整个阶级的人民。他曾多次指明：人民是战争胜败的决定因素。毛泽东阐述说：“真正的铜墙铁壁是什么？是群众，是千百万真心实意地拥护革命的群众。这是真正的铜墙铁壁，什么力量也打不破的，完全打不破的。……在革命政府周围团结起千百万群众来，发展我们的革命战争，我们就能消灭一切反革命，我们就能夺取全中国。”① 他有一句至理名言：“兵民是胜利之本。”② 他还深刻地阐明了人民群众作为战争胜败的决定因素的根本原因：“战争的伟力之最深厚的根源，保存于民众之中。③”

把握到了毛泽东的人民战争思想，再来品读毛泽东诗词就不难理解了。毛泽东诗词鲜明地表现了诗人那种科学的历史观。史书总是片面强调英雄创造历史，帝王将相主宰历史，毛泽东诗词则形象地展示“人民创造历史”的坚定信念。《减字木兰花·广昌路上》的“十万工农下吉安”；《蝶恋花·从汀州向长沙》的“百万工农齐踊跃”；《渔家傲·反第一次大“围剿”》中的“唤起工农千百万”，真切地反映出毛泽东对战争动员的高度重视。毛泽东在这几首词中使用数量词的时候，或许没有想到逻辑顺序，但是依次出现的“十万”“百万”“千百万”却十分形象地展示了革命力量不断成长壮大的历史进程。从数量词的递进中，不仅可以看到毛泽东进行战争动员的工作力度不断加大，更能显示毛泽东和共产党人获得民众支持的效果日益显著。这表明共产党人的主张正在不断深入人心，也表明人民群众同情和支持革命的政治觉悟不断提高，中国革命战争的人民群众基础不断夯实和稳固。

---

① 《毛泽东选集》第1卷，人民出版社1991年版，第139页。
② 《毛泽东选集》第2卷，人民出版社1991年版，第509页。
③ 《毛泽东选集》第2卷，人民出版社1991年版，第511页。

《渔家傲·反第二次大“围剿”》中的“枯木朽株齐努力”堪称是这一效果的生动写照。“枯木朽株”语出《史记·邹阳列传》，汉邹阳《自狱中上梁孝王自明书》：“故有人先谈，则枯木朽株树功而不忘。”邹阳以“枯木朽株”自喻，原系自谦之词。而在毛泽东诗词中，“枯木朽株”的含义则十分深刻。就字面而言，“枯木朽株”指的是山上的残枝败叶，红军包围歼灭国民党军队的时候，连枯木朽株也发挥了帮助红军抗击敌军的作用。但其引申意义则是中国社会的底层民众，即当今所谓的“草根一族”。连枯木朽株都一齐努力上阵参战，那么根据地军民合力抗敌的情景，岂不是可想而知了吗？一方面说明调动了所有的力量，动员了广大的工农群众，“斩木为兵，揭竿为旗”；另一方面也可以说敌人在败逃中，“风声鹤唳，草木皆兵”。毛泽东通过艺术渲染、艺术夸张，便把根据地男女老少群策群力、全民皆兵，努力杀敌的人民战争场景，惟妙惟肖地表现出来了。

革命战争的人民性，也决定了革命武装的正义性。毛泽东强调“枪杆子里面出政权”，不遗余力地致力于建立、发展、壮大革命武装。但是，古往今来一切反动统治者总是认为压迫有理，剥削有理，而反抗无理，革命无理，把敢于挑战他们的统治秩序的革命者诬蔑为“盗匪”“妖魔”。从《蝶恋花·从汀州向长沙》中我们读到的“六月天兵征腐恶”，《渔家傲·反第一次大“围剿”》的“天兵怒气冲霄汉”中，毛泽东为革命武装进行了正名，旗帜鲜明地称工农红军为“天兵”，亦即仁义之师、正义之师。在中国文化中，人们心目中的“天”不像西方文化那样是纯粹的自然，不仅是个天体概念，更是一个伦理概念，具有某种道德意义，而且往往寓意正义和公道。当然，毛泽东把红军称为“天兵”，和古人心目中的“天兵”有着本质的不同，因为红军是完全彻底地为人民大众谋求公平正义的革命军队，而不是古代为统治者效力的国家正统军队，更不是来自天宫的神兵天将。

革命战争全景画

1994年第3期《心桥》发表的冯都的《毛泽民与苏区货币》一文，以及湖南省历史资料研究室编的《史海纪实》总第26期第53页，都提到了这样一则历史趣闻：1931年7月在江西瑞金时，毛泽东曾经作了一副对联赠给时任中华苏维埃共和国国家银行行长的毛泽民。上联是：柴米油盐酱醋茶；下联是：枪炮弹药梭镖叉。这样一句上联，文人可能会对：琴棋书画诗酒花；画家可能会对：赤橙黄绿青蓝紫；家庭主妇可能会对：锅碗瓢盆桌椅凳；工程师可能会对：铂铜钢铁铝锌镁。毛泽东已经投身于戎马生涯，终日枪林弹雨，自然是满脑子“枪炮弹药梭镖叉”了。

美国作家、诗人保罗·安格尔对毛泽东诗词颇有研究，他认为：“毛泽东的诗歌是一部具有高度政治军事性质的自传。”他指出：“本世纪二十年代末和三十年代初，在中国江西省和湖南省的国共两党的战斗中，毛泽东曾多次遭遇到生命的危险。在长征中，他有三次差一点死去。他常常能在战斗发生后就写出一首诗来。其中有几首诗是关于长征的，作于那变幻莫测凶险异常的征途中。”他惊叹道：“可以肯定，那时没有什么人的头脑里会想到诗歌。”①

作为一个伟大的军事统帅，毛泽东身经百战。毛泽东的军旅诗词，是伴随其军旅生涯同期创作的，反映了他军旅斗争的生活现实。谱写革命战争的画卷，塑造革命军队的形象，是毛泽东军旅诗词创作的重要价值。郭沫若称毛泽东的一些词是“马背上哼成的”，形象地点出了他的很多军旅诗词是在作战、行军途中吟成的，是直接或间接描写革命战争实践的。

毛泽东从领导秋收起义到指挥解放战争，他真正在“马背上”的时间并不长，只有四个时期：一是井冈山斗争时期和中央苏区期间；二是长征期间；三是在东征期间；四是在转战陕北期间。在战争环境下行军转移，往往是两次作战之间的一次休战，一种休闲，坐在马背上信马由缰，心情放松，闲适舒畅，有了几分从容，有了几许灵感，加上有充沛的精力，充裕的时间，正可以精心构思，仔细推敲，于是一首诗词的腹稿就酝酿完成。

毛泽东的突出特点，就在于他越是形势紧张的时候，诗兴越浓；越是处在逆境中，他的诗词创作越多。这固然与他的个性有关，也充分说明文学作品来源于火热的斗争生活这一马克思主义的创作原理。这就不难解释，为什么在毛泽东和中国共产党的处境最为艰难的井冈山斗争时期、中央苏区时期以及长征时期，恰恰是毛泽东的诗词创作最为活跃的时期。

---

① 《革命的领袖，浪漫的诗人》，［美］保罗·安格尔，原载《毛泽东思想研究》1988 年第 3 期。

毛泽东深深眷恋着马背上的生活，马背上的颠簸往往使他诗兴勃发。直到晚年，他回忆起马背上的生活，仍然怀着难以抑制的激动。1955 年毛泽东在会见法国前总理富尔时，曾与他谈起自己的诗。毛泽东说："这是以前的事了。我的确曾经写诗，那时我过着戎马生活，骑在马背上，有了时间，就可以思索，推敲诗的押韵。在马背上的生活，真有意思。有时我回想那些日子，还觉得留恋。"

听了这番话，这位法国政治家后来评论道："诗歌不仅仅是毛泽东生平中的一件逸事，我的确相信它是了解毛泽东的性格的关键之一。毛泽东和许多马克思主义者不一样，他不是一本书读到老的人。他在这些简短诗歌里表达的思想，不受党的教条和辩证法的辞藻所束缚。他用简单的形式，表达生动而深刻的革命题材，是国内所有人都能够理解的，也是世世代代的人都能够理解的。这位革命者带着人道主义的气息。单是这点，就足以说明中国共产主义的某些创新。"①

毛泽东的军旅诗词不是赋闲文人的消遣之作，它们艺术地记录了中国革命史上的重大事件或者重要战役、战斗，是"诗""史"合一的。读者们应该感到庆幸，毛泽东在马背上"思索""推敲"而吟成的诗词作品，使我们得以透过毛泽东诗词所反映的"生动而深刻的革命题材"，去回味毛泽东自己"觉得留恋"的戎马生涯，去重温波澜壮阔的中国革命史的伟大进程。

根据毛泽东军旅诗词创作的缘起或者表达的内容，可以将其粗略地分成三种类型。

第一种类型：战斗词。这类词在短小篇幅内直接描写战斗或者战役的宏大场面与激烈过程，表现出毛泽东卓越的写实功力。它们以"客观的描摹"见长，属于"直观感相摹写"，可以说是小型叙事诗。如《西江月·秋收起义》写秋收暴动；《西江月·井冈山》写黄洋界保卫战；《清平乐·蒋桂战争》上半阕写军阀混战，下半阕写红军征战闽西；《渔家傲·反第一次大"围剿"》《渔家傲·反第二次大"围剿"》分别描写两次反"围剿"的情形；《忆秦娥·娄山关》写红军攻打娄山关；《七律·人民解放军占领南京》描写渡江战役。这些作品所反映的重要战事，除《西江月·井冈

① 《毛泽东会见记》，富尔，转引自《毛泽东谈毛泽东》，胡哲峰、孙彦编著，中共中央党校出版社 2008 年 10 月第 1 版，第 197 页。

山》所描绘的黄洋界保卫战他本人没有参加、策划和指挥外，其余全都是他亲身经历或者运筹指挥的。这也充分说明，毛泽东1965年重上井冈山时，在《念奴娇·井冈山》一词中所写的“犹记当时烽火里，九死一生如昨”的感慨，绝不是一个旁观者的议论，完全是一个身经百战的“过来人”的真切体验。

第二种类型：行军词。这类词的叙事成分显然要减少了许多，重点表现的是主动征战的豪情。如《如梦令·元旦》写红军在闽赣之间穿插，开展游击战争；《减字木兰花·广昌路上》以“雪里行军情更迫”点出征战之情迫切，突现“十万工农下吉安”的豪迈；《蝶恋花·从汀州向长沙》以“席卷江西直捣湘和鄂”一句，抒写红军第一军团在1930年六七月间进军中的磅礴气势；《七律·长征》状写“红军不怕远征难，万水千山只等闲”的非凡壮举；《清平乐·六盘山》抒发红军翻越六盘高峰，摆脱反动军队围追堵截的喜悦心情；《五律·张冠道中》反映毛泽东撤离延安、转战陕北、寒夜行军，“踟蹰张冠道，恍若塞上行”的独特感受。

第三种类型：抒怀词。这种归类或许有些牵强，因为毛泽东的所有诗词作品都可谓是毛泽东的感怀之作，都表达了毛泽东的胸襟情感和心路历程。但是，值得注意的是，毛泽东的部分军旅诗词不是或者主要目的不在于记录历史事件，而在于抒发因这些历史事件而激起的思想情感或者引发的联想议论。从这个层面而言，将这些作品称为抒怀词，似乎并无不妥。如《采桑子·重阳》《菩萨蛮·大柏地》《清平乐·会昌》侧重于表达毛泽东在井冈山斗争和中央苏区时期处在人生的逆境阶段时的内心郁闷与人格超越。这里有“战地黄花分外香”的壮志豪情，有“装点此关山，今朝更好看”的高昂爽朗，有“踏遍青山人未老”的革命气节。《十六字令三首》表达了毛泽东征服险峰峻岭的英雄气概和与山融为一体、充当民族脊梁的钢铁意志。《念奴娇·昆仑》抒发了反抗帝国主义、追求“太平世界，环球同此凉热”，世界大同的崇高理想。《沁园春·雪》表达了毛泽东雄视千古、创造未来的博大胸襟。《六言诗·给彭德怀同志》则流露出毛泽东对叱咤风云的彭德怀的赞叹，是油然发自肺腑的爱将颂歌。《临江仙·给丁玲同志》则是毛泽东对于进步文人追求光明投身革命的高度赞赏。《五律·喜闻捷报》传达了毛泽东在中国人民解放军由战略防御转入战略进攻阶段，得知西北野战军钳制和消灭国民党胡宗南主力的胜利捷报的喜悦心情和缕缕乡思。毛泽东所表达的既有中国革命遭遇挫折时而导致的心情

“郁闷”，更有革命战争不断取得胜利、革命事业不断向前推进而引发的精神“舒快”。

埃德加·斯诺在连续数夜访谈毛泽东，记录“一个共产党员的由来”时写道：“毛泽东的叙述，已经开始脱离‘个人历史’的范畴，有点不着痕迹地升华为一个伟大运动的事业了，虽然他在这个运动中处于支配地位，但是你看不清他作为个人的存在。所叙述的不再是‘我’而是‘我们’了；不再是毛泽东，而是红军了；不再是个人经历的主观印象，而是一个关心人类集体命运的盛衰的旁观者的客观史料记载了。”① 尽管斯诺把毛泽东称为“一个关心人类集体命运的盛衰的旁观者”不很恰当，因为毛泽东不是“旁观者”而始终是“参与者”和“领导者”，但是我们还是得佩服斯诺先生在对待毛泽东自述问题上的独到眼光。

同样，人们在赏鉴毛泽东诗词的时候，也不难发现一个现象：毛泽东的军旅诗词使得中国革命史变得更加气韵生动、形象传神，但是，它们所反映的绝非毛泽东个人的“从军史”或“征战史”，所致力于塑造的形象也绝非毛泽东个人的“自我画像”，而是人民军队的英雄群像。换言之，毛泽东诗词纪实也罢，抒怀也罢，所塑造的形象不是“小我”而是“大我”，所表达的不是“小我”之情而是“大我”之情。毛泽东经历了从最初的“小我”走向“大我”然后走向“忘我”的境界。他已经超然物外，理性地抒情，把个人的情感和革命事业、人民命运、革命战争进程融合在一起。

在毛泽东军旅诗词中，有几次用到“我”字，如《西江月·井冈山》中的“敌军围困万千重，我自岿然不动”；《念奴娇·昆仑》中的“而今我谓昆仑：不要这高，不要这多雪”；《六言诗·给彭德怀同志》中的“谁敢横刀立马？唯我彭大将军”。显然，这几个诗句中的“我”字，与《蝶恋花·答李淑一》中的“我失骄杨君失柳”中的“我”字不同，不是单纯指作者本人，既包括作者自己，也包括他人；既指个体，也指群体。正所谓“十万工农下吉安”，“百万工农齐踊跃”，“红军不怕远征难”，“数风流人物，还看今朝”，“百万雄师过大江”，革命队伍浩浩荡荡。

淡化了“小我”，自然就摒弃了作为个体的“我”的孤独、惆怅、郁

① 《西行漫记》，埃德加·斯诺著，生活·读书·新知三联书店 1979 年 12 月第 1 版，第 147 页。

闷、凄苦、彷徨。于是，毛泽东笔下的革命主体都是勇往直前、坚定不移、刚毅执着的革命武装力量。在《西江月·秋收起义》“匡庐一带不停留，要向潇湘直进”，《清平乐·蒋桂战争》“红旗跃过汀江，直下龙岩上杭”，《如梦令·元旦》“今日向何方，直指武夷山下”，《蝶恋花·从汀州向长沙》“席卷江西直捣湘和鄂”这几个诗句中，作者都使用了“直”字。这是何其传神而又含义深邃的一个字！顾名思义，所谓“直”就是不“弯”，就是直截了当，就是直奔目标。对于革命战士来说，当他们已经明确革命的方向与目标，或者当中国共产党已经为这支队伍指出了前进的方向与目标，在朝着这个方向前进的过程中，在努力实现这个目标的过程中，不会因为中途遇到艰难险阻而放弃，不会因为遇到功名利禄的诱惑而退出，也不会因为取得小小的成功就沾沾自喜，而只会义无反顾地朝着既定目标奋力前行，其原因就在于理想信念坚不可摧。也正因为如此，中国人民解放军占领南京之后，人民军队丝毫没有松懈，以“宜将剩勇追穷寇”的战斗姿态，“将革命进行到底”，要干净、彻底、全部地消灭中国境内一切敢于顽抗的国民党反动派及其残余势力，进而解放全中国。

因为革命队伍始终坚信“星星之火，可以燎原”，任何貌似强大的敌人，任何恶劣的气候条件，任何险峻的自然环境都不能动摇革命战士的钢铁意志，都无法削弱他们大无畏的英雄气概，反而会被其逐一征服。正如爱默生所说：“自信是英雄主义的精髓。它是灵魂交战时的状态。它的终极目标就是极大地藐视虚伪和邪恶，有能力承受恶势力施加的一切灾难。”[①] 哪怕“敌军围困万千重”，“我自岿然不动”，“黄洋界上炮声隆，报道敌军宵遁”充满了众志成城、智退敌军的轻松与幽默。即便“路隘林深苔滑”，依然“风展红旗如画”。“今日向何方，直指武夷山下”，一问一答，干脆利落，语气肯定，表现了作为军事指挥者的毛泽东坚定沉着、胸有成竹、从容不迫，大有“指挥若定失萧曹”之概，也反映出红军镇定自若、井然有序、步调一致，颇具“万马不嘶听号令”之势。“赣江风雪迷漫”也无法阻碍“十万工农下吉安”的浩荡声势。别看国民党部队向革命根据地进攻围剿时来势汹汹，气焰嚣张，英勇善战的红军诱敌深入，把敌人打得落花流水，“齐声唤，前头捉了张辉瓒”。张辉瓒因此成为被毛泽

① 《爱默生集》(上)，吉欧·波尔泰编，赵一凡等译，生活·读书·新知三联书店 1993 年版，第415 页。

东诗词点名的唯一一位国民党败将，也算是“名扬天下”了。“西风烈”也好，娄山关险隘“真如铁”也罢，在遵义会议精神鼓舞下的红军“而今迈步从头越”。红军一旦“今日长缨在手”，就一定要“缚住苍龙”蒋介石，不达目的，绝不罢休。在“不怕远征难”的红军看来，“万水千山只等闲”，“屈指行程二万”。“山高路远坑深”岂能阻挡“大军纵横驰奔”。“虎踞龙盘”的南京岂能抵挡“百万雄师过大江”这样摧枯拉朽的猛烈攻势，结果自然是“天翻地覆慨而慷”。

奇谋用兵真如神

毛泽东是举世公认的伟大的军事家，但他不是从军校也不是从军营中培养出来的，而是在硝烟弥漫的战争中成长起来的。毛泽东亲自领导了秋收起义，开辟了井冈山革命道路，击败了国民党军队的一次次围剿，领导红军完成了震惊世界的两万五千里长征，领导八路军和新四军抗击日本帝国主义侵略，领导中国人民解放军打败了国民党八百万军队，建立了中华人民共和国。毛泽东经历的战争错综复杂，他指挥的战役之多和规模之大，都是前无古人的。

波澜壮阔的中国革命战争孕育了毛泽东的指挥艺术。他说：“做一个真正能干的高级指挥员，不是初出茅庐或仅仅善于在纸上谈兵的角色所能办到的，必须在战争中学习才能办得到。”① 毛泽东善于在战争中学习战争，在战争中总结战争规律。他指出：“读书是学习，使用也是学习，而且是更重要的学习。从战争中学习战争——这是我们的主要方法。没有进学校机会的人，仍然可以学习战争，就是从战争中学习。革命战争是民众的事，常常不是学好了再干，而是干起来再学习，干就是学习。”② 在井冈山革命根据地创建和巩固的军事斗争中，毛泽东积累了“消灭敌人，保存自己”的经验，也初步形成了游击战争的战略战术原则。他在军事指挥上料事如神，运筹帷幄，创造了一个个战争奇迹。但他还是说自己不大懂军事：“军旅之事，未之学也，我不是个武人，文人只能运用笔杆子，不能

① 《中国革命战争的战略问题》，引自《毛泽东江西革命斗争时期著作选编》，中央文献出版社 2010 年 8 月第 1 版，第 113—114 页。

② 《中国革命战争的战略问题》，引自《毛泽东江西革命斗争时期著作选编》，中央文献出版社 2010 年 8 月第 1 版，第 114 页。

动枪。”① 然而，中国革命把这位气吞山河、纵贯古今的诗人造就为中国人民军队的伟大统帅，造就为指挥艺术变幻莫测、出神入化、博大精深的兵法大师。

郭沫若在《喜读毛主席的〈词六首〉》中评述道：毛主席“尽管是在枪林弹雨中驰骋，尽管是在出生入死，你看主席是怎样地‘指挥若定’，多么闲适，多么镇定，多么乐观！在他的面前腐恶的敌人如同没有，暂时性的困难如同没有，有的就只是人民革命的胜利、工农群众的大解放。”面对险恶环境，毛泽东以亲历者而不是旁观者，以战争的驾驭者而不是从属者的身份，把诗情融入战争，使战争充满诗意，实现了诗词大家与战略大师的完美结合，既体现了毛泽东非凡的诗词造诣又展示了他卓越的军事才能。

《蝶恋花·从汀州向长沙》“席卷江西直捣湘和鄂”，《渔家傲·反第二次大“围剿”》“横扫千军如卷席”，很多鉴赏家在解读这两句时，一般都会认为，它们表达了毛泽东的浪漫与豪迈，反映了根据地建设与发展速度之快，说明了红军作战勇猛、势不可当。这些理解都没有错，但是还只是处在很浅的层次上，并未领悟出其中的深意。其实，这两句诗蕴含了作为战略家的毛泽东的一种战略思维，是毛泽东对中国革命敌强我弱态势的一种重要态度。毛泽东的军事思想蕴含丰富，但是“战略上藐视敌人，战术上重视敌人”无疑是其最重要的观点之一，而这两句诗正是这一重要战略思想的具体体现和诗意表达。

这两句中分别使用了“席卷”和“卷席”，其意都是形容如卷席子一般包揽无余。汉代贾谊《过秦论》中说：“有席卷天下，包举宇内，囊括四海之意，并吞八荒之心。”毛泽东是非常理性、务实的军事家，他不会不清楚，在敌强我弱的现实条件下，红军抗击反动军队时还很难真正做到“席卷”或“卷席”那么轻松随意，而他用这样的诗句，则不是仅仅单纯彰显诗人的夸张与浪漫，而是要告诉读者，告诉红军战士，敌人并不可怕，敌人的强大只是表面的而且是暂时的，强与弱是相对的而且是可以相互转化的，这样就能够鼓舞红军战士的士气和斗志，使他们看到希望看到前途。毛泽东指出：“‘以一当十，以十当百’，是战略的说法，是对整个战争整个敌我对比而言的”，“我们是以少胜多的——我们向整个中国统治

① 《毛泽东》，赵大义著，中央文献出版社2006年5月版，第203页。

者这样说。我们又是以多胜少的——我们向战场上作战的各个局部的敌人这样说。”①

在《西江月·秋收起义》中，毛泽东通过揭露“地主重重压迫”的黑暗现实，以至“农民个个同仇”并“霹雳一声暴动”，这是《孙子兵法·谋攻篇》“上下同欲者胜”的具体实践，也是毛泽东重视农民在中国革命的重要地位的具体体现。《西江月·井冈山》描述的是黄洋界保卫战。黄洋界常年烟雾弥漫，地势非常险要，一方面根据地军民面对“敌军围困万千重”的严峻形势时“我自岿然不动”，另一方面是红军凭险而守，修筑道道工事，设防之严，自不待言，“早已森严壁垒，更加众志成城”。其结果自然是“黄洋界上炮声隆，报道敌军宵遁”。毛泽东没有直接参加或指挥黄洋界保卫战，但是这场战斗却是按照毛泽东的打法而取胜的。这是一场以少胜多的战斗，是一场军民携手克敌制胜的战斗，它是毛泽东农村根据地战略思想的胜利，也是毛泽东人民战争理论的胜利。

在毛泽东诗词中，反映红军运动、行军的诗句不少，如《如梦令·元旦》“宁化、清流、归化，路隘林深苔滑”；《减字木兰花·广昌路上》“雪里行军情更迫”；《蝶恋花·从汀州向长沙》“席卷江西直捣湘和鄂”；《渔家傲·反第二次大“围剿”》“七百里驱十五日，赣水苍茫闽山碧，横扫千军如卷席”。尤其是“宁化、清流、归化，路隘林深苔滑”这句的表达方式，不免使人想起杜甫的《闻官军收河南河北》，“即从巴峡穿巫峡，便下襄阳向洛阳”，两句连用四个地名，传达出杜甫返回家乡的狂喜心态。而毛泽东的诗句连写三个地名，紧接着出现三个词组，既化抽象地名为具体形象，又使景物描写有了具体位置，三个地名就像电影中的蒙太奇，从读者眼前一闪而过，足以显示部队行军之急，征程之难，进军之险。

历代兵家都把游击战作为辅助的作战形式，把正规战作为主要作战形式。而毛泽东则独树一帜，把游击战当作克敌制胜的主要作战形式，提高到战略地位来认识。毛泽东认为，游击战是一种非正规作战，较正规战具有更大的主动性、灵活性、进攻性、速决性和机动性，是弱军与强敌斗争的有效手段。

1930 年 12 月下旬，工农红军一方面军召开第一次反“围剿”誓师大

① 《中国革命战争的战略问题》，引自《毛泽东江西革命斗争时期著作选编》，中央文献出版社 2010 年 8 月第 1 版，第 114 页。

会，毛泽东为此专门题写了一副对联：

敌进我退，敌驻我扰，敌疲我打，敌退我追，游击战里操胜算；
大步进退，诱敌深入，集中兵力，各个击破，运动战中歼敌人。①

可以说这副对联正是对毛泽东游击战战术原则和作战效果的高度概括和总结。“打得赢就打，打不赢就走”，也是毛泽东的一句名言，说的是“打”与“走”的关系。“走”的目的是打，“走”是为了避敌主力，是为了寻找敌之弱点，“走”的时间往往大于打的时间。这就难怪，毛泽东会用那么多诗句去描绘“走”。

人民军队历史上最有名的“走”就是长征。1934 年 10 月间，中央红军主力从中央革命根据地出发作战略大转移，经过福建、江西、广东、湖南、广西、贵州、四川、云南、西康、甘肃、陕西 11 个省，击溃了敌人疯狂的围追堵截，战胜了军事上、政治上和自然界的无数艰险，行军二万五千里，终于在 1935 年 10 月到达陕北革命根据地。10 月初，毛泽东率领红军到达甘肃通渭，在城东的一所小学校里召开全军副排长以上的会议，毛泽东向全体干部讲了长征的意义并朗诵了《七律·长征》：

七律·长征

红军不怕远征难，万水千山只等闲。
五岭逶迤腾细浪，乌蒙磅礴走泥丸。
金沙水拍云崖暖，大渡桥横铁索寒。
更喜岷山千里雪，三军过后尽开颜。

这首诗堪称妇孺皆知，但是很多人或许不清楚，在所有毛泽东诗词中，这是最早公开发表的作品。1937 年 4 月，北平东方快报印刷厂秘密印发了一本《外国记者西北印象记》，主要内容是斯诺 1936 年在陕北采访毛泽东的有关报道和讲演，以及毛泽东同他的谈话等。在该书《毛泽东——苏维埃的台柱》部分，斯诺写道：“他更提到红军如何举行了向西北的长

① 《毛泽东对联赏析》，杜忠明编著，中央文献出版社 2005 年 1 月第 1 版，第 50 页。

征。关于这次长征，他写了一首古典的诗。”[①] 这是有关这首诗最早的文字记载。该书“封三刊登了毛主席长征诗一首《红军不怕远征难》，可以说是第一次把毛主席的诗词介绍给读者”。[②] 斯诺在1958年出版的《复始之旅》一书中讲，1936年10月，他在陕北保安采访毛泽东时，“他为我亲笔抄下了他作的关于红军长征的一首诗。在他的译员的帮助下，我当场用英文意译了出来”。[③] 后来斯诺把《七律·长征》收进了伦敦戈兰茨公司1937年10月出版的《红星照耀中国》一书。该书的第一个中译本于1938年2月由上海复社翻译出版，并易名为《西行漫记》，其中《长征》一章，即以此诗结尾。斯诺写道：“我把毛泽东主席关于这一六千英里的长征的旧体诗附在这里作为尾声，他是一个既能领导远征又能写诗的叛逆。”[④] 当毛泽东把诗作抄赠给斯诺的时候，恐怕他自己也没有料想到，《七律·长征》不仅成为最早公开发表的毛泽东诗作，还成为最早“出口转内销”的毛泽东诗作。

长征无疑是毛泽东的一段艰难岁月，他叙写的语气却很平淡，“万水千山只等闲”，“屈指行程二万”。但长征施展了毛泽东的用兵韬略。在毛泽东“得意之作”的四渡赤水中，为摆脱国民党军的围追堵截，毛泽东以“走”制敌，以高度灵活机动的运动纵横驰骋在云贵高原，用“走”甩开了强大的敌人，最终结束了被敌人穷追不舍的被动局面。

毛泽东描写具体战事的诗词主要集中在井冈山斗争和中央苏区时期。而毛泽东在对第二次国内革命战争进行总结时，认为“围剿”和反“围剿”是中国内战的主要形式。他指出：“十年以来，从游击战争开始的一天起，任何一个独立的红色游击队或红军的周围，任何一个根据地的周围，经常遇到的是敌人的‘围剿’。敌人把红军看作异物，一出现就想把它捕获。敌人总是跟着红军，而且总是把它围起来。这种形式，过去十年是没有变化的……红军的活动，采取了反‘围剿’的形式。所谓胜利，主要地是说反‘围剿’的胜利，这就是战略和战役的胜利。……十年的红军

---

① 《前西行漫记》，埃德加·斯诺等著，解放军文艺出版社2006年8月第1版，第144页。

② 《前西行漫记》，埃德加·斯诺等著，解放军文艺出版社2006年8月第1版，第9页。

③ 转引自《毛泽东诗词全编鉴赏》，吴正裕主编，中央文献出版社2003年12月第1版，第148页。

④ 《西行漫记》，埃德加·斯诺著，生活·读书·新知三联书店1979年12月第1版，第181页。

战争史，就是一部反‘围剿’史。”①

这样一来，《渔家傲·反第一次大“围剿”》《渔家傲·反第二次大“围剿”》正好可以成为我们通过诗词把握毛泽东用兵奥妙的重要渠道。蒋介石向革命根据地发动第一次“围剿”时，纠集了10万人，采取“长驱直入，分进合击”的作战方针。蒋介石向革命根据地发动第二次“围剿”时，纠集了20万人，采取“步步为营，稳扎稳打”的作战方针。毛泽东则提出“诱敌深入”，即对敌人实行“肥的拖瘦，瘦的拖死”的战术，将敌人拖得筋疲力尽，士气低落，弱点暴露。这时以逸待劳的红军，看准敌人的弱点，再一鼓作气，将敌军围歼。“雾满龙冈千嶂暗”，“白云山头云欲立，白云山下呼声急，枯木朽株齐努力”，“七百里驱十五日，赣水苍茫闽山碧”，毛泽东可谓对“山”和山地作战情有独钟。打游击战必须以有利的地形为前提，而山地正是开展游击战最为优越的地方。红军利用有利地形和群众基础与敌人周旋，以“打圈子”的办法迷惑和牵制敌人。红军时而埋伏于深山之中，加以云雾缭绕，犹如藏龙隐豹；时而又大踏步穿插于密林中，绕得敌人晕头转向，不知所措。加上“天兵怒气冲霄汉”，“唤起工农千百万，同心干”，“飞将军自重霄入”，红军可谓占尽天时、地利、人和，自然也就可以胜券在握了。“齐声唤，前头捉了张辉瓒”，“横扫千军如卷席”。别看蒋介石人多势众，来势汹汹，在用兵如神的毛泽东率领的红军面前，只能是以失败告终。“有人泣，为营步步嗟何及！”是讽刺敌人的惨败，表现了胜利者的幽默。第二次“围剿”失败后，蒋介石气急败坏地跑到南京召开高级军事会议，大骂部属无能，不禁痛哭失声。蒋介石一败再败，难免兔死狐悲，一副可怜兮兮的嘴脸。

天翻地覆慨而慷

在第二次国内革命战争之后的抗日战争和解放战争中，毛泽东指挥的战争规模不断扩大，捷报频传，毛泽东的军事思想日益丰富、成熟完善，指挥艺术也越发炉火纯青、高深莫测。他也仍然写诗，抒发他的战争豪

---

① 《中国革命战争的战略问题》，引自《毛泽东江西革命斗争时期著作选编》，中央文献出版社2010年8月第1版，第124页。

情，叙写他的战争史诗，但是数量上相对以往还是少了许多。除了《七律·人民解放军占领南京》还有较强的纪实性，能够反映他的兵法思想，其他作品，如《七律·忆重庆谈判》《五律·张冠道中》《五律·喜闻捷报》主要是抒发自己的感受或者议论，没有过多涉及战术层面的问题。其实，这一点也不奇怪，抗日战争时期尤其是解放战争时期，毛泽东也许已经不满足于用笔墨纸砚来吟咏战争，他把千军万马当作语汇，把文韬武略当作诗情，把战略决战当作诗韵，在中国大地上尽情挥洒，“创作”了三大战役的绝美华章，既动人心魄，又曼妙绝伦。

有了三大战役辉煌战果的精妙铺垫，中国革命战争胜利的诗篇就可以一气呵成了，《七律·人民解放军占领南京》是毛泽东在革命战争年代反映重大历史题材的最后一首诗作，也是毛泽东军旅诗词系列的最后一首诗作：

七律·人民解放军占领南京

钟山风雨起苍黄，百万雄师过大江。
虎踞龙盘今胜昔，天翻地覆慨而慷。
宜将剩勇追穷寇，不可沽名学霸王。
天若有情天亦老，人间正道是沧桑。

此诗写的是战争题材，记载的是解放战争中最关键、最宏伟的一幕。郭沫若在1964年第1期《红旗》杂志发表的《百万雄师过大江》一文中写道：“主席的七律一首《人民解放军占领南京》，无疑是在南京解放的三两天之内作的。主席在这一短时间内，毫不夸大地说，真是‘一日万机’。军事、政治、经济、外交、文化教育、交通运输，举凡有关人民政府的奠定工作，都必须加以考虑。在这样百忙之中，主席却写出了这样一首七律。这无疑是出于南京解放的重要性，使主席感到了衷心的喜悦。而这衷心的喜悦，焕发了主席葱郁的诗兴，便酝酿成了这样一首雄浑沉着的新史诗。”① 为了把握这首诗的背景，不妨看一段史料：

新华社四月二十五日电：捷报传来，横渡长江、所向无敌的人民解放

① 《毛泽东诗词鉴赏》，公木著，长春出版社2010年6月第1版，第118页。

军，二十三日已经解放了国民党二十二年来的反革命中心南京，并在三天的作战中，解放了长江沿岸东起无锡西至安庆的许多名城重镇。人民解放军正在长驱南下，扫荡残敌。同时，在太原前线，人民解放军也以三天的作战解放了山西省会太原。对于英勇作战的各路人民解放军将士，我们在此谨致最大的敬意。对于从地狱生活中获得解放的江南同胞和太原同胞，我们谨致慰问。国民党在今年一月以来曾经玩弄假和平阴谋，妄图借此赢得时间，巩固防线。但是经过三个月二十天的时间，国民党反动派一方面向人民暴露了它自己的怙恶不悛；另一方面，它的有组织的力量，无论在军事上和政治上，都已经迅速瓦解，无法抵挡人民解放军的一击。人民解放军在这个期间，不但在政治上赢得了全国人民和国民党系统内一切愿意立功自效的人们的同情，而且在军事上也充分地完成了渡江南进和其他新攻势的一切准备，所以国民党一旦拒绝签订和平协定，就立即以疾风扫落叶之势，奋勇前进，要占领哪里便占领哪里。南京的解放正式地表示了国民党统治的灭亡。国民党的残兵败将纵然还在广州、台湾、桂林等地苟延残喘于一时，已经再也维持不了一个什么局面了。现在匪首蒋介石以及依附匪首蒋介石的反革命死党，他们的末日真正到来了。中国人民民主革命即将取得完全的胜利，除了疯子以外谁也不会有丝毫怀疑了。①

据田家英夫人董边说，1963 年田家英在为毛泽东编辑《毛主席诗词》一书时，拿出从纸篓里捡回的《七律·人民解放军占领南京》，呈给毛泽东看。毛泽东看毕，哈哈大笑说："嘀，我还写过这么一首诗！写得还可以，收进去吧。"②

这首诗是读者们耳熟能详的作品，无须逐句逐字进行解读。从毛泽东兵法艺术的角度而言，"宜将剩勇追穷寇，不可沽名学霸王"内涵极为丰富，思想极为深刻，不仅几乎浓缩了毛泽东为新华社写的 1949 年新年献词《将革命进行到底》一文的全部内容，还表现出了一个人民军队的伟大统帅和一个伟大无产阶级战略家的眼光、胆魄与襟怀。"学不学"项羽，关系到中国革命战争的前途和命运问题。毛泽东是一个彻底的革命者，他不可能重蹈项羽为钓取"仁义"之名而放纵敌手刘邦以致最后兵败自刎的历

① 《毛泽东诗词鉴赏》，臧克家主编，河北人民出版社 1990 年 8 月第 1 版，第 152—153 页。

② 《毛泽东诗词新解》，费枝美、季世昌著，中央文献出版社 2003 年 12 月第 1 版，第 178 页。

史教训，不可能给“穷寇”国民党反动派以任何卷土重来的喘息之机。毛泽东用诗的语言向全军下达了继续向全国进军的命令，号召人民解放军要坚决、彻底、干净、全部地消灭一切敢于抵抗的敌人，把解放的红旗插遍祖国的大江南北、四面八方。

第九章　风卷红旗过大关

毛泽东是伟大的民族诗人，其诗词成就可谓是“千年一峰”，为他波澜壮阔的一生添上了厚重的一笔。但当我们赏读、解析毛泽东诗词的时候，千万不可忘记一个基本事实：毛泽东是一位伟大的无产阶级政治家，是代表无产阶级和广大人民群众根本利益，在推动中国革命和建设历史进程中起到领导作用的杰出人物。他首先是政治家，然后才是诗人，他是政治家诗人，他是诗人政治家。正因为如此，他的诗词不同于历代任何文人笔下的作品，也有别于文坛上的任何流派，独树一帜。他的诗词，是一个伟大政治家在中国革命和建设历程中的抒情言志。

红旗，是最能体现革命和政治色彩的形象。红旗，是中国共产党的党旗，人民军队的军旗，中华人民共和国的国旗。毛泽东一生当中，对红旗情有独钟。比如，20 世纪 50 年代，他把“总路线、大跃进和人民公社”称为“三面红旗”；1958 年 5 月 25 日，在中共八届五中全会上，他决定把中央主办的“革命的、批判的、理论和实际相结合的杂志”定名为《红旗》。毛泽东诗词中反复出现“红旗”意象，显示出一种浓郁的“红旗情结”，这是毛泽东作为政治家诗人的一个显著特征，是纯粹的诗人所不可能具备的表达方式。

红旗意象知多少

毛泽东一生究竟写了多少首诗词，尚不得而知。《诗刊》1957 年创刊号第一次公开发表毛泽东的 18 首诗词作品。1958 年 9 月，文物出版社刻印大字本《毛主席诗词十九首》。1963 年人民文学出版社和文物出版社分别出版了《毛主席诗词》37 首本。1976 年初，《念奴娇 · 鸟儿问答》和

《水调歌头·重上井冈山》发表，这是毛泽东生前最后公开发表诗词作品。1986年，人民文学出版社出版《毛泽东诗词选》，收入诗词50首，分正、副编排列。1991年，香港昆仑制作公司出版刘济昆编辑的《毛泽东诗词全集》，收入56首诗词。1994年，南京出版社出版季世昌编著的《毛泽东诗词鉴赏大全》，收入90首，其中第一辑39首、第二辑11首、第三辑40首。1997年，北京出版社出版陈国民译注的《毛泽东诗词百首译注》，收入正编42首、副编25首、附编33首。2007年10月太白文艺出版社出版了由麓山子编著的《毛泽东诗词全集赏读》，共151首，其中包括补遗之作13首，存疑之作26首。在众多毛泽东诗词版本当中，目前公认最具有权威性的是1996年，由中央文献研究室编辑、中央文献出版社出版的《毛泽东诗词集》，收入诗词67首，其中正编42首，都是作者生前校订定稿的，除3首外，俱在作者生前公开发表；副编25首，没有最后定稿，是作者不准备发表或不愿意发表的。这是毛泽东逝世20周年时，由权威机构编辑成册的。

从绝对数量上讲，毛泽东的诗词作品数量并不算多，和陆游存世9000多首作品相比，可谓很少。但是，毛泽东作为诗人在诗坛所确立的不可动摇的地位，是以质取胜，而非以量取胜。柳亚子先生曾这样评价毛泽东诗词："推翻历史三千载，自铸雄奇瑰丽词。"他还称赞毛泽东的词为："才华信美多娇，看千古词人共折腰。算黄州太守，犹输气概；稼轩居士，只解牢骚，更笑胡儿，纳兰容若，艳想秾情着意雕。"而素有"元帅诗人"的陈毅将军则更直白地力推毛泽东为"诗词大国推盟主"的地位。

在毛泽东的67首诗词作品中，"红旗"意象频繁出现，计有12次之多，是一个极具特色、极有研究价值的意象：

1. 旗号镰刀斧头（《西江月·秋收起义》）
2. 山下旌旗在望（《西江月·井冈山》）
3. 红旗跃过汀江（《清平乐·蒋桂战争》）
4. 风展红旗如画（《如梦令·元旦》）
5. 风卷红旗过大关（《减字木兰花·广昌路上》）
6. 不周山下红旗乱（《渔家傲·反第一次大"围剿"》）
7. 红旗漫卷西风（《清平乐·六盘山》）
8. 壁上红旗飘落照（《临江仙·给丁玲同志》）
9. 妙香山上战旗妍（《浣溪沙·和柳亚子先生》）

10. 红旗卷起农奴戟（《七律·到韶山》）

11. 旌旗奋（《水调歌头·重上井冈山》）

12. 满街红绿走旌旗（《七律·有所思》）

黑格尔说：在艺术里，感性的东西是经过心灵化了的，而心灵的东西也借感性而呈现出来了。毛泽东选择了“红旗”作为其心灵的感化物，诗人的“红旗情结”是不言而喻的。在毛泽东的诗词中，“红旗”几乎飘扬在中国革命和建设的每一步进程之中。在不同历史条件下，革命的形势与任务不尽相同，“红旗”成为具有不同历史内涵的意象。红旗，是中国无产阶级革命的象征，是中国革命道路的象征，是人民军队的形象，是红色政权的体现，是红色理论的符号。

毛泽东一生伴随着红旗南征北战，出生入死，红旗就是他的生命。毛泽东有关红旗的诗句豪壮雄浑，热情奔放，风格多样而又独特，浸透着毛泽东的崇高理想和人生追求。

跃上井冈旗帜新

1924 年国共两党在孙中山的旗帜下开始合作，共产党员以个人名义加入国民党，中国共产党的一些主要革命工作都是以国民革命的名义开展的。1927 年，蒋介石叛变革命，破坏国共合作，疯狂屠杀共产党人。但是，正如毛泽东在《论联合政府》中所说：“中国共产党和中国人民并没有被吓倒，被征服，被杀绝。他们从地下爬起来，揩干净身上的血迹，掩埋好同伴的尸首，他们又继续战斗了。他们高举起革命的大旗，举行了武装的抵抗。”在这种严峻形势下，中国共产党独立领导中国革命“举什么旗”，“走什么路”，关系到能否动员亿万人民起来革命，关系到中国革命的兴衰成败。这个问题在“八七会议”上没有得到很好解决，决定继续打国民党的旗帜，中共领导的南昌起义依然用的是“国民革命军”的旗号。中共中央派毛泽东去湖南发动秋收暴动时指示要举“左派国民党旗帜”，但毛泽东坚决主张改弦更张。毛泽东严肃地指出：“国民党的旗子，已成军阀的旗子，只有共产党旗子才是人民的旗子。我们不应再打国民党的旗子，我们应该高高打出共产党的旗子，以与蒋、唐、冯、阎等军阀所打的国民党旗子相对（立）。”①

《西江月·秋收起义》是毛泽东所有诗词当中最早最直接颂扬革命的作品，堪称千秋暴动第一诗，言革命宏志，咏革命豪情：

西江月·秋收起义

军叫工农革命，旗号镰刀斧头。
匡庐一带不停留，要向潇湘直进。
地主重重压迫，农民个个同仇。
秋收时节暮云愁，霹雳一声暴动。

“军叫工农革命”，而不叫“国民革命”，“旗号镰刀斧头”，而不标“青天白日”，十分直白晓畅地颂扬了秋收起义的革命性质。毛泽东领导的湘赣边界起义军破天荒地使用了“工农革命军”的番号，第一次打出了绣着“镰刀斧头”的红旗，象征着工农联盟，揭开了中国共产党领导农民武装暴动的序幕。工农阶级从此有了由自己的兄弟组成、真正为老百姓打天下的子弟兵！正因为如此，《西江月·秋收起义》具有划时代的意义，毛泽东在井冈山和中央革命根据地时期的诗词作品中，“工农”和“红旗”成为两个使用率非常高的特殊语汇。二者既体现着中国革命的主力大军，又昭示着中国革命的目标方向。

毛泽东领导工农革命军首先在井冈山立稳脚跟，然后向赣南、闽西迅猛发展。在短短几年时间里，打破国民党反动派军队的重重围剿，队伍不断壮大，并创建了一块疆域五万多平方公里、二十八个县境、二百五十万人口的中央革命根据地。从此，毛泽东不断探索出了一条具有中国特色的革命道路，即工农武装割据的井冈山革命道路。

在四周白色政权包围之中产生的小块红色政权，在国内、国外都是创举。在农村中发动农民群众，开展游击战争，建设革命根据地，也是闻所未闻、见所未见之事。但是，小块地区的红色政权仍处在强大的白色政权的包围之中，仍不断地遭到优势敌军的“围剿”。井冈山根据地创建后，战斗频繁而激烈，环境极其艰苦。军队和地方上有一部分同志对艰苦的斗争缺乏准备，对革命的前途模模糊糊，对自己的事业信心不足，有时不免

---

①《秋收起义〈资料选辑〉》，中央档案馆编，中共中央党校出版社1982年版，第16页。

由悲观到发生动摇，有的人甚至提出了“红旗到底打得多久”的疑问。

毛泽东总结各地特别是井冈山斗争的经验，写了《中国的红色政权为什么能够存在》《井冈山的斗争》《星星之火，可以燎原》等文章，从理论上回答了“红旗到底打得多久”，即“工农武装割据”能否存在和发展的问题。他广泛调查和深入研究了中国国情，认为中国是一个政治经济发展不平衡的半殖民地半封建的大国，势必造成由各个帝国主义支持的各派军阀割据和白色政权之间的长期分裂和战争，这就势必削弱白色政权的统治力量，从而有可能在其统治薄弱而我党有群众基础的地方建立农村革命根据地。于是毛泽东在《中国的红色政权为什么能够存在》得出结论：“我们只须知道中国白色政权的分裂和战争是继续不断的，则红色政权的发生、存在并且日益发展，便是无疑的了。”

毛泽东的革命探索与实践，极大地鼓舞和鞭策了一大批革命者纷纷响应。1928 年 7 月 22 日，彭德怀、滕代远、黄公略等领导了著名的平江起义。起义之前，彭德怀曾说过：“井冈山是满天乌云中的一颗明星，是湘鄂赣根据地和其他根据地的指路明灯。”他在给战友黄公略的诗中写道：

求知心切去黄埔，夜梦依依我不然。
马日事变教训大，革命必须有武装。
秋收起义在农村，失败教训是盲动。
惟有润之工农军，跃上井冈旗帜新。
我欲以之为榜样，或依湖泊或山区。
利用周磐办随校，谨慎争取两年时。①

诗句虽然缺少毛泽东诗词那种大气磅礴的气势，但是却反映了彭德怀对毛泽东的钦佩和信赖，以及追随毛泽东开辟革命道路的坚强决心。就是带着这种信念，1928 年 12 月 11 日，彭德怀率红五军四、五纵队和军部直属队上井冈山与朱毛红军会师。

毛泽东不仅在理论上独立自主地探索着中国革命的道路，而且义无反顾地坚持走具有中国特色的革命道路，高举并捍卫革命的红旗。作为这种

---

① 《历史的遗憾——毛泽东的未竟心愿》，邸延生著，新华出版社 2010 年 4 月第 1 版，第 3—4页。

革命生涯的直接反映，“红旗”成为他反复吟咏的革命意象。

红旗指引革命路

在1929年秋创作的《清平乐·蒋桂战争》中，作者以轻快的笔触描写革命斗争的可喜形势。1929年春，蒋介石和李宗仁、白崇禧为争夺湖南、湖北两省地盘而展开的军阀混战，给红军和红色根据地的发展造就了有利条件。1929年3月，朱毛红军由江西进入闽西，占领长汀；五六月份，三次攻占龙岩；9月份又拿下了上杭。“红旗跃过汀江，直下龙岩上杭”，这是值得一书的胜利。“红旗”，使人想起“边界红旗始终不倒”的那面“红旗”。事实是现在这面“红旗”跃过了汀江，还插向了龙岩、上杭，革命的武装在壮大，革命的形势在发展，根据地的范围在扩大。陈毅当年也曾在《反攻连下汀州、龙岩》一诗中赞曰：“闽赣路千里，山花笑吐红。铁军真是铁，一鼓下汀龙。”毛词的“红旗跃”与陈诗的“山花笑”可谓异曲同工、相映成趣。两人诗中不约而同地用了一个“下”字，充分显示了红军势如破竹的气势。红四军当时占领的主要城市有汀州、龙岩和上杭，毛词没有点汀州，陈诗没有点上杭，这是出于修辞和音韵考虑的省笔，两位诗人的写作笔法何其相似。

1930年1月，毛泽东写了《如梦令·元旦》。1929年12月，在上杭古田镇召开了红四军第九次党代会，即著名的“古田会议”。毛泽东亲自起草了《关于纠正党内的错误思想》的决议，为我军制定了一套完整的建军路线。就在古田会议召开期间，蒋介石纠集了赣、闽、粤的反动武装对闽西根据地进行“三省会剿”。古田会议一结束，红军决定进行战略转移，四个纵队向北经连城、清流、归化、宁化，西越武夷山脉，去江西打游击战。1930年1月24日，红军在广昌西部的东韶胜利会师。“山下山下，风展红旗如画”，表现出红四军经一个多月急行军，实现战略转移胜利后的喜悦心情，描绘出山下红旗招展的壮丽景象以及全军上下一片欢腾的动人场面，展现了红军战士的必胜信念和革命乐观主义精神，同时也预示着新的革命浪潮即将到来的大好形势。

1930年2月，毛泽东创作了《减字木兰花·广昌路上》。红军在东韶胜利会师后，1930年2月7日，红军与地方党委召开联席会议。会议确定争取革命首先在江西省取得胜利，夺取全省政权，军事上是集中优势兵力首先攻打吉安。2 月 14 日，前委发布了攻打吉安的通告，各路红军奉命向吉安推进。这首词描写了红军在漫天飞雪中向吉安进军的场景。“风卷红旗过大关”是从唐代岑参《白雪歌送武判官归京》诗中成句“纷纷暮雪下辕门，风掣红旗冻不翻”化用而来。岑参笔下的风卷旗帜，是一幅凝滞到近乎死寂的画面，反映作者别友时浓郁的伤感，而在毛泽东笔下却相反，风雪中，红旗翻飞，一个“卷”字，富有动感与活力，意味着一种开拓、舒展、从容的心境，生动描写出红军战士关山飞渡、冒雪挺进的威武雄壮的气势，也表现出红军战士具有战胜一切艰难险阻、勇往直前的大无畏精神。

1931 年春，毛泽东写了《渔家傲 · 反第一次大“围剿”》。红军的不断壮大和革命根据地的迅速发展，引起国民党反动派的极大恐慌。1930 年 10 月，蒋介石纠集 10 万兵力，任命鲁涤平为总司令，兵分八路向赣南、闽西的红军根据地疯狂进攻。面对敌强我弱的形势，毛泽东率领红军采取诱敌深入、集中优势兵力打歼灭战的战略战术，12 月 30 日趁雾色对进入龙岗包围圈内的敌第十八师发起总攻，歼敌两个旅，包括师长张辉瓒本人在内的 9000 余人成了红军的俘虏。随后红军乘胜追击，又在东韶歼灭敌军另一主力谭道源第五十师 3000 余人。《渔家傲 · 反第一次大“围剿”》一词就作于反第一次大“围剿”胜利后，反第二次大“围剿”交战之前。这首词的最后一句为“唤起工农千百万，同心干，不周山下红旗乱”，敌人虽多，来势凶猛，但真正的铜墙铁壁诚如毛泽东在《关心群众生活，注重工作方法》一文中所说：“千百万真心实意地拥护革命的群众，这是真正的铜墙铁壁，什么力量也打不破的，完全打不破的。反革命打不破我们，我们却要打破反革命。”在尾句里作者还借用典故，创造性地塑造了一个敢于“革命造反”的共工形象，以此来象征“敢教日月换新天”的红军战士和千百万工农群众。而“红旗乱”更是表明革命力量声势浩大，聚集在不周山下，是要打破反动派的擎天柱。这是作者对革命力量的赞美，也表明毛泽东对中国革命的前景充满必胜信心。

1935 年 8 月，毛泽东粉碎了张国焘分裂党、分裂红军的阴谋后，率红一方面军继续向陕北根据地挺进。9 月中旬，攻克天险腊子口，奇迹般越过岷山草地，进入甘肃南部，先占领通渭县城，继而又突破了西（安）兰（州）公路封锁线。蒋介石调兵遣将，亲任所谓“西北剿匪总司令”，企图阻止红军继续北上。10 月 7 日，在六盘山下的青石嘴，红军与敌骑兵七师之一部遭遇，红军大获全胜。当天下午，红军一鼓作气翻越了长征途中最后一座高山——六盘山。之后，长驱直入，与陕北红军胜利会师，完成了震惊世界的二万五千里长征。《清平乐·六盘山》就是毛泽东翻越六盘山时的咏怀之作。“六盘山上高峰，红旗漫卷西风”，在巍峨的六盘山山巅，红旗迎着西风飘扬，随意自如地舒展。长征最艰难的时日已经过去，眼看就要胜利了。这首词于1957年在《诗刊》创刊号首度发表时，“红旗漫卷西风”一句的“红旗”原作“旄头”，人民文学出版社1963年版《毛主席诗词》改作“红旗”。一词之改，色彩、形象更加鲜明，革命的象征底蕴更加丰厚。火红的战旗，从井冈山一路打到中央苏区，又打到六盘山，不但没有倒，反而更加鲜艳夺目，光彩照人，它是革命胜利的象征，是广大红军将士兴奋喜悦心情的艺术再现。在六盘山上迎风招展的红旗，必将迎来全国的胜利。诗人站在六盘山上，胜利的喜悦和满怀的豪情难以自抑。

红旗意象有新意

毛泽东诗词中的“旗”“旌旗”“红旗”等意象，所表达的含义大都较为接近，或比较类似。因为革命的性质、对象、任务、目标、力量等，都具有一定的可比性。

但是，在《临江仙·给丁玲同志》《浣溪沙·和柳亚子先生》这两首作品中，“壁上红旗飘落照”，“妙香山上战旗妍”当中的“红旗”“战旗”，与之前所分析的红旗意象相比，在具体含义和所指上则有所不同。

1936年夏，著名左翼作家丁玲逃离被国民党囚禁3年多的南京，秘密经上海、北平、西安，于同年11月10日来到当时中共中央所在地陕北保安县。中央宣传部在一座大窑洞里专门集会欢迎她，毛泽东、周恩来、张闻天等中央领导同志出席欢迎会。会后，毛泽东问丁玲打算做什么，她回答说要“当红军”。随后，她到前方总政治部工作。1936年12月，丁玲在庆阳收到了毛泽东以电文形式写给她的词《临江仙·给丁玲同志》。1937年初，丁玲回延安时，毛泽东又亲自抄录了这首词给她。诗曰：

临江仙·给丁玲同志

壁上红旗飘落照，西风漫卷孤城。保安人物一时新。洞中开宴会，招待出牢人。

纤笔一枝谁与似？三千毛瑟精兵。阵图开向陇山东。昨天文小姐，今日武将军。

这首词的第一句“壁上红旗飘落照，西风漫卷孤城”，城头上飘扬的红旗照映在落日的余晖里，旷野的西北高原上耸立着一座孤城。这一写实笔法巧妙地勾勒了赠词引发的时间、地点，起笔从大处落墨，不同凡响。“红旗”点明是在陕北抗日根据地，“落照”说明开欢迎会是在傍晚，“孤城”指保安这座当时独一无二的县城，突出了保安作为中共中央所在地的特殊政治气氛。

1936年前后，中国的国情与中国共产党的党情发生了一些新的变化。自第五次反“围剿”失利以来，红军“都放弃了原有阵地，转移到新区去。红军本身又有很大的削弱。如果我们拿着整个局面中的这一方面看，敌人是得到了暂时的部分的胜利，我们是遭到了暂时的部分失败”。[①] 这种失败“使红军由三十万降到了几万人，使中国共产党由三十万降到了几万党员。而在国民党区域组织几乎全部丧失”。[②] 红军长征到达陕北之后，才进入“恢复、生长和发展”阶段。而需要特别指出的是，这时中华民族正处在生死存亡的关头，日本帝国主义大举入侵，企图亡我中国，变中国为它的殖民地。“亡国的危险不允许我们有一分钟的懈怠”，“党的任务就是把红军的活动和全国的工人、农民、学生、小资产阶级、民族资产阶级的一切活动汇合起来，成为一个统一的民族革命战线”。“目前的时局，要求我们勇敢地抛弃关门主义，采取广泛的统一战线。”“招收广大的人马，好把敌人包围而消灭之。”“把敌人营垒中被裹胁的人们，过去是敌人而今日可能是友军的人们，都从敌人营垒中和敌人战线上拉过来”。[③] 在这种民族危亡之际，中国共产党的政策和策略，有了重大调整和变化。因而，这面“红旗”的具体蕴含也有了新的变化，它是中国革命武装和红色政权的象

---

① 《论反对日本帝国主义的策略》，见《毛泽东选集》第1卷，人民出版社1991年5月版，第149页。

② 《中国革命战争的战略问题》，见《毛泽东选集》第1卷，人民出版社1991年5月版，第187页。

③ 《论反对日本帝国主义的策略》，见《毛泽东选集》第1卷，人民出版社1991年5月版，第151—154页。

征，是中华民族抗击日寇的战旗，是中国共产党人高举的抗日民族统一战线的大旗。这既是对中国共产党人政治主张的积极宣传，也是对保安当时已经成为向往革命、追求光明的热血青年奔赴地方的充分肯定，同时还是对丁玲不顾艰难险阻投奔革命堡垒这一行为的高度赞许。

1950 年 10 月 4 日和 5 日晚，柳亚子先生接连在怀仁堂观看了舞剧《和平鸽》的演出，词性勃发，写了一首《浣溪沙》，表达对舞剧演出的赞美之情，歌颂了中国革命的伟大胜利，表现了强烈的反帝爱国热情。词曰：

浣溪沙

中央戏剧学院舞蹈团演出《和平鸽》舞剧，欧阳予倩编剧，戴爱莲女士导演兼饰主角，四夕至五夕，连续在怀仁堂奏技。再成短调，欣赏赞美之不尽矣！

白鸽连翩奋舞前，
工农大众力无边，
推翻原子更金圆。

战贩集团仇美帝，
和平堡垒拥苏联，
天安门上万红妍。

毛泽东看到这首词的时候，抗美援朝战争已经开始，中国人民志愿军在朝鲜前线捷报频传。毛泽东无限欣喜，挥毫写下了《浣溪沙·和柳亚子先生》：

浣溪沙·和柳亚子先生

颜腐齐王各命前，
多年矛盾廓无边，
而今一扫纪新元。

最喜诗人高唱至，
正和前线捷音联，

妙香山上战旗妍。

诗人说令他最高兴的是收到诗人柳亚子的佳作时，正从抗美援朝前线传来胜利的捷报。为了保家卫国，中国人民志愿军于1950年10月19日跨过鸭绿江抗美援朝。10月25日至11月8日，以迅雷不及掩耳之势，歼敌一万五千余人，将战线从鸭绿江边推进到清川江以南，粉碎了美军不可战胜的神话。柳亚子的“高唱”正巧与抗美援朝旗开得胜的“捷音”同时而来，对诗人来说可谓双喜临门、喜上加喜。高高飘扬在妙香山上的“红旗”，与前述的“红旗”意象有所不同，它是中国人民志愿军抗美援朝的战旗，是中国人民军队奋起保卫中国革命胜利果实的战旗，是中国人民捍卫国家主权和民族尊严的战旗，是抗击美帝国主义亡我之心不死的战旗，是维护世界和平和人间正义的战旗，是与朝鲜人民共同打击侵略者的战旗，这面红旗既是爱国主义之旗，也是国际主义之旗。

满街红绿走旌旗

1966年5月4日至26日，中共中央政治局扩大会议在北京召开。16日，会议通过了由毛泽东主持制定的中共中央通知（以下简称《五一六通知》)。《五一六通知》发出，“文化大革命”正式开始，标志着毛泽东发动“文革”的方针政策在全国得到确立。“文化大革命”是中华人民共和国成立之后规模最大历时最久的政治运动，毛泽东说这是他一生所做的“第二件大事”。[①] 在发动“文革”之际，毛泽东一直在南方几省视察。5月15日，他来到古称“武林”的杭州，6月15日离开。5月25日，北京大学出现了聂元梓等人的大字报，立即引起纷争。毛泽东在杭州看到了刊登这张大字报的《文化革命简报》，他要求新华社全文广播，并在全国各报刊发表。当晚8时，中央人民广播电台全文播出这张大字报，如同一个炸雷响起，震惊全国。6月1日，《人民日报》发表社论《横扫一切牛鬼蛇神》，次日又发表评论员文章《欢呼北大的一张大字报》。北京和全国各大中学校大字报贴满校园，并开始涌向街头，游行队伍川流不息。顷刻之

① 《毛泽东谈毛泽东》，胡哲峰、孙彦编著，中共中央党校出版社2008年10月第1版，第335—336页。

间，一场“文化大革命”的暴风骤雨席卷全国。

毛泽东随后经长沙于17日回到故乡韶山，在“西方的那个山洞”滴水洞住了11天。在这里他看快速送达的各种文件，闹中取静，思考着“文化大革命”的各种问题。6月28日毛泽东赴“白云黄鹤”的武汉。这段时间，“文化大革命”在北京狂飙突起，举世震惊。毛泽东在滴水洞期间，身在南国，遥望北京，感情激荡，心潮起伏，便以乐府古题《有所思》为题，走笔写下了《七律·有所思》：

七律·有所思

正是神都有事时，又来南国踏芳枝。
青松怒向苍天发，败叶纷随碧水驰。
一阵风雷惊世界，满街红绿走旌旗。
凭阑静听潇潇雨，故国人民有所思。

此诗原题为《颂大字报》，后改为《有所思》。从全诗看，虽有颂扬大字报的内容，如颔联所描述的情景，但远非仅仅颂大字报。这首诗最早发表于1996年9月中央文献出版社出版的《毛泽东诗词集》。这是公开发表的毛泽东直接描写“文化大革命”的唯一的一首诗作。本诗与政治的关系极为密切，是一首直写时政的政治诗。

董学文《毛泽东和中国文学》一书剖析了毛泽东创作《七律·有所思》时的复杂心境：

在忧患与搏击的复杂心境中，毛泽东发动了“文化大革命”；在虎气与猴气的相俱相伴下，他写下了这首《七律·正是神都》诗（当为《七律·有所思》——引者）。这时，毛泽东已是七十三岁的老人。然而，执着的理想追求和激越的挑战性格，使他晚年又演出了一场充满悲剧气氛的活剧。他担心“党变修”“国变色”，感到目前国际上一百多个共产党，真正搞马克思主义的不多，他甚至感到中国党内已着实滋生出一个走资本主义道路的当权派。无数先烈用生命换来的红色江山有毁于一旦的危险。他要“破字当头”，要“打倒阎王，解放小鬼”；他要“孙悟空闹天宫”，要揪出睡在身边的“赫鲁晓夫”；他感到现实进程同他气质、抱负之间的强烈反差，陷入了理性和实践心态的严重分裂；他承认自己是“自信而有些不自信”，“阳春白雪，和者盖寡。盛名之下，其实难副。”他也意识到“凭阑静听潇潇雨，故国人民有所思”。①

这首诗写得很含蓄，但又很具形象感。首联“正是神都有事时，又来南国踏芳枝”，诗一起笔便道明特殊背景和南巡行踪。“神都”指首都北京。“有事”指“文化大革命”，诗人只用一个“事”字轻轻点出，一笔带过，显得举重若轻、从容自信。把南巡称为“踏芳枝”，毛泽东此次出巡不是在踏青的春季，而是在芬芳仍留的孟夏或孟仲夏之交，显露了他的兴奋心境。

“青松怒向苍天发，败叶纷随碧水驰”，颔联写巡游时所见之景象：青松勃发，直指苍穹，碧水奔流，冲刷腐败，以“青松”和“败叶”寄寓诗人主观意志和特定情感。四季常青的松柏，有顽强而旺盛的生命力和挺拔的姿态，枝干具有向上奋发和直指苍天之势，象征坚定的政治立场和信念。而“败叶”则喻指各种陈旧腐败的事物，即所谓封资修的残余势力及其腐朽的意识形态。诗人用比兴象征的手法形象地概括了“文化大革命”的性质、内容和方向。

“一阵风雷惊世界，满街红绿走旌旗”，颈联采用虚实结合的手法绘声绘色地描绘了“文化大革命”的声势和场面。“风雷”指“文革”的疾风骤雨雷霆万钧。满街红红绿绿的大字报、大标语。而“红绿”也是当年红卫兵的典型打扮，身穿绿军装，臂戴红袖章，到处是红旗、红宝书、红海洋，可谓是“祖国山河一片红”，此处是比喻游行的人群。“文化大革命”的风雷响彻全国，群众被广泛发动起来，以满腔热情投身其中，到处是兴奋狂热的人群。毛泽东充分意识到这场群众运动的威力，也以赞赏的态度看待群众游行，但他对这种轰轰烈烈的群众运动狂潮的严重后果也尚未料及。

“凭阑静听潇潇雨，故国人民有所思”，尾联承接颈联之意，间接地进一步表达沉思及赞赏之情。“凭阑静听潇潇雨”是岳飞《满江红》中“凭阑处，潇潇雨歇”化用而来，从侧面反映出毛泽东对群众运动的强烈关注和思考。岳词中有一句“待从头收拾旧河山”，毛泽东发动“文

① 转引自《毛泽东诗词新解》，费枝美、季世昌著，中央文献出版社2003年12月第1版，第418—419页。

革”，是否也有从头收拾河山的壮怀激烈呢？这样的壮怀，很难说不带有悲壮的色彩。“故国”即祖国。“故国人民”被一阵“惊雷”发动起来了。“有所思”照应诗题，全国人民都要对此进行一番思考，表现出毛泽东期望全国人民积极参与“文化大革命”的一种企盼。可惜，在那个年代，包括作者在内的“故国人民”普遍狂热，真正头脑冷静“有所思”的人实在不多。

客观地说，本诗在艺术创作层面还是比较成功的。对仗工整，平仄讲究，承转自如，韵律和谐，兼用象征、对比、借代、比喻等修辞手法，或正面描写，或侧面烘托，抒发作者的政治情怀，表达自我的政治意志，举重若轻。情调极富于变化，时而开朗洒脱，时而峻急激切，时而昂扬振奋，时而冷静沉思。既有李白的潇洒飘逸，也有岳飞的壮怀激烈；既有曹操的悲凉慷慨，也有杜甫的沉郁悲壮，曲折含蓄，耐人寻味，折射出作者复杂的心境，于深沉中有轻快，于豪壮中有苍凉。虽于30年后才公开发表，但其艺术境界与毛泽东的许多七律名篇相比毫不逊色。

然而，历史的悲剧是，毛泽东对形势的估计严重脱离了实际的情况。他所发动和领导的“文化大革命”几经曲折，不但没能达到他的理想和目的，而且实际上他也已经很难把握和驾驭局势，陷入了欲罢不能、骑虎难下的境地，最终演变成一场旷日持久的浩劫。其实，仔细品味“凭阑静听潇潇雨，故国人民有所思”，也不难体察出毛泽东对这场斗争如何向前发展没有十足的信心，正如他自己后来所说：“这事拥护的人不多，反对的人不少。”①

关于“文化大革命”，历史已经得出了结论。1981年6月27日，中国共产党第十一届中央委员会第六次全体会议通过的《关于建国以来党的若干历史问题的决议》明确指出：“一九六六年五月至一九七六年十月的‘文化大革命’，使党、国家和人民遭到建国以来最严重的挫折和损失。这场‘文化大革命’是毛泽东同志发动和领导的。”“‘文化大革命’的历史，证明毛泽东同志发动‘文化大革命’的主要论点既不符合马克思列宁主义，也不符合中国实际。这些论点对当时我国阶级形势以及党和国家政治状况的估计，是完全错误的。”“历史已经判明，‘文化大革命’是一场

---

① 《毛泽东谈毛泽东》，胡哲峰、孙彦编著，中共中央党校出版社2008年10月第1版，第336页。

由领导者错误发动，被反革命集团利用，给党、国家和各族人民带来严重灾难的内乱。”

发动“文化大革命”是毛泽东晚年所犯的一个严重错误，这就使得《七律·有所思》当中“满街红绿走旌旗”中的“旌旗”意象，完全不同于其他毛泽东诗词当中的“红旗”意象。上文所分析过的“红旗”意象，都值得肯定，因为它们都是毛泽东在正确判断形势，得出正确结论，制定正确决策，实施正确领导的情境下高举的正确的“红旗”。而“满街红绿走旌旗”的“旌旗”，是毛泽东在错误判断形势，得出错误结论，制定错误决策，实施错误领导的情况下所高举的错误的“旌旗”。这面“红旗”，是“文化大革命”的旗帜，是“无产阶级专政下继续革命的理论”的旗帜，是“造反有理”的旗帜，是所谓“由大乱达到大治”的旗帜，是不分青红皂白“破四旧”的旗帜。因而有必要把“满街红绿走旌旗”的“旌旗”意象与毛泽东诗词当中的其他“红旗”意象严格区分开来，进行理性的、客观的、历史的分析。

但是，《关于建国以来党的若干历史问题的决议》也已经明确指出：“对于‘文化大革命’这一全局性的、长时间的‘左’倾严重错误，毛泽东同志负有主要责任。但是，毛泽东同志的错误终究是一个伟大的无产阶级革命家所犯的错误。”“他虽然在‘文化大革命’中犯了严重错误，但是就他的一生来看，他对中国革命的功绩远远大于他的过失。他的功绩是第一位的，错误是第二位的。”“因为他对革命事业长期的伟大贡献，中国人民始终把毛泽东同志看作自己敬爱的伟大领袖和导师。”

有人认为，《七律·有所思》“此诗的思想内核是称赏‘文革’，根本用意在于为‘文革’唱颂歌。……据此，其主题意识未能经受住历史的检验，属‘失误’之作”。① 这样的评价未免过于简单、武断。

即便是毛泽东在错误发动“文化大革命”的时候，他创作《七律·有所思》时，主观严重偏离了客观，但不管怎样，归根结底，从主观意愿来说，他所思的仍然是：故国和人民！这也完全符合毛泽东心怀高远、一生操劳、忧国忧民、无私奉献的人格精神。我们今天阅读此诗，在内容上更多的是感受它的文献价值。带着这样的态度去领悟这首诗，就不

① 《毛泽东诗词大观》，蔡清富、黄辉映编著，四川人民出版社 2007 年 4 月第 4 版，第 519 页。

应该将其简单地理解成歌颂“文革”的“失误之作”，也不能简单地认为“满街红绿走旌旗”的“旌旗”是毛泽东诗词众多“红旗”意象当中的一个“败笔”。

总之，毛泽东诗词中的红旗意象，是毛泽东本人在长期的革命生涯和斗争实践中形成的一种对革命实践的诗化的认识和反映。毛泽东是伟大的无产阶级革命家，他一生都在追求真理，一生都在从事革命事业。红旗伴随毛泽东光辉的一生和战斗的一生。他把秋收起义中举起的革命红旗举到了井冈山革命根据地，举到了中央苏区，举到了漫漫长征路上，举到了陕北革命根据地，举到了天安门城楼上，举到了保家卫国的抗美援朝前线，举到了社会主义建设的神州大地。可以毫不夸张地说，毛泽东的革命之路就是一条红旗之路，毛泽东的诗词创作就是一曲壮美的红旗谱。

第十章　会当水击三千里

毛泽东有诗句云："会当水击三千里"，"到中流击水，浪遏飞舟"，他用"水击"和"击水"来指"游泳"。"水击"原意并非指游泳，源自庄子《逍遥游》，说的是大鹏鸟先振翅拍水滑行三千里，然后才"抟扶摇而上者九万里"，毛泽东用"水击"指"游泳"，气韵生动，独具一格，点出搏击风浪实乃游泳乐趣之精髓。

传统的"中华文化"中似乎没有"游泳文化"的地位。孔子给弟子们传授的"六艺"，即"礼、乐、射、御、书、数"，显然没有游泳项目。古代文人自诩为"衣冠学子"，不屑于游泳，或许觉得光膀子泡在水中有"斯文扫地"之嫌。

在我国古典诗词的众多作家中，尚未听说有善游泳者，也未曾见过以"游泳"为题而书写游泳乐趣与心得的诗篇。而钟情中华传统文化的毛泽东却不同凡响，酷爱游泳，视为毕生的快事。郭沫若曾概括说："毛主席少年游小塘，青年游湘江，老年游长江。"① 毛泽东少年时代就是游泳好手，他家旁边的池塘便是天然的游泳池。到湖南第一师范读书时，他把流入长江的湘江当成了消热解暑和磨炼意志的好去处，以搏击风浪为乐趣。到了年逾花甲时，毛泽东依然喜欢大风大浪、大江、大河、大海。他在韶山的池塘、水库游过泳，到湘江中流游过泳，在北戴河海浪中游过泳，在万里长江中游过泳，在滚滚珠江游过泳。他生前甚至打算畅游黄河，还愿意去横渡印度的恒河与美洲的密西西比河。在63岁至73岁这十年中，他18次畅游长江，至今传为佳话。在他的影响之下，游泳一度成为风靡全国的体育活动。迎风搏浪，中流击水，胜似闲庭信步。品读毛泽东的《沁园

① 《魅力毛泽东》，刘继兴编著，新华出版社2009年8月第1版，第161—162页。

春·长沙》《浪淘沙·北戴河》《水调歌头·游泳》等词，不免使人想要置身“白浪滔天”的江河湖海，去体味伟人那“浪遏飞舟”“极目楚天舒”的壮怀雅趣。

鲲鹏击浪从兹始

被世人誉为“第一风流”的时代巨人毛泽东，是中华民族的杰出代表，他是大地的儿子，也是江河之子。生于湖南湘潭水乡泽国的他，一生都依恋着水，就连他的名字都离不开水。“至今，他的外婆家还流传这样一个故事：有一天，雷电交加，大雨滂沱，年仅2岁的毛泽东在屋子里待不住，大吵大闹，要到外面的雨中去。长辈们想方设法哄他，全不管用，只好打着雨伞，把他抱到雨中，听雷鸣雨声，看长空闪电。他边听边看，看得手舞足蹈，哈哈大笑。”①

凡是到过韶山毛泽东故居的人，便会发现，首先映入眼帘的，就是旧居前面的两口塘和旁边立着的写有“毛泽东同志游泳过的池塘”字样的牌子。从6岁起，毛泽东便在故居门前的南岸塘中游泳。劳动之余，他常和小伙伴们在这里游水嬉戏，每到夏天，这里更是他和伙伴们的天下。在这个美丽的小池塘里，他练成了最初的游泳技巧，也培养了一生的游泳爱好。

李锐在追溯毛泽东从1902年到1906年读私塾时的情况时，有一段这样的记述：“自幼喜欢游泳，老师外出时，小伙伴们就下池塘玩水。有次老师回馆看见了，让他们作对子代处罚，对不出来再打手板。出的是‘濯足’，毛应声即对以‘修身’。对对子是作律诗作骈文的基本功。这是我们现在知道的诗人毛泽东最早表现出来的才气。”② 其他学者也有类似的记载：“爱下塘洗冷水澡的毛泽东，一九〇三年，有次居然在南岸上私塾时也偷偷下了塘，塾师邹春培发现后，责令其对对子，出上联云：‘修身’。十岁的毛泽东从容曰：‘濯足’。”③“一次他和小伙伴们私自下池塘洗澡，先生发现后自是一番训责，还试图用对子来难为一下。

---

① 《学生时代的毛泽东》，唐振南、周仁秀著，中央文献出版社2007年1月第1版，第98页。

② 《毛泽东早年读书生活》，李锐著，万卷出版公司2005年6月第1版，第6页。

③ 《文人毛泽东》，易孟醇、易维著，人民出版社2003年11月第1版，第5页。

先生出上联‘修身’，毛泽东对以‘濯足’。如此工整，先生倒也没有什么话可说了。”

三段文字除了关于上下联的具体内容存在一些分歧外，讲述了一个共同的事实，就是毛泽东自幼喜欢玩水、游泳。细细推敲起来，颇具斯文的先生以“修身”为上联的可能性更大。1957 年，毛泽东与一位老友谈起当年的事，解释道：

这个“濯足”，就是洗脚。《孟子·离娄》上讲：“清斯濯缨，浊斯濯足矣。”《楚辞·渔父》也说：“渔父莞尔而笑，鼓枻而去，歌曰：沧浪之水清兮，可以濯吾缨；沧浪之水浊兮，可以濯吾足。”那个“修身”，就是修身养性，努力提高自己的品德修养。《礼记·大学》上讲：“欲齐其家者，先修其身。”先生批评我们不该玩水，我们说这样既可以锻炼身体，又可以提高修养。先生当然拿我们没有办法。①

说来很有趣，毛泽东这样一位后来举世瞩目的革命家、政治家、思想家，公开发表的第一篇文章，却是体育论文。1917 年 4 月 1 日，《新青年》上刊载了一篇《体育之研究》，全文约七千字，署名二十八画生。这个“二十八画生”，就是毛泽东。是杨昌济把他的文章推荐给陈独秀的。毛泽东认为：身体是知识和道德的载体。在中学和中学以上，应该实行德、智、体“三育并重”。针对重文轻武的颓风，他提出一个口号：“欲文明其精神，先野蛮其体魄。”

在《体育之研究》中，毛泽东向读者详细介绍了自己编的一套体操。他当时采用的锻炼项目很多，如日光浴、风浴、雨浴、冷水浴、游泳、登山、露宿、长途跋涉以及体操和拳术等。可以说，《体育之研究》主要不是对体育具体运动形式的研究，毛泽东是想借此提倡武勇世风和充满朝气的奋斗向上的人生观。

所谓风浴，张昆弟于 1917 年 9 月 23 日日记中写道：“今日早起，同蔡、毛二君由蔡君居侧上岳麓，沿山脊而行，至书院后下山，凉风大发，空气清爽。空气浴、大风浴，胸襟洞澈，旷然有远俗之概。”② 长沙城的天

---

① 《毛泽东和他的父老乡亲》，赵志超著，湖南文艺出版社 1992 年 5 月版，第 104 页。

② 《毛泽东传（1893—1949）》，金冲及主编，中央文献出版社 2004 年 4 月第 1 版，第36 页。

心阁、第一师范的后山妙高峰、岳麓山的爱晚亭，是毛泽东他们经常露宿的地方。

湖南第一师范校园内有一口井，是供学生打水淋浴、洗衣服用的。每天清晨，很多人还在梦乡时，毛泽东就已经用悬挂在井架上的两个吊桶从井里吊上水来，一桶一桶往身上倒，然后用手巾擦拭全身。他淋一阵，擦一阵；擦一阵，淋一阵，直到全身皮肤透红发热，才停下来。冰天雪地的天气，他也不间断。毛泽东的这一习惯一直保持了多年。中华人民共和国成立以后，他年事已高，虽然不能做正式的冷水浴了，但每天洗澡仍坚持不用热水，只用微温一点的水。

雨浴也是毛泽东锻炼身体和磨炼意志的重要方式之一。毛泽东常常在狂风暴雨时，一个人在操场脱去外衣，让倾盆大雨淋个痛快，还在风雨中大声呼喊。在一个雷鸣电闪、暴雨交加的夜晚，毛泽东和蔡和森顶风冒雨跑向岳麓山顶。风雨中，他们边跑边谈笑风生，高声吟诵着《诗经·蒹葭》中的诗句："蒹葭苍苍，白露为霜，所谓伊人，在水一方。"他们在山顶上伫立，让疾风骤雨击打着身躯，还张开双臂，向无垠的荒野高呼。当他们满身泥水地闯入山下的蔡和森家时，蔡母惊问怎么回事，毛泽东笑答：为了体会《书经》上说的"纳于大麓，烈风雷雨弗迷"的情趣和境界。

当然，毛泽东青年时代最喜欢的锻炼项目是游泳，正像人们所熟知的那样。毛泽东曾在一首诗里豪迈地宣称："自信人生二百年，会当水击三千里。"可惜这首诗已经流失，但毛泽东却始终记着这一联，并多次谈起。1958 年 12 月 21 日，毛泽东在文物出版社同年 9 月刻印的线装大字本《毛主席诗词十九首》中《沁园春·长沙》之下批注道："击水：游泳。那时初学，盛夏水涨，几死者数，一群人终于坚持，直到隆冬，犹在江中。当时有一篇诗，都忘记了，只记得两句：自信人生二百年，会当水击三千里。"① 1964 年 1 月 27 日，毛泽东应外国文书籍出版局《毛主席诗词》英译本翻译者的要求，就自己诗词中的一些词句，作了口头解释。针对"到中流击水"，他谈道："'击水'指在湘江中游泳。当时我写的诗有两

---

① 《在〈毛主席诗词十九首〉上的批注》，见《毛泽东诗词大观》，蔡清富、黄辉映编著，四川人民出版社 2007 年 4 月第 4 版，第 547 页。

句还记得：‘自信人生二百年，会当水击三千里。’”[1]1966年6月17日，毛泽东回到湖南韶山冲，住进了他的故乡别墅滴水洞，在这个他自称为“西方山洞”的滴水洞里一住就是十一天。到武汉后，他给江青写了一封极不寻常的信，信中这样写道：“我是自信而又有些不自信。我少年时曾经说过：自信人生二百年，会当水击三千里。可见神气十足了。但又不很自信，总觉得山中无老虎，猴子称大王，我就变成这样的大王了。但也不是折中主义，在我身上有些虎气，是为主，也有些猴气，是为次。”[2]

青年时期一首残诗当中的一个诗句，竟然成为毛泽东念念不忘的记忆，不难想象印象至深。这一方面是因为诗句所表达的志向是毛泽东的长久之志，另一方面也说明击水情怀相伴毛泽东的一生一世。在长沙求学期间，“毛泽东常对人说，丈夫要为天下奇，即读奇书、交奇友、创奇事、做个奇男子。同学们用谐音给他起了个外号，叫‘毛奇’。毛奇（molkt）是普鲁士一个很有学问的将领”[3]。毛泽东还曾在日记里写下后来十分著名的话：

四言诗·奋斗

与天奋斗，其乐无穷！
与地奋斗，其乐无穷！
与人奋斗，其乐无穷！

正因为如此，青年毛泽东创下了很多出乎其类、拔乎其萃的“奇事”，而《沁园春·长沙》中的“到中流击水，浪遏飞舟”就是他“恰同学少年，风华正茂”时所创下的“奇事”之一。

湖南第一师范学校后枕妙高峰，面临湘江，距江边不过五百米。处于这样的城郊衔接部，学校极适宜开展体育活动。湘江水深江宽，学校前面的这段江流，地名南湖港，水面宽广，又深浅合度，正是游泳的好场所，

---

① 《对〈毛主席诗词〉中若干词句的解释》，见《毛泽东诗词大观》，蔡清富、黄辉映编著，四川人民出版社2007年4月第4版，第554页。

② 《家世家书家风——毛泽东的亲情世界》，丁晓平著，中国青年出版社2009年1月第1版，第93页。

③ 《毛泽东传（1893—1949）》，金冲及主编，中央文献出版社2004年4月第1版，第37页。

他时常约几个好友到这里挥臂击水。为征集有共同爱好的同学一起去游泳，毛泽东特意在学校“揭示处”张贴了一张别出心裁的启事，用的竟然是骚体：

杂言诗·游泳启事

铁路之旁兮，水面汪洋。
深浅合度兮，生命无妨。
凡我同志兮，携我同行。
晚餐之后兮，游泳一场。

游泳队很快组织起来了，几十人的队伍浩浩荡荡，跃入湘江，有时在风平浪静的水面舒臂伸腿，有时在风大浪高的激流中奋力搏击，的确很畅快，很潇洒，充满激情，充满诗意。罗学瓒在1917年9月20日的日记中写道：“今日往水陆洲头泅渡，人多言北风过大，天气太凉。余等竟行不顾，下水也不觉冷，上岸也不见病。坚固皮肤，增进血液，扩充肺腑，不得谓非运动中之最有益者。人言固足信哉?”①

毛泽东是第一师范的游泳能手，有许多别人赶不上的技术：一是能持久，湘江涨水时，江面宽达2华里，他能从东岸游到西岸；二是耐寒，寒冬腊月，别人裹着大棉衣，他照样下水游泳；三是游泳姿势多样，他会仰泳、侧泳、自由泳、蛙泳、踩水、坐凳子等。毛泽东还不满足，一听说哪里有游泳高手，就会去拜访。1918年初夏，在上海商务印书馆编书的李某，因事回家，路过长沙。毛泽东听说他擅长游泳，就通过一位老师的介绍，要求他到橘子洲头作游泳示范表演，传授游泳经验。

他于1923年写的《贺新郎·别友》，曾有一件手迹将最后一句写为“我自欲为江海客，再不为昵昵儿女语”。“我自欲为江海客”的确表达出了毛泽东意欲纵横江海，搏击风浪的雄心壮志。

1936年毛泽东与斯诺谈话时，还念念不忘当年锻炼健身的趣事。他说：“我们也成了热心的体育锻炼者。寒假里，我们徒步穿过田野，上山下山，绕行城墙，渡河过江。遇到下雨，我们就脱掉衬衫让雨淋，说这是雨浴。春风吹来的时候我们大声叫嚷，说这是一种叫作‘风浴’的新体育

① 《毛泽东传（1893—1949）》，金冲及主编，中央文献出版社2004年4月第1版，第37页。

项目。在已经下霜的日子里，我们露天睡觉，甚至于到11月份，我们还在寒冷的河里游泳。这一切都是在‘锻炼身体’的名义下进行的。这对于增强我们的体质也许很有帮助，我后来在中国南方的多次往返行军，以及从江西到西北的长征路上，特别需要这样的体质。”①

北戴河迎潮搏浪

随着中国革命事业进程的推进，毛泽东的游泳嗜好不得不中断了。特别是在红军长征到达陕北后，到处是黄土高原，不比南方的水乡泽国，没了中流击水的自然环境。更为主要的是长年漂泊的戎马生涯，战事频频，戎机紧迫，毛泽东没有了闲庭信步的宽余，他渐渐淡忘了游泳。

进入北京的头几年，毛泽东既要运筹与大陆国民党残敌的作战，又要考虑解放区和新占领城市的土改和经济恢复，同时还要酝酿新国家政权的组建，接着便是抗美援朝，可谓是殚精竭虑、日理万机。即便稍有闲暇，也是习惯性地拿一本书，倚在床上。除了工作就是读书，长时间没有运动，毛泽东的身体状况令他的保健医生及周围的工作人员担心。

大家商量着能促使毛泽东运动的办法，哪怕是舒展舒展筋骨也好。最初是动员他散步，每周末到春藕斋跳跳舞。但他散步一般不出丰泽园小院的范围，跳舞也不能保证每次必到。后来工作人员在丰泽园布置了一个乒乓球室，拉他去打乒乓球，然而毛泽东对打乒乓球的兴致并不太高。几招都不灵，大家这才想到了游泳。

身边的人或许并不知道毛泽东曾经是游泳高手，保健医生在与他散步时拐弯抹角地试探：“地球上的生命起源在哪里?”毛泽东感到诧异，说：“起源于大海呀!”医生又问：“生命的最佳运动是什么?”毛泽东认为是散步。医生说：“不对，是游泳。”接着，医生费了一大番口舌，谈论接触自然、全身运动、锻炼心肺、老少皆宜等好处。这大圈子兜得见效了，毛泽东说游泳可以去。于是在清华大学的室内游泳池，毛泽东进京后第一次下了水。保健医生见他在深水区一会儿侧泳，一会儿仰泳，如鱼得水。自打在清华大学游泳后，毛泽东恢复了对游泳的兴致，就一发不可收拾，与中

---

① 《毛泽东谈毛泽东》，胡哲峰、孙彦编著，中共中央党校出版社2008年10月第1版，第23页。

南海游泳池结下了不解之缘，入夏后一有空就到那里去游泳。毛泽东每次来这里一般游个把小时，然后躺在藤椅上休息，一边抽烟、喝茶，一边看人们游泳。后来，毛泽东还把中南海游泳池作为接待外宾和国内重要人士的场所，如苏联驻华大使尤金、苏共总书记赫鲁晓夫、原国民党副总统李宗仁夫妇等。游泳成了毛泽东特殊的休息方式，他身边的工作人员都感到十分高兴。

1954 年盛夏，毛泽东在北戴河边工作、边休养。这是他第一次去北戴河避暑办公。他时常到海边沙滩漫步，嘴里时常念念有词地吟诵曹操的《观沧海》。在夜里工作疲劳后，出门观海，稍作休息，有时也低声吟诵这首诗。他游览了碣石山，还找来地图查证，认为曹操来过这里，说曹操在建安十二年五月出兵征乌桓，九月班师经过碣石山写出《观沧海》。毛泽东一向心仪的曹孟德，在北戴河一带留下过足迹，留下了诗篇，这自然使他在避暑以外增添了另外一番情趣。而在海浪中游泳，又使毛泽东产生把这种情趣转化成诗句的冲动与激情。

有一次，北戴河接连几天大风大雨，涛声像隆隆炮响，从大海那边一阵阵传来。雨刚停，毛泽东就提出要出去观看海潮。到了海边，突然狂风大作。毛泽东望着变成浊黄的波涛，突然来了兴致，激动起来，说：下海去！

海面如此波涛汹涌，卫士长李银桥等工作人员极力劝阻。可这反而成了激将法。“风浪越大越好，可以锻炼人的意志，增强一个人战胜困难的勇气。”说着，毛泽东脱了衣服，穿着短裤，问：“怎么，你们害怕了吗？”他边说边径直向大海走去。警卫人员赶紧脱了衣服，紧跟着他下了水。毛泽东一直往深海处游，迎面的海水像山一样起伏，带着白沫的海浪一下子把他掀到峰顶，一下子又把他抛向谷底。十几个卫士和工作人员吓坏了，在海中拼命地围护着他。毛泽东却不慌不忙：“不要慌，现在是涨潮，不会被拖到海里去，现在是考验你们的胆量呢！”游了很久，毛泽东远眺海面，忽然发现往日常在海上出没的船只，这会儿在滔天白浪中不知去向了，他不免有几分担心和挂念。

直到风平浪静，他们才游回来。毛泽东身上已被海水里的贝壳划出了血迹。他却说：“游得真痛快！”上岸后，保健医生朱仲丽说：“主席，风浪太大，以后就不要冒这样的险了。”毛泽东说：“你们不要怕冒什么险，凡事不冒险，就不会成功，许多成功就是通过冒险才取得的。这取决于一个人有没有勇气，敢不敢排除万难。我说你们要有决心和信心。大凡世界上凶恶的东西就是这样，你表现得怯懦，你就会遭到凌辱，世界上一切反动派看起来样子是可怕的，其实并没有什么了不起。”在这次迎潮搏浪之后，毛泽东面对海景，抚今追昔，深有感慨地吟成了光辉诗篇：

浪淘沙·北戴河

大雨落幽燕，白浪滔天，秦皇岛外打鱼船。一片汪洋都不见，知向谁边？

往事越千年，魏武挥鞭，东临碣石有遗篇。萧瑟秋风今又是，换了人间。

1954年夏，毛泽东写作《浪淘沙·北戴河》前后，同他的保健医生徐涛谈论过曹操的《观沧海》和李煜的《浪淘沙》。他说李煜的《浪淘沙》“用词、意境都很美，但是情调柔弱、伤感。婉约派的作品我不大喜欢。你看曹操的诗气魄雄伟，给人鼓舞。真男子气，是大手笔”。①

据林克撰写的《忆毛泽东学英语》一文介绍，1962年4月21日，毛泽东谈《浪淘沙·北戴河》一词写作缘由时说：“李煜写的《浪淘沙》都属于缠绵婉约一类，我就以这个词牌反其道行之，写了一首奔放豪迈的，也算是对古代诗坛靡弱之风的抨击吧。”②

李煜是五代时期南唐国君，正如毛泽东在1957年4月一次谈话中所说的，他虽“多才多艺，但不抓政治，终于亡国”。李煜写过多首《浪淘沙》词，但多是抒写失去江山，过着俘虏生活的仇与恨，情调不免婉转凄凉。而毛泽东的《浪淘沙·北戴河》既然是反其道而行之的奔放豪迈之作，自然和李煜作品的风格迥然有异。

词的上阕描绘作者下海游泳的触景生情，写得刚健雄豪。“大雨落幽燕，白浪滔天”，先特书大雨滂沱，然后带出落雨的地点。幽燕，是河北北部的古地名，自古以来便是兵家必争之地，又多慷慨悲歌之士。一提起这个地名，不仅点名了北戴河所处的大的地理环境，而且融入深沉的历史文化蕴涵，也为下阕的展开埋下伏笔。而“白浪滔天”的壮观景象，刻画

① 《毛泽东诗词精读》，丁三省编著，文化艺术出版社2008年1月第1版，第130页。

② 《毛泽东诗词辨析》，郭思敏主编，中央文献出版社2006年10月第1版，第157页。

出一幅惊天动地的海天风雨图。毛泽东正是在这样一种特定环境下畅游大海，这不仅表明他迎潮搏浪的游泳技艺高超精湛，更显出他不畏风险、乐于挑战的刚毅性格。

“秦皇岛外打鱼船”，反映出毛泽东游泳时的关注点。对这首词的主题曾有多种说法，关键在于对“打鱼船”的不同理解。第一种意见认为“打鱼船”是象征过去侵略中国的帝国主义，因为在旧时代，北戴河简直就是侵略中国的帝国主义的游乐场所；[①] 第二种意见认为“打鱼船”就是中华人民共和国的革命航船；[②] 第三种意见认为“打鱼船”喻指当年伟大的合作化运动如大海怒涛，汹涌澎湃地向前发展。[③] 由于这种理解的不同，对后一句“一片汪洋都不见，知向谁边?”的理解自然也就大相径庭。按第一种意见，象征帝国主义势力已经一去不复返了，这是“换了人间”的一个重要方面。按第二种意见，1954 年 2 月，毛主席在北戴河主持召开了中共七届四中全会，解决了高岗、饶漱石的反党集团问题，中华人民共和国的革命航船当然是向社会主义航道驶去。按第三种意见，表明作者道出了社会主义改造中存在着两条路线的斗争，并深深蕴含着对渔民和亿万农民的深切希望，希望他们能经受大风大浪的考验，坚定不移地走社会主义道路。

但有第四种意见认为“打鱼船”实际上就是写渔民，而写渔民就是写劳动群众，因为他们是中国劳动群众的代表。比如蔡清富、黄辉映认为：“词上阕的核心是描写与讴歌‘打鱼船’，实质上就是描写与讴歌劳动人民，描写与讴歌广大劳动人民高涨的生产积极性”。[④] 冯牧也基本持这种观点，“白浪滔天的大海，正在秋雨中漂泊的渔船，这是多么令人心胸激荡的景色”。[⑤]

当然对第四种意见也有异议。比如，陈顺智就不赞同《毛泽东诗词》英译本翻译者按照这种理解所得出的结论：“原来在海上的，从秦皇岛来的许多打鱼船，现在一条也不见了，不知道它们漂到哪里去了。”陈顺智

---

① 《毛主席诗词浅释（连载）》，福建师大中文系《毛主席诗词》教学组，见《福建师大学报（哲社）》1976 年第 3 期。

② 《“萧瑟秋风今又是”解》，徐涛，见《中学语文》1978 年第 3 期。

③ 《只有社会主义能够救中国——毛主席词〈浪淘沙·北戴河〉学习体会》，范文瑚，《四川师院学报》1974 年第 2 期。

④ 《毛泽东诗词大观》，蔡清富、黄辉映编著，四川人民出版社 2007 年 4 月第 4 版，第 294 页。

⑤ 《毛泽东诗词鉴赏》，臧克家主编，河北人民出版社 1990 年 8 月第 1 版，第 185 页。

认为："这应该是对毛词曲解造成的认识，与作者原意并不符……照译者理解去读，词的独有情调变得索然无味"。[①]

不过笔者认为，毛泽东当时下海游泳的确遇到了渔船。当年在北戴河公安局工作、奉命保卫毛泽东游泳的刘杰就回忆：一次游泳返回时遇到一只渔船，毛泽东还上了渔船，与渔民攀谈，并买了他捕捞的螃蟹，上岸后请工作人员美餐了一顿。由潇湘电影制片厂拍摄的八集电视艺术片《诗人毛泽东》当中也有相关的情节，足见此说不虚。至于说把毛泽东诗句中的"打鱼船"就直接理解成实实在在的打鱼船，就会致使作品的"独有情调变得索然无味"，未免过于武断。

《浪淘沙·北戴河》是毛泽东游泳之后的即兴之作，实写游泳的场景和所见是完全有可能的。一方面是作者顶风冒雨搏击风浪，另一方面是打鱼船迎风斗浪捕捞生产。这是何等壮观的一幅场景，人与自然该是展开何等惊心动魄的搏斗！而"一片汪洋都不见，知向谁边？"也完全符合生活的逻辑：或许风浪太大，渔船进港避风去了；或许收获甚丰，已经满载而归了。毛泽东本人解释"一片汪洋都不见，知向谁边？"一句时，明确说"是指渔船不见"。[②] 即便是按照这样的逻辑去理解，作品的诗味仍然十分浓郁，仍然有值得玩味的广阔空间。毛泽东游泳的时间很长，起先在视线之内的打鱼船已经不见了，"知向谁边"这一问，反映出作者对渔民状况的一种关切之情，浸透着诗人与普通百姓息息相关的深厚情感，也给读者以极大的想象空间。

词的下阕是借古抒情，也可以说是借古颂今，咏史颂今。"往事越千年，魏武挥鞭，东临碣山有遗篇"，畅游大海之后，曹操登上碣石山观海的历史往事和那首流传千古的《观沧海》萦绕在毛泽东的耳边。

东临碣石，以观沧海。
水何澹澹，山岛竦峙。
树木丛生，百草丰茂。
秋风萧瑟，洪波涌起。
日月之行，若出其中。

---

① 《毛泽东诗词全编鉴赏》，吴正裕主编，中央文献出版社 2003 年 12 月第 1 版，第 234 页。

② 《对〈毛主席诗词〉中若干词句的解释》，见《毛泽东诗词大观》，蔡清富、黄辉映编著，四川人民出版社 2007 年 4 月第 4 版，第 555—556 页。

星汉灿烂，若出其里。
幸甚至哉，歌以咏志。

一句“往事越千年”将时空迅速倒转，而作者对往昔的追怀，其实是为了歌颂今天的美好。曹操说“秋风萧瑟”，毛泽东说“萧瑟秋风今又是”。曹操《蒿里行》记叙三国景况时提到的，“白骨露原野，千里无鸡鸣，生民百余一，念之断人肠”，而毛泽东则说“换了人间”。景物依旧，而时代不同；人情相似，社会巨变。“换了人间”实乃画龙点睛之笔，曹操的功业是根本不能和英雄的中国人民在共产党的领导下所成就的翻天覆地的伟大事业相提并论的。它揭示了全篇的主旨，抒发了革命豪情，给人以广阔的联想空间，拓展了无限深远的意境，沟通古今，对比鲜明。

毛泽东在北戴河畅游大海，是有意与大自然搏斗。他像李煜那样以《浪淘沙》填词却反其道而行之，变婉约为豪迈，是有意与李煜较劲；毛泽东欣赏曹操的诗风豪情，但所颂扬的时代风貌却远远超越曹操笔下的破败景象。这是毛泽东挑战性格在艺术创作上的表现，既有继承传统，更有突破创新。

1962 年 8 月 25 日，郭沫若在北戴河避暑，有感于“恒听人吟诵”毛泽东词《浪淘沙·北戴河》，作七律《诵〈北戴河〉》，载 1963 年 2 月号《河北文学》。诗中“解衣磅礴忘吾汝”一句，可谓是把毛泽东纵情畅游大海的情景刻画得形象逼真而又生动有趣：

魏武东征此地过，秦皇遗躅未应磨。
秋风拂岸翻银浪，沧海连天泛碧波。
明月琼楼谁把酒？青春高阁我闻歌。
解衣磅礴忘吾汝，席地幕天诵戴河。

春江浩荡暂徘徊

如果说中华人民共和国最初几年毛泽东的游泳兴趣是别人“劝说”出来的，那么自北戴河畅游之后，毛泽东的游泳热情就变成别人再也“制止”不住了。

1955年初夏，毛泽东到了广州视察工作，住在省委附近的珠岛上。南方的夏天热得快，毛泽东经常以游泳避暑。为了安全起见，地方同志每次都安排他到游泳池游泳。可时间一长，毛泽东终于又耐不住性子，执意要去珠江游泳。到了珠江边，毛泽东脱了衣服就要下水。负责警卫工作的同志紧张了，急忙调来一批会水的同志一块儿下水陪游，并找来了船只以确保主席的安全。就在岸上的同志手忙脚乱地布置时，毛泽东已游到江中。他在江水中十分激动，冲着岸上的同志喊“你们不要站在岸上，会水的都下来”。

1955年6月19日至20日，毛泽东回湖南调研考察。6月19日晚10时，毛泽东乘专列从南昌抵达长沙大托铺机场专线，停留两天。6月20日，毛泽东参加了湖南省委会议，并与地市委书记们座谈。因大雨初晴，十分闷热，毛泽东忽然提出要到湘江里去拱一拱（游泳）。《毛泽东五十次回湖南》一书比较详细地记录了毛泽东游湘江的情形：

在毛泽东前往长沙的前几天，中南地区连降暴雨，湘江水势湍急。罗瑞卿、汪东兴、周小舟等人看到湘江水猛涨，水质混浊，担心毛泽东游泳有困难，想用各种理由劝阻他，都希望他等水势稍退再去游泳。他们一方面让毛泽东的老同学劝他不去游泳，或者改期再游；另一方面要求公安厅立即调动船只和体委的游泳队员陪同游泳，做好安全保卫工作。

周世钊时任湖南省教育厅副厅长兼湖南省立第一师范学校校长。他奉命劝阻毛泽东，说：“今日江水混浊，似乎不适合游泳。”毛泽东答道：“水清水浊，不是决定适合不适合游泳的主要条件，你说的这一点可以不必考虑。”周世钊又说：“湘江水涨，江面又宽又深，游泳也不方便。”毛泽东说：“你不要说外行话！庄子不是说过吗，‘水之积也不厚，则其负大舟也无力’。水越深，浮力越大，游泳起来当然越要便利些，你怎么反说不便呢?”毛泽东深知周世钊文史知识丰富，故引经据典，阐述江宽水深更好游泳的道理。

毛泽东下决心的事，不经过实践，谁也说服不了他。何况毛泽东早年经常到湘江游泳，对湘江的水性并不陌生。

6月20日上午，毛泽东在公安部部长罗瑞卿、警卫局局长汪东兴、湖南省委书记周小舟、副书记谭余保、老同学周世钊等人陪同下来到湘江边。当毛泽东看见湘江中的橘子洲时，更是来了兴致，决定在猴子石下水一游。毛泽东同几名游泳健儿换上游泳裤，坐上小木船，船划到江心，他用手试了试江水，并用江水打湿全身，便纵身跳入水中。

跃入湘江，毛泽东感到比在珠江游泳还要惬意。他依然采取仰泳姿式，静静地仰卧在滔滔的激流之中，无论身边涌起何等汹涌的浪峰，他仍然微闭双眼，只是偶尔在水流湍急之时才稍稍挥臂挡水……不知不觉一个小时过去了。毛泽东一直游到河西，在牌楼口北侧上岸。

随后，毛泽东转乘汽车前往岳麓山。汽车开到白鹤泉后停车，毛泽东同等候在那里的罗瑞卿、周小舟、周世钊等人会面，然后步行登上云麓宫。当时到云麓宫不通汽车，山势陡峭，只能踏着石级步步攀登。上山前，工作人员准备了三乘轿子，提供给毛泽东等几个年长者坐着上山。但毛泽东坚持不肯坐轿，他带头走在前面，还同陪同的人说说笑笑，一步步登上了矗立在岳麓高峰的云麓宫。在云麓宫里，毛泽东东走走，西望望。在望湘亭上，他扶着石栏，眺望美丽如画的水陆洲，看看河东楼房林立的城区，到处呈现一派勃勃生机，毛泽东有心旷神怡之感。在一旁的周世钊见毛泽东心情舒畅，便说："你已经是六十多岁的人了，还能横渡湘江，攀登岳麓山，赛过许多年轻人。如果把今天的真实情况，讲给青年人听，一定会使他们无比高兴，向您学习。"毛泽东也猜出了他的心意，说："这算什么？爬山吧？仅仅这样几步路，游泳也算不了难事。我们每天都在走路嘛，游泳时有水的浮力帮助，比起走路应该是容易多了。但是浮水也易于出问题，不能粗心大意。我在一师读书时，有一次在湘江游泳，不是同学救护，早就出了'洋'。"毛泽东谈论游泳，也是谈人生，谈领导科学，深入浅出，一语中的，耐人寻味。

周世钊擅长诗词，与毛泽东有不少唱和之作。看毛泽东畅游湘江，健步登岳麓山，他心中感慨万千，欣然赋诗：

七律·从毛主席登岳麓山至云麓宫

滚滚江声走白沙，飘飘旗影卷红霞。
直登云麓三千丈，来看长沙百万家。
故国几年空兕虎，东风遍地绿桑麻。
南巡喜见升平乐，何用书生颂物华。

毛泽东这次回湖南，最快意的事就是湘江游泳和岳麓山登高。毛泽东收到老同学的诗作，也心潮激荡。并作和诗：

七律·和周世钊同志

春江浩荡暂徘徊，又踏层峰望眼开。
风起绿洲吹浪去，雨从青野上山来。
尊前谈笑人依旧，域外鸡虫事可哀。
莫叹韶华容易逝，卅年仍到赫曦台。

周世钊诗中的“滚滚江声走白沙”，是对湘江汹涌水情的一种描述，隐约之中让人感觉到周世钊对毛泽东下水游泳的某种担心。而毛泽东和诗中的“春江浩荡暂徘徊”，则表现出毛泽东对滚滚江水的一种迷恋和向往，反映出他畅游湘江的喜悦心情和意犹未尽的些许遗憾。

万里长江横渡

1956 年 5 月，毛泽东再次南巡。他先到广州搞调查研究，先后召开了 20 多次会议。在此期间，他曾 12 次下珠江游泳并到越秀山游泳池游泳 7 次。然而他感觉还是很不过瘾，提出要到长江去游泳。毛泽东要游长江，此事非同小可。罗瑞卿、汪东兴、王任重等人极力反对，双方僵持不下，后来毛泽东自己提出一个折中办法，即由当时在广州的中央警卫团一中队队长韩庆余去武汉实地考察长江水情。韩庆余赶到武汉，对长江水流、水文等进行了测试。当时长江流域正值雨季，水流急，水温很低，不适合游泳。韩庆余便回到广州向毛泽东报告了不能去长江游泳的种种理由。毛泽东很不以为然，问道：“你下水没有?”韩庆余老实地摇头表示没有下水，毛泽东很不满意。随后又派副卫士长孙勇再去打探。孙勇到武汉后，除测水速、水温之外，还在江水里扑通了一番。回到广州后，他向毛泽东报告说可以游。毛泽东一听很兴奋，说：“这就对了嘛！要知道梨子的滋味就要亲口尝一尝。谁说长江不能游? 孙勇不是游了吗?”毛泽东找到了游长江的证据，看来这江是非游不可了。

1956 年 5 月 30 日，毛泽东乘飞机从广州飞到长沙，游过湘江，算是热身。5 月 31 日，他又乘飞机到武汉。他到武汉的第一句话便是“先去游长江”。

下水地点经保卫人员多方勘察，定在武昌的新亚码头。为了毛泽东这次游长江，当地政府和公安部门组织了大批力量。跟随毛泽东渡江的游泳者们，按照规定的位置，在毛泽东周围形成中、前、后、左、右的不规则队形，消除了因水急可能造成的失防区。还调动了三条小木船排成三角形担负救护任务。

虽然是初次游长江，但毛泽东显得轻车熟路。他水性很好，游得十分轻松自如，时而奋臂侧游，搏击风浪；时而踩水前进，信步于万顷波涛之上；时而仰卧水面，双手放在脑后，头枕波峰；时而双手交叉放在胸前，顺流而下，悠闲安详。护游的同志尽力保持着整齐的队形，呈半圆形跟附在毛泽东身后。毛泽东一边游泳，一边与周围的人谈笑风生。忽然，他对周围的人嚷道：“叫这些船都走开，不要靠近我！”原来，毛泽东周围跟着好几条小木船，木船上满是救生圈，还有许多年轻力壮的人，随时准备应急。有关方面的负责人只好指挥小船划走，只留下保健医生的一条船，不远不近悄悄尾随。游至汉口武汉关前的江面时，毛泽东问身边的同志：“现在游到哪里了？离汉口还有多远？”正说着，一个浪头扑来，毛泽东从容地吐了一口水。大家关心地问他是不是喝了水。毛泽东风趣地说：“长江里的水好甜！”游了一个多小时后，跟随毛泽东游泳的一些同志已体力不支了，有的中途几次上船休息。而毛泽东继续往前游，一直游到汉口湛家矶的江面才出水上船。上船后的毛泽东脸色红润，精神饱满，毫无倦意。他游兴未尽地对大家说：“如果给我个馒头吃，还可以坚持两小时。”这次游程近 13 公里，历时两小时零四分。这一年，毛泽东已 63 岁。

1956 年 6 月 2 日，他第二次畅游长江。为了考察建设中的武汉长江大桥，他提议从汉阳鹦鹉洲附近下水，穿越桥墩，游到武昌八大家江面上船。这一次他游了 14 公里。

1956 年 6 月 3 日，毛泽东第三次畅游长江。由于是在造船厂码头下水，船厂内的职工们发现了毛泽东的行踪，消息迅速扩散，人们奔走相告，越聚越多，高呼着“毛主席万岁”。因为行踪被发现，他这次只游了一个小时便结束了。

毛泽东畅游长江，激发了他的激情，也迸发了他的诗意。就在第一次畅游长江之后，他写下了脍炙人口的诗篇：

水调歌头·游泳

才饮长沙水，又食武昌鱼。万里长江横渡，极目楚天舒。不管风吹浪打，胜似闲庭信步，今日得宽馀。子在川上曰：逝者如斯夫！

风樯动，龟蛇静，起宏图。一桥飞架南北，天堑变通途。更立西江石壁，截断巫山云雨，高峡出平湖。神女应无恙，当惊世界殊。

1956年12月5日，毛泽东致函周世钊说："两次惠书均已收到，情意拳拳，极为高兴。……时常记得秋风过许昌之句，无以为答。今年游长江，填了一首水调歌头，录陈审正。"① 并随信将这首词抄赠给周世钊。

信中提及"秋风过许昌"之句，是指周世钊1950年9月下旬，应邀赴北京参加国庆典礼路过河南许昌时所作的《过许昌》一诗，诗云：

野史闻曹操，秋风过许昌。
荒城临旷野，断碣卧斜阳。
满市烟香溢，连畦豆叶长。
人民新世纪，谁识邺中王！

再看毛泽东的游泳词，可谓气势磅礴，境象阔大，充满革命浪漫主义豪情和乐观主义精神。语言明白晓畅，不事雕琢。但在平淡朴实的词句里蕴含着深刻的哲理和深邃的内涵。但是，这首词的最独特之处在于它不是用只言片语去抒写游泳的感受，而是直接以《游泳》为题，并且用豪迈的语言抒发畅游长江的直接体验和所见所思，这在毛泽东与击水有关的词作中绝无仅有，即便在整个中国古典诗词王国中也实属罕见。

词的上阕抒发在风浪中横渡长江的豪情。"才饮长沙水，又食武昌鱼"，表面上看是交代作者的行踪，但实际上却表明作者要赶到武汉游长江的急迫心情。作者自注："民谣：常德德山山有德，长沙沙水水无沙。所谓无沙水，地在长沙城东，有一个有名的'白沙井'。武昌鱼：三国孙权一度从京口（镇江）迁都武昌，官僚、绅士、地主及其他富裕阶层不悦，反对迁都，造作口号云：宁饮扬州水，不食武昌鱼。那时的扬州人心

① 《毛泽东书信选集》，中央文献研究室编，中央文献出版社2003年11月第1版，第476页。

情如此。现在变了，武昌鱼是颇有味道的。”① 需要指出的是，毛泽东此处引典有误。据《三国志·吴书》记载，吴主孙皓一度从建业（故城在今南京市南）迁都武昌，反对迁都者造的童谣是：“宁饮建业水，不食武昌鱼。”这是化用古谣。1975 年 5 月 3 日，毛泽东在一次政治局会议快结束时，顺口念了一首民谣：“无锡锡山山无锡，平湖湖水水平湖，常德德山山有德，长沙沙水水无沙。”然后解释《游泳》说：“‘才饮长沙水’就是白沙井的水。武昌鱼不是今天的武昌，是古代的武昌，在现在的武昌到大冶之间，叫什么县，我忘了，那个地方出鳊鱼，所以说‘才饮长沙水，又食武昌鱼’。”②

一直以来，人们都以为毛泽东从长沙到武汉，吃到了当地的武昌鱼。其实不然。“毛泽东的随身厨师程汝明有一个鲜为人知的记忆和解释。当时在长沙，厨师李锡吾和程汝明突然接到通知，‘快做准备，马上出发，去武汉’。程汝明赶紧把准备在长沙烹制的武昌鱼收拾起来，冷藏在用冰块自制的‘冰箱’里，匆匆赶到武汉，马上取出武昌鱼，加入紫苏、料酒、盐等调料，烧制得十分清淡。毛泽东吃得很可口。事隔50年，程汝明依然能够清晰地回忆起当年他给毛泽东烹制武昌鱼的情景，并再三强调说，武昌鱼不是武昌的鱼，而是从长沙带去的。”③

“万里长江横渡，极目楚天舒”，作者以雄健的笔势马上转入叙写游泳。武汉一带，旧属楚地，故谓之“楚天”。诗人横渡万里奔腾的长江，浮游在江面上放眼望去，天空格外广阔高远。这既是对游泳的特定环境、空前壮举和豪迈意志的描写，更是一种心灵的呈现。万里江天，上下映衬，横渡纵目，情景交融。越是写出长江之大，越是显示出词人放眼天堑的恢宏气度。1956 年 12 月 4 日，毛泽东致信黄炎培，为“答先生历次赠诗的雅意”，随信附上了这首词。黄炎培老先生或许不太了解游泳，曾对“极目楚天舒”提出质疑。1957 年 2 月 11 日，毛泽东又致信黄炎培，特意做了解释：“那些东西，既已发表，不改也可。游长江二小时漂三十多里

---

① 《毛泽东诗词大观》，蔡清富、黄辉映编著，四川人民出版社 2007 年 4 月第 4 版，第549—550页。

② 《毛泽东诗词全编赏读》，麓山子编著，太白文艺出版社 2007 年 10 月第 1 版，第 230 页。

③ 《毛泽东五十次回湖南》，中共湖南省委党史研究室编，湖南人民出版社 2009 年 9 月第 1 版，第 43—44 页。

才达彼岸，可见水流之急。都是仰游侧游，故用‘极目楚天舒’为宜。”①仔细想来也的确有趣，如果不是仰泳或侧游，决然无法享受到“极目楚天舒”的崇高美感。换言之，如果是采用头、脸朝下的“狗刨式”，感觉到的可能就只有“鱼翔浅底”了。

“不管风吹浪打，胜似闲庭信步，今日得宽馀”，搏击风浪与闲庭信步原本是两种截然不同的活动，诗人通过对比进一步抒写了畅游长江的美好感受。诗人感到与长江的激流风浪搏击，比在闲静的小院里散步要惬意得多。这不仅是因为闲静的小院无法与大江大河的壮阔同日而语，也同诗人不畏风险、欢喜挑战的性格息息相关。陈毅《冬夜杂咏·长江》曰：“有人雄古今，游泳渡长江，云此得宽馀，宇宙莽苍苍。”正是为此词作了脚注。“宽馀”二字表达了畅游长江的总体感觉，用毛泽东自己的话说：“一是不受任何限制，天高海阔，自由自在，其乐无穷；二是紧张的工作之余，转而全身心地投向大海，动了筋骨，舒了身心，全身得到了放松。”这样一种体会既是他一生斗争生涯的生动写照，也是他乐观坚定的人格意志的自然流露。

“子在川上曰：逝者如斯夫！”置身于“不尽长江滚滚流”，不由得想起《论语·子罕》中的话：“子在川上曰，逝者如斯夫，不舍昼夜。”孔子的原意是说过去的时光像滔滔河水一样不停地流逝，毛泽东看到滚滚向前的流水想到的或许是浩浩荡荡的时代潮流，顺之者昌，逆之者亡；或许是时光飞逝，时不我待，及时当勉励；或许是社会主义建设事业如潮水一浪高过一浪；或许是滚滚长江向东流，一切都在变化，必须自强不息。毛泽东诗思敏捷，学识渊博，他从身边的流水想到了古代先贤的哲语，使游泳时的感悟一下子显现出历史的厚重，而与孔夫子不同的是毛泽东的感慨之中没有一丝一毫的哀婉和悲观，胸中洋溢着奋力拼搏的豪情和创造奇迹的乐观。

词的下阕歌颂中华人民共和国建设事业的成就，讴歌了长江大桥的兴建，憧憬未来发展的美好前景，鼓舞中国人民改造自然、奋发图强。“风樯动，龟蛇静，起宏图”，诗人漂游江面，看到不少帆船在长江上行驶，而汉阳的龟山和武昌的蛇山在长江两岸驯服地静卧着，似乎在欣赏中华人

① 《毛泽东书信选集》，中共中央文献研究室编，中央文献出版社 2003 年 11 月第 1 版，第 481 页。

民共和国建设的宏图大幕不断展开。作者视通万里，神游未来。一“动”一“静”，相映成趣。一“起”则耸然挺拔，充分表现了中国人民建设祖国、改造山河的极大热情。

“一桥飞架南北，天堑变通途”，当时作者眼前的长江大桥建设帷幕刚刚拉开，还处在打桥墩的起步阶段，可是作者却已经想到了大桥建成，沟通南北的雄伟景象。这是纪实又是预想，“飞架”二字不仅写出了大桥凌空而起的气势，写出了大桥施工的神速，更反映出作者快马加鞭迅速改变中国面貌的渴望和希冀。毛泽东 1927 年写的《菩萨蛮 · 黄鹤楼》中有“沉沉一线穿南北”之句，“一线”指京汉铁路和粤汉铁路，然而这“一线”长期是不连贯的，到武汉长江大桥贯通之后，才使两段铁路真正连成“一线”变成京广铁路，变成了中华人民共和国的交通大动脉。

“更立西江石壁，截断巫山云雨，高峡出平湖”，如果说把刚开工的长江大桥马上“竣工”还有一点纪实色彩的话，那么在长江三峡构筑拦河大坝则是十足的远景规划了。在三峡筑坝拦水，把奔腾了千万年的长江拦腰截断，建成一个平静的人工湖，这是中国人历时百年的世纪愿望，可在诗人的浪漫情怀中却一蹴而就。“更”字表示更进一层，称建大坝为“立石壁”，不仅凸显了大坝的高大雄伟，而且使大坝更具气势和立体感，也更形象更富有诗意。一“截”一“出”，要改造山川，这既是远景规划，也是雄心壮志，中国人民那种战天斗地、征服自然、造福人类的宏伟气魄、巨大力量一下子跃然纸上。他一向认为“人民，只有人民，才是创造历史的真正动力”，他一向坚信“数风流人物，还看今朝”。40 年前，毛泽东建设社会主义的畅想曲如今已然变为现实，浩大的三峡工程于 1995 年开工，历来桀骜不驯的江水正在被转换成巨大的电能，这真是世界罕有的人间奇迹。

“神女应无恙，当惊世界殊”，最后借用神话来赞颂中华人民共和国短时间内发生的翻天覆地的变化和举世瞩目的惊人成就。神女，既指神话传说中的巫山神女，也指巫山神女峰。据陆游《入蜀记》和范成大《吴船录》等古籍记载，神女名瑶姬，赤帝女儿，在巫山助禹治水，死后葬于巫山南面，成为巫山神女。战国时代楚人宋玉《高唐赋》中说楚襄王在游云梦泽的高唐时，曾梦遇巫山神女，神女自称“旦为朝云，暮为行雨，朝朝暮暮，阳台之上”。又传说神女已化为神女峰，巫峡北岸有十二峰，以神女峰最为峭拔壮美，神女立于峰顶，守望三峡并为来往三峡的船只导航。

毛泽东在此化用这个典故，增加了词的浪漫色彩，在险山恶水之处拦水筑坝，工程之浩大艰难可以想见，在峰顶上寂寞地独处了亿万年的神女，如果安然无恙的话，见到三峡巨型工程的宏大场面，应该不会受到惊吓吧！看到人间如此巨变，她一定会惊叹赞美中国人民勤劳、勇敢、智慧。她是历史最好的见证人。“当惊世界殊”五字作为全词的归结，其旨趣之高迈，诗味之隽永，真是匪夷所思，令人拍案叫绝。

这首词写长江之寥廓，长江之波涛，长江之风物，长江之建设，长江之未来，全篇触景生情，缘情布景，奇想层出不穷，令人应接不暇。全词情趣浓郁，辞藻瑰丽，引用古谣，引用古语，引用古典，贴切浑成，不露斧凿痕迹。这是一篇现实主义与浪漫主义相结合的作品，作者从个人行踪起笔，畅叙游泳的快意，驰骋想象的翅膀，忽而写眼前景致，忽而发思古之幽思；忽而描写大桥建设的现实，忽而又畅想未来三峡工程的蓝图；忽而抒写人间的建设风貌，忽而又幻想神女对人间的关注与惊喜。就像作者在滔滔江水纵横驰骋，他也在历史与现实、当今与未来、人间与仙界之间来回穿梭，不但使读者领略了诗人的击水情怀，也让人们感受到诗人思维活跃、思路开阔的浪漫气质。而诗中迸发出来的对人生的进取精神和对美好未来的憧憬，更是激人奋发的无穷力量。

1988 年 12 月 26 日的《人民日报》（海外版）刊登了董保存的文章《蒙哥马利和毛泽东的会见》，记载了他们交往的一段趣事。“二战”名将、英国陆军元帅蒙哥马利 1958 年退役，当时 71 岁。1960 年 5 月，蒙哥马利怀着对中国人民的友好感情第一次访华。1961 年 9 月他再度访华。在武汉，9 月 23 日晚，毛泽东会见蒙哥马利，并共进晚餐。他们谈话时，蒙哥马利见毛泽东抽烟，就送给毛泽东一盒英国的 555 牌香烟。9 月 24 日下午，毛泽东再度约见蒙哥马利，足足谈了两个半小时。之后，毛泽东邀蒙哥马利乘船游览长江，观看他在长江里游泳。那天，毛泽东游了近一个小时。上船后毛泽东把蒙哥马利送到汉口胜利饭店。夜晚，在蒙哥马利下榻的宾馆，工作人员正忙碌地为他准备行装，第二天他将启程回国。这时，毛泽东来为他饯行，并把亲笔手书的《水调歌头·游泳》赠送给蒙哥马利，署名“毛泽东”，并写有“又词一首，赠蒙哥马利元帅”字样。这是毛泽东当天早晨四点钟起床后写的。蒙哥马利真是喜出望外，他怎么也没有想到，一盒普通的 555 牌香烟竟然“换”得了弥足珍贵的毛泽东诗词墨宝。1936 年，埃德加·斯诺曾得到毛泽东书赠的《七律·长征》，蒙哥马利是第二位获得毛泽东诗词墨迹的国际友人。毛泽东亲笔书写诗词赠送给外国人，是罕见的事情，这是何等荣耀与幸运。

一游长江不可收

1957 年 11 月 17 日晚，毛泽东在莫斯科大礼堂接见中国留学生时，他的讲话别开生面、轻松潇洒。毛泽东向台下问："有没有湖北人?""有。"台下人群中答。"我游过你们的长江。"台下笑了。"有没有湖南人?""有。""我游过你们的湘江。"毛泽东再问："有没有广东人?""有。""我游过你们的珠江。"台下掌声雷鸣，笑声不断。年过六旬的毛泽东游过珠江、湘江、长江，这让很多年轻人都望尘莫及。

1957 年 7 月初，毛泽东从成都到重庆，向中央提出要游三峡。中央政治局先派人调查和试水，后经郑重讨论没有同意毛泽东的要求。他也只好服从组织决定。也就在这一年夏季，毛泽东在上海提出想游黄浦江，结果因为天气十分恶劣而取消。1957 年 7 月，毛泽东利用在青岛开会的闲暇先后五次到青岛第二海水浴场游泳。1957 年 9 月 11 日，正在杭州视察的毛泽东驱车去海宁观看"钱塘秋涛"。观完潮后，毛泽东在钱塘江游泳。1958 年 1 月南宁会议期间，毛泽东到邕江冬泳。1959 年庐山会议期间，除开会游览外，毛泽东重要的休息活动就是在庐山电站大坝的将军河游泳。

但是，毛泽东最钟情的游泳场所还是长江。毛泽东第一次畅游长江后，便一发不可收。据统计，1956 年至 1966 年 10 年间，毛泽东先后 18 次畅游长江。自从 1956 年毛泽东第一次畅游长江之后，武汉市政府便不再禁止人们到长江游泳了，而且每年还组织全市的游泳健儿举行一次畅游长江活动。1966 年 7 月 16 日，武汉三镇长江两岸的大堤上，彩旗飞舞，人头攒动，声势浩大的武汉市第十一届横渡长江的比赛在这里举行。毛泽东在王任重等的陪同下登上一艘快艇，出现在波涛翻滚的万里长江中，检阅了参加渡江比赛的游泳大军。水中、岸上的人们见到毛泽东，顿时一片欢腾。由郭沫若陪同前来参观比赛的亚非作家协会代表被这一盛况深深感动。就在这一天，73 岁高龄的毛泽东最后一次畅游了长江，这是毛泽东畅游长江场面最为壮观的一次。1966 年 7 月 25 日，《人民日报》刊登了毛泽东畅游长江的实况报道和照片，并专门配发社论《跟着毛主席在大风大浪中前进》。

毛泽东几乎是看见江河湖泊，就会产生下水游泳的冲动与热情。但是，耐人寻味的是，他游过中国的许多大江大河，却始终没有游过黄河。1948 年春，中国人民解放军西北野战军以主力 5 个纵队转入外线作战。1948 年 3 月 23 日，中央机关队伍行军来到了黄河西岸的吴堡县川口渡口，准备从这里登船东渡。毛泽东上了第一条船，木船缓缓离岸，几名卫士紧靠着他身后左右站立。越行黄河水面越不平静，浪花拍打木船发出沉闷的声响。毛泽东忽然朝支队参谋长叶子龙说："脚踏黄河，背靠陕北，怎么样？给我照一张相吧！"毛泽东站稳身体，脸上显出庄严肃穆的神色，叶子龙手中的照相机及时地"咔嗒"响了一声。说话间，行船已近中流，水面骤然起了变化，巨浪滚滚，耳旁一片轰轰巨响。毛泽东凝望着混浊的滚滚黄河水，望着泡沫飞卷的浪花和漩涡，似乎在思考，在估量，在比较……忽然，他长长叹了一口气，像是自言自语，又像是说给大家听："你们藐视谁都可以，但是不能藐视黄河，不能藐视我们这个民族！"毛泽东一生中多次视察黄河，也只有在黄河面前，他没有用挑战者的神情和征服者的骄傲去面对。他一次也没有游过黄河。

但是，毛泽东酷爱游泳的故事还在不断地演绎着。1960 年初，尼泊尔首相柯腊拉伊率代表团访华，毛泽东在中南海接见了他们。他说："如你们有兴趣，夏天来，我同你们去长江游一回。如果请我的话，我也高兴去你们那里游一回。"首相欣然答道："如果我邀请的话，您能去吗？""要看形势，那要过印度，我也很想在恒河游游泳。只要让我游，我一定去。"这是多么独特、别致的外交会谈！

1960 年 6 月 28 日，事隔 20 多年后，斯诺又重新踏上了中国的土地。老朋友相见，无话不谈，话题转到了游泳。毛泽东畅游长江的事，斯诺已有耳闻。他对毛泽东说："记得在那时掀起了一场群众性的游泳运动，由于参加渡江游泳的人极为踊跃，以致外界传言中国准备攻打台湾。"毛泽东回答说："那个报道也太夸张了嘛，我们也没落后到要用游泳的力量去解放台湾，外国的舆论也真是不可信。"斯诺又补充了一句："1936 年在保安的时候，你曾告诉我渴望到美国一游，看看大峡谷和黄石公园。现在还有这个兴趣吗？""我仍希望在不太老之前，到密西西比河和波达麦河中畅游一番。但这是一厢情愿。我想你不反对，华盛顿就可能会反对。"毛泽东边说边做了个拒绝的手势。"如果他们同意呢？""如果那样的话，我可以在几天之内就去，完全像一个游泳者。我们不谈任何政治，只在密西西比河游泳，并且在河口游泳而已。”毛泽东显得异常兴奋。人们实在无法想象，在那样一个“冷战”的时代，如果美国领导人得知了这一信息，会产生怎样的反应？如果他们果真“允许”毛泽东成行，一个东方大国的领袖前往一个西方大国，不谈政治，专事游泳，这会是一种怎样的外交奇观？相比起来，后来的“乒乓外交”恐怕要相形见绌了。

1964 年，中央军委安排北京和南京两个军区搞了一次大型比武汇报表演，请毛泽东去检阅。表演中，大概没有游泳项目，毛泽东在当场发表的讲话中说道：“部队是不是可以进行大规模游泳训练？游泳训练夏天完全可以搞。部队要学游泳，单靠游泳池不行。要学会在江海里游。不经过大风大浪不行。”半个月后，在听取周恩来等人汇报时，他又重提此事，说得更坚决：“部队要学游泳，所有部队都要学会。学游泳有个规律，摸着了规律就容易学会。整营、整团都要学会全副武装泅渡。”把游泳作为部队军事训练的一个科目，在全世界的军事统帅中，毛泽东恐怕也是绝无仅有的一个。

他最后一次下水游泳是在 1974 年。1974 年 10 月中旬，毛泽东在中华人民共和国建立后第 50 次来到长沙，这是最后一次，也是时间最长的一次，总计 114 天。81 岁的毛泽东被衰老和病魔困扰，他已无法到湘江中去浪遏飞舟了，但是，年老体弱的毛泽东在 11 月和 12 月间的寒冷天气里，还先后 5 次到游泳馆游泳，每次半小时左右。游泳使他感到精神振奋，找到些许青春年华的感觉。这是毛泽东最后与水的亲近，最后与水的搏击。

孔子曰：“仁者乐山，智者乐水。”水以它的纯洁清明和变化莫测，给无数智者以启迪。古今中外，没有哪一个智者比毛泽东更善于从水中吸取智慧。然而，毛泽东不仅是一个智者，更是一个勇者。水给予他无限的灵感，更给予他无穷的力量，给予他一个征服者的自信与豪迈，给予他澎湃的热情与灵动的诗意。毛泽东借游泳强身健体，更借游泳怡情励志。在他眼中心里，水是思想库，水是大课堂；水是亲伙伴，水是好对手；水是养生堂，水是竞技场，包含了太多的人生底蕴和象征意义。

第十一章　踏遍青山人未老

毛泽东同志出生于山区，从小就熟悉山、喜爱山，在几十年的革命生涯中与全国众多的大山结下了不解之缘。山，几乎浓缩了毛泽东一生的足迹。山，是毛泽东人生，也是中国现代革命史的一种现实反映。

在中国人眼里，“山”受到特别的重视，华夏的祖先们甚至对它顶礼膜拜。孔子曰：“仁者乐山，智者乐水。”毛泽东既是“智者”，也是“仁者”。山，在毛泽东的感性世界和审美视野中具有特别的意味。毛泽东诗词中众多的咏山之作，就是他喜山爱山的高尚情怀和坚强性格与博大胸怀的艺术展现，所以笔墨所到，无不姿态万千，神情飞扬，光华熠熠，彪炳古今。毛泽东笔下的山富有灵气，生动传神，这还与他的性格气质和认识事物的思想方法有关。毛泽东写山，往往不是单纯写山。毛泽东钟情于山，而又超越于山。山，是他的道路，是他描写的对象，又是他创作的灵感。他以“山”记史，以“山”言志，以“山”造境，写得瑰伟雄奇，绚丽璀璨，流动回旋。山，是他的胸怀，是他的性格，又是他的形象。山的深沉，山的坚韧，山的博大精深，与他的诗词浑然一体。

仪态万千美如画

“山”原本是一种自然的地理现象，它的性状高耸、巍峨、磅礴。在空间上拔地凌云，与天比肩；在时间上横亘久远，千古不变。然而，正如世界上没有两片完全相同的叶子一样，自然界也没有两座完全一样的山峦。即便是同一座山，也会风情万种，变化多端。不同距离、不同角度、不同时间、不同季节、不同气候、不同观者、不同心境，山都会呈现出不同的韵致和美感。正如宋代郭熙《林泉高致》中写道：“山近看如此，远数里看又如此，远十数里看又如此，每远每异，所谓‘山形步步移’也。山正面看如此，侧面看又如此，背面看又如此，每看每异，所谓‘山形面面看’也。如此是一山而兼数百山之形状，可得不悉乎！山春夏看如此，秋冬看又如此，所谓‘四时之景不同’也。山朝看如此，暮看又如此，阴晴看又如此，所谓‘朝暮之变态不同’也。如此是一山而兼数十百山之意态，可得不究乎！”

山，是如此婀娜多姿，丰富多彩，美不胜收，难怪千百年来文人骚客们对山之美吟咏不绝又各具神韵，难怪像陶渊明那样因“久在樊笼里，复得返自然”而“性本爱丘山”的人前赴后继，大有人在。

毛泽东是一位伟大的爱国主义者，他热爱祖国的山，赞美神州的山。在《渔家傲·反第二次大“围剿”》中，英雄红军“七百里驱十五日”，“横扫千军如卷席”，从烟波苍茫的赣江一直打到群山苍翠的福建。“赣水苍茫闽山碧”，诗人用电影蒙太奇的手法，通过景物的变换写出战场的辽阔广大与祖国河山的壮阔美好。在《菩萨蛮·大柏地》中，毛泽东凝视着昔日大柏地战场留在房屋墙壁上的弹痕，感叹“装点此关山，今朝更好看”，累累弹痕装饰了这里的关山，变得更加壮美，更加好看。1934 年，毛泽东身受排挤，中央苏区又处于极其严峻的历史关头，毛泽东却仍以革命乐观主义情调，在《清平乐·会昌》中唱道：“踏遍青山人未老，风景这边独好。”在《沁园春·雪》中，毛泽东有感于“北国风光，千里冰封，万里雪飘”的辽阔妩媚，赞叹“江山如此多娇，引无数英雄竞折腰”。1965 年，毛泽东重上井冈山时，看到革命摇篮井冈山“到处莺歌燕舞”，“旧貌换新颜”，看到“参天万木，千百里”，再一次由衷地赞美“江山如画”。

毛泽东不是画家，没有资料显示他画过山水画，但是，他诗词作品中所描绘的山情态万种，类型多样，气势磅礴，瑰丽秀美，给读者留下了一幅幅大山的壮美图画，给人带来无穷的审美享受和想象空间。

毛泽东诗词所吟咏的山遍及神州大地，大江南北，类型复杂。从北国的“山舞银蛇”到南方“颠连直接东溟”的“会昌城外高峰”；从东南的“直指武夷山下”到西南的“乌蒙磅礴走泥丸”；从西部“横空出世”的昆仑山到东部“远接群峰近拂堤”的五云山，再到中部的“龟蛇锁大江”，东西南北中的山全写到了。

春夏秋冬四季的山，也都在毛泽东的诗词中得到了惟妙惟肖的展现。

春山是“云开衡岳积阴止，天马凤凰春树里”，这是《七古·送纵宇一郎东行》中的首句。“衡岳”，指南岳衡山，这里指南岳七十二峰之一的岳麓山。“天马凤凰”，是湘江西岸、岳麓山南麓的两座山名。连日阴雨的南岳衡山云散天晴，寒气也随之消散，岳麓山露出了峥嵘的景象，湘江岸边的天马山和凤凰山掩映在春日的绿树之中。这一“开”一“止”，使人既想到“积阴”时的沉郁，又得到“云开”日出时的兴奋感受。在一个意象中包含衡岳阴天与晴日的两重景象，含蓄深厚，真是神来之笔。“春树”说明友人是在春天一个晴朗的日子出行。特别是“天马凤凰”既是山名，又赋予山形峰影在生机蓬勃的“春树里”昂首腾空，展翅欲飞，静中显动。好日子预示着好运气，好运气意味着好前程。

夏山是“雨后复斜阳，关山阵阵苍”，该句是《菩萨蛮·大柏地》中的诗句。作者已经注明该词写作时间是“一九三三年夏”，注重交代了季节的特殊性。“雨后复斜阳”化用唐代温庭筠《菩萨蛮》词“雨后却斜阳”一句。“关山”，指大柏地周围险要的群山和隘口，是红军抵御国民党军队的战场。“阵阵苍”，在雨后时隐时现的斜阳照耀下，关山出现一阵一阵苍翠的颜色。雨过天晴，红日当空，清新如洗的关山一片苍翠，生动描述了大柏地雨后的美景，展示了一幅绚丽夺目、宁静优美的图画，表达了对根据地山河的热爱和武装斗争的激情，同时也让人从作者对大柏地优美宁静景色的凝神观照中隐隐地觉察到诗人内心深处的冷清孤寂之感。

秋山是“看万山红遍，层林尽染”，“万木霜天红烂漫”。“看万山红遍，层林尽染”，出自《沁园春·长沙》；“万木霜天红烂漫”，出自《渔家傲·反第一次大“围剿”》。“看万山红遍，层林尽染”中的“万山”指岳麓山的诸多山峰。岳麓山枫树最盛，青峰峡是人们所熟知的，爱晚亭也是因唐代诗人杜牧《山行》的“停车坐爱枫林晚，霜叶红于二月花”句而得名。不难想象，到深秋的时候，青枫变成了丹枫，云蒸霞蔚，何其壮观，这就是所谓“万山红遍”。毛泽东独立于寒秋中的橘子洲头，置身于秋水长天的广阔背景之中，不仅看到了岳麓山的枫林，也可能联想到了北京香山的黄栌以及祖国无数山岳中由绿变红的乌桕、水杉、槭树、槲树、黄连木……那一重重山，一层层树，让自然之神彩笔一抹，染得一片姹紫嫣红，比二月怒放的春花还要艳丽，比六月飘舞的彩霞更加瑰奇。“万木霜天红烂漫”也是写秋冬时节山之美，与“看万山红遍，层林尽染”有异曲同工之妙，反映出根据地红红火火，生机勃勃的革命景象，热烈地赞美根据地人民明朗欢快的生活和蓬勃高涨的革命热情。“万木霜天红烂漫”这种秋天意象，表达了毛泽东对根据地壮美河山的赞美，同时也激发了他与红军抗击国民党反动派的斗争豪情。

冬山为“ 山舞银蛇，原驰蜡象”。北方雪后的群山和高原，白茫茫一片，山与山绵延起伏，登高望去，像银白色的长蛇在舞动。“原驰蜡象”，作者原注“原指高原，即秦晋高原”。这句是说白雪掩盖的秦晋高原，丘陵起伏，好像白蜡色的象群在奔驰。山做银蛇舞，原做蜡象驰，给人浑然一体的印象，既刻画了北国冬山的静态雪景，又呈现了作者眼中灵动的高原形象。

山，在毛泽东的笔下真是春夏秋冬各尽其妙。同样，他诗句中的山也是因时变化，情态各异。晨山是犹如《清平乐·会昌》中“东方欲晓……风景这边独好”，天刚蒙蒙亮，毛泽东欣然登山，在晨曦中站在高峰之上极目远眺，群山峰峦起伏，一直绵延到日出方向的东海之滨，如此胜景，焉能不发出“风景这边独好”的赞叹？暮山则是“苍山如海，残阳如血”，《忆秦娥·娄山关》中的尾句。当年，毛泽东指挥红军攻打娄山关时，夕阳尚未落山，这是毛泽东生前觉得颇为成功的佳句。臧克家解释，“据作者说，是在战争中积累了多年的景物观察，一到娄山关这种战争胜利和自然景物的突然契合，就造成了他自以为颇为成功的这两句话”。[①] 赵朴初先生对这一诗句进行了很精到的解读：“‘苍山如海，残阳如血’，完全是自然景色，山高得不得了，多得不得了，站在山头上放眼看去，一片望不尽的山峦起伏，好像翻腾着的大海一样。将落的太阳像血一样红。色彩非常秾丽，气象非常壮阔。如果有画家用‘苍山如海，残阳如血’作画，可以画出一幅很好的画来。但是对于一个忙乱的人，或者很激动的人，或者是头脑有一点发热的人，即使看到这样美丽的景色，也可能是无心领略。只有沉着的、镇静的、经验丰富、信心十足、眼光远大、心胸开阔，既看全国又看世界，既看现在又看未来的人，才能在这样激烈战斗的间隙中领略到自然界开阔绚丽的气象，写出这样情景交融的句子。‘残阳如血’同时也说明了一个时间，说出来这次的行动是经过一整天的战斗，红军开始行动时是‘霜晨月’，是拂晓之前，等到越过娄山关，已经是夕阳西下，是

① 《毛泽东诗词鉴赏》，臧克家主编，河北人民出版社 1996 年 5 月第 2 版，第 99 页。

傍晚的时候。”①

不同天气也会让山呈现出不同的美景。毛泽东笔下晴天的山是“天高云淡”，出自《清平乐·六盘山》。毛泽东率领红军冲破敌人的重重封锁，登临六盘山山顶，“天高云淡”四个字平开舒展。北方的晴秋，金风送爽，碧空如洗，纤云点缀，愈见澄澈，“高”和“淡”贴切之极。而雨天的山则是“风起绿洲吹浪去，雨从青野上山来”，该句出自《七律·和周世钊同志》。1955 年 6 月中旬，毛泽东来到长沙，在学友周世钊等人陪同下，游湘江，登上岳麓高峰的云麓宫，又到望湘亭凭栏远眺，饭后下了一阵小雨，更增添了诗兴和游兴。“风起绿洲吹浪去，雨从青野上山来”把人带进一个无限深远、生机勃勃的绿色世界。风起绿洲吹起绿浪向远处滚去，雨从田野直飞到山顶上来。诗句不免使人联想起神州大地风调雨顺，春意盎然，获得新生的祖国蒸蒸日上，充满了青春的活力。而雾天的山则是“雾满龙冈千嶂暗”，这是《渔家傲·反第一次大“围剿”》中的诗句。“龙冈”，是江西省永丰县与兴国县交界处的一个镇，高山环绕，中为峡谷。“千嶂”，许多陡峭的高山。宋代范仲淹《渔家傲》有云：“千嶂里，长烟落日孤城闭。”满山是雾，只见群山雾锁。层峦叠嶂，因为弥漫着云雾，再加上枪炮的硝烟，因此崇山峻岭、山上山下一片昏暗，极其形象地写出了第一次反“围剿”战场上那种硝烟弥漫、天昏地暗的景象，也衬托出红军善于利用天然条件消灭敌人的机智神勇。

毛泽东笔下的山，高耸入云，但他形容山之高却并不直言山的海拔高度，而是采用对比方法。“山，快马加鞭未下鞍，惊回首，离天三尺三”。这是《十六字令·三首》之第一首。作者原注：“湖南民谣：‘上有骷髅山，下有八面山，离天三尺三，人过要低头，马过要下鞍’。”毛泽东借用民谣中“离天三尺三”的成句，极为夸张地写出山势的高峻。“惊回首”，既是因回望极高极险的山而感到吃惊，同时也传达出一种翻越高山后的欣喜，毛泽东幽默地道出山之高耸。同样，毛泽东写山之挺拔陡峭，也一样形象生动。“山，刺破青天锷未残。天欲堕，赖以拄其间。”这是《十六字令·三首》之第三首。把山峰比作刀剑，它矗立于宇宙，直指青天，刺破了青天，又支撑住青天。这高大的剑锋是何等锐不可当，又是多么坚挺有力！古代神话中就有“天柱”的想象，后世也有“一柱擎天”的说法，而

① 《毛泽东诗词鉴赏》，臧克家主编，河北人民出版社 1996 年 5 月第 2 版，第 100—101 页。

毛泽东所塑造的山的形象无疑更具有现实意义，这样来写山的挺拔实在堪称前无古人，乃是身兼革命统帅的伟大诗人面对云贵高原的山峰所达到的艺术掌握。它不仅把握住山的外形，而且突入山的本质；它是浸透着革命激情，凝聚着生活经验，依照着生活理想，对作为客观事物的山峰所形成的形象认识，由上而下写出山的高峻坚挺，真是越说越奇，极尽夸张之能事。

气势飞动绝古今

在毛泽东眼里，世界上的万物都在时刻变化着，运动着，因此他喜欢运动，喜欢斗争。只有在搏击中，他才最大限度地舒展自己的爱憎情感和构想未来的惬意，感到成功即将来临的亢奋。这既是他的处世风格，也是他的诗词充满生机、充满动感、充满豪壮雄浑之气的内在根源。

毛泽东是一位充满热烈情感和浪漫想象的诗人，平生喜欢浪漫风格的抒情性作品。品鉴毛泽东的书法艺术，也是如此。在他笔下几乎找不到方方正正的字体，他最喜爱唐代书僧怀素的草书，推崇草书那种热烈奔放、如迅雷疾风般的艺术风格。那不可遏止的飞动线条，那如雷霆乍响、飙风骤至的瞬间抒情，那豪放不羁的宏大气象，与他的诗词创作是一脉相承，同属一格。

“登山则情满于山”，当诗人的激情附着于座座大山时，它们无不活泼多姿、个性各异、异彩纷呈。原本相对静止、稳稳当当、悄然无声的山，在毛泽东诗笔之下不再静默，不再沉寂，而是活跃起来，灵动起来，翻腾起来。化静为动，把静止的山写得跃动飞腾，这是毛泽东在山的意象中贯注主体情感的一个重要手法。这种手法使得他笔下的山仿佛具有倒海翻江之势，龙腾虎跃之态，常如江海奔流，万马飞跃，无不生气勃勃，神采飞扬，境界辽阔，气势雄伟，充分体现了诗人广阔的胸怀，豪迈的气魄，满腔的激情。

一般而言，山的姿态是超稳定的，可在毛泽东看来却绝非如此。《七律·登庐山》写庐山“一山飞峙大江边，跃上葱茏四百旋”，着一个“飞”字，一个“跃”字，就把庐山拔地而起、重秀叠翠之状活现出来，意象飞腾，极富律动感。庐山从天外“飞”来，巍然耸峙于长江边上，既富生气，又颇神奇，不仅写出了庐山雄伟峻拔的非凡山势，也写出了对庐山凌空而来的突兀感觉。《念奴娇·昆仑》的昆仑山“横空出世”，昆仑山巍峨高大，横亘在空中，似乎要高得超人世而去，以天地为上下标线极状其高。奇峰矗峙，天外飞来，一落笔就令人惊心动魄，目眩神摇。而接下来写雪山“飞起玉龙三百万，搅得周天寒彻”，那来自昆仑的蜿蜒起伏的雪山像千百万玉龙在飞舞，把整个天际都搅得冷透了。此句变用“战退玉龙三百万，败鳞残甲满天飞”而成，典出宋人胡仔《苕溪渔隐丛话》前集卷54引《西清诗话》云：“华州狂子张元，天圣（宋仁宗1023—1031年）间坐累终身，每托兴吟咏，如雪诗：战退玉龙三百万，败鳞残甲满天飞。”毛泽东状写昆仑山气候严寒，终年积雪的特点，把沉静千年的雪山写活了。“飞起玉龙”活现了“群山飞舞，一片雪白”的壮丽景象。“三百万”极言其多，写出地区之广；“周天寒彻”极写其寒，写出严寒之甚。

毛泽东善于妙用比喻化静为动，不论是单一的山还是绵延的群山，都是活灵活现。《十六字令·三首》之二：“山，倒海翻江卷巨澜。奔腾急，万马战犹酣”中，把静止的千山万壑比作汹涌澎湃奔腾跳荡的巨浪，以及万匹战马在战场上奔腾激战，斗得正起劲，想象丰富，韵味无穷。两个比喻都极其生动地写出了群山连绵起伏、波澜壮阔的气象。“倒”“翻”“卷”“奔腾”“战”等一组动词，刻画出浩荡群山各种走势的动态。《七律·长征》中“五岭逶迤腾细浪，乌蒙磅礴走泥丸”，毛泽东有意缩小人的视觉比例，把绵亘数省的五岭山脉比作轻轻腾起的微波细浪，把气势壮阔的乌蒙山喻为在地上滚动的小小泥丸。其想象之奇、设喻之妙，令人拍案叫绝。《沁园春·雪》里将冰封雪飘中秦晋高原上曲折绵长的山势造成的视错觉比作“银蛇”飞舞，想象出神入化，山态跃然纸上，令人神思飞越。

龟山与蛇山，是武汉长江边的两座山，两山的高度都不超过一百米。龟山在汉阳，以形状似乌龟而得名。蛇山在武昌，它横贯武昌城中，山势蜿蜒若长蛇。龟山在江北，蛇山在江南。毛泽东在诗词当中，两次提到龟山和蛇山：一是《菩萨蛮·黄鹤楼》中“龟蛇锁大江”，一是《水调歌头·游泳》中“风樯动，龟蛇静，起宏图”。两个诗句中的“锁”和“静”，都是一种活动状态，但两个动作所传达的主观情感截然不同。毛泽东1958年给《菩萨蛮·黄鹤楼》自注：“心潮：一九二七年，大革命失败的前夕，心情苍凉，一时不知如何是好。这是那年的春季。夏季，八月七日，党的紧急会议，决定武装反击，从此找到了出路。”[①] “龟蛇锁大江”中的“锁”字，形象地表达了毛泽东“心情苍凉”的精神状态。“锁大江”三字极其有力地写出黄鹤楼下龟、蛇二山夹江而立的特征，有江断帛裂之感，把龟、蛇两山隔江对峙，仿佛要连接紧抱以断长江巨流的动态气势表现得生动逼真。这是对环境特征的准确描绘，更是对毛泽东心情的形象表达。试想，当人们人逢喜事、兴高采烈的时候，往往神采飞扬、眉飞色舞，眉头完全是舒展开的。而当人们遭遇不顺、心情郁闷的时候，自然是愁绪满腹、紧锁眉头。如此看来，这个“锁”字用得真是惟妙惟肖。

然而，毛泽东第二次提到龟山和蛇山时，心情就完全不同了。《水调歌头·游泳》是在“今日得宽馀”的状态下写作的，龟山、蛇山依然如故，然而一个“静”字活灵活现。“风樯动”与“龟蛇静”形成鲜明对比，一动一静，相映成趣，对偶工巧而自然，可谓文章天成。龟山和蛇山似乎像两位“阅尽人间春色”的历史老人，静静地俯卧在长江两岸，怡然自得地默默关注着、欣赏着中华人民共和国建设事业宏图大展、蓬勃兴旺的喜人场面。它们又何尝不像巫山神女那样“当惊世界殊”呢?

李白在《庐山谣寄卢侍御虚舟》中写道：“五岳寻山不辞远，一生好入名山游”，和李白的诗相比，毛泽东笔下的山毫不逊色。在古典诗词中写山动态的不乏其人，如宋代倪偁《临江仙》的“湖上青山千万叠，倏如阵马交驰”；宋代王质《水调歌头》的“群山左顾右盼，如虎更如龙”；辛弃疾《玉楼春》“西风瞥起云横度，忽见东南天一柱”，但就其豪情与气势而言都比不上毛泽东笔下的山。

欲与天公试比高

1945 年 9 月，毛泽东在重庆谈判时，诗人徐迟向毛泽东请教如何作诗，并请他题词。当时旁边有人说，诗应当为人民服务。毛泽东没有作声，随即聚墨挥毫，在徐迟的空白册页上欣然写下三个大字相赠：“诗言志。”后来，徐迟在《重庆回忆》一文中写道：“只这三个字，然而有着许多丰富的含义。诗言志，本是中国古典诗歌理论的一个基点。诗言志三个

---

① 《毛泽东诗赋人生》，胡为雄著，中共中央党校出版社 2007 年 5 月第 1 版，第 57 页。

字，现今得到了新的内容：诗人言志，言的是人民之志。这是他给予诗人的最有启示性的指示。从这以来，在诗歌工作上，我们是遵守着毛主席的这个指示的。”中华人民共和国成立后，《诗刊》创刊时，臧克家、徐迟请毛泽东题词，他又一次题了“诗言志”三个字。①

毛泽东早年就说过：“闭门求学，其学无用，欲从天下国家万事万物而学之。”在谈到游历山川对开阔胸襟的作用时说：“游之益大矣哉！登祝融之峰，一览众山小；泛黄渤之海，启瞬江湖失；司马迁览潇湘，泛西湖，历昆仑，周览名山大川，而其胸襟乃益广。”“游者岂徒观览山水而已哉，当识得其名人巨子贤士大夫，所谓友天下之善士也。”②

《毛诗序》说得很明确：“诗者，志之所之也，在心为志，发言为诗。”《毛诗序》把“志”解释为“抱负”“胸怀”，其实，“志”不仅包括“抱负”“胸怀”，还包括人的一切心灵世界的东西，诸如喜、怒、哀、乐、忧、思、恐七情六欲之类的丰富情感。

清代刘熙载《艺概》卷四云：“昔人词咏古咏物，隐然只是咏怀。”毛泽东在山的意象中倾注了激越奔放的主体精神，因此他笔下的山才充满了生命活力，充满了独特的个性与情韵。毛泽东不是纯粹意义上的文人，他状写山景，当然不是仅仅为了陶冶闲情逸致。毛泽东诗词中“山”的一个重要特征与作用就是言志。早在1910年，毛泽东就在改写的《七绝·呈父亲》一诗中写下“埋骨何须桑梓地，人生无处不青山”，以此表达他的鸿鹄之志。作为伟大的马克思主义者，无产阶级革命家，毛泽东有着坚贞不渝的共产主义信念。毛泽东爱登山，爱写山，登山即情满于山，写山则将山人格化。通过写山景、咏山势，抒发心志情怀，表现对理想的执着追求。而诗人深厚的理论修养和艺术造诣，又使他“言志”的形式灵活多样。

毛泽东是人，而不是神，他有常人所具有的七情六欲，也有常人所有的歌哭嬉笑，再加上他作为伟人所具有的崇高伟岸的人格和志向，使得毛泽东的感情世界色彩斑斓。1923年12月底，他写给杨开慧的《贺新郎·别友》一词，一方面和李商隐一样，拥有“相见时难别亦难，东风无力百花残”那样的离别相思之苦，哀婉缠绵；另一方面却又有为解救民众于水火而“舍小家，顾大家”的壮志豪情。“凭割断愁思恨缕。要似昆仑崩绝

---

① 《毛泽东的诗论与诗词》，彭萍著，湖南大学出版社2007年8月第1版，第17页。

② 《毛泽东早期文稿》，湖南出版社1990年版，第587页。

壁，又恰像台风扫寰宇。”让儿女情长服从革命需要，就像昆仑山的峭壁倒塌义无反顾，实乃英雄本色。

《念奴娇·昆仑》中的昆仑山与《贺新郎·别友》中的昆仑山，说的是同一座山，又似乎不是同一座山。“飞起玉龙三百万，搅得周天寒彻”的昆仑山，“夏日消融，人或为鱼鳖”。诗人由昆仑山的高寒多雪写到它所带来的灾害。昆仑山系长江、黄河之发源地。夏天，昆仑山的积雪不断融化，流入以此为源头的江河，泛滥成灾，淹没了不少生命财产。作者顺势诘问：“千秋功罪，谁人曾与评说?”

毛泽东是历史唯物主义者，深知昆仑山有“功”有“过”。他对古老昆仑山的关注，实质上是对中华民族、中国人民和全人类命运的关注，进而抒发了改造昆仑、改造社会、改造世界的宏图大志。“而今我谓昆仑”，这里诗人把昆仑山人格化，然后与昆仑山进行对话。“而今”承“千秋”而来，“我”与“谁人”相对而言。“我”既是诗人自己，也指包括诗人在内的无产阶级和共产党人。“不要这多雪”一句，不免使人想起唐朝末年的诗人罗隐所作的《雪》诗：“尽道丰年瑞，丰年事如何? 长安有贫者，为瑞不宜多。”罗隐一反“瑞雪兆丰年”的说法，因为大雪纷飞所造成的冰雪灾害会给“贫者”带来严重威胁，因而“为瑞不宜多”。“不要这高，不要这多雪”，是气吞山河的宣告，也是对大山的指令，带有不容违拗的威严性，充分显示出无产阶级革命家主宰沉浮的伟力和自信，也是改造旧中国多灾多难的现状和造福全人类的决心和号令，彰显了诗人“与天奋斗”“与地奋斗”“与人奋斗”的斗争精神与挑战性格。

毛泽东接着以深挚急切的心情写道：“安得倚天抽宝剑，把汝裁为三截?”《古文苑》卷二载战国时宋玉所作《大言赋》，其中有：“方地为车，圆地为盖，长剑耿介，倚天之外。”宋玉意在形容剑之明亮长大，毛泽东则意谓抽出倚天长剑或倚靠着青天抽出长剑，把高寒多雪的昆仑山截为三段。诗人用最为雄奇豪壮的诗句表达改造世界的宏愿，使一个比昆仑山更为高大强健的形象巍然屹立在我们面前。诗人不仅要为中国人民除害，还要为普天下的苍生造福。因此，他对裁下的三截大山作出了不偏不倚的处理：“一截遗欧，一截赠美，一截还东国。”“还东国”原作“留中国”，1958 年，毛泽东重读此词时批注道：“改一句，‘一截留中国’改为‘一截还东国'，忘记了日本人民是不对的，这样英、美、日都涉及了”。[①] 当时，日本帝国主义者正大举侵犯中国，给中国人民带来深重苦难，而毛泽东却把日本军国主义者和广大日本人民区分开来，分配昆仑山时还想到了要照顾日本人民，这是何等宽宏博大的胸怀！在《纪念白求恩》中，毛泽东曾明确表示：“我们要和一切资本主义国家的无产阶级联合起来，要和日本的、英国的、美国的、德国的、意大利的以及一切资本主义国家的无产阶级联合起来，才能打倒帝国主义，解放我们的民族和人民，解放世界的民族和人民。”昆仑山的分配方案可以看成这段话所强调的无产阶级国际主义精神的艺术注脚。“太平世界，环球同此凉热”，进一步明确了分赠昆仑山的缘由。天下太平和世界大同，是共产党人的追求目标和远大理想，也是古往今来仁人志士和被压迫人民、被压迫民族的共同愿望。但是，只要有帝国主义存在，就势必有侵略和战争，势必存在剥削和压迫，就不可能实现真正的和平与安宁，因而，毛泽东改造昆仑山就意味着抗击帝国主义，这就不难理解他会这样解释这首词的主旨：“昆仑：主题思想是反对帝国主义，不是别的。”[②] 无疑，这一主旨的广阔和重大，是旷世罕见的，给我们创造了一个立足中华、放眼世界、胸怀全人类，比昆仑山更加伟岸的伟人形象。

在《渔家傲·反第一次大“围剿”》中，“唤起工农千百万，同心干，不周山下红旗乱”，毛泽东巧妙用典表达心志，用的是共工反抗天帝怒触不周山的神话故事。诗人借用敢于反抗天帝的共工的英雄形象，表达了红军彻底砸烂旧世界，推翻国民党反动统治的坚强决心，表达了要扭转乾坤的英雄气概，意味深长，耐人寻味。

在《渔家傲·反第二次大“围剿”》中，“白云山头云欲立，白云山下呼声急，枯木朽株齐努力”，山上的白云仿佛勃然挺立，与红军同仇敌忾；山下杀声震天，老树枯枝也似乎怒发冲冠，奋发努力，为红军摇旗呐喊助威。

毛泽东胸襟博大，志向高远。在“踏遍青山人未老”的毛泽东眼中，山是被征服和改造的对象。《十六字令·三首》之一的“山，快马加鞭未

---

① 《毛泽东诗词大观》，蔡清富、黄辉映编著，四川人民出版社 2007 年 4 月第 4 版，第 200 页。

② 《在〈毛主席诗词十九首〉上的批注》，引自《毛泽东诗词大观》，蔡清富、黄辉映编著，四川人民出版社 2007 年 4 月第 4 版，第 548 页。

下鞍，惊回首，离天三尺三”，原来“人过要低头，马过要下鞍”的高山，却阻挡不住英勇的红军将士，红军非但没有低头下马，反而快马加鞭，飞腾而过，“离天三尺三”的高山不过如此。

毛泽东曾经坦言：“万里长征，千回百折，顺利少于困难不知多少倍。”① 然而，在毛泽东看来，“万水千山只等闲”。在《忆秦娥·娄山关》中，具有“一夫当关，万夫莫开”之势的娄山关，被英勇红军胜利攻克。“雄关漫道真如铁，而今迈步从头越”，这既可以说是毛泽东抒发自己从容迈过娄山关时的感慨，同时也是对红军攻克娄山关的大无畏英雄气概的赞歌，充分表现了红军在遵义会议之后那种无坚不摧的钢铁意志，“人是昨天的人，枪是昨天的枪，昨天打败仗，今天打胜仗”。在《七律·长征》中“五岭逶迤腾细浪，乌蒙磅礴走泥丸”，峰峦叠起、蜿蜒曲折、绵延千里的五岭，在红军眼里不过像微波细浪在腾跃，从脚下流过；险峻陡峭、气势不凡的乌蒙山，不过像泥丸一样从脚后滚过去了。诗人用反衬的手法，写出了比五岭乌蒙更加高大的红军英雄形象，表现了红军藐视和克服一切艰难险阻的英雄气概和革命精神。“细浪”“泥丸”，是诗人在高山间行军形成的独特印象；“腾”“走”两个动作，也是诗人对山的征服中所表现出来的精神力量。

作为伟大的无产阶级革命家，毛泽东一生都在致力于改造社会、改造中国，造福人民。他领导人民军队和中国人民浴血奋战，就是要彻底推翻压在中国人民头上的“三座大山”，求得自由和解放，“为有牺牲多壮志，敢教日月换新天。”中华人民共和国成立后，他又领导中国人民进行伟大的社会主义建设事业，要改天换地，改变中国贫穷落后的面貌。1956 年，写作《水调歌头·游泳》时，毛泽东除了要“一桥飞架南北，天堑变通途”，还要“截断巫山云雨，高峡出平湖”，表现了诗人改造自然，重整山河的壮志与决心。

山，在毛泽东心目中，既是客体又是主体。作为客体，山是毛泽东要努力征服或者改造的对象，从而实现他的抱负和志向；作为主体，山具有了某种精神力量和人格品质。在毛泽东的诗词世界中，山一旦变成了主体，人与山也就融为了一体，山即是人，人即是山，二者合二为一，不分

---

① 《在〈毛主席诗词十九首〉上的批注》，引自《毛泽东诗词大观》，蔡清富、黄辉映编著，四川人民出版社 2007 年 4 月第 4 版，第 547 页。

彼此。从这个意义上说，毛泽东笔下的山就变成了诗人自己、共产党人、人民军队等的形象代表。这是自然的人化，也是人化的自然。《沁园春·雪》中，“山舞银蛇，原驰蜡象，欲与天公试比高”，雪山高原，高与天齐，好像要与天比个高低一样。大雪茫茫，天低野阔，上下相接，渺无际涯。风雪弥漫，天上彤云密布，愈见其低；山峰披雪，愈见其高。大雪不停地覆盖雪山高原，又产生了雪山扶摇直上的动感。这种描写，既有真情实感，又有丰富想象，不仅写出了祖国河山的外部风貌，更写出了它的内在气魄。祖国不仅雄伟壮丽，而且生机勃勃，奋发向上，这是中华民族英勇顽强斗争精神的具体体现。

《十六字令·三首》之二的“山，倒海翻江卷巨澜。奔腾急，万马战犹酣”，把静止的群山描写得无比生动活跃，表现了群山磅礴、雄伟的气势，使我们很自然地联想到红军长征时那浩大壮阔的场面和滚滚向前的革命洪流，表明中国共产党领导的红军长征是惊天动地的伟大创举，赞颂了红军高昂的战斗激情和同敌人血战到底的大无畏精神。《十六字令·三首》之三的“山，刺破青天锷未残。天欲堕，赖以拄其间”，这锋利坚挺、顶天立地的高峰，不正是红军无坚不摧、锐不可当、顶天立地的英雄形象？当时外寇入侵，国难日深，蒋介石奉行“攘外必先安内”的投降卖国政策，一心反共打内战。正是中国共产党人高举着抗日救国的大旗，立志力挽狂澜，支撑中国抗日救亡的大局，成为顶天立地的英雄，成为中华民族的擎天柱。有中共领导的武装力量在，中华民族的江山无论如何塌不下来。

而在《水调歌头·重上井冈山》的“久有凌云志，重上井冈山”中，毛泽东更是直白晓畅地把他的“志”与井冈山联系在一起。这一“久有”的“凌云志”，是毛泽东革命一生的“志”，奋斗一生的“志”，那就是立志探索适合中国国情的革命道路，立志寻求救国救民的真理，立志用武装的革命推翻武装的反革命，立志通过井冈山道路建立中华人民共和国，立志改变中国贫穷落后的面貌。这一诗句，“看似寻常却奇崛”。

总之，毛泽东绝不单纯地歌山颂山，游观娱乐，而是叱咤风云，气吞万里。只有山一般的宏阔和博大才能承载作为巨人的胸襟与情怀，只有山一样的立地顶天才能与扭转乾坤的伟人性格相匹配。国学大师王国维在《人间词话》中写道：“诗人对宇宙人生，须入乎其内，又须出乎其外。入乎其内，故有生气；出乎其外，故有高致。”山，承载了毛泽东独特的性格与情志，毛泽东把自己的政治理想、哲理顿悟、人生取向等升华为一种崇高的、深邃的激情并用诗的语言表现出来，真正达到了“入乎其内、出乎其外”的境界。

咏山抒写革命史

毛泽东 1962 年 4 月在《〈词六首〉引言》中说：“这六首词，年深日久，通忘记了。《人民文学》编辑部收集起来，要求发表，因以付之。回忆了一下，这些词是在一九二九年至一九三一年在马背上哼成的。文采不佳，却反映了那个时期革命人民群众和革命战士们的心情舒快状态，作为史料是可以的。”①

其实，能够“作为史料”的又岂止是这六首诗词？毛泽东在不同时期创作的诗词，不仅是毛泽东诗词艺术不断发展的原始记录，也是毛泽东光辉灿烂的人生经历的生动写照，是一部记载半个多世纪中国革命历程的瑰丽史诗，是毛泽东的思想不断升华的一个精妙缩影。如果把所有毛泽东诗词认真阅读下来，读者不难发现，他的诗词作品具有完整性的历史系列，是一部空前的波澜壮阔的史诗。通过品读毛泽东诗词，我们可以加深对毛泽东一生奋斗的了解，加深对毛泽东心路历程的感悟，加深对中国共产党发展过程的认识，加深对中国革命进程的理解，加深对中华人民共和国前进脚步的把握。

毛泽东写山也是如此，他既在言志，也在写史。一座座大山，带着中国革命的独特印记，带着诗人的绵绵情思，被载入一首首不朽的诗篇。在毛泽东笔下，山巍峨，景辽阔，意深远。可以说，毛泽东每一次登临大山都有一段灿烂辉煌的历史，都有一个曲折动人的故事，他写下的每一行与山有关的诗句都是特定时代的艺术表现，都生动地反映了毛泽东与山的情与缘。

特别值得注意的是，政治家诗人毛泽东进行诗词创作，有一个显著特

---

① 《〈词六首〉引言》，引自《毛泽东诗词大观》，蔡清富、黄辉映编著，四川人民出版社 2007 年 4 月第 4 版，第 553 页。《词六首》，指《清平乐·蒋桂战争》《采桑子·重阳》《减字木兰花·广昌路上》《蝶恋花·从汀州向长沙》《渔家傲·反第一次大“围剿”》《渔家傲·反第二次大“围剿”》。引言是作者原为这六首词在《人民文学》1962 年 5 月号上发表而写的，后未发，改刊一则较短的。

点，即喜欢把“山”与“红旗”两个意象联系在一起，如“山下旌旗在望”，“山下山下，风展红旗如画”，“头上高山，风卷红旗过大关”，“不周山下红旗乱”，“六盘山上高峰，红旗漫卷西风”。“山＋红旗”这一意象是毛泽东长期革命生涯的真实写照，因为“红旗”代表着革命。毛泽东为了追求知识走出韶山，为了思索救国救民的真理而登临岳麓山，为了探索适合中国国情的革命道路而引兵井冈山。毛泽东的人生道路是从山里走出来的，具有中国特色的革命成功之路是从山里寻求到并延伸出来的。

1927 年，轰轰烈烈的大革命失败后，整个中国都在白色恐怖的阴影笼罩之下。中国共产党人都在思考着、摸索着。毛泽东首先想到了山，发现了山。他断然决定“上山去”。在《西江月·秋收起义》中，毛泽东旗帜鲜明地提出了“军叫工农革命，旗号镰刀斧头”，他领导发动了湘赣边界的秋收起义，第一次亮出了“中国工农革命军”的旗号。随后，毛泽东根据敌强我弱的特点，毅然决定放弃攻打长沙的既定计划，率领秋收起义队伍向敌人相对薄弱的广大农村地区进军，并把秋收起义的红旗插上了井冈山，建立了井冈山革命根据地。建立工农武装割据政权，走“农村包围城市”的道路。从此，中国革命走上了一条崭新的道路，中国历史揭开了一页辉煌的篇章。而从井冈山斗争开始，毛泽东始终高举井冈山道路的红旗，历经了万水千山，艰难困苦，曲折坎坷，踏遍青山，勇往直前，从未动摇。

毛泽东在《西江月·井冈山》中盛赞黄洋界保卫战，“山下旌旗在望，山头鼓角相闻”，因为黄洋界上的隆隆炮声保住了井冈山根据地，也捍卫了工农武装割据的革命红旗。毛泽东始终坚信井冈山斗争的星星之火，一定能够燃起熊熊的燎原之火。在《如梦令·元旦》中，毛泽东为革命根据地的不断拓展而欢欣鼓舞，满怀豪情地由衷赞叹：“山下山下，风展红旗如画。”在《减字木兰花·广昌路上》中，毛泽东称颂红军雪里行军的气魄，“头上高山，风卷红旗过大关”。而为了粉碎国民党反动派接二连三对红色根据地的“围剿”，毛泽东用兵如神，指挥红军英勇作战，把反动武装打得落花流水。正如他在《渔家傲·反第一次大“围剿”》中所纪实的：“雾漫龙冈千嶂暗，齐声唤，前头捉了张辉瓒。”在《渔家傲·反第二次大“围剿”》中所描绘的：“白云山头云欲立，白云山下呼声急，枯木朽株齐努力。”因为共产党领导的战争是人民战争，“百万工农齐踊跃”，“唤起工农千百万”，这是革命军队“横扫千军如卷席”的力量之源，这是“不周山下红旗乱”的根本保障。而经过革命战争的洗礼，根据地的河山变得更加壮美绚丽，这就是毛泽东在《菩萨蛮·大柏地》中所赞美的：“装点此关山，今朝更好看。”

毛泽东所开辟的井冈山道路是适合中国国情的正确道路，但是这条路从来就不是一帆风顺的。毛泽东的革命道路是农村包围城市，武装夺取政权，这与“城市中心论”为特点的“左”倾路线相悖。由于党内先后出现“左”倾盲动错误、“左”倾冒险错误和“左”倾教条主义错误，毛泽东在井冈山斗争和中央苏区时期一再受到排挤和打压，多次被处分、降职乃至撤销职务。但是，毛泽东始终满怀坚定的信念和意志，依然为革命事业殚精竭虑，像《清平乐·会昌》中所说的“踏遍青山人未老”，并在《采桑子·重阳》中高奏了“战地黄花分外香”的豪情赞歌。

长征时期，是中国革命最为艰辛的时期。艰难险阻，曲折坎坷，难以尽数，更不要说敌人的围追堵截、枪林弹雨。红军战士仅凭两条腿，跋山涉水，披荆斩棘，艰难挺进。然而，越是艰苦的环境，越能激发他那旺盛的诗情和斗志，他的创作也达到高潮，他把艰苦卓绝的斗争熔铸成光彩夺目的诗篇。这一时期，毛泽东笔下形象最多的是山。不管是“真如铁”的娄山关，“逶迤”的五岭、“磅礴”的乌蒙，还是“千里雪”的岷山或者是“天高云淡”的六盘山，都不能动摇毛泽东所率领的红军翻江倒海的战斗意志，更无法阻挡他们迈向新征途的伟大步伐，不过是“万水千山只等闲”，“而今迈步从头越”，“三军过后尽开颜”。

长征结束后，毛泽东领导的中国共产党人和人民军队前赴后继、浴血奋战，经过八年抗战和三年解放战争，赶走了日本帝国主义，打败了国民党反动派，中国人民终于迎来了新世纪的曙光。通过毛泽东诗词就可以大致梳理出毛泽东在中国革命进程中的心路历程。1925 年，还在探索中国革命道路的毛泽东“独立寒秋”的时候，看到包括“万山红遍”在内的秋景时，发出了“问苍茫大地，谁主沉浮”的诘问。1927 年大革命失败前夕，毛泽东感受到的是“龟蛇锁大江”，因为他“心情苍凉，一时不知如何是好”。1934 年夏，他登临会昌峰时，因为中国革命遭遇严重挫折，“形势危急，准备长征，心情又是郁闷的”。[1] 遵义会议后，中央红军重整旗鼓，振

---

① 《在〈毛主席诗词十九首〉上的批注》，引自《毛泽东诗词大观》，蔡清富、黄辉映编著，四川人民出版社 2007 年 4 月第 4 版，第 547 页。

奋精神，毛泽东在越过娄山关时，发出了“雄关漫道真如铁，而今迈步从头越”的慨叹。从此，中国革命在毛泽东的正确路线领导下从胜利走向胜利。等到毛泽东创作《七律·人民解放军占领南京》时，他为“钟山风雨起苍黄”而由衷感慨，因为有“百万雄师过大江”的摧枯拉朽之势，终于宣告了蒋家王朝的覆灭，取得了“天翻地覆慨而慷”的重大胜利。这时中国革命道路已经昭然若揭，历史证明毛泽东所开辟的井冈山革命道路是“人间正道”，毛泽东再也不需要“问苍茫大地”，“一时不知如何是好”的苍凉心情已经荡然无存。没有革命的武装斗争，就没有社会主义中华人民共和国的红色江山，只有战争，革命的战争，才能改天换地，推动历史的前进，才能带来永久的和平。

“一唱雄鸡天下白”，中华人民共和国成立后，毛泽东依然对山钟情如故。他攀碣石山，游莫干山，踏五云山，赏龟蛇山，到韶山，登庐山，遥望南天五岭，神游九嶷山，重上井冈山。对毛泽东而言，“无山不入诗，入诗成绝唱”，高高耸立在神州大地上的座座高山，无论曾经遇到了多少战争炮火的洗礼，依旧巍峨坚强，岿然不动，而毛泽东想得最多的是“敢教日月换新天”。他在《水调歌头·游泳》中要“更立西江石壁，截断巫山云雨，高峡出平湖”；他在《七律二首·送瘟神》中畅想“天连五岭银锄落，地动三河铁臂摇”；他在《水调歌头·重上井冈山》中勉励人民“世上无难事，只要肯登攀”。在毛泽东宽广的胸怀里，永远跳动着不安于现状的激情和不断变革的渴望，充满着对理想境界的执着追求和热切希望。毛泽东一生从来没有悲观，没有保守，没有暮气。他的头脑总是充满活力，充满激情，渴望斗争，渴望挑战。他生命不息，战斗不止，永远保持着赤子之心和青春风采。

第十二章　万类霜天竞自由

在春、夏、秋、冬四个季节中，秋以其萧索凋敝、满目苍凉等特质，给人以悲伤感。在古典诗词中，悲与秋结下了不解之缘。千百年来，无数的骚人墨客为我们描画了一幅幅凄哀、惨淡的秋景，让人心酸神寒，倍觉凄怆苍凉。绝大多数古代诗人每每将悲情愁绪与草木摇落、万物凋零的秋景联系在一起，以萧瑟的清秋意象传达人生的烦闷、生命的忧患。无论是风格婉约的柳永、李清照，还是胸襟豪放的苏轼、辛弃疾，在红衰翠减、万物凋零的秋天，都禁不住感伤身世，悲从中来。于是，悲秋情结几乎成为古代文人挥之不去的心结，成为古典诗词吟咏秋景的主基调，而赞美秋天的诗人与诗句廖若晨星。伟大诗人毛泽东奔放浪漫，豪情万丈，寄情山水，热爱自然，他笔下的秋景充满生机与活力，绝无哀婉与悲情。仅《沁园春·长沙》《采桑子·重阳》两首作品所体现的伟大情怀，就足以使千古文人的悲秋文字黯然失色。他打破了肃杀哀婉的文人悲秋传统，高扬了古典诗词中微弱孤寂的赞秋情愫，展现了辽阔豪迈的艺术境界，彰显了豁达激越、超凡脱俗的人格魅力，堪称诗词王国的典范。

自古逢秋悲寂寥

在中国古代文学中，“悲秋”是一个恒长久远的主题。所谓“睹落叶而悲伤，感秋风而凄怆”，这一“悲秋”文学主题从《诗经》《楚辞》到“建安文学”，从唐诗宋词到元曲清诗，经历数千年的发展、嬗变和积淀，从无意识到有意识，从个体意识到群体意识，最终形成独具中国传统文化特色的“悲秋”文学意识。从“悲秋”这一悠远的文学主题中，不难窥见中国古代文人学士悲剧性命运之一斑。

著名文学批评家钟嵘在《诗品》中，对四季与诗歌之间的关系进行了精彩论述。“若乃春风春鸟，秋月秋蝉，夏云暑雨，冬月祁寒，斯四候之感诸诗者也。”这段话的意思是说，四季不同的自然景观能引发人各种不同感受，形之于诗，阐述着人与自然之间的和谐与互动。

“秋”为四时之一，是一种自然现象。从周而复始的季节特征来看，秋天有稼禾熟饶、果实丰硕、景色宜人的繁荣景象。《说文》云：“秋，禾谷孰也。”段玉裁注曰：“其时万物皆老，而莫贵于禾谷，故从禾。”《说文》强调的是秋与禾，秋与农事的关系，而段注却在此之外，指出了“其时万物皆老”的季节特点。

虽然秋天只是一个客观的季节，但在诗人眼里，秋天充满了悲伤的情感。易感的诗人之心，在秋天的苍茫与衰败中，似乎为内心的忧伤找到了最好的倾诉方式。当伤感与秋天相遇，悲秋这一独特的中国诗歌美学传统就得到了淋漓的展现。在中国古典文学中，对秋的描写自《诗经·小雅·四月》“秋日凄凄，百卉具腓”和《楚辞·九章·抽思》“悲夫秋风之动容”等辞句已初现端倪。但宋玉使“悲秋”主题发生了质的飞跃。

宋玉，又名子渊，战国时鄢（今襄樊宜城）人。曾事楚顷襄王，好辞赋，为屈原之后辞赋家，相传所作辞赋甚多，《汉书·卷三十·艺文志第十》录有赋 16 篇，今多亡佚。流传作品有《九辩》《风赋》《高唐赋》《登徒子好色赋》等。所谓“下里巴人”“阳春白雪”“曲高和寡”的典故皆自他而来。宋玉的《九辩》被称为中国悲秋诗的开山之作，对秋景进行了极为生动、形象的描写：

悲哉秋之为气也！萧瑟兮草木摇落而变衰。憭慄兮若在远行；登山临水兮送将归。泬寥兮天高而气清；寂漻兮收潦而水清，憯凄增欷兮薄寒之中人。怆怳懭悢兮去故而就新；坎廪兮贫士失职而志不平。廓落兮羁旅而无友生；惆怅兮而私自怜。燕翩翩其辞归兮，蝉寂漠而无声；雁廱廱而南游兮，鹍鸡啁哳而悲鸣。独申旦而不寐兮，哀蟋蟀之宵征。时亹亹而过中兮，蹇淹留而无成。

悲忧贫蹙兮独处廓，有美一人兮心不绎。去乡离家兮徕远客，超逍遥兮今焉薄？专思君兮不可化，君不知兮可奈何！蓄怨兮积思，心烦憺兮忘食事。愿一见兮道余意，君之心兮与余异。车既驾兮朅而归，不得见兮心伤悲。倚结軨兮长太息，涕潺湲兮下沾轼。忼慨绝兮不得，中瞀乱兮迷惑。私自怜兮何极，心怦怦兮谅直。皇天平分四时兮，窃独悲此凛秋。

《九辩》突出的艺术成就，使宋玉成为屈原之后最杰出的楚辞作家，与之并称“屈宋”，为后人所尊崇。陆时雍《读楚辞语》说：“举物志而觉哀怨之伤人，叙人事而见萧条之感候”，两者达到了水乳交融的程度。作者在景物和心理的描写中，极见匠心创意。宋玉对秋景的描写是前无古人，后无来者。他刻画了秋天的萧瑟寥落、寂寞凄凉、肃杀凄怆、寒凉凄清，与诗人的惆怅失意、悲愁愤激等情感交融互渗，写景与抒情交相辉映，使作品具有极强的感染力。杜甫《咏怀古迹五首》其二诗云：“摇落深知宋玉悲，风流儒雅亦吾师。怅望千秋一洒泪，萧条异代不同时。”此后，“宋玉悲”成为古代文人的悲秋情结的代名词。鲁迅《汉文学史纲要》也肯定《九辩》：“虽驰神逞想，不如《离骚》，而凄怨之情，实为独绝。”

宋玉之后，古代文坛咏秋的诗赋词作不胜枚举。如果要把古代诗人笔下吟秋的诗句全部梳理出来，一定蔚为壮观，编辑多卷本的选集实在是易如反掌。这里仅仅摘录其冰山之一角，以便说明问题。汉武帝《秋风辞》：“秋风起兮白云飞，草木黄落兮雁南归”；曹丕《燕歌行》：“秋风萧瑟天气凉，草木摇落露为霜，群燕辞归雁南翔”；潘岳《秋兴赋》：“秋日之可哀”；王勃《秋日饯别序》：“黯然别之销魂，悲哉秋之为气”；杜甫《登高》：“无边落木萧萧下，不尽长江滚滚来。万里悲秋常作客”；李益《上汝州郡楼》：“黄昏鼓角似边州，三十年前上此楼。今日山城对垂泪，伤心不独为悲秋”；秋瑾绝笔“秋雨秋风愁煞人”。如此等等，举不胜举。

无须更多，仅仅阅读这些文字，一股凉气悲情已经扑面袭来。以“悲秋”为主题的诗歌，常常借秋色、秋景、秋声、秋叶、秋风这些具体的意象，表达羁旅之思，老病之哀，黍离之悲，家国之痛，字里行间流淌着一种悲天悯人、忧世伤生的大感喟，大悲哀。

问题是：中国古代为什么会有文人如此逢秋生悲？为什么秋景会如此循环往复地诱使文人抒发伤感？这一疑惑已然引起众多学者孜孜不倦地进行探究和剖析，著述颇丰，众说纷纭。这里仅简单列举几种归因。

其一，天人感应说。秋气乃阴盛衰杀之气，秋风萧瑟，万木凋零，景物肃杀，秋雨绵绵，阴霾冷湿，会给人们带来凄凉、郁闷和迟暮的感触，使人悲哀、忧虑和伤感。《岁时广记》卷三云："管子曰：秋者，阴气始下，故万物收。"《管子·四时》云："其时曰秋，其气曰阴。"人们感秋气而哀，本是自然之理。自然意义上的天人感应，主要是通过物质性的"气"的作用来达到的。正如《吕氏春秋》所云："类固相召，气同则合，声比则应。鼓宫则宫动，鼓角则角动。平地注水，水流湿，均薪施火，火就燥。"客观自然之秋与主观意识之悲，其实也是一种"类固相召，气同则合，声比则应"的关系。从历史的角度看，悲秋情结虽然在一定程度上是作者的时代与个人经历的统一，但它根本上还是人的自然性与世界的自然性相互作用的结果。具体说，往往就是一个处于秋季的独特主体与处于秋季的诸多自然存在之间的感应，是天人合一。

其二，"秋""愁"相通说。《说文解字》释"秋"为"禾谷熟也"。段注："其时万物皆老，莫贵于禾谷，故从禾。言禾复言谷者，百谷也。"《礼记》曰"西方者秋，秋之为言揫也"。秋意味成熟，所以"揫"，表植物收获时节之意。《礼记》说："秋之为言愁也。"南宋词人史达祖《恋绣衾》说得更明白："愁便是秋心也。"吴文英《唐多令》也道："何处合成愁，离人心上秋。"这说明，从字源学的角度看，"秋"与"愁"二字本就大有渊源，音、形、义无不相谐相通。只要人类还在，"悲秋"的调子就不会停歇。

其三，刑罚制度说。《周礼·秋官司寇》把掌管刑罚的司寇称为"秋官"。秋天成了统治者大发淫威、大举杀戮的季节，怎不阴风惨惨，令广大庶民黯然神伤。

其四，逢秋多战事说。《礼记·月令》上记载："孟秋之月，用始行戮"。在"立秋之日，天子亲帅三公、九卿、诸侯大臣以迎秋于西郊……乃将帅选士厉兵，简练桀俊，专任有功以征不义……""沙场秋点兵"，战争时常在秋天来进行。部族之间、豪强之间、国家之间为争地夺人，频繁征战，互相残杀，无数人战死疆场，家园毁坏，流离失所，黎民百姓苦不堪言。秋天，人们置身于战争的血腥、恐惧与痛苦之中，怎不黯然神伤、悲悲切切。战争使人们更懂得亲情和团聚的重要和珍贵，所谓"家书抵万金"，所以在一入秋天或者在中秋明月下就更会怀念故人，难免剪不断、理还乱了。

其五，徭役负担说。古时繁重的徭役多在春秋两季开始征发，而以秋天为主。《礼记·月令》曰："仲秋之月，是月也，可以筑城郭，建都邑，穿窦窖，修仓”。秋天适宜征发人们去做各种徭役。统治者称服徭役可以“春行秋返，秋行春返”，但事实上很多人往往是有去无回。秋天又成了思念、盼归、生离死别之日。思念之切，死别之痛，阻隔之恨都凝结在秋天。

其六，境由心移说。钱锺书先生在《管锥篇》中列举了许多赋秋的例子，解释古人逢秋言悲的道理。认为“节物本‘好’而人自‘惆怅’，风景因心境而改观耳”。又说“物逐情移，境由心造，苟衷肠无闷，高秋爽气遽败兴丧气哉？”并进而言之“以人当秋，则感其事更深，亦人当其事而悲秋逾甚”。钱先生主要是从主观意识方面阐释的。

不管出于何种原因导致众多文人感怀哀叹，悲秋无疑是中国古代文人吟秋作品的主基调。然而，一部咏秋的中国专题诗史，总不能老是一种情调无休止地悲悲切切下去，总得有人出来抬杠，总得有人站出来唱点反调。而事实上在悲秋情结占据统治地位的古代文坛上，也绝非没有不同的声音与格调。中唐的诗人刘禹锡就是这样一位反其道而行之的唱反调之人。他笔下的秋天，一扫低迷悲凉之气，而充满乐观昂扬的主体意识，变悲叹秋意为盛赞秋景。他一生当中创作了数百首诗词作品，而最为后人称道的是他的《秋词》二首：

自古逢秋悲寂寥，我言秋日胜春朝。
晴空一鹤排云上，便引诗情到碧霄。

山明水净夜来霜，数树深红出浅黄。
试上高楼清入骨，岂如春色嗾人狂。

“自古”与“我言”对举成文，情调迥异。秋日如何胜于春朝呢？诗人以大小结合的手法，特写了万里晴空和一只冲霄而上的白鹤，境界阔大，意绪昂扬，一扫前人那些悲悲切切的陈腔旧调。第一首写秋日晴空，第二首状秋日山野，空间由天上而地下，焦点由白鹤而红叶，凌空的白鹤与匝地的红叶两相对照，色彩明艳热烈，进一步表现了秋日之胜于春朝之处，既在于秋日之高远，也在于秋日之澄清。第一首的结尾以景色来表现，不是出之以议论而是出之以极为爽健开阔的意象，第二首的结尾则偏于理念的说明，春色引人游乐，甚至使人沉醉迷恋，而秋色秋光则令人骨峻神清，具有凌凡傲俗的操守和品格。《秋词》二首，表现了刘禹锡乐观顽强的生命品格，也显示了他倔强不羁的人格力量。

令后世读者感到庆幸的是，与悲秋情结大异其趣的文人并非只有刘禹锡一人。南宋“中兴四大诗人”之一的杨万里就是一个，他对秋景的态度与刘禹锡如出一辙。杨万里《秋凉晚步》云：“秋气堪悲未必然，轻寒正是可人天。绿池落尽红蕖却，荷叶犹开最小钱。”“秋气堪悲”是悲秋情结的一贯态度，而杨万里用“未必然”三字力排众议，“轻寒正是可人天”更是直接表明了作者欢喜秋天秋景的明确倾向。“红蕖”，就是红色的荷花。“却”是“完”“尽”的意思。诗人说人们总以为秋气使人悲哀，其实未必是这样，轻微地有一点寒意不正是气候宜人的季节吗？绿色池塘里的红色荷花虽然都落尽了，但荷叶还有新长出来的如铜钱那么圆的小叶片。他这样描写秋天，就不同凡响地道出了新意。

毛泽东作为伟大的无产阶级革命家，站在时代的高峰上，以他博大的胸怀、精微深远的洞察力以及富有哲理的思想和诗情相结合的语言，用古体诗词谱写了轰轰烈烈的革命斗争史诗和对未来的美好畅想。他的人格特质和豁达胸襟，使得悲秋情结在他的笔下难觅踪迹。

毛泽东的诗词创作有一个很有意味的现象。在毛泽东创作的几十首诗词中，几乎找不到一首直接或间接描写春光的作品，却有多首诗词赞咏秋色或写于秋天，如《西江月·秋收起义》（1927 年秋）、《西江月·井冈山》（1928 年秋）、《清平乐·蒋桂战争》（1929 年秋）、《采桑子·重阳》（1929 年秋）、《五律·挽戴安澜将军》（1942 年秋）、《七律·忆重庆谈判》（1945 年秋）、《五律·喜闻捷报》（1947 年中秋）、《七律·和周世钊同志》（1955 年秋）、《七绝·屈原》（1961 年秋）、《念奴娇·鸟儿问答》（1965 年秋）等。毛泽东对秋天情有独钟，秋情秋景激发了他旺盛的创作热情。毛泽东创造的“秋”意象不同凡响，耐人寻味，充满着异样的风采和神韵。

湘江北去万山秋

长沙，是毛泽东早年读书和从事革命活动的地方。1911 年，18 岁的毛泽东来到湖南省会长沙，开始了他在长沙长达 12 年之久的求学和革命斗争生活。1914 年至 1918 年，他在湖南省立第一师范学校读书。1918 年 4 月，他与何叔衡等创立了新民学会。1919年起，他先后在长沙修业小学、湖南一师附属小学和湖南一师等校任教。“五四”时期，毛泽东积极参与、组织湖南学生和市民的爱国运动。1919年主编《湘江评论》。随后，他又领导了驱逐北洋军阀张敬尧的斗争。1920年11月与何叔衡建立了长沙的共产早期组织。1921年代表湖南共产主义小组赴上海出席中共一大。回湖南后，他建立了中共湖南支部和中共湘区委员会并任书记。1923年4月，他离开长沙赴上海、广州等地继续从事革命工作。

1925年2月，毛泽东带着妻儿回韶山养病，并领导农民运动。他秘密组织了20多个农民协会，创建了中共韶山支部。同年8月28日，由于大地主成胥生告密，湖南军阀省长赵恒惕电令湘潭县团防局逮捕毛泽东，就地正法。毛泽东得到消息后，从韶山回到长沙，还在赵恒惕眼皮底下秘密举行会议，向中共湘区委报告韶山农民运动的情况。9月上旬，他奉命赴广州参加国民政府工作，参加国民党第二次全国代表大会。离开长沙前夕，毛泽东重游橘子洲头。面对如诗如画的秋色和汹涌澎湃的革命形势，回忆过去的战斗岁月，不禁心潮起伏，浮想联翩，眼前的景物与往昔的情景相叠印，近来的斗争与深沉的思索相交汇，他诗意蔚然，纵笔写下了《沁园春·长沙》：

沁园春·长沙

独立寒秋，湘江北去，橘子洲头。看万山红遍，层林尽染；漫江碧透，百舸争流。鹰击长空，鱼翔浅底，万类霜天竞自由。怅寥廓，问苍茫大地，谁主沉浮？

携来百侣曾游。忆往昔峥嵘岁月稠。恰同学少年，风华正茂；书生意气，挥斥方遒。指点江山，激扬文字，粪土当年万户侯。曾记否，到中流击水，浪遏飞舟？

词的上阕是借秋景抒发革命激情。呈现在读者眼中的是一派壮丽的湘江秋景。写充满朝气的万物气象，一个“看”字，写尽了明丽高远的秋天景色。毛泽东带着对长沙亲切的政治感情和浓郁的生活感情而故地重游。当诗人伫立橘子洲头，眺望岳麓山枫叶秋红的背景，凭吊爱晚亭杜牧《山行》遗曲，目送滚滚北去的湘江水，举目仰观天空展翅的雄鹰，俯首察看碧水跃动的游鱼，感天地万物生生不息的竞争，涌发了“谁主沉浮”的感喟。

“独立寒秋，湘江北去，橘子洲头”一句，点明了时间、地点和特定的环境。“独立”一词，典出《九章·橘颂》“苏世独立，横而不流兮”。毛泽东具有独立、坚强、无畏、主动的人格精神。他从不盲从先贤圣哲、书本教条，从不屈服于任何横强势力，“我自岿然不动”。他独自一人，伫立于寒气袭人的萧瑟秋风中，见湘江经过橘子洲头，向北流去，想到它一进洞庭湖，便会与长江合流，将出现“大江东去，浪淘尽，千古风流人物”的浩大气势；想到自己即将南下广州，投身反帝反封建的革命洪流，更是“驾长风破万里浪”的壮举。“寒秋”一词给人一种寒气扑面、秋风凄厉之感，既点明了作者到达长沙的时间，又暗示了当时军阀混战社会黑暗的现实，更是作者对自己生命处于危险之中的切肤感受。“湘江北去，橘子洲头”给人一种大河之中、小洲之上的空旷感。

上阕的主体是绘景，一派壮丽的湘江秋景跃然纸上。一个“看”字，总领七句，山水尽收眼底，呈现的是四幅图画，描绘出立体的寥廓万里、绚丽多姿的湘江秋景，宛如当代著名的岭南派大家关山月浓墨重彩的彩墨山水图，不愧为“驱山走海置眼前”“咫尺应须论万里”的大手笔。

这幅秋景异常壮美而富于活力。远看：“万山红遍，层林尽染。”立体的岳麓山群峰耸立，层次分明，都像染了红色，真是“霜叶红于二月花”。近观：“漫江碧透，百舸争流。”秋水澄练，秋江碧波，从岳麓山下蜿蜒流过的湘江，在秋天更加清澈晶莹，如碧绿的翡翠，如透明的水晶。江面上，千帆竞发，百舸争流，生气勃勃，可谓“秋水共长天一色”。仰视：“鹰击长空”，万里无云的秋空，雄鹰振翅健羽，自由飞翔。俯瞰：“鱼翔浅底”，湘江水透明而清澈见底，天空中的景象映射到清澈的湘江水中，水天一色，相映成趣。鱼儿游在水中，也仿佛是游在空中，活脱脱一个“翔”字，写活了这一景象，开拓出一种新的审美想象空间。

苏轼《题蓝田烟雨图》曰：“味摩诘之画，画中有诗；味摩诘之诗，诗中有画。”这虽是对唐人王维诗情画意完美结合的称颂，其实也是对中国古代诗歌优秀传统的一种认知和把握。毛泽东对中国诗词的传统技巧有着精湛的素养，《沁园春·长沙》即是诗中有画，画中有诗，诗画一体。

作者描绘这幅色彩鲜明、生机盎然的秋景图，不是信手拈来，极目所及，而是经过艺术加工，赋之以主观情感的，把诗人积极乐观的心志寄寓在景物之上。面对如此壮美的秋景，作者不禁心动神驰，喷出一句“万类霜天竞自由”，把自然风景静态和动态的生物作了高度的概括，深刻揭示秋景之奥秘，揭示人生之哲理。在那个封建军阀割据、争权夺利的时代，作为万物之灵的人类，能不奋起去争取自由和解放吗？“怅寥廓”三个字，表露出作者深深的思虑。面对如此多娇的祖国河山，反观人民不能当家做主的残酷现实，迫使他在怅惘中从内心深处发出“问苍茫大地，谁主沉浮？”这一气壮山河的诘问。

1964年1月27日，毛泽东在回答《毛主席诗词》英译者所提诗词问题时曾解释说：“‘怅寥廓，问苍茫大地，谁主沉浮？’这句是指：在北伐以前，军阀统治，中国的命运究竟由哪一个阶级做主？”① “谁主沉浮”的诘问，既是对自然界万物的质问，对宇宙的质问，更是对现实人生的严峻挑战，对当时不合理社会的强烈否定。与寻常所谓的借景抒情或情景交融迥然不同，这一诘问集中体现了诗意、诗情、诗味、诗美，流淌着“天下兴亡、匹夫有责”的深刻感受，凝聚着毛泽东对国家前途、民族命运、百姓疾苦的不懈探索和深深忧虑。这样的内心感受，超越了古今中外一切从个人出发的名利意识，显示出高尚的、纯粹的、真正的崇高美。

词的下阕侧重回忆往昔的峥嵘岁月，以“忆”字为统领，以情为线，带情叙事，抒写昂扬的意气和豪迈的激情。“携来百侣曾游”点明作者过去常和志同道合的学子来橘子洲游览，为下文做铺垫。“峥嵘岁月稠”正是“曾游”时的时代特征。一个“恰”字打开记忆的窗口，“同学少年”是“百侣”的年龄特征；“风华正茂”“书生意气”是“百侣”的素质特征；“挥斥”“指点”“激扬”，表达“百侣”的革命气势与革命豪情。“粪土当年万户侯”，典出《离骚》“苏粪壤以充帏兮，谓申椒其不芳”。这里的“粪壤”是楚怀王左右的亲信，如上宫大夫靳尚之流。“百侣”们撰写激浊扬清的文章，反对弊政、提倡革新。在热血青年们眼中，那些毫不顾及国家和民族前途的达官贵人，如同封建时代的万户侯一样，为人不齿，粪土不如，“到中流击水，浪遏飞舟”，这是一种令人兴奋神往的景观，表面上是在回忆游泳经历，似乎也隐指作者和“百侣”在“五四运动”中激流勇进，勇于革命，同时也隐喻作者在历史发展到了新的阶段，希望昔日的“百侣”们同自己一道“到中流击水”，以掀起中国革命的新高潮。

---

① 《毛泽东诗词大观》，蔡清富、黄辉映编著，四川人民出版社2007年4月第4版，第554页。

《沁园春·长沙》是青年毛泽东的一篇力作，是一篇游故地而观秋景、忆同窗而思往事、励斗志而抒豪情的壮美词章。纵观全首词，写景、述事、抒情浑然一体、一气呵成，无论是数词还是动词的选用，呈现的都是一种豪迈的气势。写秋景而不衰飒，忆往事而不惆怅，景、事、情紧密交融，汪洋涵汇，大气磅礴，实开临秋抚事词篇之大观。

毛泽东的这首词脱尽自古文人悲秋的窠臼，一扫衰颓萧瑟之气，以壮阔绚丽的诗境、昂扬振奋的豪情，唤起人们为理想而奋斗的英雄气概和高尚情操。全词无论写景、忆旧、议论、记事，都紧紧系于变革现实的思想主线，主题鲜明，羽翼丰盈。词中景物之壮丽，人物之英俊，事迹之卓绝，情感之豪迈，四者格调一致，相互辉映，建构浑成，淋漓尽致地表达了一个世纪伟人的临秋情怀。整首词意境雄伟瑰丽，革命理想崇高。吟之，其情动人，思之，其理感人。

秋风万里又重阳

在土地革命战争时期，主要在遵义会议以前，毛泽东的革命事业，一方面不断取得辉煌胜利，另一方面在个人经历上又不断遭受排挤和打压，几起几落。其中，在红四军“七大”和“八大”期间，他渡过了一段“灰溜溜”的日子。

1929 年，毛泽东、朱德率领红四军创建了闽西革命根据地，革命形势发展很快。同年 6 月，中共红四军第七次党代表大会在龙岩召开，会议就红四军党内长期存在的关于建立巩固的根据地和建军原则的不同认识进行讨论，但由于领导者的意见不一致，未能得到正确的解决。毛泽东的前委书记落选，被迫离开红四军主要领导岗位，到闽西特委指导地方工作。7 月，毛泽东身患疟疾，到闽西农村休息养病。在革命战争紧张的岁月，在革命斗争最需要自己的日子里，自己却很难有所作为，对以天下为己任、以不懈奋斗为最大快乐的毛泽东来说，内心的痛苦和感伤是可想而知的。加之由于党内是非不清，毛泽东在思想上受到严重打击。

此间，外界有关毛泽东的消息很少，于是乎国民党反动派以为毛泽东已不在人世，乘机造谣。上海《申报》9 月 27 日第四版，登载了国民党福建地方军阀张贞给南京国民党中央的电报：“毛泽东在龙岩病故，党代表由彭毅年继。”《申报》10 月 21 日第六版又登载国民党第七旅政治部主任罗放言在汕头二十日发电："……毛泽东在上月暴死，彭毅年继毛为政治部主任兼党代表。"关于毛泽东"病故"的消息，在莫斯科的共产国际信以为真，起草了一份一千多字的"讣告"，发表在1930年3月间共产国际机关刊物《国际新闻通讯》上。"讣告"云：

据中国消息：中国共产党的奠基者、中国游击队的创立者和中国红军的缔造者之一的毛泽东同志，因长期患肺结核而在福建前线逝世。毛泽东同志是大地主和大资产阶级最害怕的仇敌。自1927年起，代表大地主、大资产阶级利益的国民党就以重金悬赏他的头颅。毛泽东同志因病情不断恶化而去世。这是中国共产党、中国红军和中国革命事业的重大损失。当然，毫无疑问，敌人会因此而感到高兴。……作为国际社会的一名布尔什维克，作为中国共产党的坚强战士，毛泽东同志完成了他的历史使命。中国的工农群众将永远铭记他的业绩，并将完成他未竟的事业。①

同样是因为受到各种虚假消息的影响，一直关注毛泽东斗争事业的柳亚子挥笔写了《存殁口号》表示悼念。柳亚子的"悼亡诗"这样写道："神烈峰头墓草青，湖南赤帜正纵横。人间毁誉原休问，并世支那两列宁。"柳亚子自注说："两列宁，孙中山、毛润之。"在那个时候，柳亚子最早将毛泽东与孙中山并驾齐驱，足见他颇有先见之明。

1929年9月21日，红军攻克上杭后，毛泽东的精神为之一振。9月下旬召开红四军第八次党代表大会，红四军前委要毛泽东出席会议，但毛回信说党内是非不解决不能随便参加，兼身体有病。前委给他警告处分并要他赶到。10月10日，毛泽东坐着担架赶到上杭，住在汀江岸边的临江楼，但会议已经结束。第二天适逢农历九月初九重阳节，毛泽东倚楼远眺，黄菊盛开，江天寥廓的万里秋色，使大病初愈的毛泽东感到格外亲切、喜悦和振奋。他努力超越由于前一阵身心交瘁的境遇而产生的感伤情绪，放开眼界朝前看，心境也格外开朗起来，诗兴油然而生，挥笔写下了富有人生哲理意味、赞颂革命战争、抒发革命豪情、充满胜利喜悦和乐观主义精神的《采桑子·重阳》：

---

① 《毛泽东三落三起——开辟中国革命道路的艰难与曲折》，黄允升著，中央文献出版社2006年1月第1版，第146—148页。

采桑子·重阳

人生易老天难老，岁岁重阳。今又重阳，战地黄花分外香。

一年一度秋风劲，不似春光。胜似春光，寥廓江天万里霜。

要准确解读毛泽东的这首《采桑子·重阳》，必须把握几个基本点：其一，这是仍然处在人生逆境阶段时写的作品；其二，这是写于重阳节的作品；其三，这是吟咏秋天的作品；其四，这是与菊花有关的作品。

重阳，农历九月九日，又称重九，为中国民间传统节日。三国曹丕《九日与钟繇书》："岁往月来，忽复九月九日。九为阳数，而日月并应，俗嘉其名，以为宜于长久，故以享宴高会。"古诗里有关重阳的名作很多，但大多蕴含伤感、悲凉的情感。比如，王维的《九月九日忆山东兄弟》："独在异乡为异客，每逢佳节倍思亲"；杜甫的《登高》："无边落木萧萧下，不尽长江滚滚来。万里悲秋常作客，百年多病独登台"；李清照的《醉花阴》：" 莫道不消魂，帘卷西风，人比黄花瘦"；苏轼的《南乡子》："佳节若为酬，但把清尊断送秋，万事到头都是梦，休休，明日黄花蝶也愁"。古代诗人们不外乎花酒空愁，满怀岑寂。重阳节是敬老节，对待人之老境，中国古人无非两种态度，一是"夕阳无限好，只是近黄昏"，相对低沉悲观；一是"莫道桑榆晚，为霞尚满天"，相对乐观豁达。

上阕，从时令入手，着重写重阳菊花，从小处落墨，写得亲切有味。感天时，叹流年，托景物，抒胸怀，赋新意，寄深情。毛泽东以胸怀宇宙、囊括四海的气度，含英咀华地歌颂战地黄花，歌颂革命战争。

"人生易老天难老"，这首词一开头提出了不少古代诗人咏叹过的问题：人生短促，自然界无穷无尽。正如唐朝诗人刘希夷所说："年年岁岁花相似，岁岁年年人不同。"古代诗人面对这个问题，免不了发出无可奈何的叹息："哀吾生之须臾，羡长江之无穷"（苏轼《前赤壁赋》）；即使碰到像阴历九月初九那样的重阳佳节也不例外，像"明年此会知谁健，醉把茱萸仔细看"（杜甫《九日蓝田崔氏庄》），感叹人生短暂。其时，毛泽东已经36岁了，已人近中年，而革命事业的进展困难重重，这是一个胸怀壮志又深感创业艰难的革命家的感慨。这是毛泽东借"人生易老"的诗句抒发深沉的情怀。

"岁岁重阳。今又重阳"，仍然在感叹人生易老。作者这样写，实际是第一句"人生易老天难老"的人生感慨的进一步发挥，也为下一句作铺垫。连用两个叠字叠韵，让“重阳”二字回荡在耳际，缕缕不绝，令人产生一种博大的沉郁之感。虽然感慨很深，但思想境界尚未显出超卓之处。

“战地黄花分外香”，作者笔锋突然一转，写出今年重阳节独特的感受和不同寻常的意义。今年的重阳节，战地上的菊花令人感到格外的芬芳。“战地黄花分外香”，与金代元好问的《壬辰十二月车驾东狩后即事》“高原水出山河改，战地风来草木腥”的句意完全相反，化用宋代杨万里《九日郡中送白菊》“若言佳节如常日，为底寒花分外香”的句子，将消沉的情绪转化为激扬的格调，这是一个革命的重阳，战斗的重阳，胜利的重阳。“分外”，是超常之义，因为菊花开在战地上，接受革命战争的洗礼，经丹心热血抚育，因而更加芳香四溢。这是革命家的感觉，这是思想家的气魄，这是伟大诗人崇高的革命乐观主义精神的流露。

“战地黄花分外香”，原句为“但看黄花不用伤”，此句几经修改，先后有“野地黄花不用伤”，“大地黄花突有香”，最后改成“战地黄花分外香”，可以看出诗人将意境一步步升华，将诗的主题不断升华到对革命战争的赞美。其实，即便就原句“但看黄花不用伤”而言，或许不及最终定稿的句子那么高扬，但是仔细品味之后，也不难感受到处在逆境之中的毛泽东的一种平和心态。能够心平气和地面对逆境，这本身就很不平凡。而变成“战地黄花分外香”之后，给读者创造了一个色香俱佳的意境，不仅原来挥之不去的感伤情绪一扫而空，而且显得格外开朗洒脱。

菊花与重阳习俗有密切关系，重阳节也被称作菊花节。早在西汉，我国就有在重阳节登高、饮菊花酒的习俗。葛洪所撰《西京杂记》一书，就记载了西汉初期宫人贾佩兰所说的“九月九日，佩茱萸、食蓬饵、饮菊花酒，令人长寿”的习俗。菊花在中国古典诗词中的出现，最早可以上溯到战国时期，屈原的《离骚》中即有“朝饮木兰之坠露兮，夕餐秋菊之落英”之句。纵观中国历代的咏菊诗词，思想内容丰富，艺术表现手法多样。有的着重描写菊花雅致的容姿和颜色，有的则着重表现菊花独有的内在气韵，有的直抒胸臆，述说自己对菊花的喜爱之情。有的把菊花开放于秋冬时节的自然属性人格化，称颂其孤傲、顽强、坚贞等品质，如唐代诗人元稹《菊花》“不是花中偏爱菊，此花开尽更无花”。有的将菊花与隐逸文化联系起来，如“不为五斗米折腰”的晋代田园诗人陶渊明《饮酒》“采菊东篱下，悠然见南山”。

古代诗人中，把菊花和战争、战场联系在一起的并不多。唐代岑参

《行军九日思长安故园》中写道：“强欲登高去，无人送酒来。遥怜故园菊，应傍战场开”，表达了诗人浓重的思乡之情。清代陈维崧《虞美人·无聊》中写道：“好花须映好楼台，休傍秦关蜀栈战场开”，让菊花远离战场，表达了诗人反战、厌战的伤感思想。而唐末农民战争领袖黄巢的咏菊诗《不第后赋菊》有所不同：“待到秋来九月八，我花开后百花杀。冲天香阵透长安，满城尽带黄金甲。”他把菊花与战争直接地联系到了一起，将菊花盛开与战争成功相提并论，充满了冲天豪气、磅礴之势，脱离俗套、令人耳目一新，改变了菊花的艺术风格，写出了全新的思想境界。

毛泽东笔下的菊花，是与革命战争联系在一起的，纵然对敌斗争极为残酷，但对人生理想和革命事业，仍然充满了美好希望和必胜信念。需要特别指出的是，毛泽东心目中的“战地黄花”含义更为丰富。著名书法家舒同回忆说：1932 年春漳州战役刚结束时，毛泽东曾同他在弹痕遍地的战场边走边捡起一颗弹壳轻轻地说：“战地黄花呵！”[①] 这一史实有助于读者更深切地理解和感悟毛泽东在 1929 年重阳节时讴歌人民革命战争的壮志豪情。

著名作家魏巍认为，最足以代表这首词的精神的，就是这句“战地黄花分外香”，他自己击节欣赏的也是这一句。他深刻剖析了其所蕴含的毛泽东的情感、世界观和战争观：

我读书有限，在我看过的古今诗歌中，还不曾见过这样的诗句。问题不在诗句，而在某种世界观化成的情感。如果不具有某种情感，便写不出这样的诗句。那么，这是怎样一种情感呢？简言之，这是对革命战争的由衷赞美。谁都知道，战争是伴随着牺牲和灾难的。参加革命战争的人，是要付出巨大代价的，是要牺牲包括生命在内的一切常人所说的幸福的。尤其处在第一线作战的人，那就随时都有牺牲的可能。有人昨天见了面，今天就牺牲了；有人刚才还同他谈谈笑笑，几个钟头之后，就见马克思去了。毛泽东同志当时写这首词的时候，他与朱德同志指挥的红四军，才不过七千人，比现在的一个师还要小，作为这样的指挥员，那是要经常置身第一线的。也就是说，经常都在生与死的边界。如果不是对革命战争具有英勇无畏的献身精神，如果不是把参加这种战斗看作一种幸福，一种愉

---

① 《笔阵横扫千人军》，崔向华、世一著，见 1996 年 3 月 8 日《中国税务报》。

快，他怎么会对战地的菊花有一种“分外香”的感觉呢？说到这里，我不禁想起马克思回答他女儿的话。女儿问他：“你的幸福是什么？”马克思只回答了两个字：“斗争。”这就是说，为全人类的幸福而斗争，才是他最大的幸福。这里可以看到，毛泽东同马克思的人生态度多么一致。基于这样的世界观，也就产生了他的战争观。在中国当时那样的社会里，不用革命战争的手段，怎么能够打碎人民身上的枷锁来取得解放和幸福呢？所以，革命战争在毛泽东的眼睛里，便同那些和平主义者、假惺惺的人道主义者有完全不同的看法。①

词的下阕是作者对秋景的描写，但又不是单纯描绘秋天的自然景色，而更多地包含作者的主观感受，洋溢着一种天高地阔的感觉。毛泽东以欢乐赞赏的笔触挥写革命根据地的壮丽秋色。毛泽东打破了那些感秋而伤愁的陈词滥调，创造出崭新的诗情画意，写出了革命家的无比旷达的胸怀，显示出作者对当时革命形势的乐观估计。

“一年一度秋风劲，不似春光”，这说明每年都有一个秋季，然而秋季总不及春天那样万紫千红，嫩绿娇黄，美丽动人，香郁迷人。所以古人往往以名酒为春，比春当酒，使人饮而陶醉。但毛泽东不像古人那样面对重阳秋光叹惋秋风萧瑟，感慨人生悲凉，而是以一个唯物主义者的艺术眼光，深刻感悟人生有限，宇宙无穷。年年秋风劲吹而不如春光明媚，这是客观存在的自然法则与规律。但作者于“秋风”之后异乎寻常地带有一个充满感情色彩的“劲”字，极写秋风扫荡酷暑、荡涤尘埃的巨大威力，秋风吹得很猛烈，全然不像春风那样柔顺和煦，只能“吹皱一池春水”。“劲”字写出了秋天强劲有力的个性，也隐隐透露出诗人的人生追求和价值取向。诗人的战斗性格使其更喜欢劲厉，不崇尚妩媚。

“胜似春光”，秋景比春光更美好，这是一种胜利后的喜悦心情。秋天是一个具有双重特性的季节，一边是成熟与丰收，一边是萧条与衰落。取前者，则志得意满；取后者，则凄凉悲切。遗憾的是，更多古代诗人逢秋感叹的是秋天的萧瑟与落寞。好在古代诗人们亦有将春秋相提并论的，如宋代韩琦《重九会光化二阕》“谁言秋色不如春，及到重阳景自新”；宋代

---

① 《战地黄花分外香——读〈采桑子·重阳〉》，魏巍著，转引自《毛泽东诗词鉴赏》，臧克家主编，河北人民出版社 1996 年 5 月第 2 版，第 50 页。

秦观《处州闲题》“莫夸春光欺秋色，未信桃花胜菊花”。这种格调与刘禹锡“我言秋日胜春朝”和杨万里“轻寒正是可人天”就异曲同工了。然而，这些又都不过是封建士大夫文人或悠闲自适或孤芳自赏的心态与情怀。

毛泽东认为秋天胜似春光，也算是和古代赞秋的诗人心有灵犀一点通了。但毛泽东不是悠闲自适的古代文人，而是豪情万丈的一代革命家，他看到的是革命的美好前景。按自然规律而言，秋天之后接踵而至的应该是冰冻三尺的严冬，诗人跳过这个严酷的季节，从思维逻辑上讲，比雪莱诗句“冬天到了，春天还会远吗”的格调更加激越，更显得乐观豁达。

“寥廓江天万里霜”，这是对“胜似春光”的具体诠释。虽是绘景写实，却是胸襟宽广，大有“天高任鸟飞，海阔凭鱼跃”的壮阔之感。如果说“战地黄花分外香”是芬芳秀丽的近景，表达诗人对战斗胜利的温馨心境，那么“寥廓江天万里霜”则是辽阔壮丽的远景，寄托诗人对革命前途的美好遐思，余韵悠扬。“万里霜”的“霜”字，不是普通的霜雪之霜，而是秋色的代字，是“霜叶红于二月花”的“霜”。霜是白的，但古典文学作品中却有“丹霜”“紫霜”“青霜”等字面，这就说明古人用的“霜”字并非指“霜”本身，而是指经“霜”变成红紫等颜色的草树之类，所以一个“霜”字包含了丰富多彩的秋天画景。如此看来，“万里霜”也不是白茫茫一片，而是五彩斑斓，各种色调都有，“万里霜”就是“万里秋”。作者选用了“霜”字，不仅出于押韵考虑，也是由于“霜”字既响亮又含义丰富。

这首词的原稿是下阕在先，先描写秋天的壮美和江天的寥廓，再感悟人生的短暂和宇宙的无限。诗人进行修改时，将上下两阕互易位置。采用这种“挪移法”之后，原先字里行间透出的抑郁情绪锐减，先抑后扬，境界变得更加开阔，更使人感受到生生不息的活力。

有论者指出，毛泽东创作这首作品另有意图：“毛泽东这首《采桑子·重阳》的手稿上还有一个标题《有赠》，是赠给谁的呢？这是一首藏名诗。受赠人的名字巧妙地藏在下阕（原稿为上阕）前两句的末尾，也就是‘劲光’二字。原来这首又题《有赠》的词，就是诗人赠给同乡战友萧劲光同志的。1930 年萧劲光同志从苏联回国，被派到闽西革命根据地工作。1931 年底到瑞金参加第一届苏维埃代表大会，见到了毛泽东。看到这首词里藏有自己的名字‘劲光’二字，就向毛泽东索取。毛泽东就以《有赠》为题，把这首词写给他。这是有关这首词的一段佳话。新中国成立后萧劲光同志是中国人民解放军十位大将之一，长期担任人民海军司令员。萧劲光同志非常珍爱毛泽东这首词。‘文化大革命’当中他被林彪‘四人帮’架空赋闲住在医院的日子里，还反复书写这首词，表达对毛泽东的敬重与怀念，并以此来激励自己”。[①] 有意为之也罢，机缘巧合也罢，这首词的确加深了作者与革命战友之间的战斗情谊，并激励了处在逆境当中赋闲的战友，能有如此功效，也算是“物超所值”了。

这是作者创作于人生逆境时期的作品，作者有沉郁的思索，但全然不见怨天尤人、愤然不平、消沉郁闷的牢骚与哀叹，呈现给世人的是作者热情、阳光、积极、乐观、豁达、昂扬、奋进的人生追求与洒脱心态。在表达人生感悟和革命豪情方面，《采桑子·重阳》一词独具神韵，别开生面，极富艺术魅力。这首词，是作为伟大无产阶级革命家和诗人的毛泽东，以他特有的胸怀、气魄和艺术眼光，谱写的一曲旷古绝伦的革命人生的壮美颂歌，人民战争的华美礼赞。

逢秋意象皆豪情

毛泽东诗词除了《沁园春·长沙》和《采桑子·重阳》专门吟咏秋天之外，还有很多诗句含有秋的意象。分析这些秋意象，读者不难得出结论：毛泽东对待秋天、秋景、秋色、秋风的态度是一贯的，尽管未必都旗帜鲜明地展现出一反“悲秋”的常调，但大都是或铺陈或烘托，表现了积极向上而无纯粹的悲凉之意，都不同于古人的悲秋或者都高于古人的颂秋，体现了诗人毛泽东的博大胸襟、伟岸人格、豁达态度、斗争意志或乐观精神。下面将分散于毛泽东诗词作品中含有秋意象的诗句逐一进行简要赏析与剖析。

1. 秋收时节暮云愁

“秋收时节暮云愁”，出自《西江月·秋收起义》。“暮云愁”典出唐代诗人温庭筠《过陈琳墓》：“石麟埋没藏春草，铜雀荒凉对暮云”；又见宋代欧阳修《圣无忧》词：“珠帘卷，暮云愁，垂杨暗锁青楼”；又见元代赵孟頫《后庭花·清溪一叶舟》词：“歌声起暮鸥，乱云愁”。

---

① 《毛泽东诗词精读》，丁三省编著，文化艺术出版社 2008 年 1 月第 1 版，第 37 页。

《西江月·秋收起义》创作于1927年毛泽东发动秋收起义期间。秋收起义是中国革命早期的伟大事件，这首词就是这一伟大革命创举的史诗。“秋收时节暮云愁”的句意是指傍晚的云雾带有愁色，象征反动势力气势汹汹，农民生活水深火热。秋收时节是农民收获的季节，也是催农民交租交税的季节。“暮云愁”，既反映了农民愁苦暗淡的心态，也是农民武装暴动之前形势的写照。需要注意的是，“暮云愁”当中的“愁”，不是毛泽东个人情感的“愁”，也不同于古代诗人笔下的“愁”，而是广大农民兄弟的“愁”。农民的“愁”不是因为秋景而产生的“愁”，而是因为不合理的社会制度所造成的。毛泽东家乡韶山的一首民谣：“农民头上三把刀，税多租重利息高。农民眼前三条路，逃荒讨米坐监牢。”这就是“地主重重压迫”的真实写照。而诗人随之而来的一句“霹雳一声暴动”，突出了“哪里有压迫，哪里就有反抗”的现实，农民武装革命以霹雳般的气势和摧枯拉朽的威力，开辟农民翻身解放、当家做主的新时代。因而“秋收时节暮云愁”中的秋意象，是促使毛泽东投身革命，奋勇前进的诱因，也是毛泽东意欲彻底改变的社会现实。

2. 万木霜天红烂漫

“万木霜天红烂漫”，出自《渔家傲·反第一次大“围剿”》。红色根据地和红军的发展壮大，使蒋介石大为恐慌，他于1930年10月一结束对冯玉祥、阎锡山的大混战，即纠集10万兵力，任命江西省政府主席兼第九陆军总指挥鲁涤平为总司令，采取“长驱直入，分进合击”的方式对革命根据地实行“围剿”。毛泽东采取诱敌深入的策略，把红军主力集中在根据地中心，待机破敌。12月30日在龙冈首战告捷，歼敌九千余人，活捉敌前线总指挥张辉瓒。

“万木霜天红烂漫”，写秋冬时节，根据地千山万木一派火红，绚丽可爱，反映出根据地红红火火，生机勃勃的革命景象，热烈地赞美根据地人民明朗欢快的生活和蓬勃高涨的革命热情。同时也象征性地表明，对敌人来说根据地已经完全“赤化”，是草木皆兵。“红烂漫”形容红得鲜亮，红得火炽，真是“霜叶红于二月花”了。“万木霜天红烂漫”，是写景，也是写情。它是根据地建设和发展的结果，是朱毛红军要努力捍卫的革命果实，也是“天兵怒气冲霄汉”，奋勇杀敌的战场。“万木霜天红烂漫”这种秋意象，表达了毛泽东对根据地壮美河山的赞美，同时也激发了他与红军抗击国民党反动派的斗争豪情。

3. 天高云淡，望断南飞雁

“天高云淡”是《清平乐·六盘山》一词当中的诗句。这首词是毛泽东翻越长征途中最后一座高山——六盘山之后的咏怀之作。六盘山一过，长征临近结束，目的地就要到达，新局面必将很快开始。从作者的自注中便可看出，这首词也是作者过了岷山之后，在“柳暗花明”的心境下写的。

“天高云淡”是全词的开头。此以写秋景开始。秋高气爽，晴空万里，偶有几缕淡云轻盈掠过。在如此乾坤朗朗的秋日，毛泽东登上六盘山主峰，举目远眺，秋日的晴空格外高远，怎能不百感交集，豪情万丈。寥寥四个字，就把读者带入一个辽远阔大的境界，使人眼界顿开，心旷神怡。“天高云淡”这一秋景，充分表达了红军在摆脱了敌人的围追堵截之后，那种“海阔凭鱼跃，天高任鸟飞”的欢畅心情。

“天高云淡”这一秋意象，不是一般文人墨客闲来无事登高望远，紧随其后的“望断南飞雁”一句，使毛泽东心境显得深沉悠远。“南飞雁”暗含“雁足传书”的典故。晋代潘岳《秋兴赋》“蝉嘒嘒而寒吟兮，雁飘飘而南飞”；唐代李白《送友人游梅湖》“莫惜一雁书，音尘坐胡越”；唐代王维《寄荆州张丞相》“目尽南飞雁，何由寄一言”，所表现的都是对于兄弟分离的惋惜之情。毛泽东立于高山之巅，久久凝望大雁南飞，直到望不见还在望。如此一个细微动作，却饱含诗人无限情思：雁系候鸟，秋来南归。长征从中央苏区一路走来，历尽千辛万苦，成千上万的红军战士流血牺牲。这是对牺牲的烈士们的深切缅怀；这是对坚守中央苏区根据地的战友们的深深牵挂；这是对根据地人民安危冷暖的无限忧虑。身在北国的诗人，无时无刻不心系南方啊！

4. 秋风度河上

“秋风度河上”，是《五律·喜闻捷报》中的诗句。1947 年 8 月，西北野战军在陕北取得沙家店战役胜利。9 月中旬又收复青化砭、蟠龙等城镇。自从党中央 3 月 19 日撤离延安，到收复蟠龙恰好半年时间。西北野战军经历了先撤退、再反击的军事转折。此后，人民解放军或守或攻，由守转攻，拉开了战略大反攻的序幕。这首词作于 1947 年中秋，是毛泽东得知蟠龙镇大捷的消息之后的感怀之作：

五律·喜闻捷报

中秋步运河上，闻西北野战军收复蟠龙作。

秋风度河上，大野入苍穹。
佳令随人至，明月傍云生。
故里鸿音绝，妻儿信未通。
满宇频翘望，凯歌奏边城。

“秋风度河上，大野入苍穹”，诗人一入笔就描绘“中秋”的壮丽景色，先提及秋风，“度”显得从容不迫，秋风从河上从容而至，毛泽东在河边漫步，步履舒徐，悠然自得，而远处的原野无边无际，天与地融合为一。这样的秋景是在中秋佳节之际，自然也会勾起诗人思念亲人的情愫。毛泽东是人不是神，亦有儿女情长，何况是“每逢佳节倍思亲”？何况“烽火连三月，家书抵万金”？因而“故里鸿音绝，妻儿信未通”反映了作者的一种寻常心态。但是“凯歌奏边城”就使得这个中秋不同寻常，使毛泽东笔下的“秋风”平添了许多喜气，作者的心情自然也更加舒畅、喜悦。面对这般温馨的“秋风”，毛泽东自然要发自内心地赞秋、颂秋了。

5. 萧瑟秋风今又是

“萧瑟秋风今又是”是《浪淘沙·北戴河》中的诗句。“往事越千年，魏武挥鞭，东临碣石有遗篇”，该词的下阕已经点明是回想曹操的文治武功，“萧瑟秋风”出自曹操组诗《步出夏门行》中《观沧海》的“秋风萧瑟”，因为词律平仄的需要作了颠倒。曹操的词作真实地写出了碣石山附近沧海之景，表现出那种吞吐宇宙的宏阔气象。尽管曹操的作品写得也很豪放，但毕竟“秋风萧瑟”是描写实景，含有几分苍凉的味道。

毛泽东并非实写秋景，因为毛泽东游泳、填词是在1954年盛夏，他游泳上岸后感到几分秋凉寒意也未可知。“萧瑟秋风”只是借用曹操的句子，特别是后面一句“换了人间”，更显出毛泽东的笔意与曹操不同。毛泽东与曹操所处的时代和社会环境全然不同，即便“秋风萧瑟”与“萧瑟秋风”的外在表现相同，类似秋景的蕴含已经迥然不同。在毛泽东笔下，“萧瑟秋风”没有半点悲凉凄怆的味道，而只有豪迈与激越，因为在共产党领导下，中国人民改天换地、中国大地日新月异、蒸蒸日上。

6. 剑南歌接秋风吟

“剑南歌接秋风吟”出自《七绝二首·纪念鲁迅八十寿辰》（其二）：

鉴湖越台名士乡，忧忡为国痛断肠。
剑南歌接秋风吟，一例氤氲入诗囊。

关于“剑南歌接秋风吟”，中央文献出版社出版的《毛泽东诗词集》这样解释：“剑南歌，指陆游的诗集《剑南诗稿》所收诗作。秋风吟，指秋瑾作的《秋风曲》诗和被清政府杀害前所写书的唯一供词‘秋风秋雨愁煞人’。接秋风吟，与秋风吟一起。”① 这一解释未必准确，只谈到陆游、秋瑾的作品，而未涉及鲁迅的吟秋之作。如果与鲁迅作品无关，何来纪念鲁迅寿辰？事实上，鲁迅也有咏秋作品，如1934年作的《秋夜有感》，1935年写的《亥年残秋偶作》。毛泽东对鲁迅的《亥年残秋偶作》十分欣赏，并曾仿该诗而作《改鲁迅诗》。可以断言，“剑南歌接秋风吟”的“秋风吟”，既包括秋瑾的咏秋之作，也涵盖鲁迅的咏秋诗篇。

但是，不管怎么说，此处的“秋风吟”不是描写秋景的诗句，而是指秋瑾和鲁迅的咏秋作品，自然也就不包含严格意义上的秋意象在内。毛泽东未必和陆游、秋瑾、鲁迅那样感秋伤怀，但是对他们作品中所表达的“忧忡为国痛断肠”的爱国主义思想则是十分赞许的。

---

① 《毛泽东诗词集》，中央文献研究室编，中央文献出版社1996年9月第1版，第186—187页。

第十三章　梅花欢喜漫天雪

时有四季更迭，月有阴晴圆缺，人有旦夕祸福，天有风霜雨雪。下雪原本是一种平常的自然现象，然而却因雪的灵动、雪的纯洁、雪的严寒、雪的多姿、雪的气势，又使雪各具情态，独具神韵，成为大自然的一道亮丽风景。面对如此天生尤物，人们用充满诗意的眼光凝注这种景致。不同的人对雪有不同的情趣，寄予雪以不同的情怀，甚至给雪注入不同的人格。自古以来，骚人墨客，常有咏雪之作，于是雪成了中华诗词中一个不可或缺的意象。

毛泽东一生钟情漫天飞雪，对雪爱得陶醉，爱得执着，皑皑白雪成为毛泽东无法割舍的情结。毛泽东诗词中，有多首咏雪之作，形式不一，情态各异，或言志，或抒怀，或渲染，或烘托，都是神来之笔。他对雪的吟咏，有时正面渲染，有时侧面烘托，有时大加赞扬，有时又极力贬抑。从他的咏雪诗词中，我们可以揣摩出这样一些寓意：雪飘逸多姿，流动刚毅，总是那么潇洒，无所畏惧，俨然是毛泽东的胸襟；雪晶莹无瑕，单纯清隽，象征着完美人格，这恰恰是毛泽东的追求；雪纵情肆虐，严峻冷酷，是险恶环境的表象，又正好能激发毛泽东的昂扬斗志。

雪里行军情更迫

毛泽东的家乡湖南，飞雪并不多见。毛泽东走上革命道路之后，尤其是领兵打仗之后，南征北战，战场可以选择或者避让，但气候条件却由不得人为挑选。毛泽东戎马倥偬，自然是什么样的气候条件都遭遇过，但在毛泽东的军旅诗词中，反映得最多的却是雪天。

古田会议召开之后，红四军为了粉碎国民党军队对闽西根据地的“三省会剿”，于1930年1月由福建进入江西广昌地区。1月下旬，红四军第二纵队在毛泽东的率领下，从广昌进入宁都，在东绍与朱德率领的红四军主力会师。在攻占了宁都、乐安、永丰后，组建了新的前委，毛泽东任书记，并提出了“一年争取江西”的计划。攻打吉安，便是实现这一计划的重要步骤。在红四军自广昌向吉安进发的行军途中，天降大雪，毛泽东面对漫天风雪，浮想联翩，诗思潮涌，写下了一首豪气冲天的词作：

减字木兰花·广昌路上

漫天皆白，雪里行军情更迫。头上高山，风卷红旗过大关。
此行何去？赣江风雪迷漫处。命令昨颁，十万工农下吉安。

郭沫若在《喜读毛主席的词六首》一文中指出：

红军攻打吉安，在1930年一共有九次之多。第一次在二月，第二次在四月初旬，第三次在四月下旬，第四次在五月，第六、第七两次是在六七月间，第八次是在八月下旬，第九次是在九十月间。就只有第一次是在冬末，可以下大雪，其余的八次都不可能下雪。故可以推定：这首《减字木兰花》是作于1930年2月。①

全词的结构是先近景后远景，用白描手法展现进军气势。词的上阕描写雪里行军的壮景，反映了当时自然环境的恶劣，刻画了红军高昂的战斗激情，消灭敌人的急切心情以及行军的雄壮气势。

“漫天皆白”，起句脱口而出，自然流畅，境界广阔。“漫天”形容风雪之大，寥廓天空，疾风卷雪，极富于动感、空间感和立体感。“皆白”显示茫茫大地，山川原野，银装素裹，不仅写出冰天雪地一片白的自然景象，同时也象征性地写出了白色政权四周包围的严峻形势。

接着由景物描写转入叙事和抒情：“雪里行军情更迫”。“情更迫”三个字，意在笔先，力透纸背。环境的恶劣严酷吓不倒英雄红军，顶风冒雪行进的红军精神更加振奋，更加意气风发斗志昂扬，完成任务的心情更加

---

① 转引自《毛泽东诗词与书法品鉴》，毕桂发、赵建英主编，研究出版社2008年10月第1版，第72页。

急迫，从而更加快了前进的脚步。“情更迫”三个字，在该词于1962年5月号《人民文学》发表时，本作“无翠柏”，1963年12月人民文学出版社出版《毛主席诗词》时，才改为“情更迫”。原意写地上积雪颇深，把翠柏都全然覆盖了，这与“漫天皆白”所表现的雪势之盛大同小异，笔触仍然滞留于雪景上。修改之后则着意于突出红军的精神状态，词意显然更深一层。“走”是为了“打”，“打”是为了“胜”，“胜”是为了“民”。古田会议之后，红军战士的军事自觉和政治自觉自然都更高了。由此可见，毛泽东写诗词，也像古代那些大诗人一样，反复推敲，千锤百炼，一丝不苟。

“头上高山，风卷红旗过大关”，表面上看像是写景句，实际是通过景象的描述在进一步抒写工农红军的斗志与激情。“头上高山”，有山中行军之意。赣南多山，途中群峰迭起，悬崖峭壁，诗人回首来路，展望前程，千丈高山之下，风萧萧，雪漫漫，旗猎猎，人奕奕，好一幅威武壮丽的雪里行军图。

词的下阕点明了进军的目标，回答了战斗的场所在何处，表明了红军进军的浩大声势和打下吉安的雄心壮志。

“此行何去？赣江风雪迷漫处”，一问一答，交代了红军的战略意向，但又没有具体指明。这样写不仅进一步渲染了气氛，而且给人以朦胧之感，使军事行动带有一定的隐蔽性。古典诗词中，经常用“迷漫”这类词写前景的渺不可知，如王勃《送杜少府之任蜀州》“城阙辅三秦，风烟望五津”；柳永词《雨霖铃》“念去去千里烟波，暮霭沉沉楚天阔”。但是，只要看看结尾的两句，就可知毛泽东作品不同于古诗词，“迷漫”并不负载“对前途彷徨无所知”的消息。作者袭古而不泥古，他赋予传统意象以新的内容。

“命令昨颁，十万工农下吉安”，最后两句像一声惊雷，刚劲有力，不仅更加明确具体点明了行军作战的目标，而且写出红军一声令下，军民一齐动员，千军万马大进军的声威，一场激烈的战斗即将打响。用词看似浅显却情实深沉。它郑重表达了作者对这一重要指令颁布的喜悦心情和作为决策者亲眼看见在正确路线指引下，浩浩荡荡的工农队伍去开拓红色政权的兴奋感。据当年的红旗社报道：红军的“交通、侦探、运输、向导以及一切军事工作，群众都热烈参与。尤其作战的时候，群众这一支生力军，确使敌人未战先败，成千成万的武装群众，潮水般地涌上前去，红旗遮蔽了半空，‘杀——’‘冲——’之声，惊天动地”[1]。“十万工农下吉安”极其生动地表现了广大工农群众的革命热情和强大力量，表明古田会议之后，中国革命的星星之火，正在不断燎原。

《减字木兰花·广昌路上》是一幅雄壮的雪里行军图。全词只有四十四个字，写雪景的只有两句共八个字，“漫天皆白”和“风雪迷漫”，真是大笔写意。漫天风雪中，红旗在翻舞，人马在飞腾，山岳在动摇。

相比较而言，长征途中红军所遭遇的雪比广昌路上的雪，要猛烈得多。但毛泽东在《七律·长征》中写的雪景却十分简约，短短一句话，“更喜岷山千里雪”，只剩下三个字“千里雪”。岷山，在四川省北部，绵延于四川、甘肃两省边境。岷山的南支和北支，有几十座山峰的海拔超过4500米，山顶终年积雪，称为大雪山。“千里雪”极写岷山的高远严寒。岷山是长征中最艰难的路段，过了岷山就意味着长征取得了决定性的胜利。正如毛泽东早年所说的：“圣人者，抵抗极大之恶而成者。”[2]因而毛泽东登上千里冰雪的岷山，不仅不感到艰苦，反而感到无限的振奋。

两万五千里长征，长路漫漫，千回百转，险象环生，艰苦卓绝。像长征这样空前伟大的历史壮举，毛泽东仅仅用了五十六个字来抒写，需要高度概括的艺术功力，古今中外的大作家们几乎很少有人能够像毛泽东那样用一首律诗来反映如此复杂的重大历史题材，而且传神到位。这么精练的史诗自然不可能给过雪山铺陈更多的笔墨。区区“千里雪”三个字，看似平常，却包含了无穷信息。

1965年，为了纪念长征胜利30周年，由当时解放军总政治部主任萧华作词，生茂、晨耕、吕遇秋和唐诃作曲共同完成了《长征组歌》。它对红军过雪山进行了具体描述：

第六曲　过雪山草地

雪皑皑，野茫茫，高原寒，炊断粮。
红军都是钢铁汉，千锤百炼不怕难。
雪山低头迎远客，草毯泥毡扎营盘。

---

① 《毛泽东诗词精读》，丁三省编著，文化艺术出版社2008年1月第1版，第45页。

② 《毛泽东早期文稿》，转引自《毛泽东诗词全编鉴赏》，吴正裕主编，中央文献出版社2003年12月第1版，第154—155页。

风雨侵衣骨更硬，野菜充饥志越坚。
官兵一致同甘苦，革命理想高于天。

在中国古典文学作品中，以雪天为背景的并不鲜见。自从曾国藩把《资治通鉴》记载的唐朝“裴度李愬平蔡之役”选入《经史百家杂钞》后，“李愬雪夜入蔡州”的故事便广为流传。刘伯温《百战奇谋》第94篇《雪战》中说的也是这一故事。“时大风雪，旌旗裂，人马冻死者相望。”“夜半雪愈甚”，凭着顽强的意志和神出鬼没的奇袭决策，李愬于雪夜袭取了蔡州（河南汝县），擒获了尚在睡梦中的叛将吴元济，演绎了一段千古传颂的战争神话。古典小说《水浒传》第十回“林教头风雪山神庙，陆虞侯火烧草料场”中，林冲刚到草料场时，正是严冬天气，彤云密布，朔风渐起，却早纷纷扬扬卷下一天大雪来。到林冲买酒时，“那雪正下得紧”了。最后到林冲在山神庙前手刃仇人时，“那雪下得更猛”。鲁迅先生在《花边文学》一篇题为《“大雪纷飞”》的杂文中，曾经这样说道：“《水浒传》里的一句话‘那雪正下得紧’，就是接近现代的大众语的说法，比‘大雪纷飞’多两个字，但那‘神韵’却好得远了。”那纷飞大雪俨然成为把原本安分守己、屈辱苟安的林冲逼得毫无退路，万念俱灰，最后不得不铤而走险的催化剂。李愬也好，林冲也罢，尽管都不惧风雪，显得刚毅勇猛，但是和毛泽东的“更喜”相比，豪壮之气自然是相去甚远，不可同日而语。

毛泽东对长征过雪山几乎是一笔带过，但是“更喜岷山千里雪，三军过后尽开颜”中的“更喜”和“尽开颜”却把毛泽东藐视艰难险阻的大无畏精神和乐观心态淋漓尽致地表达了出来，也形象地刻画出了全体红军将士取得长征胜利时欢快和愉悦的心情。从“不怕”到“更喜”，再一次诠释了毛泽东“与天奋斗，其乐无穷！与地奋斗，其乐无穷！与人奋斗，其乐无穷！”的斗争精神与挑战性格，流露出诗人喜欢冰雪的情结，从而强化深化了诗的主题思想，这就是毛泽东在《论反对日本帝国主义的策略》一文中所阐述的：“长征是历史上记录的第一次，长征是宣言书，长征是宣传队，长征是播种机。……它向全世界宣告，红军是英雄好汉，帝国主义者和他们的走狗蒋介石等辈则是完全无用的。长征宣告了帝国主义和蒋介石围追堵截的破产。……总而言之，长征是以我们胜利，敌人失败的结果而告结束。……长征一完结，新局面就开始。”①

倚天抽剑截昆仑

昆仑山是我国最大的山脉之一，同时也是亚洲最大的山脉之一。主峰在新疆和西藏交界之处，西接帕米尔高原，东延入青海境内。分北、中、南三支伸展，东西长约 2500 公里，海拔 6000 米左右，多雪峰。最高峰是木孜塔格山，海拔 7723 米。我国的许多名山都是它的支脉。我国最大的两条河流也都由这里发源。昆仑山东段分三支伸展，其南支向东延伸后与岷山相接，因而红军长征时所经过的岷山，也可看作昆仑山的一个支脉。

自古以来有许多关于昆仑山的神化传说，更增添了它的神奇色彩。昆仑山是古代传说中仙人聚居的神山。晋张华《博物志》卷一引《河图括地象》：“昆仑山广万里，高万一千里，神物之所生，圣人仙人之所集也。”北魏郦道元《水经注》：“昆仑山三级：下曰樊间，一名板桐；中曰去圃，一名阆风；上曰层城，一名天庭。”古来诗词，使典用事，多涉及昆仑，但都取其神话奇境。

1935 年 9 月间，毛泽东率领北上抗日的红军越过昆仑山支脉岷山时，曾登高远眺昆仑，顿生杜甫《望岳》“会当凌绝顶，一览众山小”的畅快之感。他革命豪情汹涌澎湃，以盖世气概写成了奇伟的浪漫主义诗篇《念奴娇·昆仑》：

念奴娇·昆仑

横空出世，莽昆仑，阅尽人间春色。飞起玉龙三百万，搅得周天寒彻。夏日消溶，江河横溢，人或为鱼鳖。千秋功罪，谁人曾与评说？

而今我谓昆仑，不要这高，不要这多雪。安得倚天抽宝剑，把汝裁为三截？一截遗欧，一截赠美，一截还东国。太平世界，环球同此凉热。

《念奴娇·昆仑》最早发表在 1957 年 1 月号《诗刊》上。在“飞起玉龙三百万”一句末，有作者自注（后作“作者原注”）：

① 《论反对日本帝国主义的策略》，《毛泽东选集》第 1 卷，人民出版社 1991 年 6 月第 2 版，第 149—150 页。

前人所谓“战罢玉龙三百万，败鳞残甲满天飞”，说的是飞雪。这里借用一句，说的是雪山。夏日登岷山远望，群山飞舞，一片皆白。老百姓说，当年孙行者过此，都是火焰山，就是他借了芭蕉扇扇灭了火，所以变白了。

这个“自注”在作者的一幅手书上有所不同，很值得一读，兹录于次：

宋人咏雪诗云：“飞起玉龙三百万，败鳞残甲满天飞”。昆仑各脉之雪，积世不灭，白龙万千，纵横飞舞，并非败鳞残甲。夏日部分消溶，为害中国，好看不好吃，试为评之。①

《念奴娇·昆仑》是一首十分复杂的诗，其主题的丰富性，可能会令读者应接不暇，而又有扑朔迷离之感。诗人的胸怀在这首词中不仅仅是容纳了祖国河山，而且囊括了整个人类世界，其气魄之大堪称穷尽八荒，涵盖寰宇。“夏日部分消溶，为害中国，好看不好吃”，可以说是毛泽东评述昆仑山之雪的根本出发点。昆仑山是一个如此奇特的存在，它是力的极致，又是灾的根源。毛泽东是一个彻底的唯物主义者，他对昆仑山的两面性都进行了评述，既有现实主义的真实描写，更有浪漫主义的极度夸张，还有象征意味的表现。在毛泽东诗词中，《念奴娇·昆仑》以厚重的历史感和思想视野的开放性以及想象的雄奇性，占有着特殊的艺术地位。

词的上阕铺写昆仑，描写了昆仑山高寒多雪的壮丽景色及其危害，表达了对苦难人民的深切关怀。“横空出世，莽昆仑，阅尽人间春色”，着力描写昆仑山的突兀高大、磅礴气势和悠久历史。“横空”，横亘在空中，形容昆仑山的高大广阔。天空本来就无边无际，而昆仑山却横亘天宇，绵延无边，这是何等高峻、何等广阔、何等伟大！“出世”，超出人世，高大的昆仑山就像从天外飞来一样卓然不凡。“莽”字，莽苍，本指草木旺盛，点活了昆仑山的崇山峻岭，这里含有庞大、古老和自然力尚待开发之意。“阅尽人间春色”，既从空间上赞美昆仑山的高大，又从时间上赞美昆仑的悠久。

---

① 《毛泽东诗词史话》，萧永义著，东方出版社 1996 年 12 月第 1 版，第 152—153 页。

“飞起玉龙三百万”，玉龙，白色的龙。昆仑绵延起伏的雪山像千百万玉龙在飞舞。此句系化用北宋张元咏雪诗句，始见南宋吴曾《能改斋漫录》卷十一，原作“战死玉龙三十万，败鳞风卷满天飞”。以后有关记载渐有出入。南宋魏庆之辑《诗人玉屑·知音》姚嗣宗条作“战退（旧时通行本作“战罢”）玉龙三百万，败鳞残甲满天飞”，似为作者原注所据。“搅得周天寒彻”，写出严寒之甚，把天上人间都搅得冷透了。这是状写昆仑山其后严寒，终年积雪的特点。这一点与昆仑山的高峻是密切关联的。

“夏日消溶，江河横溢，人或为鱼鳖”，进一步写出高寒多雪的严重恶果。昆仑山之雪融化后，江河水位上涨，洪水泛滥，无数黎民百姓因此家破人亡，葬身鱼腹。“为鱼鳖”，源自《左传·昭公元年》：“微禹，吾其鱼乎！”假如没有禹治水，我们大概会成为鱼儿吧！后人常把淹死于洪水当作“化为鱼”。夏天气温上升，昆仑山的积雪不断融化，流入以此为源头的江河，进而泛滥成灾，淹没了无数生命财产。为虐成灾，殃及苍生，抒发了作者忧国忧民的情感。

历代的反动统治者只图一己之私利，不顾天下苍生的死活，对百姓的苦难不闻不问，置之度外，所以诗人要怀着痛恨深情描写昆仑山的高寒积雪给历代人民带来的灾祸，而后顺势诘问：“千秋功罪，谁人曾与评说？”昆仑山是中华民族文明的摇篮长江、黄河的发源地，对中华民族的繁衍和发展起到了至关重要的积极作用，其功不言而喻，有口皆碑。但它也有罪过，那就是“夏日部分消溶，为害中国”，常常给国人带来灾难。毛泽东对昆仑山之“功”是虚写；至于“罪”，是前人不曾提出，别人不曾想到的，所以实写。无论“功”与“罪”，毛泽东都不是从纯粹个人的主观偏好或审美情趣来评说的，而是从国计民生着眼，这是耐人咀嚼回味的。如果不是人民领袖、革命导师，如果不是诗人的思想感情一直通向人民的心灵深处，怎么能把如此博大的心胸同那样奇特的想象联系起来呢？

毛泽东之艺术描写，并不停留于昆仑山本身，而是着意从昆仑山与人类的关系，特别是从中华民族的福祉和疾苦的视角开掘其意蕴的。宋代辛弃疾在《沁园春》中云：“物无美恶，过则为灾。”唐朝末年的诗人罗隐有一首关于《雪》的诗：“尽道丰年瑞，丰年事若何？长安有贫者，为瑞不宜多。”一般情况下是“瑞雪兆丰年”，但是雪下得过猛过多，它所造成的冰雪灾害，反而会给“贫者”带来严重威胁。

毛泽东一生爱雪，但他深知“过则为灾”的自然法则。毛泽东对昆仑山之雪的负面影响的关注，实质上是对中华民族、中国人民和全人类命运的关注。正因为如此，他在词的下阕要评说昆仑，并且要剑劈昆仑，表达改造世界、造福人类的宏愿和实现世界大同的理想。

“而今我谓昆仑，不要这高，不要这多雪”，这完全是不容争辩的命令语气，这既是改造自然的决心，也是改变旧中国多灾多难状况的决心。

“安得倚天抽宝剑，把汝裁为三截?”战国时楚国的宋玉作《大言赋》，其中有“方地为车，圆天为盖，长剑耿介，倚天之外”。宋玉想象着把整个天地化成一辆大车，以大地为车，以圆天为车盖，在这样的大车上，有一柄长剑，它的一头自然要延伸到天的外头。李白在《大猎赋》里说：“于是擢倚天之剑，弯落月之弓，昆仑叱兮可倒，宇宙噫兮增雄。”李白想象抽出倚天剑来，只要呵斥一声便使昆仑山轰然倒下。李白的另一首诗《临江王节士歌》写自己的抱负，“白日当天心，照之可以事明主。壮士愤，雄风生。安得倚天剑，跨海斩长鲸”。宋代词人辛弃疾《水龙吟》：“举头西北浮云，倚天万里须长剑。”辛弃疾说需要倚天之剑来拨开云雾见青天。这些诗人的丰富想象显然影响了毛泽东并给了他创作的灵感。但是不同的是，古人笔下是“剑倚天”，而在毛泽东笔下则是“人倚天”，更加凸显人的高大形象。如此高大的巨人自然威猛无比，能够倚天抽剑，把昆仑山截为三段。

“一截遗欧，一截赠美，一截还东国”，把经过改造的有利无害的昆仑山赠送给包括日本人民在内的世界各国人民，这是何等广阔的中国共产党人的胸襟，这是多么伟大的无产阶级国际主义精神！这是对“大爱无疆”的最好诠释！结尾“太平世界，环球同此凉热”，进一步说明了分赠昆仑山的缘由，那就是中国共产党人致力于创造一个和平安宁、无灾无难、平等和谐的新世界。

《念奴娇·昆仑》主旨的广阔和重大，是旷世罕见的。它的无与伦比的广阔性，在于它对人类历史的全息包容；它的无与伦比的重大性，在于它对人与自然关系以及人类解放的总体启示。美国著名学者特里尔在他的《毛泽东传》中，特别引用了这首词，并对它的世界性意义进行了深刻揭示：

长征结束时，毛泽东甚至面对群山大发灵感，将它视作超出中国自身革命之外的世界和平象征。……毛泽东是一位探险家，在一次又一次的战役中，在他的国家的广袤土地上，他看到了约在20多年前从书上得知的山峦庙宇。……他把壮丽的山河视作生身之地，视作冶炼自己新的革命方式的熔炉。①

雄视千古咏雪词

1935年10月，红军胜利到达陕北，完成了史无前例的二万五千里长征。12月底，党中央在瓦窑堡召开政治局会议，会议根据国内外形势和国内阶级关系的变化，讨论并决定了建立抗日民族统一战线的问题。以毛泽东为代表的中国共产党人成为全民抗战的重要推动者和挽救民族危亡的中流砥柱。为了推动全国人民武装抗日，党中央决定把陕北红军组成中国人民红军先锋军，渡过黄河东征，开赴抗日前线。1936年2月，毛泽东率领红军渡河东征。当时正是西北高原风雪迷漫的时节，整个西北高原冰雪覆盖，真是既雄伟又壮丽，而冰冻了的黄河又有一番独特景象。就在这个时候，毛泽东来到陕西省清涧县高杰村附近的袁家沟。面对祖国银装素裹的大好河山，回忆起中华民族灿烂悠久的文明史，毛泽东不禁豪情满怀，写下了光照千古的壮丽诗篇《沁园春·雪》：

沁园春·雪

北国风光，千里冰封，万里雪飘。望长城内外，惟余莽莽。大河上下，顿失滔滔。山舞银蛇，原驰蜡象，欲与天公试比高。须晴日，看红装素裹，分外妖娆。

江山如此多娇，引无数英雄竞折腰。惜秦皇汉武，略输文采；唐宗宋祖，稍逊风骚。一代天骄，成吉思汗，只识弯弓射大雕。俱往矣，数风流人物，还看今朝。

这首词虽然以雪为题，但它并不是一首纯粹的咏物词。宋代张炎在《词源》中说："诗难于咏物，词尤为难。"其难处不在于状物，而在于意

---

① 《毛泽东传》，［美］罗斯·特里尔著，中国人民大学出版社2007年9月第1版，第131页。

蕴。况周颐的《蕙风词话》认为，优秀的咏物词，在其“题中之精蕴佳，题外之远致尤佳”。《沁园春·雪》的写法有点类似苏轼的《念奴娇·赤壁怀古》，即通篇采用了写景抒怀的结构方式，来抒写作者因观景而在内心涌现的壮丽情怀。整词上阕写景，下阕抒怀，这当然是词作经常采用的一种结构方式。

“北国风光，千里冰封，万里雪飘”，是对北方雪景的总体感受，千里坚冰封冻，万里雪花飘扬，一片冰天雪地的景象。“千里冰封”写大地，“万里雪飘”写天空。一静一动，互相映衬，极其生动地描绘了北国严冬的图景。毛泽东的咏雪，眼光不停留在雪上，而是通过雪来写祖国壮阔的大地，这就所见者大。北方下雪天的风光，千万里都是冰封雪飘，写得气魄宏大。刘熙载《艺概》说：“不离不即。”毛泽东咏雪，又不局限于咏雪，正符合“不离不即”的原则。

“望长城内外，惟余莽莽，大河上下，顿失滔滔”，具体描绘了登高远望所看见的北国雪景。在北方，雄伟的景物首推长城与黄河，作者要通过雪来展现“北国风光”，所以先写登上长城看雪景，长城内外白茫茫一片。再看绵延不绝的黄河，已经结冰封冻，顿时失掉滔滔滚滚的水势。“莽莽”二字让人感到大地的纯洁之美，“滔滔”二字使人感到黄河的动态之美。这是变动为静，在视觉上都突出了雪中山川景象的静止之美，创造了一个静穆旷远的境界。

“山舞银蛇，原驰蜡象，欲与天公试比高”，北方雄伟的景物还有群山和高原，也都被雪掩盖着。群山的一座座山峰绵延起伏，像银蛇在舞动；秦晋高原上冰雪覆盖的丘陵，一个接着一个，像一只只白象在飞奔。向远处望去，山和丘陵与天相接，像在与天公比试高低了。“银蛇”二字不仅写出了山之飞动，还突出了山之绵延，把那横贯而嶙峋的山势写得鲜活起来，“蜡象”二字也不仅写出了高原之奔腾，还突出了高原之雄浑高峻，也把那连绵而圆浑的高原写得个性十足。这是化静为动，写雪景的腾挪飞扬，也折射出作者生气勃勃的精神状态。

“须晴日，看红装素裹，分外妖娆”，等到雪后天晴，看到红艳艳的太阳和白雪裹着的大地互相映照，显得格外娇艳。红日和白雪映照，宛如浓妆的美女披着白色的外衣，格外俏丽。在这里又写出雪后山河具有秀丽的一面。前面几句是用冷色调写出雪中江山的雄浑的美，这里却是用暖色调写出雪后江山的妩媚的美。

词的上阕以动静结合、冷暖相映的多转折结构，歌颂了北国雪景的丰富多彩的美，也通过目不暇接的感受透露出作者热烈深沉的爱国主义情怀。词的下阕，在上阕歌颂江山多娇的基础上，自然而然地引出对古往今来活跃在这片美丽土地上的英雄人物的评论，于是作者从指点江山到评点人物。

“江山如此多娇，引无数英雄竞折腰”，祖国的江山这样壮丽美好，使得无数英雄人物竞相向它致敬、贡献力量。“江山如此多娇”是对“北国风光”的总结，既包括现实的境界，又包括理想的境界，并引出为江山折腰的英雄来。《晋书·陶潜传》：“不能为五斗米折腰。”这里引出英雄人物向壮丽河山表示崇敬。

“惜秦皇汉武，略输文采；唐宗宋祖，稍逊风骚。一代天骄，成吉思汗，只识弯弓射大雕。”“惜”字领起以下七句，特举出秦始皇、汉武帝、唐太宗、宋太祖和成吉思汗等封建社会里的代表人物，并站在历史的高峰上加以评说。秦始皇、汉武帝虽有历史武功，但文治方面显得欠缺。唐太宗、宋太祖虽然耀武扬威，但文学才华也显然逊色。至于有天之骄子之谓的成吉思汗，更是只会开弓射大雕，在文学方面可谓一窍不通。“文采”“风骚”本指文学才华、文学修养，而对于这些封建帝王来说，也指包括经济、政治、文化在内的“文治”。这些功业显赫的封建帝王尚存不足，封建地主阶级的其他人物也就更不用提了。

“俱往矣，数风流人物，还看今朝”，历史上那些英雄人物都过去了，而主宰国家和民族的命运，改变当今世界的责任，还要当今的英雄人物来承担。“风流人物”取自苏轼《念奴娇·赤壁怀古》：“大江东去，浪淘尽，千古风流人物。”作者对这首词自注曰：“雪，反封建主义，批判二千年封建主义的一个反动侧面。文采、风骚、大雕，只能如是，须知这是写诗啊！难道可以谩骂这一些人们吗？别的解释是错的。末三句，是指无产阶级。”[①]“俱往矣”三句，是整首词的最后结句。《柳塘词话》云：“紧要处，前结如奔马收缰，须勒得住。又似住而未住。后结如泉流归海，要收得尽，又似尽而未尽者。”《沁园春·雪》的末三句，收放自如，恰如“泉流归海”，既收得尽，又言已尽而意无穷，启发人们想象，鼓舞人们斗志。

《沁园春·雪》问世之后，注家蜂起，仁者见仁，智者见智。有的说

---

① 《在〈毛主席诗词十九首〉上的批注》，引自《毛泽东诗词大观》，蔡清富、黄辉映编著，四川人民出版社 2007 年 4 月第 4 版，第 548—549 页。

对了或者部分说对了，有的说错了或者部分说错了。美国学者特里尔在《毛泽东传》中对这首词也进行了解读。他认为：

这首词用了一个质朴的题目《雪》，但内容并不谦朴。不过，如果说词句豪迈奔放的话，那么它不仅代表了毛泽东本人，同时也代表了中国。

毛泽东从自然的壮丽转向志向的壮美。他提到中国古代四位受人敬重的皇帝，还有征服过中国蒙古的无敌英雄。

这些词句浸透了毛泽东对个人使命的领悟。昔日英雄都已成过去，在新的战争年代他们不可能再成为东升的旭日。唯有毛泽东能负托起管理中国多娇江山的使命吗？

然而，《雪》是一首地道的民族主义的诗词，是中国壮丽的山河使毛泽东产生了如此坚强的信念：现在的中国比4000年历史上的任何一个时期都更加辉煌灿烂。

毛泽东是在努力团结所有的人以结成抗日统一战线的时候写下这首词的。他的英雄主义之梦是在把中国作为最高事业的时候，是在中国自成吉思汗以来所面临的危险比任何时候都要严重的时刻产生的。

毛泽东脑海中呈现的英雄并没有包括列宁、乔治·华盛顿或任何一位西方人物。这些英雄都是东方人，而且都已谢世。①

刘勰在《文心雕龙》里说："故寂然凝虑，思接千载；悄焉动容，视通万里；吟咏之间，吐纳珠玉之声；眉睫之前，卷舒风云之色。"毛泽东从秦皇汉武写到成吉思汗，不正是"思接千载"吗？而"千里冰封，万里雪飘"，不正是"视通万里"吗？该词大气磅礴，兴会淋漓，脍炙人口。在所有毛泽东诗词作品中，要论写作技巧的炉火纯青，艺术成就的超凡脱俗，首推《沁园春·雪》。而要论及毛泽东诗词的影响力，首屈一指的仍然是《沁园春·雪》。它是毛泽东诗词的巅峰之作，是毛泽东诗词的丰碑之作。

惊涛拍岸千堆雪

1945年8月，毛泽东应蒋介石之邀，赴重庆和谈。其间少不了与过去

---

① 《毛泽东传》，［美］罗斯·特里尔著，中国人民大学出版社2007年9月第1版，第144—146页。

的诗友来一点诗词唱和。《沁园春·雪》在重庆流传，在山城和全国引起极大轰动，人们没有想到，一直被国民党称为“山大王”“毛匪”“土包子”的毛泽东，不仅是一个会带兵打仗的“武夫”，更是一个会舞文弄墨、吟诗赋词的“骚客”。毛泽东的文采风流令无数人倾倒折服，在中国诗史上留下一段千古佳话。

很多人一直以为，毛泽东赴重庆谈判时，最先把这首词抄赠柳亚子，这与史实并不完全相符。这首词的确首先经柳亚子之宣传得以传播，但是第一个得到毛泽东该词墨迹的并不是柳亚子，而是另有其人。

1945 年 9 月 6 日，毛泽东在周恩来、王若飞的陪同下，专程前去拜访在长沙一师认识的孙俍工先生。孙俍工比毛泽东小一岁，早年在北京高师国文部读书，毕业后在长沙第一师范任教。孙俍工才华横溢，而且书法独树一帜，飘逸俊秀。毛泽东在一师附小任教的时候，曾慕名听过孙俍工讲课。毛泽东后来苦练书法并成为一代书法大家，就曾得益于孙俍工的影响和指点。这次毛泽东前来登门拜访，孙俍工欣喜异常。寒暄过后，毛泽东便拿出一个纸卷，递给孙俍工道：“这是俚词一首，自己涂鸦，送与先生。先生看看这字写得有无长进。在一师时，先生教给我的书法要领，二十年来一直不敢忘记呢。”孙俍工双手接过毛泽东给自己的纸卷，在桌子上将它徐徐展开，原来是一幅横轴，上面是毛泽东亲笔手书的《沁园春·雪》。孙俍工望着横轴上飘逸飞扬的书法，大声赞叹：“太好了！”“你戎马倥偬，日理万机，还能忙里偷闲，不忘书法艺术，真是难能可贵啊！”但见字体大气磅礴，犹如笔走龙蛇，酣畅淋漓，再看内容，更是气吞山河，前无古人，书和词相得益彰。孙俍工不禁忘情地赞道：“好！好！仿古而不泥于古！尽得古人神髓，而又能以己意出之，非基础厚实者莫能如此。况你由行而草，竟能卓然自创一体，真不简单！你笔底自由了！”①

毛泽东在重庆期间，第二个谈起《沁园春·雪》的是国民党著名的左派人物于右任。毛泽东曾于 8 月 30 日前去拜访，却因于右任外出，未能见面。9 月 3 日下午，毛泽东再次拜访于右任，两人共叙了友谊，但毛泽东时间比较紧，没有来得及畅谈。9 月 6 日，于右任设午宴招待毛泽东等人。席间，因主人于右任和主宾毛泽东都擅长诗词，二人的话题自然转到了诗词方面。因为毛泽东到重庆带来了《沁园春·雪》这首词，于右任也首先谈到了这首

① 《〈沁园春·雪〉传奇》，杜忠明著，中央文献出版社 2007 年 4 月第 1 版，第 17—18 页。

词。毛泽东没有想到，于右任竟然知道自己的这首词。其实，彼此对对方的创作成果都比较关注、感兴趣。于右任在宴席上极力赞赏毛泽东的这首词，他品评了一番之后，微笑着说："结句'数风流人物，还看今朝'气吞千古。"由此我们可以知道，毛泽东的《沁园春·雪》不仅在共产党方面已经广泛流传，其时在国民党一方也已经被很多人所熟知了。①

毛泽东把《沁园春·雪》抄赠给柳亚子，这是人所共知的事情。但是究竟毛泽东何时把《沁园春·雪》抄给柳亚子，却说法不一。一说为1945年9月6日。《毛泽东年谱》记载：9月6日下午，毛泽东同周恩来、王若飞"到沙坪坝南开中学访柳亚子、张伯苓。以《沁园春·雪》词书赠柳亚子"（《年谱》下卷21页）②。另一说为1945年10月7日。尹凌在《索句渝州叶正黄》一文中说："《沁园春·雪》是毛主席1945年10月7日抄赠给柳亚子的。"③毛泽东1945年10月7日写给柳亚子的信也印证了此说："初到陕北看见大雪时，填过一首词，似与先生诗格略近，录呈审正。"④

不管采信哪一种说法，毛泽东给柳亚子题写的《沁园春·雪》有两幅，这是毫无疑问的。第一幅是题写在"第十八集团军重庆办事处"信笺上。柳亚子深知毛泽东写的词是具有特殊价值的墨宝，但他注意到毛泽东没有题下款，没有毛泽东的署名和用印。于是他利用毛泽东即将离渝的宝贵时间，带着自己的纪念册，请毛泽东再次题写一遍。果然，这次题写在柳亚子纪念册的《沁园春·雪》就加上了"亚子先生教正"的上款和"毛泽东"的落款。柳亚子似乎还不满足，提出请毛泽东盖章，毛说没有，柳亚子慨然许诺送给毛泽东一枚。于是，柳亚子请青年篆刻家曹立庵连夜为毛泽东刻了两方。后来盖在毛泽东题写的咏雪词上。⑤

毛泽东把咏雪词抄给柳亚子后，因为柳亚子是词坛老手，又是个热心肠的人，这首词自然便从他那里开始不胫而走。1945年10月24日，坐落于重庆七星岗的中苏文化协会门前热闹非凡，青年画家尹瘦石和南社盟主柳亚子联合举办的诗画联展进行了预展，25日展览会正式开幕。展览会

---

① 《〈沁园春·雪〉传奇》，杜忠明著，中央文献出版社2007年4月第1版，第26—27页。

② 《毛泽东诗词史话》，萧永义著，东方出版社1996年12月第1版，第167页。

③ 《毛泽东诗词史话》，萧永义著，东方出版社1996年12月第1版，第167页。

④ 《毛泽东书信选集》，中央文献出版社2003年11月第1版，第243页。

⑤ 《索句渝州叶正黄》，尹凌，转引自《毛泽东诗词史话》，萧永义著，东方出版社1996年12月第1版，第169—170页。

上，展出了柳亚子诗词数十首，尹瘦石的画数十幅。柳亚子不仅展出了毛泽东咏雪词的墨宝，还展出了他的一首和词：

廿载重逢，一阕新词，意共云飘。叹青梅酒滞，余怀惘惘；黄河流浊，举世滔滔。邻笛山阳，伯仁由我，拔剑难平块垒高。伤心甚，哭无双国士，绝代妖娆。

才华信美多娇，看千古词人共折腰。算黄州太守，犹输气概；稼轩居士，只解牢骚。更笑胡儿，纳兰容若，艳想秾情着意雕。君与我，要上天下地，把握今朝。

柳亚子还曾写过一篇《跋》，其中写道："毛润之《沁园春》一阕，余推为千古绝唱，虽东坡、幼安，犹瞠乎其后，更无论南唐小令、南宋慢词矣。"① 这次展览可以说是《沁园春·雪》发表的一种特殊形式，为其在重庆以及海内外的广泛传播起到了推动作用。展览会结束之后，柳亚子将毛泽东的咏雪词和自己的和词一并送到《新华日报》，希望他们能够将其发表。考虑到发表毛泽东的作品须经本人同意，《新华日报》没有马上答应柳亚子的请求。柳亚子灵机一动，采取了一个变通方案，要求只刊发他自己的和词。这样，1945 年 11 月 11 日，柳亚子的和词在《新华日报》第四版上和读者见面了。

正当柳亚子为发表毛泽东咏雪词一筹莫展的时候，重庆的另一张民营报纸《新民报》却捷足先登了。当时《新民报》开设了一个《西方夜谭》副刊，吴祖光担任编辑。他意外地得到了这首词，展读之后，兴奋莫名。他多渠道对咏雪词内容进行了核对，分别得到了三份手抄稿，竟然没有一个是完全相同的，他只好将三份抄件拿来一起进行整合。1945 年 11 月 14 日，《西方夜谭》副刊率先发表了毛泽东的这首《沁园春·雪》。咏雪词首次在国内公开发表，剧作家吴祖光为此立下了千秋不没的首发之功。由于是几个稿子凑在一起拼成的，与原稿有几处不同，但总体上并无大碍，原词风貌基本没有改变。

咏雪词发表时，毛泽东已经离开了重庆返回延安。在重庆这么险恶的环境里，在国民党强权统治的眼皮底下，竟然有人敢发表共产党领袖人物

---

① 《〈沁园春·雪〉传奇》，杜忠明著，中央文献出版社 2007 年 4 月第 1 版，第 60—61 页。

毛泽东的诗词作品，为共产党张目，此事非同小可。且说这一天，蒋介石侍从室二处的主任陈布雷把《新民报》晚刊发表的咏雪词念给蒋介石听了。他接着说："毛泽东的这首咏雪词填得非常之得体，气韵高华，词采明丽，同时寄托遥深。现在好多人都在为毛泽东的这首词着迷，不管在朝在野，是敌是友，他们都在唱和着。'雾重庆'快要变成'雪重庆'了。先生想想，我们的谈判还没完毕，毛泽东虽然走了，他在重庆却引起了很多人的兴趣和重视，这后果不是值得我们考虑吗？"①

蒋介石拿过《新民报》晚刊，把咏雪词默默再读了一遍。他为毛泽东的文才暗暗吃惊，心中打翻了酸溜溜的醋瓶子。其实，蒋介石也并非纯粹是一介武夫。1907 年至 1910 年，蒋介石在日本振武士官学校学习，曾给表兄单维则寄过一张照片，上面提了一首绝句：

腾腾杀气满全球，
力不如人万事休！
完我神州完我责，
东来志岂在封侯！

这首诗反映了蒋介石当年一定的抱负，说明他那时还有一定的反侵略民族意识，但从诗学的角度看，艺术性实在还欠火候，显露出的不过是"腾腾杀气"而已。② 1926 年《江西日报》创刊号上，曾发表过蒋介石的一首贺诗：

祝《江西日报》诞生

蒋中正

呀！好革命的怒潮呀！
呀！这掀天倒海的潮流，
竟已仗着自然的力，
挟着它从珠江来到长江了。
……

① 《〈沁园春·雪〉传奇》，杜忠明著，中央文献出版社 2007 年 4 月第 1 版，第 114 页。
② 《〈沁园春·雪〉传奇》，杜忠明著，中央文献出版社 2007 年 4 月第 1 版，第 116 页。

呀！好革命的怒潮啊！

呀！好革命的势力！①

“呀”“呀”“呀”的，仿佛牙疼一样呻吟不止。这样的诗作实在令人不敢恭维。

据说蒋介石退往台湾之后，于草山别居中也写过一些比较有诗味的诗词。其中有“旧体诗词四十三首，新诗一首，自嘲打油诗两首，计四十六首。宋美龄曾想出版这些‘蒋诗’，但蒋经国阅后，以为：‘父亲的新诗虽然制作精巧，但大都品味不高，使人阅后很容易联想起南唐亡国之君李后主……’宋美龄听了蒋经国的话以为言之有理，遂把这些‘蒋诗’付之一炬”。②

毛泽东将他的《沁园春·雪》抛出去，可谓“惊涛拍岸，卷起千堆雪”。一时间，无数雪片在重庆上空漫天起舞。蒋介石自然不会甘心，国民党中央宣传部立即召开会议，通知各地、各级党部，要求会吟诗作词者，每人都步毛泽东咏雪词原韵来上几首，挑精彩的发表，希望把毛泽东的磅礴气势比下去。于是，在蒋介石的总导演之下，在陈布雷这个执行导演的操持下，国民党的御用文人们的作诗运动粉墨登场了。前前后后，国民党的御用文人一共写了三十多首词，十多篇文章。他们的立场极为反动，语言尖酸刻薄，艺术手法低劣。1984 年台南神学院教授孟绝子在他的《狗头·狗头·狗头税》一书中，在谈到《沁园春·雪》引起的“雪战”时，毫不留情面地说：“可惜国民党党徒虽多，但多的只是会抓人、关人、杀人、捞钱的特务贪官，是只会写写党八股的腐儒酸丁级的奴才文官和奴才学者。结果一直到逃离大陆时，国民党连一首‘毛泽东级’的《沁园春》都没有写出来。”③

王若飞将重庆报刊上和《沁园春·春》有关的和词与文章收集起来寄往延安。1945 年 12 月 29 日，毛泽东在致著名教育家黄齐声的信中，这样写道：“若飞寄来报上诸件付上一阅，阅后乞予退还。其中国民党骂人之作，鸦鸣蝉噪，可以喷饭，并付一观。”④ 这里不妨录上一两首“鸦鸣蝉噪，

---

① 《毛泽东诗史》，陈东林著，中共中央党校出版社 1997 年 3 月第 1 版，第 117 页。

② 《毛泽东与蒋介石》，叶永烈著，广西人民出版社 2005 年 2 月第 1 版，第 352 页。

③ 《毛泽东诗词史话》，萧永义著，东方出版社 1996 年 12 月第 1 版，第 171 页。

④ 《〈沁园春·雪〉传奇》，杜忠明著，中央文献出版社 2007 年 4 月第 1 版，第 228—229 页。

可以喷饭”之作。

1945 年 12 月 4 日，《中央日报》发表了王新命以“东鲁词人”的笔名写的《沁园春》和词：

抗战军兴，受命立功，拥纛东飘。当徘徊歧道，中夜惆惘，悚心怵目，举世狂潮。寇患方深，阋墙难再，回首中原烽火高。却戈倒，看杀人惊地，自炫天骄。

山河美丽多娇，笑草莽英雄亦折腰。想翼王投笔，本矜才藻；押司题壁，夙擅风骚。惜误旁门，终虚正果，勒马悬岩着意雕。时未晚，要屠刀放下，成佛今朝。①

王新命为了给蒋介石脸上贴金，竟诬蔑毛泽东是自比天骄，说共产党军队是草莽英雄，把革命领袖与太平军中的翼王石达开、梁山头领宋江相提并论，还诽谤共产党领袖是误入旁门左道。本来是蒋介石假和谈真内战，却把罪责加在共产党的头上，还疯狂叫嚣让人民军队放下武器“成佛今朝”。

1945 年 12 月 6 日，《合川日报》发表了一首署名老丁酸的和词：

一阕新词，调沁园春，寿篆云飘。况重逢意惘，君君我我，簧言舌乱，絮絮叨叨。浑水摸鱼，断章取义，鼓荡腥天浊浪高。丧心甚，算真真名士，巴结妖娆。

才华绝世多娇，算自赏风流斗舞腰。且斯人老大，琵琶半掩；青衫泪湿，辜负牢骚。南社声威，何甘堕落，朽木岂真不可雕？今日事，要戡平内乱，莫误明朝。②

这首词毫无半点新意，无非是堆砌了“浑水摸鱼”“断章取义”“自赏风流”“朽木不可雕”等几个成语。他讽刺柳亚子向往光明是“浑水摸鱼”“巴结妖娆”，而柳亚子和毛泽东的《沁园春·雪》呢，竟被这个老朽说成“断章取义”。还说毛泽东与柳亚子是“君君我我”，简直是班门弄

① 《〈沁园春·雪〉传奇》，杜忠明著，中央文献出版社 2007 年 4 月第 1 版，第 142 页。

② 《毛泽东咏雪词——〈沁园春〉词话》，黄中模著，山西人民出版社 2004 年 1 月第 1 版，第 128 页。

斧。这个老丁酸是谁已经无从查考，作者没有署真名，莫非自知如此诗意全无的文字，绝难与毛泽东的诗才与气魄相提并论？看来这个老丁酸还是有一点“廉耻之心”的。

在国民党的酸臭文人舞文弄墨的时候，进步阵营的文化人当然也不会漠然视之。而其中最勇猛的一员猛将就是郭沫若，他连续发表和词和评论文章，抨击反动文人对毛泽东作品的污蔑和歪曲。1945 年 12 月 5 日，《新民报》晚刊《西方夜谭》发表的郭沫若和词，这样写道：

国步艰难，寒暑相推，风雨所飘。念九夷入寇，神州鼎沸；八年抗战，血浪天滔。遍野哀鸿，排空鸟鹏，海样仇深日样高。和平到，望肃清敌伪，解除苛娆。

西方彼美多娇，振千仞金衣裹细腰。把残铜废铁，前输外寇；飞机大炮，后引中骚。一手遮天，神圣托付，欲把生民力尽雕。堪笑甚，学狙公芋赋，四暮三朝。[①]

近代中国灾难深重，外敌入侵，中国人民浴血抵抗。抗战胜利，人心思安。“西方彼美多娇，振千仞金衣裹细腰”用的是《诗经·简兮》典故：“云谁之思，西方美人。彼美人兮，西方之人兮。”郭沫若借以指支持国民党打内战的美帝国主义，他们不惜用巨额美元把自己打扮成一个细腰美人兴风作浪，他们“把残铜废铁，前输外寇；飞机大炮，后引中骚。一手遮天”，挑动中国内战。美国总统杜鲁门曾说：“美国有原子弹，乃上帝托付。”他吹嘘是美国两枚原子弹赢得了世界和平。其所作所为，无非是为了攫取自身利益，“欲把生民力尽雕”。郭沫若的和词，用典自然，国学深厚，深刻地揭露了美帝国主义、国民党反动派的丑恶本质。

重庆这纷纷扬扬的“大雪”，引得远在齐鲁大地的陈毅也诗兴大发，而且一发而不可收，于 1946 年 2 月奋笔疾书，赋词三阕，参与这场“雪战”。其第一首云：

两阕新词，毛唱柳和，诵之意飘。想豪情盖世，雄风浩浩；诗怀如

---

① 《毛泽东咏雪词——〈沁园春〉词话》，黄中模著，山西人民出版社 2004 年 1 月第 1 版，第 134—135 页。

海，怒浪滔滔。政暇论文，文馀问政，妙句拈来着眼高。倾心甚，看回天身手，绝代风骚。

山河奇鲁多娇，看霁雪初明泰岱腰。正辽东舞鹤，涤瑕荡垢；江淮斤运，砌玉浮雕。池冻铺银，麦苗露翠，冬尽春来兴倍饶。齐欢喜，待桃红柳绿，放眼明朝。①

陈毅的这首词与众不同，首先是一首论词的词。上阕对毛、柳之词给予了高度评价。下阕联系山东战场的实际情况，抒发了自己的诗情，表达了共产党人对革命前途充满信心。

远在晋察冀边区的邓拓也注意到了重庆的“雪战”，他激情满怀地赋了一阕《沁园春·步毛泽东原韵》：

北斗南天，真理昭昭，大纛飘飘。喜义师到处，妖氛尽敛；战歌匝地，众志滔滔。故国重光，长缨在握，孰信魔高如道高。从头记，果凭谁指点，这等奇娆。

当年血雨红娇，笑多少忠贤已屈腰。幸纷纷羽檄，招来豪气；声声棒喝，扫去惊骚。韬略无双，匠心绝巧，欲把山河新样雕！今而后，看人间盛事，岁岁朝朝。②

可以说这是一首欢快的颂歌，是对共产党的颂扬，也是对毛泽东的颂扬。尤其是“北斗南天”之句，已经很明确地把毛泽东、毛泽东思想当成了领导中国革命的指南。“今而后，看人间盛事，岁岁朝朝”更是对中国革命的光明前景充满了无穷的信心。

有关《沁园春·雪》的故事，远远不止这些。一首一百一十四字的小调，竟然在整个中国乃至世界范围内引起如此强烈的反应，引起世人的瞩目，并且因此而发生了一系列惊心动魄、曲折离奇、扑朔迷离、引人入胜的故事，这的确是前无古人、后无来者。随着岁月的流逝，这些故事的主人翁一一离去，但是如烟的往事绝不会随风而去。

---

① 《〈沁园春·雪〉传奇》，杜忠明著，中央文献出版社 2007 年 4 月第 1 版，第 190 页。

② 《毛泽东咏雪词——〈沁园春〉词话》，黄中模著，山西人民出版社 2004 年 1 月第 1 版，第 184 页。

飞雪迎春丛中笑

中央新闻纪录电影制片厂2003年推出了专题片《走近毛泽东》，为我们展示了毛泽东爱雪的生动一幕：1951年冬天，北京迎来第一场大雪。工作了一夜的毛泽东在天亮时分放下了笔，他舒展了一下身体，朝门口走去。他刚跨出门槛，便猛地停住了脚步，好一场纷纷扬扬的大雪！他仰天凝视，目光从天空移到松柏、屋顶，最后又俯视着白茫茫的庭院。他走出廊檐，走下台阶，步子迈得极慢，像是怕惊醒了一个甜美的梦。刚走两步，他回过头来看自己的脚印，目光中闪耀着孩子般的神情。毛泽东站在雪中，伸手接雪，待雪花融成水珠，他用舌头轻轻一舔，并细细品尝，舒畅地笑了。不忍心践踏洁白的雪地，他沿着原来的脚印，慢慢地退了回来。回到廊檐下，他松了口气，来回踱步，而后又走出门，沿着中南海散步。他不舍得踩自家院里的雪，走到了外面的雪地，听凭脚下发出咯吱咯吱的声音。他还不时回过头来，欣赏自己留下的足迹，欣赏松柏上的积雪。一阵寒风吹过，树枝上挂着的雪花簌簌地飘落下来。他问身边的李银桥喜欢雪不，李银桥回答说喜欢。毛泽东高兴地说："农民喜欢雪，瑞雪兆丰年。害虫不喜欢雪，一下雪，苍蝇就没有了。我也喜欢雪，我们都喜欢雪。"①

毛泽东的确爱雪，战争年代也好，建设时期也罢，他对雪的爱一如既往。他对雪的钟爱，隐含着他对美好、纯洁、高尚的人类社会的向往。毛泽东一生可以说就是一首"雪"的诗，艰苦、豪迈、冷峻、生动、多彩。雪带给他诗人的灵感，借以抒发圣洁的情怀。不过，中华人民共和国建立之前和建立之后，在毛泽东笔下的雪意象含义有着明显的不同。它从战争的自然环境演变成了和平时期的政治环境；它从国内战争的风云变幻扩展为国内国际政治的斗争舞台；它从诗人要立志征服、兴利除弊的自然对象跃升成为了诗人冶人情操、励人向上的人格追求。

中华人民共和国成立后，"雪"字在毛泽东诗词中第一次出现是1957年9月写的《观潮》："千里波涛滚滚来，雪花飞向钓鱼台"；第二次出现

---

① 《走近毛泽东》，中央新闻纪录电影制片厂编著，中华书局2009年9月第1版，第100—102页。

是1961年创作的《七律·答友人》：“洞庭波涌连天雪，长岛人歌动地诗。”但这两处的“雪花”和“连天雪”，都不是真正意义上的雪，而是对钱塘潮水以及洞庭湖波涛浪花的一种形象比喻手法，只能说明毛泽东对“雪”的一种偏好，谈不上有很深的思想或背景寓意。

然而当“雪”字第三次在1961年12月写的《卜算子·咏梅》中出现时，便蕴含深刻，不同凡响了。1961年12月，毛泽东在广州筹划扩大的中央工作会议。闲暇时，他读了陆游的《卜算子·咏梅》，受到启发，联系到国际政治斗争风云，“反其意而用之”，创作出了同名词作：

卜算子·咏梅

读陆游咏梅词，反其意而用之。

风雨送春归，飞雪迎春到。已是悬崖百丈冰，犹有花枝俏。
俏也不争春，只把春来报。待到山花烂漫时，她在丛中笑。

因为毛泽东是“读陆游咏梅词，反其意而用之”，要把握这首词，有必要对陆游的作品进行简单分析。陆游是南宋爱国诗人，他生在封建统治阶级向外来侵略势力委曲求和的时代，他积极主张抵抗金人侵略，对南宋统治者苟安江南深为不满，所以受到了投降派的打击，爱国抱负不为时用，晚年退居家乡。陆游一生喜爱梅花，同时也爱用梅花来自比。《卜算子·咏梅》可以说是他的“夫子自道”：

卜算子·咏梅

驿外断桥边，寂寞开无主，已是黄昏独自愁，更著风和雨。
无意苦争春，一任群芳妒。零落成泥碾作尘，只有香如故。

在古代诗人中，作咏梅词最多的，是陆游；在古今所有诗人中，咏梅佳作最多的，也是陆游。他一生创作了150余首咏梅诗词。他胸中壮志难酬的愤郁，对投降派的强烈不满，在他的咏梅诗词中皆有表露。《卜算子·咏梅》是陆游的代表作。词的上阕写的是梅所处的恶劣环境：地点荒凉，处境冷寂，时间又在夜幕降临的时候。这些本来就够难耐的了，偏偏此时又袭来了凄风苦雨。这种环境对梅来说，不仅仅是太无情，而且近乎残酷了。下阕转写梅的高尚操守。梅花原本无意与百花争春斗艳，即便如此低调还会遭到百花的嫉妒。那就随它们嫉妒去吧，这无损于梅花的高洁。梅花即使最终被碾得粉碎，它的香气也依然如故。鲁迅先生说过，悲剧是将人生有价值的东西毁灭给人看。这首词写的正是梅花的悲剧，而梅花的悲剧恰恰也正是诗人的悲剧。

陆游的咏梅词表现出孤芳自赏、凄凉抑郁的格调，但毛泽东的咏梅词尽管原调原题，情调完全相反，正所谓“反其意而用之”。郭沫若在《“待到山花烂漫时”》一文中分析了本篇的写作内情：

> 当时是美帝国主义和他的伙伴们进行反华大合唱最嚣张的时候。这也就是“已是悬崖百丈冰”的时候。在这样的时候，我们的处境好像很困难，很孤立，不从本质上来看问题的人便容易动摇。主席写出了这首词来鼓励大家，首先是在党内传阅的，意思就是希望党员同志们要攀得住，首先成为毫不动摇、毫不害怕寒冷的梅花，为中国人民做出好榜样。斗争了两年，情况逐渐好转了，冰雪的严威逐渐减弱了，主席的诗词才公布了出来。不用说还是希望我们继续奋斗，使冰雪彻底解冻，使山花遍地烂漫，使地上永远都是春天。①

“风雨送春归，飞雪迎春到”，先从自然景象的变化写起，暮春的风风雨雨送走了美好的春光，严冬的漫天飞雪又把新春迎接回来。前人多以悲观的眼光来看待自然变化，不免伤感。辛弃疾的《摸鱼儿》感叹“更能消几番风雨，匆匆春又归去”。而毛泽东则能用辩证的眼光观察事物，观察自然，抒发出乐观主义精神。“已是悬崖百丈冰，犹有花枝俏”，梅花生长环境极其险恶，但却能俏丽地迎寒盛开，显得气壮情昂。一个“俏”字，写尽了梅花超逸的神韵和高华的风采，坚冰不能损其肌肤，风雪无法掩其俊俏，风雨自然不在话下，显示出一种妩媚动人而又超拔绝俗的美。

毛词的下阕也是托梅言志，“俏也不争春，只把春来报”，进一步写出梅花的大公无私和谦逊自处的崇高精神境界。梅花虽然俊俏美好，以战斗的雄姿与飞雪、百丈冰进行英勇斗争，并不是要独占春光，不要求任何特权，而只是作为一个报春的使者。“待到山花烂漫时，她在丛中笑”，待到

---

① 转引自《毛泽东诗词大观》，蔡清富、黄辉映编著，四川人民出版社 2007 年 4 月第 4 版，第 438 页。

大好春光到来，大地万紫千红，山花烂漫的时候，梅花则欣然淡出，与百花一起分享大好春光。一个“笑”字，把梅花写得神采飞扬，光辉照人，体现了梅花坦荡无私的胸怀、淳朴谦逊的性格，这不正是无产阶级和革命战士的崇高品格吗?

清代著名诗人沈德潜在《说诗晬语》中指出：“有第一等襟抱，第一等学识，斯有第一等真诗。”毛泽东深谙旧体诗词的形式，驾轻就熟，故能像苏轼所说的“出新意于法度之中，寄妙理于豪放之外”。毛词和陆词都是托物咏怀，但毛泽东笔下的梅花与陆游词中那种伤寂寞、愁黄昏、怯风雨、自欣赏的梅花截然不同。毛词既有崇高壮美的意境与优美动人的意象，又富有哲理的光辉和战斗的激情，不仅给人以丰富的美感享受，而且能使人的思想得到启迪，情操得到熏陶，精神受到鼓舞，灵魂得到净化，人格得到升华。毛泽东写尽了梅花的风流标格，在古今咏梅诗词中，堪称典范。

严格说来，毛泽东的《卜算子·咏梅》是典型的咏梅之作，不是咏“雪”之作，而且“雪”字只出现了一次。从表面上看，“百丈冰”因“飞雪”而成，或者二者都是严寒的具体形式，都是构成梅花严酷生存环境的因素，都是梅花要与之抗争的对象，似乎要加以贬抑，加以否定。然而，毛泽东对“雪”的态度绝非如此简单，绝不是用“好”与“坏”或者“善”与“恶”就能加以评判的。因为梅花本身就是凌寒而开的，没有了严冬的雪，梅花就得不到生存的考验，也就无法磨炼傲霜斗雪的意志；没有了雪的清纯洁白，也自然难以显示梅花的高雅质朴。特别是当“飞雪迎春到”，“飞雪”成为迎接春天的使者，传递春天将至的信息，“飞雪”与“百丈冰”的寓意就有了明显的区别，就被赋予了一定的积极意义。如果结合当时的政治背景来看，“百丈冰”无疑是指国际上的反华势力及其疯狂叫嚣，而“飞雪迎春到”则预示着革命胜利的到来，其中包含着无产阶级和革命政党的战斗风姿。如果这一理解可以成立的话，那么“飞雪”与梅花就未必是敌对关系，而俨然成了战友关系。恰恰是这样一种意境，使毛泽东在一年后写的《七律·冬云》中，更加直截了当地发出了“梅花欢喜漫天雪”的礼赞。

1962 年，国际敌对势力更加猖狂一时，掀起新的反华恶浪，苏共领导在国际共运中对中共的攻击更加猛烈。1962 年 11 月起，苏共赫鲁晓夫集团连续发表演说和文章恶毒攻击中国共产党，其追随者也纷纷发表声明和文章诽谤中国共产党。在我国连续几年遭受自然灾害，经济工作出现失误，一度遇到困难的时候，赫鲁晓夫之流却乘人之危，继撕毁合同之后加紧逼债，企图置中国于死地。一时间，黑云翻腾，寒潮滚滚，中国共产党和中国人民面临严峻考验，同自然灾害和国内外敌人进行了英勇顽强、艰苦卓绝的斗争。从1962年12月起，我党连续发表文章，阐明严正的原则立场，有力地阻击了赫鲁晓夫之流的猖狂进攻。1962年12月26日，是毛泽东69岁的生日，毛泽东创作了《七律·冬云》：

雪压冬云白絮飞，万花纷谢一时稀。
高天滚滚寒流急，大地微微暖气吹。
独有英雄驱虎豹，更无豪杰怕熊罴。
梅花欢喜漫天雪，冻死苍蝇未足奇。

这首七律的特点是借景抒情言志，用生动的比喻和强烈的对照，描绘出当时国际范围内反动逆流猖獗的景象，并热情地讴歌了伟大的无产阶级革命战士，他们不畏强暴，奋勇抗争，乐观豪迈，笑傲世间。这首词本是一段大议论，却借冬境的描写来抒发。这就叫比兴，有比兴则自有高义，自成高格。诵读此词，首先看到的是一幅严冬雪景，一加深思，才感悟到还包含着一段大道理。这就是高度艺术性与深刻思想性的统一。

首联“雪压冬云白絮飞，万花纷谢一时稀”，起笔就切入正题：冬云密布，雪花纷飞，花枝稀少。关于“白絮飞”这一比喻，过去有以棉絮和柳絮比喻雪花的不同解法。南朝刘义庆在《世说新语》记载：东晋谢安在雪日里与诸儿辈讲论文义，俄而雪骤，谢安欣然问道：“白雪纷纷何所似?”安兄子回答：“撒盐空中差可拟。”而安兄女却说：“未若柳絮因风起。”谢安听后大笑而乐。这是前人以柳絮比喻漫天飘飞的雪花的一例。一阵大雪之后，许多花草经受不住严寒的袭击和大雪的压力，纷纷凋谢了，只剩下少数花枝同严寒抗争。这两句诗表面看是对自然景象的描绘，其实是用象征手法形象地再现了当时国际斗争的严峻局面。

颔联“高天滚滚寒流急，大地微微暖气吹”，这两句对比鲜明的诗句，不但进一步写出寒流来势的凶猛，而且几乎不留痕迹，就揭示出自然运动发展变化的规律。猛烈的寒流从高空滚滚袭来，使周天充满森冷肃杀之气，然而就在寒潮呼啸肆虐之时，缕缕暖气却在大地上轻舒徐缓地吹拂着，这可以说是残冬将去新春即来的征兆。诗人用比兴象征形象生动地说明了尽管反华势力一时猖獗，但各国人民的革命热情和革命斗争仍在不断高涨，大好的形势就要到来。诗人透过现象看本质，用长远观点看事物，在困难中看到光明的未来，表现了一个革命家敏锐的洞察力和高度的乐观主义精神。

颈联“独有英雄驱虎豹，更无豪杰怕熊罴”，议论和抒情仍不离严冬的景象。“独有”与“更无”前后呼应，语势强烈，高亢有力，语意直白。这两句诗既是对古往今来英雄人物的热情礼赞，洋溢着革命英雄主义的气概，体现出伟大的人格力量，又是对全国人民的召唤：反动势力就像气势汹汹、猖獗一时的虎豹熊罴一样，只不过是色厉内荏，没有什么可怕，在英雄豪杰面前，等待他们的是必将灭亡的命运。

尾联“梅花欢喜漫天雪，冻死苍蝇未足奇”，回应首联，并将梅花与苍蝇相对比。梅花不怕冰雪严寒，喜欢挑战漫天冰雪；而那经不起冰雪冷冻的苍蝇则难逃被冻死的命运，理所当然，不足为奇。“梅花”指坚贞不屈风骨凛然的革命战士，是威武不屈的中国共产党人的形象。“欢喜”一词把它拟人化了，很像高尔基笔下的海燕，渴望战斗，在暴风雨即将到来之际，高喊着：“让暴风雨来得更猛烈些吧！”“苍蝇”是嗜腐逐臭、肮脏渺小的害虫，指那些甚嚣尘上、鼓噪一时的反华势力。毛泽东在另一首词《满江红·和郭沫若同志》中对这群苍蝇的狼狈丑态进行了更加形象的描写：“小小寰球，有几个苍蝇碰壁。嗡嗡叫，几声凄厉，几声抽泣。”毛泽东以苍蝇的渺小，反衬梅花的伟岸；以苍蝇的卑劣，反衬梅花的高洁，爱憎分明，对比强烈，既恰当又通俗，还充满了智者的幽默感。

这首词中“梅花欢喜漫天雪”，是毛泽东人格特征的真实写照。这里的“雪”含义丰富，是险恶的环境，是严峻的挑战，是困难的局面，是激烈的战场，但对以梅花自比的毛泽东来说，对“与天奋斗，其乐无穷！与地奋斗，其乐无穷！与人奋斗，其乐无穷！”的毛泽东来说，不啻激发昂扬斗志的兴奋剂，其“欢喜”之情溢于言表，自然是雪越“漫天”越刺激，越有与之抗争的乐趣和成就感。

当然，在《七律·冬云》之后，毛泽东诗词当中还出现了“雪”的意象。但是，不可否认的是，晚年毛泽东咏雪的气势大不如前，也再无专门的咏雪的诗词了。仅在《贺新郎·读史》中有“一篇读罢头飞雪”，在《七律·洪都》中有“鬓雪飞来成废料”。这两处的“雪”都是指白头发，尽管都使用了“飞”这个动词，似乎有了些动感，无非表明人的衰老过程之快，正如李白《将进酒》诗云：“君不见高堂明镜悲白发，朝如青丝暮成雪”；杜牧《群斋独酌》诗云：“前年鬓生雪，今年须带霜。”仔细咀嚼起来，柔有余，刚不足，“悲”有余，“壮”不足。

就总体而言，毛泽东笔下不同时期、不同地点的雪意象，表达了诗人毛泽东的浪漫主义情怀，展现了诗人伟大的革命气魄和崇高的英雄主义精神，使雪这一自然之物具有了鲜活的灵韵，多重的意蕴，可褒可贬的情态，从而体现出诗人的博大胸襟、坚毅人格与丰富情趣。

第十四章　最喜诗人高唱至

伟人毛泽东有两件至宝：一是马，一是诗。他骑马长驱远征了二万五千里，从罗霄山脉转战到了长城脚下，在马背上度过了成年后三分之一的生命时光。多年的戎马生涯，给了他世之罕见的考验，给了他与天、与地、与人奋斗的无穷乐趣，也成就了他的千秋伟业。但毛泽东从事诗词活动的时间，要比从事政治活动的时间更长久。政治生涯塑造了一个革命家的毛泽东，而诗词则塑造了另一个独领风骚的毛泽东。他自幼喜诗善赋，以至发展到赋诗成为他人生中不可割裂的重要组成部分，甚或成为毛泽东的生存方式之一。诗词不仅丰富了毛泽东的精神生活，而且增添了毛泽东的人格魅力。毛泽东以自己诗词的艺术魅力，撼动了无数人的心。读诗、学诗、写诗、吟诗、解诗、论诗，于毛泽东而言，是情趣、爱好，也是工作、生活、休息；是得心应手的工具，是语言工具，是政治工具，也是交往工具。毛泽东的诗词是一座文化沟通桥梁。毛泽东以诗为媒，以诗为载体，留下了无数令人感动、感叹的佳话。他与人们长河共咏，同唱心曲，铸就了一篇篇雄奇瑰丽的诗篇。

饮茶粤海未能忘

柳亚子是第一次国共合作时期著名的国民党左派代表之一，是我国颇具声望的爱国诗人。郭沫若曾称柳亚子先生为“今屈原”。茅盾认为“柳先生的诗，反映了前清末年直到中华人民共和国成立后这一长时期的历史，亦即从旧民主主义革命到社会主义革命的历史，称之为史诗，是名副其实的”。1937 年 6 月 25 日，毛泽东在致何香凝的信中，这样评价柳亚子：“看了柳亚子先生题画，如见其人，便时乞为致意。像这样有骨气的旧文人，可惜太少，得一二个拿句老话说叫做人中麟凤。”① 从“人中麟凤”的赞语来看，毛泽东对柳的人格是颇为赏识的。

毛泽东和柳亚子两人的交往，更多地体现在“诗交”中。两位诗人之间的诗词唱和，为中国诗坛上留下了一段千秋佳话。更有意义的是，毛泽东还通过作诗这种形式，来开导老友振作精神，为国为民出力。

柳亚子，初名慰高，后更名弃疾，字安如、亚庐、亚子，江苏吴江人。1907 年和陈去病、高天梅发起组织中国近代第一个革命文学团体南社。1912 年被孙中山委任为临时大总统府秘书。1923 年加入国民党。

1926 年 5 月 15 日至 22 日，国民党二届二中全会在广州举行。毛泽东当选为国民党中央候补执行委员，柳亚子当选为国民党中央监察委员会委员。以蒋介石为首的国民党右派继 3 月 20 日“中山舰事件”之后，又在会上借口避免“党内纠纷”，抛出旨在破坏国共合作的“整理党务案”。毛泽东和与会的其他共产党人坚决反对这个提案，对陈独秀、彭述之、鲍罗廷等在蒋介石新的进攻面前一味妥协退让极为不满。柳亚子与何香凝、彭泽民等国民党左派也激烈反对“整理党务案”，以致声泪俱下：

亚子与陈英士交好，知道英士手下那个蒋介石的底细，其人善变，忽而革命，忽而经商，忽而隐退，忽而锐进，忽去忽来。……今手握兵权，实不可靠。亚子便先与恽代英谈，献计以非常手段除掉此人。恽代英说，共产党相信群众，不相信个人，搞群众运动，不搞阴谋，即不主张柳的做法。柳又与毛泽东同上茶楼细谈，毛泽东也和恽代英一样说法，而且认为这样会损害国共合作。柳云：你们不听我的话，将来是要上当的。因此大会尚未开完，便拂袖回吴江了。②

这是毛泽东和柳亚子的初次会晤。二人“饮茶”相对，一起品茗，一起论政。尽管毛泽东没有采纳柳亚子的建议，但是这次会晤给二人都留下了深刻印象，他们后来在诗中都反复提到“珠江粤海惊初见”，“粤海难忘

① 《致何香凝》，引自《毛泽东书信选集》，中央文献出版社 2003 年 11 月第 1 版，第 96 页。
② 《一代风骚——谈柳亚子诗事》，陈迩冬著，载 1987 年 5 月 28 日《人民日报》。

共饮茶”，“饮茶粤海未能忘”。广州一别，近 20 年中，他们无缘晤面，而柳亚子却常有诗作称颂毛泽东和中国共产党。

1927 年蒋介石发动“四一二”事变，革命形势逆转而下。5 月 15 日，为免遭迫害，柳亚子去日本游历，次年 4 月又回到上海投身反蒋斗争。而毛泽东则领导著名的秋收起义，引兵井冈山，建立革命根据地。但由于毛泽东坚持的革命主张遭到党内“左”倾错误路线的排挤，他一度离开了红军的领导岗位。国民党的报刊趁机大肆散布毛泽东被击毙或病亡的谣言。柳亚子于 1929 年以《存殁口号》为题，赋诗一首：

神烈峰头墓草青，湖南赤帜正纵横。
人间毁誉原休问，并世支那两列宁。

“神烈峰头墓草青”，指南京紫金山中山陵所在地，而“湖南赤帜正纵横”，则表达了柳亚子对毛泽东领导的工农武装斗争的赞美之情。“两列宁”一语，柳先生特意在诗末注明：“孙中山、毛润之”。柳亚子将毛泽东和孙中山并列，把他俩都比喻成中国的列宁。这是毛泽东第一次被别人写进诗里。如今，“孙中山、毛泽东、邓小平是中国 20 世纪三大伟人”，乃是一个常识性的知识，但在 1929 年，在毛泽东同志尚未成为我党领袖之时，特别是在毛泽东身处逆境之时，柳亚子竟能给予他如此之高的评价和赞扬，实属慧眼独具。从现存的史料看来，这首诗，应当算是我国历史上第一首讴歌毛泽东的诗，而柳亚子堪称我国历史上第一位预见毛泽东将成为领袖的人。

1932 年，蒋介石穷兵黩武，一而再、再而三地对中央苏区进行“围剿”。毛泽东临危不惧，领导中央红军连续挫败蒋介石的疯狂进攻。柳亚子倍感兴奋，又欣然命笔，运用平原君和毛遂自荐的典故，写下热情洋溢的《怀人四载》：

平原门下亦寻常，脱颖如何竟处囊。
十万大军凭掌握，登坛旗鼓看毛郎。

抗战期间，“皖南事变”发生后，柳亚子对蒋介石坐视山河遭人蹂躏，悍然制造国共分裂的恶行予以抨击。蒋介石恼羞成怒，开除了柳亚子的国民党党籍。柳亚子毫不退缩，他在香港发表宣言，以一位老同盟会会员和国民党元老的身份，宣布正式开除蒋介石国民党党籍。柳亚子的举动惊世骇俗，此事传到延安后，毛泽东对柳亚子更加钦佩。1944 年底，柳亚子在重庆出席郭沫若举行的宴会时，他又一语惊人："世界的光明在莫斯科，中国的光明在延安。"当时，在重庆的周恩来将此话及柳亚子的近况告诉毛泽东时，毛泽东对老友的关切与思念之情油然而生。1944 年 11 月 21 日，毛泽东致信柳亚子：

广州别后，十八年中，你的灾难也受得够了，但是没有把你压倒，还是屹然独立的，为你并为中国人民庆贺！"云天倘许同忧国，粤海难忘共饮茶"，这是你几年前为我写的诗，我却至今做不出半句来回答你。看见照片，样子老一些，精神还好吧，没有病吧？很想有见面的机会，不知能如愿否？①

抗战胜利之后，为争取国内和平，毛泽东于 1945 年 8 月 28 日飞赴重庆，与蒋介石进行和谈。在重庆的 43 天中，毛泽东除主持谈判外，还同社会各界朋友广泛接触。8 月 30 日，毛泽东在桂园寓所宴请柳亚子、沈钧儒等人。久别重逢，欣喜之情溢于言表。柳亚子在他的《八年回忆》中这样写道："我和他单独谈了一次话，觉得他这次是抱着大仁、大智、大勇三者的信念而来的，单凭他伟大的人格，就觉得世界上没有不能感化的人，没有不能解决的事件。经过这次的谈话，便把我心中的疑团全部打破，变得非常乐观了。总之，我信任毛先生，便有信任中国内部没有存在着不能解决的问题，还不必诉之于武力了。②"于是，柳亚子赋诗一首：

阔别羊城十九秋，重逢握手喜渝州。
弥天大勇诚堪格，遍地劳民战尚休。
霖雨苍生新建国，云雷青史旧同舟。
中山卡尔双源合，一笑昆仑顶上头。

---

① 《致柳亚子》，引自《毛泽东书信选集》，中央文献出版社 2003 年 11 月第 1 版，第221 页。

② 《八年回忆》，柳亚子著，转引自《握手风云：毛泽东交往实录》，张秀娟主编，山东人民出版社 2000 年 1 月第 1 版，第 286 页。

在这首七律中，柳亚子盛赞毛泽东为孙中山与马克思之“双源合”，认为国之前途系于其一身。9月2日，《新华日报》以《赠毛润之老友》为题发表了这首诗。

9月6日，毛泽东偕周恩来、王若飞到沙坪坝津南村回访了柳亚子。柳亚子请毛泽东校正他准备收入《民国诗选》的毛泽东《七律·长征》一诗，并向毛泽东索诗。10月初，当毛泽东闻讯柳亚子的夫人郑佩宜因盲肠炎住进重庆市立医院开刀后，于10月4日致信柳亚子，询问其妻手术情况，表示慰问，把对时局的看法与柳亚子进行交流，并对柳亚子的诗给予了很高的评价。信曰：

诗及大示诵悉，深感勤勤恳恳诲人不倦之意。柳夫人清恙有起色否？处此严重情况，只有亲属能理解其痛苦，因而引起自己的痛苦，自非“气短”之说所可解释。时局方面，承询各项，目前均未至具体解决时期。报上云云，大都不足置信。前曾奉告二语：前途是光明的，道路是曲折的。吾辈多从曲折（即困难）二字着想，庶几反映了现实，免至失望时发生许多苦恼。而困难之克服，决不是那么容易的事情。此点深望先生引为同调。有些可谈的，容后面告，此处不复一一。先生诗慨当以慷，卑视陆游陈亮，读之使人感发兴起。可惜我只能读，不能做。但是万千读者中多我一个读者，也不算辱没先生，我又引以自豪了。①

10月7日，毛泽东又致信柳亚子，并将《沁园春·雪》书赠柳亚子，信中写道：“初到陕北看见大雪时，填过一首词，似与先生诗格略近，录呈审正。”②

柳亚子得到毛泽东题赠的《沁园春·雪》后，欣喜若狂，将它称为“千古绝唱”，谓“虽东坡、幼安，犹瞠乎其后，更无论南唐小令、南宋慢词矣”，并步原韵和词一阕，准备在《新华日报》上一起发表。但是，报社方面说发表毛泽东的著作（包括诗词）要经过延安的批准，而且要征得毛泽东本人的同意，柳亚子只好将自己的和词《沁园春·次韵和毛

① 《致柳亚子》，引自《毛泽东书信选集》，中央文献出版社2003年11月第1版，第237页。

② 《致柳亚子》，引自《毛泽东书信选集》，中央文献出版社2003年11月第1版，第243页。

润之初到陕北看大雪之作》于1945年11月11日在《新华日报》上发表：

廿年重逢，一阕新词，意共云飘。叹青梅酒滞，余怀惘惘；黄河流浊，举世滔滔。邻笛山阳，伯仁由我，拔剑难平块垒高。伤心甚，哭无双国士，绝代妖娆。

才华信美多娇，看千古词人共折腰。算黄州太守，犹输气概，稼轩居士，只解牢骚，更笑胡儿，纳兰容若，艳想秾情着意雕。君与我，要上天下地，把握今朝。

柳亚子和词的发表引起山城重庆文化界的普遍关注，而11月14日《新民报》晚刊公开发表毛泽东的原词后，更在重庆引起轰动。死寂的重庆文坛一时间活跃起来，人们争相传诵，好评如潮，很多诗人纷纷步韵唱和，成为中国现代词坛的一大奇观。

国共和谈破裂后，柳亚子、何香凝、李济深等在香港成立了“中国国民党革命委员会”，柳亚子出任“民革”中央常委兼秘书长。1949年2月，毛泽东电邀柳亚子赴北平共商建国大计。3月18日，柳亚子等一大批民主人士到达北平。3月23日，毛泽东等中央领导离开西柏坡，25日晨抵达北平。当天下午，毛泽东、朱德、刘少奇、周恩来、任弼时在西苑机场与柳亚子、郭沫若等各界代表及民主人士亲切会面。当晚，毛泽东在颐和园益寿堂举行宴会，柳亚子应邀出席。席间，毛泽东与大家频频举杯，谈笑风生，柳亚子亦是春风满怀。柳亚子与毛泽东再次重逢，感慨良多，当夜就写了三首七律，其中有一首云：

二十三年三握手，陵夷谷换到今兹。
珠江粤海惊初见，巴县渝州别一时。
延水鏖兵吾有泪，燕都定鼎汝休辞。
推翻历史三千载，自铸雄奇瑰丽词。

然而，仅仅过了三天，即3月28日夜，柳亚子突然写了一首心情郁闷、满腹牢骚的七律诗，表达了自己的“退隐”之意，这就是有名的《感事呈毛主席》：

开天辟地君真健，说项依刘我大难。
夺席谈经非五鹿，无车弹铗怨冯驩。
头颅早悔平生贱，肝胆宁忘一寸丹！
安得南征驰捷报，分湖便是子陵滩。

柳亚子在这首诗的后面加了一个小注："分湖为吴越间巨浸，元季杨铁崖曾游其地，因以得名。余家世居分湖之北，名大胜村。弟宅为倭寇所毁。先德旧畴，思之凄绝！"柳亚子自诩有"夺席谈经"的学问，但是并非像前汉五鹿充宗那样是依附权势、徒具虚名的人，同时，柳亚子在诗中还借东汉初严子陵隐居子陵滩的故事，表示自己有回乡归隐之意。1912年元月，柳亚子在南京总统府任临时大总统孙中山的骈文秘书，他对总统府与袁世凯议和的气氛不满，就托病辞职，临走时写了《感事》诗，最后两句也是说到归隐："不如归去分湖好，烟水能容一钓舟"，与"分湖便是子陵滩"如出一辙。

毛泽东看到柳亚子的诗后，觉察到柳亚子的退隐之意，给予了高度重视。他曾对身边的工作人员说："我这位老诗友的倔脾气又上来了，要退隐是假，有牢骚才是真，看来还得好好和他谈谈，以便更好地发挥他的积极性啊！"[①] 1949年4月29日，毛泽东不顾手头诸事繁忙，采取诗词唱和形式，给柳亚子和了一首情真意切、语重心长、哲理深远、妙语连珠、脍炙人口的绝唱：

七律·和柳亚子先生

饮茶粤海未能忘，索句渝州叶正黄。
三十一年还旧国，落花时节读华章。
牢骚太盛防肠断，风物长宜放眼量。
莫道昆明池水浅，观鱼胜过富春江。

诗的前四句，毛泽东深情回忆了他们之间的三次相会，"饮茶粤海"

① 《毛泽东的说服与攻心之道》，唐春元、黄先健编著，湖南人民出版社2004年1月第1版，第288页。

"索句渝州"和"还旧国"。广州（粤海）、重庆（渝州）、北平（旧国）的有意的"袭用"，表明中国共产党人和毛泽东本人，始终没有忘记柳亚子等民主人士过去同情共产党人，赞助革命，为反蒋统一战线效力的革命功劳。后四句，出于诗友和诤友间的相互爱护之情，委婉含蓄地批评了柳亚子的牢骚和错误思想，真诚地挽留他，体现了毛泽东"风度元戎海水量"，爱人以德，重人以才的伟大政治家的宽广胸怀。

这首诗最早公开发表在《诗刊》1957年1月号上，自此风靡全国，广为传诵。其中"牢骚太盛防肠断，风物长宜放眼量"两句，被人们转用引申最多。关于柳亚子因何情绪一落千丈，突然之间心生满腹牢骚，历来众说不一，可谓"注家蜂起"，读来饶有兴味，给人们以启迪。最早谈及此事的是臧克家先生，他认为，"这两句在全篇里最关紧要。这不但表现了友好的规劝情意，也表现出了两个人的心胸气度和对人生问题的看法。'牢骚'的具体内容，我们不得而知。由此可以推测柳亚子先生对有些问题的看法，可能不免从个人的立脚点出发，心胸显得狭窄些"①。

张惠让在《〈七律·和柳亚子先生〉赏析》一文中认为，由于柳自恃甚高，认为怀才不遇，最后干脆不想参政，决定回故乡隐居。

郭隽杰在《随笔》1994年第3期《关于柳亚子的"牢骚"》中介绍说，柳亚子的学生陈迩冬先生在"文革"中写的"交代"材料谈到了柳亚子的"牢骚"。柳亚子当时想搞一个北平文史探讨委员会，先得到华北人民政府主席董必武的批准，便搞起来。由于其中鱼龙混杂，有许多前清遗老、北洋政客也混进来了，后来周恩来叫柳亚子停止进行。柳亚子便写信给毛主席，埋怨周恩来。

曾彦修在1994年第6期《中共党史研究》的《我所知道的柳毛赠答诗中"牢骚"问题的事实背景》一文中提供了田家英的说法：当时柳亚子曾向田家英提出在解放江南以后，回江南某省任职。中央诚恳地挽留他在北京工作，只因种种原因，对其工作愿望难以表达肯定的态度。"牢骚"的关键是个人出路问题。毛泽东答诗中"牢骚太盛防肠断，风物长宜放眼量"是一种略含幽默的坦诚劝慰。而"莫道昆明池水浅，观鱼胜过富春江"才是答诗的点睛之笔，"还是留在北京吧，在这里'观鱼'比在富春

① 《毛主席诗词讲解》，臧克家著，转引自《毛泽东诗词辨析》，郭思敏主编，中央文献出版社2006年10月第1版，第140页。

江畔的子陵台上要好得多啊！”毛泽东以极其友好而委婉的方式来建议柳的出路问题。

冯锡刚在1995年第11期《党史文汇》的《〈离骚〉屈子幽兰怨——对〈七律·和柳亚子先生〉中“牢骚”的史实背景之我见》一文中认为，“牢骚”的关键不在于或主要不在于个人的出路，不在于怨中共在物质上亏待自己，而在于“说项依刘我大难”。在柳亚子看来，既然因自己的正行直道而受阻遭挫，那还不如去做一个隐士吧。“牢骚”的产生是柳亚子的性格使然，虽有感情冲动的因素，但究其根本在于“说项依刘我大难”的诤友风格。

赵自立在1996年第1期《人物》的《柳诗“牢骚”的前前后后》一文中，从柳亚子为人的性格特点，柳亚子所感之“事”和柳毛赠答诗的时间差距来破解“牢骚”之谜。柳亚子曾在10天之内数次要求去碧云寺恭谒孙中山先生之灵堂，然因诸多因素未能成行，又无人向他解释。当时中共中央力图争取南京国民党政府接受和平解决方案，希望民主人士共同努力。柳亚子表示他虽是国民党元老，自觉无能为力。以其疾恶如仇的性格也会对此产生一些不愉快和牢骚。况且他对少数曾经追随蒋介石反共反人民而在革命胜利时转向革命阵营的人也表示怀疑，认为他们是见风使舵的政客，而自己绝不是那种人。

陈东林在1996年11月15日《北京日报》的《毛泽东和柳亚子诗中的“牢骚”指什么》一文中则认为，柳毛赠答诗的中心内容应是关于当时战略的误解、质疑与启发、解释，是历史大背景的反映，而不仅仅是为个人地位的牢骚与批评。柳亚子是国民党元老，一直以左派闻名，激烈主张打倒蒋介石，甚至曾建议用暗杀手段。1949年3月26日，电台广播一条重要消息，说中共代表团将于4月1日在北平与国民党政府代表团举行和平谈判，柳亚子感到极度不能理解，第二天便写出“感事”诗。

孙有光在2004年第6期《炎黄春秋》的《周恩来批评柳亚子牢骚太盛》一文中，提供了“牢骚”的一些具体诱因。他回忆道：“柳亚子先生是1949年3月底由六国饭店搬进颐和园住的，他的生活管理和警卫工作全归我们便衣队管。因此，我目睹了柳亚子先生发牢骚、打门卫、骂哨兵和打管理员，周恩来副主席对柳亚子的批评及田家英同志给柳亚子先生送毛主席写的《七律·和柳亚子先生》的经过。”孙文发表后，2004年10月12日《团结报》刊出毛安澜《质疑孙有光的〈周恩来批评柳亚子牢骚太盛〉》，11 月 12 日《文汇读书周报》刊出张明观《严重失实的〈周恩来批评柳亚子牢骚太盛〉》的文章。他们认为柳亚子是 1949 年 4 月 25 日后移居颐和园的，而不是 3 月 29 日，孙有光所述几件事与事实有误差。《炎黄春秋》也先后收到钱听涛、柳光辽、李海珉等同志来信，对孙文提出了不同意见。

关于柳亚子的“牢骚”，还可以列举出更多的解读。这里之所以颇费笔墨加以罗列，试图弄清楚“牢骚”的真正内容与原因，一来是对于理解柳诗和毛诗都很有裨益，二来是有助于把握柳亚子、毛泽东的内心情感和思想境界。或许，现今的人们已经很难正本清源了。然而，换一个角度，事情其实并不复杂。柳亚子毕竟是一个旧文人，存在这样或那样的缺点与不足丝毫不足为怪。毛泽东是政治家诗人，是诗人政治家。在对待诗友发“牢骚”的问题上，他既表现了诗人的含蓄机敏，又展示了政治家的宽容大度。他没有纠缠于柳亚子究竟为什么牢骚郁闷，更没有半点歧视排斥之意。毛泽东知道，柳亚子社会声望很高，是一位对中国革命有过贡献的党外民主人士，虽然在思想上还存留有旧知识分子的毛病，但他的思想主流是爱国的，他是能和中国共产党精诚合作的。《七律·和柳亚子先生》以情感人，以理服人，平易亲切，和善真诚，读来如望霁月，如沐春风。这首诗不像毛泽东先前写的七律《长征》《人民解放军占领南京》和后来写的《送瘟神》《到韶山》等那样惊天动地，也不像其他几首七律那样精工严整，可以说是“以平易见精深”，别具一格的精品。

柳亚子见到毛泽东写给自己的诗后，很受感动。他以诗人的气质接受了毛泽东的规劝，立即又写了一首《次韵奉和毛主席惠诗》：

> 离骚屈子幽兰怨，风度元戎海水量。
> 倘遗名园长属我，躬耕原不恋吴江。

1949 年 5 月 1 日，毛泽东偕女儿李讷等专程到颐和园拜访柳亚子先生，并和柳亚子联步走过长廊，同乘画舫，比肩爬山，促膝相谈。这次游园畅谈后，两人相约同谒碧云寺。5 月 5 日，即孙中山就职大总统纪念日（即“双五节”），毛泽东如约偕柳亚子到香山谒孙中山衣冠冢，并合影留念。随后接柳亚子到毛泽东家中共进午餐。作陪的有朱德总司令和秘书田家英。大家谈诗论政，极为高兴。散席的时候，柳亚子拿出随身带去的

《羿楼纪念册》，请毛泽东和朱德题词。毛泽东的题词别具一格，他没有写自己的诗句，而是引用席间论及的诗句写了一首联句诗：

池塘生春草，
空梁落燕泥。
竹外桃花三两枝，
春江水暖鸭先知。①

毛泽东的题词仅四句，却是集古代三个著名诗人的诗句而来。“池塘生春草”出自南北朝时期的诗人谢灵运的《登池上楼》；“空梁落燕泥”出自隋代诗人薛道衡的《昔昔盐》；“竹外桃花三两枝，春江水暖鸭先知”出自宋代苏东坡的《惠崇春江晚景二首》。四句诗而集三人之句，读来却不见一点斧凿的痕迹，犹出一人之手，浑然天成。毛泽东为文最讲究的是看对象。柳亚子乃诗坛高手，给他的纪念册题词一定要讲究一点，单纯地写一首诗多是旧作，不合当时的心境，写几句豪言壮语又不适合彼此的身份。于是，毛泽东别出心裁地来了一首集句诗，既充分表达了冬天已逝，春天即将到来的情景，更表达了中国革命即将取得胜利，中华人民共和国即将诞生的喜悦和兴奋。

1949年11月，因颐和园处于北京西郊，冬天太冷，柳亚子移居北京饭店。1950年9月，柳亚子定居于北京城内北长街89号。这是一座幽雅的四合院，房屋刚被修葺一新，红墙绿瓦，雕梁画栋。毛泽东从柳亚子所作《沁园春》中摘出“要上天下地，把握今朝”之句，亲笔题此居为“上天下地之庐”。

1950年10月1日，中华人民共和国的第一个国庆节，举国上下一派欢乐景象。10月3日，中南海怀仁堂里举行盛大的庆祝晚会，西南各民族文工团、新疆文工团、吉林延边文工团和内蒙古文工团联合演出了精彩节目。毛泽东等中央领导同志、柳亚子等民主人士一同观看了这台晚会。毛泽东兴致勃勃地对柳亚子说：“这样的盛况，亚子先生为什么不填词以志盛呢？我来和。”柳亚子抑制不住自己的高兴，即席赋诗《浣溪沙》一首，“用以纪大团结之盛况云尔！”

① 《毛泽东妙用诗词》，吴直雄著，京华出版社1998年6月第1版，第917页。

火树银花不夜天，弟兄姊妹舞翩跹，歌声唱彻月儿圆。
不是一人能领导，哪容百族共骈阗？良宵盛会喜空前！

晚会结束后，毛泽东带着柳亚子所赋的词回到菊香书屋，他意犹未尽，即兴致勃勃地填了一首《浣溪沙·和柳亚子先生》：

长夜难明赤县天，百年魔怪舞翩跹，人民五亿不团圆。
一唱雄鸡天下白，万方乐奏有于阗，诗人兴会更无前。

诗人的唱和随着国庆的庆典一步步走向高潮。1950年10月4日、5日晚，中央戏剧学院歌舞团在怀仁堂连续演出《和平鸽》。该剧由欧阳予倩编剧，戴爱莲女士导演兼饰主角，表演非常精彩。柳亚子连续观看了演出，词兴又发，仍以《浣溪沙》再填词一首：

白鸽连翩奋舞前，工农大众力无边，推翻原子更金圆。
战贩集团仇美帝，和平堡垒拥苏联，天安门上万红妍。

这首词传到毛泽东手中的时候，已经是11月了。当时朝鲜战争已经开始，我人民志愿军已经奔赴朝鲜战场，而且不断从前方传来捷报。毛泽东无限欣喜，于是以《浣溪沙·和柳亚子先生》为题和了一首词：

颜斶齐王各命前，多年矛盾廓无边，而今一扫纪新元。
最喜诗人高唱至，正和前线捷音联，妙香山上战旗妍。

毛泽东对柳亚子的人格骨气和充满反帝爱国热情的词作表示由衷的赞赏，并以精约的笔墨概括了中国共产党领导中国人民经过长期艰苦的斗争，战胜以蒋介石为代表的国民党反动派的伟大胜利，表达了对中国人民志愿军抗美援朝旗开得胜的无限欣喜与自豪。毛泽东这首词言简意赅，意境高远，雄浑豪放，气势磅礴。

毛泽东和柳亚子是近现代中国诗坛上的双子星。两人的交往，虽然政治是他们走到一起的原因，但是他们之间思想的表达，心灵的沟通却常常借助于诗词的唱和。两人之间一再唱和，堪称诗坛盛事。这两个人在气质上有着共同点：一个是具有诗人气质的政治家，一个是具有政治家气质的诗人。他们仿佛心有灵犀，很多复杂的问题，无须过多的言谈，不消过多的文字叙述，他们用诗人的心灵，诗人的语言，一唱一和之间就达成了共识。他们长达三十余年的诗词情缘，他们高超的艺术修养，他们瑰丽的华章妙句，给我们留下了一段千古佳话。

沧海横流显本色

在韶山毛泽东遗物馆，珍藏着一块不同寻常的欧米茄手表，表底发黄，字迹模糊，表带也破了。1945 年 8 月 28 日，毛泽东亲赴重庆谈判，郭沫若到九龙坡机场迎接。银机降落，毛泽东高大的身躯出现在机舱门口，他头戴盔式帽，身穿中山装，挥手向人群致意。郭沫若发现，毛泽东手腕上没有戴表。那个年代，手表已非常时髦，欢迎人群中的各方贤达几乎都戴着高级手表，郭沫若深为共产党人的清贫艰苦所感佩。毛泽东走下舷梯，与潮水般涌上来的人群握手，当毛泽东与郭沫若的视线相遇，这两位故交知己，一时竟说不出话。郭沫若激动之时，忽然从自己腕上摘下一块表，双手送给毛泽东，毛泽东却未感意外，欣然接受，似乎不用言语，心已相通。如此场合，公开地赠送礼物，且礼物价值不菲，送者和受者都是那么坦然，旁观者也是那么淡然。这块表寄托了一位文化界著名人士对毛泽东的无比敬仰，毛泽东也十分珍惜这份真情，此表虽然一再修理并换过多次表带，毛泽东生前却一直戴着它。这块瑞士手表见证了一位政坛领袖和一位文坛旗手之间半个多世纪日久弥深的真挚感情。

郭沫若，清光绪十八年九月二十七日（1892 年 11 月 16 日）出生于四川省乐山市观娥乡沙湾镇，原名郭开贞，字鼎堂，乳名文豹，号尚武。笔名沫若、麦克昂、郭鼎堂、石沱、高汝鸿、羊易之等。中国共产党优秀党员，致力于世界和平运动，是我国现代著名的无产阶级文学家、诗人、剧作家、考古学家、思想家、古文字学家、历史学家、书法家、学者和著名的革命家、社会活动家，蜚声海内外。他是我国新诗的奠基人，是继鲁迅之后革命文化界公认的领袖。毛泽东和郭沫若的交往涉及广泛的内容，其中许多是通过诗词唱和进行的，这就使他们的交往、友谊充满了诗意，处处闪耀着政治豪情与文化浪漫、革命理想与现实斗争、真诚友谊与超人智慧的灿烂火花。

两人的交往，可以追溯到大革命时期。1926 年 3 月，才华横溢的郭沫若在林伯渠的帮助下，应邀到广东大学就任文科学长。一日，郭沫若前往拜访林伯渠，不料林伯渠不在，但在林的书房里却与毛泽东不期而遇。毛泽东意外地与这位名重于海内外的文学家见面，也显得格外高兴，并与他谈起了广东的局势。这次见面给郭沫若留下极深、极好的印象。1932 年 6 月，郭沫若在自传《创造十年》中还特地将他与毛泽东第一次见面作了生动描述："在祖涵房内，遇见了毛泽东。太史公对于留侯张良的赞语说：'予以为其人极魁梧奇伟，之见其图，状貌如妇人好女。'吾于毛泽东亦然。人字行的短发，分排在两鬓，目光谦抑而潜沉，脸皮嫩黄而细致，说话的声音低而婉婉。在中国人中，尤其在革命党人中，而有低声说话的人，倒是一种奇迹。"①

后来，毛泽东在广州主持第六届农民运动讲习所工作，曾邀请郭沫若到讲习所给学员讲课。北伐战争开始后，身为北伐军总政治部副主任、秘书长的郭沫若随军出征。北伐军攻下武昌后，毛泽东与郭沫若又再次相会。1927 年，国内政治局势陡然逆转。蒋介石发动反革命的"四一二"事变后，郭沫若参加了南昌起义，后遭国民党通缉逃亡日本，潜心研究中国古代史。毛泽东在"八七会议"后领导秋收起义并引兵井冈。自此两人天各一方，音信不通。直到抗战爆发，郭沫若满怀爱国热情，毅然回到阔别十年的祖国，两人才重新取得了联系。郭沫若担任了国民政府军事委员会政治部第三厅厅长，组织和团结国民党统治区的进步文化人士，为抗战文艺的发展尽心尽力，成为文化界的一面旗帜。

1939 年 7 月，郭沫若的父亲去世了，毛泽东获悉后，特地送了一副挽联。联语意蕴丰厚，悼父赞子，宣传抗日，激励人心。

先生为有道后生，衡门潜隐，克享遐龄，明德通玄超往古；
哲嗣乃文坛宗匠，戎幕奋飞，共驱日寇，丰功勒石励来兹。

这一时期，为抗日之需要，郭沫若将战国时期魏国信陵君和安釐王的

① 《创造十年》，郭沫若著，转引自《毛泽东和他同时代的人》，陆海江、贺阁洲编著，河南人民出版社 1992 年 9 月第 1 版，第 391 页。

宠姬如姬窃符救赵的故事编成话剧《虎符》，以此宣传复国思想。此外，他还创作了《棠棣之死》《屈原》等历史剧，以弘扬抗日爱国之精神。《虎符》写成后，郭沫若托人将它带给了毛泽东。毛泽东读后，于1944年1月9日写信给他，赞扬他所做的工作，说："收到《虎符》，全篇读过，深为感动。你做了许多十分有益的革命的文化工作，我向你表示庆贺。"① 同一天，他在写给齐燕铭等人的信中，再次称赞说："郭沫若在历史话剧方面做了很好的工作。"②

1944年4月，郭沫若为纪念李自成领导农民起义300周年，专写了一篇史论文章《甲申三百年祭》，受到毛泽东的高度重视。为了引起全党同志的鉴戒，毛泽东将其作为整风运动学习的文件之一。不久，延安还特地将《甲申三百年祭》和《屈原》印成单行本，供党员干部学习。同年8月，周恩来托人把这本小册子带给郭沫若，郭极为感激，当天即给毛泽东、周恩来写信，感谢他们的鼓励。毛泽东收信后，于1944年11月21日给郭沫若回信：

大示读悉。奖饰过分，十分不敢当；但当努力学习，以副故人期望。武昌分手后，成天在工作堆里，没有读书钻研机会，故对于你的成就，觉得羡慕。你的《甲申三百年祭》，我们把它当作整风文件看待。小胜即骄傲，大胜更骄傲，一次又一次吃亏，如何避免此种毛病，实在值得注意。倘能经过大手笔写一篇太平军经验，会是很有益的；但不敢做正式提议，恐怕太累你。……我虽然兢兢业业，生怕出岔子；但说不定岔子从什么地方跑来；你看到了什么错误缺点，希望随时示知。你的史论、史剧有大益于中国人民，只嫌其少，不嫌其多，精神决不会白费的，希望继续努力。③

当然，毛泽东与郭沫若的"诗交"，则要从重庆谈判说起。在重庆谈

① 《致郭沫若》，引自《毛泽东书信选集》，中央文献出版社2003年11月第1版，第198页。

② 《致杨绍萱、齐燕铭》，引自《毛泽东书信选集》，中央文献出版社2003年11月第1版，第199页。

③ 《致郭沫若》，引自《毛泽东书信选集》，中央文献出版社2003年11月第1版，第217页。

判期间，毛泽东与郭沫若多次见面，畅谈甚欢，既纵谈天下大事，也谈诗论词。毛泽东回延安不久，《沁园春·雪》公开发表，霎时轰动山城。国民党御用文人以“唱和”为名，肆意诋毁毛泽东和共产党。郭沫若对此极为愤慨，也写了两首和词发表在《新民报》晚刊的副刊上：

其一

国步艰难，寒暑相推，风雨所飘。念九夷入寇，神州鼎沸；八年抗战，血浪天滔。遍野哀鸿，排空鸣鹏，海样仇深日样高。和平到，望肃清敌伪，解除苛娆。

西方彼美多娇，振千仞金衣裹细腰。把残铜废铁，前输外寇；飞机大炮，后引中骚。一手遮天，神圣付托，欲把生灵力尽雕。堪笑甚，学狙公茅赋，四暮三朝。

其二

说甚帝王，道甚英雄，皮相轻飘。看古今成败，片言狱折；恭宽信敏，无器民滔。岂等沛风？还殊易水，气度雍容格调高。开生面，是堂堂大雅，谢绝妖娆。

传声鹦鹉翻娇，又款摆扬州闲话腰。说红船满载，王师大捷；黄巾再起，蛾贼群骚。叹尔能言，不离飞鸟，朽木之材未可雕。何足道！纵漫天弥雾，无损晴朝。

1949 年 7 月，由郭沫若、茅盾、周扬等 42 人组成的筹备委员会发起的中华全国文学艺术工作者代表大会在北平召开。臧克家在《臧克家回忆录》的《得识郭老五十年——怀念郭沫若同志》一文中曾描写到当时的情景：毛主席、周总理都亲临盛会。郭老代表近千名代表向毛主席深深地、深深地九十度鞠躬。这一鞠躬，给我的印象深刻极了。使我想到二十多年来，郭老对窃国大盗蒋介石卑视之，唾骂之，与之坚决斗争，生死不顾。今天，对人民的革命导师则一躬到地，毕恭毕敬。

中华人民共和国建立后，毛泽东与郭沫若的友谊更趋笃实，两人在写诗作词方面的交往更为频繁，成了值得称道的诗友和挚友。1957 年 1 月 23 日，郭沫若写了《念奴娇·小汤山》《浪淘沙·看溜冰》《水调歌头·归途》，分别和毛泽东的《念奴娇·昆仑》《浪淘沙·北戴河》和

《水调歌头·游泳》。

1959 年 6 月 25 日，毛泽东回到阔别三十二年之久的韶山，他回想几十年的风雨革命历程，无限感慨地写下了《七律·到韶山》。6 月底，毛泽东登上江西庐山，又挥笔写下了《七律·登庐山》。9 月 7 日，毛泽东致信胡乔木：

诗两首，请你送给郭沫若同志一阅，看有什么毛病没有？加以笔削，是为至要。主题虽好，诗意无多，只有几句较好一些的，例如“云横九派浮黄鹤”之类。诗难，不易写，经历者如鱼饮水，冷暖自知，不足为外人道也。①

作为大诗人的毛泽东写诗作词可谓是驾轻就熟，但他也自感诗词艺术深不可测，把诗写好极为不容易，于是请郭沫若为他润色诗稿。这一方面显示出毛泽东的谦逊，另一方面也说明毛泽东对郭沫若的才气非常赏识。郭沫若于 9 日和 10 日两次写信给胡乔木，直率地提出了修改意见。9 日的信中说：“主席的诗《登庐山》第二句，‘欲上逶迤’四字，读起来似有踯躅不进之感。拟易为‘坦道蜿蜒’，不识何如？”10 日的信中说：“主席诗‘热风吹雨洒南天’句，我也仔细反复吟咏了多遍，觉得和上句‘冷眼向洋观世界’不大谐协。如改为‘热情挥雨洒山川’以表示大跃进，似较鲜明，不识如何。古有成语，曰‘挥汗成雨’。”② 胡乔木将两封信转呈毛泽东。9 月 13 日，毛泽东又写信给胡乔木，说：“沫若同志两信都读，给了我启发，两诗又改了一点字句，请再送郭沫若一观，请他再予审改，以其意见告我为盼！”③ 尽管最后发表的作品并没有完全采纳郭沫若的建议，但是郭沫若建议修改的地方，毛泽东都进行了反复的推敲并作了完善，比郭沫若的改动要好，比原稿更是增色不少。不难看出，他对于郭沫若的意见是非常重视的。

1961 年 10 月间，浙江省绍剧团在北京演出根据《西游记》第二十七

---

① 《致胡乔木》，转引自《毛泽东诗词大观》，蔡清富、黄辉映编著，四川人民出版社 2007 年 4 月第 4 版，第 551 页。

② 《毛泽东与文化界名流》，陈微主编，人民出版社 2003 年 10 月第 1 版，第 251 页。

③ 《致胡乔木》，引自《毛泽东书信选集》，中央文献出版社 2003 年 11 月第 1 版，第 520 页。

回白骨精故事改编的绍剧《孙悟空三打白骨精》。10 月 18 日，郭沫若在北京民族文化宫看演出。演出结束后，浙江绍剧团请求郭沫若就该剧提出意见。10 月 25 日，郭沫若写成一首《七律·看〈孙悟空三打白骨精〉》，送给他们。诗曰：

人妖颠倒是非淆，对敌慈悲对友刁。
咒念金箍闻万遍，精逃白骨累三遭。
千刀当剐唐僧肉，一拔何亏大圣毛。
教育及时堪赞赏，猪犹智慧胜愚曹。

不久，毛泽东在广州读到了这首诗，很感兴趣。但是他不赞同郭沫若诗中“千刀当剐唐僧肉”的说法，于 1961 年 11 月 7 日写了一首和诗，与郭沫若切磋：

七律·和郭沫若同志

一从大地起风雷，便有精生白骨堆。
僧是愚氓犹可训，妖为鬼蜮必成灾。
金猴奋起千钧棒，玉宇澄清万里埃。
今日欢呼孙大圣，只缘妖雾又重来。

孙悟空三打白骨精的故事可谓家喻户晓，妇孺皆知，这两首诗的内容也通俗易懂，并不玄奥。毛泽东的和诗与郭沫若的原诗，都是借《西游记》的戏剧情节、神话故事，针对当时国际共产主义面临修正主义的新挑战而创作的。郭沫若对唐僧这种人妖不分、是非不辨、屡次上当、对悟空极力惩戒的做法极为愤慨，认为这种人“对敌慈悲对友刁”，不千刀万剐不足以解心头之恨。毛泽东则不然，他认为“僧是愚氓犹可训，妖为鬼蜮必成灾”，意思是唐僧虽然是个愚钝糊涂之人，但仍属可教育之人，属于革命斗争中的中间派，可采取团结教育的办法，贯彻统一战线的政策，妖怪白骨精才是应当全力打击的对象。在这首诗中，毛泽东以一个清醒的无产阶级政治家的洞察力，对近百年国际工运史及其发展前景进行了极为精当的艺术概括，并号召全世界的马克思主义者都联合起来，与现代修正主义这股妖雾作坚决的斗争。全诗将神话故事与当时反修斗争巧妙地结合起来，使神话故事情节与政治风云丝丝入扣，比喻贴切，点石成金，醒人耳目，给人以启发，发人深省。

这里值得一提的是，无“法”无“天”的“造反”英雄孙悟空，是毛泽东颇为欣赏的人物。孙悟空闹天宫、闯地府，敢于和各种妖魔鬼怪作斗争，足智多谋而又爱憎分明的性格，给少年时代就酷爱读《西游记》的毛泽东留下了深刻的印象。可以说，在毛泽东充满无畏、传奇、浪漫色彩的一生中，孙悟空反抗压迫、征服自然的斗争精神，对毛泽东产生过一定的影响。难怪毛泽东谈到他的性格时多次说，他一生兼有“虎气和猴气”，这种“猴气”与孙悟空不无关系。因而，在毛泽东的诗里，他采用具有因果关系的流水对一气呵成，用“金”“玉”这样富有光泽的美好字眼和“奋起”“澄清”这样具有力度和动感的词语，突出了孙悟空的高大形象，展现了清明高远的美好境界，热烈赞美了久经考验、目光敏锐、爱憎分明、大智大勇、战无不胜的马列主义战士，表达了马列主义必胜的坚定信念。

1962年1月6日，郭沫若看到毛泽东这首和诗后，改变了当初的看法，当即步毛诗原韵又和一首：

七律·再赞《三打白骨精》

赖有晴空霹雳雷，不教白骨聚成堆。
九天四海澄迷雾，八十一番弭大灾。
僧受折磨知悔恨，猪期振奋报涓埃。
金猴火眼无容赦，哪怕妖精亿次来。

郭沫若又将此诗送给毛泽东评阅。毛泽东看了郭沫若的这首和诗后，高兴地说：“和诗好，不要‘千刀当剐唐僧肉’了。对中间派采取了统一战线政策，这就好了。”①

郭沫若曾说，毛泽东的诗人人爱读，处处弦诵，然而在事实上却未见得人人都懂，首首都懂。郭沫若曾是毛泽东诗词积极的解说者，同时也是权威的阐释人。自从毛泽东诗词在《诗刊》创刊号首次集中发表后，解说

① 《玉宇澄清万里埃》，郭沫若著，转引自《毛泽东诗词全编鉴赏》，吴正裕主编，中央文献出版社2003年12月第1版，第335页。

毛泽东诗词便成了郭沫若生活中的一件大事。从1957年到1968年这十多年的时间里，郭沫若写下了大量的解说毛泽东诗词的文字，还回复了许多来自各地的就毛泽东诗词进行请教的信。

1962年筹备纪念毛泽东《在延安文艺座谈会上的讲话》发表20周年的时候，毛泽东同意在《人民文学》五月号发表他30年前“在马背上哼成的”六首词。《词六首》即《清平乐·蒋桂战争》《采桑子·重阳》《减字木兰花·广昌路上》《蝶恋花·从汀州向长沙》《渔家傲·反第一次大“围剿”》《渔家傲·反第二次大“围剿”》。毛泽东为这六首词专门写了一段引言（后未发，改刊了一则较短的）：

这六首词，年深日久，通忘记了。《人民文学》编辑部收集起来，要求发表，因以付之。回忆了一下，这些词是在一九二九年至一九三一年在马背上哼成的。文采不佳，却反映了那个时期革命人民群众和革命战士们的心情舒快状态，作为史料是可以的。①

《词六首》发表时，《人民文学》编辑部请郭沫若写些诠释性的文字，以帮助青年读者阅读。郭沫若欣然同意，于5月1日写成一篇《喜读毛主席〈词六首〉》，发表在5月12日出版的《人民文学》和同日的《人民日报》上。5月9日，郭沫若收到《人民文学》编辑部送阅的小样，立即写信请毛泽东“加以删正”。

六首词本不包括《忆秦娥·娄山关》，因为这首词是1935年2月的作品。全词如下：

忆秦娥·娄山关

西风烈，长空雁叫霜晨月。霜晨月，马蹄声碎，喇叭声咽。
雄关漫道真如铁，而今迈步从头越。从头越，苍山如海，残阳如血。

但郭沫若为了说明他读毛泽东诗词的心得，特意在《喜读毛主席〈词六首〉》中加了一段有关《娄山关》的话：

---

① 《〈词六首〉引言》，转引自《毛泽东诗词大观》，蔡清富、黄辉映编著，四川人民出版社2007年4月第4版，第553页。

我对于《娄山关》这首词作过一番研究，我起初也觉得是一天的事，曾经把新旧《遵义府志》拿来翻阅过，查处了由遵义城至娄山关是七十里，恰好是一天的路程。清晨由遵义城动身，晚上到达娄山关，那是合情合理的。然而进一步考虑，却发现了问题。红军长征第一次由遵义经过娄山关，是在一九三五年一月。第二次又经过娄山关回遵义，是在当年二月。就时令说都是冬天。为什么词的上阕写的却是秋天？“西风”“雁叫”“霜晨”，都是秋天的景物。这怎么解释？要说主席写词不顾时令，那是说不过去的。因此，我才进一步知道，《娄山关》所写的不是一天的事。上阕所写的是红军长征的初期，那是一九三四年的秋天，下阕所写的是遵义会议之后，继续长征，那一次跨过娄山关。想到了这一层，全词好像才豁然贯通了。“西风烈”，不仅是自然界的西风，也隐喻着受帝国主义支持的敌军力量的相当强大。在当时，拂晓的长空中，有下弦的残月，天上有南飞的归雁，地上有长征的红军。马蹄声零碎，喇叭声呜咽，气氛是悲壮的。但到了遵义会议以后，在党和红军中树立了毛主席的正确领导，中国革命便来了一个转折点。《娄山关》这一首词就是遵义会议前后的革命气势的生动反映。在遵义会议以后，红军又以百倍勇气重新迈上征途，不管眼前有多少道铁门关也要雄赳赳气昂昂地超越过去。前途的障碍是很多的——“苍山如海”。流血的斗争是要继续的——“残阳如血”。但尽管这样，必然有胜利的明天！我对于《娄山关》一词作了这样的解释，在广州的诗歌座谈会上，我很高兴同志们是同意了我的见解的。或许有人会问：一首词中所说的一朝一夕为什么所表示的不是一天？这在我们中国的诗歌中倒并不是稀罕的例子。例如屈原的《离骚》里面便有“朝饮木兰之坠露兮，夕餐秋菊之落英”，或“朝搴阰之木兰兮，夕揽洲之宿莽”，所谓朝夕都不限于一天。

郭沫若的解释不失为一家之言。不过，当郭沫若将稿子送请毛泽东“加以删正”时，毛泽东却从自己原先的创作意图出发，把这段话大部分删掉了，并且以郭沫若的口吻，在清样上重新写了一段话。可是，或许是因为时间的关系，当时刊出的仍是郭沫若的原稿，毛泽东的重写稿直到将近30年之后的1991年12月26日才在《人民日报》刊出：

我对于《娄山关》这首词作过一番研究，初以为是写一天的事，后来又觉得不对，是在写两次的事，头一阕一次，第二阕一次。我曾在广州文艺座谈会上发表了意见，主张后者（写两次的事），而否定前者（写一天），可是我错了。这是作者告诉我的。一九三五年一月党的遵义会议以后，红军第一次打娄山关，胜利了，企图经过川南，渡江北上，进入川西，直取成都，消灭刘湘，在川西建立根据地。但是事与愿违，遇到了川军的重重阻力。红军由娄山关一直向西，经过古兰、古宋诸县打到了川滇黔三省交界的一个地方，叫作“鸡鸣三省”，突然遇到了云南军队的强大阻力，无法前进。中央政治局开了一个会，立即决定循原路反攻遵义，出敌不意，打回马枪，这是当年二月。在接近娄山关几十华里的地点，清晨出发，还有月亮，午后二三时到达娄山关，一战攻克，消灭敌军一个师，这时已近黄昏了。乘胜直追，夜战遵义，又消灭敌军一个师。此役共消灭敌军两个师，重占遵义。词是后来追写的，那一天走了一百多华里，指挥作战，哪有时间和精力去写词呢？南方有好多个省，冬天无雪，或多年无雪，而只下霜，长空有雁，晓日不胜寒，正像北方的深秋，云贵川诸省，就是这样。“苍山如海，残阳如血”两句，据作者说，是在战争中积累了多年的景物观察，一到娄山关这种战争胜利和自然景物的突然遇和，就造成了作者自以为颇为成功的这两句话。由此看来，我在广州座谈会上所说的一段话，竟是错了。解诗之难，由此可见。

这是毛泽东和郭沫若之间的一种特殊对话。两段长长的文字，显示出两位诗友对诗词艺术的严谨与执着，也表现了他们之间的坦率与真诚。正如毛泽东早在 1958 年 12 月 21 日所说：“我的几首歪词，发表以后，注家蜂起，全是好心。一部分说对了，一部分说得不对，我有说明的责任。”①当毛泽东自认为郭沫若的注释“说得不对”时，他尽了“说明的责任”。但是，毛泽东没有采用直截了当的方式，而是以郭沫若的口吻来表述自己的意思，不露痕迹，不动声色，委婉含蓄，耐人寻味。

“高天滚滚寒流急，大地微微暖气吹。”1962 年是国际敌对势力反华最猖狂、最嚣张的年头。苏联连续发表文章攻击中国共产党，同时勾结各国反动势力制造事端，掀起反华的浪潮，中共与其展开针锋相对的斗争。从

① 《在〈毛主席诗词十九首〉上的批注》，转引自《毛泽东诗词大观》，蔡清富、黄辉映编著，四川人民出版社 2007 年 4 月第 4 版，第 546 页。

1962 年 12 月 15 日起先后发表了《全世界无产者联合起来反对我们共同的敌人》等一系列文章，对苏联现代修正主义进行有力的批判。同时在国内，我国渡过了三年困难时期，经过国民经济调整，出现了新的转机，群情振奋，形势喜人。正当全国人民满怀胜利的豪情迈过 1962 年，抱着坚定的信心迎接 1963 年到来的时候，郭沫若在 1963 年 1 月 1 日《光明日报》上发表了一首《满江红·领袖颂——1963 年元旦抒怀》，热烈赞颂中国共产党、毛泽东和中国人民在内外斗争中的英雄气概与辉煌胜利：

沧海横流，方显出英雄本色。人六亿，加强团结，坚持原则。天垮下来擎得起，世披靡矣扶之直。听雄鸡一唱遍寰中，东方白。

太阳出，冰山滴；真金在，岂销铄？有雄文四卷，为民立极。桀犬吠尧堪笑止，泥牛入海无消息。迎东风革命展红旗，乾坤赤。

1963 年 1 月 9 日，毛泽东读到了郭沫若的诗作，深为诗中“沧海横流，方显出英雄本色”的豪情所激荡。当晚，他在房里踱来踱去，时而紧锁眉头，苦苦沉思，时而昂首吟哦，一篇壮丽的词作产生了。当日，毛泽东把新作书赠周恩来，后经反复修改定稿后，又于同年 2 月 5 日再次手书。再次手书时题为《满江红·和郭沫若同志》。再次手书的手迹如今被镌刻在毛主席纪念堂南大厅正北的汉白玉壁上：

满江红·和郭沫若同志

小小寰球，有几个苍蝇碰壁。嗡嗡叫，几声凄厉，几声抽泣。蚂蚁缘槐夸大国，蚍蜉撼树谈何易。正西风落叶下长安，飞鸣镝。

多少事，从来急；天地转，光阴迫。一万年太久，只争朝夕。四海翻腾云水怒，五洲震荡风雷激。要扫除一切害人虫，全无敌。

毛泽东这首和词妙笔生花，穷形尽相地刻画了反华头目的丑态，生动形象地概括了世界人民革命斗争的形势，是声讨国际反华势力的檄文，也是对敌对反华势力进行总反击的号角，表达了要与帝国主义、修正主义斗争到底的坚强决心。

此词上阕着重凭借苍蝇、蚂蚁、蚍蜉形象的刻画，表示对卑微、狂妄的反动势力的辛辣讽刺和极度蔑视，揭露其肮脏、虚弱的本质，并预示出其穷途末路的前景。

“小小寰球，有几个苍蝇碰壁”，起势非凡，出语惊人。毛泽东以“小小”来描写地球，不仅可见他宏伟的胸襟与气概，也更显出苍蝇的渺小和微不足道。“苍蝇”，指一小撮猖狂反华的小丑，也就那么寥寥几个，它们瞎碰乱撞。“嗡嗡叫，几声凄厉，几声抽泣”，“苍蝇”们歇斯底里发作之后，接着是凄惨尖厉的尖叫，又悲咽地抽泣了几声，接着连抽泣声也发不出了。

“蚂蚁缘槐夸大国，蚍蜉撼树谈何易”，毛泽东在将诗稿书赠周恩来时，原为“欲学鲲鹏无大翼”，后又曾改作“蚂蚁缘槐称大国”。“蚂蚁缘槐”典出唐人李公佐《南柯太守传》。说的是一个叫淳于棼的人，一日与友人在自己宅南大槐树下饮酒，醉而入睡。梦中在大槐安国当了驸马，并出任南柯太守二十余年，权势显赫，享尽荣华富贵。但公主一死，淳于棼不仅被解除太守官职，而且被遣返回老家。一觉醒来，原来是南柯一梦。所谓“大槐安国”原来是槐树下的一个大蚁穴，而南柯郡不过是大槐树南枝上的一个小蚁穴。蚍蜉，也是蚂蚁类。“蚍蜉撼树”是化用唐人韩愈《调张籍》中的诗句：“李杜文章在，光焰万丈长。不知群儿愚，那用故谤伤。蚍蜉撼大树，可惜不自量。”韩愈斥责当时诽谤李白、杜甫的人不自量力。这两句诗，不正是以超级大国自居的霸权主义者的绝妙写照吗?

“正西风落叶下长安，飞鸣镝”，这是从正反两面写形势的变化。“西风落叶”化用唐人贾岛《忆江上吴处士》中“秋风生渭水，落叶满长安”之句。贾岛原诗写长安深秋凄凉零落的景象，这里借以形容反华势力日暮途穷零落衰败的景象，也意味着害人虫末日的临近。“鸣镝”就是响箭，是古代战争中发起进攻的信号，“飞鸣镝”预示着对反华势力开始强有力的声讨反击，势如闪电，穿云破雾，响震全球。

词的下阕，直抒胸臆，以气势逼人的议论，纵论斗争任务的紧迫，热情地歌颂了世界风起云涌的革命形势，赞颂了革命洪流无坚不摧的威力，表现了伟大革命家彻底革命的豪情壮志和必胜信念。

“多少事，从来急；天地转，光阴迫。一万年太久，只争朝夕”，采用重奏复沓的笔法，连用短句，节奏急促，一气而下，滔滔不绝，造成一种逼人的气势，给人一种强烈的紧迫感。光阴似箭，时不我待，必须只争朝夕地去开展斗争。

“四海翻腾云水怒，五洲震荡风雷激”，此二句在书赠周恩来时，本作

“革命精神翻四海，工农踊跃抽长戟”，修改之后诗情诗味显得更浓郁了。这种情景是只争朝夕地进行奋斗的结果。世界人民的革命斗争像四海的怒涛滚滚翻腾，像五洲的风雷震荡着大地。这说明国家要独立，民族要解放，人民要革命，已经成为不可抗拒的历史潮流。

“要扫除一切害人虫，全无敌”，是伟大的预言，也是庄严的号召。毛泽东不把反华势力放在眼里，不把“一切害人虫”放在眼里，而要用革命风暴将其彻底扫除干净。它表明凡是与人民为敌的反动势力都将被打倒，都将被扫进历史的垃圾堆。

这是一首政治词章，充分体现了毛泽东敢于同世界霸权主义和强权政治作斗争的气魄和胆识。全词运用了铺叙、比喻、抒情和议论多种手法，既幽默诙谐，绘声绘色，又语气庄重，气势逼人；既有辛辣的讽刺，又有深刻的哲理。毫无疑问，无论从哪个角度说，这首词都是毛泽东最有代表性的词作之一。毛泽东借以抒发了大志，寄托了理想，表达了激情，因而才如此气魄宏伟，气势磅礴，才如此潇洒自如，淋漓尽致。这首词发表之后，“蚂蚁缘槐夸大国，蚍蜉撼树谈何易”，“一万年太久，只争朝夕”和“四海翻腾云水怒，五洲震荡风雷激”等生动传神、寓意深刻、富有哲理的词句，成为广为传诵的名言警句。1972 年 2 月 21 日美国总统尼克松访华时，曾经引用“一万年太久，只争朝夕”的名句，可见其影响之深远。

《满江红·和郭沫若同志》是毛泽东和郭沫若伟大诗谊的见证。1963 年，《毛主席诗词》编年本出版之后，郭沫若在阅读和研究过程中，反复吟诵，于 1963 年 12 月 5 日，填写了一首词，对毛泽东诗词予以极高的评价：

满江红·读毛主席诗词

充实光辉，大而化，空前未有。经纶外，诗词余事，泰山北斗。典则远超风雅颂，阶级分清敌我友。沁园春，水调有歌头，羌无偶。

嫦娥舞，瘟神走，梅花笑，苍蝇抖。今史诗，将使地天恒久。宝剑擎天天不堕，红旗卷地地如绣。济同舟，万国尽朝晖，新宇宙。

毛泽东敬重郭沫若，但是也并非凡郭沫若写的诗、词或学术著作中的观点，毛泽东都一味赞成或欣赏。郭沫若 1943 年至 1945 年在重庆时期曾写过一部研究先秦诸子思想的专著。因书中收入《古代研究的自我批判》《孔墨的批判》《儒家八派的批判》《稷下黄老学派的批判》《庄子的批判》《荀子的批判》《名辩思潮的批判》《前期法家的批判》《韩非子的批判》《吕不韦与秦王政的批判》10 篇文章，故称《十批判书》。毛泽东爱读郭沫若的《十批判书》，但不同意书中扬儒抑法的观点。早在青年求学时期，毛泽东写了《商鞅徙木立信论》，对以商鞅为代表的法家思想给予了肯定。五四时期，毛泽东坚决反孔。延安时期，毛泽东强调孔孟有部分真理，但他认为儒家与法家思想不可同日而语。20 世纪 50 年代末，毛泽东尊法反儒，扬秦贬孔。因此，他的学术观点与郭沫若相左。毛泽东也毫不隐瞒自己的观点。1968 年 10 月，毛泽东在中共八届十二中全会闭幕式的讲话中说："拥护孔夫子的，我们在座的有郭老……我个人比较有点偏向，就不那么高兴孔夫子。看了说孔夫子是代表奴隶主、旧贵族，我偏向这一方面，而不赞成孔夫子是代表那个时候新兴地主阶级。因此，我跟郭老在这一点上不那么对。你那个《十批判书》崇儒反法，在这一点上我也不那么赞成。"①

毛泽东对郭沫若《十批判书》观点的分歧，最后以诗词的形式进行了呈现。1973 年 8 月 5 日，毛泽东在中南海对江青念出了一首诗，并要她当场手记：

七律·读《封建论》呈郭老

劝君少骂秦始皇，焚坑事业要商量。
祖龙魂死秦犹在，孔学名高实秕糠。
百代都行秦政法，十批不是好文章。
熟读唐人封建论，莫从子厚返文王。

《封建论》是反映柳宗元政治观点的代表作。文中所说的"封建"，是指春秋时代以前"封国土，建诸侯"的奴隶主贵族分封制。柳宗元根据各个历史时期的事实，从理论上深刻而系统地阐述了"封建制"和"郡县制"的利弊，提倡国家统一和任用贤能，肯定了法家的进步性和秦始皇推

① 《毛泽东的读书笔记解析》，陈晋主编，广东人民出版社 1996 年 7 月第 1 版，第 1149—1150 页。

行郡县制的作用，表现了扬法抑儒的思想倾向。毛泽东读了柳宗元的文章之后，产生了共鸣。

毛泽东作此诗，还有其直接的政治原因。1971 年林彪事件之后，在林彪住处查出一些肯定孔孟言论（如“克己复礼”之类）的条幅和材料。林彪之子林立果搞的反革命政变计划《“571”工程纪要》，又径直把毛泽东加以咒骂。毛泽东便越发感到林彪的极右实质与孔儒思想有必然的联系。批林必须批孔。因而呈诗郭老，就《十批判书》尊孔和骂秦始皇的问题提出批评商榷。这就是毛泽东以诗咏史，而发政论，评说儒法，发动批林批孔运动的政治用意所在。

毛泽东的这首诗是要颂扬秦始皇，为焚书坑儒事翻案，鄙视孔教儒学的诗作。首两句态度鲜明，但措辞则婉转有度。他奉劝郭沫若要少骂秦始皇，焚书坑儒的举措要重新再评价。次二句对比强烈，秦始皇虽死，其功绩光耀千秋，而儒家学说虽名高却没有价值。第三联紧承上联，指出“业犹在”的实实在在的表现，同时认为《十批判书》存在明显错误。末联点题，规劝郭沫若要多读柳宗元的《封建论》，不要再从柳子厚那里倒退到颂扬文王时代分封制的儒家立场上去。

客观地说，毛泽东的这首诗的确存在不少瑕疵。诚然，秦始皇的历史作用值得肯定，但是儒家学说也绝非“秕糠”。但从诗词艺术本身来说，这首诗是为发动一场运动而作的政治急就章，以议论为诗，多议论而少形象，多直说而少比兴，缺少形象的感染力和诗意的含蓄美，不符合他在《致陈毅》中所强调的“诗要用形象思维，不能如散文那样直说”。况且毛泽东此时已年近八旬，经过林彪事件的打击，正是国事多艰，暮年忧患，疾病缠身，心力交瘁，诗才近乎枯竭，因而对此诗也不宜过多求全责备。

但这首诗有一个很鲜明的特点。这是一首朋友之间探讨学术问题的政论性咏史诗。毛泽东和郭沫若的观点不一致，甚至存在明显冲突。但是，毛泽东与郭沫若情谊至深，作者在原则是非问题上毫不含糊，严肃爽直地提出批评意见，但又平等相待，推心置腹，诚恳规劝，情理交融。“呈”“郭老”，既示尊重，又合常理，因为郭沫若比毛泽东年长一岁。“劝君”，语气和缓；“要商量”，没有以势压人。

毛泽东与郭沫若，一个是人民领袖，一个是文坛旗手。两人相识早，接触多，相互尊重，友好相处。虽然两人在一些问题的看法上有相左之处，但彼此直抒己见，充分讨论，求大同，存小异。两人交往，给后人启示良多。他们之间的诗词唱和，是一位扭转乾坤的伟大政治家、思想家与一位曾经深刻影响中国文化的伟大诗人、学者之间特殊的思想交流，这种交流总是与时代风云紧密相连，并给社会的政治生活、文化生活以辐射和影响，因而极其耐人寻味。

领袖诗人论诗艺

在中南海毛泽东故居菊香书屋里，摆放着大批中国古典诗词方面的书籍，给每个前来瞻仰的人留下深刻印象。中华人民共和国成立以后，毛泽东在繁忙的工作之余，孜孜不倦地阅读了大量古典诗词，关心中国古典诗词这一珍贵文化遗产的继承和发展，探讨中国诗歌的发展方向。他和当时任《诗刊》杂志主编的臧克家的面谈和书信往来，反映了毛泽东对发展中国新诗的深刻见解。

臧克家，1905 年 10 月出生，山东诸城人。曾用名臧瑗望，笔名孙荃、何嘉。民盟成员。1923 年入济南山东省立第一师范学校学习。1925 年发表处女作《别十与天罡》。1926 年入中央军事政治学校武汉分校学习。1933 年出版第一部诗集《烙印》，这是他最具影响力的作品。此后，陆续出版《罪恶的黑手》《自己的写照》等十多部诗集。中华人民共和国成立后多作政治抒情诗，《有的人》是这类诗中的代表作。中华人民共和国成立后，臧克家历任华北大学三部研究员、新闻出版总署编审、人民出版社编审，中国作家协会书记处书记、理事、顾问，《诗刊》主编、编委、顾问，中国写作学会会长，中国文联第三、第四届委员，中国作家协会第一至第三届理事。2000 年 1 月获首届“中国诗人奖——终生成就奖”。2003 年获由国际诗人笔会颁发的“中国当代诗魂金奖”。

毛泽东和臧克家第一次见面是在山城重庆，臧克家当时任重庆中华全国文艺界抗敌协会候补理事。1945 年 8 月，毛泽东飞抵重庆。这天，臧克家刚刚赶到中苏文化协会，毛泽东恰好缓步经观音岩向中苏文化协会走来。群众怀着崇敬而又好奇的心情拥集于毛泽东周围，臧克家也一直簇拥在毛泽东身边。没过几天，叶以群通知臧克家到张治中的公馆参加座谈会。会上，臧克家向毛泽东提问：“国民党这么顽固，争取团结、民主、进步，办得到吗?”毛泽东回答：“雪山草地都过来了，没有争取不到的事情。”① 会后，臧克家心潮澎湃，难以抑制内心的激动，以何嘉为笔名，满怀豪情地写了一首颂诗《毛泽东，你是一颗大星》，发表在9月9日的《新华日报》上。诗的最后几句这样写道：

为了打倒共同的敌人，
你主张团结，抗战胜利了，
你还是坚持团结，
因为你知道，今天人民要求的不是内战，
是和平，是民主，是建设。
用自己的胸膛
装着人民的心，
你亲自降临到这战时的都城，
做了一个伟大的象征。
从你的声音里，
我们听出了一个中华人民共和国，
从你的目光里，我们看到了一道大光明。

1956年下半年，中国作家协会决定创办《诗刊》杂志，由臧克家任主编，徐迟任副主编。在组稿的过程中，徐迟去北京大学拜访了著名外国文学翻译研究家、诗人冯至，征求意见。冯至建议在创刊号上发表在群众中流传已久的毛泽东诗词，以提高《诗刊》的影响。臧克家及编辑部的同志都认为很好，但不知道毛泽东本人是否同意。于是臧克家和全体编委签名给毛泽东写了一封信，并附上了传抄的《沁园春·雪》等8首诗词，请求毛泽东审正。

毛泽东得知《诗刊》杂志创刊的消息后很高兴，他把《诗刊》社寄去的8首诗词，认真作了校订，另外又增加了10首诗词，1957年1月12日给臧克家等人写了回信：

---

① 《毛泽东与著名作家》，孙琴英、李师贞著，人民文学出版社2003年11月第1版，第261页。

克家同志和各位同志：

惠书早已收到，迟复为歉！遵嘱将记得起来的旧体诗词，连同你们寄来的八首，一共十八首，抄寄如另纸，请加审处。

这些东西，我历来不愿意正式发表。因为是旧体，怕谬种流传，贻误青年；再则诗味不多，没有什么特色。既然你们以为可以刊载，又可为已经传抄的几首改正错字，那么，就照你们的意见办吧。

《诗刊》出版，很好，祝它成长发展。诗当然应以新诗为主体，旧诗可以写一些，但是不宜在青年中提倡，因为这种体裁束缚思想，又不易学。这些话仅供你们参考。

同志的敬礼！

毛泽东

一九五七年一月十二日[①]

1957年1月14日，也就是毛泽东致信臧克家后的第三天，毛泽东又亲自召见了臧克家和袁水拍（时任《人民日报》文艺部主任，兼《诗刊》编委）。当谈到《诗刊》的情况时，毛泽东提出了印数问题。臧克家说：“现在纸张困难，经我们一再要求，文化部负责人只答应印1万份。同样是作家协会的刊物，《人民文学》印20万，《诗刊》仅仅印1万份，太不合理了。”“你说印多少？”毛泽东问。臧克家说：“公公道道，5万份。”毛泽东想了一下，说：“好，5万份。”[②]

随后，他们又谈《诗经》，谈诗的演变，谈新诗，谈唐代的三李。1956年11月23日，《中国青年报》发表了臧克家赏析《沁园春·雪》的文章《雪天读毛主席的咏雪词》。这篇文章写得情景交融，就连毛泽东本人读后也有知音之感。毛泽东欣喜地说：“你在《中国青年报》上评论我那篇《咏雪》的文章，我看过了。”臧克家趁机问道：“词中‘原驰腊象’的‘腊’怎么解释？”毛泽东和蔼地反问：“你看应该怎样？”臧克家说：“如写作‘蜡’字比较好讲，‘蜡象’正可与上面的‘银蛇’映对。”毛泽东点说道：“好，那你就替我改过来吧。”从此，《沁园春·雪》中的“腊象”便改为“蜡象”了，而且诗意更浓。这件事表明，像《沁园春·雪》

---

① 《致臧克家等》，引自《毛泽东书信选集》，中央文献出版社2003年11月第1版，第480页。

② 《毛泽东人际关系》，邓力群主编，中央民族大学出版社2004年1月第1版，第577页。

这样的千古绝唱，也是千锤百炼出来的。同时，也显示了毛泽东的宽阔胸怀和谦逊品质。

毛泽东对古典诗词有自己的喜爱，对唐代两个大诗人李白和杜甫，虽然对杜甫是肯定的，但他更欣赏李白。接着，毛泽东说："他们给我弄了一部《明诗综》，我看李攀龙有几首诗写得不错。"① 关于李攀龙，臧克家知道他是山东人，中过进士，做过官，为明代"后七子"之首，可是他的作品却没有读过，以至毛泽东提到他的名字，由于主席的湖南口音很重，李攀龙这个名字，经袁水拍重复了一遍，臧克家才听明白。臧克家觉得自己是大学中文系毕业了几十年的人，又是职业文人，尚无法以李攀龙的诗应对，不免有几分惭愧。他对毛泽东的诗词功底和渊博学识也更钦佩了。回到家中，想起毛泽东和蔼亲切的情景，想起谈诗论词的惬意，臧克家一气呵成写了一首长诗《在毛主席那里做客》，将自己对毛泽东的热爱与崇敬都融进了激情涌动的诗歌中。

1957 年 1 月 25 日，《诗刊》创刊号发表了毛泽东 18 首诗词，同时还发表了毛泽东致臧克家等人的信件。这是毛泽东诗词第一次集中公开发表，使《诗刊》一时洛阳纸贵，人们排队等候，争相购买，成为当时我国文坛的一件盛事，我国文学史上也平添了一段动人佳话。正如《诗刊》的《编后记》所说："读着这些雄伟瑰丽的诗篇，是不能不令人赞叹的。毛主席不但是革命的领袖，同时也是伟大的诗人。……我们相信，这些诗词和来信的发表，在我们的生活中和斗争中，在我们的文学事业中，所将要发生的深刻的影响，将是不可估量的。"②

1960 年前后，为了准确地将毛泽东诗词翻译成外文，中宣部文艺处处长袁水拍召集臧克家、叶君健，共同汇集了 17 条对毛泽东诗词字句的不同理解，请毛泽东亲自回答。袁水拍将 17 条打印后，交给了臧克家一份，白纸绿字一共三张。后来，袁水拍带着 17 条向毛泽东请教，毛泽东一一作了回答。袁水拍又向臧克家传达了毛泽东的解答，臧克家便又在那张纸上作了记号。如今，年代久了，臧克家保存的那张纸字迹已经有些模糊，成了毛泽东诗词研究的珍贵史料。

毛泽东在诗词创作上始终抱着谦虚、严谨的科学态度。1961 年底，臧

---

① 《毛泽东与文化界名流》，陈微主编，人民出版社 2003 年 10 月第 1 版，第 368 页。

② 《毛泽东与中国古今诗人》，蔡清富等著，岳麓书社 1999 年 8 月第 1 版，第 442 页。

克家写信要求毛泽东谈谈诗的创作问题，毛泽东在复信中写道："所谈之事，很想谈谈。无奈有些忙，抽不出时间来；而且我对于诗的问题，需要加以研究，才有发言权。"① 臧克家接到毛泽东的来信后，高兴莫名，曾用诗句这样表达自己兴奋的心情："我会舒心地静静等候，等候那电话特别铃声的召唤。"② 然而，由于毛泽东工作的繁忙，这特别的铃声并没有响起，给诗人留下了永久的遗憾。

1962年，毛泽东的《词六首》在《人民文学》发表之前，毛泽东亲自把这六首词寄给臧克家等人征求修改意见。臧克家提出了几处修改意见，如原来《词六首》的小序中说："这六首词，于一九二九 — 一九三一年，于马背上哼成的，通忘记了。"臧克家勾去了第一个"于"字。1962年4月24日，毛泽东致信臧克家说："你细心给我修改的几处，改得好，我完全同意。还有什么可改之处没有，请费心斟酌，赐教为盼。"③

1963年底，《毛主席诗词》正式出版之前，先印了少数征求意见本，臧克家得到了一本，他反复研读。1963年12月上旬，毛泽东亲笔开列名单，召开座谈会，请一些同志对他的诗词提意见。直到临开会的前一天，他还对自己的诗词"有所删节改正"。应邀到会的有朱德、邓小平、彭真等中央领导同志，以及郭沫若、周扬、田家英、何其芳、冯至、田间、袁水拍等，臧克家也是参加者之一。座谈会桌子上，摆着毛泽东用铅笔写的几张条子，一张写着："我写的这些东西，请大家一议。"臧克家把事先准备好的23条意见交给了田家英。《毛主席诗词》出版之后，臧克家认真进行了比对，发现他的13条意见被毛泽东采纳了。例如，《七律·登庐山》中的"热风吹雨洒江天"一句，"热风吹雨"原作"热肤挥汗"，毛泽东按照臧克家的意见作了修改。

臧克家主编《诗刊》，也就有便利条件，可以不时向毛泽东去信索稿，争先在《诗刊》上发表。他还可以就毛泽东诗词的解读直接向作者请教。有些理解各异的字句，通过他的文章，可以把毛泽东的原意传达出来。这样一来，臧克家所撰写的毛泽东诗词的赏析文章便更为可信，更有权威性。从1956年冬天的《雪天读毛主席咏雪词》开始，他接着又写出了

---

① 《致臧克家》，引自《毛泽东书信选集》，中央文献出版社2003年11月第1版，第546页。

② 《毛泽东与中国古今诗人》，蔡清富等著，岳麓书社1999年8月第1版，第444页。

③ 《毛泽东与文化界名流》，陈徽主编，人民出版社2003年10月第1版，第368页。

《毛主席诗词十八首讲解》。后来随着毛泽东诗词发表数量的增多，又改名为《毛主席诗词讲解》。这本书前前后后发行了120万册，使毛泽东的诗词作品广泛流传。他还就某些专门问题写了不少有分量的文章，介绍毛泽东关于诗词理论的指示精神，如《红旗》1961年第21、第22期合刊中的《精练·大体整齐·押韵》，1962年5月23日《文汇报》第5、第6期合刊的《新诗旧诗我都爱——新诗照着毛主席指引的方向前进》等。毛泽东逝世后，臧克家怀着无比崇敬和怀念的心情，又写下了《论诗遗典在——学习〈毛泽东给陈毅谈诗的一封信〉》《在民歌、古典诗歌基础上发表新诗》《毛泽东同志与诗》《毛泽东的新诗观》等一系列文章，从不同侧面论述了毛泽东的诗歌理论，为宣传毛泽东诗词和毛泽东思想发挥了极其重要的作用。

毛泽东与臧克家的交往，正像臧克家在《毛泽东同志与诗》一文中所说的："我个人所以不避嫌疑对毛泽东同志的诗词勇于提自己的意见，完全是他伟大的胸怀和品格使我诗情激荡，觉得同在一个诗的世界里。"① 在"诗的世界里"，他们共同切磋诗艺，共同探讨诗歌理论，共同探索新诗发展的道路，一个坦陈己见，一个从善如流。毛泽东和臧克家的友谊之花，也因此焕发出奇异绚丽的光彩，成为诗坛的一段美谈。

谈笑风生皆诗情

吟诗诵词是毛泽东的情趣爱好，也是他的交往手段。毛泽东是伟大的诗人，他乐于和与他一样诗才横溢的诗人打交道，切磋诗艺。然而，毛泽东绝不仅仅是和诗人交往时才展现出他的诗才，更不仅仅是和诗人唱和时才流露出他的诗情。在毛泽东的日常生活中，在他的人际交往中，他作为诗人的气质和才情，随处可见。这里只讲述几个毛泽东用诗词与身边工作人员交往的小故事，从中不难看出诗词平添了毛泽东的人格魅力和领袖风采。

1. 赠诗解惑促姻缘

中华人民共和国成立后，毛泽东在运筹大政、操劳国事、日理万机的

---

① 《毛泽东与中国古今诗人》，蔡清富等著，岳麓书社1999年8月第1版，第441页。

同时，每年都抽出大量时间，到一些省、市、自治区调研、视察、指导工作。20 世纪 50 年代，在一次负责干部会上，毛泽东流露过这样的意思：我在北京待久了，就感到脑子空空，但是我一离开北京，里面就有东西了。1955 年 11 月 24 日，毛泽东在给湖南第一师范的老同学周世钊的信中就曾写道：“你下去跑没有？最好一年下去跑几次，每次两三星期也好。我最近出外跑了一次，觉得头脑清新得多。”①

毛泽东外出视察，乘坐的交通工具，不外火车、飞机、汽车、轮船。毛泽东外出主要乘坐专列。他乘专列沿京广线、京沪线、浙赣线、陇海线穿行了大半个中国。毛泽东待在火车上的时间不少，自然与专列服务员颇多接触。姚淑贤便是其中一个。

姚淑贤是天津人，父亲是一名铁路职工。1952 年，她初中毕业，因家庭生活比较困难，便没有继续升学，而是参加了工作，在天津铁路卫生防疫站工作。1953 年初，她被调到铁道部专运处，当时她还不满 18 岁，成为负责中央首长和国宾外出的专职列车员。

1956 年的一天，姚淑贤刚刚和男友约好晚上去中山公园幽会，却突然接到命令，准备出车，毛泽东要到北戴河开会。

下午 3 时，毛泽东准时登上列车，迈着矫健的步伐向主席间走去。走到客厅的时候，他忽然回头望着工作人员说：“今天是礼拜六噢，你们有没有约会？”毛泽东的目光从大家脸上一掠，所过之处大家都含羞带怯，微笑摇头。当目光移到姚淑贤身上时，小姚脱口说道：“有，我有。”毛泽东逗趣地问道：“跟什么人约会？”姚淑贤腼腆而又有些矜持地说：“跟男朋友。”“哎呀，糟糕，搅了你们的好事。”毛泽东望着窗外一闪而过的景物，又望着小姚，皱起眉头，像慈父一样地问：“你们打算在哪儿约会？”“说好在中山公园玩，在门口见……没事。”“怎么会没事呢？”毛泽东有些急，“你把不能去的理由通知他了吗？”“我只要接受了任务，就不能对外人说了。没事的，他知道我常有任务，会理解的。”“嗯——”毛泽东摇摇头，轻轻地叹息：“久了会出误会的，不要因为我而影响你们。”

姚淑贤说了和男朋友约会的事之后，并没有太当一回事。在毛泽东身边工作，就是这个样子的，说走就走，说停就停。当天晚上，正好是姚淑

① 《致周世钊》，引自《毛泽东书信选集》，中央文献出版社 2003 年 11 月第 1 版，第 466 页。

贤值班，当她将削好的铅笔送到毛泽东那里，转身要走的时候，毛泽东抬起头来看着她，若有所思地说："小姚，你等等，写个东西你拿回去给你朋友看看，再把失约的原因讲给他听听，他就不会生气了。"他从小姚拿来的铅笔中抽出一支，又铺开一张白纸，便开始伏案书写，一边写，一边自得其乐地吟诵着：

静女其姝，
俟我于城隅，
爱而不见，
搔首踟蹰。

这是《诗经》里的一首诗，叫《邶风·静女》。诗是以一个男子的口吻写的，描绘一对相爱男女幽会的情景。大意是一个性情温和而容貌可爱的姑娘正在城楼的一个角落里等这个男子，也许是为了给这个男子一点惊喜，女子把自己藏了起来。男子来了，因见不到心爱的姑娘，急得在那里抓耳挠腮。

姚淑贤接过诗，读了两遍，朦朦胧胧地看懂了意思，脸上不由得浮起一片红晕。她小声说："主席，我们有纪律，凡是带字的东西都必须上交。""你为什么那么老实？现在没有谁看到，我是不会打小报告的。"毛泽东幽默地示意了一下，笑笑，做了个手势，"藏起来，带给他"。姚淑贤笑了，笑得很开心。她将那张纸小心翼翼地对折起来揣到兜里，迅速回到自己的房间，把它藏到一本书里。

从北戴河回到北京，姚淑贤把毛泽东写的《静女》给男朋友看，又把失约的事情解释了一下，男友非常激动，一点没有责怪女友的意思。

毛泽东书赠的《邶风·静女》一直在姚淑贤夫妇身边珍藏着。毛泽东为身边的工作人员书赠情诗，充分表达了一位领袖对年轻人的关心和爱护。这是一个诗人的情怀，一个长者的情怀。

2. 展尽英姿添飒爽

"兵民是胜利之本"，这是毛泽东军事思想的精髓。20 世纪 50 年代后期，美帝国主义在台湾海峡进行严重的军事挑衅，毛泽东对新华社记者发表谈话指出："帝国主义者如此欺负我们，这是需要认真对付的。我们不但要有强大的正规军，我们还要大办民兵师。这样，在帝国主义侵略我们的时候，就会使他们寸步难行。”① 全国人民热烈响应毛泽东“大办民兵师”的号召，在全国各地掀起了大办民兵师的热潮。

1960年的一天早上，毛泽东的女机要员小李送文件来到菊香书屋。正在窗前沉思的毛泽东忽然问她：“小李，你参加民兵了吗?”小李答道：“参加了。”为了证明自己参加了民兵，小李从装在自己衣服口袋里的笔记本中，拿出一张训练时拍的照片给毛泽东看。小李身穿藏蓝色西裤，白色棉布衬衫掖进长裤里面，剪着短发，右手扶着步枪，昂首站在一棵树旁，背景是明净的蓝天和远山。毛泽东饶有兴味地看着，称赞道：“好英武的模样哟!”毛泽东放下照片，点燃一支烟，他沉思片刻，对小李说：“给我拿支笔来。”小李递给他一支铅笔。毛泽东顺手拿过一本他看过的有关地质学的书，翻到有半页空白的地方，龙飞凤舞地写下了几句诗，并勉励她说：“你们年轻人要有志气，不要学林黛玉，要学花木兰、穆桂英噢!”这首诗修改定稿于1961年2月，最早发表于人民出版社1963年12月版的《毛主席诗词》。后来这首诗流传极广，几乎妇孺皆知：

七绝·为女民兵题照

飒爽英姿五尺枪，曙光初照演兵场。
中华儿女多奇志，不爱红装爱武装。

毛泽东诗词有许多审美奥秘。有的诗词看似畅晓明白，却又耐人咀嚼，历久弥新；有的诗词权威注家似乎早有定评，却又新见迭出。这首《七绝·为女民兵题照》就是这样。此诗篇幅短小，用典很少，但语言铿锵，旋律欢快，色彩艳丽，形象鲜活，朗朗上口，令人过目难忘。有的诗评家强调毛泽东的发展民兵的思想；有的注家强调“不爱红装爱武装”，说毛泽东不赞成女同志涂脂抹粉。这种解读契合当年时代的特点和风尚，因而深入人心，很有市场。

这首绝句为女民兵照片而题，自然和民兵有关，传神地再现了照片中的女民兵矫健英武的风姿。但毛泽东的关注点不是个体而是群体，充分展现了中华人民共和国新时代妇女崇高的精神风貌，表达了对全民练武的无限欣喜

① 《对新华社记者的谈话》，刊载于1958年10月1日《人民日报》。

之情。“中华儿女多奇志”，毛泽东青年时代的人生志愿就是要立奇志、交奇友、读奇书、创奇事，做一个奇男子，因而他对“奇志”情有独钟。这种“奇志”，是不屈不挠，勇于为民族拼搏，为祖国献身的远大志向。这是诗人从自身经历，从博闻卓识中总结出来的一个时代主题，更是诗人从中华民族百年屈辱史提炼出来的“自立于世界民族之林”的诗化情结。这是对女民兵的期望，对新一代的期望，也是对整个中华民族的期望。

3. 乐为秘书改诗词

胡乔木在延安时期就担任毛泽东的秘书，在毛泽东身边工作了二十多年。毛泽东培养了胡乔木，胡乔木则积极协助毛泽东。他们在共同工作的过程中，也结下了非常深厚的革命友谊。

曾经有两个“乔木”，一个是乔冠华，另一个是胡乔木。他们有五同：同名，都叫乔木；同籍，都是江苏盐城人；同庚，都生于1913年；同为中共党员；中华人民共和国成立后都当选为中央委员。抗战时期，他们一个在南方，一个在北方，被人称为南北二乔。

抗战时期，“二乔”一南一北。抗战一结束，麻烦来了。很多党的会议、文件中涉及二位的经常会闹出张冠李戴的笑话。中华人民共和国成立后，“二乔”同时进京，重名的麻烦再度引起人们的注意。后来此事竟然惊动了毛泽东。他把“二乔”召集到一起，问他们以前叫什么名字，南乔答原名冠华，北乔答本来姓胡。毛泽东说：冠华这名字很好，以后你就叫乔冠华。北乔本来姓胡，可以改回胡姓，叫作胡乔木好了。在毛泽东的调节下，问题得到了圆满解决。后来谈起此事的时候，毛泽东打趣地说：“古有大小二乔，今有南北二乔。”

胡乔木长期在毛泽东身边工作，耳濡目染，受毛泽东的影响很大。自然也像毛泽东那样，对诗词产生了浓厚兴趣。他阅读了大量古代诗词，并对诗词格律进行了研究，创作了不少旧体诗词，并相继请毛泽东修改。毛泽东也是乐此不疲。仅1964年至1965年两年，毛泽东前后就为胡乔木修改了40多首诗词。

1964年10月下旬，胡乔木在杭州西湖之畔写了第一首词《六洲歌头·国庆》。此后，他的词兴一发而不可收，接连填了多首。1964年10月下旬，胡乔木将他在杭州写的十三首诗词呈送毛泽东斧正。毛泽东收到胡乔木的词之后非常喜欢，尽管他政务缠身，工作繁忙，还是忙里偷闲为胡乔木改词。如胡乔木《水调歌头·国庆夜纪事》的尾句是“万里千斤担，只用一愁眉”，毛泽东将其改成“万里风云会，只用一戎衣”。又如其《沁园春·杭州感事》的尾句是“天共我，吼风奇剑，扫汝生光”，毛泽东将其改为“谁共我，舞倚天长剑，扫此荒唐”。毛泽东的修改具有点铁成金之妙，使胡乔木的词在艺术性和通俗性方面都有一个明显的飞跃。

后来，胡乔木在填词上有了一些长进。他每次都将自己的作品送给毛泽东，毛泽东为他修改润色，并退给他。胡乔木再作修改，毛泽东又予以完善。如此反复再三，毛泽东可谓是不厌其烦。不仅如此，毛泽东对胡乔木的词修改后，还亲自安排在刊物上发表。经过毛泽东修改的《词十六首》，1965 年元旦在《人民日报》发表的同时，还同时发表在中共中央理论刊物《红旗》杂志上。这般“高规格”的发表，引起了人们的广泛关注。

1965 年，胡乔木又写出《诗词二十六首》，他又送给毛泽东修改。毛泽东修改后写道：“这些词看了好些遍，是很好的。我赞成你改的这一本。我只改了几个字，不知妥当否，请你自己酌定。先登《红旗》，然后《人民日报》转载，请康生商伯达、冷西办理。”他还在扉页上批道：“有些地方还有些晦涩，中学生读不懂。唐、五代、北宋诸家及南宋好些人写的词，大都是易懂的。”毛泽东将胡乔木词中的“胜天堂”改成“胜家乡”，并批：“要造新词，天堂、霓裳之类，不可多用。”根据毛泽东的这些意见，胡乔木对这些词认认真真修改了一遍，然后又送给毛泽东。毛泽东对这些词再次修改后批示道：“删改得很好，可以定稿。我又在个别字句上作了一点改动，请酌定。另有一些字句似宜再思再改。如不妥，即照原样。唯‘南针仰’一句须改。”① “南针仰”是指胡乔木词中“干戈掌，南针仰”之句，毛泽东将其改为“干戈掌，方针仰”。

毛泽东对胡乔木诗词水平的提高，可谓是关怀备至，费尽心思。正如胡乔木后来在《人比月光更美丽》一书中所写的：我的词“都是在毛泽东的鼓励和支持下写出来，经过他再三悉心修改以后发表的。我对毛泽东同志的感激，难以言表。经他改过的句子和单词，确实像铁被点化成了金，

---

① 《毛泽东的诗词人生》，龙剑宇、胡国强著，中央文献出版社 2003 年 1 月第 1 版，第 459 页。

但是整篇仍然显出自己在诗艺上的幼稚”。

毛泽东对胡乔木诗词作品倾注大量时间和精力，进行精心指导和斧正，让我们充分感受到诗人毛泽东在艺术创作上的精益求精态度，同时也感受到毛泽东对身边工作人员成长进步的无尽关怀与厚爱。

第十五章　有多少风流人物

一代伟人毛泽东，一生嗜书不倦，无论是戎马岁月，还是和平年代，政务之余均以书为伴，这已是世人皆知的美谈。在他读的众多书籍中，他最偏爱的是文史古籍。从先秦到明清不同历史时期的不同史作，包括正史类、稗史类、演义类、文学类……几乎无所不读，全而盖之。一部3000多卷、4000多万字的线装本《二十四史》，他24年不离身边，反复阅读，直至撒手人寰。一部300多万字的《资治通鉴》，他竟看了17遍，令人敬佩。毛泽东对历史的兴趣可以说是到了着迷的程度，不但勤于读史，而且善于评点。中华五千年历史，从三皇五帝到历代人物事迹，他每有所感，辄有评说。在他留下的读史批语、诗词和文稿中，常就文史书籍记载作出古为今用的新颖解释，从中汲取营养，以史为鉴，发人之所未发，言人之所未言，闪耀着睿智的光芒。“经世致用，匡时济世”。虽然毛泽东并未写过一部史学专著，但从他所阐发的思想观点看，他是一位旷世的伟大历史学家。《文史哲》杂志1964年第1期发表了山东大学教授高亨的《水调歌头》，恰如其分地概括了毛泽东的诗词创作，其中说：“掌上千秋史，胸中百万兵。”诗人毛泽东浓郁的历史情结和史家气质，由此可见一斑。

一篇读罢头飞雪

毛泽东作为博古通今的史学家，爱读史，也善于读史。他在历史中读出了大学问，读出了大智慧，读出了豪情壮志，更读出了中国革命。就总体而言，毛泽东诗词具有大气磅礴的史诗美，它是中国革命的历史画卷，是毛泽东人生历程的真实写照，是中国共产党人奋斗足迹的生动记录。而狭义地说，毛泽东也是咏史诗词的高手，他的大量作品都是引经据典、谈古论今。他的有些作品更属于纯粹的咏史诗，如《七绝·屈原》《七绝·贾谊》《七律·咏贾谊》《读〈封建论〉呈郭老》等，而其中最为典型的当属《贺新郎·读史》。

1963 年底至 1964 年初，国内外的斗争非常复杂，中苏两党展开了空前规模的大论战。中美两国因中国的核计划和越战的迅速升级而矛盾日趋严重。根据“以阶级斗争为纲”的基本路线，国内以“四清”为主要内容的社会主义教育运动也正如火如荼地开展，这正需要人们用历史的分析方法来指导当时尖锐而复杂的斗争。这一时期，毛泽东在办公之余，最喜爱看的是司马迁的《史记》和范文澜的《中国通史简编》。1964 年春，我国人民经过艰苦奋斗，渡过了三年经济困难时期，政治、经济、思想、文化、科技、军事战线上均呈现出一派生机勃勃、欣欣向荣的景象。面对大好形势，毛泽东借古颂今，有感而作了一首《贺新郎·读史》：

贺新郎·读史

人猿相揖别。只几个石头磨过，小儿时节。铜铁炉中翻火焰，为问何时猜得，不过几千寒热。人世难逢开口笑，上疆场彼此弯弓月。流遍了，郊原血。

一篇读罢头飞雪，但记得斑斑点点，几行陈迹。五帝三皇神圣事，骗了无涯过客。有多少风流人物？盗跖庄蹻流誉后，更陈王奋起挥黄钺。歌未竟，东方白。

毛泽东的《贺新郎·读史》，是他诗词创作中别具一格的作品。这首诗以政治家的气魄、诗人的才华、历史学家的渊博、理论家的思辨纵论中国历史，风骨雄健，堪称“千古一篇”“千秋一阕”和“千年一叹”。

《贺新郎·读史》最早发表于《红旗》1978 年第 9 期，同年 9 月 9 日《人民日报》转载，并附毛泽东的手迹，标明写作时间为“一九六四年春”。这首词原来未署明写作时间，所署写作时间是根据原在毛泽东身边做医护工作并帮他保存诗稿的吴旭君回忆的。

1973 年，刚刚大病一场的毛泽东，已经整整 80 岁了。这年冬天，他劳费情思地做了一件词墨韵事。他让身边的吴旭君把他自己一生的全部诗词作品，重新抄写了一遍。抄完后他一一核对，对其中的一些词句作些修改，然后让吴旭君又抄写一遍，抄清后又再次核对。

吴旭君抄写的诗词作品，当然少不了这首《贺新郎·读史》。该词上阕有一句原稿是“为问何时猜得”，吴旭君在抄第一遍时问是“为”还是“如”，毛泽东说是“如”不是“为”。吴旭君请主席在手稿上也改一改，毛泽东说：“不要改，随它去。”吴旭君抄第二遍时又问毛泽东：“如问何时猜得?”毛泽东点头同意。在抄下阕的时候，原稿是“盗跖庄蹻流誉后”，吴旭君在抄完第一遍与毛泽东核对时，毛泽东叫吴旭君在“盗”字上加引号，吴旭君请主席在手稿上也改一下，毛泽东还是说：“不要麻烦了，就这样。”①

毛泽东以老病之躯，如此这般，他似乎很想为后人留下一套完整的诗词定稿，进行一次艺术上的自我总结。他或许是在为自己的心灵世界，留住一片珍贵的情感空间，留住几多动人的历史回声。而《贺新郎·读史》从某种意义上说是他对中国历史的总结，是对他历史观的凝练。

《贺新郎·读史》一词是毛泽东终生读史的立场、观点、心境、情感的一个缩影。毛泽东站在历史唯物主义的高度，纵观古今成败，历览先贤得失，以诗为论，一咏三叹，艺术地表现了他的“奴隶史观——革命论”思想。谁是真正的英雄，谁是历史的创造者，是人民群众还是英雄豪杰，这是毛泽东在一生的理论和实践中所关注的重大问题。《贺新郎·读史》是毛泽东用诗的语言写成的史学专著，贯穿全篇的深邃哲理则是：劳动创造人类的观点，阶级斗争的观点，人民是历史创造者的观点。也可以说这首词是毛泽东辩证唯物主义和历史唯物主义的诗化。

这首词分上、下两阕。上阕用形象的比喻解读了人类社会的历史，主要是中国社会的历史。作者用区区56个字，就写了一部历史，而且是一部惊天动地的历史。

“人猿相揖别。只几个石头磨过，小儿时节”，开头三句写人类的起源和人类历史上最初出现的原始社会。人和猿相互拱手作揖告别，人学会用石头磨制生产工具，进行劳动，那是人类的童年时代。“人猿相揖别”，寥寥5个字，就写出了从猿到人的漫长进化过程。“揖别”两字极为传神，手笔奇特而幽默，举重若轻地道出了其中的区分。而人与猿“揖别”的根

① 《毛泽东两首诗词的写作时间及其他》，吴旭君，载1986年9月28日《光明日报》。

本标志，就是人会制造和使用工具。人类经历了两三百万年的石器时代，包括旧石器时代和新石器时代。但总体而言，生产力低下，故毛泽东称之为“小儿时节”。

“铜铁炉中翻火焰，为问何时猜得，不过几千寒热”，这里写的是奴隶社会和封建社会。“铜铁炉中翻火焰”，生动地写出了人类冶炼铜铁和制造铜器铁器的壮丽情景。我国的奴隶社会和封建社会究竟始于何时，学术界众说纷纭，莫衷一是，所以诗人说“为问何时猜得”。按照前文引的吴旭君的说法，此句“为”当是“如”，或许更为贴切。但不管怎样“猜”，这两个时期也不过几千年罢了，于是，作者用“不过几千寒热”对此作了说明。“寒热”，是春去冬来，岁月嬗变。

“人世难逢开口笑，上疆场彼此弯弓月。流遍了，郊原血”，这是对中国几千年阶级斗争历史的概括，阶级社会压迫者与被压迫者之间的对立斗争和战场厮杀此起彼伏。“人世难逢开口笑”，化用唐朝杜牧《九日齐山登高》的“尘世难逢开口笑，菊花须插满头归”之句。进入阶级社会，世间多有不平之事，苦乐不均，贫富不等，对立阶级之间不可能笑脸相迎。“上疆场彼此弯弓月”，当矛盾激化到一定程度时，就会爆发冲突乃至战争，弯弓张弩，刀兵相见，拼个你死我活。其结果是“流遍了，郊原血”。战争是流血的政治，干戈铿鸣，血染大地，尸横遍野。这就是阶级斗争的残酷性，非正义的战争如此，正义的战争也是如此。正如毛泽东所说：“阶级斗争，一些阶级胜利了，一些阶级消灭了。这就是历史，这就是几千年的文明史。”①

词的下阕形象地批判了旧史的唯心史观。诗人夹叙夹议，以澎湃的激情，批判了历史唯心主义的英雄史观，讴歌了人民群众推动历史发展的唯物史观。

“一篇读罢头飞雪，但记得斑斑点点，几行陈迹”，首先点明《读史》这个题目，同时也生动地说明了旧史的浩繁难读。“一篇”中国古代史，史籍汗牛充栋，浩如烟海，读到头白年衰，也难以穷尽。“一篇读罢头飞雪”，既是中国史籍博大精深之写照，也是毛泽东终生酷爱读史之刻画。宋代胡世将《酹江月》词云：“塞马晨嘶，胡笳夕引，赢得头如雪。”宋代

---

① 《丢掉幻想，准备斗争》，引自《毛泽东选集》第四卷，人民出版社 1991 年 6 月第 2 版，第 1487 页。

辛弃疾《满江红》词曰："恨牡丹，笑我倚东风，头如雪。""但记得斑斑点点，几行陈迹"，林林总总的史籍却似乎支离破碎。

"五帝三皇神圣事，骗了无涯过客"，这是对以帝王将相为中心的旧史书的大胆嘲讽和彻底批判。"五帝三皇"即"三皇五帝"。"三皇"，其说法不一，一般指天皇、地皇和人皇，或指燧人、伏羲和神农。"五帝"也有不同说法，一般认为是指黄帝、颛顼、帝喾、唐尧和虞舜。其实三皇五帝都是中国古代传说中的人物，但一些史家却把他们说成是真正的历史人物，并将有关他们的传说当成正史，说他们是历史上最有才能最贤明的君主，最神圣的英雄。于是"骗了无涯过客"，蒙蔽了古往今来无数的人。

"有多少风流人物"，"风流人物"，指在历史上对一个时代有重大影响的英雄人物，真正的风流人物必须对历史的发展起积极的推动作用。"有多少风流人物"的设问，其答案是显而易见的。毛泽东在《沁园春·雪》中吟唱道："俱往矣，数风流人物，还看今朝"，词中的"风流人物"是指无产阶级。

"盗跖庄蹻流誉后，更陈王奋起挥黄钺"，毛泽东自问自答，举出一些风流人物的典型来说明。"盗跖"，跖是春秋时鲁国人，奴隶起义的领袖，被古代统治阶级诬蔑为"盗"，后来袭称盗跖。《庄子·盗跖》言其"从卒九千人，横行天下，侵暴诸侯"，"所过之邑，大国守城，小国入保"。《荀子·不苟》："盗跖吟口，名声若日月，与舜、禹俱传而不息。"这次起义虽然失败，但对后世影响较大。"庄蹻"，是楚怀王时的农民起义领袖。《荀子·议兵》称公元前 301 年楚国在垂沙一战被齐、韩、魏三国打败，将领唐蔑被杀，"庄蹻起，楚分而为三、四"。"流誉后"，其美名一直流传于后世。"陈王"指陈胜。公元前 209 年，他和吴广共同领导秦末的农民起义，"斩木为兵，揭竿为旗"，提出了"王侯将相，宁有种乎"的著名革命口号，几个月内就打败了秦朝的一些主力军，陈胜被推为王，国号张楚，这是我国历史上第一个农民政权。"黄钺"，是饰以黄金的大斧，是建立了政权的象征。"挥黄钺"，表达了毛泽东对农民起义的赞美之情。毛泽东曾经指出："中国历史上的农民起义和农民战争的规模之大，是世界历史上所仅见的。在中国封建社会里，只有这种农民的阶级斗争、农民的起义和农民的战争，才是历史发展的真正动力。”① 在奴隶社会和封建社会里，只有这些奴隶和农民起义的领袖，才是真正的风流人物，才是真正的英雄。

“歌未竟，东方白”，咏史之歌尚未唱完，东方已经发白。结尾二句，语意双关，意味深长。从实写的角度看，指作者自己彻夜读史，直至天明。从象征的角度看，可以理解为阶级斗争的历史之歌尚未唱完，中国革命已经大功告成。“东方白”与毛泽东《浣溪沙·和柳亚子先生》中的“一唱雄鸡天下白”一样，都象征中国革命取得胜利。

在毛泽东的诗词作品中，有两首以“贺新郎”作词牌的作品：一首是写于1923年的表现与杨开慧依依惜别的《贺新郎·别友》：一首是1964年作的这首《贺新郎·读史》。前者形象逼真，感情细腻；后者形象的概括力强，跳跃性大，信息量大。毛泽东诗词的一个突出特点，就是概括力强，这首作品表现尤为突出。《贺新郎·读史》只有115个字，但却囊括了整个中国历史。

逄先知先生在《古籍新解，古为今用——记毛泽东读中国文史书》一文中曾经指出：“毛泽东读古书，有一个基本观点，这就是历史唯物主义的观点。在中国很多古书里，历代农民起义运动及其领袖人物，大都被当作‘贼’‘匪’‘盗’‘寇’，任加贬斥。但毛泽东则给他们以很高的历史地位。”词写得深沉阔大，气势恢宏。“推翻历史三千载，自铸雄奇瑰丽词”，是柳亚子昔日赠送毛泽东的两句诗，用来形容这首词的作风，恐怕是再恰当不过了，可作千秋定评。

历览前贤多少事

毛泽东在勤奋研读、学习史籍的过程中，对历史事件和古今人物做了大量的评点，这些评点语言简洁明快，少则几个字，三言两语，多则几百甚至上千字，或褒扬，或批评，或感叹，或商榷，或引申发挥，或浮想联翩，体现了他的人生观、价值观，体现了他的是非判断，体现了他的爱憎情感。

---

① 《中国革命与中国共产党》，引自《毛泽东选集》第二卷，人民出版社1991年6月第2版，第625页。

1. 不周山下红旗乱

“不周山下红旗乱”是《渔家傲·反第一次大“围剿”》的最后一句。这首词是毛泽东在反第一次大“围剿”胜利之后，反第二次大“围剿”开始之前所作，该词描绘了取得胜利的情景。“不周山下红旗乱”用的是共工头触不周山的神话故事。共工是中国古代神话故事中一个性情特别刚烈的形象。传说他是炎帝的后裔，又是水神，管理和控制着占大地面积十分之七的海洋、江河、湖泊。共工不满颛顼的统治，起而造反，失败之际一头撞向擎天之柱不周山，改变了天地的形象。毛泽东用触倒不周山的共工来歌颂决心打败国民党武装的工农红军和革命群众。

毛泽东在创作《渔家傲·反第一次大“围剿”》之后，对“不周山下红旗乱”一句有一段长长的“原注”，这在毛泽东诗词作品中极为罕见。原注如下：

> 关于共工头触不周山的故事：
>
> 《淮南子·天文训》：“昔者共工与颛顼争为帝，怒而触不周之山，天柱折，地维绝。天倾西北，故日月星辰移焉；地不满东南，故水潦尘埃归焉。”
>
> 《国语·周语》：“昔共工弃此道也，虞于湛乐，淫失其身，欲壅防百川，堕高堙庳，以害天下。皇天弗福，庶民弗助，祸乱并兴，共工用灭。”〔韦昭注：“贾侍中（按指后汉贾逵）云：共工，诸侯，炎帝之后，姜姓也。颛项氏衰，共工氏侵陵诸侯，与高辛氏争而王也。”〕
>
> 《史记》司马贞补《三皇本纪》：“当其（按指女娲）末年也，诸侯有共工氏，任智刑以强，霸而不王，以水乘木，乃与祝融战，不胜而怒，乃头触不周山崩，天柱折，地维绝。”
>
> 毛按：诸说不同。我取《淮南子·天文训》，共工是胜利的英雄。你看，“怒而触不周之山，天柱折，地维绝。天倾西北，故日月星辰移焉；地不满东南，故水潦尘埃归焉。”他死了没有呢？没有说。看来是没有死，共工是确实胜利了。

不周山的故事经常出现在文学作品中。20 世纪 20 年代，中国的两位著名文学家在其作品中都写到了共工。鲁迅在《故事新编》的《补天》

中，借共工的下属说：“我后爰以厥首触不周之山，折天柱，绝地维，我后亦殂落。”郭沫若在《女神之再生》中说：“群以头颅碰山麓岩壁，雷鸣电火四起。少时发一大雷电，山体崩裂，天盖倾倒，黑烟一样的物质四处喷涌，共工之徒倒死于山麓。”在他们的笔下，共工最后因斗争而死，是一个悲剧形象。

毛泽东就是毛泽东，他对共工的评价不同凡响。他以其无产阶级革命家的气魄，赋予了这一神话人物全新的思想内涵和时代意义。别人最后都把共工说死了，只有毛泽东说共工“没有死”，把他视为反抗暴政的斗士，“是确实胜利了”。他让共工成为不死的英雄，成为改造自然、改造客观世界的精神的象征。面对红军英勇歼敌的壮烈场面，毛泽东眼前幻化出一个更为宏阔的神话世界：那里有一位大英雄，触倒天柱，断裂地维，挺立于宇宙之间。这是无产阶级集体英雄的形象，气魄何其雄奇伟大。

对此，郭沫若给予了高度评价：

>……主席却说共工没有死。我体会到这是一个宇宙观的认识过程。从马克思主义的立场说来，共工那种改造自然、改造客观世界的精神的确没有死，它是活着的，永远活着的，活在劳动人民心里，特别是有意识地活在杰出的共产党员的心里。①

2. 劝君少骂秦始皇

七律·读《封建论》呈郭老

劝君少骂秦始皇，焚坑事业要商量。
祖龙魂死秦犹在，孔学名高实秕糠。
百代都行秦政法，十批不是好文章。
熟读唐人封建论，莫从子厚返文王。

“劝君少骂秦始皇”，是毛泽东1973年8月创作的《七律·读〈封建论〉呈郭老》中的诗句。毛泽东诗词中还有一处提到秦始皇，就是《沁园

---

① 《喜读毛主席〈词六首〉》，郭沫若著，《人民日报》1962年5月12日。

春·雪》当中的“惜秦皇汉武，略输文采”。在诗词作品两次点到同一个人，在毛泽东诗词作品中并不多见。但两次的态度有些许不同，一褒一贬。

毛泽东一生中评点最多的帝王是秦始皇。秦王嬴政在短短十年间，消灭称雄割据的六国，结束了征战几百年的分裂状态，建立了中国历史上第一个统一的中央集权的封建国家，这是秦始皇伟大的历史功勋。毛泽东给秦始皇以很高的赞赏，他高度评价秦始皇建立统一帝国的历史功绩和为巩固统一封建政权所做出的贡献。早在20世纪30年代初，毛泽东就对老师徐特立说道：治理中国，要中西结合，洋为中用——要马克思加秦始皇。1964年6月24日，毛泽东与新西兰共产党总书记威尔科克斯谈话时说：“孔夫子有些好处，但也不是很好的。我们应该讲句公道话，秦始皇比孔夫子伟大得多。孔夫子是讲空话的，秦始皇是第一个把中国统一起来的人物。不但政治上统一中国，而且统一了中国的文字、中国的各种制度如度量衡，有些制度后来一直沿用下来。中国过去的封建君主还没有第二个超过他的。”[①] 1973年7月4日，毛泽东在一次谈话中指出：“我赞成郭老的历史分期。奴隶制以春秋战国之间为界，但不能大骂秦始皇。早几十年中国的国文教科书就说秦始皇不错了，车同轨，书同文，统一度量衡。就是李白讲秦始皇，开头一大段也是讲他了不起。”[②] 正因为秦始皇制定的诸多政策、法令、制度被后世长期沿用，毛泽东在《七律·读〈封建论〉呈郭老》中写道：“百代都行秦政法。”

秦始皇因为“焚书坑儒”，千百年来几乎为史学界和其他知识界所否定，遭受了无情的抨击。但毛泽东却以新的视角，对秦始皇加以肯定，并提出必须为秦始皇彻底翻案。毛泽东在《七律·读〈封建论〉呈郭老》认为“焚坑事业要商量”。1964年8月30日，毛泽东就黄河流域的水利建设引古代的例子说：“秦始皇是个好皇帝，焚书坑儒，实际上坑了460人，是属于孟夫子那一派的。其实也没有坑光，叔孙通就没有被杀么。”[③] 秦始皇焚书坑儒，意在维护统一的中央集权制度，反对是古非今、厚古薄今，打击方士荒诞不经的怪谈异论，但并未收到预期的效果，因而毛泽东也认为秦始皇焚书坑儒的举措不妥。在毛泽东看来，秦始皇焚书坑儒的失误，在

① 《毛泽东读书笔记》，甄不贾著，《展望》1992年新总第1期。

② 《中国共产党执政四十年》，马齐彬等编著，中共党史资料出版社1989年版，第363页。

③ 《毛泽东评说中国古代历史》，赵以武主编，人民出版社2010年9月第1版，第85页。

于他以为杀掉儒生就万事大吉了。“秦始皇怕秀才造反，就焚书坑儒，认为烧了书，杀了秀才，就可以天下太平，一劳永逸了，可以二世、三世传下去，天下永远姓秦，结果是‘坑灰未冷山东乱，刘项原来不读书’。是陈胜、吴广、刘邦、项羽这些文化不高的人，带头造反了。”①

毛泽东给秦始皇以很高的评价，这是事实。但是，毛泽东对秦始皇也并不是全然褒奖。“惜秦皇汉武，略输文采”，就是说秦始皇统一中国虽然有显赫的武功，但在文治方面却稍逊一筹，不相匹配，存在明显缺憾。因而才有“惜秦皇汉武，略输文采，唐宗宋祖，稍逊风骚。一代天骄，成吉思汗，只识弯弓射大雕”这样的慨叹。

3. 不可沽名学霸王

毛泽东在《七律·人民解放军占领南京》中，借用历史典故，委婉含蓄地表达了“将革命进行到底”的光辉思想。诗人指出在南京解放之后，应拿出全部勇气和力量，猛追穷途末路的残敌，不能像西楚霸王项羽那样沽名钓誉，造成最后的失败。这折射出毛泽东学习历史、借鉴历史的一个重要方法，就是特别注意汲取古人的教训，避免重蹈前人的覆辙。

毛泽东一生都很注意从项羽的失败中汲取教训。青年时代，他憧憬过项羽“力拔山兮气盖世”的英雄气概。1939 年 4 月 8 日，毛泽东在延安“抗大”讲演时说：

> 楚霸王项羽在中国是一个有名的英雄，他在没有办法的时候自杀。这比汪精卫、张国焘好得多。但项羽尚有一个缺点，从前有一个人在他自杀的地方作了一首诗，问他你为什么要自杀，可以到江东去再招八千兵来打天下。我们不学汪精卫、张国焘，要学项羽的英雄气节，但不自杀，要干到底。②

这段话提到的那首诗，是指晚唐诗人杜牧写的《题乌江亭》：

> 胜负兵家未可期，

① 《晚年时期的毛泽东》，郭余荣著，《南方周末》1992 年 5 月 8 日。

② 《毛泽东评说中国历史》，赵以武主编，人民出版社 2010 年 9 月第 1 版，第 97 页。

包羞忍辱是男儿。
江东子弟多才俊，
卷土重来未可知。

毛泽东1948年10月31日为新华社写的述评《评蒋傅军梦想偷袭石家庄》，还把项羽和蒋介石放在一起论说："蒋介石最近时期是住在北平，在两个星期内，由他经手送掉了范汉杰、郑洞国、廖耀湘三支大军。他的任务已经完毕，他在北平已经无事可做，昨日已经溜回南京。蒋介石不是项羽，并无'无面目见江东父老'那种羞耻心理。他还想活下去，还想弄一点花样去刺激一下已经离散的军心和民心。亏他挖空心思，想出了偷袭石家庄这一条妙计。"

在毛泽东看来，"沽名"是项羽的一大弱点，也是他失败的一个重要原因。司马迁在《史记·淮阴侯列传》中也说项羽有"妇人之仁"。毛泽东认为项羽身上尤不可取的是，项羽对诡计多端的刘邦一再姑息，一再放纵，最终导致覆灭。

解放战争时期，在三大战役进行期间和结束之后，国民党集团在美国的支持和策划下，发动了一场"和平攻势"，企图利用和平谈判的手段，达到"划江而治"的目的，保存残存的反动势力，以便争取喘息之机，卷土重来。形势的发展，在中国人民面前提出了一个尖锐问题：是将革命进行到底还是半途而废？1948年12月30日，毛泽东为新华社写了题为《将革命进行到底》的新年献词，明确指出：必须"用革命的方法，坚决彻底干净全部地消灭一切反动势力"。毛泽东号召全国人民、各民主党派、各人民团体真诚合作，采取一致的步骤，粉碎美帝国主义和国民党反动派的政治阴谋，将革命进行到底。特别是几百万解放大军正向长江一线作战略性部署之时，国内有些人被国民党求和假象迷惑，害怕美国出兵干涉，也说解放军不必过江，鼓吹什么南北分治。有的人还认为蒋介石军队已是穷寇，而穷寇不宜猛追。一时间，是否渡江，是否以长江为"鸿沟"，国共分疆而治，成了世人关注的焦点。在中国革命的紧要关头，中共中央和毛泽东敏锐地识破了南京政府求和的阴谋，果断地作出了渡江作战的决策。南京解放了，实践证明，中共中央、毛泽东的决策是英明的、正确的。

了解了这一时代背景，就能增进对毛泽东"不可沽名学霸王"的深刻含义的理解。这绝不仅仅是涉及对一个古人的评价或态度问题，它事关中国革命的前途命运，事关中国的长治久安，维系中华民族的根本利益。中国一定要统一，绝不允许再来一个“南北朝”！

4. 贾生才调世无伦

贾谊是西汉著名的政论家，也是屈原之后杰出的骚体诗人。像屈原一样，贾谊也是毛泽东终生喜爱和赞赏的人物。毛泽东在早年写的《送纵宇一郎东行》中写道：“年少峥嵘屈贾才，山川奇气曾钟此。”即以屈贾并称。毛泽东在多次讲话中，提到年轻有为的历史人物时，常常提到贾谊。他对贾谊的“少年英发”及“文章光昌流丽”一直都很欣赏，说他在历史学和政治学方面都有很深的造诣，是古时的秦汉专家、“英俊天才”。毛泽东还专门为贾谊写了两首诗，即《七绝·贾谊》和《七律·咏贾谊》，赞扬他的才华，叹惜他的遭遇，冠之以“倜傥”“雄英”，许之以“壮志”“高节”。在毛泽东诗词当中，一而再、再而三地提到贾谊，并专作两首诗，可谓绝无仅有的一个特例。在他肯定历史人物的诗文、讲话中，如此浓墨重彩地加以肯定的古人，也不多见。

毛泽东一生都对贾谊怀着崇敬的心情，对这位少年才俊不能得志的遭遇屡表惋惜之情。1958 年 4 月 27 日，他给田家英写了一封信，竭力称道贾谊：

家英同志：

如有时间，可一阅班固的《贾谊传》。可略去《吊屈》《鹏鸟》二赋不阅。贾谊文章大半亡失，只存见于《史记》的二赋二文，班书略去其《过秦论》，存二赋一文。《治安策》一文是西汉一代最好的政论，贾谊于南放归来著此，除论太子一节近于迂腐外，全文切中当时事理，有一种颇好的气氛，值得一看。如伯达、乔木有兴趣，可给一阅。

毛泽东

四月二十七日①

---

① 《致田家英》，引自《毛泽东书信选集》，中央文献出版社 2003 年 11 月第 1 版，第 497 页。

1958年5月8日，在党的八大二次会议上，毛泽东提倡“破除迷信”，一口气讲了不少在历史上少年有为的人物做例子，其中就专门提到了贾谊。他说：汉朝有个贾谊，十几岁就被汉文帝找去了，一天升了三次官。后来贬到长沙，写了两篇赋，《吊屈原赋》和《鹏鸟赋》。后来又回到朝廷，写了一本书，叫《治安策》。他是秦汉历史专家。他写了十篇作品，留下来的是两篇作品（两篇赋）、两篇政治作品为《治安策》和《过秦论》。

毛泽东的《七绝·贾谊》写道：

七绝·贾谊

贾生才调世无伦，
苦泣情怀吊屈文。
梁王堕马寻常事，
何用哀伤付一生。

只要了解贾谊的生平事迹，这首明白晓畅的诗歌，理解起来并不难。值得一提的是，这首诗开门见山，“贾生才调世无伦”，给贾谊的才华风调作了一个“世无伦”的定位，给了贾谊高度评价，诗人认定他的才华、识见在西汉文帝时，没有人能与他相提并论。

毛泽东又在《七律·咏贾谊》写道：

七律·咏贾谊

少年倜傥廊庙才，壮志未酬事堪哀。
胸罗文章兵百万，胆照华国树千台。
雄英无计倾圣主，高节终竟受疑猜。
千古同情长沙傅，空白汨罗步尘埃。

《七绝·贾谊》专写贾谊的才调、情怀和人生悲剧，没有涉及当时的社会历史背景。而《七律·咏贾谊》则是工笔重彩，放眼人物的社会历史背景，深刻揭示其人生悲剧的社会历史根源和贾谊自身的历史教训。

“少年倜傥廊庙才，壮志未酬事堪哀”，首先对贾谊的才华及作者对其不幸人生的同情态度作了概括性交代。“胸罗文章兵百万，胆照华国树千台”，则盛赞贾谊的文才韬略和高风亮节，称赞他的锦绣文章能抵上百万雄兵，然后进一步突出咏赞贾谊在《治安策》中提出的强化汉王朝中央集权的战略。他维护刘氏汉王朝的心至真至诚，因此他提出了“树千台”的主张。“台”为古代官署名。“雄英无计倾圣主，高节终竟受疑猜”，着重慨叹贾谊在嫉贤妒能的官场中的不幸境遇。“千古同情长沙傅，空白汨罗步尘埃”，咏叹贾谊官场生涯的不幸结局。

这首诗通过对贾谊官场生涯的概述，歌颂了贾谊的雄才、高节、壮志、大略，对其怀才不遇的悲剧人生表达了惋惜之情。这首七律既有高度热烈的颂扬赞赏，也有委婉深沉的感慨惋惜；既有激情的倾注，也不乏理性的思考。与前一首七绝比起来，诗题加了一个“咏”字，全诗一往情深，一唱三叹，感情色彩更加鲜明强烈，也更富有咏叹的韵味。

5. 中唐俊伟有刘蕡

1958 年 3 月，成都会议，毛泽东始终处于一种意气风发、诗情昂扬的兴奋之中。他发表了六次长篇讲话，还在听各省汇报时不断插话，古今中外，经史子集，诗词曲赋，旁征博引，真可谓思如泉涌，浮想联翩，气贯长虹，催人奋进。他提出建设社会主义的“总路线”，号召全党、全国各族人民鼓足干劲，力争上游，尽快把我国建设成为一个有现代工业、现代农业和现代科学文化的社会主义国家。为此，他提出要破除迷信，解放思想，敢想敢干，大干快上。正是基于这样的愿望和心理，他创作了《七绝·刘蕡》。这首诗没有采用横跨上千年的历史全景式的描写，而是选取了中唐时期的一个历史片段，所评点的对象也不是统治集团的著名人物，而是一个敢于直言犯上、具有独特见解的小人物。

从中唐开始，唐朝逐渐由盛而衰。尤其是唐穆宗以后，宦官专权，政治日益变得黑暗。刘蕡作为一个杰出人物，处在这样一个时代，可谓生不逢时。

刘蕡（？—842 年），字去华，唐幽州昌平（今北京市昌平）人。据《旧唐书》和《新唐书》记载，刘蕡“博学善属文，尤精《左氏春秋》。与朋友交，好谈王霸大略，耿介嫉恶，言及世务，慨然有澄清之志”。又说，他“明《春秋》，能言古兴亡事，沈健于谋，浩然有救世意”。在中唐大和二年（公元 828 年）的举贤良方正的对策中，刘蕡针对其时宦官专权的现状，大胆上策。秉笔直书：“宫闱将变，社稷将危”，“阍寺持废立之权”，“四凶在朝，虽强必诛”。痛陈宦官专权，能废立君主，危害国家，劝皇帝诛灭他们。考官虽然赞赏刘蕡的才华，但是迫于宦官集团的权势，不敢录用他。所以刘蕡一生怀才不遇。官职只做到了秘书郎，最后还被宦官诬陷，惨遭贬谪为柳州司户参军，客死浔阳。

敢于把矛头直指当时权势炙手可热的宦官，刘蕡的胆识确实非同寻常。其论述亦切中时弊，不愧为唐一代之俊杰。难怪同时代“虚负凌云万丈才，一生襟抱未曾开”的诗人李商隐一连写了四首诗苦吊刘蕡。“上帝深宫闭九阍，巫咸不下问衔冤”，“平生风义兼师友，不敢同君哭寝门”，“路有论冤谪，言皆在中兴”之句，为人所传诵。

刘蕡敢于直谏的政治品格和怀才不遇的坎坷遭遇，引起毛泽东的共鸣与同情。毛泽东在读到《新唐书·刘蕡传》时，很赞赏刘蕡犀利俊逸的文风，尤其欣赏策论的开头几句：“臣诚不佞，有匡国致君之术，无位而不得行；有犯颜敢谏之心，无路而不得进。”毛泽东读罢，在一旁批了三个字：“起特奇”。赞美之情，溢于言表。正因为如此，毛泽东欣然命笔，写了一首诗，赞扬刘蕡主张正义，敢于向黑暗势力挑战的斗争精神，抨击宦官专权的黑暗统治。诗云：

七绝·刘蕡

千载长空起大云，
中唐俊伟有刘蕡。
孤鸿铩羽悲鸣镝，
万马齐喑叫一声。

刘蕡在历史上是个小人物，他终生遭宦官诬陷，抑郁而终。但是，毛泽东并不以成败论英雄，也没有因为刘蕡地位低微而忽略他的存在。恰恰相反，毛泽东认为刘蕡是一位顶天立地的英雄，并对他被黑暗势力摧挫压抑的不幸遭遇表示极大的同情与义愤。

起句“千载长空起大云”，写远在千年之前，辽阔的天空风起云涌，黑沉沉的浓云铺天盖地是那么昏暗险恶，又那么压抑沉闷。喻指历代宦官专权总是把朝野内外搞得乌烟瘴气，把天下搅得动荡不安。这是对中唐社会与时局的真实写照。诗人用比兴象征的手法描绘了中唐以后宦官专权、藩镇割据及朋党相争所形成的尖锐复杂的社会矛盾，动荡险恶的时局及压抑沉闷的政治空气。

“中唐俊伟有刘蕡”，“俊伟”指才智超群、人格伟岸之人。毛泽东认为中国历史上自有宦官专权以来，迟至中唐才出现了刘蕡这样敢于直言抨击宦官专权时弊的贤能之士。据《旧唐书·刘蕡传》记载：“时对策者百余人，所对止循常务，唯蕡切论黄门太横，将危宗社。”真乃中唐末年之一代伟丈夫也，足成大器之伟岸之才也。

“孤鸿铩羽悲鸣镝”，孤鸿，孤单失群的大雁，喻指刘蕡直斥宦官之害的特立独行。铩羽，指羽毛受到外力伤害、摧残而脱落，这里比喻受挫、失意。鲍照《拜侍郎上疏》中有“铩羽暴鳞”之句，拔下活鸟之羽，刮下活鱼之鳞，形容境遇之惨。鸣镝，也叫响箭，这里比喻宦官对刘蕡的中伤和打击。在那样的社会条件下，刘蕡这样的人物势单力薄，纵有天大的本事，面对宦官的中伤和打击，也只能是发出无可奈何的悲叹。此句饱含了作者对刘蕡一类人物的同情，也表达了作者对封建专制的憎恨与控诉。

“万马齐喑叫一声”，字面上是说在万马哑然无声之时，一匹骏马却奋力发出一声嘶鸣，冲破了沉闷的空气。作者用激昂的语调结束全诗，以骏马喻指刘蕡，赞颂他敢说敢干的大无畏精神。“万马齐喑”，亦作“万马皆喑”，出自龚自珍《己亥杂诗》之“万马齐喑究可哀”，比喻沉闷的局面，无人敢言。“叫一声”，喻指刘蕡在宦官专权的高压之下，挺身而出，公然发表言论猛烈抨击宦官。

这首七绝用仅仅28个字，咏叹古人古事，评说中唐时事之黑暗，慨叹封建官场之险恶，赞叹刘蕡人格之伟岸。《七绝·刘蕡》是一首咏史诗，但读者从中感受到的，绝不仅仅是历史。作者是在借咏史抒怀，是对百家争鸣的政治气候的呼唤，是对美好未来的憧憬。

诗词长河任驰骋

2003年12月，为纪念毛泽东诞辰110周年，中共中央文献研究室、中共江苏省委、中央电视台等多家单位联合推出了二十集大型电视文献纪录片《独领风骚——诗人毛泽东》。其中第二十集的解说词这样写道：

没有肥沃的诗歌土壤，产生不了伟大的诗人和史诗般的华章。卓越诗人的横空出世，脚下必定有奔流不息的文化滋养。

毛泽东一生都在梳理中国古代诗词这条精神长河，在披沙拣金。他仿佛是在借一弯斜照汉家宫阙的冷月，折一缕渭城朝雨的柳丝，唱一曲大江东去的浩歌，点一盏醉里看剑的灯火，沿着悠长的文化古道溯流而上。于是，皇皇楚骚汉赋，嶙嶙魏晋风骨，巍巍盛唐气象，咚咚大宋声韵，猎猎金元缕曲，一一奔来眼底。①

毛泽东去世以后，他身边的工作人员整理他的藏书。据统计，在他的藏书之中，他亲自圈画批注过的有1180首诗、378首词、12首曲、20篇赋，总计为1590首。其中唐诗约600首，明诗近200首，汉、魏、南北朝诗150多首。中国工人出版社1997年7月第1版的《毛泽东批阅古典诗词曲赋全编》，收录了毕桂发历经多年搜求的毛泽东批阅的古典诗词曲赋共1865首，涉及445位作家。显然，以上的统计数据未必准确，毛泽东阅后批注过但未被统计的作品，或者他阅后未曾留下阅读痕迹的作品，势必还有很多很多。这足以说明，诗人毛泽东的诗词艺术修养极其深厚。这种深厚底蕴，催生了毛泽东的勃勃诗兴，锤炼了毛泽东诗词的才思韵味，更凝结了中国诗词文化的一脉相承。

毛泽东阅读视野极其广阔，举凡历代作家的传世名作，尽纳眼底，即使名不见经传的小佳锦什也多有发现。从涉及作品的内容来看，叙事、抒怀、写景、咏史、怀古的诗他都读。就艺术风格而言，他的兴趣“偏于豪放，不废婉约”。毛泽东不仅评点、圈阅、书写过众多名家的诗词，在诗词创作中还大量引用、化用过许多名家篇什，可以明显看出唐宋诗词对他的创作影响至深，风格亦属苏轼、辛弃疾豪放一派，大都写得豪迈精警，富有大家风范，而风格委婉缜密诸作，也极富当行本色。

但是，作为一个政治家诗人，诗人政治家，毛泽东在品读古典诗词作品时，无疑是把思想内容放在首位。所以，他特别看重具有民主思想和爱国主义精神的作品。这就不难理解，毛泽东对屈原、陆游、辛弃疾、岳飞、文天祥等人的爱国主义诗词格外喜爱。

---

① 《诗人毛泽东——大型电视文献纪录片〈独领风骚——诗人毛泽东〉解说词》，陈晋撰稿，当代中国出版社2006年7月第1版，第203页。

1. 屈子当年赋楚骚

说到屈原这个名字，几乎妇孺皆知。屈原是我国文学史上一位伟大的爱国主义诗人。他的生平事迹在《史记》中有专门记载。他的作品主要有《离骚》《天问》《招魂》《哀郢》《怀沙》等，其中最有名的是《离骚》这一长篇抒情诗。“离骚”，司马迁解释为“离忧”，是“忧愁幽思”时写成的。西汉末年，刘向将屈原的作品和其他模仿屈原风格的作品汇集成册，取名《楚辞》。东汉时王逸给《楚辞》作注，篇目有所增加，但主要仍是屈原的作品。

湖南是楚国旧地，屈原殉难的地方，又是毛泽东的故乡。毛泽东对屈原情有独钟，终生挚爱。毛泽东对屈原及其作品历来评价甚高，而且抱着崇敬的心情。早在青年求学时代，《离骚》就是他爱读的诗作之一。1913年，他在《讲堂录》中工工整整地全文抄写了《离骚》和《天问》。1918年，他在为罗章龙题写的《送纵宇一郎东行》中写道：“年少峥嵘屈贾才，山川奇气曾钟此。”毛泽东对《楚辞》的喜爱终生不变。抗日战争时期，战火弥漫，毛泽东的书架上就有他经常翻阅的《楚辞》。

中华人民共和国成立后，毛泽东更是反复研读屈原的《楚辞》等作品。他不仅自己爱读，还推荐给别人读；不仅在私下场合谈屈原，而且在公开场合谈屈原；不仅和中国人谈，而且向外国人谈，可谓是有一种“屈原情结”。1951 年 7 月 7 日，毛泽东约周世钊和蒋竹如两位长沙读书时的老同学到中南海做客。谈话中，毛泽东提到：“《楚辞》虽是古董，但都是历史，有一读的价值。”① 1957 年 12 月，毛泽东指示身边工作人员为他收集《楚辞》的各种版本。随后，有 50 多种不同版本或有关著作汇集到他那里。1958 年 1 月 12 日，他在给江青的信中写道：“我今晚又读了一遍《离骚》，有所领会，心中喜悦。”② 1958 年 1 月 18 日，中共中央在南宁召开工作会议，雷达部队突然发现有国民党的飞机向南宁方向袭来，全市实行灯火管制，毛泽东就点着蜡烛聚精会神地看《楚辞》。1959 年 10 月 30 日，他准备去外地巡视，交代身边的工作人员要带上《屈宋古音义》和《楚辞集注》。1961 年 6 月 16 日，他又指名要购买人民文学出版社影印的

---

① 《毛泽东评说中国历史》，赵以武主编，人民出版社 2010 年 9 月第 1 版，第 68 页。

② 《毛泽东瞩目的文人骚客》，陈锋、王翰主编，长江文艺出版社 2009 年 10 月第 1 版，第 50 页。

《楚辞集注》。1964 年 8 月 18 日，毛泽东在北戴河同几位哲学工作者谈话，其中有吴江、邵铁真、龚育之等人，他说道：“到现在，《天问》究竟讲什么，没有解释清楚。《天问》讲什么，读不懂，只知其大意。《天问》了不起，几千年以前，提出各种问题，关于宇宙，关于自然，关于历史。”①1972 年，日本首相田中角荣访问中国，毛泽东送给他的礼物竟是一本《楚辞集注》。

1959 年 12 月至 1960 年 2 月初，他在谈到屈原为什么能够写出那么好的作品时，阐述了屈原的创作与生活的深刻关系。他说：“屈原如果继续做官，他的文章就没有了。正是因为开除‘官籍’‘下放劳动’，才有可能接近社会生活，才有可能产生像《离骚》这样好的文学作品。”②

1961 年秋天，毛泽东专门为屈原写了一首诗：

七绝·屈原

屈子当年赋楚骚，手中握有杀人刀。
艾萧太盛椒兰少，一跃冲向万里涛。

全诗 28 字，语言精练，笔锋犀利，比喻浅显明白，诗意深邃。毛泽东在此诗中高度赞扬屈原的爱国精神，把屈原的才华、当时的世情以及屈原在悲愤、绝望中的心境精练和巧妙地作了艺术再现。

“屈子当年赋楚骚，手中握有杀人刀”，直接称颂屈原的人品和诗品。“楚骚”，指《楚辞·离骚》。“杀人刀”，喻指《离骚》所发挥的战斗作用。《离骚》是一部自传体政治抒情诗，集中反映了屈原悲怆的人生轨迹，以强烈的批判精神和疾恶如仇的态度，痛斥了楚怀王身边那些奸佞小人，表达了高尚的人格理想。毛泽东非常喜欢屈原的才华和他的战斗勇气，因此称屈原手中握有杀人刀。

“艾萧太盛椒兰少，一跃冲向万里涛”，这是对屈原所处的环境的描述，抨击了贵族统治的黑暗与腐朽，并且对屈原以死抗争的不屈精神给予肯定。“艾萧”，即艾蒿，臭草，出自《离骚》，这里比喻奸佞小人。“椒兰”，即申椒和兰草，皆为芳香植物，出自《离骚》，这里比喻贤德之士。

---

① 《毛泽东评说文人墨客》，毕桂发主编，解放军出版社 2004 年 1 月第 1 版，第 7 页。

② 《毛泽东与影响他的历史人物》，毕桂发主编，中共中央党校出版社 2009 年 6 月第 1 版，第 8 页。

“一跃冲向万里涛”，指屈原在悲愤和绝望中投汨罗江而死。在毛泽东笔下，屈原已经不是令人悲悯的绝望诗人，而是一个坚强勇猛的战士，从而从政治的高度对屈原的性格进行了深层的挖掘。

毛泽东在日常工作中能随时联想到屈原作品中的诗句，并加以运用。1950 年 3 月 10 日，毛泽东和周恩来接见中华人民共和国的第一任驻外大使黄镇。当毛泽东走到黄镇面前，好像想起了什么，问道：“黄镇，你原来那个名字黄士元不是很好吗，改它做什么?”黄镇答道：“我的脾气不好，需要提醒自己‘镇静’。”毛泽东说：“黄镇这个名字也不错，《楚辞》中说，白玉兮为镇。玉可碎而不改其白，竹可黄而不可毁其节。派你出去，是要完璧归赵喽。你也做个蔺相如吧。”“白玉兮为镇”是屈原《九歌·湘夫人》中的一句。

1954 年 10 月 26 日，印度总理尼赫鲁离京到外地访问，他到中南海勤政殿向毛泽东等中国领导人辞行。毛泽东当场吟诵了屈原《九歌·少司命》中的“悲莫悲兮生别离，乐莫乐兮新相知”，以表达自己的惜别之情。

毛泽东诗词中，有不少典故、词语、句式源于屈原作品。屈原作品中出现次数较多，并有明显楚辞特色的字词，在毛泽东诗词中也频频出现。在屈原作品中“九”字出现 20 多次，如“九天”“九州”“九嶷”“九死”等，毛泽东诗词中仅“九天”“九派”“九万里”的“九”就出现过 5 次以上。屈原作品中大量运用“兮”字，形成了屈原骚体的突出特色，毛泽东于 1915 年夏写的《游泳启事》也颇有这种味道：“铁路之旁兮，水面汪洋；深浅合度兮，生命无妨。凡我同志兮，携手同行；晚餐之后兮，游泳一场。”毛泽东在诗词中还有化用骚体的方法。屈原《九歌·湘夫人》中有“帝子降兮北渚”“九嶷缤兮并迎”“洞庭波兮木叶下”，毛泽东《七律·答友人》中则有“九嶷山上白云飞，帝子乘风下翠微”“洞庭波涌连天雪”。屈原《离骚》中有“虽九死其犹未悔”“贯薜荔之落蕊”，毛泽东《念奴娇·井冈山》和《七律·送瘟神》中有“九死一生如昨”“千村薜荔人遗矢”。

毛泽东的浪漫主义创作手法，挥洒雄放的抒情风格，也跟屈原作品一脉相承。从艺术风格上看，《离骚》那种浪漫主义的艺术想象和创作方法，恰恰吻合毛泽东的审美趣旨和欣赏特性。屈原作品主观个性的强烈抒发和对现实的超越，与毛泽东的“人定胜天”的精神品貌完全可以相互印证，直接沟通。屈原“登九天兮抚彗星”，毛泽东“可上九天揽月，可下五洋捉鳖”；屈原“奠桂酒兮椒浆”，向天神东皇太一敬献桂花酒，毛泽东请月宫的“吴刚捧出桂花酒”，为杨开慧、柳直荀的英灵接风洗尘；屈原“吾令凤鸟飞腾兮”“令沅湘兮无波”，他能指令凤凰飞翔、江水止浪，毛泽东“敢教日月换新天”，能“截断巫山云雨”，能倚天抽剑把昆仑山“裁为三截”。如此之类，在毛泽东诗词中还有多例，足见骚体对毛泽东诗词的影响之深。

当然，毛泽东敬仰屈原的，不仅仅是他的文学才华；屈原影响毛泽东的，也不仅仅是他的创作风格和写作方法，更多的是屈原的人格精神和爱国主义思想。1949 年 12 月，毛泽东在赴苏联访问的火车上，向苏方陪同的汉学家尼·费德林介绍屈原，称屈原是我国“第一位有创作个性的诗人”，并结合“这位天才诗人”所处的时代，分析了屈原所起的历史作用：“屈原的名字对我们更为神圣。他不仅是古代的天才歌手，而且是一位伟大的爱国者，无私无畏，勇敢高尚。他的形象保留在每个中国人的脑海里。”① 1954 年 10 月 26 日，毛泽东会见印度总理尼赫鲁时，指出：“屈原是中国一位伟大的诗人，他在两千多年前写了许多爱国的诗篇，政府对他不满，把他放逐了。屈原没有出路，就投河而死。”② 1958 年 8 月，毛泽东在审阅和修改陆定一的《教育必须与生产劳动相结合》这篇文章时，曾经加了一段话，谈有关中国教育史中有人民性的代表人物及其思想问题，其中概括屈原的思想为“批判君恶”，认为“批判君恶”是有进步的“人民性”的表现。在 1958 年成都会议上，毛泽东提倡干部讲真话，说屈原是敢讲真话的人，敢于为原则而斗争，敢于坚持真理。1959 年庐山会议期间，毛泽东写了《关于枚乘〈七发〉》一文，发给与会代表，文中写道：“骚体是有民主色彩的，属于浪漫主义流派，对腐败的统治者投以批判的匕首。屈原高据上游。”

2. 俊爽沉雄步魏武

曹操自古以来就是有争议的人物。有人说他为“治世之能臣，乱世之奸雄”，主要是他参加镇压了黄巾农民起义军；“挟天子以令诸侯”，有称王称霸之野心；“宁可我负天下人，不教天下人负我”，人品恶劣。特别是随着《三国演义》的广泛传流和戏剧舞台上对曹操造型的奸相脸谱化，曹

---

① 《我所接触的中苏领导人》，尼·费德林著，转引自《毛泽东与诗》，张贻玖著，中央文献出版社 1998 年版，第 13 页。

② 《毛泽东评说文人墨客》，毕桂发主编，解放军出版社 2004 年 1 月第 1 版，第 12 页。

操被视为“旷世奸雄”似乎是铁定的既成事实。

但毛泽东在《沁园春·雪》中写道：“惜秦皇汉武，略输文采；唐宗宋祖，稍逊风骚；一代天骄，成吉思汗，只识弯弓射大雕。”他对那些历史上赫赫有名的帝王，站在历史的高峰上加以评说，婉转指出他们在社会经济、政治、文化方面尚存不足之处。在大批历代君王中，只有对魏武帝曹操，毛泽东更多的是赞赏和敬慕。毛泽东有自己独立的思想，从不人云亦云，而是往往在一些人们习见习闻、不以为意的地方发现新的东西，甚至往往翻历史的旧案。他不满历史上对曹操形象的歪曲，他以一个无产阶级革命家的胸怀和气魄，对曹操给予了重新评价，既肯定曹操的“武功”，又赞赏他的“文治”。

1927 年，鲁迅在《魏晋风度及文章与药及酒之关系》一文中指出：“其实，曹操是很有本事的人，至少是一个英雄，我虽不是曹操一党，但无论如何，总是非常佩服他。”毛泽东在 20 世纪 50 年代读到鲁迅这段话时，用粗重的红铅笔画了着重线，表明他对鲁迅的观点深为赞同。

毛泽东曾对身边的工作人员说：“曹操结束汉末豪族混战的局面，恢复了黄河两岸的广大平原，为后来西晋的统一铺平了道路。”另一次在北戴河，毛泽东充满感情地说：“曹操统一北方，创建魏国。那时黄河流域是全国的中心地区。他改革了东汉的许多恶政，抑制豪强，发展生产，实行屯田制，还督促开荒，推行法制，提倡节俭，使遭受大破坏的社会开始稳定、恢复、发展。这些难道不该肯定？难道不是了不起？说曹操是白脸奸臣，书上这么写，剧里这么演，老百姓这么说，那是封建正统观念制造的冤案，还有那些反动士族，他们是封建文化的垄断者，他们写东西就是维护封建正统。这个案要翻。”①

1957 年 11 月的一天，毛泽东约请胡乔木和郭沫若吃饭，一起谈论三国史。毛泽东忽然问：“曹操和诸葛亮这两个人物谁更厉害些？”然后说：“诸葛亮用兵固然足智多谋，可曹操这个人也不简单。唱戏总是把他扮成个大白脸，其实冤枉，这个人很了不起。”②

1958 年 11 月 20 日，在武汉东湖畔的住所里召开的一次座谈会上，谈到曹操时，毛泽东说，现在我们要给曹操翻案。我们党是讲真理的党，凡

① 《毛泽东读史：记录和解读毛泽东的读史批注》，张贻玖著，当代中国出版社 2010 年 4 月第 1 版，第 54—55 页。

② 《毛泽东评点古今人物》，周溯源编著，红旗出版社 1998 年 1 月第 1 版，第 113 页。

是错案、冤案，10 年、20 年要翻，1000 年、2000 年也要翻。他实事求是地评价曹操说："曹操统一北方，创立魏国，抑制豪强，实行屯田，兴修水利，发展生产，使遭受大破坏的社会开始稳定和发展，是有功劳的。说曹操是奸臣，那是封建正统观念制造的冤案，这个冤案要翻。"①

毛泽东对 1959 年史学界关于"替曹操恢复名誉"的讲座表示支持。这场讨论由郭沫若、翦伯赞率先发起。郭沫若在题为《替曹操翻案》的文章中认为："曹操对于民族的贡献是应该高度评价的，他应该被称为民族英雄。"翦伯赞在题为《应该替曹操恢复名誉》的文章中也说："曹操不仅是三国豪族中第一流的政治家、军事家和诗人，而且是中国封建统治阶级中有数的杰出人物。"毛泽东对这些观点深表赞同。为曹操翻案，在史学界和社会上引起强烈反响。那时，毛泽东正大力倡导"百花齐放，百家争鸣"。把曹操被人颠倒了的历史再颠倒过来，这正是毛泽东在百家争鸣中的一家之鸣。

曹操不仅武功卓著，有清醒的政治头脑，还多才多艺，擅长书法，精于围棋，特别是酷爱文学，有深厚的文学修养。他和儿子曹丕、曹植都是我国文学史上的著名人物。当时在曹氏父子周围聚集了号称"建安七子"的诸多著名文人学者，形成被文学史家称作黄金时代的"建安文学"，对后世产生深远影响。在曹操的推动下，建安文学继承和发扬了《诗经》《楚辞》和汉乐府的优良传统，创造了一种"志深而笔长""梗概而多气"的建安风骨。这些诗显然引起了毛泽东的共鸣。

毛泽东非常喜爱曹操的诗文，毛泽东曾对子女说："曹操的文章、诗，极为本色，直抒胸臆，豁达通脱，应当学习。"还有一次，他对身边的工作人员说："我还是喜欢曹操的诗，气魄雄伟，慷慨悲凉，是真男子，大手笔。"② 在中南海故居藏书中，有四种不同版本的《古诗源》和一本《魏武帝、魏文帝诗注》，其中曹操的《短歌行》《观沧海》《龟虽寿》《却东西门行》，毛泽东多次圈画。毛泽东特别喜爱《龟虽寿》和《观沧海》，不仅反复阅读，多次圈点，还用他那龙飞凤舞的狂草手书全诗。毛泽东自己的诗词风格，也属于"沉雄俊爽""豁达通脱""气魄雄伟"一路，与曹操相隔千余年却心有灵犀一点通。

---

① 《毛泽东眼中的帝王将相》，马银春编著，中国档案出版社 2008 年 2 月第 1 版，第 67 页。

② 《毛泽东妙评古诗书鉴赏》，刘修铁编著，新疆人民出版社 2009 年 10 月第 2 版，第 150 页。

《观沧海》是曹操率军平定乌桓后，在班师途中，路经渤海之滨的碣石山时所作。全诗通过描写碧波辽阔的沧海景象，表达了诗人开阔的胸襟，象征着诗人叱咤风云的英雄气概及得胜而归的豪迈心情，被古代诗家誉为“有吞吐宇宙气象”。1954 年，毛泽东来到北戴河，酝酿创作了《浪淘沙·北戴河》。这首词触景生情，缅怀千古，壮歌抒怀。毛泽东不仅直接点明“东临碣石有遗篇”，而且在情调上和诗格上也很有《观沧海》的影子。“萧瑟秋风今又是”就是由《观沧海》中的“秋风萧瑟”点化而成。

《步出夏门行》诗的末一首《龟虽寿》，也是传诵千古的佳作，特别是其中的“老骥伏枥，志在千里。烈士暮年，壮心不已”，更成为老年人自勉的座右铭。毛泽东对其具有朴素唯物论色彩而又积极进取人生的作品非常欣赏。他不仅自己喜欢这首诗，还经常把它写下来赠给别人，以示鼓励。毛泽东 1961 年 8 月 25 日致信因病休养的胡乔木：“你须长期休养，不计时日，以愈为度。曹操诗云：‘盈缩之期，不但在天，养怡之福，可得永年。’此诗宜读。”① 1963 年 12 月 14 日，在给林彪的信中又说：“曹操有一篇题名《龟虽寿》的诗，讲长生之道的，很好。希你找来一读，可以增强信心。”②

毛泽东和保健医生谈话时，曾经指出：“曹操多年军旅生涯不会很安逸，可在一千七百多年前，医疗条件也不会怎么好，他懂得自己掌握命运，活了六十五岁，该算是会养生的长寿老人啰。你们搞医学的应该学学，不要使人养尊处优，主要是乐观，心情开朗，锻炼身体。曹操讲‘盈缩之期，不但在天，养怡之福，可得永年’，陆游讲‘死去原知万事空’，这是唯物的。”③ 读作品，悟出养生之道来，这也算是毛泽东别样的收获吧。

3. 唐诗名家重三李

唐诗是我国诗歌史上的一座丰碑。唐代不仅诗人人数多，而且涌现了

---

① 《致胡乔木》，引自《毛泽东书信选集》，中央文献出版社 2003 年 11 月第 1 版，第 540 页。

② 《毛泽东妙评古诗书鉴赏》，刘修铁编著，新疆人民出版社 2009 年 10 月第 2 版，第 153 页。

③ 《诗人毛泽东》，易孟醇、易维著，人民出版社 2003 年 11 月第 1 版，第 514 页。

一大批光芒耀眼的群星，如李白、杜甫、白居易等世界级的大诗人，还有王维、孟浩然、王昌龄、高适、岑参、韩愈、孟郊、李贺、刘禹锡、杜牧、李商隐等一大批杰出的诗人，其中许多诗人还冠有诗仙、诗圣、诗魔、诗鬼、诗豪、诗家天子、七绝圣手等诸多美称。

终生爱读古典诗词的毛泽东自然爱读唐诗，他圈画过的唐诗有六百首。在唐诗之中，毛泽东特别偏爱李白、李贺、李商隐的作品。

有大量史料表明，毛泽东对“三李”及其作品情有独钟。1958 年 1 月 16 日，毛泽东在南宁会议上谈起文学，谈到创作方法时，他指出：“光搞现实主义一面也不好，杜甫、白居易哭哭啼啼，我不愿看。李白、李贺、李商隐，搞点幻想。我们党建党以来，几十年没正式研究过这问题。”① 毛泽东不仅圈画过很多“三李”的作品，还在很多场合谈论、夸赞“三李”的作品。这种个人喜好，毛泽东从不讳言。他圈画过的唐诗中，“三李”的作品约占三分之一。而在“三李”之中，他更加推崇李白。

毛泽东抄录过许多李白的诗。在《毛泽东手书古诗词选》里有 15 首。对《将进酒》，毛泽东的批语是：“好诗。”对《蜀道难》，他的批语是：“此篇有些意思。”1942 年 4 月 13 日，毛泽东约见何其芳、严文井。严文井问：“听说主席喜欢古典诗歌，您喜欢李白，还是杜甫？”毛泽东直言道：“我喜欢李白，但李白有道士气。杜甫是站在小地主的立场。”② 1949 年 12 月，毛泽东在去苏联访问的旅途中，苏联的汉学家尼·费德林就中国文学的一些问题向毛泽东请教。谈到唐代诗人时，毛泽东这样评价：“李白，唐代杰出诗人。他像天才诗人普希金对俄国人民的贡献那样，为中国人民写了许多珍贵的艺术诗篇。李白的诗是登峰造极的，他是空前绝后的不朽艺术家。中国至今没有超过李白、杜甫的诗才。”③ 据毛岸青、邵华记述，毛泽东曾说过：“李白的诗，文采奇异，气势磅礴，有脱俗之气。”④ 1959 年 8 月 6 日，毛泽东在给刘松林的信中，引用了李白《庐山谣寄卢侍御虚舟》中的几句诗，随后写道：“这是李白的几句诗。你愁闷时可以看点古典文学，可起消愁破闷的作用。”⑤ 据谢静宜回忆：毛泽东“喜欢的诗

① 《毛泽东与文艺传统》，陈晋著，中央文献出版社 1992 年版，第 207 页。
② 《毛泽东之歌》，何其芳著，载《时代的报告》1978 年第 2 期。
③ 《我所接触的中苏领导人》，尼·费德林著，周爱琦译，新华出版社 1995 年版，第 28 页。
④ 《回忆爸爸勤奋读书和练书法》，毛岸青、邵华著，载《瞭望》1983 年第 12 期。
⑤ 《毛泽东家书》，谢柳青编著，中原农民出版社 1994 年版，第 365 页。

词一般是爱国的、有骨气、有气魄的佳作。他曾说过：‘李白的诗好’。他点了很多，如《梦游天姥吟留别》《蜀道难》等。主席还多次称赞‘李白是诗人之冠’①”。

需要指出的是，毛泽东赞赏李白的诗，但这并不完全包括对诗人的评价。有时候，毛泽东对李白也颇不满意。李白的诗作中有《古风五十九首》，多是借史咏怀，其三写秦始皇。由于李白在这首诗中对秦始皇的评价与毛泽东的看法不符，毛泽东颇有不满地写道：“李白讲秦始皇，开头一大段也是讲他了不起。‘秦王扫六合，虎视何雄哉！挥剑决浮云，诸侯尽西来。’一大篇，只是屁股后头搞了两句，‘但见三泉下，金棺葬汗灰。’就是说还是死了。你李白呢？尽想做官！结果充军贵州，走到白帝城，普赦令下来了。于是乎，‘朝辞白帝彩云间’。其实，他尽想做官。”② 可见，在毛泽东那里，赞赏李白的诗是一回事，评价李白其人又是另一回事，两者是不可混淆的。

李贺也是毛泽东喜爱的诗人之一。在中南海毛泽东故居书屋里藏有多种版本的李贺诗集，如《李长吉歌诗集》《李长吉集》《李昌谷诗集》《李昌谷诗注》等。李贺的诗流传于世的约223首，毛泽东圈画过83首，有些还圈画过四五次之多。毛泽东在《读〈初唐四杰集·王勃《楚州郝司户宅饯别崔使君序》〉》的批语中写道：“还有李贺死时二十七，夏完淳死时十七。都是英俊天才，惜乎死得太早了。”③ 1958年5月8日，毛泽东在中共八大二次会议第一次讲话中说：“唐朝诗人李贺，河南宜阳人，死的时候只有二十七岁。”④ 1965年7月21日，毛泽东在写给陈毅的信中说：“李贺除有很少几首五言律外，七言律他一首也不写。李贺诗很值得一读，不知你有兴趣否？”⑤ 毛泽东对李贺不迷信权威的精神也颇为赞赏。1958年3月22日，他在成都会议的讲话中说：“中国的儒学家，对孔子就是迷信，不敢称孔丘。唐朝李贺就不是这样，对汉武帝直写姓名，曰刘彻、刘郎，称魏夫人为魏娘。一有迷信就把我们的脑子镇压住了，不敢跳出圈子想问

---

① 《毛泽东读书生活的片断》，谢静宜著，载《人物》1998年第8、第9期。

② 《毛泽东评说中国历史》，赵以武主编，2010年9月第1版，第313页。

③ 《毛泽东评说文人墨客》，毕桂发主编，解放军出版社2004年1月第1版，第204页。

④ 《毛泽东与史学》，王子令著，中共中央党校出版社1993年版，第199页。

⑤ 《致陈毅》，引自《毛泽东书信选集》，中央文献出版社2003年11月第1版，第572页。

题。”[①] 1960 年 5 月初，毛泽东在山东视察工作，当他听到省委负责同志汇报拥有渤、黄二海的山东缺水时，很自然地联想起李贺的《梦天》一诗，随口念了诗的后四句：“黄尘清水三山下，更变千年如走马。遥望齐州九点烟，一泓海水杯中泻。”毛泽东解释了诗中“三山”“齐州”“九点烟”的意思后，接着说：“能把海水变淡水，水就多了”，“要想法研究”，利用海水。当有人提出李贺诗不好懂时，毛泽东说，他专门作古怪的诗，人们说他写的是鬼诗，不是人诗，但“有些还是容易懂”。[②]

李商隐也是毛泽东非常偏爱的诗人。李商隐的诗现存 600 余首，从毛泽东中南海故居藏书看，他圈画的李商隐诗就有 30 余首。毛泽东对李商隐的许多诗熟读成诵。1965 年 6 月 20 日，毛泽东在上海与复旦大学中文系教授刘大杰谈论中国古典文学，谈及李商隐，毛泽东问：“能背出《贾生》吗?”刘大杰立刻吟诵：“宣室求贤访逐臣，贾生才调更无伦。可怜夜半虚前席，不问苍生问鬼神。”毛泽东听罢，喟然叹道：“写得好哇！写得好!”他们谈到李商隐的“无题”诗。刘大杰说：“这些作品究竟是纯粹的爱情诗，还是另有寄托？研究者历来有不同看法。”毛泽东说：“对‘无题’诗要一分为二，不要一概而论。”[③] 1965 年 12 月的一天，周谷城在上海见到了毛泽东，两人的谈话范围非常广泛。周谷城回忆说：“关于旧体诗，我们谈到了李商隐，我一时高兴，随便把李商隐的一首七律诗用湖南腔调哼起来，曰：‘海外徒闻更九州，他生未卜此生休。空闻虎旅鸣宵柝，无复鸡人报晓筹。此日六军同驻马，当时七夕笑牵牛。’把五六句哼了几遍，七八两句居然哼不出来。毛泽东同志知道我忘了，便笑着代我念出：‘如何四纪为天子，不及卢家有莫愁。’”[④] 1975 年 8 月 2 日，刘大杰给毛泽东写信，就如何评价韩愈和李商隐的诗，谈了自己的看法。信中说：“关于李义山的无题诗，说有一部分是政治诗，也有少数是恋爱诗，这样妥当吗?”于是毛泽东于 1976 年 2 月 12 日回信说：“李义山无题诗现在难下断语，暂时存疑可也。”[⑤] 这个意见是符合学术研究规律的。在晚年病魔缠身

① 《毛泽东品国学》，卢志丹著，新世界出版社 2009 年 10 月第 1 版，第 172 页。

② 《毛泽东的文艺美学活动》，董学文、魏国英编著，高等教育出版社 1995 年版，第 205 页。

③ 《毛泽东与影响他的历史人物》，毕桂发主编，中共中央党校出版社 2009 年 6 月第 1 版，第 183—184 页。

④ 《毛泽东品国学》，卢志丹著，新世界出版社 2009 年 10 月第 1 版，第 175 页。

⑤ 《毛泽东与影响他的历史人物》，毕桂发主编，中共中央党校出版社 2009 年 6 月第 1 版，第 187 页。

和两眼患严重白内障几乎失明的情况下，他还仔细阅读了刘大杰的来信和著作，还在思考古典文学研究问题，并复了信，实在令人肃然起敬。这是毛泽东最后一篇论文艺的文稿。这也足见毛泽东对李商隐的重视和偏爱程度。

在群星璀璨的唐代诗人中，毛泽东对“三李”如此情有独钟，最根本的一条，是因为三位诗人都是伟大的浪漫主义诗人。他们的作品都善于运用夸张的手法、生动的比喻、丰富的想象、自由解放的体裁和朴素优美的语言。而这与毛泽东的浪漫主义气质正相吻合。文学创作要“搞点幻想”，这是毛泽东的一贯主张。早在1938年4月，毛泽东在延安鲁迅艺术学院作《怎样做艺术家》的报告中就曾集中论述。他说：“艺术上的浪漫主义并不是完全没有道理的；我们每每鄙视浪漫主义，因为普遍一说到浪漫主义便有点下流的意思，好像浪漫主义便只是风花雪月哥哥妹妹的东西；殊不知浪漫主义原来的主要精神是不满现状，用一种革命的热情憧憬未来，此种思潮在历史上曾发生过伟大的积极作用。一种艺术作品只是流水账似的记述现状，而没有对将来的理想是不好的。在现状中看出缺点，同时看出将来的光明希望，才是马克思主义的精神。”①

毛泽东不仅偏爱“三李”的作品，而且他的诗词创作本身也深受“三李”的影响。如毛泽东《贺新郎·别友》中的“挥手从兹去”，本自李白《送友人》的“挥手自兹去”；《念奴娇·昆仑》的“安得倚天抽宝剑”，化用了李白《临江王节士歌》中的“安得倚天剑”；《浣溪沙·和柳亚子先生》中的“一唱雄鸡天下白”，点化李贺《致酒行》中的“雄鸡一声天下白”；《七律·贾谊》中的“贾生才调世无伦”，是由李商隐《贾生》中的“贾生才调更无伦”化用而来，等等。

毛泽东深受“三李”影响的，不仅仅是诗词创作的遣词造句，更多的是诗词作品的艺术风格。在诗的表现手法上，毛泽东喜欢用想象力丰富的、有恰当的夸张和比拟的、积极的浪漫主义。毛泽东诗词之所以给人最强烈的艺术冲击，是因为其蕴含无与伦比的艺术联想和想象力，可以用“豪迈雍容，瑰丽自然”八个字来形容。当然，毛泽东的浪漫主义不仅仅源于“三李”，还有着更深厚的文化渊源，比如《诗经》和《楚辞》。

在毛泽东的诗篇里，抒情主人公有着“要似昆仑崩绝壁，又恰像台风

---

① 《毛泽东与文艺传统》，陈晋著，中央文献出版社1992年版，第361—362页。

招寰宇”的坚强品质；有着“席卷江西直捣湘和鄂”“横扫千军如卷席”的巍然气势；有着“五岭逶迤腾细浪，乌蒙磅礴走泥丸”的英雄气概；有着“不管风吹浪打，胜似闲庭信步”的雄伟气魄；有着“可上九天揽月，可下五洋捉鳖”的卓越胆识。

第十六章　胸中日月常新美

1912 年秋天，毛泽东来到长沙省立图书馆。在图书馆大厅的墙上，悬挂着一幅《世界坤舆大地图》。这是毛泽东第一次看到世界地图，给了他强烈的心灵震撼：世界是如此之大！这个山村青年，原以为湘潭县很大，湖南省大得了不得，中国更是大得可称为天下。谁知从地图上看来，中国只是一小块，湖南更小，湘潭县连影子也找不到。这一次心灵震撼，使他觉得世界上的事、中国的事是太值得研究了，他感到自己身上肩负有神圣的历史使命。从此以后，毛泽东的胸襟变得更加博大，志向变得更加高远。整个世界，而不是小小的韶山冲；全人类，而不是家乡种地的农民，重构了他的精神世界。毛泽东开始将自己的人生追求同全民族、全人类的命运联系在一起。1920 年，他主张把新民学会的宗旨调整成“改造中国与世界”，并将学会的世界主义立场与“世界大同”的理想联系起来。正是怀抱着这样的理想和信念，他为中华民族的独立、中国人民的解放和中国社会主义事业的发展，奋斗了一生。以天下为己任的毛泽东，领导中国人民彻底改变了自己命运和国家面貌，成为近代以来中国伟大的爱国主义者和民族英雄，成为亿万人民敬仰的一代伟人。

人生常怀千岁忧

古往今来，成大事者无不心怀忧患，毛泽东是伟大的无产阶级革命家，他具有钢铁般的意志、乐观主义的精神，同时也具有悲天悯人的情怀和强烈的忧患意识。毛泽东的一生是忧患的一生。然而他不是忧虑个人的身家性命和狭隘私利，而是忧虑国家与民族的命运和人民大众的福祉。正是由于强烈的忧患意识，他毅然投身到国家独立、民族解放的伟大事业中，为中国人民站起来和中华民族的伟大复兴奋斗了一生。可以说，忧患意识是毛泽东奋斗精神的不竭的动力。

毛泽东在少年时代就萌生了忧患意识，这种忧患意识影响了他的一生。毛泽东 15 岁时读到了郑观应的《盛世危言》。毛泽东曾对斯诺说："这本书我非常喜欢。作者是一位老派改良主义学者，以为中国之所以弱，在于缺乏西洋的器械——铁路、电话、电报、轮胎，所以想把这些东西传入中国。……《盛世危言》激起我想要恢复学业的愿望。"① 在这个时期，从外地回到韶山任教的"激进派"李漱清，常向韶山群众讲述他在各地的见闻和爱国维新的故事。在他那里，毛泽东第一次听到"我自横刀向天笑"的谭嗣同的名字和谭嗣同为戊戌维新流血牺牲的壮烈事迹。李漱清向毛泽东推荐了日本人中岛端写的小册子《支那瓜分之命运》。读了这本书，少年毛泽东的心情就再也无法平静，他深深为内忧外患的祖国忧虑，开始意识到努力救国是每一个国民应尽的天职。他曾对斯诺回忆说："在这个时期我也开始有了一些政治觉悟，特别是在读了一本关于瓜分中国的小册子以后。我现在还记得这本小册子的开头一句：'呜呼，中国其将亡矣！'这本书谈到了日本占领朝鲜、台湾的经过，谈到了越南、缅甸等地的宗主权的丧失。我读了以后，对国家的前途感到沮丧，开始意识到，国家兴亡，匹夫有责。"②

1910 年秋，16 岁的毛泽东考入湘乡县高等小学堂。校长李元圃是一个具有强烈爱国思想的进步知识分子，他常给学生讲中国日益贫弱和迭遭列强侵略、侮辱的情况，毛泽东和同学们听了都很激愤。学校里有一位从日本留学回来的老师，别人称他为"假洋鬼子"，但他是一个富有民族意识的爱国主义者，他经常讲到日本从明治维新以后迅速强盛及其灭亡中国的侵略野心。毛泽东听了之后，更加为中国的贫弱落后而忧虑。毛泽东在东山学校还阅读了许多中国和外国的历史和地理书。他深为鸦片战争后祖国层出不穷的内忧外患而痛心疾首。为此，他还给自己取了一个"子任"的别名，即"以天下为己任"的意思。

毛泽东到长沙后，特别是进入以"知耻、爱国、公诚、勤俭"为校训

---

① 《西行漫记》，埃德加·斯诺著，生活·读书·新知三联书店 1979 年 12 月第 1 版，第 109—110页。

② 同上，第111—112页。

的湖南第一师范学校之后，毛泽东受到了具有进步思想的杨昌济等教员的良好教育，以及具有激进爱国热情的蔡和森等同学的影响，加上毛泽东自己刻苦钻研、博览群书、独立思考，他的民族忧患意识不断增强，寻求救国救民之策的意志更加自觉和坚定。

20世纪初，正是世界局势复杂多变、中国社会剧烈动荡的年代，国内各派政治势力纷争不已。辛亥革命后的军阀混战，湖南是首当其冲。“南北军兴，湘为斗场”，战祸兵灾，接踵而至。生活在这样的环境中，使毛泽东特别关注中国和世界局势的发展。青年毛泽东的忧患意识，既是当时社会现实在他心灵上的投影，又是他从历史中获得的对国家、民族命运困患的警觉，还是他受传统文化熏陶、继承古代知识分子忧患传统的结果。正如他自己所说：“我在这里——湖南省立第一师范度过的生活中发生了很多事情，我的政治思想在这个时期开始形成。我也是在这里获得社会行动的初步经验的。”① 也正是从毛泽东在湖南第一师范求学的这一时期开始，毛泽东的诗词创作中，既饱含着他强烈的忧国忧民的忧患意识，又记载着他立志救国救民的探索实践历程。

1915年5月7日，日本帝国主义向中国政府提出了限时答复的“二十一条”。做着皇帝梦的袁世凯竟然接受了那些严重丧权辱国的条款。袁世凯的卖国行径激起了全国人民的强烈愤慨和反抗。对于这一关乎国家生死存亡的历史事件，湖南一师的学生集资刊印了揭露日本侵华和袁世凯卖国罪行的书刊《明耻篇》。毛泽东在《明耻篇》的封面上奋笔题写了《四言诗·〈明耻篇〉题志》：

五月七日，民国奇耻；
何以报仇？在我学子！

该诗首句即写出国耻事件发生的时间，紧接着用“奇耻”二字说明事件的性质。袁世凯不仅窃取了辛亥革命的胜利果实，而且屈服于日本帝国主义的淫威，卖国求荣。这件事是中华民国、中华民族的奇耻大辱。“何以报仇？在我学子！”一问一答，直截了当，简洁有力，冲天忧愤，报国

① 《西行漫记》，埃德加·斯诺著，生活·读书·新知三联书店1979年12月第1版，第121页。

大志，骤涌笔端。

毛泽东早年在《讲堂录》中写道：“欢愉之词难好，哀怨之词易工。”① 中国古典诗学的忧郁美融汇在他早期作品中。但他的忧戚乃是情出肺腑，而绝非“为赋新词强说愁”。同时，他的忧患逐渐超越了个人感情的狭小天地，而是直指国家、民族和社会，具有天空海岳般的博大胸怀。这就给其作品奠定了一个他人难以企及的制高点。当然，其早期作品表情难免直率，寻找的出路也难免朦胧。但人格决定诗品，他往后可歌可泣的革命经历，会使其忧患意识更深刻感人。

《沁园春·长沙》是青年毛泽东的代表作，情调以豪爽明快为主，但也带着淡淡的忧戚与迷茫。“独立寒秋”中的毛泽东，站在橘子洲头，看岳麓诸峰，枫林红遍，湘江碧涛，片片征帆，仰望苍鹰盘空，俯视锦鳞游泳。置身于充满生机的山川，面对这壮丽的景色，再反观军阀割据、危机四伏、民生多艰，毛泽东心潮澎湃。忧国忧民的忧患意识必然产生一种历史使命感和社会责任感，促使他情不自禁地从内心深处发出气壮山河的一问：“怅寥廓，问苍茫大地，谁主沉浮?”神州大地的盛衰兴亡，究竟应由谁来主宰？这一振聋发聩的提问，是在以作者对祖国河山的宏观和微观所构建的心理基础上产生的，与寻常所谓的借景抒情或情景交融迥然不同。这一提问集中了诗情、诗意、诗味、诗美。与其说是宇宙的寥廓引出作者的慨叹，倒不如说是面对浩瀚宇宙，作者在为中国的前途和人民的福祉深沉关切，流露着将自己的人生选择同国家、民族乃至人类命运这些超然、神圣的东西联系在一起的英雄使命与宏大抱负。这样的内心感受，超越了古今中外一切从个人出发的名利意识，显出高尚的、纯粹的、真正的崇高美。

为回答“苍茫大地，谁主沉浮”的天问，毛泽东以满腔热情投身于救国救民的革命运动，积极探索适合中国国情的革命道路。1927 年春，面对蒋介石叛变革命、国共合作被破坏，中国人民一步步被拖入血海的时候，毛泽东伫立于长江之滨，傲立于白云黄鹤之乡，心潮起伏，热血沸腾，吟成了一首苍凉沉郁的词作：

菩萨蛮·黄鹤楼

茫茫九派流中国，沉沉一线穿南北。烟雨莽苍苍，龟蛇锁大江。

---

① 《讲堂录》，引自《毛泽东早期文稿》，湖南出版社 1990 年 7 月第 1 版，第 583 页。

黄鹤知何去？剩有游人处。把酒酹滔滔，心潮逐浪高。

在这首词中，作者触景生情，抒发了对革命前途沉重的忧虑，同时也表现了作者澎湃的革命激情和将革命进行到底的坚定信念。

词的上阕写景。登楼纵目，茫茫沉沉，莽莽苍苍，自远而近，宏伟壮彩。词中“龟蛇锁大江”一句，指在汉阳的龟山和在武昌的蛇山隔江对峙，封锁大江。“锁”字用得颇为传神。字面上是指龟蛇二山夹江而立的形象，指登楼所见的景物。然而，结合当时阴云密布的政治形势，一个“锁”字却恰如其分地描绘出作者的心境。此“锁”乃为“心锁”，这一“锁”字，有江断帛裂之感，使悲剧断然出现在读者眼前。

“茫茫”“沉沉”“莽苍苍”“锁”，几个字眼勾勒出一幅黑云压城城欲摧的画面。令人压抑的笔调，表达了一种苍凉的心情，充分烘托了撼人心魄的悲剧氛围，准确地表达了毛泽东对大革命遭受挫折和失败的苍凉迷茫、沉重压抑之感。整个上阕，寓情于景，动人心魄，凸现了悲剧美或悲壮美的震撼和魅力。

词的下阕抒情。倚危把酒，怀古思今，应物斯感，由境及心，豪放深沉。“黄鹤知何去，剩有游人处”，借用典故，巧妙地记叙作者的黄鹤楼之游。崔颢《黄鹤楼》诗有句云：“昔人已乘黄鹤去，此地空余黄鹤楼。黄鹤一去不复返，白云千载空悠悠。”崔颢美丽苍凉的诗句和它所记载的神话故事，并不能解除毛泽东作为现实主义者的人间痛楚。毛泽东并非为了登楼赋诗，因为此时黄鹤楼已不复存在，只有遗址可寻。

“把酒酹滔滔，心潮逐浪高”，此句最关键的是要把握“酹”的中国文化意味。酹是古代用酒浇在地上祭奠鬼神或对自然界事物设誓的一种习俗。当作者斟满一杯酒，表情凝重地把酒洒在滔滔滚滚的江水里，这样一个动作，表达出两层深刻含义：一是缅怀大革命中壮烈牺牲的革命英烈的祭奠酒；二是继续征战革命到底的壮行酒。弄懂了这两层含义，特别是悟到了第二层含义，便能领会后一句“心潮逐浪高”的深刻含义了。毛泽东曾为“心潮”作注：“心潮：一九二七年，大革命失败的前夕，心情苍凉，一时不知如何是好，这是那年的春季。夏季，八月七号，党的紧急会议，决定武装反抗，从此找到了出路。”[①] 林克在《忆毛泽东学英语》一文中回忆道：1957 年 5 月 21 日，毛泽东在学英语休息时，也曾说过同样内容的话。他说：“《菩萨蛮·黄鹤楼》是描述大革命失败前夕，心潮起伏的苍凉心境。”[②]

苏轼《念奴娇·赤壁怀古》中有“一樽还酹江月”，苏轼此举表露的是消极情怀，是对“人间如梦”的一种无可奈何的叹惋。作为一个革命者，眼看着轰轰烈烈的大革命即将失败，毛泽东感到痛心，充满忧虑，心情苍凉，也有“一时不知如何是好”的迷茫与困惑。但是，毛泽东不是一个普通的革命者，在中国革命最危急的时候，他信念未灭，豪情未息，意志未衰，抱负未减，他仍然满腔热血，激情澎湃，执着地探寻着中国革命的前进道路。

据说，当日与诗人同行的杨开慧听了这首词说：“润之，这首词真好，前几句太苍凉了，后几句一变而显得昂扬，激动，我听了心绪也难平。”毛泽东说：“目前武汉的这个局势，叫人心绪怎么静得下来！不过，我想，办法总会是有的。”[③]

1934 年，中央根据地形势险恶，几十万敌军向以瑞金为中心的苏区逼近。而此时暂时取得领导地位的党的决策者的错误愈演愈烈，由全线冒险出击转为绝对死守内线的阵地防御，致使第五次反“围剿”连连失利。同年夏天，毛泽东在中央苏区南部的会昌进行调查研究和指导工作。在毛泽东的领导下，中央苏区南线局势相对稳定，同北线接连遭受挫败的形势形成鲜明对照。一天，毛泽东带领粤赣省委干部和警卫员去登会昌山。毛泽东即景赋词，写下来他在江西中央根据地的最后一首作品《清平乐·会昌》：

清平乐·会昌

东方欲晓，莫道君行早。踏遍青山人未老，风景这边独好。
会昌城外高峰，颠连直接东溟。战士指着南粤，更加郁郁葱葱。

---

① 《在〈毛主席诗词十九首〉上的批注》，见《毛泽东诗词大观》，蔡清富、黄辉映编著，四川人民出版社 2007 年 4 月第 4 版，第 547 页。

② 《毛泽东的读书生活》，龚育之、逄先知、石仲泉著，生活·读书·新知三联书店 2005 年 1 月第 1 版，第 275 页。

③ 《毛泽东诗词精读》，丁三省编著，文化艺术出版社 2008 年 1 月第 1 版，第 22 页。

很多注家在解读毛泽东的这首作品时，从“风景这边独好”和“更加郁郁葱葱”的字面去理解，认为这首词表达了毛泽东对革命根据地壮美河山的高度赞美，这种解释尽管有一定的道理，因为根据地是毛泽东等人领导革命军队不断打拼才建立和发展起来的，他对根据地的山山水水必然充满了感情。但是这种理解似乎又并不完全符合毛泽东的本意。毛泽东在为《清平乐·会昌》中“踏遍青山人未老”一句作注时写道：“一九三四年，形势危急，准备长征，心情又是郁闷的。这一首清平乐，如前面那首菩萨蛮一样，表露了同一的心境。”① 从某种意义上说，欣赏该词时如果不能领悟到毛泽东所说的“心情又是郁闷的”，就等于没有读懂这一作品。

1934 年夏天时，离红军长征开始已经为期不远。尽管长征具有重大而深远的历史意义，但是历史地看，红军之所以要踏上长征之路，完全是迫不得已的，是因为第五次反“围剿”遭遇严重挫折，连连失利，根据地越打越小，红军已陷入极度危险的困境。毛泽东不是一个纵情山水的文人骚客，而是一个身处逆境的坚定革命者。在关乎红军和中国革命前途命运的危难关头，毛泽东登临会昌山并写下这首作品，显然不是为了单纯抒发登高望远的闲情逸致，而是要表达他内心难以言说的抑郁和愤懑，表达他深沉的忧患意识。

“东方欲晓，莫道君行早”一句，借用了旧谚“莫道君行早，更有早行人”，交代登山的时间背景，勾画一种黎明将至、视野顿开的气氛。1964 年，翻译毛泽东诗词的英译者曾问毛泽东，“君”指谁？毛泽东说是他自己天不亮就上山，山很高。② “踏遍青山人未老”，这句诗表达了毛泽东作为一个共产党员的政治胸怀，尽管在井冈山斗争和中央苏区时期，毛泽东的人生经历充满坎坷，一再遭到“左”倾路线的排挤和打压，但他始终没有沉沦，没有丧失斗志，依然在为中国革命不懈奋斗，依然在四处奔波。这句诗也是毛泽东革命征程的一种写照，他从“黄洋界上炮声隆”到“直指武夷山下”；从“风卷红旗过大关”到“雾漫龙岗千嶂暗”；从“不周山下红旗乱”到“白云山头云欲立”；从大柏地的“关山”到“会昌城外高峰”，真可谓是“踏遍青山”。诗人走过的历程，也就是红军和中央苏区艰苦创立和发展壮大的历程。“人未老”三个字，表明毛泽东正当年华，

---

① 《在〈毛主席诗词十九首〉上的批注》，见《毛泽东诗词大观》，蔡清富、黄辉映编著，四川人民出版社 2007 年 4 月第 4 版，第 547 页。

② 《毛泽东诗词全编鉴赏》，吴正裕主编，中央文献出版社 2003 年 12 月第 1 版，第 121 页。

激情不减，青春犹在，斗志昂扬。但不可否认的是，纵然“踏遍青山”也难以掩饰毛泽东胸中的愤懑无奈。如果此时的毛泽东能够运筹帷幄，调兵遣将，红军的命运不会是濒临绝境，根据地的命运不会是危在旦夕。字里行间不难品味出唐朝诗人唐彦谦在《道中逢故人》中的感伤：“愁牵白发三千丈，踏入青山几万重。”毛泽东把自己的惆怅埋藏心底，正如清朝沈德潜所云：“转作旷达，弥见沉痛矣。”

“风景这边独好”，不仅仅是对会昌景色的欣赏，更是对革命根据地的深情赞美。“这边”的根据地充满希望，“那边”的白区天昏地暗，两相对照更显出根据地的无限美好。革命根据地承载着毛泽东的奋斗与探索、理想与追求，而一想到由于“左”倾路线错误致使根据地日渐丧失，毛泽东又怎能不痛心疾首，忧心忡忡？如果能够结合中央苏区的形势来解读这一句，更能领悟其中的深意。中央苏区分东线、北线和南线。由于“左”倾错误路线的影响，此时的东线、北线连打败仗，形势严峻。而处于南线的会昌一带，形势相对和缓，根据地比较稳固。把握到了这一史实，风景“这边”独好，其意义就是伟大的了，充满了自信的叫“好”声，是对南线红军用游击战和运动战捍卫根据地的热烈赞颂，同时也反衬出“左”倾错误路线的领导在整个中央苏区造成的恶果，表达了诗人在错误路线的压制下无法扭转危局的郁闷。

“会昌城外高峰，颠连直接东溟”，这句点醒题目，交代登山地点，属于白描，写出会昌城外的壮美风光。“战士指看南粤，更加郁郁葱葱”，心情沉闷的毛泽东依然“心潮逐浪高”，视通万里，他把看不到的“远景”融化在宽广的胸怀和远大的眼光之中，诗人的心情也随着眼界的无限开阔而豁然开朗，体现出博大的胸襟和革命乐观主义情怀。

1935 年 1 月，中央红军占领遵义，召开了具有重大历史意义的遵义会议，确立了毛泽东在党和红军内的领导地位。会议结束后，毛泽东率领红军经过娄山关北上长征。原计划于四川宜宾和泸州之间渡过长江，由于蒋介石组织重兵拦江阻截，红军不得不折回再向遵义进军，在途中经半天激战打败了扼守娄山关的贵州军阀王家烈部一个师，乘胜重占遵义。这是红军长征后取得的第一个重大胜利，是中国革命在遵义会议后一个新的胜利的起点。为纪念这次胜利，毛泽东于 1935 年 2 月挥毫写下了《忆秦娥·娄山关》：

忆秦娥·娄山关

西风烈，长空雁叫霜晨月。霜晨月，马蹄声碎，喇叭声咽。

雄关漫道真如铁，而今迈步从头越。从头越，苍山如海，残阳如血。

这是毛泽东在长征中，也是他在遵义会议重新回到中央领导岗位后写的第一首诗词。众所周知，遵义会议对于长征、对于红军、对于中国革命、对于毛泽东个人的人生境遇，都具有重大的转折意义。按理说，毛泽东此时的心情应该是轻松、喜悦、惬意的，但是他写的这首作品，却显得极其苍凉、凝重。当时的红军依然处于国民党的重重围追堵截和极度危险的困境之中。复出的毛泽东作为红军统帅，肩负非凡使命，攻克娄山关的胜利远不能扫除毛泽东内心深处的忧患与沉郁。

词的上阕写娄山关战斗之前的行军，下阕抒发战斗取得胜利的雄壮豪迈的气概和悲凉慷慨的情怀。“西风烈，长空雁叫霜晨月”，起笔点明红军向娄山关进军的节令和时间，西风在猛烈地吹着，在霜天的早晨，月光还未消失，天空传来雁叫的声音。“马蹄声碎，喇叭声咽”，云贵高原地区不比北方，高低错落，不会是一马平川，因而马蹄声很细碎，而军号声时断时续，悲壮低沉。短短几句便把战斗打响前的紧张、凝重氛围表现得淋漓尽致。一个“烈”字凸现出红军所面临局势的险峻，而“霜晨月”既是对战事时间的交代，亦可解读为“黎明前的黑暗”，这恰恰是毛泽东忧患与沉郁的深层原因。

“雄关漫道真如铁，而今迈步从头越”，下阕起笔处是战斗结束之后的感慨。此处“雄关”与“漫道”不是并列关系，“漫”非漫长之“漫”，“道”亦非道路之“道”，“漫道”乃“莫说”之意，不要说娄山关固若金汤，一夫当关，万夫莫开。据说当年毛泽东登上娄山关关口时抚摩着刻有“娄山关”三个大字的石碑，对身边的周恩来说：“好一座铁关啊，终于被我们敲开了。”[①]“而今迈步从头越”，这既是对红军英勇无畏攻占娄山关的热情称颂，也是对遵义会议之后红军命运出现逆转的由衷希冀。“苍山如海，残阳如血”，诗人站在娄山关放眼远望，只见连绵起伏的苍山一望无际，状如波涛汹涌的大海，将要落山的太阳像鲜血一样殷红，色彩浓丽，气象壮阔，这是一幅沉静、悲壮的视觉画面。据说当时毛泽东立在山岩

① 《毛泽东诗词精读》，丁三省编著，文化艺术出版社2008年1月第1版，第81页。

上，心情凝重，百感交集，他深沉地对周恩来说："革命要成功，真不容易啊。咱们前面，不知还有几多险关！难关！铁关！"①

清人王夫之在《姜斋诗话》曾这样夸奖成功诗作的抒情："哀乐之融，荣粹之迎，互藏其宅。"毛泽东是志存高远的红军统帅，攻占娄山关的胜利并没有从根本上扭转红军受挫的被动局面，因而面对胜利，毛泽东依然沉稳、冷静。这就不难理解，对这首词，1958 年他在文物出版社刊印的《毛主席诗词十九首》的书眉上作的注说："万里长征，千回百折，顺利少于困难不知有多少倍，心情是沉郁的。过了岷山，豁然开朗，转化到了反面，柳暗花明又一村了。以下诸篇，反映了这一种心情。"② 毛泽东所指的"以下诸篇"是指《十六字令三首》《七律·长征》《念奴娇·昆仑》《清平乐·六盘山》等。"沉郁"的心情彰显毛泽东一种深深的忧患意识，正是因为始终怀有这样的忧患意识，毛泽东一生胜不骄、败不馁，引领中国革命征服重重艰难险阻，不断从胜利走向胜利。

同样是出于一种深深的忧患意识，毛泽东在夺取全国胜利之前，在党的七届二中全会上告诫全党同志："夺取这个胜利，已经是不要很久的时间和不要花费很大的气力了；巩固这个胜利，则是需要很久的时间和要花费很大的气力的事情。……夺取全国胜利，这只是万里长征走完了第一步。如果这一步也值得骄傲，那是比较渺小的。更值得骄傲的事还在后头。……中国革命是伟大的，但革命以后的路程更长，工作更伟大，更艰苦。"③ 因而，当毛泽东率中共领导人离开西柏坡前往北京时，毛泽东回首凝望，语重心长地说："咱们这是进京赶考啊！"这句看似平凡的话语包含着深沉的哲理。在他眼里，进京不是为了坐享天伦，而是接受新的挑战与考验。在中华人民共和国筹建阶段，毛泽东在讨论国歌的方案时，建议保留《义勇军进行曲》"中华民族到了最危险的时候"的歌词。因为他深知，中国人民经过艰苦奋斗终于胜利了，但我们要争取完全独立解放，还要进行艰苦卓绝的斗争。正因为有了这种远见卓识的忧患意识，才使进城以后的中国共产党始终保持清醒的政治头脑，始终保持旺盛的生命力，经受住

---

① 《毛泽东诗词精读》，丁三省编著，文化艺术出版社 2008 年 1 月第 1 版，第 82 页。

② 《在〈毛主席诗词十九首〉上的批注》，见《毛泽东诗词大观》，蔡清富、黄辉映编著，四川人民出版社 2007 年 4 月第 4 版，第 548 页。

③ 《在中国共产党第七届中央委员会第二次全体会议上的报告》，引自《毛泽东选集》第四卷，人民出版社 1991 年 6 月第 2 版，第 1438 页。

了长期执政的严峻考验，并且不断发展壮大。

雄鸡一唱遍寰宇

超凡出众的才干和宏大的抱负，使毛泽东在危机四伏的社会现实面前产生了一种极为强烈的英雄使命感，一种将自己的人生选择同国家、民族乃至人类命运这些超然、神圣的东西联系在一起的冲动。毛泽东最伟大的历史功绩，就是领导我们党和人民经过浴血奋战，结束了旧中国半封建半殖民地的历史，使中国社会发生了翻天覆地的变化。中国由一个受帝国主义掠夺和奴役的国家，变成一个享有主权的独立的国家；由一个四分五裂的国家，变成一个除台湾等岛屿外实现统一的国家；由一个人民备受欺凌压迫的国家，变成一个人民当家做主的国家；由一个经济上一穷二白的国家，变成一个生机勃勃不断繁荣的国家。所有这些，为当今中华民族实现伟大复兴，建立富强、民主、文明、和谐的社会主义现代化国家的光辉未来奠定了坚实的基础。

毛泽东一生当中所创作的诗词作品，具有历史性的完整系列，是一部空前的波澜壮阔的史诗。它们记载了毛泽东追求中国革命真理的探索足迹，描绘了人民革命战争的宏伟画卷，反映了社会主义改造和建设的壮丽图景。它们是毛泽东奋斗历程的缩影，心路历程的写照，中国共产党发展历程的凝练，也是中国社会发生巨变的纪实。而在所有毛泽东的诗词中，最能反映中国社会巨大变化，最能体现新旧社会两重天的诗词作品是《浣溪沙·和柳亚子先生》和《七律二首·送瘟神》。

1950年10月3日晚，来北京参加国庆盛典的各少数民族代表在中南海怀仁堂向中央人民政府和中央领导人献礼、献旗致敬。隆重的献礼仪式结束后，各少数民族文工团表演了精彩的文艺节目。观看演出时，柳亚子正好坐在毛泽东的前排，毛泽东高兴地说："这样的盛况，亚子先生为什么不填词志盛？我来和。"柳亚子当场填《浣溪沙》一首。次日，毛泽东用该词原韵填了一首和词：

浣溪沙·和柳亚子先生

一九五〇年国庆观剧，柳亚子先生即席赋浣溪沙，因步其韵奉和。

长夜难明赤县天，百年魔怪舞蹁跹，人民五亿不团圆。

一唱雄鸡天下白，万方乐奏有于阗，诗人兴会更无前。

毛泽东在普天同庆、万民共乐的日子里，为中国革命的胜利，中华人民共和国的诞生和全国各族人民的大团结唱出了最洪亮最激动人心的颂歌。正如蔡清富在《雄鸡一唱遍寰宇》一文中所说："中华人民共和国成立以来，描写新、旧社会对比的诗词不计其数，但最简练、最深刻、最形象、气魄最宏大的篇章，恐怕莫过于毛泽东的《浣溪沙·和柳亚子先生》了。"①

词的上阕描绘旧中国社会的悲惨画面。"长夜难明赤县天"，第一句既写出在旧中国的长期黑暗统治下人民无边的苦难，也写出广大人民盼望光明的焦急与殷切。宁戚《饭牛歌》："长夜漫漫何时旦？"鲁迅《无题》诗云："惯于长夜过春时。"旧中国像暗无天日的漫漫长夜。而"百年魔怪舞蹁跹"一句，则形象地刻画了帝国主义和反动派在中国人民头上作威作福、张牙舞爪、肆无忌惮、横行霸道的狰狞面目和得意忘形的丑态。"人民五亿不团圆"，写出了中国人民在国内外反动势力压榨下，山河破碎，民族分裂，阶级对立；民不聊生，颠沛流离，家破人亡的惨象。

词的下阕写中国革命的胜利，中华人民共和国诞生给中国人民带来空前团结、无限欢乐的新景象。"一唱雄鸡天下白"，源自唐代诗人李贺《致酒行》一诗的最后四句："我有迷魂招不得，雄鸡一声天下白。少年心事当拏云，谁念幽寒坐呜呃。"毛泽东化用李贺诗句，而赋以新意，中华人民共和国像一轮新日，正像雄鸡一声长鸣驱走了漫长的黑夜，迎来了无限光明。"万方乐奏有于阗"，"万方"指神州大地，也指各族人民。"于阗"，是汉代西域的国名，在今新疆维吾尔自治区。这句是说参加联合演出的有新疆文工团，毛泽东选取很有代表性的新疆少数民族，突出表现只有解放后才能真正实现国家统一，实现全国各族人民的大团结。这与旧中国"人民五亿不团圆"形成鲜明对照。"诗人兴会更无前"，诗人的情致空前，诗兴高也是政治热情高的体现，点明这首词是与柳亚子的唱和。蒋力余在《开国纪盛诂新旧》一文中认为："诗人的诗兴自当比任何时候都更加浓厚了。这里的诗人，固然是指柳亚子先生，但解释得更活脱一些，也指诗人自己，还可指广大文艺工作者。"②

---

① 《毛泽东诗词鉴赏》，臧克家主编，河北人民出版社 1996 年 5 月第 2 版，第 169 页。

② 《毛泽东诗词全编鉴赏》，吴正裕主编，中央文献出版社 2003 年 12 月第 1 版，第 224 页。

中华人民共和国的成立，开辟了中国历史的新纪元，使我们伟大的祖国进入了一个各族人民团结进步、共同繁荣昌盛的新时代。毛泽东不仅是一个诗情浓郁的诗人，更是一个胸怀天下的政治家，他由国庆节联欢的文艺舞台联想到历史舞台，联想到中国人民在旧社会曾经饱受的深重灾难。旧中国的舞台是群魔乱舞、人民遭殃；中华人民共和国的舞台则是万方乐奏，人民当家做主。这样一种联想，这样一种对比，抚今追昔，构思精巧，气魄宏大。

六亿神州尽舜尧

毛泽东诗词中体现新旧社会鲜明对比的另一件作品是《七律二首·送瘟神》，1958 年 7 月 1 日作于杭州。1958 年 6 月 30 日，《人民日报》发表了特写《第一面红旗》，记述江西省余江县消灭血吸虫病的经过。《送瘟神》就是毛泽东在读报之后，在极度激动和喜悦的心情下所写的两首律诗。

中华人民共和国成立前血吸虫病在我国南方广为流行，患者达上千万人，广大农村人口和农业生产都受到严重威胁，许许多多村庄完全毁灭，大片大片良田变成荒野。这一威胁在新中国成立初期依然存在，成为旧中国遗留下来的历史包袱之一。毛泽东一贯关心人民的身体健康，对消灭血吸虫病尤为重视，在 1955 年发出了“一定要消灭血吸虫病”的号召。

毛泽东看到余江县人民解除了历史上遗留下来的灾难，恢复和发展了生产，改变了精神面貌，并且大大推进了血吸虫病的防治工作，感到极大兴奋和喜悦，并欣然赋诗：

七律二首·送瘟神

读6月30日人民日报，余江县消灭了血吸虫。浮想联翩，夜不能寐。微风拂煦，旭日临窗。遥望南天，欣然命笔。

其一

绿水青山枉自多，华佗无奈小虫何！
千村薜荔人遗矢，万户萧疏鬼唱歌。
坐地日行八万里，巡天遥看一千河。
牛郎欲问瘟神事，一样悲欢逐逝波。

其二

春风杨柳万千条，六亿神州尽舜尧。
红雨随心翻作浪，青山着意化为桥。
天连五岭银锄落，地动三河铁臂摇。
借问瘟君欲何往，纸船明烛照天烧。

他在诗前加了一段小序，表明他读报之后极为兴奋，心潮澎湃，夜不能寐。次日，正好是党的37周年诞辰。他面向临窗的旭日，揣摩浮想联翩的形象思维，乘兴写下了这两首诗，并为这两首诗专门写了一段《后记》：

六月三十日《人民日报》发表文章说：余江县基本消灭了血吸虫，十二省、市灭疫大有希望。我写了两首宣传诗，略等于近来的招贴画，聊为一臂之助。就血吸虫所毁灭我们的生命而言，远强于过去打过我们的任何一个或几个帝国主义。八国联军、抗日战争，就毁人一点来说，都不及血吸虫。除开历史上死掉的人以外，现在尚有一千万人患疫，一万万人受疫的威胁。是可忍，孰不可忍？然而今之华佗们在早几年大多数信心不足，近一二年干劲渐高，因而有了希望。主要是党抓起来了，群众大规模发动起来了。党组织、科学家、人民群众，三者结合起来，瘟神就只好走路了。①

同日，毛泽东还致信胡乔木，信中写道：

睡不着觉，写了两首宣传诗，为灭血吸虫而作。请你同《人民日报》文艺组商量一下，看可否用？如有修改，请告诉我。如可以用，请在明天或后天《人民日报》上发表，不使冷气。灭血吸虫是一场恶战。诗中坐地、巡天、红雨、三河之类，可能有些人看不懂，可以不要理他。过一会，或须作点解释。②

---

① 《毛泽东诗词集》，中央文献研究室编，中央文献出版社1996年9月第1版，第216—217页。

② 同上，第214—215页。

这两首诗没有如毛泽东所说的在两三天后发表，而是在三个月后才见诸报端。根据徐及之刊载于1993年第6期《党的文献》的《毛泽东与胡乔木的诗词交往》一文回忆，“推迟的原因不是别的，而是作者自己反复修改所致”。在所有毛泽东的诗作中，这两首作品是毛泽东自己进行说明和解释最多的作品。余江县消灭血吸虫病的喜讯在毛泽东心中掀起巨大的心潮，不仅要赋诗抒怀，还要一再撰文表达自己内心的欣慰。这无非是表明毛泽东对血吸虫病曾经给人民带来的祸害始终深切关注和忧虑，和对余江县消灭血吸虫病的成果表示由衷的高兴和欣慰。毛泽东写这两首诗的意义，是要通过血吸虫病被消灭的事实，揭示出新旧社会人民生活的强烈对比，歌颂在党的领导下人民群众意气风发、斗志昂扬。

第一首诗写瘟神猖獗，人民遭殃的悲惨景象。旧中国血吸虫病长期流行，广大农村凄凉萧条，表达了诗人对劳动人民命运的深切关怀和对旧社会的强烈愤恨。

“绿水青山枉自多”，祖国的南方，向来以鱼米之乡著称，这里青山绿水、风景秀丽。可是，一个小小的血吸虫竟使大好河山萧条黯淡，根本不可能成为百姓的福地。用杜甫《征夫》的“十室几人在，千山空自多”来解释是十分贴切的。“华佗无奈小虫何”，像华佗这样的神医也对血吸虫无可奈何。华佗堪称是旧时代中国名医的代表。《后汉书》记载他善治虫病，能“去三虫”。毛泽东历来十分重视中医这份民族文化遗产。早在1913年毛泽东就曾在《讲堂录》中写道：“医道中西各有所长。中言气脉，西言实验。……二者又各有所偏矣。”① 1953年，毛泽东在杭州刘庄宾馆小憩时说：“中国对世界有三大贡献，第一是中医……” 1954年，他作出重要批示：“中药应当很好地保护与发展。我国的中药有几千年历史，是祖国极宝贵的财产，如果任其衰落下去，将是我们的罪过。”② 但是，由于旧中国社会的腐败与黑暗，即便华佗这样的神医也不可能有很大作为，无法根治血吸虫病这样的顽症。

“千村薜荔人遗矢”，薜荔是一种蔓生的野草，指人居住的村落不见庄稼，到处杂草丛生。“人遗矢”则用廉颇故事写出人体弱多病的状态。

---

① 《讲堂录》，引自《毛泽东早期文稿》，湖南出版社1990年7月第1版，第597页。

② 《毛泽东品国学》，卢志丹著，新世界出版社2009年10月第1版，第338页。

"矢"同"屎"。《史记·廉颇蔺相如列传》中记载:"廉将军虽老,尚善饭。然与臣坐,顷之,三遗矢矣。""万户萧疏鬼唱歌",千家万户人丁稀少,死气沉沉,只有鬼在唱歌。据 1958 年 6 月 30 日《人民日报》所载《第一面红旗》记载余江县兰田坂方圆 50 里的情况说:"过去由于血吸虫病为害,在近五十年内,有三千多人因患血吸虫病死亡,有二十多个村庄完全毁灭,有一万四千多亩田地变成荒野。剩下的人也挺着大肚子,面黄肌瘦,能吃不能劳动。"这里作者分别从视觉和听觉写出血吸虫病的流行之广和为害之深,饱含着诗人对深重苦难下的劳动人民的深切同情,同时也是对黑暗的旧社会的强烈控诉。

"坐地日行八万里,巡天遥看一千河",由于虫害长期肆虐,人们只好坐在地球上,随着地球的自转日行八万里,随着地球的公转茫然地巡游太空。关于这两句诗,许多人的解释与作者的本意有出入,为此,毛泽东于 1958 年 10 月 25 日特意写信告诉老友周世钊:"坐地日行八万里,蒋竹如讲得不对,是有数据的,地球直径约一万二千五百公里,以圆周率三点一四一六乘之,得约四万公里,即八万华里。这是地球的自转(即一天时间)里程。坐火车、轮船、汽车,要付代价,叫作旅行。坐地球,不付代价(即不买车票)。日行八万华里,问人这是旅行吗?答曰不是,我一动也没有动。真是岂有此理!囿于习俗,迷信未除,完全的日常生活,许多人却以为怪。巡天,即谓我们这个太阳系(地球在内)每日每时都在银河系里穿来穿去。银河一河也,河则无限,'一千'言其多而已。我们人类只是'巡'在一条河中,'看'则可以无数。"[①] 毛泽东在这里表现的是一种非凡的时空意识,诗人对人民的关切之情随着想象飞到天外,遨游广阔宇宙长河之中。然而,年年岁岁惨况依然,苦难依旧,人们到哪里去寻求帮助他们解脱疾病、消灭瘟君的救星呢?

"牛郎欲问瘟神事",牛郎织女的故事,是中国流传久远影响广泛的民间神话故事。在中国古代创造的众多神里,只有牛郎织女是劳动者,是最好的两个劳动人民形象。牛郎是劳动人民的化身神,他当然关心人民的疾苦,要问"瘟神"肆虐之"事"。"一样悲欢逐逝波",如何回答牛郎的发

---

① 《致周世钊》,引自《毛泽东书信选集》,中央文献出版社 2003 年 11 月第 1 版,第 505—506 页。

问呢？诗人的答词是：一切悲欢离合都随着时光的流逝而成为过去了。这样写，人间天上浑然一体，极大地开拓了诗词包容的时空领域和思想蕴涵，写出了旧中国带给人民的灾祸，那是天怒人怨，世所难容。

第二首诗写新时代新社会人民当家做主改天换地的壮举和人民幸福安康、瘟神被逐的情景，抒发了看到新闻报道后的喜悦心情，浓情歌颂了伟大的时代和英雄的人民，情绪热烈、语调高亢，与第一首感情抑郁、语义哽咽形成了鲜明的对比。

“春风杨柳万千条，六亿神州尽舜尧”，诗人的思绪陡然由天上转回人间，描绘出一幅意气飞扬的画面：春风荡漾，杨柳轻拂，万物复苏，生机盎然。六亿中国人民在获得翻身解放之后，发挥出前所未有的聪明才智和满腔热情，个个像古代圣贤尧舜一样奋发有为。孟子说“人皆可以为尧舜”，但在封建社会，对处在社会底层的人民大众而言，这不过是一种幻想。即使是那些认识到“民可载舟，民可覆舟”的明君圣主，也只是把民众当成负载自己功业的工具。而在优越的社会主义制度下，在共产党的正确领导下，中国人民勠力同心，又有什么人间奇迹不能创造出来？

“红雨随心翻作浪，青山着意化为桥”，景物完全化为了情思，自然景物变得通人心、随人意，人与美景交融一体。李贺在《将进酒》中说“况是青春日将暮，桃花乱落如红雨”。杜甫的《春夜喜雨》则有“好雨知时节，当春乃发生”。暮春的落花飘入水中，随人的心意翻着锦浪，一座座青山相互连接，就像专为人们搭起的凌波之桥，整个中国呈现出一派兴盛气象。此时的水和山，仍然是从前的“绿水青山”，可在旧时代，山河被瘟神糟蹋，虽多亦枉然。到了新时代，人人成为舜尧，山水焕发青春，大地日新月异。毛泽东是在盛夏时节写的这首诗，然而诗人却沉浸在浪漫的春天世界里。随心翻浪，着意化桥，这是神仙世界才能办到的事情，而在人间可以成为现实，正说明如今的中国人民正如圣贤那样能够主宰命运，已达到了随心所欲的境界。

“天连五岭银锄落，地动三河铁臂摇”，“天连五岭”即是“五岭连天”，“地动三河”即是“三河地动”。五岭，指大庾、骑田、萌渚、都庞、越城五岭，绵延于江西、湖南、广东、广西四地之间，泛指山脉。三河，指黄河、淮河、洛河，泛指河流。这两个地名，代表了整个中国。“银锄落”，写农民在山上劳动，“铁臂摇”写工农挥动铁臂般的臂膀在大力兴修水利。人民群众的凌云之志，山河动容。诗人以高妙的艺术功力，只用两句话就概括了当时社会主义建设的雄伟场面，令人叹服。同时，诗句中还渗透了诗人“力拔山兮”的伟岸精神和自力更生的进取意识。诗人“人定胜天”的思想，化成美妙的诗句，闪射出了动人心魄的魅力。作者写“送瘟神”，但具体并没有写打针、吃药以及消灭血吸虫的过程，而是将其放到全国人民改天换地的伟大实践中去，从而使诗作具有更深广的思想意义。

“借问瘟君欲何往，纸船明烛照天烧”，“瘟君”是对瘟神的谑称，充分显示了人民的信心和力量。试问瘟神，你要到哪里去呢？人们已焚化纸船，点燃蜡烛，火光照耀天际，用这些来送走瘟神。这本是民间祛灾病、禳不祥、驱鬼神的习俗。诗人“送瘟神”，却不见瘟神的影子，只是在最后一句才点出它的去向。实际上，在前六句中，诗人对此已作了暗示。正是由于消灭了瘟神，人民才可以如此扬眉吐气，河山才这样妖娆动人。可以想象，六亿人民皆成舜尧，意气风发，改天换地，完成了许多前人所不敢想象的事业，对付小小的血吸虫当然不在话下，瘟神必然逃脱不了灭亡的下场，最终会被送上西天。这与第一首中的“华佗无奈小虫何”遥相呼应，表达了对瘟神的蔑视和嘲笑，表现了胜利者的自豪和喜悦，而且有浓厚的民族特色。

毛泽东是具有革命浪漫主义气质的伟大诗人，《送瘟神》二首便是其革命浪漫主义的杰作之一。其一描写旧社会，色泽暗淡，人悲鬼欢；其二反映新社会，色彩热烈，一片春意。作品深刻地揭露和批判了旧社会的黑暗与罪恶，热情歌颂了新社会的优越与辉煌。《送瘟神》想象丰富，对比鲜明，语言生动，情致高昂。毛泽东和劳动人民心连心，这两首诗是他博大胸襟中流露的一束情感的火花。在诗中，诗人的内心世界随着神奇的想象、多变的画面得到了多方面的展示。既有理想，又有现实；既有科学，又有神话；既有对旧时代人民苦难生活的叹息，又有为新时代人民壮举的喝彩。诗人的才情得到了极致的展现，诗作的审美情趣也得到了极大的丰富。两首诗浑然一体，这一宏伟壮丽的诗篇，以其高瞻远瞩的爱民思想和超凡脱俗的艺术魅力，给后人以战胜瘟神，战胜邪恶，战胜一切艰难险阻的无穷力量。

图书在版编目（CIP）数据

品读诗人毛泽东 / 汪建新著. —北京：中国工人出版社，2020.7
ISBN 978-7-5008-7433-1

Ⅰ. ①品…　Ⅱ. ①汪…　Ⅲ. ①毛主席诗词—诗词研究　Ⅳ. ①A841.4

中国版本图书馆CIP数据核字（2020）第106957号

品读诗人毛泽东

出 版 人	王娇萍
责任编辑	宋　杨
责任印制	黄　丽
出版发行	中国工人出版社
地　　址	北京市东城区鼓楼外大街45号　邮编：100120
网　　址	http://www.wp-china.com
电　　话	（010）62005043（总编室）（010）62005039（印制管理中心） （010）62379038（社科文艺分社）
发行热线	（010）62005996　82029051
经　　销	各地书店
印　　刷	北京市密东印刷有限公司
开　　本	710毫米×1000毫米　1/16
印　　张	27.75
字　　数	400千字
版　　次	2020年9月第1版　2024年1月第7次印刷
定　　价	68.00元

本书如有破损、缺页、装订错误，请与本社印制管理中心联系更换